现代分离科学与技术丛书

高速逆流色谱技术

张天佑　王晓　编著

化学工业出版社

·北京·

高速逆流色谱技术因其结果物纯净、制备量大、技术成本低等优点正在发展成为一种备受关注的新型液-液分配色谱分离纯化技术，已经广泛应用于天然产物、生物医药、生命科学、农业食品、海洋生物、化工材料等广阔领域。本书详细介绍了逆流色谱技术的发展概况、技术原理，高速逆流色谱的技术原理、特殊技术、工作方法，正交轴逆流色谱仪，以及高速逆流色谱在天然植物有效成分分离、抗生素分离、海洋生物活性成分分离、生物大分子分离、无机离子分离、生物医药产业等中的应用。

　　可供天然产物、生物医药、生命科学、农业食品、化工材料等领域的研发人员、技术（分析、分离等）人员使用，也可供高等院校相关专业师生参考。

图书在版编目（CIP）数据

高速逆流色谱技术/张天佑，王晓编著．—北京：
化学工业出版社，2011.5
（现代分离科学与技术丛书）
ISBN 978-7-122-10501-1

Ⅰ．高…　Ⅱ．①张…②王…　Ⅲ．逆流色谱法
Ⅳ.0658.1

中国版本图书馆 CIP 数据核字（2011）第 015952 号

责任编辑：成荣霞　　　　　　　　　　　　文字编辑：向　东
责任校对：周梦华　　　　　　　　　　　　装帧设计：王晓宇

出版发行：化学工业出版社（北京市东城区青年湖南街 13 号　邮政编码 100011）
印　　刷：北京永鑫印刷有限责任公司
装　　订：三河市万龙印装有限公司
710mm×1000mm　1/16　印张 20　字数 392 千字　2011 年 8 月北京第 1 版第 1 次印刷

购书咨询：010-64518888（传真：010-64519686）　售后服务：010-64518899
网　　址：http://www.cip.com.cn
凡购买本书，如有缺损质量问题，本社销售中心负责调换。

定　　价：68.00 元

序

随着科技的进步和产业的发展，在学科之间的交融越来越紧密的同时，学科分支的专业化也越来越明确。分离科学技术是人类剖析认识自然、充分利用自然、深层开发自然的手段；是获取真实和准确的分析鉴定信息的前提条件和技术保证。2000年，英国科学出版社邀请全世界500多位在不同领域从事分离科技工作的专家撰写并出版了一部巨著——《分离科学百科全书》（10册），本人参与了有关天然产物分离纯化方面的工作，深感其内容的丰富与广阔。2002年，美国出版了《分离科学一百年》，着重从色谱科技的进步说明分离科学技术的发展。

在我国科技界资深学者的倡导下，由化学工业出版社选题立项，经过十多位专家教授的分工合作，《现代分离科学与技术丛书》第一批（10个分册）将陆续出版。这是我国第一部关于分离科学技术的丛书，它的问世是我国科技界和产业界的一件喜事。

分离科学技术的门类很多，我们已经选定了《分离科学概论》、《溶剂萃取》、《超临界流体萃取》、《膜分离》、《离心分离》、《柱色谱技术》、《高速逆流色谱技术》、《模拟移动床色谱技术》、《结晶与沉淀》、《超声提取分离》等分册。随着分离科技的应用和发展，丛书的选题和内涵必将有新的拓展。《现代分离科学与技术丛书》的出版顺应于国际分离科学技术的发展潮流，又突出了我国在天然产物、生物医药、化工材料等优势科研与产业领域的特点和需要。

分离科学技术的门类很多，每一项分离技术都有它不同的理论、机理以及应用范围，各项分离技术之间是互补的和不可取代的。因此，我们希望广大的读者充分理解每项技术的基本原理，分析认识每项技术的实用领域，以期实现对于本丛书这一科技资源的有效利用和合理挖掘。

张天佑

2007 年 10 月

前　言

　　《高速逆流色谱技术》在化学工业出版社的组织之下，作为《现代分离科学与技术丛书》的一个分册出版。这项技术是现代分离科学技术大家族中的一员，它将同其他的技术协同互补，为科学技术的进步和现代产业的发展起到应有的作用。

　　在各种分离技术之中，高速逆流色谱具有其自身的特点和应用价值。它属于现代色谱技术，具有高效、连续、广谱的特征；它是一种液液分配色谱技术，完全排除了固态相的影响，不存在不可逆吸附、样品组分损失、被沾染、失活等固-液色谱技术中可能出现的问题，具有结果物纯净、制备量大、技术成本低等优点；它是色谱家族中较年轻的成员，其技术机理的研究、应用技术的开发、实用领域的拓展等方面都存在较大的发展空间。

　　关于高速逆流色谱技术的专著不算多。1991 年，张天佑教授编写了我国第一部这方面的书《逆流色谱技术》（北京科技出版社出版），介绍了这一技术的基本原理和设备机理。当时，国内外对这一较新的分离技术的研究和了解还不多，因此，该书涉及的应用领域和实例还很有限。此后，虽然相关的研究论文渐渐出现，也有一些汇编、手册、专著纳入了这项技术的内容，但是集中的专题论著依然缺乏。自2002 年我们在北京主持召开第 2 届国际逆流色谱技术会议，并倡导在天然产物领域推广应用此项技术之后，国内外的研究与应用工作出现了长足发展的局面。2005年，曹学丽博士编著了《高速逆流色谱分离技术及应用》一书（化学工业出版社出版），对于这项技术的推广应用起到了很好的作用，特别是编入了一些应用实例，提供给读者实际可行的借鉴。现在出版的《高速逆流色谱技术》一书，则是希望进一步总结逆流色谱技术的发展历程和研究成果，进一步阐述这项技术的内涵与特质，在归纳较丰富的应用研究成果的同时，讨论了关于应用技术和使用方法方面的问题，希望能为读者提供较为实用的帮助。

　　国外的相关专著主要有："High-Speed Countercurrent Chromatography"（John Wiley & Sons，New York，1996. Volume 132 in The Series of Mono-Graphs on Analytical Chemistry and Its Applications），"Countercurrent Chromatography-The Support-Free Stationary Phase"（Elsevier，Amsterdam，2002. Volume 38 in Comprehensive Analytical Chemistry）。这些专著反映了各个时期逆流色谱技术的研究与应用的概貌和水平，张天佑教授参与了这些专著的编写工作，读者可以查阅参考。

　　笔者具有多年从事逆流色谱技术研究及应用的经验，先后得到国家各部委、北京市科委和北京市科学技术研究院的支持；近年来，还获得了国家自然科学基金

（20872083），山东省系列科技计划和山东省科学院科技计划项目的资助，在此深表感谢。

在本书的编写过程中，山东省科学院分析测试中心（山东省分析测试中心）天然产物研究室的老师和同学们给予了很大的支持和帮助，在此对他们深表感谢。还要感谢化学工业出版社领导和相关工作人员的支持和大力协助。

由于编者水平有限，时间仓促，书中难免有不足与疏漏，恳请广大读者批评指正。

编著者
2011 年 4 月

目　录

第1章 逆流色谱技术的发展概述

1.1 现代色谱技术的发展

色谱技术是广泛应用于混合物中组分分离与分析的有效手段。各种不同的色谱技术和分离方法，都是根据被分离物质中各组分的物理特性，设计相应的物理环境和条件，通过不同性态的载体对各组分的相互作用的不同而实现组分的分离。在近代色谱技术领域就出现了对于固、液、气三态物质的利用，形成了固液色谱、固气色谱和液液色谱等不同的色谱技术。

固液色谱，通常称之为液相色谱，是采用一个固态相作为色谱过程的固定相，再采用一个液态相作为色谱过程的流动相。被分离的混合物样品先是被固态的固定相承载，随后由液态的流动相按各组分的理化特性的差异，逐一地从固定相的承载状态下洗脱下来，从而实现各组分的顺序分离。一个世纪以来，固液色谱的固定相的种类、型号有了很大的发展，例如硅胶、大孔树脂及各种不同理化特性和表面特征的合成材料都已成为实现固液色谱的基本保证。

固气色谱，通常称之为气相色谱，也是采用了一个固态相作为固定相，例如，采用活性炭等材料作为固定相的填料，让它先承载被分离的混合样品，再用一个气态的流动相，按各组分不同的物理性质，逐个地将各组分带出来，以实现组分的分离。

固液色谱和固气色谱，都用了固态的固定相，而且通常也只有固态相作为固定相，即我们常说的载体、支撑体或填料，才能作为两相相对移动时稳定的支撑体。因此，在液相色谱和气相色谱的称谓中，理所当然地不再提及还有一个固态的固定相。随着各相关科学技术的发展，随着材料科学技术的进步，当代已经出现许多特性优良的固定相材料，用它装填制备成色谱柱，能实现对不同物质的很强的选择性，由此形成的色谱体系中，液态或气态的流动相可以在高压力、高流速的状态下进行组分的洗脱，因此，现代的液相色谱和气相色谱都具有很高的分离效率和分辨能力。特别是在物质的分析鉴定方面表现出很高的应用价值。

但是，事物总是有它的两面性。由于固态的固定相的采用，会给色谱的结果带来一些问题。例如，固态固定相会对被分离的混合物样品中的某些组分产生不可逆吸附，这些组分不能被流动相洗脱出来，导致了在结果物中这些组分的损失；有时，有些组分即使能被洗脱出来，但会出现相应的色谱峰的拖尾现象，影响色谱分离的分辨率。例如，有的固定相材料中某些物质，会被色谱过程中所选用的流动相洗脱出来，形成对结果的干扰；在分离纯化那些活性很强的物质时，固定相的极强的附着和承载能力和流动相的高压高速冲淋洗脱，会使得某些活性物质变性失活。在不断突出现代液相色谱和气相色谱的分析鉴定能力的同时，要想开发出对特定组分具有较大制备能力的手段就越来越不容易，其制造成本和运行成本也就越来越高。例如，随着生命科学的发展，活性大分子，乃至于细胞、病毒、抗体、抗原等的分离纯化工作越来越重要，要研发出适用的固定支撑材料，保证整个色谱过程对样品活性的保护，是有相当难度的任务。

随着科学技术的进步和社会需求的更新，随着相关产业的技术革新和产品升级的需要，过去对分离分析功能一体化的概念，逐渐地向大量纯化制备的分离和微量高效快速的分析所要求的方向演化。2000 年，美国科学出版社出版了一套包含 10个分册的巨著《分离科学百科全书》（Encyclopedia of Separation Science），成为分离科学进入新的发展时期的里程碑，张天佑应邀撰写了关于天然产物黄酮、生物碱等类物质的分离技术的章节。2002 年，美国出版了《分离科学一百年》（A Century of Separation Science）也强调了分离科学技术应运发展的契机。研究、开发和利用新的分离制备手段，已经成为当前的重要命题。

我们在这里要着重介绍的，是一种液液色谱，也就是说，在这类色谱系统中，固定相和流动相都是液态的，这两相的物质可以是互不相溶或很少相溶的有机相-水相体系，也可以是大分子聚合物（polymer）的双水相体系，甚至是浓度动态变化的单一相体系。这样的色谱系统，不会出现固态支撑材料对样品和分离结果的不可逆吸附、干扰污染、失活变性等不良影响。而且，因为分离柱内没有固态填料占体积，容易实现较大的进样量和制备量；又因为不用价格不菲的填料，以及流动相由洗脱过程变成液液对流交换过程，而节省溶剂，所以从制备工作的角度看，具有明显节约投资和降低运行成本的优势。

逆流色谱技术以及高速逆流色谱技术，是当前液液色谱技术体系中最突出的代表。在国际上它是被公认的有效的分离纯化手段，特别适合于天然产物和活性组分的分离纯化和制备工作。然而，它的固定相和流动相都是液态的，如何使两相与被分离样品之间形成有效的分配与传递关系？它的固定相是液体的，如何使之能在分离管柱内空间保持稳定的保留状态？它不是靠特定种类和型号的填充材料来保证分离过程的选择性，如何选择液态的对流溶剂体系来保证有效的分配分离结果？这些问题，都需要从特殊的作用原理，特殊的运动机制，特殊的实验方法来研究解决。本书将就逆流色谱的原理、机制、仪器、使用方法和应用进行全面的介绍。

1.2 液液色谱的起源

追溯最早出现的液液分配装置，乃是现今实验室里常用的分液漏斗。把两个互不混溶的溶剂相置入分液漏斗中，投入要萃取分离的样品，振摇后静置，样品溶质就按分配系数的特征在两溶剂相间实现分配。如果两种溶质分子在两相溶剂系统中的分配系数差异明显，那么，在分液漏斗里的一次萃取过程中就能分离开来。但是，实际遇到的问题往往是要分离性质极其相近的复杂混合物，这就需要进行多次萃取才能实现满意的分离。1941 年，Martin 和 Synge 提出了一种级联链型萃取装置[1]，通过对于逆流（对流）萃取的研究，开创了分配色谱技术[2]。1944 年，Craig 发明了非连续式的逆流分溶装置（countercurrent distribution，CCD）[3]，它适用于大量或小量的样品的液液分配分离。这些早期的分离装置能实现上千次的分配和萃取，很快为有机化学、生物化学等应用领域所接受。虽然，这些装置已很少在现今的实验室里用作分离分析的手段，但是，Craig 的设计仍被认为是在分离大极性组分，包括天然产物、多肽和其他大分子时具有特色，适合于大制备量的分离提取工作。CCD 的主要缺点是：仪器设备庞大复杂，溶剂系统容易乳化，溶剂消耗量大和分离操作时间太长等。

表 1-1　早期的液液分配分离装置

装　置　名　称	发　明　人	发明年代
分液漏斗	—	—
级联链型萃取装置[1]	Martin 和 Synge	1941
分配色谱仪器[2]	Martin 和 Synge	1941
非连续式 CCD[3]	Craig	1944
大型玻璃制 CCD[4]	Craig 等	1951
小型非连续式 CCD[5]	Bell 等	1956
紧凑型 CCD[6]	Raymond	1958
具有混合和分层带的分离柱[7]	Scheibel	1948
级联链型渗流装置[8]	Kies 和 Cavis	1951
旋转盘形装置[9]	Signer	1952
自旋转子分离柱[10]	Spence 和 Streeton	1952
分隔式渗流分离柱[11]	Keppes	1954
高效连续混合分层装置[12]	Kietala	1960

表 1-1 列出了 1960 年以前出现过的各种液液分配分离装置和仪器。其中，除了前面提到的方法之外，虽然有的也具有较好的分离能力，但是由于仪器容易破损、操作不方便、分离样品的局限等原因限制了其发展和推广应用。

1.3　早期的逆流色谱装置（仪器）

1966 年，Ito 博士发现了一种有趣的现象，即互不混溶的两相溶剂在绕成螺旋形的小孔径管子里会分段割据，并能在螺旋管转动的情况下实现两溶剂相之间的逆向对流。在内径约 2mm 的螺旋管绕组层里，两相的分段状态能在重力场的作用下形成；而当螺旋管柱在一离心力场内转动时，特别是在如 0.2mm 口径的细螺旋管柱里，会形成更强的两相分割趋势和对流趋势，这种分割和对流的过程是连续进行的。如果把要分离的样品从螺旋管柱的引入口注入，连续的分配传递过程就会在管柱里进行，从而实现连续的液液分配分离。在这样的体系中，由于不存在固态的载体，因而避免了载体对样品组分的吸附和污染，其分配效果完全取决于样品各组分的分配系数值和管柱特定的效能。

Ito 等早期研究设计的各种逆流色谱仪列于表 1-2 中。以表 1-2 仪器为基础的逆流色谱技术（countercurrent chromatography，CCC）逐渐发展成为一个新兴的分离科学分支，并带动了一系列的技术手段的涌现，使得很多的化合物，乃至血细胞和病毒等的分离能在液液对流中实现。逆流色谱的突出优点在于：它既具有 CCD 法不用固态支撑体的各种长处，又具有现代色谱连续、自动、快速、高效的特点；而且，比 CCD 法的分辨能力更强，能适用于小量到相当大量的样品的分离，有比较广泛的溶剂系统可供采用，大大节省了操作时间和溶剂的消耗。

表 1-2　早期的逆流色谱仪器

仪 器 名 称	发 明 人	发明年代
螺旋管行星式离心分离仪[13,14]（CPC）	Ito 等	1966
螺旋形逆流色谱仪[15]	Ito 和 Bowman	1970
液滴逆流色谱仪[16]	Tanimura 等	1970
旋转腔式逆流色谱仪和回旋腔式逆流色谱仪[17]	Ito 和 Bowman	1970
流通型 CPC[18~23]	Ito 和 Bowman	1971
连续洗脱型离心分离仪[24~26]	Ito 和 Bowman	1972
倾斜角转子逆流色谱仪[27]	Ito 和 Bowman	1975

1.4 高速逆流色谱的发展

由 Ito 首创的离心式螺旋管逆流色谱技术，经过数十年的研究发展，已经在理论原理、仪器设计、实验方法和应用开发等方面积累了较为丰富的经验和成果。特别是高速逆流色谱（HSCCC）技术的形成，开辟了液液色谱分离技术的新纪元。表 1-3 所列为高速逆流色谱的发展情况。在常规的 HSCCC 技术的基础上，随着人们研究运用的深入，先后又发展了多种 HSCCC 技术和仪器设备。如双向逆流色谱（dual countercurrent chromatography，DuCCC），正交轴逆流色谱（cross-axis coil planet centrifuge，X-axis CPC），pH-区带精制逆流色谱（pH-zone-refining CCC），离心沉淀色谱（centrifugal precipitation chromatography，CPC）以及 J 型 CPC 上的螺线型圆盘柱组件系统等系列技术与仪器的出现，使 HSCCC 技术研究更上一个台阶。用 HSCCC 与质谱（MS）、傅里叶红外光谱（FTIR）或蒸发光散射（ELSD）检测器联用，为 HSCCC 技术的应用提供了一种新型多维分离分析方法。随着多领域的应用工作的快速发展，这方面的工作正在从实验室研究阶段转变为仪器的商品化生产和技术的社会化推广阶段，引起了世界各国的重视和关注。

表1-3　高速逆流色谱的发展

仪 器 名 称	发 明 人	发明年代
高速逆流色谱[28,29]	Ito 等	1981
	Ito 等	1982
泡沫逆流色谱[30~33]	Ito 等	1985
双向逆流色谱[34]	Lee 等	1988
正交轴逆流色谱[35~37]	Ito 和 张天佑	1988
三柱平衡高速逆流色谱[38]	Ito 等	1989
pH-区带精制逆流色谱[39~41]	Ito 等	1990
离心沉淀色谱[42,43]	Ito	1999
J 型 CPC 上的螺线型圆盘柱组件系统[44]	Ito 等	2003

1.5　高速逆流色谱的应用研究概况

　　目前国际上有数十个国家及地区的著名研究机构和大学在从事逆流色谱技术的研究及在各个领域的应用工作，其中包括美国国立健康研究院（National Institute of Health，NIH），英国 Brunel 大学，瑞士 Lausanne 和 Geneva 大学，法国 Lyon 大学等。我国高速逆流技术起步较早，是继美国、日本之后最早开展逆流色谱研究与应用的国家。早在 20 世纪 70 年代末，张天佑教授领导的研究小组在国内最先自行研制了分析型和制备型的高速逆流色谱仪，研究水平处于国际领先地位，尤其对天然产物的分离制备，取得了特色性的成果。目前，国内已经有几十个单位开展逆流色谱的应用与研究工作。

　　由于此项新颖技术的迅猛发展和不断成熟，加之其影响不断扩大，各国从事逆流色谱研究和应用的同行于 1999 年发起和成立了国际逆流色谱技术委员会。自 2000 年起国际逆流研究领域每隔 2 年举行一次国际逆流色谱学术会议（international conference on CCC），迄今已经举行了 5 次（见表 1-4）。每年一度的美国匹兹堡国际分析化学与应用光谱学学术会议上，都设有 CCC 的专题组。国际重要的色谱学术刊物"Journal of Chromatography A"和"Journal of Liquid Chromatography and Relative Technology"都曾多次出版过这一技术的论文专辑。自 1995 年以来，国外已有 5 本英文专著出版[45~49]，我国目前也已出版过三本中文专著[50~52]。

表1-4　国际逆流色谱专业会议

届	时 间	地 点	主 席
第一届	2000	英国,伦敦	Prof. Sutherland
第二届	2002	中国,北京	张天佑教授
第三届	2004	日本,东京	Dr. Oka
第四届	2006	美国,贝萨斯特	Dr. Ito
第五届	2008	巴西,里约热内卢	Prof. Leitao

　　高速逆流色谱用于天然药物化学成分的分离始于 1985 年，到 2005 年达到一个高潮，期间发表了大量的文章（见图 1-1）。目前处于平稳发展阶段，截至 2007 年，CCC 论文的作者主要分布在亚洲、欧洲、美洲（见图 1-2）[53]。自从 2002 年在我国召开第二届国际逆流色谱学术会议，并突出了该技术在天然产物领域的应用研究以来，我国学者发表的论文数量在总的论文数量中所占的比例最大，其次为美国、日本、德国、法国、英国等（见图 1-3）[53]。可以看到逆流色谱已经引起世界各国学者的注意，越来越多的研究者或应用者加入到逆流色谱的研究和应用的队伍中。特别是近十多年高速逆流色谱的发展，逆流色谱在生物工程、医药、生化、植物化学、农业、化工、环境、海洋科学、无机化学等广泛领域显现出越来越高的实用价值。

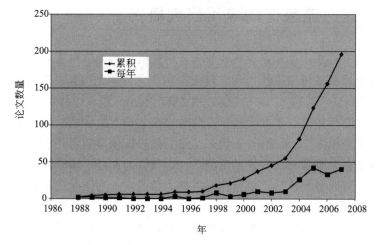

图 1-1　逆流色谱发表数量（1986～2007 年）

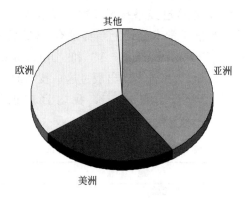

图 1-2　逆流色谱论文作者在
各大洲的分布（截至 2007 年）

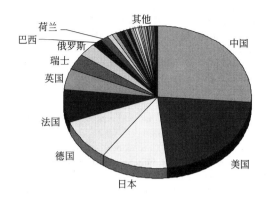

图 1-3　逆流色谱论文作者在各国/地区的分布（截至 2007 年）

参 考 文 献

［1］　Martin AJP, Synge RLM. Biochem J, 1941, 35：91.

［2］　Martin AJP. Synge R L M. Biochem J, 1941, 35：1358.

［3］　Craig LC. J Biol Chem, 1944, 55：519 .

［4］　Craig L C, Hausmanm W, H Ahrens Jr E, et al. Anal Chem, 1951, 23：1236.

［5］　Bell PH, Howard KS, Shepherd RG, et al. J Amer Chem Soc, 1956, 78：5059.

［6］　Raymond S. Anal Chem, 1958, 30：1214.

［7］　Scheibel E G. Chem Eng Progress, 1948, 44：681.

［8］　Kies M W, Davis PL. J Biol Chem, 1951, 189：637.

［9］　Signer R. Chimia, 1952, 6：243.

［10］　Spence R, Streeton R. J W. Analyst, 1952, 77：578.

［11］　Keppes A. Bull Soc Chem Biol, 1954, 48：1243.

［12］　Kietala P. Ann Acad Sci Finn, 1960, 100：1 .

［13］　Ito Y, Weinstein MA, Aoki I, et al. Nature, 1966, 212：985.

［14］　Ito Y, Aoki I, Kimura E, et al. Anal Chem, 1969, 41：1579.

［15］　Ito Y, Bowman RL. Science, 1970, 167：281.

［16］　Tanimura T, Pisano J, Ito Y, Bowman R L. Science, 1970, 169：54.

［17］　Ito Y, Bowman RL. J Chromatogr Sci, 1970, 8：315 .

［18］　Ito Y, Bowman RL. Science, 1971, 73：420.

［19］　Ito Y, Bowman RL. Anal Chem, 1971, 43：69.

［20］　Hurst RE, Ito Y. Clin Chem, 1972, 18：814.

［21］　Ito Y, Bowman RL. J Chromatogr Sci, 1973, 11：284.

［22］　Ito Y, Bowman RL. Anal Biochem, 1974, 61：288.

［23］　Ito Y, Bowman RL. Anal Chem Sep Sci, 1976, 11：201.

［24］　Ito Y, Bowman RL, Noble FW Anal Biochem, 1972, 49：1.

［25］　Ito Y, Bowman RL. Science, 1973, 182：391.

［26］　Ito Y, Hurst R E, Bowman R L, et al. Sep Purif Methods, 1974, 3 (1)：133.

［27］　Ito Y, Bowman RL. Anal Biochem, 1975, 65：310.

［28］　Ito Y. J Chromatogr, 1981, 214：122.

［29］　Ito Y, Sandlin JL, Bowers W. J Chromatogr, 1982, 244：247.

［30］　Ito Y. J Liq Chromatogr, 1985, 8：2131.

［31］　Ito Y. J Chromatogr, 1987, 403：77.

［32］　Oka H, Harada K, Suzuki M, et al. Anal Chem, 1989, 61：1998.

［33］　Oka H, Ikai Y, Hayakawa J, et al. J Chromatogr A, 1997, 791：53.

［34］　Lee YW, Cook C, Ito Y. J Liq Chromatogr, 1988, 11：37.

［35］　Ito Y, Zhang TY. J Chromatogr, 1988, 449：135.

［36］ Ito Y，Zhang TY. J Chromatogr，1988，449：153.

［37］ Ito Y，Zhang TY. J Chromatogr，1988，455：151.

［38］ Ito Y，Oka H，Slemp J. J Chromatogr，1989，475：219.

［39］ Ito Y，Shibusawa Y，Fales H，Cahnmann H. J Chromatogr，1992，625：177.

［40］ Ito Y. pH-peak focusing and pH-zone-refining countercurrent chromatography. In：Y Ito，WD Conway，eds. High-Speed Countercurrent Chromatography. Chemical Analysis Series，Vol. 132. New York：WileyInterscience，1996：121.

［41］ Ito Y，Ma Y. J Chromatogr A，1996，753：1.

［42］ Ito Y. J Liq Chromatogr & Rel Technol，1999，22：2825.

［43］ Ito Y. Anal Biochem，2000，277 (1)：143.

［44］ Ito Y，Yang，F Q，Fitze PE，et al. J Liq Chromatogr & Rel Technol，2003，26 (9，10)：1355.

［45］ Conway WD，Petroski RJ，eds. Modern Countercurrent Chromatography. ACS Symposium Series Vol. 593. Washington DC：American Chemical Society，1995.

［46］ Foucault A. Centrifugal Partition Chromatography，Chromatographic Science Series，Vol. 68. New York：Marcel Dekker，1995.

［47］ Ito Y，Conway WD，eds. High-speed Countercurrent Chromatography. Chemical Analysis，Vol. 132. New York：Wiley，1996.

［48］ Menet JM，Thiebaut D，eds. Countercurrent Chromatography，Characterization of the solvent system used in countercurrent chromatography. New York Basel：Marcel Dekker Inc，1999.

［49］ Berthod A，ed. Countercurrent Chromatography. Wilson & Wilson's Comprehensive Analytical Chemistry. Vol. XXXXVIII. Elsevier，2002.

［50］ 张天佑编著. 逆流色谱技术. 北京：北京科学技术出版社，1991.

［51］ 曹学丽编著. 高速逆流色谱分离技术及应用. 北京：化学工业出版社，2005.

［52］ 柳仁民编著. 高速逆流色谱及其在天然产物分离中的应用. 青岛：中国海洋大学出版社，2008.

［53］ Berthoda A，Ruiz-ángel MJ，Carda-Broch S. J Chromatogr A，2009，1216：4206.

第 2 章　逆流色谱的技术原理

逆流色谱的基础是螺旋管内两溶剂相的特殊分布状态。本章将从流体力学的观点来讨论两种不同的逆流色谱基本体系[1,2]，用以阐明逆流色谱技术的基本原理。

第一种体系采用一根不动的螺旋管柱，用以形成管柱里两溶剂相的流体静力学平衡，因而称之为流体静力平衡体系（hydrostatic equilibrium system，HSES）；第二种体系采用一根转动的螺旋管柱，用以形成管柱里两相的流体动力学平衡，因而称之为流体动力学平衡体系（hydrodynmic equilibrium system，HDES）。以两种体系的任一种为基础，都能引导出一系列具有自身特点的逆流色谱仪器及其应用方法。

后来发现的单向性流体动力平衡体系[3,4]是逆流色谱技术进一步革新的基础，据此开拓了如连续抽提法[4,5]、高速逆流色谱[5,6]和双向逆流色谱法[7]等新技术和应用，这些将在后面章节中详细讨论。

2.1　流体静力平衡体系（HSES）

2.1.1　基本模型

HSES 体系的基本模型如图 2-1 所示，这是一根包含 5 个螺旋单元的螺旋管。

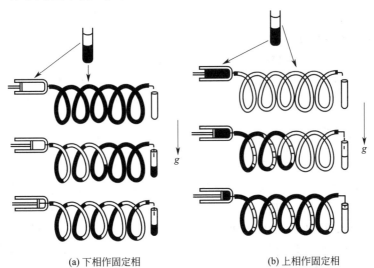

(a) 下相作固定相　　　　　　　　　　　(b) 上相作固定相

图 2-1　流体静力平衡体系的基本模型

先在螺旋管中注满已经平衡的两相溶剂系统中的下相（重相），然后把另一相上相（轻相）从螺旋管的一端慢慢注入，如图 2-1(a) 所示。这时，上相会推挤原在第一个螺旋单元里的下相，直到两相的界面到达螺旋的底部。此后，上相开始在重力场的作用下穿过下相而向上升起，同时使第一螺旋单元里保留一半容积的下相。上述过程在每一个螺旋单元里重复进行，使整个管柱里形成上下两相交替分段分布的状态，即建立流体静力学平衡的状态。如果继续注入上相，那么，新进入螺旋管的上相只会取代原在各个螺旋单元里的上相，让占螺旋管各单元容积一半的下相保留在螺旋单元中。在这样的相对流动的过程中，下相作为固定相，上相作为流动相。

在这个体系中，不论用哪一相作为流动相，都能建立起两相的流体静力平衡状态。液体和管壁之间的相互作用，会表现在流动相穿过各个固定相段的流动形式中，如果流动相同管壁的亲和性较强，它会均衡地沿螺旋管管壁流过而形成连续流，如图 2-1(a) 所示；如果流动相同管壁的亲和性较弱，它就会形成小滴穿过固定相，如图 2-1(b) 所示。

上述两相溶剂系统在螺旋管内的流体静力平衡状态，包含了实现逆流色谱的基本物理特征，这些特征是：螺旋管分为 5 个分配单元，其中保留了较大量的固定相；在每个分配单元里，流动的流动相造成两相的不断混合的同时，又维持着两相间的特定界面，这便是一个稳定的逆流色谱体系应具有的条件。如果把样品溶质从螺旋管的进口端注入，它会随着流动相在每个分配单元中不断经历着两相之间的分配过程，最后从螺旋管的出口端流出，样品溶质的不同组分，会按其分配系数的大小顺序地分离排列。假如在每个分配单元里的分配是有效的，那么，这个体系能实现的分配效率就接近 5 个理论塔板数。

可以用包含更多螺旋单元的管柱，验证这种基本体系的分配效率。实验结果表明，小孔径的螺旋管比大孔径的螺旋管（如内径≥5mm）的分配效率高得多，这时因为在大孔径的管子里两相界面的总面积较小和两相混合程度较弱。但是，如果管子的内径小于 2mm，又会产生阻塞流现象，即流动相像塞子一样将固定相推走，从而造成固定相的流失。因此，这种体系如不予以改进是不能用于实际分离工作的。改进的方向有两个：一个使之能应用于大管径的制备型分离；另一个是小管径的分析型分离。

2.1.2 以 HSES 为基础的逆流色谱仪

图 2-2 列出了在 HSES 基础上发展的各种逆流色谱仪机型。图中上部是制备型的，其管柱形状已经发生了很大的改变，使之在用相当大的管柱孔径时也具有较高的分配效率。前面提到，基本模型中螺旋单元里有一半空间充满着流动相，这是一段对于分配的无效空间。因此，可以把这一部分空间改造为一根根细的连接管，另一半做成直管形状。而直管空间，又被分割成许多个分配单元，每个小单元里都有较大的界面面积和有效的两相混合。这样的机型已经完全失去了螺旋管体系的本来面目，因而称为非螺旋管式逆流色谱仪。主要包含如下几种机型。

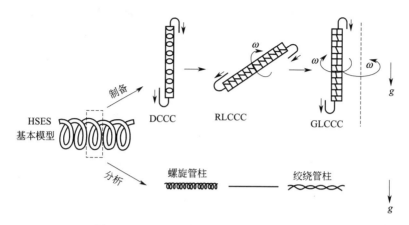

图 2-2　以 HSES 为基础的逆流色谱仪机型

2.1.2.1　液滴逆流色谱仪（DCCC）

　　液滴逆流色谱仪[8,9]（droplet CCC，简称 DCCC），是 1970 年由 Tanimura 等研制，它采用一系列的竖直管柱，互不混溶的两相溶剂中的一相以小液滴的形式在管柱中通过另一相时，液滴间的湍流促使溶质在两相之间有效分配，样品的各个组分也就在这一过程中按各自不同的分配系数获得有效的分离。工作原理如图 2-3 所示。用这种仪器时，选对管壁亲和性弱的一相作为流动相，当这一相注入注满另一固定相的竖直管柱时，会形成离散的小滴，并占据着管柱直径方向的空间。这些小滴之间有规律地保持一定的间隔，按一定的速度穿过固定相，从而把整个管柱长度分割成许多分配单元，单元数由管内的小滴数所决定。在每一个新建立的分配单元里，由小滴的穿行引起了两相的频繁扰动，因而导致了有效的分配。DCCC 比之 CCD 的结构要轻巧简便，操作也较简单，同时分离时间也较之短，相应的溶剂消耗减少，且能避免两溶剂相的乳化或泡沫的产生。用 DCCC 能一次分离 mg～g 量

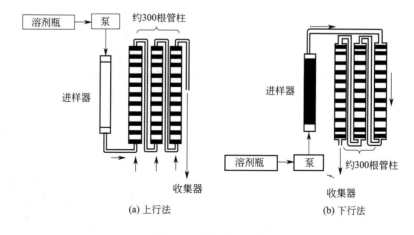

图 2-3　液滴逆流色谱

级的混合样品，而且在实现分离的过程中物质不会损失。但是液滴形成的要求和条件会大大限制两相溶剂系统的选择，而且这种小滴受重力场作用的缓慢传递过程耗时太长，从而大大约制了它的应用范围。

2.1.2.2　旋转腔室逆流色谱仪（RLCCC）

旋转腔室逆流色谱仪[8,9]（RLCCC）是用带中心孔的圆盘按一定的间隔把直管柱分隔成许多小腔室，在管柱倾斜装设并绕自身轴旋转时，每个腔室都成了分配单元，如图 2-4 所示。每个单元里的流动相在相对于固定相形成界面的同时，取代高处通往下一个腔室的穿孔水平的固定相。由于重力和旋转的作用，导致每个腔室里两相产生缓和而有效的混合，因而形成较高的分配效率。实验证明，管柱轴线同水平线成 30°左右的夹角时，有最佳的固定相保留比率和最大的两相界面，管柱的转动则使每一相都保持有效的扰动，分配效率最高。

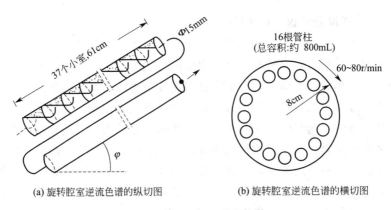

(a) 旋转腔室逆流色谱的纵切图　　　　　(b) 旋转腔室逆流色谱的横切图

图 2-4　旋转腔室逆流色谱

2.1.2.3　回旋腔室逆流色谱仪（GLCCC）

回旋腔室逆流色谱仪[8,9]（GLCCC）是采用一根垂直的腔室式管柱，靠管柱的回旋运动造成两相间的有效混合。管柱在绕仪器中心轴线公转的同时绕自身轴线作相同角速度的自转，这种行星式运动形成一个转动的离心力场，它使得每个腔室里的两相及其界面作周期性的运动，运动的规律是：两相的界面总是同重力场的离心力场的矢量和方向相正切。随着离心力方向的变化，两相和它们的界面都相对于管壁运动，这可以从管壁上标注的"×"号的相对转动看出（图 2-5）。

图 2-2 下部列出分析逆流色谱仪的机型。这类仪器称为螺旋管式逆流色谱仪[8~10]，它经历了一个较长的发展过程。其中第一种形式保持了 HSES 体系的原始结构，但螺旋直径大大地缩小了。为了解决小孔径螺旋管里形成阻塞流的问题，应用了离心场的作用，保证在流动相连续流过时，固定相得以保留。减小螺旋直径后，同样长度的管材能绕出更多的螺旋单元数，增强了分配的效能，加大了相对于管柱总体积的两界面面积，使每个螺旋单元里的两相混合更加充分。因此，这种机型有相当高的分配效率。

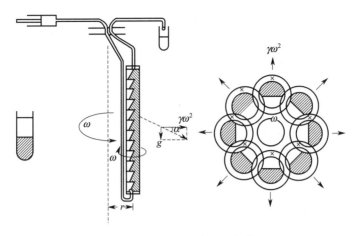

图 2-5　回旋腔室式逆流色谱

　　在使用长而细的螺旋管柱来提高分配效率的同时，管柱里会建立起较高的流体静压力，在管柱入口能保持恒速流通的最小压力随着一些参量的加大而线性地增加。这些参量中的螺旋直径，或更准确地说是每一个螺旋单元中两个界面之间的距离，能通过最小螺旋管的芯柱直径的方法予以限制。

　　第二种分析型机型用了绞绕管柱，它是把管子对折成双股后，沿整个折合长度绞合起来，以制成绳股式的结构。虽然这种结构会使两相的混合效果变弱，同时使每一螺旋单元的分配效率降低；但是，却能保证固定相的最高保留比率，并能采用长得多的管柱，在给定的操作条件下，获得最大的理论塔板数。细长管柱里流体静压力的升高，使得流通型离心分离机中防止泄漏的问题更加突出。在通常的离心机中，采用旋转密封接头，它的最大工作压力在 343kPa 以下。

2.1.2.4　离心分配逆流色谱仪（CPC）❶

　　离心分配逆流色谱仪[11]（centrifugal partition chromatography，CPC）是由 Murayama 设计制造的，它利用离心力产生的恒定力场将固定相保留在由管道连接的一系列腔体中（图 2-6），

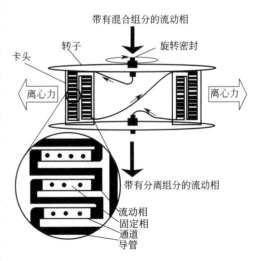

图 2-6　离心分配逆流色谱仪

---

❶　通常将在 HSES 体系仪器上实现的逆流操作称为 CPC，而将在 HDES 体系仪器上实现的逆流操作称为 CCC。同时 CPC 还可以表示离心分配逆流色谱仪（centrifugal partition chromatography），又可以表示多层螺旋管式逆流色谱仪的简称——离心分离仪（coil planet centrifuge）。

将 25 根分离柱组装成一个分离盒，分离柱间用细管连接，将 12 个分离盒对称地安装在转动轴的周围，分离柱与转动轴垂直，分离盒间用细管连接，管柱的总出入口由转轴两端分别引入。现在这种商品化的设备是由一个日本制造商的名字命名的，被称为 Sanki 逆流色谱仪，它是目前市场上比较可靠的逆流色谱仪器之一，并成功应用于许多天然产物的分离中。其优点是噪声小、平衡性好，多数溶剂系统都可在这仪器上使用，流动相流速为每分钟数毫升。缺点是由于死体积的存在，两相溶剂难以充分混合，与同体积的流体动力学的逆流色谱仪相比分离效率差，这类仪器都是采用旋转密封接头，不可避免产生溶剂的渗漏等问题。

2.2 流体动力平衡体系（HDES）

2.2.1 基本模型

HDES 体系的基本模型如图 2-7 所示，在这种基本的逆流色谱体系模型中，有一根绕自身轴线慢速转动的水平装设的螺旋管，与前节介绍的 HSES 基本模型相比，明显的差别是螺旋管有一个自转运动，它给 HDES 体系带来了新的特征，其中包括螺旋管内两相溶剂的复杂的流体动力学相互作用。

首先，用水灌满螺旋管，再把两端封起来，并使之慢慢转动。这样，离心力的作用小得可以忽略，存在于螺旋管里的水会随着管子而转动。在这种情况下，因为水是均衡地分布在管内，重力场对流体分布状态不起作用。其后，如果把气泡和一些玻璃珠送进管里，如图 2-7(a) 所示，这时，水仍旧随着管子转动，而气泡和玻璃珠都会朝向螺旋管的一端迁移。我们把这一端称为螺旋管的首端，把另一端称为尾端。悬浮物体的运动是沉浮力的相互作用和流体动力学拖曳力所导致的，沉浮力的作用使气泡和玻璃珠留在螺旋管的顶部或底部，而流体拖曳力的作用则使物体随水一起运动。事实上，悬浮物不论重于水还是轻于水，都向螺旋管的首端迁移。在极端情况下，沉浮力强于拖曳力，大且重的玻璃珠会保留在螺旋管的底部。这时，螺旋管会按螺旋运转方式越过玻璃珠，管子每转动一周，玻璃珠就向首端前进一个螺旋圈。一般说来，悬浮物体会随水一同转动，不过，重力场的作用能使之连续交替地受阻和加速，使得物体向首端的迁移较为缓慢，即螺旋管要转动若干周，悬浮物体才前进一个螺旋圈。

图 2-7(b) 表示第二轮实验的情况。在这一轮实验中，用了两个互不混溶的溶剂，如氯仿和水的溶剂系统。为了便于观察，可用染料使其中一相着色。实验结果表明，当某一相注满管柱并当作悬浮介质时，另一相的小滴会向螺旋管首端迁移的规律依然存在。不过，问题是如何认定哪一相起着悬浮介质的作用，考虑的方法是：看螺旋管的各个部位哪一相具有超量。螺旋管经过几分钟的转动之后，两相间达到一个流体动力平衡的状态，从首端开始至尾端，在每一螺旋圈里都存在体积相

近的两相，如图 2-7(c) 所示，每一螺旋单元中任一相的超量会溢出到下一个螺旋单元中去，依次逐渐地积攒在螺旋管的尾端。一旦流体动力平衡稳定地建立，螺旋管的继续转动会使各个部位的两相相互混合，同时使整个螺旋管里两相的总体分布保持不变。

　　更仔细地观察旋转螺旋管里两相的分布状态，首先发现的是：从不同的侧面来看，包容两相的螺旋管部位表现出不同的分布形式。对管壁亲和性弱的一相常常呈小滴状，它们在螺旋管的一侧较为密集，而在另一侧较为稀疏，图 2-8 给出大孔径螺旋管和小孔直螺旋管里小滴非对称分布的情况，这些小滴的不均衡分布是重力作用和螺旋管转动所造成的。在螺旋管转动时，小滴会随着管子转动同步地沿螺旋管反复振动。当小滴出现在螺旋单元的右半部时，它们会向首端运动；相反，如果被螺旋管的转动带到了螺旋单元的左半部，它们就会向尾端移动。尽管小滴在螺旋单元的两侧运动速度相同，但是由于螺旋管转动的影响，使得它们在每个单元右半部逗留的时间长于左半部逗留的时间。因此，在任意瞬间都能观察到较多的小滴存在于螺旋单元的右半部。

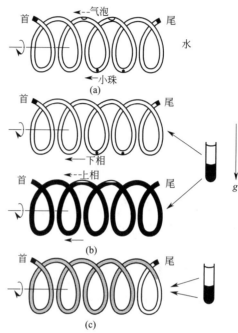

图 2-7　不同物体在旋转螺旋管里的运动

　　螺旋管的直径和转速不同，对小滴的大小、形状和运动都有明显的影响，在大孔径螺旋管里，小滴趋于在螺旋单元的右半部聚结，形成不规则形状的小滴，它们在被带到左半部时，会不断破裂而成为较小的小滴。在小孔径螺旋管里，离散的小滴能占

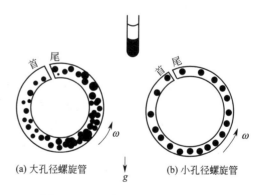

图 2-8　两相溶剂系统在转动螺旋管里的运动与分布

据横跨螺旋管直径的空间，并变得分立而大小一致，它们沿着螺旋管振动而不产生聚结。

　　在这种基本模型的实验中，可以增加一对转旋密封接头，形成如图 2-9 所示的流通体系。螺旋管里先注满任一相作为固定相，另一相作为流动相从螺旋管的首端泵入。当流动相到达第一个螺旋单元时，两相相互作用，进而建立流体动力平衡，这时，同管壁亲和性弱的一相被分裂为许多小滴，它们随管子的转动作同步的振动。当流动相连续泵入时，螺旋管首端的平衡状态不断遭到破坏，而两相又能通过在每一螺旋单元里的相对体积调整很快恢复平衡。可以说，是固定相在不断地把超量的流动相推向螺旋管的尾端。在流动相的连续洗脱过程中，已建立流体动力平衡的管长不断增长，直到整个管长都建立稳定的平衡状态。此后，再泵入的流动相就只会取代各个螺旋单元里的同相，而使固定相较大量地保留在管柱之中。这种不断泵入流动相的平衡状态同前面谈到的封闭螺旋管内的平衡状态不同，前者的流动相体积比固定相体积大些，这一体积的差异会随流动相流速的加快而增大。

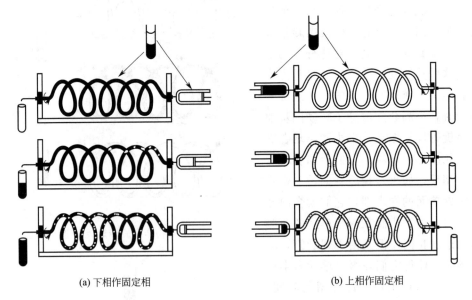

(a) 下相作固定相 (b) 上相作固定相

图 2-9　流体动力平衡体系的原理

通过上面的讨论可以知道，这种流体动力平衡体系具有实现有效分配过程的物理特征，即螺旋管力能保留住任一相充当的固定相，并能形成在数量上超过螺旋单元数的分配单元。在螺旋管的各个部位，由大量的小滴构成了两相间的广阔界面，这些小滴在支撑相里激剧而稳定地振荡着，从而减小了质点的传递阻力，同时避免了使样品区带展宽的层流的产生。因此，从螺旋管首端送入的溶质会在管内各部位的两相之间进行有效的分配和传递，并按其相对分配系数的差异而分离各个组分，这个过程同其它液相色谱的过程相似，不过，这里没有采用任何固态的载体。

从图 2-9 可以看出，旋转螺旋管里不存在完全由流动相占据的无效空间，不论以哪一相做流动相，在整个螺旋管的有效空间里总是有一相会形成小滴，每个小滴又以其剧烈而稳定的振动成为另一相的搅动因素，靠这样理想的运动和分布特征便能开发出有效的逆流色谱仪[5~7]。

2.2.2　以 HDES 为基础的逆流色谱仪

建立在 HDES 体系基础上的逆流色谱仪器是由 Ito 教授发明和设计的多层螺旋管式离心分离仪（multilayer coil planet centrifuge，MLCPC），图 2-10 显示了圆柱形螺旋管支持件的几种不同的几何方向和运动方向。每个支持件上均缠绕有一束流通管，管子的一端紧紧地固定在中心离心轴上。所有这些系统都产生一个同步行星式运动；支持件在围绕中心离心轴转动的同时，再以相同的角速度 ω 自转，其方向由一对箭头表示。这种支持件的反方向转动，使得围绕中心轴公转的螺旋管解绕，因而避免了旋转密封接头的使用。在左侧的一列图中，支持件向中心轴倾斜，形成 I-L-J 型的一系列设计；在右侧的一列图中，支持件的自转轴和公转轴之间保持相同的距离，形成另一系列 I-X-J 型的设计。其中包括一些混合型，如 I-L 型和 I-X 型、L 型和 X 型、J-L 型和 J-X 型以及 L-X 型等。

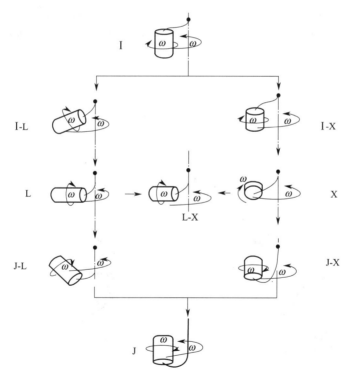

图 2-10　Ito 等设计的一系列同步离心
分离仪的示意图

这些流通式的螺旋管行星式离心分离仪，具有多种优点：①不用旋转密封接头，使整个系统在数兆帕压力情况下也不会泄漏；②通过特殊设计的行星式运动来造成实现逆流色谱所需的离心力场；③形成离心加速度场的相对于螺旋管柱的最佳作用角，使固定相在螺旋管中能稳定地保留；④螺旋管柱的公转自转转速便于调整，以保证最佳的固定相保留条件和两相混合条件。

在过去的三十多年里，先后出现多种以 HDES 为基础的逆流色谱原型仪器。如流通型 CPC（Ⅰ型）、倾斜角旋转式流通型 CPC 或称为流通型 CPC（Ⅱ型）、水平流通型 CPC、高速逆流色谱仪、双向逆流色谱仪、正交轴逆流色谱仪、非同步式逆流色谱仪等，在这些原型机中只有高速逆流色谱仪获得较大的发展和应用，正交轴逆流色谱仪在双水相系统的应用中，具有潜在的分离生物大分子的应用价值，也值得给予关注，这两类仪器将在后面的章节详细介绍。其它的原型机没有进一步的发展，本节仅对部分仪器的原理和特点进行简单介绍，感兴趣的读者可参考相关的研究文献。

2.2.2.1 **流通型 CPC**（Ⅰ型同步螺旋管行星式逆流色谱仪）

在流通型 CPC 型仪器中，螺旋管支持件按最简单的同步行星式运动方式运转，其自身轴线与仪器中心轴线平行并保持固定的距离。为了避免引入引出这两条流通管在仪器运转时相互打结，让支持件绕仪器中心轴线公转的同时，绕其自身轴线做反方向的同步自转。这种仪器的工作原理如图 2-11(a) 所示。Ⅰ型的同步行星式运动能形成一个各向同性的离心力场［图 2-11(b)］，这个场在垂直于支持件轴线的平面内转动。因此，在支持件上的任一点，都承受着相同的离心力的作用，此作用点与所在的位置无关。当螺旋管平行于支持件轴线装在支持件上时，这个体系就变得同基本的流体动力学平衡体系一样，只不过在这里是离心力场替代了重力场。

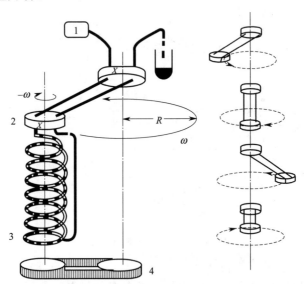

(a) 螺旋分离管柱的连续和转动方式   (b) 固定盘和转动盘在运行中的序贯位置

图 2-11 Ⅰ型同步螺旋管行星式逆流色谱仪原理示意图
1—泵；2—头；3—尾；4—静止皮带轮

2.2.2.2 **倾斜角旋转式流通型 CPC**（Ⅱ型同步螺旋管行星式逆流色谱仪）

倾斜角旋转式流通型 CPC 的工作原理如图 2-12 所示。分离螺旋管柱的轴线与公转的夹角可以调整，公转轴垂直安装，软的引入管和引出管经螺旋管顶部自转空心轴内引出后，再从公转空心轴内引出。电机带动螺旋管以角速度 ω 绕公转轴转动，同时一条皮带带动螺旋管以角速度 ω 绕自转轴转动，抵消由绕公转轴转动所导致的角位移，使引入和引出管不会相互打结。

该型仪器装有一个倾斜的螺旋管支持件，它形成的离心力场表现为极复杂的形式，即包含着三维的力矢量影响因素。支持件上的各点在不同的瞬间都承受着不同的离心力场的作用。支持件每公转一周，作用在某一点上的离心力矢量的绝对值和方向都随之周期性变化。经过充分研究发现，螺旋管柱的最佳倾角为 30°，它可以采用常用的有机-水两相溶剂系统，包括正丁醇-水和异丁醇-水等极易乳化的溶剂系统分离小分子化合物，也可以用聚合物双水相系统分离蛋白质等生物大分子。

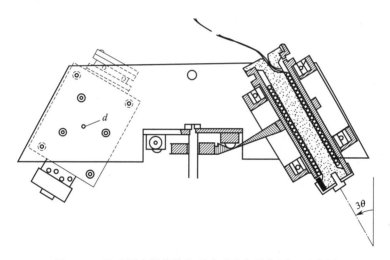

图 2-12　Ⅱ型同步螺旋管行星式逆流色谱仪原理示意图

2.2.2.3 **洗脱式离心分离仪**（Ⅲ型同步螺旋管行星式逆流色谱仪）

Ⅲ型仪器的工作原理如图 2-13 所示，Ⅲ型仪器的螺旋管支持件轴线方向同仪器中心轴线正交，这样也能形成复杂的离心力场的作用，其作用力矢量也可以分为两个分量。其中，第一个分量始终沿支持件的轴线方向作用，而第二个分量绕支持件的轴线做特定方式的旋转。作用于支持件上某一点的两个分量的绝对值相对关系与该点的位置密切相关。通过对管柱上的位置的适当选定，可以使第二个分量的影响减弱，这时，仪器就会形成一个更加稳定的辐向离心力场，这

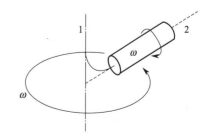

图 2-13　Ⅲ型同步螺旋管行星式工作原理
1—公转轴；2—自转轴

种情况同常用的离心机的情况相似。这样的力作用在环绕螺旋管柱上，能起到 HSES 体系中的重力场的作用。这种特殊形式的螺旋管行星式离心分离仪称为洗脱式离心分离仪，或称为流通式 CPC（Ⅲ型），它主要是应用于分析量的分离。

2.2.2.4 水平流通式 CPC（Ⅳ型同步螺旋管行星式逆流色谱仪）

Ⅳ型仪器装设相对于Ⅰ型的相反方向的支持件（如图 2-14 所示），因此，支持件绕自身轴线自转和绕仪器中心轴线公转的角速度相同，而且转动方向相同，故称为同向同步行星式运动。在这种运动方式下，Ⅳ型仪器的离心力场具有极其特异的形式。在垂直于支持件轴线的平面内，所有力矢量都呈现出旋转和振动的特征，具体的特征表现则由支持件上点的位置所决定。靠近支持件轴线的点承受旋转离心力场的作用，如同Ⅰ型仪器中的情况，而远离支持件轴线的点则承受双重转动力场的作用，其方向始终指向支持件的外方。在支持件的每一个公转周期中，这些矢量的绝对值随着方向角的振荡而起伏变化。

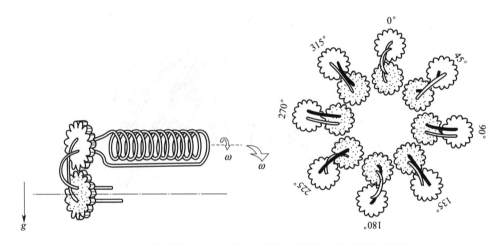

图 2-14 Ⅳ型同步螺旋管行星式逆流色谱仪工作原理示意图

装在支持件上的螺旋管柱，在邻近支持件轴线的地方会承受旋转离心力场的作用，它能使小孔径螺旋管里的两溶剂之间有效的混合，以实现基于 HDES 的分析量级的逆流色谱。另一方面，作用于较远支持轴线处的振荡力场，能使固定相获得稳定保留，同时能保证两溶剂之间的有效混合，并减小质量传递的阻力。因此，这种形式的仪器能实现高分配效率的分析量的分离和制备量的分离。把管子直接绕到支持件上做成与支持件同轴的螺旋管，能进一步扩展仪器的功能。在这种情况下，螺旋管里两相溶剂呈现出特殊的流体动力平衡状态，即其中一相，通常是上相，总是占据在螺旋管的首端段。在一定条件下上相处于近首端部分，下相处于近尾端部分，两相沿螺旋管完全分开。前面已经提到，这种单向性流体动力平衡状态能保证固定相的高保留值和连续抽提仪器，也能够实现双向逆流色谱的过程。此外，在使仪器的轴线置于水平位置时，能形成另一个有益的特点，这时，支持件相对于重力场旋转，如同基本 HDES 体系的情况，它能够应用于慢转速条件下的大量制备型逆流色谱。根据仪器轴线的位置，这种仪器被定名为水平流通式 CPC 或流通式 CPC Ⅳ型。

2.2.2.5　非行星式仪器（Ⅴ型）

在同步式仪器系列中，Ⅳ型仪器是一种过渡型仪器，它能够演变成称为非行星式的Ⅴ型仪。把Ⅰ型的支持件轴线移动到仪器中心轴线上，支持件的反转会抵消掉公转的作用而使整个的角速度是零。然而，Ⅳ型仪器作同样的轴线移动重合就会得到完全不同的结果，即公转和自转会因同方向而叠加，使在仪器中央位置的支持件的角速度加倍成为 2ω，由此形成的离心力场是稳定的和轴向的，这同常用离心机的情况相同。支持件向中心的移动使得流通管束需要引导成一个大的回路，管束应绕仪器的中心轴作角速度 ω 的转动。

这种非行星式离心分离仪避免了用旋转密封接头时所带来的许多问题，因而是进行在线血浆去除或血球细胞分离的理想仪器。为了在逆流色谱仪上应用这种非行星式的形式，螺旋管支持件可改成浅鼓盘状，让长而细的螺旋管能绕在它的周边位置，这样的仪器称为环绕螺旋管离心分离仪。在这种仪器中，管柱的每一个螺旋图都承受着稳定的离心力场的作用，使其中的固定相像在 HSES 体系中一样地得以保留。这种仪器特别适合于采用聚合物相系统对细胞和大分子活性物质进行分配分离。

2.2.2.6　Ⅵ型非同步式仪器

Ⅴ型非行星式体系为非同步式体系提供了基础条件。在非同步式体系中，支持件的轴线由Ⅴ型的状态再偏移出仪器的中心轴线，同时保持装在转动体上的那一部分流通管束，这样就会形成如图 2-15 所示的Ⅵ型体系。这时，支持件在转动体（均速度是 ω）上作行星式的运动，它绕仪器中心轴线公转，同时按相同的角速度 ω' 绕其自身轴线作反向的自转。如果从外界参考点观察，支持体绕仪器中心轴线的公转转

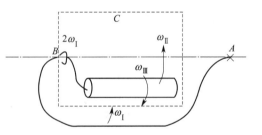

图 2-15　Ⅵ型非同步螺旋管行星式
逆流色谱仪工作原理示意图

速将是 $2\omega+\omega'$，同时以 ω' 的角速度绕其自身轴线作与公转反方向的自转。在这种情况下，自转和公转的转速比是 $-\omega'/(2\omega+\omega')$。与此相似，图 2-14 中的Ⅳ型体系也能由非行星式体系推演而成，在这种非同步式体系中，支持件倒转过来并偏移离开仪器的中心轴线，保持了固定在转动体中心部位的那一部分流通管束。支持体绕仪器中心轴线公转，同时绕其自身轴线按相同的角速度 ω' 作与公转同方向的自转，相对于外界参考点，支持件的公转速度是 $2\omega+\omega'$，自转速度是 ω'，自转和公转的转速比是 $\omega'/(2\omega+\omega')$。在上述两种非同步式体系中，都可以通过 ω 和 ω' 值的选择

来实现不同的自转和公转转速组合。

同其它形式的仪器相比，非同步式的一个独特优点是：在由公转造成的特定离心力场中，螺旋管柱的自转转速能够独立地调整。在采用聚合物双水相系统时，造成自转转速比公转转速低的行星式运动形式是必要的，这种情况最适合于细胞粒子或大分子的分配分离。聚合物相系统是双水相的组合，其界面张力极弱，很容易发生乳化现象，因此，这时所用的逆流色谱仪应能由缓慢的自转造成螺旋管柱里两相间缓和适度的混合，同时靠快速公转所造成的强离心力场使螺旋管柱里的固定相保留值达到合适的水平。由Ⅵ型体系构成的非同步式流通型 CPC，已经成功地应用于细胞和大分子的分离，也用在单一相生理盐水中进行细胞的离析。显而易见，这种非同步式仪器的设计和制造比其它形式的仪器都要复杂得多，但是，其应用功能则是最齐全和通用的。

2.3 小结

本章讨论了流体静力学和流体动力学两种基本平衡体系。在这两种基本的体系中，都是先在螺旋管里注满饱和平衡后的两相溶剂系统中的一相作为固定相，然后用另一相作为移动的洗脱相，在螺旋管的每个螺旋单元里都能保留住相当量的固定相。因此，当把溶质从螺旋管入口处引入时，它会不断经历各螺旋单元里的两相分配过程，最后从螺旋管的出口端流出，各溶质组分会按其不同的分配系数分先后顺序地分离出来，这便是无载体液液分配色谱的过程。

表 2-1　两种基本逆流色谱体系的比较

项　　目	HSES	HDES
螺旋管的运动	静止不动	绕自身轴线运动
功能的对称性	对称	不对称,悬浮物由管柱绕向和转动方向决定而向螺旋管首端运动
流动相洗脱方向	流动相可以从螺旋管的任一端引入,效果相同	流动相应从螺旋管首端引入,从尾端向首端的洗脱会导致固定相的流失
分配效率	较低	较高
固定相的保留值	保留值恒定,接近 50% 固定相一旦流失就不再返回	保留值同转速和两相界面张力有密切关系。溶剂乳化时保留极差。在螺旋线力的作用下,流失的固定相能返回
每个螺旋单元相当的分配单元数	等于 1	能够大于 1
两相的界面面积	较小,特别是用对管壁表面有亲和性的一相作流动相的情况	较大,同流动相的选择无关
两相的混合作用	缓和	极强
有效管柱空间	50%	100%

这两种体系在实现逆流色谱时，又具有各自的特点，例如，HSES 能保证固定相的稳定保留，而且不易产生乳化；HDES 则能实现两相间广阔的界面和有效的

混合，从而保证了有效的分配分离过程。表 2-1 列举了这两种体系的一些特点[12]。

在 HSES 基础上，发展了一系列的非螺旋管式的制备型逆流色谱仪，而基于 HDES，有更多的螺旋管式逆流色谱仪被开发出来，这是一些不用旋转密封接头的离心分离仪，能在进行分析型分离和制备型提纯时实现很高的分配效果。单向性流体动力平衡体系的发现，导致了高速逆流色谱仪的产生，它对于逆流色谱技术的发展具有特别重要的意义。

参 考 文 献

[1]　Ito Y, Hurst RE, Bowman RL, Achter EK. Sep Purif Methods, 1974, 3 (1)：133.

[2]　Ito Y. J Biophys Methods, 1981, 5：105.

[3]　Ito Y, Conway WD. Anal Chem, 1984, 56：534.

[4]　Ito Y. J Chromatoger, 1981, 207：161.

[5]　Ito Y. Advances in Chromatography, Vol. 24. New York：Marcel Dekker, 1984, 181.

[6]　Ito Y, Sandlin J, Bowres WG. J Chromatoger, 1982, 244：247.

[7]　Ito Y. J Liq Chromatoger, 1985, 8：2131.

[8]　Tanimura T, Pisano J, Ito Y, Bowman RL. Science, 1970, 169：54.

[9]　Ito Y, Bowman RL. Anal Chem, 1971, 43：69A.

[10]　Ito Y, Bowman RL. Science, 1971, 173：420.

[11]　Murayama W. Kobayashi T. Kosuge Y, et al. J Chromatoger, 1982, 239：643.

[12]　张天佑编著. 逆流色谱技术. 北京：北京科学技术出版社, 1991.

第3章 高速逆流色谱的技术原理

3.1 引言

高速逆流色谱是逆流色谱技术的新发展，它利用了一种特殊的流体动力学现象——单向流体动力平衡现象[1,2]，在这样的平衡体系中，两种互不混溶的溶剂相在转动螺旋管里单向分布，即其中一相完全占据螺旋管的首端一侧，另一相完全占据螺旋管的尾端一侧。在第 2 章中讨论了简单 CCC 体系，在这个体系中，由重力和螺旋管转动组合形成的阿基米德螺旋线力，这个力的作用促使固定相移向螺旋管的入口端；以及由流动着的流动相形成的推力，这个力的作用不断把固定相推向螺旋管的出口端。换言之，固定相在转动螺旋管里的保留完全取决于不强的净重力场。因此，如果采用流动相的高速逆流洗脱，就会导致固定相的流失，从而减低分离效率和组分峰形的分辨度。为了得到更稳定的固定相保留值，就必须利用离心力场来强化对固定相的保留作用。

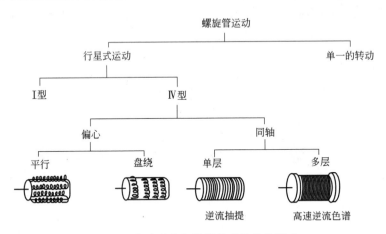

图 3-1 高速逆流色谱仪体系的各种形式

对于能实现单向性流体动力平衡的仪器系统的研究工作，是在同步行星式运动的基础上进行的。图 3-1 给出了这类仪器的各种不同体系形式，其中，Ⅰ型同步行星式运动能形成两溶剂相在螺旋管里的均匀分布，这同基本 HDES 体系的情况相同，这种分布与螺旋管在支持件上的装设方式无关。值得研究的是，Ⅳ型同步行星式运动同各种不同结构和装设方式的螺旋管相配合的情况，当螺旋管偏心装设时，不论采取平行的或环绕的结构形式，都会形成两相在整个螺旋管长度上的交替分段分布，这同 HSES 体系的情况相同。最后，只有把管子绕到支持件上做成同轴的螺旋管柱，才会形成单向性的两相分布。把长的管子在支持件上绕成多层的同轴螺旋管，形成结构紧凑的长管柱，单向性分布同样能够在其中实现。因此，高速逆流色谱仪应该是由同轴螺旋管与特定的同步行星式运动的支持件组合而成。

3.2　单向性流体动力平衡逆流色谱原理[1~3]

单向性流体动力平衡体系是一种特殊形式的流体动力平衡体系，它是 Ito 教授在研究旋转螺旋管组合的流体动力平衡学状态时偶然发现的。图 3-2 给出单向性流体动力平衡体系（HDES）的原理示意图。这里，把转动的螺旋管画成一根直管，以便于描绘出两相在螺旋管内空间的总的分布情况。在基本的 HDES 中，螺旋管的慢速转动使两相从首端到尾端均匀地分布，任一相的超量都会存留在螺旋管的尾端，因此，用某一相作流动相从首端向尾开始洗脱时，另一相在螺旋管里的保留量大约是柱容积的 50%，这一保留量还会随流动相流速的加大而减小。可见，固定相的流失使采用高流速的实际应用受到了限制，下面要讨论的单向性 HDES 就能解决上述问题。

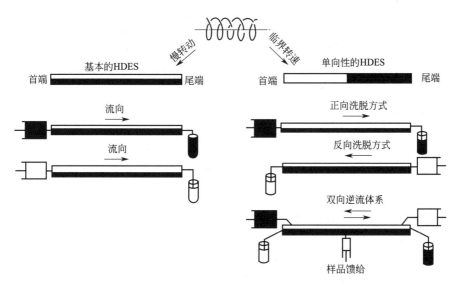

图 3-2　单向性 HDES 的原理

使螺旋管的转速加快，两相的分布状态就会发生变化，这时，一相将固定地占据螺旋管的首端部分，另一相的超量则占据尾端部分。当转速达到临界范围时，两相就会沿螺旋管长度完全分开，其中一相全都占据首端的一段，称之为首相端；另一相全部占据尾端的一段，称之为尾相端。这种分布状态表示在图 3-2 的右侧。这种两相的单向性分布说明,如果从尾端送入首端相,它会穿过尾端相而移向螺旋管的首端;反之,如果从首端送入尾端相,它会穿过首端相而移向螺旋管的尾端。因此,可以利用这一分布的特性按两种方式实现逆流色谱。其中一种方式是先注满首端相做固定相,然后把尾端相作为流动相从首端泵入。另一种方式是先注满尾端相做固定相,然后把首端相作为流动相从尾端泵入。不论采用哪一种方式,都能在流动相的高流速条件下保留大量的固定相,使整个体系能在相当短的时间内实现极高的溶质色谱峰分辨度。

用这种体系也能实现两相的同时洗脱,即两相分别从螺旋管相对的两个端头进入,并进行真正的两相逆向流动(见图 3-2 的右下图)。在这种情况下,需要在螺旋管的每一个端头增添一条流通管来收集流出物,还要在螺旋管的中部增加一条进样管用来注入样品。这种双向逆流色谱体系将在第 5 章进行介绍。

3.3 高速逆流色谱仪设计

各种高速逆流色谱仪的设计都以实现管柱支持件的Ⅳ型同步行星式运动为基础。这类螺旋行星式离心分离仪(CPC)的设计原理如图 3-3 所示。图中,仪器的轴线安排在水平位置,大直径的圆柱形螺旋管支持件同轴地装上一个行星齿轮,它与装在仪器中心轴线上的固定齿轮相啮合,这两个齿轮的尺寸和形状完全一样。靠这样的安排,螺旋管支持件就能实现同步行星式的运动,即在绕仪器中心轴公转的同时,绕自身轴线做相同方向、相

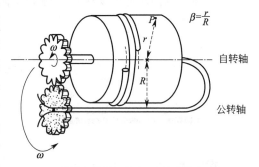

图 3-3　实现高速逆流色谱的螺旋管行星式
离心分离仪的设计原理

同角速度的自转。在运转过程中,支持件保持同仪器中心轴线平行并相距一定距离 R。这种运动方式能够避免从螺旋管上从首尾两端引出的两条流通管互相打结。仪器上的管柱用 PTFE 软管在支持件上绕制而成,管柱可以分为三种:用于抽提实验的单层短螺旋管柱;用于高速逆流色谱的多层螺旋管柱;用于双向逆流色谱的设有五条流通管的螺旋管柱。对于这三种管柱来说,自转半径 r 和公转半径 R 的比值 $\beta = r/R$ 都是决定离心力场形式的重要参数。

图 3-4 给出的是基于上述设计的高速逆流色谱 CPC 原型的横截面示意图[4]。电机带动框架绕水平的固定管轴(黑色部件)转动,固定管轴装在仪器的中心轴线上。转动框架由一对铝盘和数根连接杆(图中略去连接杆)所组成,连接杆把铝盘牢固地搭接在一起。转动框架上装设着一对转动管柱支持件,它们对称地装在离仪器中心轴线 10cm 的位置。在每个支持件的转轴上都装有一个塑料行星齿轮,它们

同装在中心固定管上的固定齿轮相啮合，这几个齿轮的尺寸和形状完全一样。为了保证机械上的稳定性，用一根短偶联管同轴地装在转动框架的自由端，偶联管的另一头通过球轴承靠仪器的固定侧壁件支撑住。

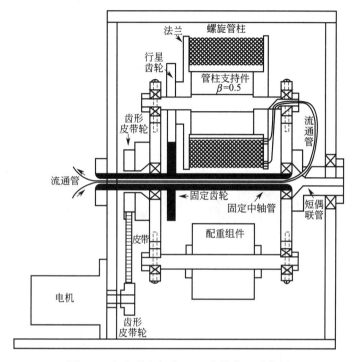

图 3-4　高速逆流色谱 CPC 的横截面示意图

仪器上用的螺旋管是在一个支持件上绕制而成。在另一个支持件上装设衡重组件，以保持仪器的平衡。从管柱上引出的一对流通管，先穿过支持件转轴的中心孔，再穿过短偶联管的侧孔到达中心固定管的开口，然后，穿过此固定管，从仪器的另一侧引出仪器之外。流通管外面应采取油脂润滑和塑料套管防护措施，以避免它同金属部件直接接触。仪器的转速可以在 0～1000r/min 的范围内调整。图 3-5 所示的是美国 NIH 最初研制的高速逆流色谱 CPC。

最初设计的 HSCCC 都是在一侧支持件上绕制螺旋管，另一侧用配重件〔如图 3-6(a) 所示〕，这样，如果使用不同的溶剂系统，因其密度不同就需要进行配重以实现仪器系统的平衡。后来，采用新的设计，使这个问题得到解决。如图 3-6(b) 所示，用一个相同的螺旋管柱取代配重件，两个管柱通过连接管串联起来，流通管系的连接方式如图 3-6(b) 下图所示[5]。图 3-6(c) 所示的是用三个或多个螺旋管柱串联的设计，由一根流通管从离心仪的一侧引入，而从另一侧引出[6]。

图 3-7 所示的仪器是一个改进后的三柱支持件的 CPC，这种离心仪有三个支持件，每个支持件有 3 个柱支持件，每个支持件上有两个齿轮，左边的一个齿轮与装

图 3-5　早期高速逆流色谱 CPC 样机实物照片

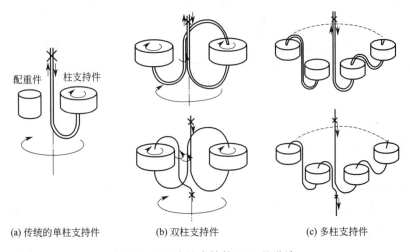

(a) 传统的单柱支持件　　　　(b) 双柱支持件　　　　(c) 多柱支持件

图 3-6　J 型多柱支持件 CPC 的设计

在中心离心轴的相同行星齿轮相啮合，右边的一个齿轮与装在管支持件轴线上的相同齿轮相啮合。管支持轴相对于柱支持件的反向转动，避免了流通管的打结。

目前，国外使用的商品仪器多为两个螺旋管柱串联的 CPC。国内目前使用的高速逆流色谱仪多为北京新技术应用研究所研制的 GS10A 和 GS20 型 CPC（从 1989 年开始生产推广），和上海同田生物技术有限公司引用北京新技术应用研究所张天佑教授的专利设计起步生产的 Tauto 型 CPC（从 2000 年开始生产推广）。前者是采用一个分离柱和一个配重件的设计或两个对称分离柱的设计，后者是采用三

图 3-7　改进后的三柱支持件的 CPC

个分离柱的设计。

　　根据样品的负载量和分离量，高速逆流色谱仪 HSCCC 可以分为分析型、半制备型和制备型。

　　分析型 HSCCC 和制备型 HSCCC 之间没有严格的界定，通常将螺旋管柱内径 ≤1mm，柱体积≤50mL 的称为分析型高速逆流色谱仪。HSCCC 的一般色谱原理适合于分析型 HSCCC。

　　与制备型 HSCCC 相比，分析型 HSCCC 的仪器参数和操作参数有些不同。由于采用了细小管径的 PETE 管绕制分离管柱，使得溶剂与管壁之间的作用力增强，两相之间的分配与对流作用充分，所以需要更强的离心力来实现固定相的保留。因此，分析型 HSCCC 通常要采用 1800~2000r/min 甚至更高的转速。表 3-1 所列为分析型 HSCCC 和制备型 HSCCC 的仪器参数和操作参数的比较。目前，分析型 HSCCC 向两种趋势发展，一种是小管径、高转速的微型化设计，可与 MS 等分析仪器联用；另一种是同半制备柱相结合的一机多用的设计，将几个容积大小不同的

表 3-1　分析型和制备型 HSCCC 的仪器参数和操作参数的比较

项　目	分　析　型	制　备　型
仪器	J 型多层螺旋管离心分离仪	J 型多层螺旋管离心分离仪
螺旋管柱内径/mm	<1	1~4
柱体积/mL	15~50	50~1000
流速/(mL/min)	0.1~1	2.0~10
转速/(r/min)	1500~3000	<1000
样品量	1 μg~10mg	10mg~10g

螺旋管柱通过不同的连接，形成不同柱体积，小体积柱用来做溶剂系统的快速筛选和小量样品的制备，大体积柱用来实现大量样品的分离制备。

3.4 Ⅳ型同步行星式运动加速度分析[7~9]

各种高速逆流色谱仪的设计都以实现管柱支持件的Ⅳ型同步行星式运动为基础。所以通过对同步行星式运动的数学分析，来阐明仪器所实现的离心力场的特征是非常必要的。

如图 3-8(a) 所示，仪器的中心轴线处于水平位置，螺旋管支持件绕仪器中心轴线公转，同时按相同的角速度 ω 绕自身轴线作相同方向的自转，箭头标出了公、自转的方向。支持件轴线始终平行于公转的中心轴线且相距 R。

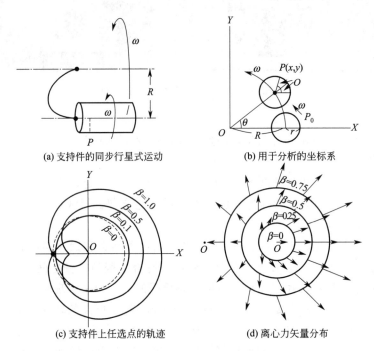

(a) 支持件的同步行星式运动   (b) 用于分析的坐标系

(c) 支持件上任选点的轨迹   (d) 离心力矢量分布

图 3-8 Ⅳ型同步行星式运动的数学分析

支持件上离自转中心 r 处的任选点的运动可以在图 3-8(b) 所示的坐标系里进行分析。为了简化此分析，假定公转中心落在坐标系原点 O 上，自转中心和任选点的初始位置都在 X 轴上。在时间 t 之后，自转中心绕原点 O 转动了 $\theta = \omega t$ 的角度，这时，该点的位置 $P(x, y)$ 可以表达为

$$x = R\cos\theta + r\cos2\theta \tag{3-1}$$

$$y = R\sin\theta + r\sin2\theta \tag{3-2}$$

根据上述两式，通过变量 θ 的消除而计算出该点的轨迹如图 3-8(c) 所示，可见，

支持件上不同位置的点的轨迹呈现出大不相同的形状。点的不同位置可以用 r 和 R 的函数表示，图中按不同的 β 值画出了不同的轨迹图线，这里的 $\beta = r/R$ 是自转半径 r 和公转半径 R 的比值。当 $\beta \leqslant 0.25$ 时，轨迹是一单圆环线；随着 β 值的加大直到 $\beta = 0.5$ 时，轨迹变成心形线；进一步加大 β 值，会从 $\beta = 1.0$ 时的双回线逐渐变成双圆环线。这些结果指出，加速度场不仅随点在支持件上的不同位置而变化，而且在支持件公转的每一周中也经历着周期性的变化。通过对式（3-1）和式（3-2）的二阶求导可以计算出任选点处的加速度表达式，可以表示为：

$$\mathrm{d}^2 x / \mathrm{d}t^2 = -R\omega^2(\cos\theta + 4\beta\cos2\theta) \tag{3-3}$$

$$\mathrm{d}^2 y / \mathrm{d}t^2 = -R\omega^2(\sin\theta + 4\beta\sin2\theta) \tag{3-4}$$

加速度矢量的绝对值可以表示为：

$$\alpha = [(\mathrm{d}^2 x/\mathrm{d}t^2)^2 + (\mathrm{d}^2 y + \mathrm{d}t^2)^2]^{\frac{1}{2}}$$

$$= R\omega^2(1 + 16\beta^2 + 8\beta\cos\theta)^{\frac{1}{2}} \tag{3-5}$$

加速度矢量相对于 X 轴的方向角可以表示为：

$$\gamma_x = \pi + \mathrm{tg}^{-1}[(\mathrm{d}^2 y/\mathrm{d}t^2)/(\mathrm{d}^2 x/\mathrm{d}t^2)]$$

$$= \pi + \mathrm{tg}^{-1}[(\sin\theta + 4\beta\sin2\theta)/(\cos\theta + 4\beta\cos2\theta)] \tag{3-6}$$

推算中，假定 $R \neq 0$ 和 $\beta = r/R$（如果 $R = 0$，则 $\alpha = 4r\omega^2$、$\gamma_x = 2\theta + \pi$，这就给出了 V 型行星式运动所产生的加速度。

为了使加速度对螺旋管柱里两溶剂相状态的影响更为明朗，最好用相对于转动支持件的加速度矢量作用角来表达。加速度矢量同自转半径，即从任选点 P 到支持件中心的连线之间的夹角是：

$$\gamma = \gamma_x - 2\theta - \pi = \mathrm{tg}^{-1}[-\sin\theta/(4\beta + \cos\theta)] \tag{3-7}$$

图 3-9 和图 3-10 描述了在支持件公转一周的过程中，α 和 γ 的变化情况，图中画出了对应于不同 β 值的几条曲线。

从图 3-9 可以看出，在 $\beta > 0$ 的情况下，α 值在公转周期内是波状变化。当 $\theta = 0°$ 时，即点的位置离公转轴线最远时，α 值最大；当 $\theta = 180°$ 时，即点的位置离公转轴线最近时，α 值最小。在 $\theta = 180°$ 处，α 值随 β 值从 $0 \sim 0.25$ 的加大过程逐渐减小，在 $\beta = 0.25$ 时，α 取最小值。

图 3-10 给出不同 β 值的情况下，围绕自转半径，即围绕 $\gamma = 0°$ 的直线的 γ 角的变化曲线。图中，令 γ 坐标的底线值是 $\gamma = -180°$，顶线值是 $\gamma = +180°$，上下连接起来形成 $360°$ 圆周角。跨越这两条线的那些曲线表示 x 任选点转动的作用角，其他各条曲线则表示沿 $\gamma = 0°$ 线摆动的角度。在 $\beta = 0$ 的情况下，即点的位置在自转轴线上时，γ 的变化呈现为穿过 $\pm180°$ 线的直线，这表示加速度场如同 I 型体系的一样绕该点匀速地转动，不过，转动方向正好同 I 型中的相反。在 $0 < \beta < 0.25$ 的情况下，加速度场仍然绕此点转动，但是转速不是均匀的，从图中可以看出，在 $\theta = 0°$ 的附近，加速度方向变化得很慢；而在 $\theta = 180°$ 的附近，加速度方向变化得很快。在 $\beta > 0.25$ 的情况下，场的运动从旋转变成摆动，加速度方向角度值在 $\gamma = 0°$

线的上下来回地变化，其摆动幅度随 β 值的加大而减小。其变化率也是在 $\theta=0°$ 附近较慢，在 $\theta=180°$ 的附近很快，特别是当 β 值接近 0.25 时，变化的快慢差异更为明显。当 β 值趋于无穷大时，表现为一个恒定的离心加速场，这就相当于常用离心机中的场的情况。

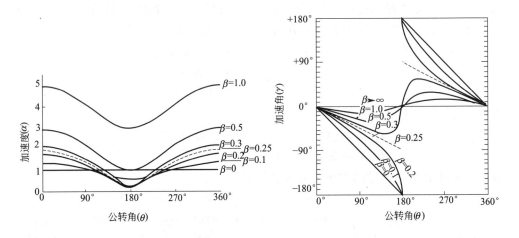

图 3-9　公转周期中，不同 β 值情况下的
加速度绝对值 α 的变化曲线

图 3-10　螺旋管旋转时，
不同 β 值的 γ 变化

根据式（3-5）和式（3-7），能计算出作用于支持件上不同位置处的相对离心力矢量，图 3-8(d) 表示出这些矢量的分布情况，三个同心圆分别对应于 β 是 0.25、0.5 和 0.75 这三种情况，转动中心代表 $\beta=0$ 的情况。围绕着每个圆的一系列箭头描述了某一瞬间离心力场的分布状况。应该说明，支持件上任一点在每一个公转周期过程中经历着这些矢量的作用。图中给出在 $\beta>0.25$ 的情况下，各矢量始终指向圆周的外方。给定 β 值时，这些矢量的绝对值和方向都对应于支持件上的位置而变化。β 值加大，相对离心力矢量的绝对值也随之增大，而沿转动轴线振摆的角度幅值则会随之减小。离心力矢量的这种分布状况，对于实现逆流色谱是非常有利的，当螺旋管柱按 $\beta>0.25$ 的位置关系装在支持件周边位置时，在外向的离心力作用下，螺旋管内两个互不混溶的溶剂彼此分离开来，其中的重相占据每一螺旋圈的靠外的部分，轻相占据靠里的部分，这种分布同基本 HSES 中的一样。在这种状态下，离心力场的作用使得两相界面上的混合十分剧烈，从而能促进分配过程。采用这种管柱结构所形成的仪器，能应用于制备量和分析量的逆流色谱。

如果采用同螺旋管支持件同轴的螺旋管柱结构，所形成的仪器的功能可获得进一步的扩展。这时，分离管柱由一整根管子直接在支持件上绕制而成，做成所需的螺旋圈数。采用这种结构后，离心力能把两溶剂相分成两层，使较轻的一相处于每一螺旋圈内靠里的部位，而较重的一相处于每一螺旋圈内靠外边的部位。这种体系是一种改进的 HDES，两溶剂相中的一相常处于螺旋管的首端部分，在一定的条件下，两相沿螺旋管长度完全分离开来。在后来的研究中发现，以此为基础并经过特殊设计的仪器，能够在流动相高速流通的条件下实现较高的固定相保留率，从而成为实现连续逆流抽提和高速制备型逆流色谱的理想机型。

3.5　溶剂系统中两相在转动管柱里的流体动力学分布

3.5.1　运动螺旋管里的流体动力学特征

前面已经提到，高速逆流色谱仪利用了两相溶剂在螺旋管柱里的特殊流体动力学运动，这种运动是由同步行星式运动所导致的。这种机械运动所造成的离心力场的分布状态，可以通过对其加速度的数学分析来描述。但是，离心力场对两相在螺旋管里的分布的影响并不能根据这些分析结果予以预测，至今为止，关于两相在运动螺旋管里的流体动力平衡的所有知识都是通过观察得到的。

对于两种互不混溶的溶剂在转动螺旋管柱里的流体动力学运动，Conway 等用频闪仪进行观察和拍照。所采用的体系为氯仿-乙酸-水（2：2：1）❶，为了便于观察，每一相用一定的颜色标识，首先用上相注满螺旋管柱，然后使仪器在 750r/min 转速下转动，并将下相从首端泵入，在建立了稳定的流体动力平衡后，用频闪仪观察到两个非常清晰的区域：靠近中心轴的将近 1/4 的区域（混合区），在那里两相剧烈地混合；其余的区域（沉积区），在那里两相分离成两层，重相占据螺旋管每一段的外部，轻相占据每一段的内部，并且两相沿螺旋管形成一个清晰的界面[10,11]。

上述观察结果表明，两溶剂相在现有的实验体系中会呈现如图 3-11 所示的流体动力学特征。图(a) 给出盘绕螺旋管在绕仪器中心轴线公转一周的过程中的先后不同的位置。管柱每公转一周，同时绕自身轴线自转两周，在此过程中，混合区带始终处于靠近仪器中心的部位。图(b) 画出整直了的管柱，它们的标号Ⅰ～Ⅳ分别对应于上方相同

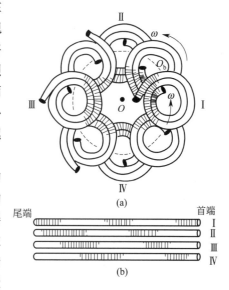

图 3-11　两溶剂相在运动螺旋管内的流体动力学特征

标号的管柱位置，这样，可以看出混合区带在盘绕管柱中的移动，即各个混合区带都向盘绕管柱的首端行进，其行进速率和管柱的公转速率相同。因此，当流动相恒

---

❶　本书除特殊说明外，溶剂系统比例均为体积比。

速地穿过固定相时，在管柱任何部位的两溶剂相都以极高的速率经历着混合和沉积的典型分配过程，其交替速率高于每秒 13 次。显然，这个发现可以利用来在流动相高流速的条件下实现仪器的高分配效率。

尽管频闪仪观察的结果能揭示螺旋管柱里两溶剂相的流体动力学作用的表象，但是，仍然存在一些问题有待进一步解决，例如，为什么会形成混合和沉积的两个不同区带？两溶剂相为什么会单向性地分布？什么因素决定着哪一相是首端相等，虽然离心矢量的特殊分布可以说是导致两相特征分布的原因，但仍需通过深入的研究以求建立起较严谨的理论。

不难知道，两相在转动螺旋管柱里的流体动力学相互作用，受到实验体系中一些物理参量的影响。因此，有必要对这些参量的作用进行研究和讨论。

3.5.2 相分布图的研究

这里用在不同的 CPC 上装设的单层螺旋管，来研究两个互不混溶的溶剂相在转动管柱里的动力学分布状况。在实验中，采用广阔范围的转速和流动相流速条件，对不同的管柱进行固定相保留值的测定，进而画出相分布图。

每次实验测定中，管柱里先注满固定相，再让仪器按某一选定的转速转动，同时把流动相按某一选定的流速泵入。管柱出口处的流出物用刻度量筒收集读数，测出两相达到分布平衡后从管柱里洗脱出来的固定相和流动相的总体积，根据这些数据就能绘制出相分布图。我们把固定相在管柱里的保留值百分比表达为：$100(V_c + V_f - V_s)/V_c$，其中 V_c 代表管柱总容积；V_f 代表流通管的容积；V_s 代表从管柱中洗脱出来的固定相体积。

图 3-12 给出在选定的操作条件下的 9 种挥发性溶剂系统的相分布图。获得这些数据的实验条件是：转速 400～1000r/min，公转半径 10cm，支持件直径分别是 5cm、10cm 和 15cm，相当于 β 是 0.25、0.5 和 0.75，管柱是内径 1.6mm 的单层螺旋管，己烷、乙酸乙酯和氯仿系统的流动相流速是 2mL/min，丁醇系统的流动相流速是 1mL/min。图中上三排是上相作流动相的结果，下三排是下相作流动相的结果。采用了两种洗脱方式，以实线表示从首端到尾端的洗脱方式，以虚线表示从尾端到首端的洗脱方式。

这些实验结果说明，溶剂系统的疏水性强弱决定了相分布曲线的表现形状。对于某一种溶剂系统来说，两相的分布情况又与 β 值密切相关，实验中采用的这些溶剂系统，可以按相分布图的特征保留状态分为三类，即疏水性类、亲水性类和中间性类。

疏水性溶剂系统类包括己烷-水、乙酸乙酯-水和氯仿-水等系统。采用这类系统时，以上相按尾到首方式洗脱（虚线）或以下相按首到尾方式洗脱（实线），都能得到高的固定相保留值。如果用相反方向的洗脱，除了在小 β 值时氯仿-水系统有 20%～30% 的保留之外，其它都不能保留住固定相。这一类溶剂的保留特征说明，

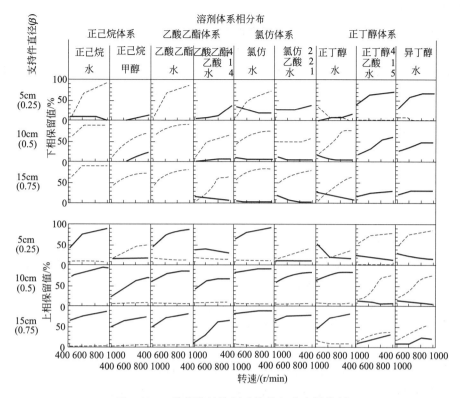

图 3-12 9 种挥发性溶剂系统的相分布图举例

不论选用什么样的 β 值，上相都具有向螺旋管首端，下相向螺旋管尾端移动的趋势。

亲水性溶剂系统类包括正丁醇-乙酸-水（4∶1∶5）和异丁醇-水系统，它们的保留特征同疏水性溶剂系统的相反，即以上相作首到尾方式洗脱（实线）或以下相作尾到首方式洗脱时，能得到固定相的高保留值。如果用相反的洗脱方式就不能保留住固定相。这类亲水性溶剂系统的保留特征说明，在实验所用的 β 值范围内，具有下相向首端、上相向尾端的移动的趋势。

其余的溶剂系统属于中间性溶剂类，它们中的有机相的疏水性得到了调整，这类溶剂系统表现出极其复杂的保留特征，β 值的变化对其保留特征有明显的影响。在小 β 值 0.25 的情况下，用实线表示的条件下能得到下相的较好保留，用虚线表示的条件下能得到上相的较好保留，这种特征同亲水性溶剂类的相似，即上相会移向尾端，下相会移向首端。然而，在大 β 值 0.375 的情况下，其保留特征完全相反，也就是说，用虚线表示的条件下能得到下相较好的保留，用实线表示的条件下能得到上相较好的保留，这种特征同疏水性溶剂类的相似，即上相会移向首端，下相会移向尾端。如果在亲水的丁醇溶剂系统中加入 1mol/L 浓度的 NaCl，就会使大 β 值条件下的相分布图形发生变化，使这种相系统的保留状态表现类似于中间性溶剂类的特征。

目前大部分商品化的逆流色谱仪器的 β 值一般都大于 0.5，因此，比较适合疏水性到中间极性的溶剂体系。对于这些体系，在用下相做流动相需要采取从首到尾的正向洗脱方式，而用上相做流动相时，需采用从尾到首的洗脱方式，才能获得较高的固定相保留值。对于亲水性的体系，虽然可以通过改变洗脱方式在一定程度上实现固定相的保留，但是保留值通常小于 50%，对于极性更强的体系，需要用正交轴逆流色谱仪才能获得较满意的固定相保留。

在不同的实验条件下，相图表现出很复杂的分布特征，这是原有的理论分析所不能预测的。两相溶剂系统的保留值分布曲线的形状，由它们在转动螺旋管柱里的流体动力学相互作用所决定。J 型运动状态下两相沿螺旋管轴线的单向性分段分布，还取决于特定实验条件下各个参量的综合作用。从整个实验结果来看，使上相移向管柱首端和使下相移向管柱尾端的条件是：①增强非水相的疏水性；②增大两溶剂相之间的界面张力；③减低溶剂相的黏度；④增大两溶剂相之间的密度差异；⑤加大 β 值；⑥减小公转半径；⑦加大管柱的螺旋直径。

溶剂系统的物理性质（①~④项）的影响是相互关连的。而溶剂和管壁之间相互作用的影响则需要用具有亲水性表面的管柱来进行研究分析。至于管柱各参量（⑤~⑦项）的影响也是很复杂的，其中 β 值的影响最为明显。转速对两溶剂相的相互作用有很大的影响，它常能使两相的单向性分布状态发生翻转反向，这种翻转产生在相分布图中两条相保留值曲线的交点处。在大多数情况下，提高转速能促使上相移向螺旋管柱的首端，也就是使虚线条件下的下相保留值提高，从而超过实线条件下的值，或使实线条件下上相保留值提高而超过虚线条件下的值。当然，对于丁醇溶剂系统来说，也会出现这种相保留值曲线的翻转变化。虽然流动相的流速也是影响固定相保留值的重要因素，但是它只会使保留值的大小变化，而不会导致单向性流体动力运动的反向。

在前面提到的各种参量中，β 值对两溶剂相的单向性流体动力学分布的影响最大。用大直径的支持件毂盘使 β 值进一步提高，能导致亲水性溶剂系统的单向性流体动力学分布反向。反之，用小直径的支持件毂盘使 β 值减小，就能使疏水性溶剂系统的单向性流体运动方向反向。

3.5.3　影响相分布的各个物理参量[12~14]

前面对于相分布图的系统的讨论，说明两相表现出的分布特征同其中非水相的疏水性强弱密切相关。疏水性溶剂系统在管柱里具有强的流体动力趋向，上相总是移向首端，而下相总是移向尾端。亲水性溶剂系统的单向性趋向正好相反，即上相趋向尾端而下相趋向首端。如果使溶剂系统的疏水性得到调整而处于上述两个极端情况之间，那么两相的流体动力趋向就会受离心条件的影响。在采用小螺旋直径和大公转半径的管柱体系中，中间性溶剂类的流体动力学特征同亲水性溶剂类的相近；反之，若采用大螺旋直径和小公转半径，其特征就同疏水性溶剂类的相似。

下面进一步讨论两相溶剂系统的三个主要物理参量——界面张力、黏度和两相之间的密度差同它的流体动力学特征的关系。此外，能够测出的两相溶剂系统在重力场中的分层时间（setting time），它也是同离心力场中溶剂系统的流体动力学特征密切相关的数字指标。

（1）溶剂系统的物理特性和分层时间

溶剂系统的主要物理特征——密度、黏度和界面张力，可以用下面要谈到的常规方法予以测定。

在某一溶剂系统中，上相和下相的密度可以由一套液体密度计来测定，再据此算出密度差值。每个溶剂相的黏度测定，可以用落球式黏度计进行。用改造的 Wilhelmg 天平，能够确定每一相对空气的表面张力，并用水（表面张力 803×10^{-4} N/cm）和己烷（202.4×10^{-4} N/cm）分别对水相和有机相的仪器读数进行标定，一对溶剂之间的界面张力，就是上下两相的表面张力的差值。上述各项测量均在室温（$22℃ \pm 1℃$）条件下进行，对于常用的几种溶剂系统的测定结果列于表3-2中。其中，$\Delta\gamma$ 代表界面张力；η_u、η_L 代表上相和下相的黏度；$\bar\eta$ 代表两相的平均黏度；ρ_u、ρ_L 代表上相和下相的密度；$\Delta\rho$ 代表两相的密度差；T 代表分层时间，T' 代表强烈振摇后的分层时间。

在测得的三个物理参量之中，界面张力 $\Delta\gamma$ 同溶剂系统的疏水性和流体动力学特征的关系最密切。疏水性溶剂类的界面张力值最高，亲水性溶剂类的界面张力值最低。上相和下相的黏度 η_u 和 η_L，以及两相的平均黏度 $\bar\eta$ 的值也同溶剂的类别有关，疏水性溶剂系统的最低，亲水性溶剂系统的最高。上下两相的密度差 $\Delta\rho$ 同溶剂的类别关系不大，虽然，一般说来疏水性溶剂类的 $\Delta\rho$ 较高而亲水性溶剂类的较低，但是，疏水性的乙酸乙酯-水的系统是个例外，在已经涉及的各个溶剂系统中，它的 $\Delta\rho$ 值是倒数第二位的低值。这三个物理参量同高效逆流色谱中溶剂系统的流体动力学特征有着明显的关联。

为了了解转动螺旋管柱里的相分布特征同溶剂系统各个物理参量的关系，需要以简单的方法测出两溶剂相的分层时间。分层时间的含义是：在重力场中，溶剂混合物完全分成两层所需的时间。测定前，先把两相溶剂系统置入分液漏斗里，使之在室温下平衡，然后分成两相，取每一相 2mL，将共 4mL 的两相溶剂放入 5mL 的刻度量筒里，量筒口用玻璃塞封住。把已经放入两相溶剂的量筒倒转 5 次，使两相充分混合，混毕即把量筒竖直地放平坦的桌面上，用秒表测定量筒里两相完全分层所需的时间 T。这种测定程序应反复数次，并计算出几次测得数的平均值作为最后结果。另外，按相似的方法，但不只是倒转，而是将装有两相的量筒重复振摇数次，然后测量分层时间，并计算出平均值 T'。从表 3-2 中列出的数据可以看出，溶剂系统中两相在离心场作用下的流体动力学特征同它在重力场中的分层时间密切相关。

疏水性溶剂系统的两相分层时间最短，通常在 $0\sim16\text{s}$ 的范围内，而亲水性溶剂系统的两相分层时间最长，一般在 $27\sim57\text{s}$ 的范围。中间性溶剂系统的两相分层时间在 $15\sim29\text{s}$ 范围，但是，其中非水相系统如己烷-甲醇系统的分层时间只有 5.5s。对于中间性和亲水性的溶剂系统来说，T 和 T' 之间的差别很小，而疏水性溶剂类的 T' 值则比 T 值大得多，特别是己烷-水系统的 T' 和 T 的差值最大。

表 3-2 两相溶剂系统的物理参数

溶剂类别	两相溶剂系统的组成	$\Delta\gamma$ /(10^{-5}N/cm)	η_u/η_L	$\bar{\eta}$	ρ_u/ρ_L	$\Delta\rho$	T/s	T'/s
			10^{-3}Pa·s		g/cm^3			
疏水性	己烷-水	52	0.41/0.95	0.68	0.66/1.00	0.34	<1	8
	乙酸乙酯-水	31	0.47/0.89	0.68	0.92/0.99	0.07	15.5	21
	氯仿-水	42	0.95/0.57	0.76	1.00/1.50	0.50	3.5	5.1
中间性	己烷-甲醇	4	0.50/0.68	0.59	0.66/0.74	0.07	5.5	6
	乙酸乙酯-乙酸-水(4:1:4)	16	1.16/0.77	0.79	0.94/10.1	0.07	15	16
	氯仿-乙酸-水(2:2:1)	12	1.72/10.6	0.97	1.21/1.35	0.24	29	27.5
	正丁醇-水	3	1.66/1.04	1.40	0.85/0.99	0.14	18	14
	正丁醇-0.1mol/L 氯化钠(1:1)	4	1.75/10.4	1.35	0.85/0.99	0.15	66	1.45
	正丁醇-1mol/L 氯化钠(1:1)	5	0.50/0.68	1.40	0.84/1.04	0.20	23.5	21.5
亲水性	正丁醇-乙酸-水(4:1:5)	<1	1.63/1.40	1.52	0.90/0.95	0.05	38.5	3.75
	正丁醇-乙酸-0.1mol/L 氯化钠(4:1:5)	<1	1.68/1.25	1.47	0.89/1.01	0.11	32	30.5
	正丁醇-乙酸-1mol/L 氯化钠(4:1:5)	1	1.69/1.26	1.48	0.88/1.04	0.16	26.5	24.5
	异丁醇-水	<1	2.70/1.67	2.19	0.87/0.97	0.10	57	53
	异丁醇-0.1mol/L 氯化钠(1:1)	<1	1.96/1.26	1.47	0.86/0.98	0.12	46.5	49.5
	异丁醇-0.1mol/L 氯化钠(1:1)	3	1.91/1.29	1.60	0.84/1.03	0.19	34	33.5

把表 3-2 中各参量的数据同对应的分层时间 T 的关系画在图 3-13 中，其中空心圈表示疏水性溶剂系统的数值，实心圈表示亲水性溶剂系统的数值，半实圈表示中间性溶剂系统的数值。对于在前面的试验中已列举的溶剂系统，都计算出每个物理参量的数值同分层时间 T 的相关系数 r。密度差值 $\Delta\rho$ 给出弱的负相关系数 -0.45 如图 3-13(a) 所示。界面张力 $\Delta\gamma$ 给出中等的负相关系数 -0.65 如图 3-13 (b) 所示。强的正相关系数 $+0.88$ 存在于分层时间和平均黏度 η 之间，如图 3-13 (c) 所示。如果分别对每一相计算出黏度和分层之间的相关系数，那么水相并包括己烷-甲醇系统的下相（实心圈）会给出相关系数的最大值 0.89，非水相（空心圈）给出较低的相关系数 0.83 如图 3-13(d) 所示。

以上结果表明，在溶剂系统的各个物理参量中，黏度对固定相的保留值起主要的影响作用，低黏度的溶剂系统可望得到高的固定相保留值。虽然界面张力和两相间的密度差这两个参量同黏度相比影响较小，但是它们却会对溶剂在临界点附近的分层时间产生较大的影响。

（2）温度对分层时间的影响

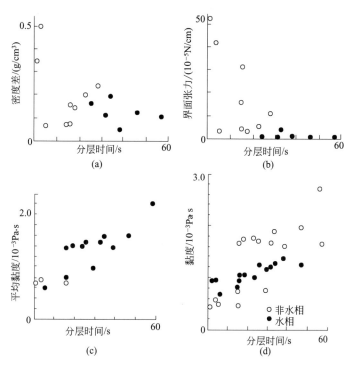

图 3-13　两相溶剂系统的三个主要物理参数同分层时间的相关性

　　如前所述，亲水性溶剂系统，如正丁醇-乙酸-水（4∶1∶5）和异丁醇-水系统，会表现出上相趋向于管柱的尾端，下相趋向于管柱的首端的特殊流体动力学特征。而且需要用反向洗脱方式获得固定相在螺旋管柱里的保留。这些溶剂系统的黏度高、界面张力低，并具有在测试过的各种溶剂系统中最长的分层时间。

　　因为各种溶剂系统的黏度同其分层时间普遍存在很强的相关性，所以亲水性溶剂系统的上述分布特征可以说是其高黏度特性导致的结果，通过提高溶剂系统的温度的办法降低其黏度，就能缩短其分层时间，从而使其反向的流体动力学特征反转为正向的特征。在较高的温度条件下，亲水性溶剂系统会表现出疏水性和中间性溶剂系统的正向流体动力学特征。改变系统中的相的组成比，能使系统的特性远离临界点。实际上，把温度从室温稍予提高，就能缩短中间性溶剂系统的分层时间，从而提高固定相的保留值和分离实验中的分配效率。

　　在适当选择的温度条件下实现逆流色谱，会得到许多效益，其中包括：①使亲水性溶剂系统的流体动力学特征翻转成为正向特征；②提高固定相的保留值，从而能改善色谱峰分辨度；③减小质点的传递阻力，从而能提高分配效率；④提高溶质的溶解度，从而能加大进样量。因此，设置温度控制系统的高速逆流色谱仪，其分离功能能够获得多方面的改善。

参 考 文 献

［1］ Ito Y, Conway WD. Anal Chem, 1984, 56：534.

［2］ Ito Y. J Chromatoger, 1981, 207：161.

［3］ Tanimura T, Pisano J, Ito Y, Bowman RL. Science, 1970, 169：54.

［4］ Ito Y, Sandlia J, Bowers WG. J Chromatogr, 1982, 214：247.

［5］ Ito Y, Chou F E. J Chromatogr, 1988, 454：382.

［6］ Ito Y, Oka H. Sletnp JL. J Chromatogr, 1989, 474：219.

［7］ Ito Y. Bowman RL. Chromatogr Sci, 1973, 11：284.

［8］ Ito Y. J Biochem Biophys Methods, 1981, 5：105.

［9］ Ito Y. J Chromatogr, 1980, 188：33.

［10］ Conway WD, Ito Y. Abstract of the 1984 Pittsburgh Conference on Analytical Chemistry and Applied Spectrollscopy, 1984：471.

［11］ Sutherland IA, Heywood-Waddington D. Abstract of the 1985 Pittsburgh Conference on Analytical Chemistry and Applied Spectroscopy, 1985：302.

［12］ Ito Y, Conway W. J Chromatogr, 1984, 301：405.

［13］ 张天佑编著. 逆流色谱技术. 北京：北京科学技术出版社, 1991.

［14］ 曹学丽编著. 高速逆流色谱分离技术及应用. 北京：化学工业出版社, 2005.

第 4 章　正交轴逆流色谱仪

前面第 2 章中已经介绍过，在各种流通式离心分离仪中（图 2-10），J 型和 L-X 型是固定相保留率和分配效率最高的两种逆流色谱分离模式。建立在 J 型同步行星式运动基础上的 CPC，就是已被推广使用的高速逆流色谱仪；建立在 L-X 型基础上的 CPC，则因为它的螺旋管支持件的自转转轴和仪器的公转转轴相互正交呈 90°角，而被称为正交轴逆流色谱仪（cross-axis coil planet centrifuge，X-axis CPC）。这种运动方式能形成三维的不对称离心力场，使运动螺旋管内两相的流体动力状态表现为特殊的形式，非常有利于亲水溶剂系统的固定相保留，适用于生物大分子样品的分离制备。下面将着重对正交轴逆流色谱仪的原理、仪器及应用进行阐述。

4.1　仪器的设计原理

正交轴型仪器的圆柱形管柱支持件绕仪器中心轴线公转，同时绕其自身轴线作相同角速度的自转。运转中，支持件的水平轴线同仪器的垂直中心轴线之间，始终保持一定的距离和相互正交的关系。这种运动方式也能保证管柱的引入引出管线互不打结。如图 4-1 所示，是一种 X 型正交轴逆流色谱仪的螺旋管柱支持件的行星运动示意图[1]，图中所示的参数 $\beta = r/R$，其中 r 是螺旋管的自转半径，R 是螺旋管自转轴距仪器中心转轴的距离。β 值是决定两相溶剂在螺旋管内的流体动力学分布的重要参数之一。

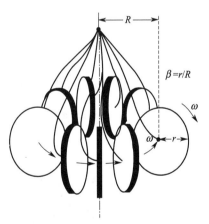

图 4-1　X 型正交轴逆流色谱仪的螺旋管柱支持件的行星式运动示意图

仪器由电机带动中心转轴和转动框架绕仪器的中心轴线转动，采用由齿形皮带传动的一对齿形皮带轮实现正交式的行星式。转动框架由一对侧板构成，它们由几根连接杆牢固地搭接在一起，这个框架支持住一个管柱支持件和一个衡重组件支持件，这两个支持件平行对称地装设在仪器中心轴的两侧，离中心轴的距离是 10cm。在仪器侧板的下部有一对反转转轴，它们通过球轴承对称而辐向地装设。45°的固定斜齿轮同中心转轴同轴地牢固装设在仪器底板上，并同装在反转转轴近仪器中心端头的两个相同斜齿轮相啮合，这种啮合方式使转动框架上的两根反转转轴作同步转动。这样的运动通过一对相同的齿形皮带轮进一步

传到管柱支持件和衡重组件支持件上。这一对齿形皮带轮中，一个装在一根支持件
转轴上，另一个装在相应的反转转轴的远离仪器中心的一端。因此，管柱支持件和
衡重组件支持件会按所要求的同步行星式运动方式运转，即它们在绕自身水平轴线
自转的同时，以相同的角速度绕仪器的垂直中心轴线公转。

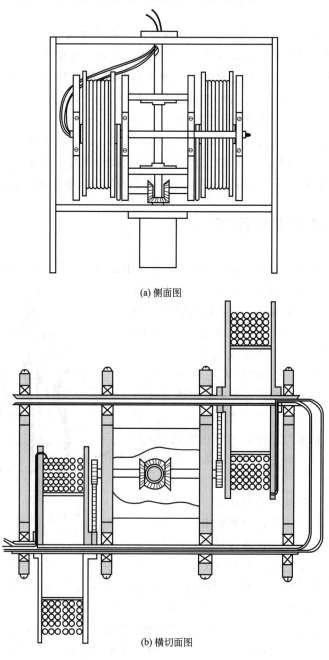

(a) 侧面图

(b) 横切面图

图 4-2　X-1.25L 型正交轴 CPC 的示意图

从分离管柱引出的两根流通管先穿过支持件转轴上的中心孔，再穿过中心转轴的侧孔，然后从仪器的上盖板引出，流通管用卡夹部件固定在上盖板中央的引出孔处。转动框架的侧板上可以设置流通管支持部件，用以防止管子与机件摩擦。如前面的章节所述，流通管外应采取润滑和套管保护措施，以保证其较长的使用寿命。仪器配有转速控制装置，转速可以在 $50{\sim}1000$r/min 的范围内调变。仪器中合理地采用塑料齿轮件，并在底部设置能支撑转动框架重量的止推轴承，这样就能有效地解决运行噪声和限速问题。图 4-2 所示是 X-1.25L 型正交轴 CPC 的侧面图与横切面示意图[2]。

根据螺旋管柱支持件与同正交轴 CPC 的中心轴之间的相对几何位置的不同，可以将正交轴 CPC 分为不同的型号。图 4-3 用三个参数描述了这种几何关系，即 R，r 和 L（柱支持件沿其轴线方向相对于中心旋转轴的横向位移）。用 $\delta=L/R$ 表示横向位移的程度。根据 δ 值的不同，可以将正交轴 CPC 命名为 X-δL 型。如 X 型（$L=0$，$\delta=0$），X-L 型（$\delta=1$），X-LL 型（$\delta=2$），X-LLL 型（$\delta=3$），L 型（$R=0$，$\delta\to\infty$）。具有较大 δ 值的正交轴 CPC，对于高黏度的双水性溶剂的保留非常有利，这是由作用于螺旋管柱的上半部分和下半部分的横向力场的不对称性所导致。

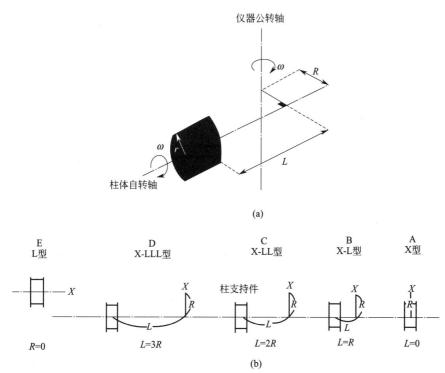

图 4-3　螺旋管柱体与正交轴 CPC 的中心轴之间的相对几何位置的不同

X—公转轴，—·—自转轴，L—轴线方向位移；R—公转半径；r—自转半径

表 4-1 列出了由 Ito 建立的 6 种正交轴 CPC 样机的参数特征。文献［5］报道，应用 X-LLL 型多层螺旋管柱的正交轴 CPC，对双水相的聚乙二醇（PEG）-磷酸盐体系和 PEG-葡萄糖体系的固定相保留较好，已经被成功地应用于蛋白质的分离；还报道了应用 L 型正交轴，在较高的流速（1mL/min）下，对高黏度的 PEG-葡聚糖体系的保留可以达到 50% 以上。

表 4-1　各种不同型号的正交轴 CPC 的样机的参考特征 β

型　号	L/cm	R/cm	β	柱体积/mL	参考文献
X	0	10	0.25	15	［1］
			0.50	15	
			0.75	15	
			0.5～0.8	400	
			0.19～0.9		
X 或 X-0.5L	0 或 10	20	0.125	15 或 28	［3］
			0.375	15 或 28	
			0.625	15 或 28	
			0.375～0.625	800	
X-1.25L	12.5	10	0.5	28	［2］
			0.75～1.15	750	
X- LL	15.2	7.6	0.5	20～30	［4］
			1	20～30	
			1.6	20～30	
			0.25～0.60	280	
			0.50～1.00	250	
			1.00～1.20	450	
X -3.5L	13.5	3.8	0.50～1.30	150	［5］
			0.44～1.50	220	
X-1.5L 或 L	16.85	10.4 或 0	0.26 或 0.16	20	［6］
			0.48 或 0.30	41	
			0.26～0.48 或	287	
			0.16～0.30		
			0.10 或 0.06		
			0.02 或 0.01	18	

4.2　正交轴仪器的同步行星式运动加速度分析[7]

为了进一步了解溶液质点在力场中的受力情况，对正交轴仪器的同步行星式运动进行加速度分析是十分必要的。对于这种运动的加速度的数学分析可以分为两步进行。第一步，先针对横穿支持件轴线的支持中心平面上的任一点进行分析。在这一特定条件下，所选的任意点、公转半径和仪器中心轴线三者处于同一平面内。第二步，把点选定在支持件的任意位置，这样就能得到计算加速度的一般化公式。

4.2.1　作用于支持件中心平面上的加速度

假设有一个半径是 $\overline{QP}=r$ 的圆盘体，它在绕仪器中心轴线 $\overline{AB}$ 公转的同时按相同角度 ω 绕自身轴线 Q 自转，其运动方式如图 4-4 所示。在这种条件下，圆盘体的轴线始终同仪器的中心轴线垂直并相距 $\overline{OQ}=R$。下面我们分析在圆盘体周围上任一点 P 的运动。

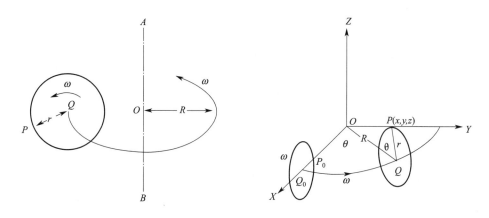

图 4-4　分析运动加速度　　　　图 4-5　分析作用于圆盘体
　　所设定的圆盘体运动方式　　　　　　上的加速度的坐标系

图 4-5 给出一个 X-Y-Z 坐标系，其中 Z 轴同仪器的中心轴线重合，圆盘体中心 Q 绕 X-Y 平面内的点 O 转动，圆盘体上任一点和圆盘体中心的起始位置 P_0 和 Q_0 都设定在 X 坐标轴上。圆盘体在绕 Z 轴公转的同时，绕自身轴线按相同角速度 ω 自转，因此，在时间 t 后，任意点运动到 P 点位置，圆盘体中心移到了 Q 点。于是，点 $P(x,y,z)$ 的坐标位置可以用下列各式表示：

$$x=R\cos\theta-r\cos^2\theta \tag{4-1}$$

$$y=R\sin\theta-r\sin\theta\cos\theta \tag{4-2}$$

$$r=r\sin\theta \tag{4-3}$$

其中，$R=\overline{OQ}$，$r=\overline{OP}$ 和 $\theta=\omega t$。

这样，作用于任意点上的加速度可以用以下三式和二阶求导表示：

$$\mathrm{d}^2x/\mathrm{d}t^2=-R\omega^2\cos\theta+2r\omega^2\cos2\theta$$

$$=-R\omega^2(\cos\theta-2\beta\cos2\theta) \tag{4-4}$$

$$\mathrm{d}^2y/\mathrm{d}t^2=-R\omega^2\sin\theta+2r\omega^2\sin2\theta$$

$$=-R\omega^2(\sin\theta-2\beta\sin2\theta) \tag{4-5}$$

$$\mathrm{d}^2z/\mathrm{d}t^2=-r\omega^2\sin\theta=-R\omega^2\beta\sin\theta \tag{4-6}$$

其中 $\beta=r/R$。

为了便于观察加速度在随圆盘体转动的目的物上的作用，最好用加速度矢量相对于仪器框架的关系予以表达，即表达在图 4-6 所示的 X_b-Y_b-Z_b 坐标系内。矢量从 X-Y-Z 坐标系转换到 X_b-Y_b-Z_b 坐标系的数学关系如下列各式：

$$a_{xb} = (\mathrm{d}^2 x / \mathrm{d}t^2)\cos\theta + (\mathrm{d}^2 y / \mathrm{d}t^2)\sin\theta$$
$$= -R\omega^2(1 - 2\beta\cos\theta) \qquad (4\text{-}7)$$
$$a_{yb} = (\mathrm{d}^2 z / \mathrm{d}t^2) = -R\omega^2\beta\sin\theta \quad (4\text{-}8)$$
$$a_{zb} = (\mathrm{d}^2 x / \mathrm{d}t^2)\sin\theta - (\mathrm{d}^2 y / \mathrm{d}t^2)\cos\theta$$
$$= -R\omega^2 2\beta\sin\theta \qquad (4\text{-}9)$$

式中，a_{xb}，a_{yb}，a_{zb} 代表沿相应坐标方向作用的加速度矢量分量。

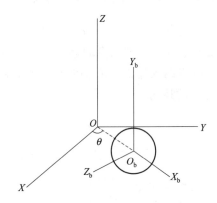

图 4-6　X-Y-Z 坐标系和 X_b-Y_b-Z_b 仪器框架坐标系之间的关系

根据式（4-7）～式（4-9），就能计算出在圆盘体上不同位置的离心矢量（与加速度矢量的大小相同而方向相反），并描绘在图 4-7 中。为了在平面上表达三维的离心矢量分布状态，需要把 $-a_{xb}$ 和 $-a_{yb}$ 合并为用箭头表示的矢量，这些矢量同 X_b 轴线之间呈不同的夹角；第三个矢量 $-a_{zb}$ 垂直于 X_b-Y_b 平面，在平面上用沿 Y_b 轴线方向的垂直线段表示，其中，上行的线段表示向上作用的力（$Z_b > 0$），下行的线段表示向下作用的力（$Z_b < 0$）。围绕着 O_b 点的各个同心圆表示圆盘体上对应于不同 β 值的作用位置的情况，图中对应的是 $\beta = 0$、0.25、0.5、0.7 和 1.0。

从图 4-7 可以看出，在任意瞬间作用于圆盘体上的离心矢量分布，依从绕仪器框架坐标 O_b 点顺时针方向转动的变化规

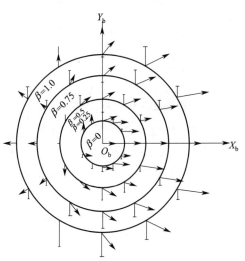

图 4-7　正交轴仪器的离心力矢量分布图

律，自转的角速度与公转角速度相同。同样，在一个公转周期中，任意点上承受的离心力矢量按力分布图的情况周期性地变化着。

正交轴同步 CPC 的力场分布表现为在一个公转周期内出现的三维复杂变化，力矢量的幅度和方向都随 β 值或选定点在圆盘体上的位置而变化。用箭头表示的 X_b-Y_b 平面分量在圆盘体的上半部和下半部之间显现镜象分布特征，但是沿 X_b 轴的分量则呈极不对称性。在 β 值小或选定点接近圆盘体中心的情况下，全部力矢量都指向右方，即力矢量绕各选定点自转并与圆盘体的公转同步；当 β 值大于 0.5 时，力矢量总是从圆周指向外方，即力矢量绕各选定点的自转变成了振荡式的运动。另一方面，用线段表示的 Z_b 分量完全对称地绕圆盘体中心分布，其幅值和振荡幅度都随着值的增大而逐渐加大。

下面将讨论，这样的力分布状态为逆流色谱分离提供了很好的物理条件。

4.2.2　作用于支持件上任一点的加速度

在图 4-8 给出的 X-Y-Z 坐标系中，有一个代表管柱支持件的圆柱形体，它在绕 Z 轴公转的同时，在 X-Y 平面内绕其自身轴线同步地自转。圆柱形体包含着在其中部画成薄圆片的圆盘体，P_0 和 P 点都在此圆盘体上。要进行加速度分析的任意点选定在沿圆柱形体轴线离 P 点 l 距离的地方，这一点的初始位置在 $P_0'(R-r,\ l,\ 0)$，经过 t 时间之后移动到 $P'(x',y',z')$，它的坐标可按下列各式表达：

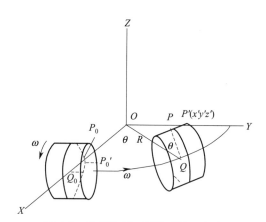

图 4-8　分析作用于圆柱形体上任意
点的加速度的 X-Y-Z 坐标体系

$$x' = R\sin\theta - r\cos^2\theta - l\sin\theta \tag{4-10}$$

$$y' = R\sin\theta - r\sin\theta\cos\theta + l\cos\theta \tag{4-11}$$

$$z' = r\sin\theta \tag{4-12}$$

作用于 P' 点的加速度也可通过对上列各式的二阶求导求得

$$\mathrm{d}^2 x'/\mathrm{d}t^2 = -R\omega^2(\cos\theta - 2\beta\cos2\theta) + l\omega^2\sin\theta \tag{4-13}$$

$$\mathrm{d}^2 y'/\mathrm{d}t^2 = -R\omega^2(\sin\theta - 2\beta\sin2\theta) - l\omega^2\cos\theta \tag{4-14}$$

$$\mathrm{d}^2 z'/\mathrm{d}t^2 = -R\omega^2\beta\sin\theta \tag{4-15}$$

其中 $\beta = r/R$。

将加速度矢量在 X-Y-Z 坐标系的表达式转换到如图 4-6 所示的 X_b-Y_b-Z_b 仪器框架坐标系中，可以得到：

$$\alpha'_{xb} = (\mathrm{d}^2 x'/\mathrm{d}t^2)\cos\theta + (\mathrm{d}^2 y'/\mathrm{d}t^2)\sin\theta$$

$$= -R\omega^2(l - 2\beta\cos\theta) \tag{4-16}$$

$$\alpha'_{yb} = \mathrm{d}^2 z'/\mathrm{d}t^2 = -R\omega^2\beta\sin\theta \tag{4-17}$$

$$\alpha'_{zb} = (\mathrm{d}^2 x'/\mathrm{d}t^2)\sin\theta - (\mathrm{d}^2 y'/\mathrm{d}t^2)\cos\theta$$

$$= -R\omega^2 2\beta\sin\theta + l\omega^2 \tag{4-18}$$

比较不同坐标系里的两组加速度矢量表达式可以看出，作用于 X_b-Y_b 平面内的加速度分量与选定点相对于支持件中心平面的偏移 l 无关，此偏移量只对沿 Z_b 轴线作用的加速度发生影响。此外，各矢量的幅值都受 $l\omega^2$ 项的影响，而与 R 和 r 值无关。因此，仪器上选定点沿支持件轴线的偏移量导致了横向作用力场的不对称分布，其不对称程度随 r 值的减小而增大。

式(4-18)可以改写为

$$a'_{zb} = -\omega^2(2r\sin\theta - l) \tag{4-19}$$

此式指出，当 $l \geqslant 2r$，$a'_{zb} \geqslant 0$ 时，沿 Z_b 轴作用的加速度方向（或离心力方向）变成单向性的分布状态。

本书前面的章节已经介绍过基本的异向同步行星式和同向同步行星式运动的离心力矢量分布，它们是公转轴和自转轴具有不同夹角关系的两个极端情况，即夹角为180°和0°。这里讨论的正交轴型运动，则是夹角为90°的中间情况。

异向同步行星式运动形成一个各向同性的离心力矢量分布，所有的矢量都具有单位幅值 $R\omega^2$，每一力矢量都随圆盘体的公转绕作用点作相同的自转。为了有效地利用这种离心力场，应使螺旋管平行于支持件的轴线（Z_b 轴方向）装设，这时阿基米德螺线力能对螺旋管内两个互不混溶的溶剂相施以强的流体动力影响，使两相在转动螺旋管内很快地建立起流体动力平衡，即一相完全占据螺旋管的近首端半部空间，另一相的超量会很快地存留于螺旋管的近尾端。因此，任一相从管柱首端洗脱，都能让另一相得到保留，固定相的保留值小于50%；相反，从尾端引入移动相则会导致固定相的完全流失。这种体系可以在合适的洗脱方式下，选用适当的流速，在小孔径螺旋管柱里实现有效的分析型分离。

对于同向同步行星式运动来说，力矢量表现为复杂的各向异性的分布，力矢量的幅值和方向都随 β 值变化，同时会在每一公转周期中不断变化。在支持件轴线附近，即 $\beta < 0.25$ 的情况下，所有的力矢量都指向右方，这说明各矢量像异向同步行星式运动时的一样，都绕作用点自转。如果 $\beta > 0.25$，所有的矢量都从各相应的圆周指向外方，这说明力矢量显现出振荡式的变化，振荡的幅度随 β 值加大而减小。离心力矢量的这种分布状况，会对不同的螺旋结构和装设方式产生完全不同的流体动力影响。

当螺旋管柱装设在支持件的周围时，不论是使之平行于支持件轴线（偏心平行螺旋管），或是把螺旋管再绕到支持件上（盘绕螺旋管），在 $\beta > 0.25$ 时，外向力场的作用都会使重相保持在每一螺旋圈里的外部，而轻相保持在螺旋圈里的内部，从而建立起流体静力学平衡。因此，将任一相从螺旋管的任一端引入，都能在每一螺旋圈里保留住另一相。同时，力场的振荡会使两相有效地混合，从而促进了分配过程。在这种情况下，固定相保留值仍然小于50%。这种流体静力平衡体系也能广泛采用各种常用两相溶剂系统，并在适当的移动相流速条件下实现有效的分离。

如果把螺旋管直接绕到支持件的毂盘上（同轴螺旋管），就会出现完全不同的流体动力学现象。这时，在 $\beta > 0.25$ 的条件下，外向的力场会使两相溶剂分开，轻相会沿螺旋管柱越过重相的上方，这样的持续作用促使一相移向管柱首端，建立起两相之间的单向性流体动力平衡。最终结果是：两相完全沿螺旋管长度方向分开，一相占据首端一侧，另一相占据尾端一侧。利用这种平衡现象实现逆流色谱，能在螺旋管内保留住大量的（>50%）固定相。这种方法可以用任一相作移动相，按不同的洗脱方式穿过管柱，快速地实现极高的组分峰形分辨度。

正交轴型同步行星式运动的力矢量分布与同向同步行星式类似，沿 X_b 轴线的力矢量呈现出不对称的分布。但是，这种运动的第一分量的分布规律与同向同步行星式的有以下两方面的不同：第一是相对幅值和临界 β 值（在临界 β 值处，力矢量从转动运动变为振荡运动）的不同。它的第一分量相对幅值在支持件上给定位置（给定 β 值）明显地减小，同时，临界 β 值从同向同步行星式的 0.25 变到 0.5。第二方面的不同反映在沿 Z_b 轴作用的第二力分量，正交轴型的会形成绕过支持件轴线的对称分布，并在支持件的周围呈递增的趋势。

基于这些特点，正交轴型仪器具有实现逆流色谱的各种特有的属性。它的幅向力分布与同步同向式的相似，这说明这种仪器也能实现两相的单向性流体动力平衡，从而获得高速逆流色谱的分离效果。它的横向振荡力场作用的存在，能造成横穿管柱直径的两相之间的附加相混合，从而防止了样品区带的展宽。在这种振荡力场的作用下，两溶剂层沿管壁交替地滚动，不但导致了每一层内的循环扰动，而且使各溶剂层不断暴露于新的管壁表面，这就有效地降低了质点的传递阻力。

另外，辐向力的加强和横向振荡力场的减弱，会导致对固定相保留值的不良影响。不过，这个问题可以通过对公转转速、公转半径、螺旋管在支持件上的位置（β 值）、移动相流速等参量的适当选择予以解决。

临界 β 值从 0.25 增大到 0.5，会造成溶剂系统的流体动力趋向的重大变化。在这种正交轴型仪器中，各种非水相并具有中等疏水性的中间性溶剂系统都会发生流体动力趋向的反转。因此，中间性和亲水性溶剂系统都表现出相同的流体动力趋向，即重相趋向于螺旋管柱的首端，轻相趋向于尾端，这两类溶剂系统的特性成为实现大量制备分离的优越条件。

4.3 正交轴型仪器同轴螺旋管内相分布特性

Ito 等曾经对一系列溶剂系统在不同的 β 值、不同型号的正交轴 CPC 上的固定相保留进行了系列的实验。图 4-9 所示为 X 型正交轴 CPC 上获得的一组溶剂系统的相分布图[8]。图中给出 9 种挥发性两相溶剂系统在三种不同螺旋直径的单层螺旋管里的相分布图。图中，按主要有机溶剂的疏水性强弱从左到右将溶剂系统分为四类。在每一类中，上三排表示用上相作移动相时下相的保留值，下三排表示用下相作移动相时上相的保留值。图中左侧标注出每一排对应的螺旋直径或 β 值。每幅图中有两条保留值曲线，其中实线表示移动相从首端到尾端的洗脱方式，虚线表示移动相从尾端到首端的洗脱方式。

图 4-9 中左端的正己烷-水溶剂系统的上三幅图中，上相作流动相从尾端到首

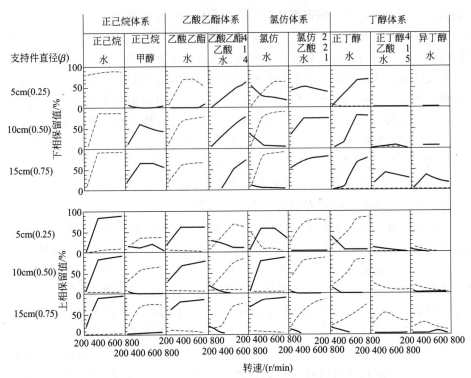

图 4-9　X 型正交轴 CPC 上获得的一组溶剂系统的相分布图

端洗脱方式时（虚线），下相固定相有高的保留值。相反，按从首端到尾端的洗脱方式时（实线），下相固定相则无法保留住。下相的这种保留特征说明，两溶剂相在螺旋管内显现出单向性分布，即上相分布在管柱的首端侧，成为首端相，而下相分布在管柱的尾端侧，成为尾端相。在下三幅图中，以上相作为固定相时的保留特征完全相反，即下相尾端相从首端引入时（实线），能获得上相固定相的高保留值，而从尾端引入时（虚线），固定相上相从螺旋管里完全流失掉。从以上结果可知，对于正己烷-水溶剂系统来说，不论是上相还是下相做流动相，都能获得理想的固定相保留特性。图 4-9 中，乙酸乙酯-水和氯仿-水这两个溶剂系统也有相似的保留特性曲线。上述三种溶剂系统的非水相都具有强的疏水性，并且都有高的界面张力和低的黏度。在 β 值的较宽范围内，它们的上相都表现为首端相。

　　其他的两相溶剂系统具有不同程度减弱的疏水性和界面张力，它们都表现出同前述三种系统相反的流体动力学趋向，即上相从首端向尾端洗脱时（实线）或下相从尾端向首端洗脱时（虚线），都能获得较好的固定相保留状态。当 β 值在 0.5 以上时，这些系统多数能获得 50％以上的固定相保留值。只是亲水性很强的正丁醇溶剂系统，其中包括正丁醇-乙酸-水（4∶1∶5）和异丁醇-水的系统，要在 β 值大到 0.75 时，才能得到较好固定相保留特性。

这些相分布图指出，正交轴型仪器同同向同步行星式仪器和其他运动形式的仪器相比，具有更好的相分配特性。X 型正交轴仪器能采用大多数中高程度疏水性的常见溶剂系统，在大量样品的制备分离中，保持固定相的良好而稳定的保留。但对于亲水性很强的溶剂系统来说，还是不很理想。

从前面的讨论能够得知，正交轴型同步行星式运动能造成螺旋管柱里的两溶剂相之间的三维有效混合，从而保证了高于其他形式的逆流色谱仪的分配效率，为进一步突出这种机型的优点，扩大其一次分离的样品量，Ito 教授和张天佑教授共同开发了一种获得美国专利〔US Patent：No. 7 488，464（1991）〕的正交轴型仪器，其公转半径和管柱支持件尺寸都加大，其固定相保留值得到了明显的提高，特别是能使亲水性溶剂系统得到高的保留水平。

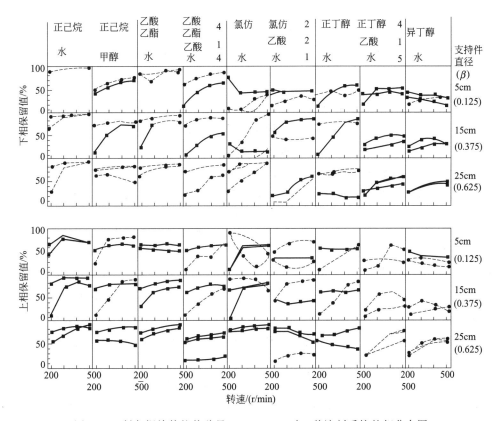

图 4-10　制备螺旋管柱偏移量 $L＝-10$cm 时 9 种溶剂系统的相分布图

图 4-10 给出螺旋管装设在 $L＝-10$cm 位置时的相分布图。在这种装设条件下，转动支持件的上半部和下半部之间存在复合向心力场的不对称分布，需要用表 4-2 列出的 8 种复合条件对相分布进行研究。

表 4-3 列出了 9 种溶剂系统转速 500r/min、支持件直径 25cm、$\beta＝0.625$ 时 8 种组合条件下测得的保留值结果。对其中三种能得到最佳保留值的组合条件，进一

步作出用不同转速时的相分布曲线，如图 4-10 上下两部分中最下一排所示。这些数据明显指出，内向和外向洗脱方式的选择对固定相保留值的影响甚小，余下的讨论将在支持件直径是 15cm 和 5cm、螺旋管右旋的条件下，针对不同的行星式运动方式 P_I 或 P_{II} 首尾洗脱方式来进行。

表 4-2 正交轴 CPC 的 8 种不同洗脱方式

行星运动形式	首尾洗脱方式	内向外向洗脱方式（螺旋管旋向）	组合洗脱方式	相分布表示法
P_I	首 H→T 尾	l(内向)(R 右旋)	P_I-H-l	———
	H→T	O(外向)(L 左旋)	P_I-H-O	———
	T→H	l （L）	P_I-T-l	-----
	T→H	O （R）	P_I-T-O	--- ---
P_{II}	H→T	l （L）	P_{II}-H-l	———
	H→T	O （R）	P_{II}-H-O	———
	T→H	l （R）	P_{II}-T-l	--- ---
	T→H	O （L）	P_{II}-T-O	-----

上述实验测定的结果说明，几乎对于所有的溶剂系统类似，螺旋管柱偏移装设都能使固定相的保留值明显提高。中间性的系统，如正己烷-甲醇、乙酸乙酯-乙酸-水（4:1:4）和正丁醇-水等，在适当的洗脱方式下，不论 β 值大小都能得到较高的保留值。亲水性溶剂系统的保留值也能大为提高，这对于分离极性组分是十分有益的。

偏移设置的螺旋管柱里相分布情况的改善，可以从这种行星式运动所形成的离心力场的作用予以解释。图 4-11 给出 $I=0$ 和 $I=-10\mathrm{cm}$ 时，不同 β 值位置的离心力矢量分布图。图中 O_b 在支持件中心轴线上，仪器的轴线是各图左侧标注 $\beta=1.0$ 的最外圆周相正切的垂直线。箭头表示作用于 X_b-Y_b 平面的复合向心力矢量，向上的线段表示力矢量指向此平面的上方，向下的线段表示力矢量指向此平面的下方。可以看出，管柱沿支持件轴线的横向偏移使复合向心力矢量在支持件的上下两半部之间不对称地分布，而正交作用于支持件轴线的主离心力场则保持不变。

图 4-12 给出螺旋管横向偏移时，P_I 和 P_{II} 两种行星式运动方式下的离心力场作用示意图。因为在这两种运动中的自转和公转同时反向，所以会形成相同的复合向心力场。同时，支持件自转方向的反转会导致螺旋管柱首尾方向的倒向。在用长箭头表示的沿辐向指向右方的主离心力场作用下，螺旋管大部分空间里的上相会趋向左边，而下相会趋向右边。

在图 4-12(a) 中，用图的上方和下方的几个弯曲箭头表示 P_I 运动方式所确定的螺旋管转动方向和首尾方向，由于螺旋管上下两半部之间复合向心力场不对称分布，两相逆流运动在上半部因乳化现象的被抑制而获得加速，而在下半部则因乳化现象的被增强而减速。因此，这时采用上相的尾到首的洗脱方式和采用下相的首到尾方式的洗脱，都能使固定相保留值提高。

表4-3 9种溶剂系统在 $L=-10cm$、转速500r/min、直径25cm时的固定相保留值

流动相	正己烷-水		正己烷-甲醇		乙酸乙酯-水		乙酸乙酯-乙酸-水(4:1:4)		氯仿-水		氯仿-乙酸-水(2:2:1)		正丁醇-水		正丁醇-醋酸-水(4:1:5)		异丁醇-水	
	条件	保留值/%	条件	保留值/%	条件	保留值/%	条件	保留值/%	条件	保留值/%	条件	保留值/%	条件	保留值/%	条件	保留值/%	条件	保留值/%
上相	P_I-T-O	97.2	P_I-T-I	85.0	P_I-T-O	91.0	P_I-T-I	87.0	P_I-T-I	96.0	P_{II}-H-I	65.0	P_I-T-I	77.4	P_{II}-H-I	64.1	P_{II}-H-O	52.5
	P_I-T-I	96.9	P_I-T-O	83.1	P_I-T-I	89.8	P_I-T-O	86.4	P_I-T-O	95.5	P_{II}-H-O	64.4	P_I-T-O	71.5	P_{II}-H-O	62.1	P_I-H-I	49.2
	P_{II}-T-O	94.4	P_{II}-T-I	74.3	P_{II}-T-O	85.9	P_{II}-T-I	74.6	P_{II}-T-O	94.4	P_I-T-I	57.3	P_{II}-T-O	30.2	P_I-H-O	46.9	P_I-H-O	47.5
	P_{II}-T-I	94.4	P_{II}-H-I	49.2	P_I-H-O	85.3	P_{II}-H-I	61.6	P_{II}-T-I	87.6	P_I-T-O	46.6	P_{II}-T-I	17.8	P_I-H-I	33.7	P_{II}-H-I	45.8
相	P_I-H-O	1.7	P_{II}-H-O	27.1	P_{II}-H-I	2.3	P_{II}-H-O	20.9	P_{II}-H-O	10.2	P_I-H-O	24.3	P_{II}-T-I	10.2	P_{II}-T-I	7.6	P_{II}-T-O	8.2
	P_I-H-I	1.7	P_{III}-H-O	20.9	P_I-H-I	1.7	P_I-H-O	18.4	P_{II}-H-I	9.6	P_I-H-I	21.5	P_I-T-O	9.0	P_I-T-I	7.3	P_I-T-I	6.2
	P_{II}-H-O	1.7	P_I-H-I	6.2	P_I-H-I	1.7	P_I-H-O	7.9	P_I-H-I	3.9	P_{II}-T-O	0	P_{II}-H-O	8.0	P_{II}-T-O	4.5	P_{II}-T-I	0.8
	P_{II}-H-I	0.6	P_I-H-I	0.8	P_{II}-T-I	0.6	P_I-H-I	5.1	P_I-H-I	3.4	P_{II}-T-O	0	P_I-H-I	7.3	P_I-T-O	1.1	P_I-T-I	0.6
下	P_I-H-O	94.4	P_I-H-I	89.8	P_I-H-I	93.5	P_I-H-O	78.5	P_I-H-O	94.9	P_I-H-I	74.9	P_I-H-I	88.7	P_{II}-T-O	78.5	P_{II}-T-I	61.6
	P_I-H-I	93.5	P_I-H-O	89.3	P_I-H-O	92.1	P_{II}-H-O	70.6	P_{II}-H-I	93.8	P_{II}-H-O	58.2	P_{II}-H-O	84.7	P_I-T-O	75.7	P_I-T-O	58.2
	P_{II}-H-I	90.1	P_{II}-H-O	5.56	P_{II}-H-O	87.3	P_{II}-H-O	45.2	P_{II}-H-O	87.0	P_{II}-H-O	35.0	P_I-H-O	80.7	P_{II}-T-I	58.2	P_{II}-T-O	56.5
相	P_{II}-H-O	89.8	P_{II}-T-O	51.4	P_{II}-H-I	85.3	P_{II}-H-I	27.1	P_{II}-T-I	87.0	P_I-T-O	33.1	P_{II}-T-O	33.3	P_I-T-I	57.1	P_{II}-T-I	55.9
	P_{II}-T-O	2.8	P_{II}-T-O	17.5	P_{II}-T-O	9.3	P_{II}-T-O	14.7	P_{II}-T-O	22.6	P_{II}-T-I	32.2	P_{II}-T-O	25.4	P_{II}-H-I	10.7	P_{II}-H-I	8.5
	P_I-T-I	2.3	P_I-T-I	16.9	P_I-T-I	8.5	P_I-T-O	11.5	P_I-T-O	17.7	P_I-T-I	24.3	P_I-T-I	16.9	P_I-H-I	7.3	P_I-H-I	6.8
	P_{II}-T-I	2.0	P_{II}-T-I	13.3	P_I-T-I	6.8	P_I-T-I	7.9	P_{II}-T-I	10.2	P_{II}-H-I	14.7	P_{II}-T-I	16.1	P_{II}-H-O	2.0	P_{II}-H-O	5.1
	P_I-T-O	2.0	P_I-T-O	9.0	P_I-T-I	5.6	P_I-T-I	5.6	P_I-T-O	6.8	P_{II}-H-O	10.1	P_I-T-I	15.3	P_I-H-O	1.7	P_I-H-O	3.9

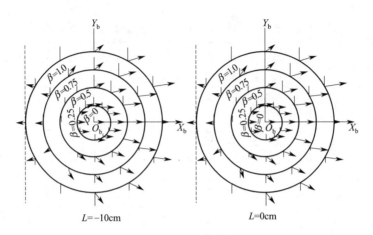

图 4-11　正交轴 CPC 在 $L=0$cm 和 $L=-10$cm 时的离心力矢量分布图

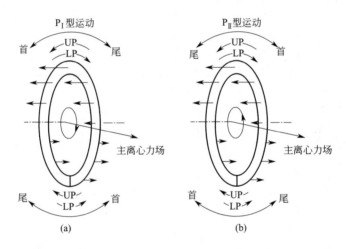

图 4-12　在 $L=-10$cm 时，P_I 和 P_{II} 两种行星式运动条件下的离心力场作用示意图
UP—上相；LP—下相

图 4-12(b) 表示出 P_{II} 运动方式的相应情况。由于复合向心力场的不对称性不变，两相的逆流运动同样在上部获得加速，而在下部减速，所以采用上相的首到尾洗脱方式和下相的尾到首洗脱方式，都能使固定相的保留值提高。

4.4　正交轴逆流色谱仪的操作条件优化

逆流色谱操作条件的优化，目的是获得最佳的溶剂系统的固定相保留值和较高的分离效率。逆流色谱仪的参数，主要可分为两大类：一类是机械参数，另一类是分离实验的操作参数。如表 4-4 所示，是正交轴 CPC 与 J 型 CPC（HSCCC）的参数的比较。可以看到，由于正交轴逆流色谱仪操作条件比 J 型 CPC 的参数多。这些参数之间有些是相互独立的，有些是相互关联的，研究这些参数对溶剂系统在正交轴 CPC 上的固定相保留值的影响也比较复杂。Goupy 等[9,10]通过实验设计，提出了对于有机相-水相两相溶剂系统应该遵从以下的原则，方能获得较高的固定相保留。

① 流动相的选择及内向、外向的洗脱方式对固定相的保留值影响最大。重相作为流动相应采取由内向外的洗脱方式，而轻相流动相应采取由外向内的洗脱方式。为了进一步提高固定相的保留，轻相流动相应采取由尾到头，重相流动相最好采取由头到尾的洗脱方式。

② 螺旋管柱的相对于中心螺旋轴的偏移装设，有利于固定相的保留。

③ 适当地降低螺旋直径，提高转速，降低流速可以使固定相保留得到一定程度的改善，但幅度较小，大约几个百分点。

温度对大多数的逆流色谱分离体系来说，影响并不十分明显，但为了得到一个稳定的分离纯化结果，最好能采取一定的控温的措施或装置，尤其是在蛋白质的分离过程中，控温是必要的，过高的温度会引起蛋白质的变性。

正交轴 CPC 的分离操作程序与普通的 HSCCC 几乎完全一样，在这里不再赘述。

表 4-4　正交轴 CPC 与 HSCCC 的参数比较

项　目	HSCCC	正交轴 CPC
机械参数	①公转半径(R) ②螺旋的半径(r) ③$\beta = r/R$ ④螺旋管缠绕的层数	①螺旋的直径(r) ②螺旋管内径 ③螺旋管在支持件上的绕制方向 ④螺旋管缠绕的层数 ⑤螺旋管在支持件上的位置(如 L 型或 X-1.5L 型) ⑥柱子类型(如同心或偏心装设，或环形装设)
分离实验的操作参数	①流动相的选择(轻相或重相) ②流动相的流速 ③旋转的方向(正转或反转) ④旋转的速度 ⑤洗脱的方式(从首到尾或从尾到首)	①流动相的选择(轻相或重相) ②流动相的流速 ③旋转的方向(沿中心垂直轴顺时针或逆时针旋转) ④旋转的速度 ⑤洗脱的方式(从同首到尾或从尾到首) ⑥洗脱的方向(向内即与离心力的方向相反,向外即与离心力的方向相同)

4.5　正交轴型 CPC 的应用举例

由于正交轴逆流色谱仪的研究工作还在开展之中，这种仪器还没有商品化，所以，它的实际应用远没有 HSCCC 那样普遍。但是，从已经发表的文献来看，它的应用正在涉及越来越多的领域。我们根据溶剂系统的极性高低，可将溶剂系统大致分为三类：第一类是低极性的溶剂系统，第二类是较高极性的溶剂系统，第三类是双水相聚合物溶剂系统。由于螺旋管支持件的自转轴同公转轴相互正交，能形成三维的不对称离心力场，非常有利于亲水性溶剂系统中的固定相的保留。表 4-5 比较了不同极性的溶剂系统在 J 型 CPC（即普通 HSCCC）和正交轴 CPC 上的固定相保留情况[11,12]。可以看到，对于低极性的溶剂系统如正己烷-水、氯仿-水体系来说，两者都能获得 90％以上的固定相保留。对于中间极性的体系，J 型 CPC 的固定相保留值降低最为明显，正交轴 CPC 仅有小幅的下降。对于极性的溶剂体系，J 型 CPC 的固定相保留值大约有 20％～30％，正交轴 CPC 的保留值约有 50％～80％。而对含有聚合物的双水相系统，在 J 型 CPC 上固定相几乎没有保留，而在正交轴 CPC 上，约有 30％～70％的保留值，可见正交轴 CPC 在采用双水相聚合物溶剂系统时具有明显的应用优势。

表 4-5 J 型 CPC 和正交轴 CPC 对不同类型的溶剂系统的固定相保留值的比较 单位：％

溶剂体系	J 型	正交轴型	溶剂体系	J 型	正交轴型
疏水性体系	90	＞95	亲水性体系	20～30	50～90
中间极性体系	50	＞80	聚合物体系	0	30～70①

① 流速为 3mL/min 时的平均值。

表 4-6 列出了正交轴 CPC 分离纯化不同类别样品的部分实例。可以看出，正交轴 CPC 能够采用三类溶剂系统，对多类化合物进行有效的分离。关于正交轴 CPC 分离纯化生物大分子的应用，将在第 10 章中进行介绍，下面仅列举几个采用中低极性溶剂系统的分离实例。

图 4-13 所示是采用 X-0.5L 型的正交轴逆流色谱半制备分离一个合成的甾体混合物（2.4g）的色谱图[14]。所用溶剂体系为正己烷-乙酸乙酯-甲醇-水（6∶5∶4∶2）。在流速为 4mL/min 时，固定相的保留值仍能达到 71％，5 个甾体化合物组合达到了良好的分离，经 NMR 鉴定，其结构如图 4-13 所示。

表 4-6 正交轴 CPC 应用实例

被分离物	分离制备量	溶剂系统	参考文献
DNP-氨基酸	0.1～10g	氯仿-乙酸-0.1mol/L 盐酸	[3,13,15,16]
二肽	0.1～2.5g	正丁醇-二氯乙酸-0.1mol/L 的甲酸铵(100∶1∶100)～(100∶0∶100)或正丁醇-乙酸-水	[3,13]
蛋白质(包括脂蛋白、组蛋白、重组酶等)	1～10g	PEG1000-磷酸钾缓冲液PEG8000-葡聚糖 T500-磷酸钾缓冲液	[5,14,17,18]
多糖		12.5％聚乙二醇(PEG)1000 与 16％磷酸钾缓冲溶液(pH6.8)	[19]
甾体混合物	2.1g	正己烷-乙酸乙酯甲醇-水	[15]
吲哚激素	3g	正己烷-乙酸乙酯-甲醇-水	[15,16]
黄酮	100mg	氯仿-甲醇-水	[15]
抗生素	5g	氯仿-95％乙醇-水	[16]

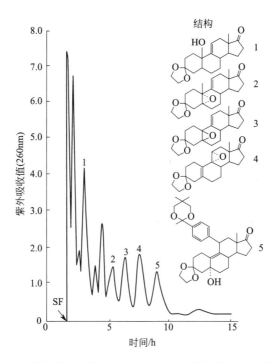

图 4-13　半制备量正交轴型 CPC 分离 2.4g 甾体中间反应物的结果

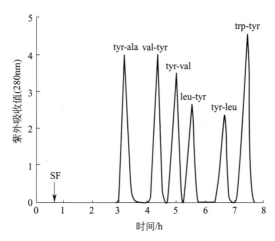

图 4-14　采用 X 型正交轴 CPC 分离 6 种含络氨酸基团的二肽混合物的色谱图
溶剂系统：正丁醇-二氯乙酸-0.1mol/L 甲酸铵，采用二氯乙酸从 0.01~0（体积比）的梯度洗脱方式

图 4-14 所示为采用 X 型的正交轴 CPC 分离 6 种含酪氨酸基团的二肽混合物的色谱图[3]。所用溶剂体系为正丁醇-二氯乙酸-0.1mol/L 的甲酸铵，采用二氯乙酸从 0.01~0（体积比）的梯度洗脱方式，上样量为 100mg，各组分峰完全分离且峰形对称，固定相的保留值达到 55%，相对于丁醇-水这类高极性的溶剂系统其固定相保留值是比较高的。

4.6 小结

① 正交轴逆流色谱仪的螺旋管支持件的自转轴与公转轴互相垂直，这种特殊的运动方式能形成三维的不对称离心力场，使运动螺旋管内两相的流体动力状态表现为特殊的形式，非常有利于亲水溶剂系统的固定相保留，适用于生物大分子样品的分离制备，在生命科学技术领域具有良好的应用前景。

② 正交轴逆流色谱仪结构比较复杂，仪器的设计参数较多，这些参数之间有些是相互独立的、有些是相互关联的。因此，这些参数的优化和仪器的合理设计，不同物理和化学条件下的实际应用研究，都需继续加强研究与探索。只有在丰富的研究和应用成果的基础上，才能开发出商品化的仪器产品，提供给科研和生产部门使用。

参 考 文 献

[1]   Ito Y. Sep Technol，1987，22：1971.
[2]   Ito Y，Oka H，Slemp L. J Chromatogr，1989，463：305.
[3]   Ito Y，Zhang T Y. J Chromatogr，1988，449：135.
[4]   Ito Y，Kitazume E，Bhatpagar M，et al. J Chromatogr，1991，538：59.
[5]   Shibusawa Y，Ito Y. J Liq Chromatogr，1992，15：2787.
[6]   Shinomya K，Menel JM，Fales HM，et al. J Chromatogr，1993，644：215.
[7]   张天佑编著. 逆流色谱技术. 北京：北京科学技术出版社，1991.
[8]   Ito Y. Sep Sci Technol，1987，22：1989.
[9]   Goupy J，Menet JM，Yhiebaut D. In：Comntercurrent chromatography. Menet JM，Thiebaut D，ed. New York：Marcel Dekker Inc，1999：29.
[10]   Menet JM. Thses de Docotorat de I'Universite Pierre et Marie Curie. Paris：1995.
[11]   Ito Y. J Chromatogr，1984，301：387.
[12]   Ito Y. J Chromatogr，1991，538：67.
[13]   Ito Y，Zhang TY. J Chromatogr，1988，449：153.
[14]   Murayama W，Kobayashi T，Kosuge Y，et al. J Chromatogr，1982，239：643.
[15]   Zhang TY，Lee YW，Fang QC，et al. J Chromatgr，1988，454：185.
[16]   Bhatnarar M，Oka H，Ito Y. J Chromatogr，1989，463：317.
[17]   Shibusawa Y，Ito Y，Ikewaki K，et al. J Chromatogr，1992，596：118.
[18]   巢志茂，庸一，神藤平三郎. 中国药学杂志，1999，34（7）：444.
[19]   曹学丽编著. 高速逆流色谱分离技术及应用. 北京：化学工业出版社，2005.

第5章 高速逆流色谱的特殊技术

5.1 双向逆流色谱

5.1.1 概述

双向逆流色谱（dual countercurrent chromatography，DuCCC）的基本原理，是两个互不混溶的溶剂相在单向性流体动力平衡的条件下，能实现穿过转动螺旋管的真正的逆向对流。这时，两相都是流动相，没有固定相存在。因此，"双向逆流色谱"这个名称是为了同传统流通模式的 HSCCC 相区别而提出的。图 5-1 是这种逆流色谱的示意图。

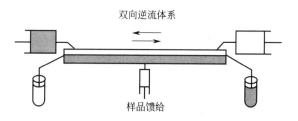

图 5-1　双向逆流色谱示意图

DuCCC 同常用的 HSCCC 一样，具有液液分配色谱的共同优点。例如，不用固体支撑体，避免了对样品的不可逆吸附、变性和沾染所带来的损失和影响。此外，DuCCC 在分离极性范围分布较宽的多组分天然粗提物时效果很好。在分离过程中，被分离样品从柱子的中部注入，其中强极性和非极性的组分会被相应的溶剂相带动，从柱子的两端被分离开来。在一相中包含的各组分，又会按极性降低的顺序依次被洗脱出来；而在另一相中，各组分则按极性增强的顺序依次被洗脱出来。样品中分配系数（K）为 1 的组分会保留在分离柱里面。

5.1.2 双向逆流色谱的原理和机制

DuCCC 的分离原理同普通的 HSCCC 的分离原理根本上是一致的，它是基于混合物在交错对流而又互不混溶的两相溶剂中的分配系数的差异而实现分离。只要目标组分和其他杂质成分在两相溶剂中存在理想的分配系数的差别，那么，利用这个溶剂系统的对流分配过程就能实现目标组分与杂质成分的分离。

DuCCC 的仪器硬件基本上是依据 Ito 的行星式螺旋管运动机制设计的，只是在螺旋管柱的绕制和抽头方式、以及进样口和溶剂进出口的设置方面进行了一些改动。如图 5-2 和图 5-3 所示，一个圆柱形螺旋管柱支持件装在一个行星齿轮上，行星齿轮同装在中心支持轴上的固定齿轮相啮合，这两个齿轮的尺寸和形状完全一样。在这样的设置下，螺旋管柱支持件在绕仪器中心轴公转的同时，绕自身轴线作相同方向、相同角速度的自转，如图 5-2 中的一对箭头所示。DuCCC 与通常的 HSCCC 不同，它采用 5 根流通管，其中 1 根是设在管柱中间部位的进样管，其他 4 根分别设在管柱的两个端头，每个端头有一个流出液体收集口和一个流动相泵入口。采用以上设计能避免 5 根流通管由于公转而引起的缠绕，它们在运转中能直接同螺旋管柱连接，而不需要设置旋转密封接头。如前所述，当螺旋管柱按超过临界状态的速度转动时，两相溶剂在柱内建立起一种单向性流体动力平衡，即其中一相完全占据首端，另一相完全占据尾端。如果将尾端相从首端引入，它将穿过首端相移向螺旋管的尾端；相反，如果将首端相从螺旋管的尾端引入，它将穿过尾端相移向螺旋管的首端。在 DuCCC 分离操作中，被分离样品从管柱的中部注入，强极性和弱极性的组分会被相应的溶剂相带动分别从管柱的两端分离出来。

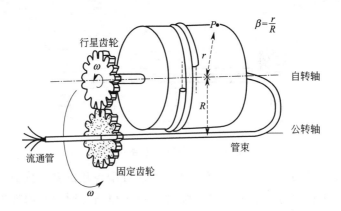

图 5-2 双向逆流色谱仪柱支持件的行星式运动示意图

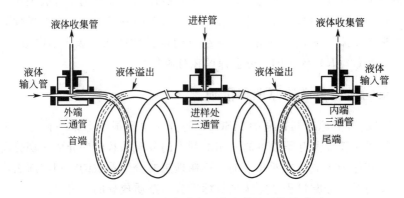

图 5-3 双向逆流色谱仪的分离管柱系统设计图

5.1.3　双向逆流色谱的应用

利用 DuCCC 分离天然产物时，最突出的优点是能同时实现正向和反向两种模式的分离。通常情况下，从 DuCCC 洗脱出的馏分具有足够高的纯度，只要经过简单的重结晶即可直接进行结构分析和鉴定。这就为天然产物的分离纯化提供了一种有效的方法[1]。下面以红花五味子中活性成分的分离制备为例予以说明[2]。

红花五味子乙醇提取物的 HPLC 分析如图 5-4 所示，主要的活性成分是五味子酚（schisanhenol）（峰 6），它同其乙酯化物（峰 5）很难分开，因而难以制备出纯的五味子酚（峰 6）。但是，采用双向逆流色谱分离方法，以正己烷-乙酸乙酯-甲醇-水（10:5:5:1）为溶剂系统就能完成此粗提物的分离。图 5-5 所示为 DuCCC 分离 125mg 红花五味子提取物所得馏分的 TLC 分析结果。图 5-6 所示为从下相流动相中所得各馏分的 HPLC 分析结果。活性成分五味子酚（6）及其乙酯化物（5）都在下相流动相中洗脱出来。馏分（Fr）36～40 中几乎是纯的五味子酚（32mg），而馏分 50～57 为纯的五味子酚的乙酯化物（4mg）。该实验说明，双向逆流色谱可以作为一种天然复杂混合物的制备级分离的有效方法。

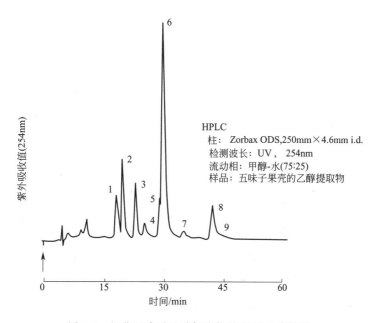

图 5-4　红花五味子乙醇提取物的 HPLC 分析图

DuCCC 的潜在分离能力还需要进一步开发，它可以用来从生物液体如血浆和尿液中提取和富集某种代谢物。例如，如果找到一个特别的溶剂体系使某一目标生物活性组分在体系中的分配系数为 1，这样就可以使粗提物中其他杂质和成分被分离出去，而目标生物活性组分会在管柱中富集，然后将此活性组分取出进行收集。

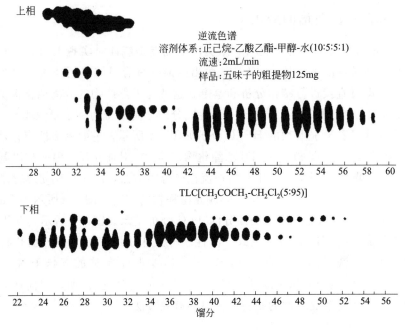

图 5-5　DuCCC 分离 125mg 红花五味子提取物所得馏分的 TLC 分析结果

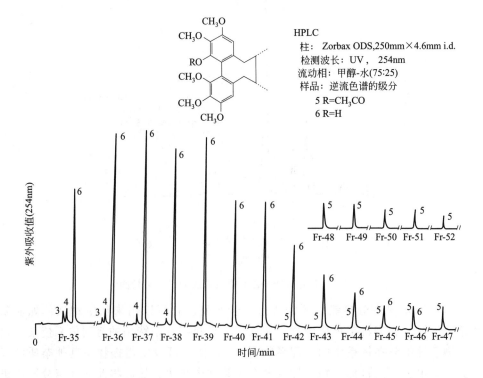

图 5-6　从下相流动相中所得各馏分的 HPLC 分析结果

5.2 泡沫逆流色谱法及其应用

泡沫分离法是依据泡沫对水溶液样品的亲和力进行分选，这种技术在生物样品的分离方面具有极大的潜力。但是由于缺乏有效的仪器设备，这种方法的使用受到了较大的限制。传统的泡沫分离设备就是一根简单的短柱，分离过程是在重力场作用下完成的，因此，分离效率很低。利用螺旋管柱行星式运动所造成的离心力场的作用，就能实现有效的泡沫分离，可以大大地提高其分离效率，这种分离技术即是泡沫逆流色谱（foamCCC）[3]。

图 5-7 给出了泡沫逆流色谱仪的分离管柱的结构设计示意图。螺旋管形的分离管柱上设有五条流通通道，液态相从接近管柱尾端的进液管引入，穿过管柱后从设在管柱首端的集液管流出。另一相气态相从接近首端的进气管引入，穿过管柱内形成的泡沫区段后，从设在管柱尾端的集泡沫管流出。样品溶液则从设在管柱中部的进样管口注入。泡沫 CCC 分离法采用的管柱系统同双向 CCC 的非常相似。

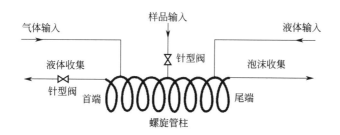

图 5-7　泡沫式逆流色谱仪的分离管柱结构示意图

在典型的液气对流方式中，含有表面活性剂的液相和氮气相分别从转动着的管柱的相对两端引入，样品溶液则连续地从进样管注入分离管柱。这样，样品中各组分将被对流的两相按其泡沫亲和性的不同而分离开来。对于泡沫具有亲和性的溶质或粒子，会由泡沫流从管柱尾端带出而被收集；与此同时，不具泡沫亲和性的其他物质会由液相流按相反的方向从管柱的首端带出而被收集。

实验已经证明，泡沫 CCC 比普通的泡沫分离方法的分离效率高[4,5]。但是，分离后需要经过复杂的步骤去除表面活性剂和其他添加剂。很多天然产物活性组分（如皂苷）具有形成泡沫的能力，因此在采用泡沫 CCC 分离这些天然产物组分时，就可能不需要添加任何表面活性剂和添加剂。Oka 等应用泡沫 CCC 对杆菌肽进行了分离研究[6~8]。但总的来说，该项技术研究和应用目前还是太少，因此，应加强该技术的应用研究。

5.3 用在 J 型 CPC 上的螺线型固体圆盘柱组件系统

为了解决 J 型 CPC 对于低界面张力的双水相体系（ATPS）的固定相保留能力差的这个问题，Ito 等提出了一种新型的可用于 J 型 CPC 的柱体设计——螺线型固体圆盘柱组件系统（spiral disk assembly）[9]，将它装设在 J 型 CPC 上，极性溶剂体系和双水相体系的固定相保留率都能得到明显的提高，从而保证了高的分配效率。这主要是因为行星式运动能够产生较大的径向离心力梯度，使得重相更倾向于沿着螺线型轨迹向外移动，而轻相则倾向于沿着螺线型轨迹向内移动。在这种柱体设计中，离心力的径向梯度效应很大程度上取决于螺距的大小。图 5-8 所示为 Ito 教授设计的螺线型圆盘柱系统的整体示意（a）和分解示意（b）。这种组件的主体由多层刻槽圆盘构成，各圆盘用一对不锈钢法兰紧压连接。圆盘柱体可以采用高密度聚乙烯等材料刻蚀而成，圆盘和圆盘之间用聚四氟乙烯隔板加以密封，并通过一个流通孔串连起来。柱体可以由单螺旋槽和多螺旋槽的形式制成，图 5-9 所示为两种不同螺距的圆盘柱体设计，一种是单螺旋圆盘柱（a），另一种是四螺旋圆盘柱（b），后者的螺距是前者的 4 倍。将这种螺线型固体柱装设在 J 型 CPC 上，就能适用于所有的两相溶剂体系，包括两相聚合物体系。初步的研究结果表明，将这种固体的圆盘柱体装设在 J 型 CPC 上，对包括正丁醇-乙酸-水（4：1：5）、4%PEG 8000-5%DEX T500-10mmol/L Na_2HPO_4 以及 12.5%PEG 1000-12.5% K_2HPO_4 在内的多种溶剂系统，都能在较高的流速下实现满意的固定相保留，并且随着螺距的增加，保留效果更好。

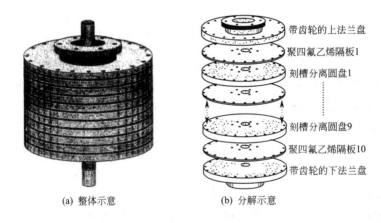

带齿轮的上法兰盘
聚四氟乙烯隔板1
刻槽分离圆盘1

刻槽分离圆盘9
聚四氟乙烯隔板10
带齿轮的下法兰盘

(a) 整体示意   (b) 分解示意

图 5-8   螺旋型圆盘柱系统

Ito 等采用由 8 层单螺旋圆盘构成的、总体积 165mL 的螺线型固体圆盘柱，进行了初步分离应用。图 5-10(a) 所示为 5 种二肽混合物分离的色谱图，所用的体系为正丁醇-乙酸-水（4：1：5），洗脱方式为上相作流动相，由头到尾、由外向内洗

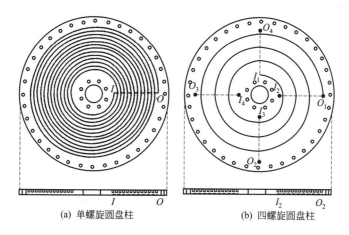

(a) 单螺旋圆盘柱　　　　　　　　(b) 四螺旋圆盘柱

图 5-9　两种不同螺距的圆盘柱体设计

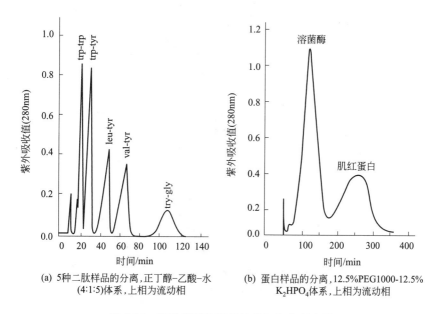

(a) 5种二肽样品的分离,正丁醇-乙酸-水　　　(b) 蛋白样品的分离,12.5%PEG1000-12.5%
　　(4:1:5)体系,上相为流动相　　　　　　　　K_2HPO_4体系,上相为流动相

图 5-10　螺线型固体圆盘柱的初步分离应用

脱，流动相流速 4mL/min，固定相保留率达到 60%；图 5-10（b）所示为采用 12.5% PEG1000-12.5% K_2HPO_4 体系分离溶菌酶和肌红蛋白混合物的色谱图，洗脱方式同前，流动相流速 1mL/min，固定相保留率 70%。

　　Cao 等[10]应用这种螺线型固体圆盘柱高速逆流色谱仪，对黄酮苷元进行分离研究，由图 5-11 可以看出，流速按 2mL/min（A）、4mL/min（B）、8mL/min（C）递增，固定相保留率均超过 70%，峰形分辨度没有大的变化，而分离时间却逐级缩短。图 5-12 所示是采用正丁醇-乙酸-水（4:1:5）系统分离二肽混合物的色谱图，流速每提高一倍，分辨度没有发生明显的变化，而分离时间缩短到一半。

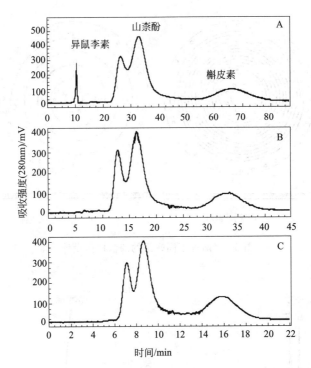

图 5-11　应用螺线型固体圆盘柱分离异鼠李素、山柰酚和槲皮素混合物

氯仿-甲醇-水（4∶3∶2），下相做流动相，洗脱模式由头到尾，
由外到内，旋转速度 800r/min，2mg 样品在 5mL 上下两相混合
溶剂中溶解，流速：2mL/min（A），4mL/min（B），8mL/min（C）

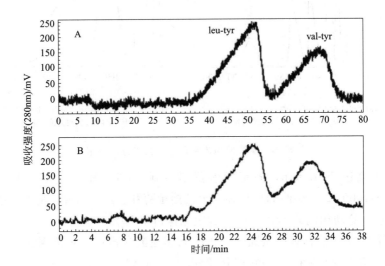

图 5-12　应用螺线型固体圆盘柱分离两种二肽混合物

正丁醇-乙酸-水（4∶1∶5），上相做流动相，洗脱模式由头到尾，由外到内，旋转速度
800r/min，12mg 样品用 1mL 的流动相溶解，流速：2mL/min（A），4mL/min（B）

以上研究结果表明，在 J 型 CPC 上采用新型的螺线型圆盘柱体，包括双水相聚合物体系在内的大多数的极性溶剂体系都能实现满意的固定相保留，这是传统的多层螺旋管柱所不能达到的。这就为高极性化合物的分离提供了一个良好的技术方法和手段。目前，对于这种新型的高速逆流色谱柱体的研究和应用还处于起步阶段，许多理论性的和机理性的问题还有待进一步的研究与解决。

5.4　pH-区带精制逆流色谱

在本章的前 3 节里，所介绍的逆流色谱体系都对普通高速逆流色谱仪器的结构或仪器的关键部件进行了新的设计和改动。也就是说，它们是通过对仪器的物理模型的改造来实现不同的应用功能的。这里要介绍的 pH-区带精制逆流色谱（pH-zone-refining countercurrent chromatography）则是在普通的高速逆流色谱仪器的基础上，通过对分离样品所用的溶剂系统组成的调配，采用化学的手段，使样品组分的色谱分离过程增添了按 pH 区带聚集的特征，同时，使组分的洗脱过程表现为类似置换（顶替）色谱（displacement chromatography）的洗脱过程，因此，它的色谱图不再是高斯分布的色谱峰形系列，而成为按 pH 值的大小排列的边界陡峭的矩形区带系列，其结果是能把相同容积的逆流色谱仪器的分离制备量提高数倍乃至10 倍。

最早，Ito 等在应用 HSCCC 分离纯化溴乙酰三碘甲腺原氨酸（BrAcT₃）时，偶然发现溴乙酸可以使其色谱峰形变得尖锐，进而，他们对三种 DNP-氨基酸的混合物进行分离和研究，而发展起来了基于 HSCCC 设备的新的应用技术。与普通逆流色谱相比，其突出特点是在溶剂体系的固定相中加入保留酸（或碱），同时在流动相中加入洗脱碱（或酸）；不同物质洗脱出来时伴随着 pH 值的突变。采用该技术能得到最小重叠的矩形峰色谱结果，同时，杂质会被聚集在目标组分峰的两侧。这种技术，具有样品分离量大、分离纯度高和分离效率高等优点。至今，已被成功地应用于氨基酸衍生物、肽衍生物、氧杂蒽染料、立体异构体、生物碱及有机酸等多种混合物的分离。它在保持高速逆流色谱技术无固态支持体干扰和分配分离效率高等优点的基础上，扩充了更大制备量的分离能力。

5.4.1　pH-区带精制逆流色谱的分离原理[11,12]

我们先举分离酸性物质的例子。如图 5-13 所示，在分离柱以内，有机固定相占据上半部分的空间，水溶性流动相占据下半部分空间。基于其非线性等温线的作用，保留酸形成了一个陡峭的缓行边界。该边界在柱中移动的速度比流动相慢，当酸性被分离物出现在流动相中位置①时，由于低的 pH 值而形成了疏水的质子化形式，随后，它进入了有机固定相的位置②。随着陡峭保留边界的前移，分离物将暴露在一个较高的 pH 的位置③，这时，分离物会失去质子并且转移到水溶性的下相中的位置④。在水溶性流动相中，被分离物快速迁移穿过陡峭的保留边界，进而重复上述的循环。因此，被分离物总是被限制在陡峭的保留边界周围的狭窄区域，并且伴随着陡峭的保留酸边界洗脱成一个尖峰。被分离物的流出，按区带的 pH 值大小密排成顺序，而每一个区带的 pH 值则是由被分离物的电离常数 pK_b 值及亲水性所决定，可以表达为以下关系式：

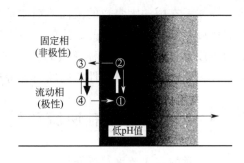

图 5-13　pH-区带精制逆流色谱分离原理示意图

$$pH(zone)=pK_a+lg[lg(K_d/K_{-1})]$$

式中，K_d 为分配率（反映被分离物的亲水性的强弱）；K 为保留酸或被分离物的分配系数。

保留酸（或碱）的作用是在溶质区的前面把溶质从流动相中转移到固定相中，洗脱碱（或酸）的作用是在溶质区的后面把溶质从固定相中转移到流动相中。当存在多种较大量的溶质时，具有最大 pK_b 值和最强亲水性的溶质会首先流出分离管柱。依此类推，不同溶质的区带按其 pH 值的升高（或降低）的顺序依次排列，从而达到分离的目的（见图 5-14）。采用这一技术时，常用的溶剂系统有：三氟乙酸（TFA）和氨水（主要用于分离有机酸性物质），三乙胺和盐酸（用于分离有机碱性物质）等。

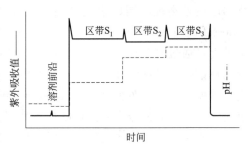

图 5-14　多种溶质分离机理示意图

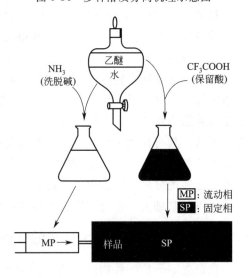

图 5-15　反向置换 pH-区带精制逆流色谱分离酸性物质的溶剂前期准备过程

5.4.2　pH-区带精制逆流色谱的分类

pH-区带精制逆流色谱可分为正向置换模式（normal-displacement mode）和反向置换模式（reverse-displacement mode）两类。正向置换模式同置换色谱在分离方法相似。而在反向置换模式中，用有机相作为固定相，在其中加入保留酸（碱）；用水相作流动相，其中加入洗脱碱（酸）。图 5-15 所示，是用反向置换 pH-区带精制逆流色谱分离酸性物质时的溶剂前期准备过程。在采用正向置换模式时，将有机相作为流动相而水相作为固定相，前面的保留酸成为了洗脱酸，前面的洗脱碱成为了保留碱。根据色谱分离原理可知，上述两种模式的出峰顺序和 pH 高低顺序正好相反。一般情况下，常用反向置换模式来分离样品。除了流动相流速、逆流色谱仪转速等因素会影响分离效果之外，保留酸（碱）和洗脱碱（酸）的浓度是影响 pH-区带精制逆流色谱分离效果的主要因素。经验表明，采用反向置换模式时，保留酸和洗脱碱浓度在 10～20mmol/L 的范围比较适宜。

5.4.3　pH-区带精制逆流色谱分离的准备及操作

5.4.3.1　样品和样品溶液

pH-区带精制逆流色谱主要适用于那些在较宽的 pH 范围内（pH1～10），能形成稳定的离子化合物的物质的分离，但是，要求混合物样品中每个主要组分的量至少在 0.1mmol 以上，最好是高于 1mmol。否则，混合物区带将会占据整个溶质区带的大部分，从而导致纯馏分的得率大大降低。

至于样品溶液的制备方法，通常是将一定量的样品溶解于含有保留剂的有机相中，同时在其中加入少量不含洗脱剂的流动相。虽然理想的状态是将样品完全溶解，但是含有未溶解样品颗粒的均匀悬浮液也可以直接进样。在 pH-区带精制逆流色谱中，流动相中被分离物的浓度在很大程度上决定于流动相中平衡离子的物质的量浓度，因此，洗脱馏分中的目标物的浓度与其在样品溶液中的初始浓度没有关系。但是，样品的浓度过大会导致溶剂体系的组成和两相间界面张力发生变化，从而造成分离管柱中固定相的流失。如果样品溶解时间过长，建议对样品适当稀释后再进样，以保证好的分离效果。在含有两相溶剂体系的样品溶液中，样品应能尽可能地溶解在固定相中，若非如此，则很可能在样品中含有大量的盐，这将会改变溶液的 pH 值。如果 pH 值发生改变，则应在样品溶液中加入适量的保留剂，将其 pH 值控制在一定的范围内。因此，最好是在进样前对样品溶液的 pH 值进行测量。

5.4.3.2　溶剂系统的选择

根据已有的应用经验，相对于普通的 HSCCC 来说，pH-区带精制逆流色谱所用溶剂系统的选择要简单得多。绝大部分的样品都可以选用甲基叔丁基醚（MTBE）-乙腈-水（1∶0∶1）～（2∶2∶3）的溶剂体系实现成功分离。如果要分离极性比较强的化合物，通常用正丁醇来部分地代替上述体系中的甲基叔丁基醚。而要分离疏水性物质时，则需采用极性较低的正己烷-乙酸乙酯-甲醇-水体系，其体积比可在（5∶5∶5∶5）～（10∶0∶5∶5）之间调节[13～15]。表 5-1 所列，是 Ito 提出的可用于 pH-区带精制逆流色谱分离的常用溶剂体系，表中各体系按极性顺序排列，通常可以从甲基叔丁基醚-水的溶剂体系开始，逐步寻找合适的溶剂体系。分离酸性物质时，可以通过下面的方法进行选择。

① 在一个大约 10mL 的试管中，分别取等体积的叔丁基甲醚和 12mmol/L 氨水溶液（pH 为 10，浓度约为 0.1％氨水，洗脱剂），加入少量样品，振摇，测定目标成

分在上下相中的浓度。溶质的分配系数定义为：$K = c_s/c_m$（c_s 表示溶质在上相的质量浓度，c_m 表示溶质在下相的质量浓度），计算出其在碱性条件下的分配系数 K_{base}。

表 5-1   用于 pH-区带精制逆流色谱分离的常用溶剂体系

溶剂体系 1	正己烷-乙酸乙酯-甲醇-水	极性
	10：0：5：5	疏水性
	9：1：5：5	
	8：2：5：5	
	7：3：5：5	
	6：4：5：5	
	5：5：5：5	
溶剂体系 2	甲基叔丁基醚-正丁醇-乙腈-水	极性
	1：0：0：1	亲水性
	4：0：1：5	
	6：0：3：8	
	2：0：2：3	
	4：2：3：8	
	2：2：1：5	

② 若 $K_{base} \ll 1$，则加入保留剂三氟乙酸（其浓度大约为 20mmol/L），将 pH 值调节到 2 左右，再次振摇使其达到平衡，计算出酸性条件下的分配系数 K_{acid}。若 $K_{acid} \gg 1$，则该溶剂体系比较适合采用。

③ 若 K_{base} 不足够小，则需采用极性较弱的溶剂体系重复上述的步骤；若 K_{acid} 不足够大，则需采用极性较强的溶剂体系重复上述的步骤。直至找到合适的溶剂体系为止。

分离碱性物质时，也可以采取类似的方法来筛选合适的溶剂体系，只是将其中的三氟乙酸换成三乙胺，氨水换成盐酸。其步骤如下。

① 取等体积的叔丁基甲醚和 12mmol/L 盐酸水溶液（pH 为 4），加入少量样品，振摇，测定目标成分在上下相中的浓度。计算出其在酸性条件下的分配系数 K_{acid}。

② 若 $K_{acid} \ll 1$，则加入保留剂三乙胺，其浓度大约为 20mmol/L，再次振摇使其达到平衡。计算出碱性条件下的分配系数 K_{base}，若 $K_{base} \gg 1$，则该溶剂体系比较适合选用。

③ 若 K_{acid} 不足够小，则需采用极性较弱的溶剂体系重复上述的步骤；若 K_{base} 不足够大，则需采用极性较强的溶剂体系重复上述的步骤。直至找到合适的溶剂体系为止。

对于两性离子化合物或极性很大的化合物，需要用配体来使其保留在固定相中。对于手性化合物的分离，则需要在固定相中加入合适的手性选择试剂，且手性试剂的浓度越高，手性物的分离效果就越好。需要注意的是，配体应以最佳的浓度均匀地溶解在固定相中，如果有一点配体进入流动相中，就会影响正常的分离过程。通常，可在分离柱的末端设置一段不含配体的固定相的管柱，用来保证馏分中不含配体。

5.4.3.3　试验条件的优化

当溶剂的组成确定后，就把一定量的保留剂（洗脱剂）加入到有机相中，同时，把一定量的洗脱剂（保留剂）加入到水相中，用以进行反向洗脱模式（正向洗脱模式）的操作。在采用反向洗脱模式时，应加入等物质的量浓度的保留剂和洗脱剂，一般情况下，加入量为 10～20mmol/L 即能取得理想的分离效果。如前所述，洗脱馏分中目标物的浓度由洗脱剂在流动相中的浓度所决定，所以，增加洗脱剂的浓度会使分离物的洗脱浓度增加而且保留时间缩短。另一方面，固定相中的保留剂的浓度会影响管柱中固定相里分离物的浓度，在增加固定相中的保留剂的浓度时，能使固定相中分离物的浓度增加且保留时间延长。

　　总之，分离大量的样品时，应采用较高浓度的保留剂和洗脱剂，例如可增加到 40mmol/L 的浓度以实现有效的制备级分离。但是，高浓度的保留剂会导致固定相的流失，这是由于分离物在固定相中的浓度过高时产生沉淀所导致的。

5.4.3.4　pH-区带精制逆流色谱分离的操作程序

　　pH-区带精制逆流色谱分离的操作程序同普通的 HSCCC 分离的操作程序相同，也是首先将管柱系统注满固定相。对于一般的 pH-区带精制逆流色谱（不含配体），管柱里首先注满酸化或碱化的固定相。接着用进样器注入样品，然后让仪器按一定的转速转动起来，同时将含洗脱剂的流动相泵入管柱。由流动相带出的馏分通过紫外检测器和 pH 连续检测器进行监测，然后用馏分收集器进行收集。这里有必要强调，在仪器系统中增设一台 pH 连续检测器，是 pH-区带精制逆流色谱仪器系统同普通的 HSCCC 仪器系统的唯一区别。

　　进行采用配体的 pH-区带精制逆流色谱分离时，在固定相中加入了配体。经过上述的分离过程后，会由于少量配体的渗漏而污染所收集的样品。出现这种情况时，可以在分离管柱的末端设置一段不含配体的固定相管段来解决，还可以通过首先在管柱中部分地注入不含配体的固定相，然后再注入一定体积的含配体的固定相来解决。最终是要在管柱的末端保留一段不含配体的固定相，让它来起到吸附配体的作用。

5.4.4　pH-区带精制逆流色谱的优点和局限性

　　pH-区带精制逆流色谱相对于普通 HSCCC 具有以下的优点。

　　① pH-区带精制逆流色谱实验条件的优化比较容易。通常选用为数不多的几种溶剂系统即能选定。在溶剂系统中分别加入三氟乙酸和氨水即可用于有机酸的分离，而加入三乙胺和盐酸即可用于有机碱的分离。

　　② 使用与普通 HSCCC 相同容积的分离管柱，进样量能提高 10 倍甚至更多，分离纯化后的馏分的得率明显提高。

　　③ 馏分被高度聚集浓缩，低含量的组分峰被高度浓缩在主峰的边缘而易于被检测。

　　④ 没有紫外吸收的样品可以通过 pH 连续检测器进行检测。

　　另外，pH-区带精制逆流色谱技术至今尚存在以下的局限性。

　　由于该方法主要依据样品的酸（碱）性和电离常数的不同而实现分离，因此，目前的分离对象还只限于酸性或碱性物质，并且仅限于具有较大电离常数差别的酸或碱性物质（解离常数之间应有 0.2 的差异），这就在很大程度上限制了其应用范围。此外，样品中的目标化合物的量至少需要在 0.1mmol/L 量级。

针对上述问题，同别的实验方法相结合来弥补缺陷，应成为 pH-区带精制逆流色谱技术的发展方向。例如，对于具有微小酸（碱）电离常数差别的氨基酸混合物，可以考虑加入适当的酸性萃取剂、碱性萃取剂或混合离子型溶剂，通过同某种氨基酸形成络合物的方法来促进组分的有效分离。

由于 pH-区带精制逆流色谱属于制备级的色谱技术，并具有分离效率高、杂质易收集及可实现 pH 监控等诸多优点，因此，可望在产业化生产中得到应用的空间。目前，该技术已经用于一些混合物（如生物碱、有机酸等）的分离，这些经验对我国中草药成分的分离纯化与制备工作将有有益的帮助。

5.4.5　典型 pH-区带精制逆流色谱的应用

有关 pH-区带精制逆流色谱可分两个方面进行讨论，一方面是一般的 pH-区带精制逆流色谱分离方法，即典型分离方法；另一方面是亲和分离方法。在采用典型分离方法时，只需要选用两种试剂，例如有机相中的保留剂和水相中的洗脱剂，即能实现反向置换分离过程。但是，在分离某些特殊的物质时，需要在固定相中添加一种特殊试剂，即配体。这些特殊的分离物质包括对映异构体、高极性物质，例如儿茶酚胺、含硫基染料以及氨基酸、肽类等两性物质。

本节将简要讨论典型 pH-区带精制逆流色谱分离方法的应用。表 5-2 列出了一些被分离的样品、溶剂体系和关键的试剂（如保留剂、洗脱剂及配位试剂等）。

表 5-2　典型 pH-区带精制逆流色谱在样品分离中的应用

样品①	溶剂体系②（体积比）	关键试剂③		参考文献
		保留剂	洗脱剂	
DNP-氨基酸(1g)	MBE-AcN-H$_2$O (4:1:5)	TFA(200μL/SS)	NH$_3$(0.1%/MP)	[16]
	MBE-AcN-H$_2$O (4:1:5)	TFA(0.04%/SP)	NH$_3$(0.1%/MP)	[17]
	MBE-AcN-H$_2$O (4:1:5)	TFA 间隔酸（每种 0.04%/SP）	NH$_3$(0.1%/MP)	[17]
	MBE-H$_2$O(DPCCC)	NH$_3$(22mmol/L/SP)	TFA(10.8mmol/L/MP)	[18]
	MBE-H$_2$O(DPCCC)	NH$_3$(44mmol/L/SP)	TFA(10.8mmol/L/MP)	
脯氨基(OB-zl)(1g)	MBE-H$_2$O	TEA(10mmol/L/SP)	HCl(10mmol/L/MP)	[16]
氨基酸(OB-zl)(0.7g)	MBE-H$_2$O	TEA(10mmol/L/SP)	HCl(10mmol/L/MP)	[19]
氨基酸(OB-zl)(10g)	MBE-H$_2$O	TEA(5mmol/L/SP)	HCl(20mmol/L/MP)	[19]
吲哚激素(1.6g)	MBE-H$_2$O	TFA(0.04%/SP)	NH$_3$(0.1%/MP)	[16]
四氯荧光素(TCF)(0.01~1g)	DEE-AcN-10mmol AcONH$_4$(4:1:5)	TFA(200μL/SS)	MP	[20~22]

续表

样品①	溶剂体系②（体积比）	关键试剂③		参考文献
		保留剂	洗脱剂	
红色染料 3#（0.5g）	DEE-AcN-10mmol AcONH₄(4∶1∶5)	TFA(200μL/SS)	MP	[20,23]
橘红染料 5#（0.01～5g）	DEE-AcN-10mmol AcONH₄(4∶1∶5)	TFA(200μL/SS)	MP	[17,16,20]
橘红染料 10#（0.35g）	DEE-AcN-10mmol AcONH₄(4∶1∶5)	TFA(200μL/SS)	MP	[20]
红色染料 28#（0.1～6g）	DEE-AcN-10mmol AcONH₄(4∶1∶5)	TFA(200μL/SS)	MP	[20]
曙红 YS(0.3g)	DEE-AcN-10mmol AcONH₄(4∶1∶5)	TFA(200μL/SS)	MP	[20]
对映异构体（0.4g）	正己烷-乙酸乙酯-甲醇-H₂O(1∶1∶1∶1)	TFA,辛酸（每种 0.04%/SP）	NH₃(0.025%/MP)	[16]
苦参生物碱	MBE-H₂O	TEA(10mmol/L/SP)	HCl(10mmol/L/MP)	[24]
高乌甲素	MBE-H₂O(1∶1),氯仿-H₂O(1∶1)	TEA(10mmol/L/SP)HCl(10mmol/L/SP)	HCl(10mmol/L/MP)TEA(10mmol/L/MP)	[25]
高乌甲素	MBE-AcN-H₂O(4∶1∶5)	TEA(10mmol/L/SP)	HCl(10mmol/L/MP)	[26]
夏天无生物碱 3.1g	MBE-AcN-H₂O(2∶2∶3)	TEA(5～10mmol/L/SP)	HCl(5～10mmol/L/MP)	[27]
结构异构体(15g)	MBE-AcN-H₂O(4∶1∶5)	TFA(0.32%/SP)	NH₃(0.8%/MP)	[28]
孤挺花生物碱（3g）	MBE-H₂O	TEA(5mmol/L/SP)	HCl(5mmol/L/MP)	[28]
长春花生物碱	MBE-H₂O(DPCCC)	HCl(5mmol/L/SP)	TEA(5mmol/L/MP)	[28]
CBZ-二肽(0.8g)	MBE-AcN-H₂O(2∶2∶3)	TEA(16mmol/L/SP)	NH₃(5.5mmol/L/MP)	[29]
CBZ-二肽(3g)	MBE-AcN-H₂O(2∶2∶3)	TEA(16mmol/L/SP)	NH₃(5.5mmol/L/MP)	[29]
CBZ-三肽(0.8g)	BuOH-MBE-AcN-H₂O(2∶2∶1∶5)	TEA(16mmol/L/SP)	NH₃(2.7mmol/L/MP)	[29]
二肽-βNA（0.3g）	MBE-AcN-H₂O(2∶2∶3)	TEA(5mmol/L/SP)	HCl(5mmol/L/MP)	[29]
4 种 DNB-氨基酸	正己烷-乙酸乙酯-甲醇-10mmol/L HCl(8∶2∶5∶5)	固定相加入 1.6gDAP 手性试剂		[30]
骆驼蓬生物碱 1.2g	MBE-THF-H₂O(2∶2∶3)	TEA(10mmol/L/SP)	HCl(5mmol/L/MP)	[31]
防己生物碱 3.5g	正己烷-乙酸乙酯-甲醇-H₂O(5∶5∶1∶9)	TEA(10mmol/L/SP)	HCl(5mmol/L/MP)	[32]
莲子心生物碱 2.5g	正己烷-乙酸乙酯-甲醇-H₂O(5∶5∶2∶8)	TEA(10mmol/L/SP)	HCl(5mmol/L/MP)	[33]
荷叶生物碱 2.5g	正己烷-乙酸乙酯-甲醇-H₂O(5∶5∶2∶8)	TEA(10mmol/L/SP)	HCl(5mmol/L/MP)	[34]

① DNP—二硝基苯基，CBZ—苄酯基，OB-zl—苯甲基醚，βNA—萘胺；结构异构体为 2-硝基-3-乙酰胺基-4-氯苯甲酸和 6-硝基-3-乙酰胺基-4-氯苯甲酸，对映异构体为 4-甲氧基-1-甲基环己烷-羟酸。

② 上相为固定相（SP），下相为流动机（MP）；在置换模式的 DPCCC 中，正好相反；MBE—甲基叔丁基醚，AcN—乙腈，BuOH—丁醇，AcONH₄—醋酸铵；DEE—二乙基醚。

③ TFA—三氟乙酸，SS—样品溶液，TEA—三乙胺。

下面列举几个分离氨基酸、肽、对映异构体的实例供读者参考。而对于天然产物如生物碱和有机酸的 pH-区带精制逆流色谱分离方法的应用，将在第 7 章的相关章节中进行介绍。

5.4.5.1 氨基酸衍生物的分离[26]

选用 DNP-氨基酸（即二硝基苯-氨基酸衍生物）作为测试 pH-区带精制 CCC 系统分离能力的标准样品。因为 DNP-氨基酸具有独特的黄色，便于在试管中观察其分配状态，便于观察其出峰的位置以及馏分的对应收集。

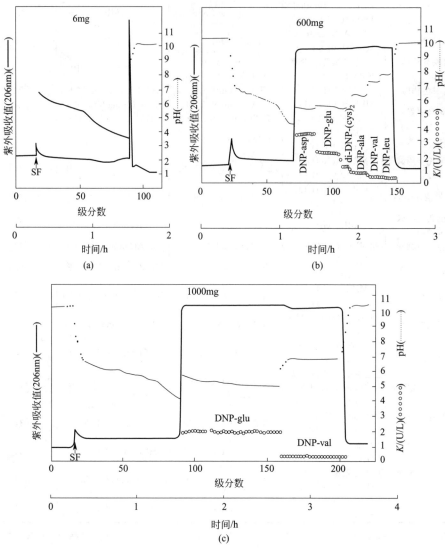

图 5-16 不同量的 6 种 DNP-氨基酸的 pH-区带精制 CCC 分离色谱图
asp—天冬氨酸；glu—谷氨酸；cys—半胱氨酸；ala—丙氨酸；val—缬氨酸；leu—亮氨酸
溶剂系统：甲基叔丁基甲醚（MTBE)-乙腈-水（4∶1∶5)，在样品溶液中加入 20μL 的三氟乙酸（TFA）作为保留酸，在水相流动相中以 0.1% 的体积比加入氨水（28%）作为洗脱碱，使其 pH 值达到 10.5；螺旋管柱容量为 320mL，内径 1.6mm；流动相流速 3mL/min；转速 800r/min

图 5-16 所示是关于 DNP-氨基酸的 3 张色谱图。溶剂系统由甲基叔丁基甲醚
（MTBE）-乙腈-水以 4∶1∶5 的体积比组成，并且在样品溶液中加入 20μL 的三氟
乙酸（TFA）作为保留酸，在水相流动相中以 0.1% 的体积比加入氨水（28%）作
为洗脱碱，使其 pH 值达到 10.5。所有的分离都是在反向置换模式下进行的。

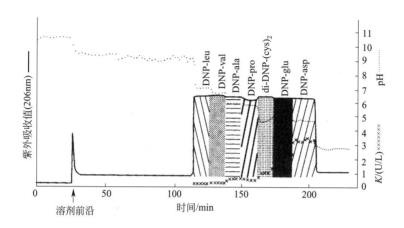

图 5-17　正向模式的 pH-区带精制逆流色谱对 7 种 DNP-氨基酸的分离
pro—脯氨酸

图 5-16(a) 所示，是注入 6mg 含有 6 种 DNP-氨基酸的混合样品时的色谱图，
所有的物质都在一起被洗脱出来，形成一个尖峰，几乎观察不到任何分离作用。而
当进样量增加 100 倍时，用紫外检测器在 206nm 波长进行检测，产生一个高浓度
的矩形峰，根据 pH 值可以将其分为 6 个平头的 pH-区带（虚线）[图 5-16(b)]。
采用标准溶剂系统氯仿-乙酸-0.1mol/L HCl 对各馏分的分配系数的测量表明，每
个 pH-区带对应于色谱图上显示的一种物质。而图 5-16(c) 则说明了在相似条件，
分离 500mg DNP-谷氨酸和 500mg DNP-缬氨酸的结果，在色谱图中每一种组分都
形成一个很宽的平台，每一平台对应着一个特定的 pH 值，且平台的宽度同进样量
的大小成正比关系，两平台之间陡然的过渡表明两峰之间的重叠很小。上述研究表
明，在 pH-区带精制逆流色谱的分离过程中，足够大的上样量是可行的也是必
要的。

图 5-17 则显示了采用正向模式的 pH-区带精制逆流色谱分离 7 种 DNP-氨基酸
的结果[27]，各组分的洗脱顺序同采用反向置换模式时的 [见图 5-17(b)] 正好相
反。同时，由于采用有机相作为流动相，馏分的 pH 值发生了某种程度的变化，但
是整体的排列规律还是符合下降趋势的。

5.4.5.2　肽类衍生物的分离

肽类衍生物的分离方法同上述的氨基酸衍生物的分离方法相似。图 5-18 所示
是采用甲基叔丁基甲醚（MTBE）-乙腈-水 （2∶2∶3）组成的溶剂系统分离苯酯基
（CBZ）二肽的色谱图。将浓度为 16mmol/L 的三氟乙酸（TFA）加入到有机相固

定相中；将 5.5mmol 的氨水加入到水相的流动相中[28,29]，各 100mg 的 8 个组分的混合物在 4h 内获得很好的分离。

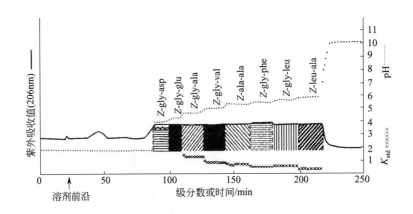

图 5-18   pH-区带精制逆流色谱分离 8 种苯酯基（CBZ）二肽的色谱图
phe—苯丙氨酸；gly—甘氨酸

5.4.6   亲和分离 pH-区带精制逆流色谱的应用

在用逆流色谱分离某些高极性化合物时，即使是用正丁醇-水这样的高极性溶剂系统，这些化合物依然主要分配在水相中。在这种情况下，通常可以选择一种特殊的亲和试剂（配体 ligand）加入到固定相中，此配体与目标化合物的亲和作用使得目标化合物在上相中的分配加大，从而得以实现这些化合物的 CCC 分离。还有一些手性化合物，采用普通 CCC 或 pH-区带精制逆流色谱都难以实现分离，这就必须在固定相中加入某种合适的配体。下面列举**儿茶酚胺**的亲和 pH-区带精制逆流色谱的应用实例供作参考。

儿茶酚胺是水溶性很强的含酚羟基的化合物，在由正丁醇-水构成的溶剂系统中也主要分布在水相中。Ma 等[30]在其有机相固定相中加入适量的二（2-乙基己基）磷酸［di-(2-ethylhexyl) phosphoric acid，DEHPA］作为亲和配体，从而改善溶质在两相中的分配状态。图 5-19(a) 所示为用不含配体的溶剂体系所得出的 pH-区带精制逆流色谱图，所有的成分都被洗脱在一个色谱峰中。而当固定相中引入了 DEHPA 配体后，分离结果如图 5-19(b) 所示，所有的组分都获得了良好的分离。

图 5-20 所示为采用 pH-区带精制逆流色谱技术对 6 种组分的制备级分离的结果。样品是每种 500mg 的 6 组分混合物，仍然采用甲基叔丁基醚-水系统，用有机相作为固定相，并加入 200mmol/L 的乙酸铵和 20% 的 DEHPA，水相中加入 50mmol/L HCl 作为流动相，在 3h 内实现制备级的分离。

手性化合物尤其是手性药物对映异构体的分离，在药物研究和医药工业发展中

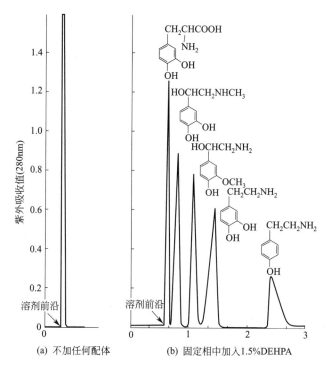

图 5-19　采用亲和分离 pH-区带精制逆流色谱分离 3 种极性
儿茶酚胺和 2 种相关化合物的结果
溶剂系统：甲基叔丁基醚-水，有机相为固定相
（加入 0.1mmol/L 的醋酸铵），水相流动相（加入 0.05mmol/L HCl）

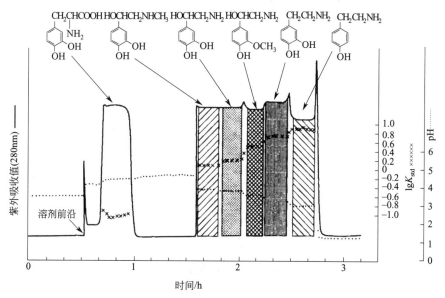

图 5-20　采用 pH-区带精制逆流色谱技术对儿茶酚胺及其相关化合物的制备级分离
溶剂系统：甲基叔丁基醚-水，有机相为固定相（加入 200mmol/L 的醋酸铵和 20％的 DEHPA），
水相为流动相（加入 50mol/L HCl）；样品量 3g。

具有重要意义。含手性中心的药物，其异构体通常具有极为相似的理化性质，但药理和毒理作用却存在很大的差异。用 HPLC 进行手性化合物分离时，需要使用特殊的手性试剂，这些手性试剂需要预先键合在固定相上。而在逆流色谱中，由于它没有使用任何固体支撑体，因此手性选择试剂可以比较容易地直接溶解在液态的固定相中，然后采用普通的逆流色谱或是 pH-区带精制逆流色谱技术来分离手性异构体。

Ma[30]等采用 N-十二烷酰基-L-脯氨酸-3,5-二甲基酰基苯胺 （N-dodecanoul-L-proline-3,5-dimenthylanilide，DPA） 作为手性选择试剂，加入到 HSCCC 和 pH-区带精制逆流色谱的溶剂系统中进行手性化合物的分离。图 5-21(a) 所示，是在没有加入 DPA 时的分离结果，4 对外消旋体只能被分离成 2 个峰，而在加入 DPA 后〔见图 5-21(b)〕，4 对外消旋体被分离成 7 个峰，其中只有一个重叠峰。使用相同的手性选择试剂还成功地实现了克量级的对映异构体的分离。

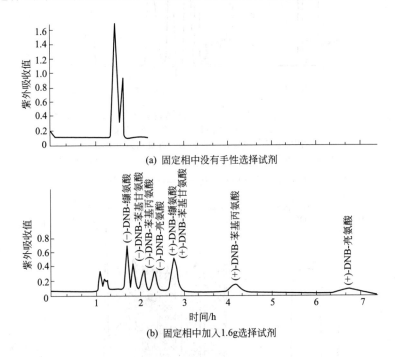

图 5-21 采用 DPA 为手性选择试剂分离 4 种 DNB-氨基酸外消旋体混合物的色谱图
溶剂系统：正己烷-乙酸乙酯-甲醇-10mmol/L HCl（8:2:5:5）

图 5-22 所示为采用 DPA 为手性选择试剂分离 DNB-亮氨酸外消旋体的 pH-区带精制逆流色谱图[28]。外消旋体的混合物被分离成高浓度的矩形峰，中间有很小的交叉。分离的组分用分析型 CCC 分析，结果如图中上部所示。利用手性 pH-区带精制逆流色谱分离可电离的手性异构体，将是逆流色谱技术最有前途的应用领域之一。

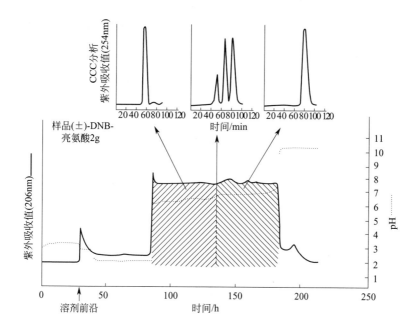

图 5-22　采用 DPA 为手性选择试剂分离 DNB-亮氨酸外
消旋体的 pH-区带精制逆流色谱结果

溶剂系统：甲基叔丁基醚-水，固定相为上相（含有 TFA 40mmol/L 和
DPA 40mmol/L），流动相为水相（含有氨水 20mmol/L）；样品量 2g

参 考 文 献

[1]　Lee Y W，Cook C E，Ito Y. J Liq Chromatogr，1988，11：37.

[2]　Lee Y W，Fang Q C，Ito Y，et al. J Nat Prod，1989，52：706.

[3]　Ito Y. J Chromatogr，1985，8：2131.

[4]　Bhatnagar M，Ito Y. J Liq Chromatogr，1988，11：21.

[5]　Ito Y. J Chromatogr，1987，430：77.

[6]　Oka H，Ikai Y，Kawamura N，et al. J Chromatogr，1989，462：315.

[7]　Oka H，Harada K I，Suzuki M，et al. Anal Chem，1989，61：1988.

[8]　Oka H，Harada K I Suzuki M，et al. J Chromatogr，1989，482：197.

[9]　Ito Y，Yang F，Fitze P E，et al. J Liq Chromatogr Rel Technol，2003，26：1335.

[10]　Cao X，Hu G，Huo L，et al. J Chromatogr A，2008，1188 (2)：164.

[11]　Ito Y，Conway W D. High-Speed Countercurrent Chromatography. New York：John Wily & Sons Inc，1996.

[12]　Pennanec R，Viron C，Blanchard S，Blanchard S，Lafosse M. J Liq Chromatogr Rel Technol，2001，24 (11-12)：1575.

[13]　Ito Y. In：Chromatogrphy—Journal of Chromatography Library，Part A，5th ed. Heftmann E ed. Amsterdam：Elesiver，1992：A69.

[14]　Ito Y. J Chromatogr A，2005，1065 (2)：145.

[15]　Oka F，Oka H，Ito Y. J Chromatogr，1991，538：538.

[16]　Ito Y，Shinomiya K，Fales H M，et. In：Modern Countercurrent Chromatography. Conway W D，Petroski R J，ed. Washington D C：American Chemical Society，1995：154.

[17]　Weisz A，Scher A L，Shinomiya K，et al. J Am Chem Soc，1994，116：704.

[18]　Ito Y，Ma Y. J Chromatogr B，1994，672：101.

[19] Ma Y，Ito Y. J Chromatogr A，1994，678：233.

[20] Wesiz A. In：High-Speed Countercrrent chromatography. Ito Y，Conway W，ed. New York：Wiley，1996：337.

[21] Weisz a，Andrzejewski D，Shinomiya K，et al. In：Modern Countercurrent Chromatogrphy. Conway W D，Petroski R J，ed. Washington D C：American Chemical Society，1995：203.

[22] Shinomiya K，Wesiae A，Ito Y. In：Modern Countercurrent Chromatogrphy. Conway W D，Petroski R J，ed. Washington D C：Ameirican Chemical Society，1995：218.

[23] Wesiz A，Andrzejewski D，Higher R J，et al. J Chromatogr A，1994，658：505.

[24] Yang F Q，Quan J，Zhang t Y，et al. J Chromatogr A，1998，822：316.

[25] Yang F Q，Cao H F，Zhang T Y. Chemical Journal of Chinese University，1999，20：216.

[26] Yang F Q，Ito Y. J Chromatogr A，2001，923：281.

[27] Wang X，Geng YL，Li FW，Shi X，Liu JH. J Chromatogr A，2006，1115：267.

[28] Ito Y. In：High-Speed Countercurrent Chromatography. Ito Y，Conway W D，ed. New York：Wiley，1996：121.

[29] Ma Y，Ito Y. J Chromatogr A，1995，702：197.

[30] Ma Y，Ito Y. Anal Chem，1996，68：1207.

[31] Wang X，Geng YL，Wang DJ，Shi XG，Liu JH. J Sep Sci，2008，31，3543.

[32] Zhang L，Liu J，Wang X，Duan W，Wang D. Chromatogrophia，2009，69：959.

[33] Wang X，Liu J，Geng Y，Wang D，Dong H，Zhang T. J Sep Sci，2010，33：539.

[34] Zheng ZJ，Wang ML，Wang DJ，Duan WJ，Wang X，Zheng CC. J Chromatogr B，2010，878：1647.

[35] 曹学丽编著. 高速逆流色谱分离技术及应用. 北京：化学工业出版社，2005.

第6章 高速逆流色谱的工作方法

高速逆流色谱作为一种色谱分离系统，与常见的高效液相色谱系统相似，也是由输液泵、进样阀、色谱柱（逆流色谱仪）、检测器、色谱工作站（或记录仪）以及馏分收集器组成（如图 6-1 所示）。HSCCC 的柱系统是由在高速行星式运动的螺旋管内的两相互不相溶的液体构成，其中一相作为固定相，另一相作为流动相，待分离的物质根据其在两相中的分配系数的不同，在通过两相对流平衡体系的过程中实现分离。分离效果与所选择的两相溶剂系统、固定相与流动相的选择、仪器的运转参数（包括转速、转向）、洗脱的速度与洗脱方式、进样量与进样方式等多种因素密切相关。因此，在采用逆流色谱分离时，其操作方法和工作程序等方面都有独特之处。在这里，将高速逆流色谱的溶剂系统选择、一般操作方法和需要注意的事项阐述如下。

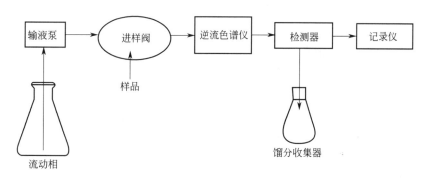

图 6-1　HSCCC 分离系统的构成

6.1 HSCCC 的溶剂系统选择

溶剂系统的选择和优化是一项复杂和艰巨的工作，是逆流色谱分离工作的难点，也是样品能否成功分离的关键，通常会占去整个分离工作 40%～90% 的时间。由于选择不同的溶剂相系统的组成、同一溶剂相系统组成的不同的上、下相体积比，会使其黏度、极性、密度差等参数出现明显的差别，这对于相同的物质成分会形成溶解和分配能力的不同，从而形成分配系数的差异，直接影响对被分离组分的分离效果。目前，对溶剂体系选择的方法和评价体系较多，如 Foucaut[1,2] 的三元溶剂体系，Oka[3]、Ito[4]、Abbott 等[5]、张莉等[6] 的多元溶剂体系的筛选方法，但是，这些选择溶剂体系的理论和方法的系统性和理论性还不完善，完全据之进行实际操作还存在问题和困难。有兴趣的读者可以参阅相关文献作为参考。这里，主要对溶剂系统的要求、实用的选择步骤和方法进行阐述。

6.1.1　HSCCC 的溶剂系统的要求

一般来说，选择用于高速逆流色谱仪的溶剂系统时，应注意以下几个方面[3,7]：

① 不造成样品的分解或变性；

② 足够高的样品溶解度；

③ 样品在溶剂系统中合适的分配系数值；

④ 固定相能实现足够高的保留；

⑤ 溶剂易挥发以方便后续处理。

前两点通常可以较简便地进行判断，③、④点对高速逆流色谱仪显得特别重要，需要经过测定或实验判断。样品成分在溶剂系统中的分配系数和管柱中固定相的保留值均会影响分离效果。逆流色谱仪中的最佳分配系数值由管柱里的固定相保留值所决定[8]，当固定相的保留值达到管柱总容积的 50％以上时，把分配系数 (K)❶调整到 0.5～1 之间，就能保证快速而有效的分离。当固定相的保留值低于 50％以上时（如 HSCCC 之外的其他仪器的情况），把分配系数值调整到 1～2 或更大值，才能有效地提高色谱峰形的分辨率。因为逆流色谱法中可以用上相或下相作为流动相（相当于一般色谱法中的正向或反向洗脱），所以分配系数值在 0.5～2 之间就能得到最满意的分离效果。

一旦确定了溶质的分配系数值，其保留体积 R 或色谱峰的位置就能按下式予以计算：

$$R = (V_C - R_{SF})K + R_{SF} \tag{6-1}$$

式中，V_C 是管柱的总容积；R_{SF} 是流动相溶剂前沿的保留体积。由此式可知，分配系数 $K=1$ 的溶质在洗脱过程中的保留体积 $R=V_C$，即其保留体积同管柱的总容积相等，而与流动相溶剂前沿的位置无关。同理，分配系数 $K<1$ 或 $K>1$ 的溶质会被洗脱出现在 V_C 体积溶剂之后或之前。如果固定相不能保留在管柱里，即 $R_{SF}=V_C$ 时，所有的溶质会同时在洗脱出体积为 V_C 溶剂的时间流出管柱。

在色谱图上表现出来的各个组分的分配系数值，可以用下面改写后的方程式予以确定[9]

$$K = (R - R_{SF})/(V_C - R_{SF}) \tag{6-2}$$

在考虑溶剂系统的组成时，应注意避开临界点附近的状况，因为在临界点处溶剂的混合物会变成单一相的状态。临界点附近的溶剂混合物的界面张力很低，两相之间的密度差值很小，这些都会影响固定相的保留。在进行大量级样品的制备分离时，避开临界点尤其重要，因为大量样品的投入会明显影响两相的组成比和在管柱

------

❶　分配系数 K 定义为：溶质在固定相里的浓度 c_s 同溶质在流动相里的浓度 c_m 之比，即可表达为 $K=c_s/c_m$。

首端样品区间里的相对体积比，从而损失固定相的保留值和峰形分辨率。

6.1.2　影响 HSCCC 分离的因素

对逆流色谱分离效果产生影响的因素，主要包括溶剂系统和仪器操作参数这两个方面。溶剂系统选择是否得当，是影响 HSCCC 分离的关键；而高速逆流色谱仪的转速、流动相流速、进样体积也是影响分离的重要因素。通常情况如下。

① 转速越高，越易产生乳化现象。螺旋管柱的旋转速度对两相的混合程度具有决定性的影响，也就是说由转动产生的离心力场对固定相的保留具有决定性的影响。高界面张力的溶剂系统，使用较高的转速，以使两相之间有剧烈的混合而促进分配和减少质点传递的阻力。低界面张力的溶剂系统，使用较低的转速，避免过分的混合作用引起样品区带沿螺旋管长度的展宽和乳化作用带来的固定相流失。

② 流动相流速越大，固定相流失加重。

③ 进样量太大，峰间距变窄，峰形变宽。在选定了溶剂体系后，有时需要对三个仪器运行参数（转速、流动相流速、进样体积）进行正交试验，以确定最佳分离条件。

6.1.3　选择 HSCCC 的溶剂系统的步骤

选取一个合适的溶剂系统的步骤如下。

① 预测要分离物质的极性和溶解度，设计或通过文献选取分离相似化合物所用过的溶剂系统进行预实验。

② 建立目标化合物的 TLC 或 HPLC 分析条件，应用 TLC 分析，可以大致了解目标化合物在上下两相的分配情况；而应用 HPLC 分析，可准确测定各目标化合物在备选溶剂系统中的分配系数。

③ 采用通过上述方法获得的溶剂系统，进行高速逆流色谱分离，根据实验结果，再对系统进行相应的调整，最终选定理想的分离溶剂系统。

6.1.4　HSCCC 的溶剂系统的选择方法

6.1.4.1　参照已知的溶剂系统

利用文献是寻找逆流色谱溶剂系统的快速简捷的方法。目前关于 HSCCC 的应用研究，已发表的文献提供了许多应用实例。首先根据化合物的类别去寻找同类化合物的分离实例，根据要分离的目标化合物与实例比较，对文献的溶剂系统进行调整，并进行实际分离，根据分离的效果，再决定是否对系统做进一步的调整，直至达到理想的效果为止。表 6-1 根据被分离物质的极性，列出一些基本的可供参考的溶剂系统。表 6-2 是常用溶剂的物理参数。

表 6-1 高速逆流色谱常用的基本溶剂系统

被分离物质种类	基本两相溶剂体系	辅助溶剂
非极性或弱极性物质	正庚(己)烷-甲醇 正庚(己)烷-乙腈 正庚(己)烷-甲醇(或乙腈)-水	氯烷烃 氯烷烃
中等极性物质	氯仿-水 乙酸乙酯-水	甲醇,正丙醇,异丙醇 正己烷,甲醇,正丁醇
极性物质	正丁醇-水	甲醇,乙酸

表 6-2 常用溶剂的物理参数[10,11]

溶剂	相对分子质量	密度/(g/cm³)	Hildebrandt(δ)	Snyder(ε₀)	Rohrschneider Snyder(P′)	Reichardt(ET)	溶剂在水中	水在溶剂中
正庚烷	100.2	0.679	14.7	0.01	0.2	1.2	0.0004	0.009
正己烷	86	0.655	15	0.01	0.1	0.9	0.001	0.01
正戊烷	72	0.626	14.9	0.00	0	0.9	0.004	0.009
环己烷	84	0.778	15.8	0.04	−0.2	0.6	0.006	0.01
四氯化碳	154	1.594	17.6	0.18	1.6	5.2	0.08	0.008
甲苯	92	0.862	18.3	0.29	2.4	9.9	0.074	0.03
乙醚	74	0.713	15.4	0.38	2.8	11.7	6.9	1.3
苯	78	0.879	18.8	0.32	2.7	11.1	0.18	0.063
甲基叔丁基醚	88	0.741	15.1		2.5	14.8	4.8	1.5
正辛醇	130	0.822	20.9	0.5	3.4	54.3	0.054	4.1
异戊醇	88	0.814	22.1	0.61	3.7	56.8	2.2	7.5
二氯甲烷	85	1.317	20		3.1	30.9	1.6	0.24
1,2-二氯乙烷	99	1.24	620.4	0.44	3.5	32.7	0.81	0.187
异丁醇	74.1	0.808	25.2	0.7	4.1	50.6	12.5	44.1
正丁醇	74.1	0.810	27.2	0.7	3.9	60.2	7.8	20.1
正丙醇	60	0.803	24.4	0.82	4.0	61.7	Inf	Inf
四氢呋喃	72	0.888	18.2	0.57	4.0	20.7	Inf	Inf
乙酸乙酯	88	0.895	18.2	0.58	4.4	22.8	8.7	3.3
异丙醇	60	0.785	23.7	0.82	3.9	54.6	Inf	Inf
氯仿	119.4	1.485	18.9	0.40	4.1	25.9	0.815	0.056
二噁烷	88	1.033	20	0.56	4.8	16.4	Inf	Inf
丙酮	58	0.790	18.6	0.56	5.1	35.5	Inf	Inf
甲乙酮	72	0.788	19.2		4.7	32.7	24	10
乙醇	46	0.789	26	0.88	4.3	65.4	Inf	Inf
乙酸	60	1.049	20.6		6.0	64.8	Inf	Inf
乙腈	41	0.782	24.1	0.65	5.8	46	Inf	Inf
二甲基甲酰胺	73	0.948	24.2		6.4	40.4	Inf	Inf
N,N-二甲基乙酰胺	87	0.937	21.6		6.5	40.1	Inf	Inf
二甲基亚砜	78	1.095	24	0.75	7.2	44.4	Inf	Inf
甲醇	32	0.791	29.3	0.95	5.1	76.2	Inf	Inf
水	18	0.997	48.6	>0.95	10.2	100	—	—

6.1.4.2　通过测定分配系数（K）来确定溶剂系统

根据逆流色谱作为分配色谱的理论，样品分离的必要条件是各组分合适的分配系数。因此，溶剂系统的选择可通过测定分配系数（K）来确定。一般来说，逆流色谱的最合适的 K 值范围是 $0.5\sim2.5$。当 $K<0.5$ 时，出峰时间太快，组分峰之间的分离度较差。当 $K>2.5$ 时，出峰时间较长，且峰形变宽。而当 $0.5<K<2.5$ 时，通常可以在合适的时间内出峰，并能得到分离度较高的峰形[12]。具体的方法主要有以下几种。

（1）高效液相法（HPLC）[13]

HPLC 是用来测定溶质的分配系数最为常用的方法。对于混合样品（粗提物），利用 HPLC 可以同时精确测定多个化合物的分配系数。具体做法如下：将样品溶于一定体积的某一相中（例如上相 U），然后利用 HPLC 测定上相溶液，得到色谱峰面积 A_{U1}；随后，加入一定体积的另一相（例如下相 L），充分振荡达到两相的分配平衡后，取该溶液的上相进行 HPLC 测定，得到色谱峰面积 A_{U2}，如图 6-2 所示。根据公式计算出分配系数：$K=\dfrac{A_{U2}}{A_{U1}-A_{U2}}\times\dfrac{V_L}{V_U}$。

（2）薄层色谱法[14]（TLC）

根据 TLC 的斑点色度来判断样品中各组分的含量差别以及在两相溶剂中分配系数间的差异，由此判断溶剂系统的适用性，并确定哪一层适宜选作流动相。TLC 法的优点是简便、快速、经济，并且可以针对不同样品选用各种不同的显色剂，尤其适用于没有紫外吸收的样品。一个良好的溶剂系统的确定，常常需要多次改变溶

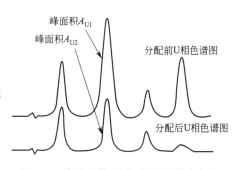

图 6-2　分配系数 K 的 HPLC 测定方法

剂系统的含量配比，并对分配系数进行多次检测，以使 TLC 方法的快速特点非常突出。该方法的缺点是准确度较低，但测定分配系数的目的是检查溶剂系统的适用性，对准确度要求不高，因此，TLC 法对大多数化合物都非常适用。

（3）紫外吸收法

对于已经具备对照品的待分化合物，可以用紫外吸收法测定其溶剂系统的分配系数。具体的测定方法：按照设定的比例，配制少量溶液，分别吸取上相和下相各 2mL 置于试管，向试管中加入标准样品后，振荡，静置，待两相溶液界面清晰后，分别测定上、下相溶液的吸光度（A），$K=A_上/A_下$。

（4）高效毛细管电泳[15]（HPCE）

谭龙泉等用高效毛细管电泳（HPCE）来测定样品分配系数（K），HPCE 的分辨率较高，可以使样品中的各组分得到良好的分离，而且容易定量，有利于迅速了解各组分在两相溶剂中的分配情况。从样品在两相中的相对含量变化可以判断溶

剂系统的适用性。

（5）利用分析型逆流色谱法

分析型逆流色谱仪具有柱体积小、溶剂用量少、转速快、分离时间短等优点，可以利用分析型逆流色谱进行溶剂体积的筛选，而且筛选的体系，应用到制备型的逆流色谱仪时通常不需做大的改动。有关用分析型逆流色谱进行溶剂体系筛选的研究见第 7 章中的研究实例。

6.1.5 一种实用的溶剂系统选择思路

根据上下相溶剂的极性及密度等参数的差异，两相溶剂系统大致上可以分为：

① 疏水性体系，代表体系为正己烷-乙酸乙酯-甲醇-水体系；

② 中等疏水性体系，代表体系为氯仿-甲醇-水体系；

③ 亲水性体系，代表体系为正丁醇-水体系。

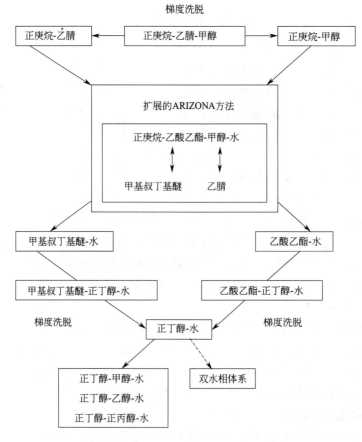

图 6-3　一种实用的溶剂系统筛选的思路

在选择溶剂系统时，首先根据样品中待分离物的分子结构预测它的极性，找到对应的两相溶剂体系，一般极性强的样品组分选择用亲水性溶剂体系，极性弱的选用疏水性溶剂体系。以下两种疏水性范围很宽的体系对很多样品都比较适合：正己烷-乙酸乙酯-正丁醇-甲醇-水；氯仿-甲醇-水。对于未知样品混合物，Ito 认为一般先采用正己烷-乙酸乙酯-甲醇-水（1：1：1：1）或氯仿-甲醇-水（10：3：7）尝试[3]，再根据目标组分的分配系数调整溶剂的组成。如果需要疏水性更强的体系，建议用乙醇代替甲醇；需要亲水性更强的体系，加入盐（乙酸铵等）或酸（三氟乙酸或乙酸）。还有人提出正丁醇-乙酸乙酯-水（3：2：5）适于分离极性大的物质，而正庚烷-乙酸乙酯-甲醇-水（6：1：6：1）适于弱极性和非极性体系[15]。

如图 6-3 所示，是 Renault[16] 设计的一个比较实用的溶剂筛选流程。在实验中，可根据分离物质的极性，参考该流程进行溶剂系统的筛选，溶剂系统评价方法可以用本节所述的方法。

6.2　高速逆流色谱的工作步骤

6.2.1　溶剂系统的准备

溶剂系统及其配比被选定后，通常要在使用前配制，并给予充分的时间来使两相溶剂达到充分的平衡。否则，在运行过程容易产生气泡。溶剂系统最好在使用前再把两相分开，由于不同溶剂的蒸气压的不同，溶剂的蒸发会引起溶剂比例的变化，所以，应将分开的溶剂系统的上、下相放置于密闭的容器储存。

6.2.2　柱系统的准备与运行

运行前仪器的检查，如电源、转向开关，有的仪器在运行前滴加润滑油等。

在仪器不旋转的状态下，以较高流速将固定相泵入螺旋管柱内。然后按照设定的仪器转向（正转或反转），调节转速，使之达到设定的速度，开启溶剂泵的开关，以一定的流速泵入流动相。当溶剂体系建立了流体动力学平衡时，即流动相从管柱的尾端清晰地流出时，整个仪器系统稳定后，即可进行下一步的进样操作。应该指出，在快速泵入固定相时，让仪器作选定转动方向的反向的慢转（例如每分钟几十转），能够有效地排除螺旋管柱内的气体，更好地保证分离工作的效果。

6.2.3　样品溶液的制备和进样

逆流色谱样品溶液，通常是用上、下相的混合溶液来溶解样品。当样品量比较少时，可用上、下相任何一相来溶解；当样品量比较多时，通常要用适量等体积的上、下相混合溶液来溶解。大量的样品溶解在溶剂中，不论用哪一相作流动相，固定相保留值百分率都随着进样量的增大而降低[17]。过高浓度的样品溶液进入分离柱时，有时会形成"样品栓"，会把整个固定相推出分离柱。在这种情况下，只能采取稀释样品的办法来解决。大体积的进样量，通常会使峰带变宽。在这种情况下，可采用降低流速的办法来改善大量进样带来的固定相流失的缺陷。

样品溶液准备就绪以后，并在 6.2.2 所述的溶剂系统建立了流体动力学平衡后，就可以通过进样阀进样。这种方法类似于普通硅胶柱的湿法上样。还有一种类似于普通硅胶柱的干法进样的方法，是在固定相注满分离柱后，紧接着上样，然后再使之转动，同时启动溶剂泵，这样就使得样品随流动相一同进入分离柱。流动相溶剂前沿出现时的体积等于柱中固定相被推出的体积。这种进样方法常被用于 pH-区带精制逆流色谱中，在第 5 章中已详细介绍。

6.2.4　HSCCC 分离和检测

在上述进样后，进入 HSCCC 分离的过程，利用检测器监测得到逆流色谱峰形图，利用馏分收集器或手动收集法收集被分离后的相应于各色谱峰的馏分。

6.2.4.1　HSCCC 分离

在 HSCCC 操作中除了正常的洗脱方式外，进行高速逆流色谱时，还能采用步级式洗脱和梯度洗脱[17~21]。因此，为了获得成功的分离，需要对溶剂系统进行特别的选择：造成梯度的物质如酸、中性盐等，应几乎完全分配到流动相中；同时，不能让管柱里的两溶剂相的体积比发生明显的变化。例如，正丁醇-水两相溶剂中的二氯乙酸或三氟乙酸浓度的梯度，以及正丁醇-磷酸盐缓冲液的 pH 梯度等，当用下相水相作为流动相时，就能满足上述要求。

不论采用何种洗脱方法，在这种分离实验中，采用首到尾端的洗脱方式总能给出较好的分离结果。对于某些溶剂系统来说，尾到首端的洗脱方式会导致一定的固定相流失，从而使峰形分辨率降低。尽管这种流失不严重和对分离结果影响不大，但是，流失的固定相水滴会被吸附在检测器的流通池壁上，形成对于溶质吸收峰的"噪声"干扰。

采用从尾端到首端的洗脱方式时，还要注意保持流动相流速的恒定。这是因为，穿过转动螺旋管的两溶剂相的逆向流动，会形成沿螺旋管长度的压力梯度，这时，螺旋管首端的压力高于尾端的压力，把流动相从尾端送入，管柱入口处会产生负压力。这个负压力通过泵和与泵配装的单向阀，抽吸溶剂容器中超量的流动相，造成流动相流速的增高。这种抽吸现象随两溶剂相之间密度差值的加大、公转速度的提高和原有流速的降低而加强。上述问题的解决方法是：用一根内径是 0.5mm 的小孔径管子，插接在管柱的出口端，借以提高管阻，抑制负压抽吸作用，限制流动相的过高流通速度[21]。为了监测这种压力，有必要在泵的出口端配装压力计。

6.2.4.2　检测

HSCCC 分离过程可以连接多种检测器，进行在线检测，而最常用的是紫外检测器。下面列举几种与 HSCCC 连接的在线检测仪器。

（1）紫外检测器

HSCCC 在线检测通常采用单波长或多波长的紫外-可见光检测器（UV-Vis），也可以借用制备型液相的检测器（如二极管阵列检测器，PDA）。在 HSCCC 分离中，通常会因固定相的流失或气泡，造成色谱曲线出现毛刺。通常可以通过优化体系、控制流动相温度或在检测器的出口加一个细管来产生一定的反压、溶剂体系使用前超声处理，来抑制气泡的形成。

（2）蒸发光散射检测器

对于没有紫外吸收的样品，可以采用近年来发展起来的蒸发光散射检测器（evaparative light scattering detector，ELSD）进行在线检测。ELSD 的基本原理如图 6-4 所示。ELSD 主要由雾化、蒸发和检测三个独立而连续的部分组成。色谱柱流出液经雾化和蒸发，在载气流中只留下细小的溶质颗粒；这些颗粒在载气带动下通过激光，发生散射，散射光被检测。ELSD 的响应不依赖于样品的光学特性，任何挥发性低于流动相的样品均能被检测，不受其官能团的影响。ELSD 的响应值与样品的质量成正比，因而能用于测定样品的纯度或者检测未知物。由于 ELSD 的检测对样品是破坏性的，所以在制备型 CCC 中要通过分流管进行分流。目前 HSCCC-ELSD 技术已经应用于皂苷[22]等物质的分离。

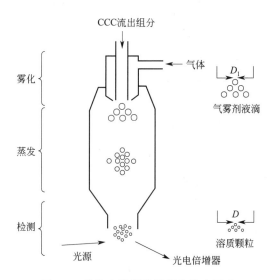

图 6-4　蒸发光散射检测器的基本原理

（3）质谱检测器（MS）

质谱是近年来得到迅速发展和广泛应用的分析检测技术，它能够有效提供化合物的分子结构信息。现在已出现了 HSCCC 与电子电离质谱（EIMS）、化学电离质谱（CIMS）、快速原子轰击质谱（FABMS）、热喷雾质谱（TSPMS）和电喷雾质谱（ESIMS）的联用[23~25]。由于 MS 的检测对样品是破坏性的，所以在制备型 CCC 中也要通过分流管进行分流。Chen 等[24]采用 HSCCC 与 MS 在线联用（如图

6-5 所示），成功应用于黄酮的分离和检测。

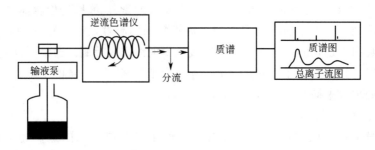

图 6-5   HSCCC 与 MS 在线联用

（4）薄层色谱检测器（TLC）

TLC 是一种经典有效的分析检测方法。现在可以利用机械点样和机械喷物显色，大大提高分析检测速度。Diallo[26]等采用 HSCCC 与 TLC 在线联用，如图 6-6 所示，并成功应用于积血草苷的分离和检测。

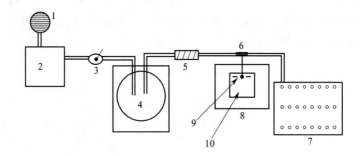

图 6-6   HSCCC 与 TLC 在线联用
1—储液罐；2—泵；3—进样器；4—逆流色谱仪；5—限流阀；6—分流阀；
7—馏分收集器；8—Linomat C 装置；9—注射器；10—薄层板

此外，也有报道用傅里叶红外光谱检测器作为在线检测器，但是由于 IR 需要较大的样品量和溶剂的影响，限制了 HSCCC-IR 在天然产物分离检测中的应用。

6.2.5   清洗分离柱

当 HSCCC 一次分离完成时，停止流动相的泵入，可以利用氮气瓶或者空气压缩机将分离柱中的液体吹出，并收集这些排出液来测定固定相的保留率［$R = (V_{总} - V_{下测})/V_{总}$］。注意：吹出的固定相，往往含有对固定相有极强亲和力的成分，也就是分配系数高的成分，不能轻易扔掉。吹出柱内溶剂的分离柱要用乙醇清洗一次，以避免残留物对下次分离工作的干扰和影响。

6.2.6   注意事项

除了上述一般的实验步骤之外，进行高速逆流分离实验时，还应注意以下问题。

　　高速逆流色谱仪能造成管柱内溶剂相的急剧混合，并能在流动相高流速洗脱时保留住相当多的固定相（超过管柱总容积的 50％），从而保证了色谱峰的高分辨度。尽管两相溶剂在转动螺旋管里的流体动力学特性是十分复杂的，但是，采用前述的简单的分层试验方法就能对选择最佳操作条件和保证固定相的保留提供指导[27]。

　　对于标准的多层螺旋管柱（$\beta=0.5\sim0.8$，公转半径 10cm）[21,17]，分层时间短于 30s 的溶剂系统会呈现正向的流体动力学分布特征，即上相趋向于管柱的首端，下相趋向于管柱的尾端。与此相应，用上相作流动相时应按尾到首端的方式洗脱，用下相作流动相时应按首到尾端的方式洗脱。流动相的流速也可以根据分层时间选定，对于内径是 1.6mm 的管柱，当分层时间短于 10s 时，能选用 4mL/min 时以上的高流速。如果分层时间较长，则应相应地减低流速。在分层时间明显超过 30s 的情况下，两相的流体动力学特征会发生翻转，这时，上相会向管柱的尾端分布，而下相会向管柱的首端分布，因此流动相的洗脱方式也应改变。在这种情况下，流动相的流速应减低到 1mL/min 或以下。

　　此外，在选定的适当温度条件下，黏性的强极性溶剂系统也能采用正向洗脱方式[27]。这样的实验已经在设置有温度控制装置的仪器上获得成功，所选的温度是 40～50℃[29~31]。为了保持管柱里原有的两相的组成，溶剂应在选定的温度条件下在水浴中平衡和保存。有时，组分的分配系数对温度十分敏感，因此应注意使实验中感兴趣的组分，在所选定的温度条件下，有合适的分配系数值。

参 考 文 献

[1]　Foucaut AP. Solvent system in centrifugal partition chromatogrphy. In：Centrifugal partition chromatogrphy. Foucaut A P, ed. New York：Marel Dekker Inc, 1995：363.

[2]　Foucaut A P. In：Centrifugal partition chromatogrphy. Chromatogrphy sciences series. Vol. 68, Foucaut A P, ed. New York：Marel Dekker Inc, 1995：71.

[3]　Oka F, Oka H, Ito Y. J Chromatogr, 1991, 538：99.

[4]　Ito Y. Countercurrent chromatography. J Chromatogr Lib, 1992, 51A：69.

[5]　Abbott IA, Kleiman R. J Chromatogr, 1991, 538：109.

[6]　张莉, 李总成, 陈健, 包铁竹 . 清华大学学报（自然科学版）, 1997, 37（12）：25.

[7]　Oka H, Harada K, Ito Yuko, Ito Y. J Chromatogr A, 998, 812：35.

[8]　Conway W D. Ito Y. J Liq Chromatogr, 1985, 8：2195.

[9]　Brown E A B, Ito Y. J Biochem Biophys Mthods, 1980, 3：77.

[10]　Manet J M, Claude M, Menet R. Characterization of the solvent system used in countercurrent chromatography. In：countercurrent chromatography, Characterization of the solvent system used in countercurrent chromatography. Menet J M, Thiebaut D, eds. New York：Marcel Dekker Inc, 1999.

[11]　Berthod A, Deroux J M, Bully M. Liquid Polarity and Stationary-phase retention in countercurrent chromatography. In：Modern Countercurrent Chromatography. Conway W D, Petroski R J, ed. Washington D C：American Chemical Society, 1995.

[12]　Oka H, Suzuki M, Harada K, et al. J Chromatogr A, 2002, 946（1-2）：157.

[13]　姚舜, 柳仁民, 黄雪峰等 . 中国天然药物, 2008, 6（1）：13.

[14]　谭龙泉, 张所明, 欧庆瑜 . 分析化学, 1996, 24（12）：1448.

[15]　谭龙泉, 阮宗琴, 欧庆瑜 . 分析化学, 1997, 25（5）：515.

[16] Renault JH，Nuzillard JM，Intes O，et al. In：Countercurrent Chromatography-the Support-Free Liquid Stationary Phase. Berthod A，Ed. Elsevier：Amsterdam，2002：49.

[17] Sandlin J L，Ito Y. J Liq Chromatogr，1984，7：323.

[18] Ito Y，Bowman R L. Chromatogr Sci，1973，11：284.

[19] Ito Y，Bowman R L. Science，1973，182：391.

[20] Ito Y，Bowman R L. Anal Biochem，975，65：310.

[21] Ito Y，Sandlin J L，Bowres WG. J Chromatogr，982，244：247.

[22] Ha YW，Lim SS，Hs IJ，et al. J Chromatogr A，2007，1151：37.

[23] 戴德舜，王义明，罗国安. 分析化学，2001，29 (5)：586.

[24] Chen LJ，Song H，Du QZ，et al. J Liq Chrom & Rel Technol，2005，28：1549.

[25] Derek Gutzeit A，Peter Winterhalter B，Gerold Jerz. J Chromatogr A，2007，1172：40.

[26] Diallo B，Vanhaelen-Fastre R，Vanhaelen M. J Chromatogr，991，558：446.

[27] 张天佑编著. 逆流色谱技术. 北京：北京科学技术出版社，1991.

[28] Ito Y，Conway W D. J Chromatogr，1984，301：405.

[29] Knight M，Ito Y，Kask AM，Chase TN. J Liq Chrom & Rel Technol，1984，7：2525.

[30] Knight M，Ito Y，Peters P，Dibello C. J Liq Chrom & Rel Technol，1985，8：2281.

[31] Knight M，Ito Y，Sandlin J L，Kask A M. J Liq Chrom & Rel Technol，1986，9：79131.

第7章 HSCCC 在天然植物
有效成分分离中的应用

在全球崇尚"回归自然"的今天，人们从生命和健康这一重要的基点出发，对天然产物的开发利用提出了越来越广泛和迫切的要求，与此同时，对天然植物中活性成分的研究开发也就成了当前医药、食品、化妆品等领域的热点，基于天然产物资源开发的产业已被认为是世界上最有前途、最具生机的行业之一。但是，大多数植物资源中所含有的活性成分含量低、结构复杂、分离纯化难度大，而从当前国内外生物与化学类科研生产中所采用的分离分析技术状况来看，分析技术比之分离技术明显地丰富多样且高效先进。例如，高效液相色谱（HPLC）、紫外光谱（UV）、红外光谱（IR）、质谱（MS）、核磁共振波谱（NMR）、液相色谱-质谱联用（LC-MS）、气相色谱-质谱联用（GC-MS）等，对微量样品的分析鉴定技术都已较普遍地得到应用，而对物质的有效的分离纯化技术则显得比较匮乏。色谱分离法一直是天然产物成分分离常用的方法，例如柱色谱法和制备型高效液相色谱法等，但是，这些色谱手段中的固态填料会对被分离的成分产生不可逆吸附和沾染、变性等影响。此外，采用这些固-液色谱的方法，从分析规模放大到制备规模需要昂贵的材料和设备。逆流色谱作为一种新颖的液-液分配分离技术，与固-液色谱相比具有以下优点：首先，它不用固态支撑体，不存在对样品组分的吸附、变性、失活、拖尾等不良影响，节省填充材料和溶剂消耗；其次，它的操作简便，重现性好，分离量较大，粗提物样品可不经严格的预处理直接进样分离。此外，在实际应用中，目前已有较多被成功使用的液-液分配溶剂系统可供选择，在操作时溶剂系统更换方便、快捷。因此，对天然产物的分离纯化与制备，是高速逆流色谱非常适合的应用领域。可以认为，当今在天然产物领域，大家熟悉的高效液相色谱技术和新近发展的高速逆流色谱技术已成为最适合采用的分离制备技术，这两项技术在分离机理和应用技术方面都具有互补性。

我国是世界上最早将逆流色谱技术应用于天然植物和中草药成分分离纯化的国家。早在 1980 年，张天佑教授就自行研制出了国产的逆流色谱仪，并开创了在天然植物和中草药领域的应用研究工作，于 1984 年在国际上领先发表了相关的论文[1,2]。在 1988 年前后，张教授同逆流色谱技术发明人 Ito 博士在美国国立健康研究院（NIH）合作研究期间，又在国际上发表了一系列应用 HSCCC 分离纯化黄酮、生物碱等各类化合物的研究论文[3~7]，建立了我国在这一新技术应用研究领域的国际领先地位。此后的 20 多年中，越来越多的中国科技工作者利用我国的资源优势和技术优势，在这一重要的技术领域和应用领域做出了成绩和贡献。张天佑教授在近年来出版的一系列国际性的专著中，撰写了 HSCCC 应用于天然产物和植物药成分分离的部分或章节[8~11]，持续反映出我国在此领域的科学技术优势。

　　近年来，已有大量的文献报道了 HSCCC 在分离纯化生物碱、黄酮、植物多酚、木质素、香豆素、蒽醌、皂苷、有机酸等各类化合物的成功应用例证，特别是我国的学者在这方面做了大量的工作，已经被一些综述性的文献所报道[8~14]。我们可以根据分离化合物的极性强弱将其分为低极性、中极性和高极性三类，再综合考虑化合物的溶解特性，通过对现有文献的分析研究和借鉴引用，选定适合于在 HSCCC 上分离目标化合物的溶剂系统。我们把分离各类化合物时常用的溶剂系统归纳于下：

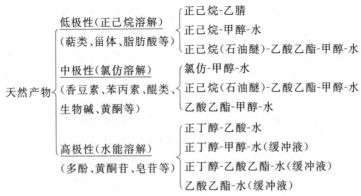

　　在查阅大量的相关文献的基础上，结合实际的工作，归纳出 HSCCC 在天然产物分离纯化应用方面的一些规律和经验，提供给相关领域的分离科学技术工作者参考引用。

7.1　生物碱类化合物的分离

7.1.1　概述

　　生物碱是存在于生物体内的一类含氮的有机化合物，大多具有较复杂的氮杂环结构，并具有生物活性，是天然有机化合物中最大的一类化合物，广泛存在于植物体内，尤其是在双子叶植物类的豆科（Leguminosae）、茄科（Solanaceae）、防己科（Manispermaceae）、罂粟科（Papaveraceae）、毛茛科（Ranurculaceae）和小檗科（Berberidaceae）等科属植物中所含较多。少数碱性较弱的生物碱如酰胺类生物碱，在植物体内以游离状态存在。有一定碱性的生物碱多以柠檬酸盐、草酸盐、酒石酸盐等有机酸盐形式存在。而盐酸小檗碱、硫酸吗啡等少数的生物碱则以无机酸盐形式存在。此外，还有的表现为 N-氧化物、生物碱苷等形式。

　　生物碱的化学结构大多比较复杂，并且种类繁多，分类方法也是各种各样。例如，按生物碱的植物来源分类、按生物碱的生源途径分类等。通常，可按氮原子在分子中的结构特点进行分类，例如可分为有机胺、吡咯衍生物、吡啶衍生物、喹啉衍生物、吲哚衍生物、咪唑衍生物等十多类，有关资料可参考一些中药化学类的书籍。

生物碱类化合物大多具有生物活性。例如，阿片中的镇痛成分吗啡，止咳成分可待因；麻黄的抗哮喘成分麻黄碱；喜树的抗癌成分喜树碱；颠茄的解痉成分阿托品；黄连的抗菌消炎成分黄连素（小檗碱）等。迄今已报道并明确化学结构的生物碱已达 4000 多种，并且还在以每年上百种的速度增加。近年来，生物碱的分离、结构鉴定与全合成工作依然是天然有机化学的重要研究领域。

大多数生物碱是结晶形物质（除烟碱、毒芹碱等少数呈液态之外），味苦，一般都具有旋光性，能溶于氯仿、丙酮、甲醇等有机溶剂中。除少数季铵型生物碱外，大部分不溶于水。酚性生物碱能溶于苛性碱溶液。生物碱的碱性有强有弱，一般都能同无机酸或有机酸作用而生成盐，大部分生物碱盐都能溶于水。在以往的工作中，生物碱的提取方法主要有水提取、酸性水提取、有机溶剂（如乙醇）提取等，还可用硅胶柱、氧化铝柱、离子交换树脂柱等色谱方法进行分离。到目前为止，已有很多采用 HSCCC 分离纯化生物碱的报道。下面列举几个典型的应用实例以供参考。

7.1.2　辣椒生物碱

辣椒（*Capsicum annuum* L.）为茄科类植物，是重要的辛香食料，盛产于我国的甘肃、陕西、四川和山东等省。辣椒生物碱作为辣椒属植物的次级代谢产物，主要由氨基酸衍生而成，其主要成分有辣椒碱、二氢辣椒碱和降二氢辣椒碱（化学结构式如图 7-1 所示）等酰胺类生物碱。辣椒碱具有镇痛、消炎、促进食欲、改善消化功能、抗菌杀虫及对神经递质的选择性等药理作用。具有很大的药用价值和经济价值。

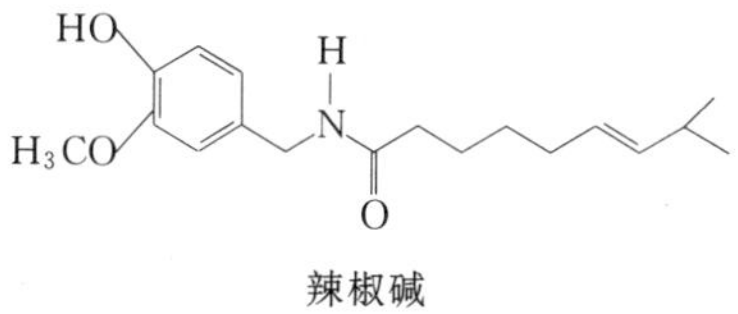

辣椒碱

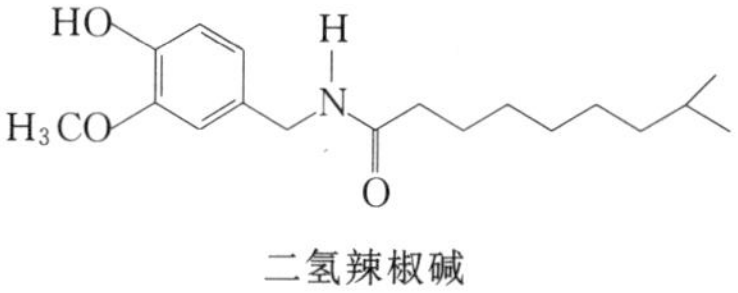

二氢辣椒碱

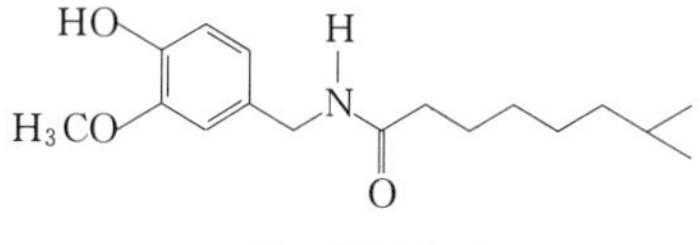

降二氢辣椒碱

图 7-1　辣椒碱、二氢辣椒碱和降二氢辣椒碱的化学结构式

由于这些生物碱化学结构的相似性，传统的分离方法很难将它们分开。Li 等[15]采用大孔吸附树脂色谱法同 HSCCC 的组合技术，实现了主要辣椒生物碱的制备级分离。首先，辣椒粉通过 60％乙醇提取得到粗提物，进一步采用大孔吸附树脂柱色谱法进行初步分离，得到含有辣椒生物碱的部分。然后，采用 HSCCC 进行制备级分离。根据化合物的结构特点，辣椒碱类化合物易溶解于氯仿溶剂系统，所以首先选择几个含氯仿的系统，并用 HPLC 测定化合物在这几个系统中的分配系数 K 值，如表 7-1 所示。从表中可见，试样在氯仿-甲醇-水（4∶3∶2）溶剂系统中的 K 值太小，目标化合物过多地分配在下相，而此系统中，下相的主要溶剂成分是氯仿，这时可用四氯化碳来部分地取代氯仿以调整 K 值。最终发现四氯化碳-甲醇-水（4∶3∶2）溶剂系统比较适合样品的分离。通过实际的 HSCCC 分离（见图 7-2），一次进样 150mg 大孔吸附树脂柱色谱的分离物，能得到 68mg 辣椒碱、33mg 二氢辣椒碱和 4mg 降二氢辣椒碱，其纯度分别为 97.4％，99.0％和 94.5％（见图 7-3）。

表 7-1 辣椒碱、二氢辣椒碱和降二氢辣椒碱在不同溶剂系统的 K 值

溶剂系统	降二氢辣椒碱 K_1	辣椒碱 K_2	二氢辣椒碱 K_3
氯仿-甲醇-水（4∶3∶2）	0.04	0.05	0.02
四氯化碳-氯仿-甲醇-水（3∶1∶3∶2）	0.39	0.30	0.24
四氯化碳-氯仿-甲醇-水（3∶1∶3.5∶2）	0.49	0.46	0.38
四氯化碳-甲醇-水（4∶3∶2）	1.24	0.94	0.62
石油醚-乙酸乙酯-甲醇-水（1∶2∶2∶1）	0.54	0.57	0.70

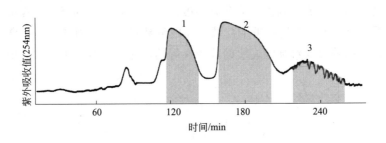

图 7-2 HSCCC 制备级分离辣椒碱的色谱图
HSCCC 条件：柱体积，320mL；转速，800r/min；溶剂系统，四氯化碳-甲醇-水（4∶3∶2）；流动相，下相；流速，2mL/min；检测波长，254nm；进样量，250mg；固定相保留率：65％

7.1.3 莲子心生物碱

莲子心为睡莲科莲属植物莲（*Nelumbo nucifera* Gaertn）种子的幼叶及胚根，收载于 2010 年版《中华人民共和国药典》。莲子心味苦性寒，具有清心去热、固肾涩精的功效，用于心烦、目赤肿痛、遗精等症的治疗。莲子心的主要生物碱类成分有莲心碱（liensinine）、异莲心碱（isoliensinine）、甲基莲心碱（neferine）等，均为异喹啉类生物碱。这 3 种生物碱具有抗心律失常作用和钙拮抗活性。

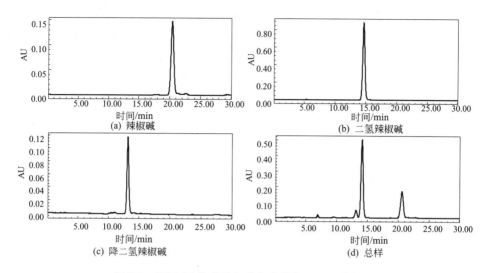

图 7-3　HSCCC 分离的组分和总样的 HPLC 分析图

传统的分离方法是用硅胶柱进行反复层析，这样，分离工作耗时长、有机溶剂消耗大、目标化合物得率低。

Wu 等[16]利用制备型 HSCCC 从莲子心提取物中快速分离得到莲心碱、异莲心碱、甲基莲心碱各组分。作者用 95％乙醇提取法得到莲子心的乙醇提取物，再用 1.5％的盐酸溶液溶解过滤，将滤液用 10％氨水碱化得黄色沉淀作为试样供 HSCCC 分离。对莲子心乙醇提取物的 HPLC 分析显示，其中含有莲心碱、异莲心碱、甲基莲心碱等多个成分，含量分别占总试样量 15.4％，15.9％和 47.6％（见图 7-4）。

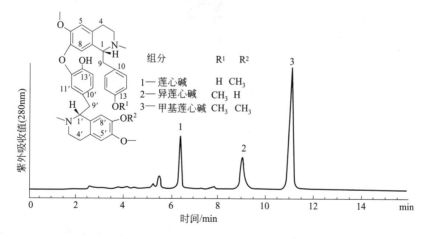

图 7-4　莲子心粗提物的 HPLC 色谱图

色谱条件：色谱柱为 YMC-Pack ODS-A 柱（150mm×4.6mm i.d.，5μm）；柱温 25℃；流动相为 A（乙腈）和 B（0.2％三乙胺水溶液）梯度洗脱，15min 内 A 溶液从 40％→80％，B 溶液从 60％→20％；流速 0.8mL/min；检测波长为 280nm；样品浓度为 0.8μg/μL；进样体积为 15μL

作者通过样品在石油醚、乙酸乙酯、四氯化碳、氯仿、二氯甲烷、甲醇、水等溶剂中的溶解性实验，发现莲子心生物碱提取物具有较强的脂溶性，能很好地在中等极性的溶剂系统中分配。因此，采用乙酸乙酯-四氯化碳-氯仿-甲醇-水不同体积比例的条件下进行分离试验。通过实验发现，体积比1:6:0:4:1的溶剂系统最适合莲子心生物碱的分离。利用该溶剂系统，应用自行设计逆流色谱仪，经过一步HSCCC分离（如图7-5所示），在9h内从5850mg粗样中得到2545mg甲基莲心碱、698mg异莲心碱和650mg莲心碱，其纯度都高于97%。分离到的生物碱单体通过了MS和NMR的结构鉴定。由此可见，上述HSCCC方法和条件非常适合于此类生物碱的大量级分离制备。

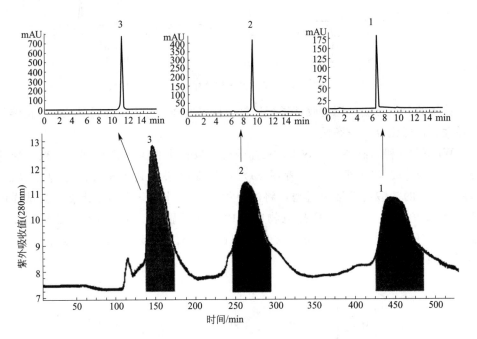

图7-5　制备型逆流色谱仪分离莲子心粗提物及HPLC进行检测相应峰的色谱图
HSCCC条件：柱材料聚四氟乙烯，直径4.0mm，柱体积1600mL，转速450r/min，柱温35℃；溶剂系统，乙酸乙酯-四氯化碳-甲醇-水（1:6:4:1）；流动相，下相；流速5mL/min；检测波长280nm；进样量5850mg溶于15mL上相和15mL下相混合液；固定相保留率为83.75%；纯度，莲心碱（1）98.52%，异莲心碱（2）97.12%甲基莲心碱（3）99.54%。

Wang等[17]报道了利用pH-区带精制逆流色谱从莲子心粗提物中分离得到三种生物碱，其分离程序如下：用95%的乙醇回流提取莲子心粉末，提取液浓缩后，用2%的盐酸酸化后用氯仿萃取，然后将水溶液用氨水调pH至9.5，析出大量沉淀，即为粗提物。作者首先应用叔丁基甲醚-水（1:1）体系，上相加入10mmol/L的三乙胺为固定相，下相加入5mmol/L的盐酸为流动相，作为分离溶剂系统，通过实际的分离发现，只有甲基莲心碱能被部分纯化。而当应用正己烷-乙酸乙酯-甲醇-水（5:5:2:8），上相加入10mmol/L的三乙胺为固定相，下相加入5mmol/L的盐酸为流动相作为分离溶剂系统时，能将这三种生物碱成功地进行制备性的分离，7h 内从 2.5g 的粗提物中分离得到 151mg 莲心碱、118mg 异莲心碱、572mg 甲基莲心碱，经 HPLC 测定其纯度分别为 93.0％、95.1％和 97.0％。其逆流色谱分离图如图 7-6 所示。从本例可以看到，pH-区带精制逆流色谱在分离制备生物碱的应用中具有很大的潜力。

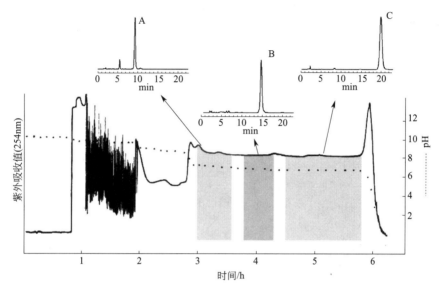

图 7-6　莲子心生物碱 HSCCC 色谱图及 HPLC 分析

HSCCC 条件：溶剂系统，正己烷-乙酸乙酯-甲醇-水（5∶5∶2∶8），上层有机相加入 10mmol/L 三乙胺，下层水相加入 5mmol/L 盐酸；柱体积 320mL；转速 800r/min；流速 1.5mL/min；检测波长 254nm；进样量 2.5g；固定相保留率 57％。A—莲心碱；B—异莲心碱；C—甲基莲心碱

7.1.4　吴茱萸生物碱

中药吴茱萸为芸香科植物吴茱萸 [*Evodia rutaecarpa*（Juss.）Benth.] 的干燥近成熟果实，具有散寒止痛，降逆止呕，助阳止泻的功效。主治厥阴头痛，寒疝腹痛，寒湿脚气，经行腹痛，脘腹胀痛，呕吐吞酸，五更泄泻及高血压等症；外治口疮。吴茱萸中含有多种生物碱类成分（它们的结构式如图 7-7 所示），其中吴茱萸碱和吴茱萸次碱是主要活性成分，其含量直接影响药材的质量。Liu 等[18]报道了用 HSCCC 分离纯化吴茱萸化学成分的工作。作者应用乙醇提取，得到粗提物，然后直接用 HSCCC 分离。首先选择乙酸乙酯-水作为分离实验用的溶剂系统，试验表明，目标化合物主要分配在上相中。作者把乙酸乙酯-甲醇-水的体积比例调到 5∶4∶5，希望通过添加甲醇比例的方法改变目标化合物在两相中的分配，但是，目标化合物仍然主要分布在上相，这说明改变后的条件仍不适合于分离吴茱萸生物碱。此后，作者改用了正己烷-乙酸乙酯-甲醇-水的溶剂系统，并设计了 3 个不同的组成比例，一一测定样品在其

中的分配系数如表 7-2 所示。结果表明，正己烷-乙酸乙酯-甲醇-水（5：5：7：5）的溶剂系统比较适用。图 7-8 是用该系统分离吴茱萸生物碱的 HSCCC 色谱图。经过一次分离，就从 180mg 粗提物中获得了 28mg 吴茱萸碱（evodiamine），19mg 吴茱萸次碱（rutaecarpine），21mg 吴茱萸新碱（evocarpine），16mg 1-methy-2-[(6Z,9Z)]-6,9-pentadecadienyl-4-(1H)-quinolone，12mg 1-methyl-2-dodecyl-4-(1H)-quinolone，纯度分别达到 98.7%，98.4%，96.9%，98.0% 和 97.2%。

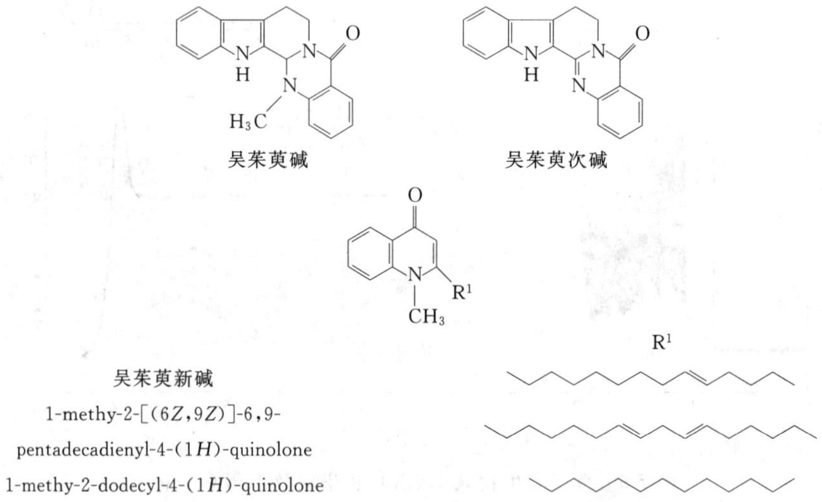

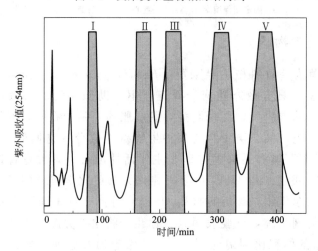

吴茱萸碱

吴茱萸次碱

吴茱萸新碱

1-methy-2-[(6Z,9Z)]-6,9-

pentadecadienyl-4-(1H)-quinolone

1-methy-2-dodecyl-4-(1H)-quinolone

图 7-7　吴茱萸中生物碱的结构式

图 7-8　吴茱萸粗提物的 HSCCC 色谱图

HSCCC 条件：溶剂系统，正己烷-乙酸乙酯-甲醇-水（5：5：7：5），下相作为流动相；流速 2.0mL/min；转速 900r/min；进样量 180mg；粗提物溶于 2mL 上相和 2mL 下相混合液中；分离温度 25℃；固定相保留率 50%

表 7-2　目标化合物在正己烷-乙酸乙酯-甲醇-水溶剂体系中的分配系数（K）

溶剂系统	分配系数(K)				
	（Ⅰ）	（Ⅱ）	（Ⅲ）	（Ⅳ）	（Ⅴ）
5:5:5:5	3.05	6.32	9.21	11.93	14.05
5:5:6:5	1.90	3.60	5.26	6.95	8.72
5:5:7:5	1.09	2.23	3.21	4.35	5.60

7.1.5　雷公藤生物碱

雷公藤（*Tripterygium Wilfordi* hook. f）系卫茅科雷公藤属植物，又称之为八步倒、断肠草。根茎入药，所含生物碱成分主要是雷公藤碱、雷公藤次碱、雷公藤宁碱、雷公藤晋碱等，其化学结构式如图 7-9 所示。此外，还含有二萜类、三萜类、倍半萜类及卫矛醇、卫矛碱等类物质，具有杀虫、消炎、解毒作用。近年来，临床发现雷公藤对器官移植的排斥反应、自身免疫性疾病、肾病综合征、癌症等都有显著疗效。已临床应用于风湿关节炎、类风湿关节炎、跌打损伤、肾小球肾炎、红斑狼疮、肾病综合征等常见和疑难病症。还发现具有抗炎、免疫抑制、抗生育、抗肿瘤、抗菌、止痛等活性。

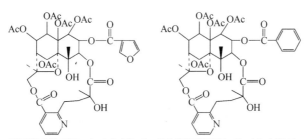

雷公藤春碱 Wilfortrine(化合物 1)　雷公藤定碱 Wilfordine(化合物 2)

雷公藤晋碱 Wilforgine(化合物 3)　雷公藤灵碱 Wilforine(化合物 4)

图 7-9　从雷公藤中分离到的生物碱（化合物 1～4）的化学结构

其传统的分离方法是多步骤的柱色谱分离和结晶法，由于色谱柱固定相对组分的不可逆吸附作用导致样品回收率很低，而常用的 HPLC 方法又不适合于大量制备。在药理研究和临床研究中，急需一种高效的分离方法来制备足够大量的分离纯化产物。OuYang 等[19]报道了应用 HSCCC 分离雷公藤生物碱的结果。样品制备步骤是将雷公藤粉经 90%乙醇渗滤提取，浓缩得到乙醇粗提物，进一步用氯仿萃取得到氯仿萃取物，然后用 10％的氨水溶液提取，再用乙醚提取得乙醚提取物，用 2％盐酸溶液萃取乙醚提取物，酸提取液经过活性炭脱色，得到生物碱粗提物，供 HSCCC 分离纯化用。

作者首先采用正己烷-乙酸乙酯-甲醇-水的溶剂系统，但是各组分在其中的分配系数 K 值非常接近，该系统不适合目标化合物的分离。所以改用石油醚和乙醇分别替换原系统中的正己烷和甲醇，以求获得理想的溶质分配系数和合适的两相溶剂的分层时间。实验测定的 K 值结果列于表 7-3。通过实验发现，目标化合物在石油醚-乙酸乙酯-乙醇-水（6：4：5：8）的溶剂系统中的分配系数 K 值比较理想。选用此溶剂系统进行 HSCCC 分离的色谱图如图 7-10 所示。最终得到 Wilfortrine（210mg），Wilfordine（90mg），Wilforgine（220mg）和 Wilforine（100mg）4 个化合物，用 HPLC 外标法测定，其纯度分别达到 90.3％，92％，99.5％和93.5％。色谱分析结果如图 7-11 所示。

表 7-3　目标化合物在不同体积比的石油醚-乙酸乙酯-乙醇-水溶剂系统中的分配系数（K）

石油醚-乙酸乙酯-乙醇-水	化合物 1	化合物 2	化合物 3	化合物 4
6：6：6：6	0.22	0.30	0.39	0.78
6：4：5：8	0.424	0.642	0.817	1.20
6：5：5：8	0.833	1.19	1.50	2.09
6：6：5：8	1.53	2.15	2.68	3.71
6：7：5：8	2.23	3.08	3.77	5.34

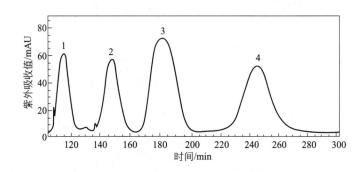

图 7-10　雷公藤粗提物的 HSCCC 分离色谱图

HSCCC 条件：溶剂系统为石油醚-乙酸乙酯-乙醇-水（6：4：5：8）；上相为固定相；流速 5mL/min；转速 500r/min；进样量 700mg；固定相保留率 72％；检测波长 254nm；柱温 25℃。其中：1—Wilfortrine；2—Wilfordine；3—Wilforgine；4—Wilforine

7.1.6　黄连生物碱

中药黄连（*Coptis Chinesis* French）在我国已有上千年的临床使用历史，被记载在各朝代重要的医药典籍之中。黄连性寒、味苦，有清热、燥湿、解毒、泻火之功效。其有效成分主要是生物碱类物质，包括小檗碱（berberine）、黄连碱（coptisine）、甲基黄连碱（worenine）、巴马亭（palmatine）、药根碱（jatrorrhizine）、

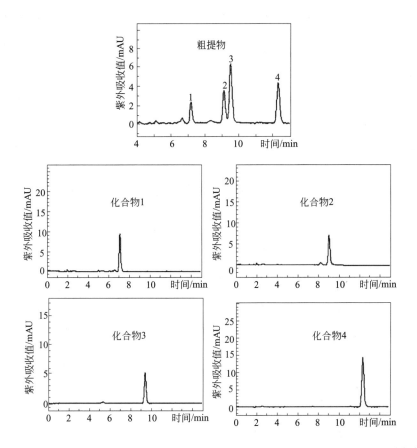

图 7-11　生物碱粗提物和经过 HSCCC 分离后得到的各纯化物（1～4）的 HPLC 分析结果
色谱条件：Agilent Zorbax SB-C$_{18}$反相色谱柱（250mm×4.6mm i.d.，5μm）；流动相：乙腈-水（60∶40）；
流速：0.8mL/min，检测波长：230nm；柱温：35℃

表小檗碱（epiberberine）、木兰花碱（mognoflorine）等。其中，小檗碱约占总碱的 80％左右，它具有解热抗炎、抗菌、降血糖、降血脂、抗氧自由基和抗消化性溃疡等作用。主要的黄连生物碱化学结构式如图 7-12 所示。

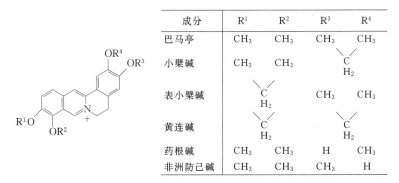

成分	R^1	R^2	R^3	R^4
巴马亭	CH$_3$	CH$_3$	CH$_3$	CH$_3$
小檗碱	CH$_3$	CH$_3$	CH$_2$	
表小檗碱	CH$_2$		CH$_3$	CH$_3$
黄连碱	CH$_2$		CH$_2$	
药根碱	CH$_3$	CH$_3$	H	CH$_3$
非洲防己碱	CH$_3$	CH$_3$	CH$_3$	H

图 7-12　黄连中主要生物碱成分的化学结构式

　　Yang 等[20]应用分析型 HSCCC 来寻找适合于黄连生物碱分离的溶剂系统。首先试用的氯仿-甲醇-水（4∶3∶2）的溶剂系统未能达到分离的效果。进而选用 0.05mol/L 的 HCl 溶液替代原系统中的水，这样就能够使生物碱组分在 2h 内洗脱出来，但是分离效果还不理想。作者考察了氯仿-甲醇-HCl 溶液系统中甲醇的不同组成比例〔（4∶3∶2）～（4∶1.5∶2）〕以及不同的 HCl 浓度（0.1～0.3mol/L），采用各个不同的溶剂系统，在分析型 HSCCC 上进行快速分离的色谱图如图 7-13 所示。可以看到，采用氯仿-甲醇-0.2mol/L HCl（4∶1.5∶2）的溶剂系统能够在 1.5h 内将 4 种主要的生物碱分离开来。优选这一条件之后，就把该溶剂系统条件直接用于制备型的 HSCCC 仪器上进行制备级的分离（如图 7-14 所示）。经过一次 HSCCC 分离，就能从 200mg 黄连生物碱

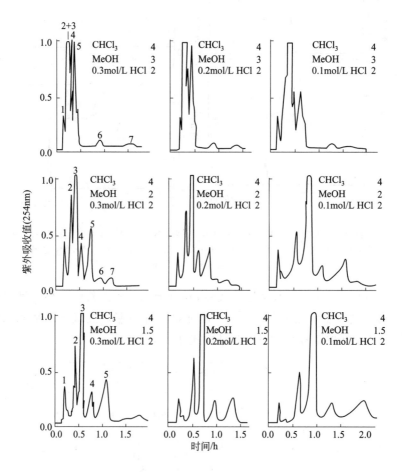

图 7-13　采用 9 种不同的溶剂系统在分析型 HSCCC 上分离黄连总生物碱的色谱图
总生物碱样品量：2.5mg；所用溶剂系统标于色谱图上方；流动相：下相有机相；流速：1.0mL/min；转速：1500r/min；固定相保留率：用氯仿（CHCl₃）-甲醇（MeOH）-HCl（4∶3∶2）溶液系统时为 77%，用氯仿-甲醇-HCl（4∶2∶2）溶液系统时为 80%，用氯仿-甲醇-HCl（4∶1.5∶2）溶液系统时为 77%

粗提物中分离出 4 个主要的生物碱成分。总生物碱和 HSCCC 分离出的各成分的硅胶薄层色谱［展开剂：苯-乙酸乙酯-甲醇-异丙醇-氨水（12：6：3：3：1）］分析结果如图 7-15 所示。

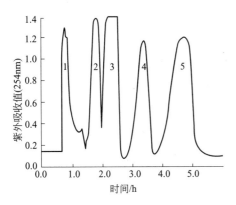

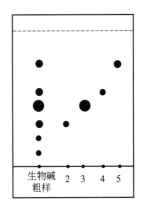

图 7-14　黄连总生物碱的 HSCCC
制备分离色谱图

总生物碱样品量：200mg；溶剂系统：氯仿-甲醇-HCl（4：1.5：2）；流动相：下相有机相；流速：2.0mL/min；转速：800r/min；固定相保留率：73.3%。各色谱峰对应组分：1—未知成分；2—巴马亭；3—小檗碱；4—表小檗碱；5—黄连碱

图 7-15　黄连总生物碱和 HSCCC
分离物的 TLC

展开剂：苯-乙酸乙酯-甲醇-
异丙醇-氨水（12：6：3：3：1）

通过这一实验结果可以总结出一条重要的经验，即先采用分析型 HSCCC 仪器来试验比较，确定快速高效、节省时间与优化的溶剂系统和分离条件，然后把优选的溶剂系统和分离条件直接用于制备型 HSCCC 仪器上，在制备量放大的同时，保证了近似的分离效率。这是合理应用 HSCCC 仪器，有效地优化溶剂系统条件和实现制备级分离的重要方法。

7.1.7　黄花乌头生物碱

黄花乌头［*Aconitum coreanum*（Levl.）Rapaics］又名关白附、白附子、竹节白附、黄乌拉花，系毛茛科乌头属植物，在我国分布于河北北部、辽宁、吉林、黑龙江东部等地。其块根关白附具有祛风痰、定惊痫、散寒止痛的作用，主治中风痰壅、口眼歪斜、癫痫、偏正头痛，是中医临床常用中药之一。所含的主要生物活性成分是二萜生物碱。近年来药理研究表明，关白附中主要成分关附甲素、关附庚素、关附壬素等具有抗心律失常、抗炎和镇痛作用。

Tang[21]等应用 HSCCC 对黄花乌头中二萜生物碱的分离方法进行了研究。经过对黄花乌头醇提物的乙酸乙酯部位的 HPLC 分析（见图 7-16），可以看到此部位的成分较复杂，其中有 6 个含量较大的成分。作者通过乙醇提取，得到黄花乌头乙醇提取物后，分别用石油醚、乙酸乙酯和丁醇进行萃取，取乙酸乙酯萃取物用 HSCCC 进一步分离纯化。在 HSCCC 分离实验中，作者首先使用乙酸乙酯-甲醇-水（3∶1∶3）和（3∶2∶4）的溶剂系统，结果发现不能将目标化合物分开。然后改用 0.2mol/L 的 HCl 替代溶剂系统中的水，这时二萜生物碱虽然能同其他成分分开，但是各二萜生物碱之间却未能分开。作者又设计了 3 个由正己烷-乙酸乙酯-甲醇-水组成的溶剂系统，并分别测定了总碱在这些溶剂系统中的分配系数 K 值（如表 7-4 所示）。将这些溶剂系统用于 HSCCC 的分离试验发现，采用正己烷-乙酸乙酯-甲醇-0.2mol/L HCl（1∶3.5∶2.5∶3.5）系统时目标化合物不能分开；采用正己烷-乙酸乙酯-甲醇-0.2mol/L HCl（1∶3.5∶1.5∶4.5）系统时分离时间过长且峰形展开太宽；这样的结果同表7-4 中相应的 K 值表达的规律相符合。当采用正己烷-乙酸乙酯-甲醇-0.2mol/L HCl（1∶3.5∶2∶4.5）的溶剂系统时，如图 7-17A 所示 6 个化合物能够获得完全的分离。通过一次分离，能从 2g 乙酸乙酯萃取物中分离得到 10.4mg GFP，9.2mg GFG，9.5mg GFF，8.9mg Atisine，11.9mg GFA 和 25.7mg GFI，用 HPLC 检测其纯度分别达到 96.9%，95.7%，91.5%，98.9%，95.8% 和 95.5%（如图 7-17B 所示）。在本实验中，由于二萜生物碱的紫外吸收很弱，作者使用了蒸发光检测器（ELSD）来进行检测，获得了良好的效果。

表 7-4 目标化合物在不同溶剂系统中的分配系数

正己烷-乙酸乙酯-甲醇-0.2mol/LHCl	分配系数（K）					
	GFI	GFA	Atisine	GFF	GFG	GFP
1∶3.5∶2.5∶4.5	32.62	24.03	18.71	11.84	8.13	5.76
1∶3.5∶2∶4.5	11.10	9.76	7.95	5.23	3.22	2.17
1∶3.5∶1.5∶4.5	5.47	5.22	4.81	4.03	3.52	3.13

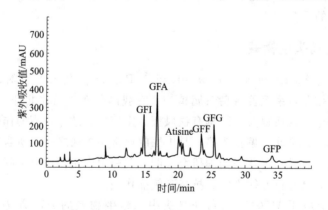

图 7-16 乙酸乙酯部位的 HPLC 分析色谱图

色谱条件：色谱柱为 Diamonsil C_{18} 柱（250mm×4.6mm i.d.，5μm）；流动相：溶剂 A 为 2mg/mL 1-庚烷磺酸钠（包括 0.2% 三乙胺，用磷酸调节 pH 为 3.0）和溶剂 B 乙腈；梯度洗脱：0~20min，17%~30% 乙腈；20~40min，30%~35% 乙腈；检测波长：205nm；流速：1.0mL/min

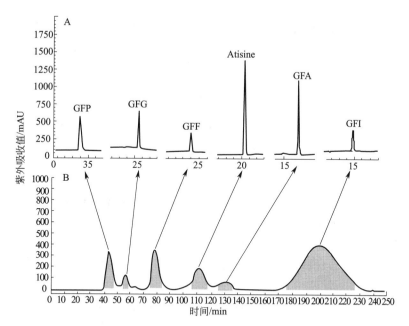

图 7-17　从黄花乌头中分离得到的 6 种生物碱的 HPLC
分析结果（A）和 HSCCC 分离色谱图（B）

HPLC 色谱条件同图 7-16。HSCCC 条件：溶剂系统，正己烷-乙酸乙酯-甲醇-0.2mol/L HCl（1∶3.5∶2∶4.5）；下相，流动相；洗脱方式，从头到尾；流速 4.0mL/min；进样量 2.0g；进样体积 10mL；转速 950r/min

7.1.8　夏天无生物碱

　　夏天无为罂粟科紫堇属延胡索亚属植物伏生紫堇［*Corydalis decumbens* (Thunb.) Pers］的块茎，主产于江西、湖南、福建、浙江、安徽等省，以江西产质量为佳。夏天无具有镇痛、消炎的作用，常用于治疗胃痛、癌痛、坐骨神经痛、风湿性关节炎、小儿麻痹后遗症。近代药理研究发现，夏天无在心脑血管疾病方面显示出较好的疗效，如治疗老年性痴呆、抗心律失常、抑制血小板聚集等。国内学者已从夏天无植物中分离出许多种化学成分，主要为生物碱类。

　　Wang 等[22]利用 pH-区带精制逆流色谱从夏天无粗提物中分离得到原阿片碱（protopine）、毕枯枯林（bicuculline）、延胡索乙素（tetrahydropalmatine）3 种生物碱，其化学结构式如图 7-18 所示。分离程序如下：取夏天无的 95％乙醇提取物，溶于 1％的盐酸溶液中，加氨水将该酸液的 pH 值调节到 9.5，有大量黄色沉淀生成，经过过滤、晾干，得总生物碱粗提物。

　　作者首先使用叔丁基甲醚-水作为分离样品用的溶剂系统，尽管各个组分在此系统中的分配系数比较合适，但是对于样品的溶解度太低，不利于分离制备。随后，在系统中添加乙腈来加大样品的溶解度，最后优选出叔丁基甲醚-乙腈-水（2∶2∶3）的溶剂系统。分离操作中，上相中加入 5～10mmol/L 的三乙胺，下相

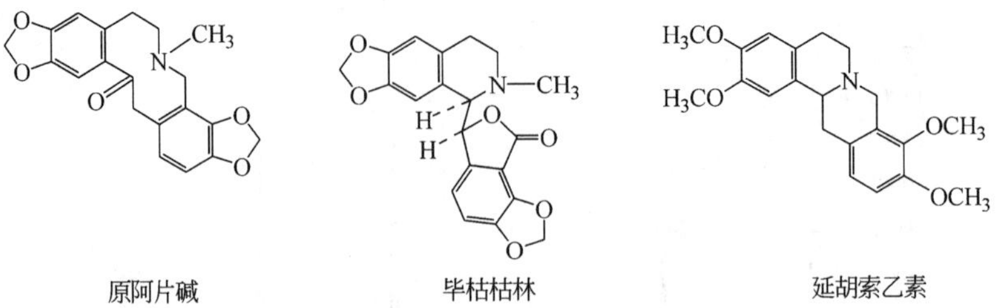

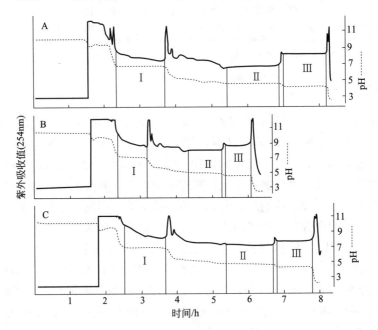

原阿片碱　　　　　　　毕枯枯林　　　　　　　延胡索乙素

图 7-18　从夏天无中分离出的三种生物碱的化学结构式

中加入 5～10mmol/L 的盐酸，HSCCC 分离的色谱图如图 7-19 所示。比较结果，发现图 C 的分离效果最理想，这时的进样量为 3.1g，固定相保留率为 24％，保留剂、洗脱剂的浓度为 10mmol/L。用 HPLC 测定各洗脱组分，然后合并相同组分，得到 495mg 原阿片碱（图 7-19C 中峰Ⅰ），其纯度为 96.1％；626mg 延胡索乙素（图 7-19C 中峰Ⅱ），其纯度为 93.0％；423mg 毕枯枯林（图 7-19C 中峰Ⅲ），其纯度为 96.9％。

由图 7-19A 和图 7-19B 可见，随着保留碱、洗脱酸浓度的增大，矩形峰出峰时间缩短、峰宽变窄。这可以解释为由于流动相中洗脱酸浓度的增大，使得目标物的

图 7-19　夏天无生物碱的 pH-区带精制逆流色谱分离的色谱图

溶剂系统：叔丁基甲醚-乙腈-水（2∶2∶3）；转速：800r/min；流速：2mL/min；检测波长：254nm。A—上层有机相加入 5mmol/L 三乙胺，下层水相加入 5mmol/L 盐酸，进样量为 2.0g，固定相保留率为 28％；B—上层有机相加 10mmol/L 三乙胺，下层水相加 10mmol/L 盐酸，进样量 2.0g，固定相保留率为 27％；C—上层有机相加 10mmol/L 三乙胺，下层水相加 5mmol/L 盐酸，进样量 3.1g，固定相保留率为 28％

分配系数增加，从而缩短了其保留时间；且由于流动相中洗脱酸浓度的增大，使得目标物在区带中的浓度增大，使得区带变窄。

7.1.9　骆驼蓬生物碱

骆驼蓬子为蒺藜科植物骆驼蓬 (*Peganum harmala* L.) 的种子，主要的生物碱成分为骆驼蓬碱 (harmaline) 和去氢骆驼蓬碱 (harmine)，化学结构式如图 7-20 所示。此外，尚含鸭嘴花碱及四氢哈尔明碱、脱氧鸭嘴花酮碱等。骆驼蓬碱能减轻脑炎后的帕金森症，对随意运动及眼肌僵直有短暂的疗效。由于其化学结构与喹啉相似，故对阿米巴等原虫呈毒性，亦有抗疟作用。另外，骆驼蓬碱能松弛小肠平滑肌，可兴奋肠管平滑肌，使胃器官具有更强、更频的收缩，同时增加胃液分泌。

骆驼蓬碱　　　　　　　　去氢骆驼蓬碱

图 7-20　骆驼蓬碱和去氢骆驼蓬碱的化学结构式

Wang 等[23]利用 pH-区带精制逆流色谱从骆驼蓬子粗提物中分离得到去氢骆驼蓬碱和骆驼蓬碱两种生物碱。粗提物提取程序如下：取骆驼蓬子的 95％乙醇提取物，溶于 1‰的盐酸溶液中，加氨水将该酸液的 pH 值调节到 9.5，有大量黄色沉淀生成，经过过滤、晾干，得总生物碱粗提物。

在 pH-区带精制逆流色谱中，首先需要选择合适的两相溶剂系统，使样品组分在其中的 K 值满足 $K_{acid} \ll 1$、$K_{base} \gg 1$ 的条件。同时，样品在溶剂系统中要有较好的溶解度[24]。作者首先选择了已被成功应用于多种化合物分离的二元溶剂系统叔丁基甲醚-水 (1∶1)，尽管样品组分在此溶剂系统中具有适合的 K 值，但由于在该溶剂系统中样品的溶解度太小，使得最大进样量仅为 0.5g。在上述溶剂系统的基础上，通过添加四氢呋喃大幅度地提高样品在溶剂系统中的溶解度，结合分离操作试验，最终优选出的溶剂系统为叔丁基甲醚-四氢呋喃-水 (2∶2∶3)，上相中加入 10mmol/L 的三乙胺，下相中加入 5mmol/L 的盐酸。

图 7-21 为一次进样 1.2g 粗提物的 pH-区带精制逆流色谱图。从图中可以看出，目标化合物形成了两个矩形峰，而杂质和次要成分被高度集中在矩形峰的两侧。色谱峰对应收集物的 pH 值测定结果表现为两个 pH 值的平台，和色谱图的平台相对应。经 HPLC 分析，合并相同的组分，得到去氢骆驼蓬碱 495mg (峰 Ⅰ)，纯度为 94％；骆驼蓬碱 423mg (峰 Ⅱ)，纯度为 92％。图 7-22 所示是各组分的 HPLC 检测结果。可以看出，pH-区带精制逆流色谱具有进样量大、分离效率高等优点，非常适合于生物碱的分离制备工作。

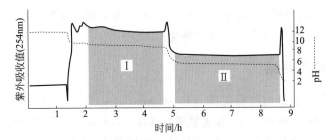

图 7-21　骆驼蓬子生物碱的 pH-区带精制逆流色谱图

溶剂系统：叔丁基甲醚-四氢呋喃-水（2∶2∶3）；柱体积：320mL；转速：800r/min；流速：1.5mL/min；检测波长：254nm；上层有机相加入 10mmol/L 三乙胺，下层水相加入 5mmol/L 盐酸；进样量：1.2g；固定相保留率：48.1%

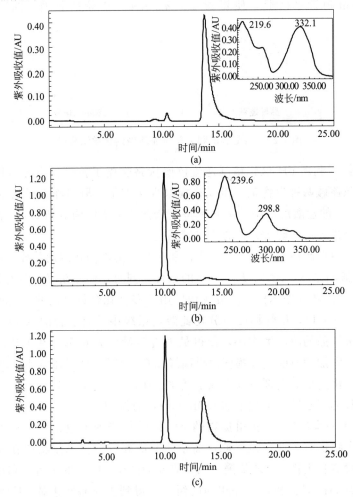

图 7-22　生物碱粗提物及 pH-区带精制逆流色谱洗脱馏分的 HPLC 分析结果及紫外光谱图

色谱条件：岛津 Shim pack VP-ODS 柱（250mm×4.6mm，5μm）；检测波长：327nm；柱温：25℃，流速：1.0mL/min；流动相：甲醇-0.5%三乙胺（70∶30）。(a) 图 7-21 中的峰Ⅰ；(b) 图 7-21 中的峰Ⅱ；(c) 总生物碱

7.1.10　防己生物碱

防己为防己科粉防己（*Stephania tetrandra* S. Moore）的干燥根，含有粉防己碱（fangchinoline）、防己诺林碱（tetrandrine）、轮环藤酚碱等成分，具有解热镇痛、风湿止痛、利尿消肿等功效。粉防己碱和防己诺林碱（化学结构式见图 7-23）是其中的主要活性成分，粉防己碱能够有效抑制由胶原、凝血酶、肾上腺素等引起的血小板聚集；防己诺林碱能够在体外抑制组胺的释放。Zhang 等[25]报道了应用 pH-区带精制逆流色谱从防己中分离粉防己碱和防己诺林碱。其提取分离程序如下：取 1kg 防己药材粉末，用 95％乙醇渗滤提取，经抽滤、减压浓缩至一定体积。再将浓缩物溶于 1％的盐酸溶液中，加氨水将溶液的 pH 值调到 9.5，过滤生成的沉淀，得到 20.5g 粗生物碱，供进一步的 pH-区带精制逆流色谱分离纯化用。首先，选用在 pH-区带精制逆流色谱中常用的溶剂系统叔丁基甲醚-乙腈-水（4∶1∶5）和（2∶2∶3），但是发现样品在这两个溶剂系统中的溶解度太低。进一步采用石油醚-乙酸乙酯-甲醇-水（5∶5∶2∶8）的溶剂系统，发现样品的溶解度得到了很大的提高。通过实际的分离试验，最终确定的溶剂系统是石油醚-乙酸乙酯-甲醇-水（5∶5∶1∶9），上层有机相加入 10mmol/L 三乙胺作为固定相，下层水相加入 5mmol/L 盐酸作为流动相。一次进样量 3.5g，pH-区带精制逆流色谱分离结果如图 7-24 所示。峰Ⅰ为防己诺林碱，峰Ⅱ为粉防己碱，分别得到 130mg 和 250mg，经 HPLC 分析（图 7-25）其纯度分别达到 93.4％和 94.5％。此结果说明，pH-区带精制逆流色谱分离制备防己生物碱的效果很好。

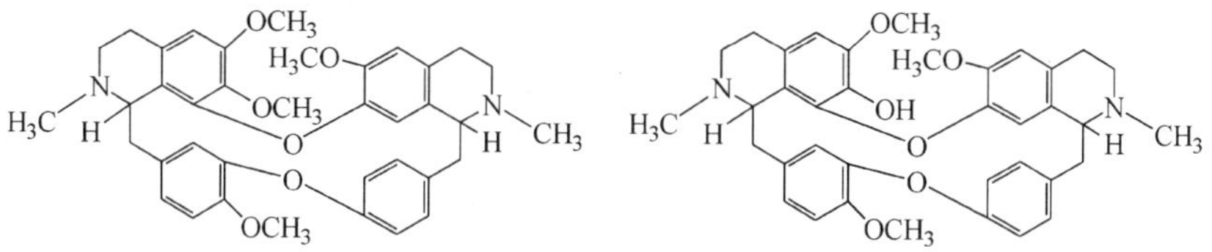

粉防己碱　　　　　　　　　　　　防己诺林碱

图 7-23　粉防己碱和防己诺林碱的化学结构式

7.1.11　苦参生物碱

苦参为双子叶植物豆科（Leguminosae）苦参（*Sophora flavescens* Ait）的干燥根。具有清热燥湿，杀虫，利尿等功效。用于热痢，便血，黄疸尿闭，赤白带下，阴肿阴痒，湿疹，湿疮，皮肤瘙痒，疥癣麻风；外治滴虫性阴道炎。苦参含有多种生物碱（1％～2.5％），其中以苦参碱（matrine）、氧化苦参碱（oxymatrine）、槐果碱为主，化学结构式见图 7-26。近年来的研究发现它具有抗寄生虫、抗菌、抗病毒、抗肿瘤等作用，因此受到医药界广泛的关注。

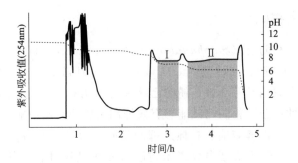

图 7-24　防己生物碱的 pH-区带精制逆流色谱图

溶剂系统：石油醚（60～90℃）-乙酸乙酯-甲醇-水（5：5：2：8），上层有机相加入 10mmol/L 三乙胺，下层水相加入 5mmol/L 盐酸；转速：800r/min；流速：1.5mL/min；检测波长：254nm；进样量：3.5g；固定相保留率：70.0%

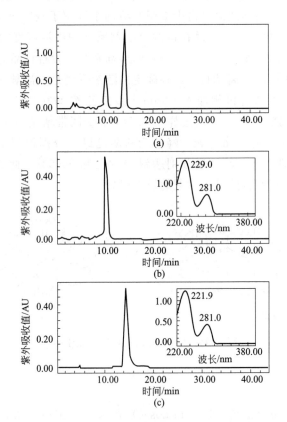

图 7-25　防己粗提取物及逆流色谱分离馏分的 HPLC 分析结果及化合物的紫外光谱图

HPLC 条件：岛津 Shim pack VP-ODS 柱（250mm×4.6mm，5μm）；紫外检测波长：281nm；柱温：25℃；流速：1.0mL/min；流动相：甲醇-0.2%三乙胺（80：20）。（a）粗提物；（b）图 7-23 中的峰 I；（c）图 7-23 中的峰 II

　　Ling 等[26]利用超临界 CO_2 萃取法得到苦参提取物，HPLC 分析结果如图 7-27 所示。作者选用氯仿-甲醇-$2.3×10^{-2}$ mmol/L 磷酸二氢钠溶液组成的两相溶剂系统，经过一次 HSCCC 分离（图 7-28），就能够从 175mg 的粗提物中得到 10.02mg 的苦参碱、22.07mg 的氧化槐果碱和 79.93mg 的氧化苦参碱，经 HPLC 分析其纯度分别达到 95.6%，95.8%，99.6%。

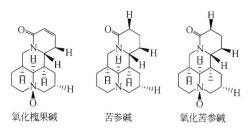

氧化槐果碱　　　　　苦参碱　　　　　氧化苦参碱

图 7-26　苦参生物碱的化学结构式

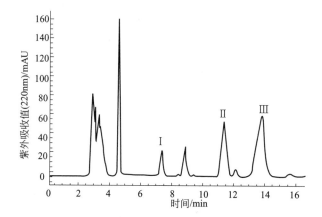

图 7-27　苦参的超临界 CO_2 萃取物的 HPLC 分析图

HPLC 分析条件　色谱柱：Zorbax NH_2 柱（250mm×4.6mm，5μm），流动相：乙腈-乙醇-磷酸溶液（pH=2）（80∶10∶10）；检测波长：220nm；流速：1.0mL/min；Ⅰ—苦参碱；Ⅱ—氧化槐果碱；Ⅲ—氧化苦参碱

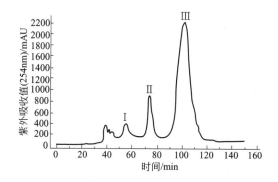

图 7-28　苦参的超临界 CO_2 萃取物的 HSCCC 分离图

溶剂系统：氯仿-甲醇-2.3×10^{-2} mmol/L 磷酸二氢钠溶液（27.5∶20∶12.5）；流动相：下相；流速：2.0mL/min；转速：850r/min；固定相保留率：75.6%；进样量：175mg；检测波长：254nm。Ⅰ—苦参碱，Ⅱ—氧化槐果碱，Ⅲ—氧化苦参碱

Yang 等[27]成功地利用 pH-区带精制逆流色谱从苦参的提取物中分离得到苦参碱和氧化苦参碱，所选择的溶剂系统为叔丁基甲醚-水（1:1），上层有机相加入10mmol/L 三乙胺，下层水相加入 5mmol/L 盐酸，得到的 pH-区带精制逆流色谱图如图 7-29 所示。

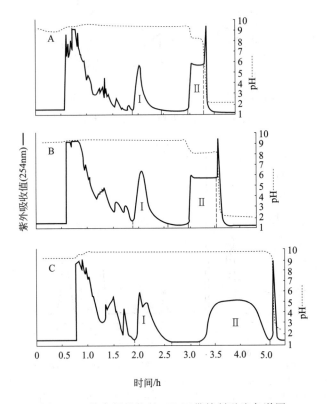

图 7-29　苦参粗提物的 pH-区带精制逆流色谱图

HSCCC 条件：溶剂系统为叔丁基甲醚-水（1:1），上相有机相加入 10mmol/L 三乙胺，下相加入 10mmol/L 盐酸（A 和 B），或加入 5mmol/L 盐酸（C）。进样量：1.0g 溶于 20mL 等量的上下相（A），2.0g 溶于 30mL 等量的上下相（B），1.0g 溶于 20mL 等量的上下相（C）；转速：800r/min；流速：1.5mL/min；检测波长：254nm；固定相保留值：66%。Ⅰ—苦参碱；Ⅱ—氧化苦参碱

7.1.12　小结

① 多数生物碱的结构相当复杂，一般都具有旋光性，能溶于氯仿、丙酮、甲醇等有机溶剂中，除少数季铵型生物碱外，大部分不溶于水。酚性生物碱能溶于苛性碱溶液。生物碱的碱性强弱有差别，一般能与无机酸或有机酸生成盐，大部分生物碱盐都能溶于水。生物碱主要的提取方法有水提取、酸性水提取、有机溶剂（如乙醇）提取等。

② 由于生物碱具有弱碱性，因此在分离生物碱时，经常需要用磷酸盐缓冲液及低浓度的盐酸等调整水相的 pH 值，使样品在溶剂系统中的分配状态达到最佳。

在很多生物碱化合物的分离实验中，都可以选用氯仿-甲醇-水（用磷酸盐缓冲液或低浓度的盐酸水）的溶剂系统。中低极性的生物碱化合物则适合于选用正己烷（石油醚）-乙酸乙酯-甲（乙）醇-水（低浓度的盐酸）的溶剂系统。

③ 对于逆流色谱体系的选择，除了采用 K 值测定法外，应用分析型逆流色谱仪进行溶剂条件的选择是一个比较快捷的方法，这样选定的系统能够直接应用到制备型逆流色谱仪上实现制备级的分离。

④ 分离制备的目的是获得尽量多的纯品，但是任何一项分离技术可能都具有一定的特征性和局限性，综合应用两项或几项分离技术，例如用硅胶柱、大孔吸附树脂柱等进行样品的前处理，实现目标物的初步的富集，然后应用 HSCCC 进行分离，就能够实现样品的快速有效的分离纯化和制备。

⑤ 萜类生物碱往往在紫外光区吸收弱，可以采用蒸发光检测器或 TLC 法进行检测。

⑥ 大多数生物碱具有一定的碱性，适合于采用 pH-区带精制逆流色谱的分离方法。在用 pH-区带精制逆流色谱分离生物碱时，经常遇到的难题是样品在叔丁基甲醚-乙腈-水的系统中溶解度偏低，这时可将叔丁基甲醚-乙腈-水系统改换成正己烷（石油醚）-乙酸乙酯-甲醇-水的系统进行尝试，一般可用 $5:5:x:(10-x)$ 的组成比例，可较大幅度地提高样品的上样量。

7.2　黄酮类化合物的分离

7.2.1　概述

黄酮类化合物（flavonoids）是广泛存在于自然界的一大类化合物。常以游离态或与糖结合成苷的形式存在。广义上讲，黄酮类化合物一般指具有 C_6-C_3-C_6 基本结构的天然产物，大部分具有 2-苯基色原酮的结构，具有如图 7-30 所示的碳骨架。根据黄酮类化合物 A 环和 B 环中间的三碳链的氧化程度、三碳链是否构成环状结构、3 位是否有羟基取代以及 B 环（苯基）连接的位置（2 位或 3 位）等特点，天然黄酮类化合物可分为黄酮、黄酮醇、二氢黄酮、二氢黄酮醇、黄烷-3-酮、查耳酮、异黄酮、花色素等种类。

黄酮类化合物不仅类型多样，而且分布广泛，如黄酮类以唇形科、玄参科、爵

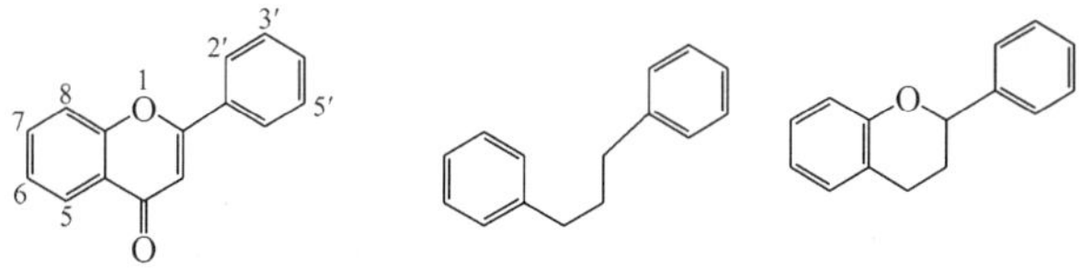

2-苯基色原酮　　　　　　　　C_6-C_3-C_6

图 7-30　黄酮的基本骨架结构

麻科、苦苣苔科、菊科等植物中存在较多；黄酮醇类较广泛地分布于双子叶植物中，特别是一些木本植物的花和叶中；二氢黄酮类在蔷薇科、芸香科、豆科、杜鹃花科、菊科、姜科植物中分布较多；二氢黄酮醇类较普遍地存在于豆科植物中；异黄酮类于豆科蝶形花亚科和鸢尾科植物中存在较多。双黄酮类多分布于裸子植物，尤其是松柏纲、银杏纲和凤尾纲等植物中。黄酮类化合物的生理活性相当强，例如葛根总黄酮及葛根素（puerarin）、银杏叶总黄酮等具有扩张冠状血管作用，临床用于治疗冠心病；水飞蓟素（silymarin）、异水飞蓟素（silydianin）及次水飞蓟素（slychristin）等有肝脏保护作用，临床上用于治疗急、慢性肝炎，肝硬化及多种中毒性肝损伤等；杜鹃素（farrerol）、川陈皮素（nobiletin）、槲皮素具止咳祛痰作用；木犀草素（luteolin）、黄芩苷（baicalin）、黄芩素（baicalein）以及槲皮素等具有抗菌、抗病毒作用；牡荆素（vitexin）、桑色素、儿茶素等具有抗肿瘤作用。

黄酮类化合物的提取方法通常是依据被提取物及其伴存的杂质的性质来选定，例如苷类和极性较大的苷元，一般可用乙酸乙酯、丙酮、乙醇、甲醇、水或某些极性较大的混合溶剂［例如甲醇-水（1∶1）］进行提取。花色苷类化合物可用1%的盐酸提取。大多数的苷元宜用极性较小的溶剂如乙醚、氯仿、乙酸乙酯来提取，或用加入夹带剂的超临界 CO_2 萃取法来提取。多甲氧基黄酮类的苷元则可用苯来提取。

黄酮类化合物的分离纯化主要靠各种色谱法来实现，除经典的柱色谱法和薄层色谱法外，近年来 HPLC、HSCCC 已经得到广泛的应用。本节列举应用 HSCCC 分离几类黄酮化合物（包括黄酮苷元、多甲氧基黄酮、黄酮苷、异黄酮等）的实例，对分离操作中的样品的提取与富集、溶剂系统的选择和分离方式的确定等问题进行讨论。

7.2.2　橘皮黄酮

中药橘皮为芸香科植物橘（*Citrus reticulata* Banco）及其栽培变种的干燥成熟果皮，主治理气健脾，燥湿化痰。用于胸脘胀满，食少吐泻，咳嗽痰多。橘皮中主要含挥发油和黄酮类化合物。其中黄酮类化合物有：橙皮苷（hesperidin）、新橙皮苷（neohesperidin）、川陈皮素（neobiletin）、橘皮素（tangeretin）、二氢川陈皮素（citromitin）等。近年来的研究发现橘皮中的多甲氧基黄酮（结构式如图 7-31 所示）具有很好抗癌活性，它不同于常见的糖苷类黄酮，是低极性的化合物，具有对生物膜的渗透性以及代谢特性。这些化合物的结构很相似，用传统的方法难以将其分离纯化。

Wang 等[28]研究了采用 HSCCC 方法对橘皮中多甲氧基黄酮进行分离的技术条件。首先，根据多甲氧基黄酮化合物的极性，选用中等极性的溶剂系统正己烷-乙酸乙酯-甲醇-水，并对选用不同的溶剂组成体积比时的分离效果进行了考察。表 7-5 列出了 4 种多甲氧基黄酮在不同组成比例的溶剂系统中的分配系数。结果表明，

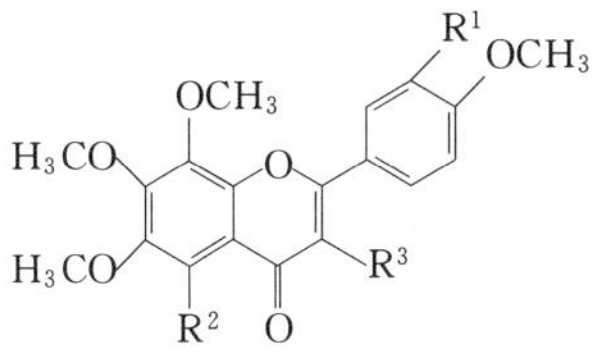

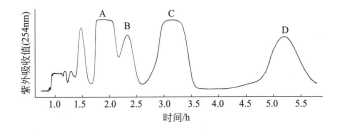

$$
\begin{array}{cccc}
 & R^1 & R^2 & R^3 \\
A & OCH_3 & OCH_3 & H \\
B & OCH_3 & OCH_3 & OCH_3 \\
C & H & OCH_3 & H \\
D & OCH_3 & OH & H
\end{array}
$$

图 7-31　橘皮中的多甲氧基黄酮的结构式

表 7-5　样品在不同溶剂系统中的分配系数（K）和分离因子（a）

溶剂系统 正己烷-乙酸乙酯-甲醇-水	峰号						
	A		B		C		D
	K	a	K	a	K	a	K
1：1：1：1	0.65	1.49	0.97	1.65	1.60	2.30	3.68
1：0.8：1：1.2	1.10	1.45	1.60	1.63	2.61	2.16	5.64
1：0.8：1：0.8	0.33	1.42	0.47	1.83	0.86	2.12	1.82
1：0.8：0.8：0.8	0.57	1.49	0.85	1.49	1.27	1.69	2.15
1：0.8：1：1	0.48	1.54	0.74	1.78	1.32	2.42	3.20

这几种溶剂系统都适合于此种样品的分离。但经过细致的比较实验发现，正己烷-乙酸乙酯-甲醇-水（1：0.8：1：1）的溶剂系统对橘皮中多甲氧基黄酮成分具有最好的分离效果。具体的提取分离步骤为：将 500g 粉碎的橘皮，用 6000mL 的石油醚回流提取 4 次，减压蒸至 200mL，置于冰箱中，得黄色沉淀物 6g。用此粗提物对 HSCCC 直接进样进行分离，分离结果如图 7-32 所示。一次进样 150mg 粗提物，得到 26mg 川陈皮素、6mg 3,5,6,7,8,3,4-七甲氧基黄酮、35mg 橘皮素和 11mg 5-羟基-6,7,8,3,4-五甲氧基黄酮，其纯度分别达到 98.6%，95.9%，99.8% 和 96.8%，HPLC 分析结果如图 7-33 所示。

孙印石等[29]也报道了应用 HSCCC 分离纯化橘皮的化学成分，通过测定化合

图 7-32　橘皮粗提物的制备 HSCCC 分离色谱图

HSCCC 条件：溶剂系统为正己烷-乙酸乙酯-甲醇-水（1：0.8：1：1）；流动相：下相；流速：1.5mL/min；转速：800r/min；进样量：150mg 样品溶于 15mL 上下两相的混合溶剂；固定相保留率：59%

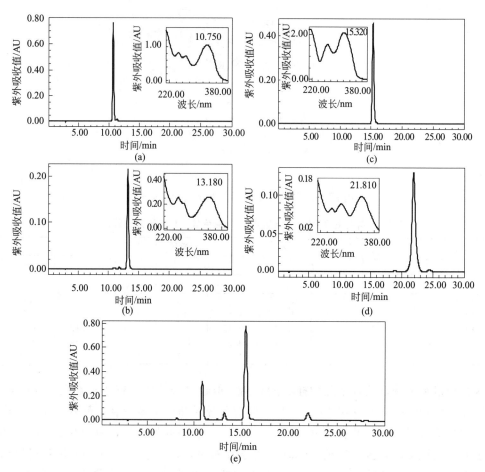

图 7-33　HSCCC 分离后各化合物和原粗提物的 HPLC 分析结果
（a）分离峰 A 的液相色谱图及紫外光谱图；（b）分离峰 B 的液相色谱图及紫外光谱图；（c）分离峰 C 的液相色谱图及紫外光谱图；（d）分离峰 D 的液相色谱图及紫外光谱图；（e）粗提物的液相色谱图

物在两相溶剂中的分配系数，优化选择出石油醚-乙酸乙酯-甲醇-水（2：4：3：3）作为分离的溶剂系统，橘皮的乙醇提取物用 HSCCC 一步分离制备得到橙皮苷 10.1mg（Ⅰ）、橘皮素 49.8mg（Ⅱ）和 5-羟基-6,7,8,3,4-五甲氧基黄酮 50.6mg（Ⅲ）（见图 7-34）。三种产物的纯度均达 97.0％以上，其结构经过 MS、^{1}H NMR 和^{13}C NMR 确定。

7.2.3　牡丹花黄酮

牡丹（*Peaonia suffructicosa* Andr）是我国的传统名花。牡丹花性平、苦、淡，具调经活血的功能，主治月经不调、痛经。关于牡丹花成分研究的报道相对较少，Wang 等[30]应用 HSCCC 对牡丹花的化学成分进行了分离纯化。在实验操作中，将牡丹花的乙醇提取物依次用石油醚、乙酸乙酯、正丁醇溶剂萃取，经过检测

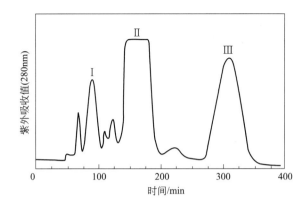

图 7-34　橘皮乙醇提取物的制备 HSCCC 分离色谱图

HSCCC 溶剂系统：石油醚-乙酸乙酯-甲醇-水（2：4：3：3）；转速：850r/min；流动相：下相；流速 1.7mL/min；检测波长：280nm；固定相保留率：78%。Ⅰ—橙皮苷；Ⅱ—橙皮素；Ⅲ— 5-羟基-6,7,8,3′,4′-五甲氧基黄酮

得知，黄酮化合物主要集中在乙酸乙酯部分，而且成分复杂。进一步取乙酸乙酯部分通过聚酰胺柱进行粗分，水洗脱部分主要是杂质，30%乙醇洗脱部分主要是高极性的黄酮苷化合物，60%乙醇洗脱部分含有黄酮苷和苷元，与 30% 和 95% 的部分成分重叠，且杂质含量高，而 95% 乙醇洗脱部分主要含有黄酮苷元。

通过 TLC 分析可知，30% 乙醇洗脱部分为高极性的黄酮苷，针对这一目标，设计了一系列用于 HSCCC 分离的高极性的溶剂系统，利用 HPLC 测定出对应化合物在这些溶剂系统中的分配系数，如表 7-6 所示。可以看出，乙酸乙酯-甲醇-丙酮-水（5：1：0.5：5）、乙酸乙酯-甲醇-水（5：1.5：5）和乙酸乙酯-乙醇-乙酸-水（4：1：0.25：5）等溶剂系统都可用于 HSCCC 分离，但是，从实际的分离效果来看，采用乙酸乙酯-乙醇-乙酸-水（4：1：0.25：5）的溶剂系统最为理想，在这个实验条件下的 HSCCC 色谱图如图 7-35 所示。4 个主要的黄酮苷化合物都获得了良好分离，用 HPLC 测定出的纯度分别为 94%，97%，97% 和 96%。经过 MS 和 NMR 分析鉴定，其化学结构分别对应于芹菜素-7-O-β-D-芦丁糖苷、木犀草素-7-O-β-D-葡萄糖苷、芹菜素-7-O-β-D-葡萄糖苷和山奈酚-7-O-β-D-葡萄糖。

表 7-6　目标化合物在不同溶剂系统中的分配系数（K）

溶 剂 系 统	化合物 1	化合物 2	化合物 3	化合物 4
正丁醇-乙醇-水（4：1：5）	13.10	16.01	11.20	25.50
乙酸乙酯-正丁醇-乙醇-水（3：0.6：1：5）	3.72	7.65	8.91	14.56
乙酸乙酯-甲醇-丙酮-水（5：1：0.5：5）	0.61	1.16	1.95	4.08
乙酸乙酯-甲醇-水（5：1.5：5）	0.50	1.50	2.48	4.21
乙酸乙酯-乙醇-乙酸-水（4：1：0.25：5）	0.96	1.73	2.69	4.56

取 95% 乙醇洗脱的部分，经分析判断主要是黄酮苷元，采用氯仿-甲醇-水（5：3：2）的溶剂系统进行 HSCCC 分离，其色谱图如图 7-36 所示。经 MS 和

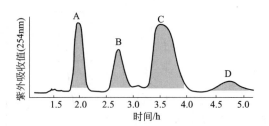

图 7-35　牡丹花 30％乙醇洗脱部分的 HSCCC 色谱图

HSCCC 条件：溶剂系统为乙酸乙酯-乙醇-乙酸-水（4∶1∶0.25∶5）；进样量：40mg；进样体积：10mL；转速：800r/min；流速：1.5mL/min；固定相：上相；固定相保留率：40％

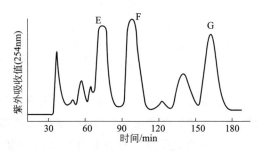

图 7-36　牡丹花 95％乙醇洗脱物的制备 HSCCC 色谱图

HSCCC 条件：溶剂系统为氯仿-甲醇-水（5∶3∶2）；进样量：150mg；进样体积：15mL；转速：800r/min；流速：2mL/min；固定相：上相；固定相保留率：65％

NMR 分析鉴定，得知 E 为芹菜素、F 为山柰酚、G 为木犀草素，其结构式见图 7-37。

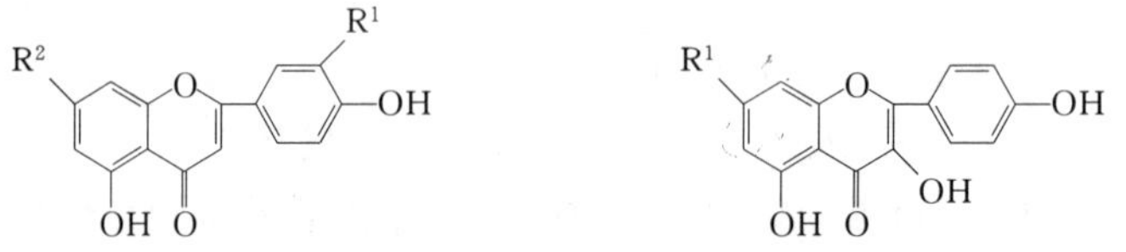

R¹＝H　R²＝H　芹菜素

R¹＝OH　R²＝OH　木犀草素

R¹＝H　R²＝—O—glc 芹菜素-7-O-β-D-葡萄糖苷

R¹＝H　R²＝—O—glc-(6-1)rha 芹菜素-7-O-β-D-芦丁糖苷

R¹＝OH　R²＝—O—glc　木犀草素-7-O-β-D-葡萄糖

R¹＝H　山柰酚

R¹＝—O—glc　山柰酚-7-O-β-D-葡萄糖苷

图 7-37　牡丹花中黄酮化合物的化学结构式

7.2.4　葛根黄酮

葛根（*Pueraria Lobata*）为豆科植物野葛或甘葛藤的根。葛根始载于《神农本草经》，列为中品。其味甘辛，性平，具有解肌退热、升阳透疹、生津止渴的功效。葛根的主要有效成分是异黄酮类化合物，其中包括葛根素（puerarin）、3-甲氧基葛根素（3-methoxypuerarin）、大豆苷（daidzin）、大豆苷元（daidzein）、芒柄花素（formononetin）、染料木素（genistein）、染料木苷（genistin）等，总含量达到12%。葛根中异黄酮成分的化学结构式如图 7-38 所示。

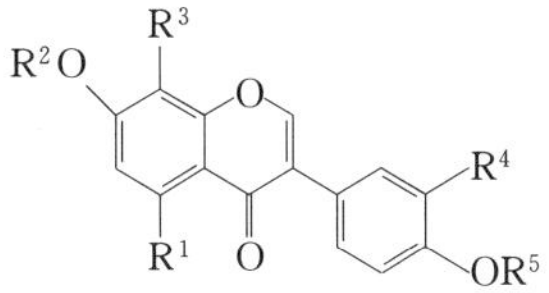

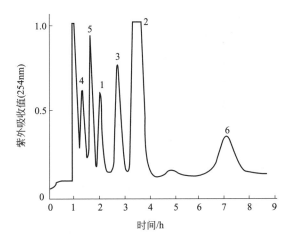

	R¹	R²	R³	R⁴	R⁵
1. 3′-羟基葛根素	H	H	glc	OH	H
2. 葛根素	H	H	glc	H	H
3. 3′-甲氧基葛根素	H	H	glc	OCH₃	H
4. 葛根素-6-木糖苷	H	H	glc-6xyl	H	H
5. 葛根素-2-木糖苷	H	H	glc-2xyl	H	H
6. 大豆苷	H	glc	H	H	H

图 7-38　葛根中 6 种异黄酮类成分的化学结构式

采用常规柱色谱法分离纯化葛根中的异黄酮成分，步骤较烦琐，溶剂消耗量大，且目标物回收率低。Cao 等[31]对采用 HSCCC 分离葛根异黄酮的方法进行了研究。首先，将葛根的乙醇提取物的 20%乙醇洗脱部分作为试样，用大孔吸附树脂柱进行初步的纯化，进一步将初步纯化物通过 HSCCC 进行分离纯化。在实验操作中，先通过分析型 HSCCC 上的分离试验进行溶剂系统的筛选，结果发现，采用乙酸乙酯-正丁醇-水（2：1：3）的溶剂系统时的分离效果最好。然后，选用此溶剂系统在半制备逆流色谱仪上进行分离制备，一次进样量为 80mg，能分离得到 6种葛根异黄酮，其 HSCCC 分离的色谱图如图 7-39 所示。对分离结果物进行

图 7-39　葛根提取物的 HSCCC 分离色谱图

HSCCC 溶剂系统：乙酸乙酯-正丁醇-水（2：1：3）；进样量：80mg；进样体积：10mL；转速 800r/min；检测波长：254nm；流速：2mL/min；固定相：上相；固定相保留率：56%。
1—3′-羟基葛根素；2—葛根素；3—3′-甲氧基葛根素；4—葛根素-6-木糖苷；5—葛根素-2-木糖苷；6—大豆苷

HPLC 分析，得知葛根异黄酮粗提物中有 6 种含量比较高的成分。由 HSCCC 分离得到的各色谱峰对应物中，峰 2 对应物的纯度高于 98％，峰 3、4、5 对应物的纯度高于 95％，峰 1、4 对应物的纯度高于 95％。由此可见，利用 HSCCC 能够快速高效地分离纯化葛根异黄酮。

7.2.5 淫羊藿黄酮

淫羊藿系小檗科淫羊藿属植物（*Epimedium koreanum* Nakai.）的地上全草，具有补肾阳、强筋骨、祛风湿作用，主要分布于我国的吉林和辽宁的东部。淫羊藿是一味很常用的补肾中药，能用于治疗包括骨质疏松在内的多种疾病，是治疗骨质疏松时使用频率最高的中药之一。药理研究和临床实践证明，淫羊藿提取物具有抗癌、抗病菌、抗 AIDS 等功效，主要的活性成分是黄酮类化合物，其主要成分的化学结构式如图 7-40 所示。

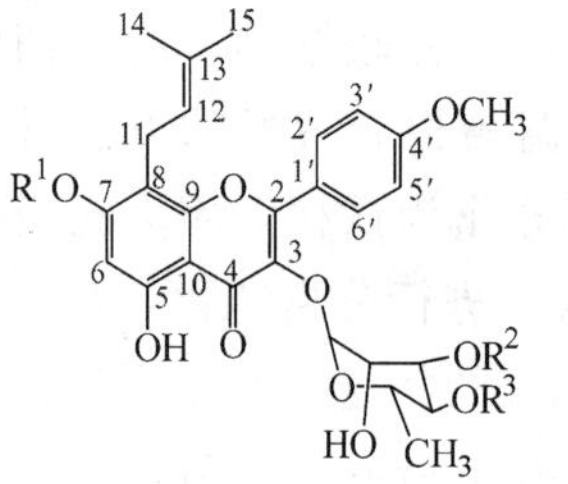

	R^1	R^2	R^3
朝鲜淫羊藿属苷 I	glc	β-(6-Ac)glc	Ac
淫羊藿苷	glc	H	H
淫羊藿黄酮次苷 II	H	H	H

图 7-40 淫羊藿中主要的黄酮类化合物的化学结构式

Liu 等[32]对用 HSCCC 分离淫羊藿提取物的实验条件进行了研究。首先，将淫羊藿的乙醇提取物作为试样，通过 D101 大孔吸附树脂柱进行初步的纯化，水洗至无色，然后取 70％乙醇洗脱的部分，用 HSCCC 进行进一步的分离纯化。作者应用 HPLC 测定了黄酮化合物在几种溶剂系统中的分配系数（K）（见表 7-7），并尝试应用试样在其中的 K 值比较合适的溶剂系统进行分离。最先，选用乙酸乙酯-水（5∶5）的溶剂系统进行 HSCCC 分离，所得到的淫羊藿黄酮次苷 II（Icariside II）的纯度只达到 68.2％；改用乙酸乙酯-甲醇-水（5∶1∶5）和乙酸乙酯-甲醇-水（5∶3∶5）的溶剂系统，这时的分离结果是只能得到纯度为 98％的淫羊藿苷（Icariin），而淫羊藿黄酮次苷 II 和朝鲜淫羊藿属苷 I（Epimedokoreanoside I）的纯度都低于 80％；再试用乙酸乙酯-甲醇-水（5∶2∶5）的溶剂系统，这时得不到任何纯的化合物。其后，选择氯仿-甲醇-水的溶剂系统，当系统中体积比是 4∶2.5∶2 时，进行 HSCCC 分离的时间太长；而采用氯仿-甲醇-水（4∶3∶2）的溶剂系统时，三个目标化合物虽然都能被分离，但是获得淫羊藿黄酮次苷的分离时间长，相应的色谱峰形被严重展宽。在这一系列试验的基础上，得知应增加甲醇在此三元溶剂系统中的比例。最后，选用氯仿-甲醇-水（4∶3.5∶2）的溶剂系统，三个目标化合物都能在合适的时间内得到很好的分离，其 HSCCC 分离色谱图如 7-41

所示。经过一次 HSCCC 分离，能从 200mg 的乙醇提取物中得到 11.4mg 的朝鲜淫羊藿属苷 Ⅰ，46.5mg 的淫羊藿苷和 17.7mg 的淫羊藿黄酮次苷，其纯度均高于 98％，HPLC 分析结果如图 7-42 所示。

表 7-7　目标化合物在不同溶剂系统中的 **K** 值

溶剂系统	K		
	朝鲜淫羊藿属苷 Ⅰ	淫羊藿苷	淫羊藿黄酮次苷 Ⅱ
乙酸乙酯-水（5∶5）	1.97	1.49	0.22
乙酸乙酯-甲醇-水（5∶1∶5）	1.84	1.17	0.31
乙酸乙酯-甲醇-水（5∶2∶5）	1.35	0.94	0.46
乙酸乙酯-甲醇-水（5∶3∶5）	1.18	0.68	1.00
氯仿-甲醇-水（4∶2.5∶2）	2.62	4.70	8.71
氯仿-甲醇-水（4∶3∶2）	1.70	2.70	4.95
氯仿-甲醇-水（4∶3.5∶2）	1.47	2.22	3.85
氯仿-甲醇-水（4∶4∶2）	1.23	1.52	2.33

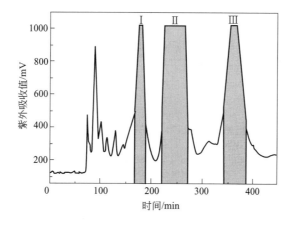

图 7-41　淫羊藿粗提物的 HSCCC 分离色谱图

HSCCC 条件：溶剂系统为氯仿-甲醇-水（4∶3.5∶2）；进样量：200mg，溶于 4mL 上相；流动相：下相；流速：2mL/min；转速：900r/min；检测波长：254nm；固定相：上相；固定相保留率：50％；分离温度：25℃

7.2.6　厚果鸡血藤异黄酮

厚果鸡血藤（*Millettia pachycarpa* Benth.）系豆科植物，又名少果鸡血藤，味苦辛、热，有毒，具有杀虫、攻毒、止痛之功效。主治疥疮、癣、癞、疝气腹痛、小儿疳积等疾症。Ye 等[33]报道了利用 HSCCC 结合硅胶柱前处理技术，从厚果鸡血藤提取物中分离得到 3 个鱼藤酮类化合物和 1 个异黄酮化合物（其结构式如图 7-43 所示）的结果。其分离过程为：厚果鸡血藤乙醇提取物依次用石油醚、乙酸乙酯和正丁醇萃取，取乙酸乙酯部位上硅胶柱进行粗分，用石油醚-乙酸乙酯混合溶剂进行梯度洗脱，用 TLC 测定分为 Ⅰ～Ⅴ 5 个组分，取组分Ⅲ进一步用 HSCCC 分离纯化。

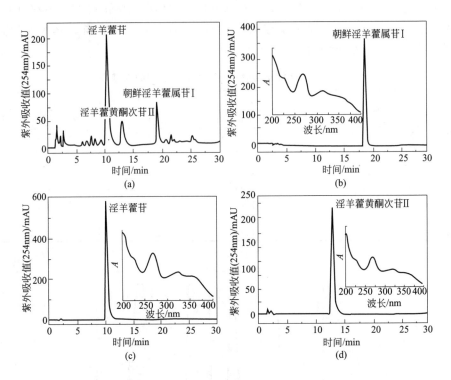

图 7-42　淫羊藿粗提物及 HSCCC 分离所得各组分的 HPLC 分析色谱图
色谱分离条件：色谱柱，YWG C$_{18}$柱（200mm×4.6mm，10μm）；流动相，乙腈-水；0～12min 28％乙腈，12～20min 乙腈由 28％ 线性变为 35％，30min 为 35％乙腈；流动相流速：1.0mL/min。(a) 粗提物；(b)～(d) HSCCC 分离组分 I～Ⅲ

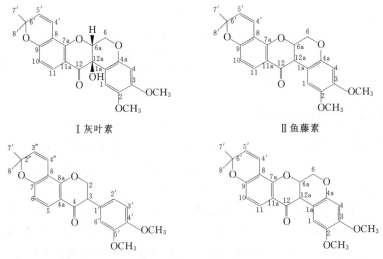

　　Ⅰ 灰叶素　　　　　　　　　　　　　　Ⅱ 鱼藤素

　Ⅲ 4′,5′-dimethoxy-6,6-dimethylpyranoisoflavone　　　Ⅳ 6a,12a-dehydrodeguelin

图 7-43　厚果鸡血藤中三种鱼藤酮和一种异黄酮的化学结构式

由于正己烷-乙酸乙酯-甲醇-水组成的四元溶剂系统，能够通过调整诸元的比例而实现较宽的极性变化，从而此四元系统已被广泛地应用于天然产物的 HSCCC 分离实例中。在本实验中，作者首先选择不同组成比例的溶剂系统，并用 HPLC 测定试样化合物在这些溶剂系统中的分配系数（见表 7-8）。由表 7-8 中可以看出，试样化合物在正己烷-乙酸乙酯-甲醇-水（1：1：1：1）和（1：0.8：1：0.8）的溶剂系统中的 K 值偏大，HSCCC 分离的色谱峰形被展宽且分离时间过长。试样化合物在另外两个溶剂系统中的 K 值比较合适，经过在分析型 HSCCC 上的分离试验 [如图 7-44(a) 所示]，得知采用正己烷-乙酸乙酯-甲醇-水（1：0.8：1：0.6）的溶剂系统最为合适。因此，选用该溶剂系统在制备型 HSCCC 上进行制备级的分离，其色谱图如图 7-44(b) 所示。经过一次分离，能从 400mg 粗提物中得到以下 4 个化合物：160.2mg 灰叶素（tephrosin）（Ⅰ，纯度为 95%），14.6mg 4′,5′-dimethoxy-6,6-dimethylpyranoisoflavone（Ⅲ，纯度为 93%），109.4mg 鱼藤素（deguelin）（Ⅱ，纯度为 95%），6.7mg 6a,12a-dehydrodeguelin（Ⅳ，纯度为 95%）。

表 7-8　4 种目标化合物在正己烷-乙酸乙酯-甲醇-水溶剂系统中的 K 值

溶剂系统	化合物 Ⅰ	化合物 Ⅱ	化合物 Ⅲ	化合物 Ⅳ
1：1：1：1	2.20	4.62	4.33	9.34
1：0.8：1：0.8	1.40	2.92	2.58	3.85
1：0.6：1：0.6	0.63	1.44	1.15	2.24
1：0.8：1：0.6	0.78	1.55	1.24	2.32

7.2.7　大豆异黄酮

大豆为豆科大豆属一年生草本植物，我国自古栽培，至今已有 5000 年的种植史。现在全国普遍种植，以长江流域及西南栽培较多，以东北大豆质量最优。研究证明，大豆异黄酮具有广泛的生物功效，例如改善记忆、调节血脂、预防动脉硬化和冠心病、抗癌作用、预防骨质疏松、排毒养颜、减肥瘦身、减轻妇女更年期综合征等。

Yang 等[34]对大豆的异黄酮成分进行了研究，采用 HPLC 进行检测分析，得到大豆粗提物中的 7 个主要成分的色谱峰（HPLC 分析如图 7-45 所示），它们分别对应于大豆苷、黄豆苷、染料木苷、乙酰大豆苷、大豆素、乙酰染料木素和黄豆黄素。

由于大豆中所含的异黄酮成分的极性相差很大，因此很难选择出某一个用于 HSCCC 的溶剂系统，能把大豆粗提物中的全部黄酮成分在一次操作中分离开来。作者首先选择氯仿-甲醇-水（4：3：2）的溶剂系统 1，用 HSCCC 从大豆粗提物中分离出 4 个极性相对较小的异黄酮苷元成分：黄豆黄素、大豆素、乙酰染料木素和乙酰大豆苷，其 HSCCC 分离色谱图如图 7-46 所示。

在氯仿-甲醇-水（4：3：2）的三元溶剂系统的基础上，增加正丁醇使之成为

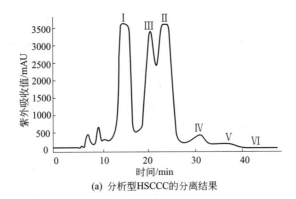

(a) 分析型HSCCC的分离结果

逆流色谱条件：溶剂系统为正己烷-乙酸乙酯-甲醇-水（1∶0.8∶1∶0.6）；柱体积：18mL，样品浓度：20mg/mL，样品体积：0.5mL，流动相：下相；流速：1mL/min；转速：1950r/min；检测波长：280nm；固定相保留率：67.9%

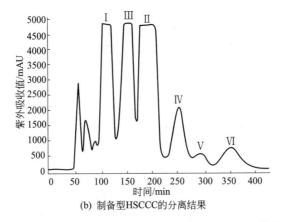

(b) 制备型HSCCC的分离结果

溶剂系统：正己烷-乙酸乙酯-甲醇-水（1∶0.8∶1∶0.6）；柱体积：290mL；样品浓度：20mg/mL；样品体积：20mL；流动相：下相；流速：2mL/min；转速：850r/min；检测波长：280nm；固定相保留率：70%

图 7-44　厚果鸡血藤种子提取物的 HSCCC 分离色谱图

四元的氯仿-甲醇-正丁醇-水（4∶3∶0.5∶2）的溶剂系统 2，实验证明，采用此溶剂系统能从试样中分离出极性较大的大豆苷及乙酰大豆苷，其 HSCCC 分离色谱图如图 7-47 所示。但是，由于黄豆苷和染料木苷在氯仿中的溶解度偏低，在这个实验条件下，不能实现对黄豆苷和染料木苷的满意的分离。

通过进一步的实验研究发现，采用甲基叔丁基醚-四氢呋喃-正丁醇-0.5%三氟乙酸（2∶2∶0.15∶4）的溶剂系统 3，就能实现对黄豆苷及染料木苷的基线分离（见图 7-48）。这是作者选用的分离大豆异黄酮的第 3 个溶剂系统。

分别采用上述 3 个不同的溶剂系统，就能实现大豆中全部 7 种主要异黄酮类化合物的有效分离。由此可知，HSCCC 是能用于制备分离各种不同极性的异黄酮类化合物的快速、高效的技术方法。

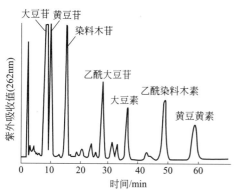

图 7-45　大豆粗提物的 HPLC 分析色谱图
色谱条件：色谱柱为 Shim-pack VP ODS 柱（150mm×4.6mm i.d.）；流动相：甲醇-5％乙酸水溶液 ［25∶75（0～15.00min）→30∶70（15.01～100min）］；流速：1.0mL/min；检测波长：262nm

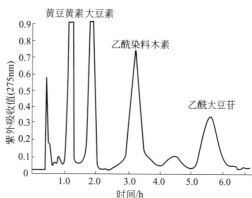

图 7-46　大豆粗提物的 HSCCC 分离色谱图（一）
HSCCC 条件：溶剂系统为氯仿-甲醇-水（4∶3∶2）；进样量：150mg；固定相：上层水相；流动相：下层有机相；流速：2.0mL/min；转速：800r/min；检测波长：275nm；固定相保留率：85％

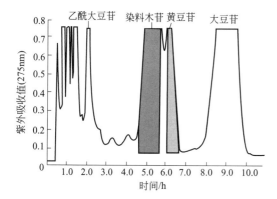

图 7-47　大豆粗提物的 HSCCC 图（二）
HSCCC 条件：溶剂系统为氯仿-甲醇-正丁醇-水（4∶3∶0.5∶2）；进样量：150mg；固定相：上层水相；流动相：下层有机相；流速：2.0 mL/min；转速：800r/min；检测波长：275nm；固定相保留率：85％

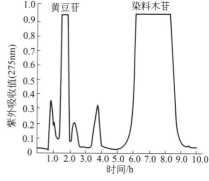

图 7-48　大豆粗提物的 HSCCC
分离色谱图（三）
HSCCC 条件：溶剂系统为甲基叔丁基醚-四氢呋喃-正丁醇-0.5％三氟乙酸（2∶2∶0.15∶4）；进样量：150mg；固定相：上层有机相；流速：2.0mL/min；转速：800r/min；检测波长：275nm；固定相保留率：82％

7.2.8　藤黄双黄酮

藤黄是藤黄科植物藤黄（*Garcinia hanburyi* Hook f.）的树干被切割后流出的胶状树脂。原产东南亚，我国云南、广西、广东等地区有引种栽培。在中医临床实践中，藤黄主要用于治疗痈疽肿毒、溃疡、湿疮、肿瘤、顽癣等病症。现代药理研究表明，藤黄对多种肿瘤细胞有抑制作用，用藤黄及藤黄酸治疗肿瘤有显著疗效，它还具有活性成分性质稳定的优点。藤黄属植物含有黄酮类及其苷类、双黄酮类、三萜类、苯并呋喃和苯并吡喃类等成分。其中主要的黄酮类成分的结构式如图 7-49 所示。

	R^1	R^2	R^3
GB-1	OH	H	OH
GB-2	OH	OH	OH
GB-1a	H	H	OH
Kolaflavanone	OH	OH	OCH_3

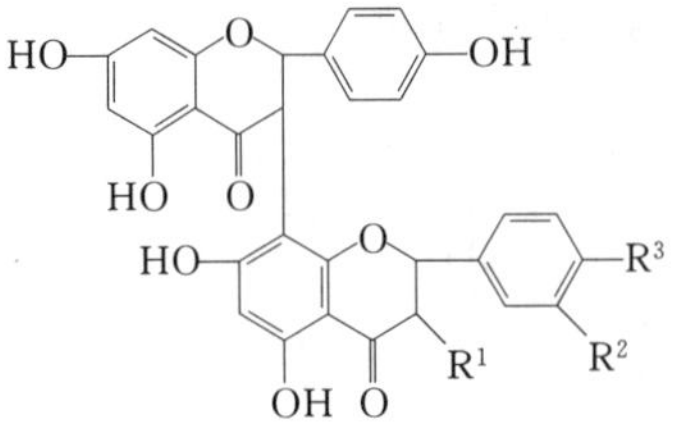

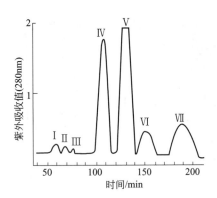

图 7-49　藤黄种子粗提物中分离得到的双黄酮类化合物的结构式

Kapadia 等[35]利用高速逆流色谱对藤黄种子的双黄酮类化合物进行了分离，作者首先将藤黄种子用石油醚脱脂，再分别用二氯甲烷、乙醇进行萃取。然后取乙醇相用乙酸乙酯萃取，最后取乙酸乙酯相作为粗提物试样，采用正己烷-乙酸乙酯-甲醇-水（1∶4∶2.5∶2.5）的溶剂系统进行 HSCCC 分离，成功地得到 7 个化合物，其中有 4 个已知的双黄酮类化合物和 3 个未知物，其 HSCCC 分离色谱图如图 7-50 所示。

图 7-50　藤黄种子乙酸乙酯相提取物的 HSCCC 分离色谱图

HSCCC 条件：溶剂系统为正己烷-乙酸乙酯-甲醇-水（1∶4∶2.5∶2.5）；Ⅰ～Ⅲ—未知化合物；Ⅳ—GB-2；Ⅴ—Kolaflavanone；Ⅵ—GB-1；Ⅶ—GB-1a

7.2.9　黄芩黄酮

中药黄芩为唇形科植物黄芩（*Scutellaria baicalensis* Georgi）的干燥根，是我国药典收录的传统中药。黄芩性苦、寒，具有清热燥湿、泻火解毒、止血、安胎的作用。在临床上，黄芩是治疗上呼吸道感染、泌尿系统感染、菌痢、肝炎、高血压等疾病的常用中药。药理研究表明，黄芩具有抗氧化、抗炎、抗菌、抗病毒、抗肿瘤的功能，并具有改善心血管功能的作用。其主要的黄酮类成分的化学结构式如图 7-51 所示。

Li 等[36]利用 HSCCC 成功地从黄芩中分离出了黄芩素、汉黄芩素和木蝴蝶素。作者首先将黄芩干燥的根粉碎后用正己烷进行超声提取 30min，过滤后的滤渣再分别用乙酸乙酯和乙醇提取 30min。将这些滤液合并、蒸干，便得到了粗提物试样。

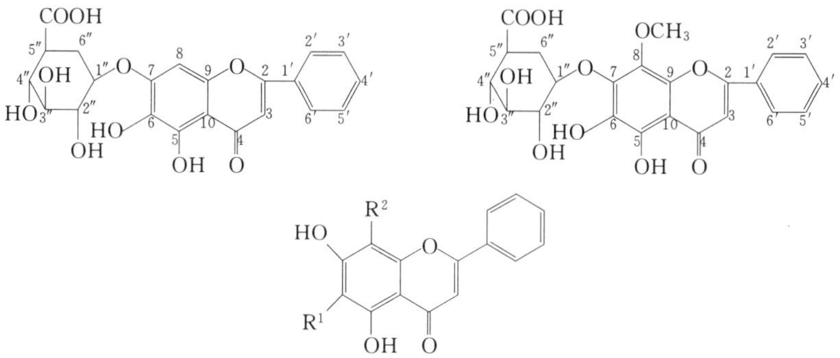

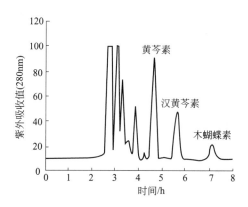

黄芩素　（R¹＝OH，R²＝H）

汉黄芩素　（R¹＝H，R²＝OCH₃）

木蝴蝶素　（R¹＝OCH₃，R²＝H）

图 7-51　黄芩中黄酮类成分的化学结构式

然后，选用正己烷-乙酸乙酯-正丁醇-水（1∶1∶8∶10）的溶剂系统，用 HSCCC 从 500mg 粗提物试样中分离制备出 144.8mg 黄芩素、50.2mg 汉黄芩素和 12.4mg 木蝴蝶素，其纯度分别达到 95.7％、98.5％和 93.2％，HSCCC 分离的色谱图如图 7-52 所示。

图 7-52　黄芩粗提物的 HSCCC 分离色谱图

HSCCC 条件：溶剂系统为正己烷-乙酸乙酯-正丁醇-水（1∶1∶8∶10）；固定相：上层有机相；流速：0～4h，1.0mL/min，4～8 h，2.0mL/min；转速：1000r/min；检测波长：280nm；固定相保留率：51％

Lu 等[37]也用 HSCCC 对黄芩中的黄芩苷进行了分离，作者首先用 70％的甲醇进行超声提取，得到粗提物试样 16.9g。选用正丁醇-水（1∶1）的溶剂系统，对粗提物试样进行两次 HSCCC 的分离操作，最终从 200mg 粗提物试样中得到 37.0mg 黄芩苷。用 HPLC 对分离结果物进行检测，得知其纯度达到 96.5％。黄芩粗提物的 HSCCC 分离色谱图如图 7-53 所示。

Wu 等[38]利用 HSCCC 对黄芩的化学成分进行了分离，并成功地分离得到黄芩苷和汉黄芩苷。作者先将黄芩的水提取液用 HCl 调到 pH 2.0，静置在 80℃水浴中 30min，待不再析出沉淀时倾出上清液，经沉淀过滤干燥后得到 24.2g 的粗提物试

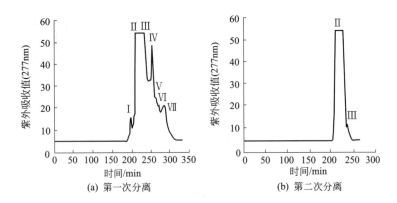

(a) 第一次分离   (b) 第二次分离

图 7-53　黄芩粗提物的 HSCCC 分离色谱图

Ⅰ～Ⅶ—未知物；Ⅱ—黄芩苷

HSCCC 溶剂系统：正丁醇-水（1∶1）；流动相：下相；流速：1.0mL/min；转速：900r/min；检测波长：277nm；固定相保留率：41.8％。

样。用甲醇-0.05％乙酸水溶液（41∶59）作为流动相，对粗提物进行 HPLC 分析，得知粗提物试样中主要含有两个组分。选用乙酸乙酯-甲醇-1％乙酸（5∶0.5∶5）的溶剂系统，用 HSCCC 从 120mg 粗提物试样中经一次分离得到 58.1mg 黄芩苷和 17.0mg 汉黄芩苷（见图 7-54），经 HPLC 检测得知其纯度分别为 99.2％和 99.0％。

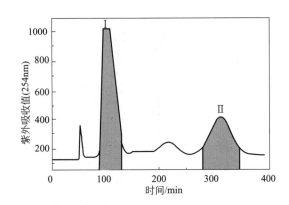

图 7-54　黄芩粗提物的 HSCCC 分离色谱图

HSCCC 溶剂系统：乙酸乙酯-甲醇-1％乙酸（5∶0.5∶5）；进样量：120mg；流动相：下相；流速：1.5 mL/min；转速：900r/min；检测波长：254nm；固定相保留率：46％。

Ⅰ—黄芩苷；Ⅱ—汉黄芩苷

7.2.10　小结

① 由于多数黄酮苷元极性较弱，在进行 HSCCC 分离实验时，通常可以选用氯仿-甲醇-水的溶剂系统，而氯仿-甲醇-水（4∶3∶2 或 5∶3∶2）则是最常用的溶剂系统。根据被分离样品的具体情况，在上述溶剂系统的基础上，对组成诸元的比例进行适当的调整，就能获得良好的分离效果。采用正己烷（石油醚）-乙酸乙酯-

甲醇-水的溶剂系统，也能通过调整诸元的组成比例来实现对黄酮苷元的有效分离。

② 对于极性较强的黄酮糖苷类成分的 HSCCC 分离，通常使用的是乙酸乙酯-水为基本结构的溶剂系统，可以通过添加正丁醇、甲醇、乙醇、乙酸来调节溶剂系统的极性。用来分离这类化合物的典型性溶剂系统有：氯仿-甲醇-水（8：10：5），乙酸乙酯-乙醇-乙酸-水（4：1：0.25：5），乙酸乙酯-正丁醇-水（2：1：3）等。氯仿-甲醇-水的溶剂系统，也能通过调整诸元的组成比例，适用于某些黄酮糖苷的 HSCCC 分离，代表性的三元组成比例如 8：10：5 和 4：3.5：2 等。

③ 制备级分离的目的，是最大限度地获得分离纯化产物的制备量，而待分离试样中目标化合物的浓度是重要前提条件。对于同样的进样量，试样中目标化合物的浓度越高，分离后的目标物的纯品得率随之越高。因此，对粗提物试样的预纯化（富集）是很必要的。预纯化（富集）工作通常可采用大孔吸附树脂、聚酰胺、硅胶等柱色谱技术来完成。由于超临界 CO_2 萃取法也具有特定的选择性，因此也可将其当作为一种预纯化方法，在后面的章节中还会举例阐述。

④ 用 HSCCC 从组成未知的植物样品中分离化学成分时，由于植物中的化学成分的复杂性，很难用某一个溶剂系统条件来实现多类化学成分的分离。因此，通常可以先将提取物试样按照其极性强弱进行分段处理，即利用不同极性的溶剂由低到高依次提取出试样中极性不同的部位，也就是先获得不同极性段的化合物。在某极性段中，如果化合物的组成仍然比较复杂，即可采用大孔吸附树脂、聚酰胺、硅胶等柱色谱法进一步分段处理。当然，在有些情况下，也可以不用溶剂提取法，而直接利用大孔吸附树脂、聚酰胺、硅胶等柱色谱法对粗提物进行分段。最后，针对每个经过上述预处理的极性段的组成特征，选择合适的溶剂系统来实施 HSCCC 的有效的分离纯化。

7.3 植物多酚化合物的分离

7.3.1 概述

植物多酚又称植物单宁，是植物体内的复杂酚类次生代谢产物，具有多元酚结构，主要存在于植物体的皮、根、叶、壳和果肉中[39]。植物多酚的来源非常广泛，在茶叶、葡萄籽、苹果、可可、桉树叶、松树皮、紫黑浆果等植物材料中都有多酚类物质存在，是自然界来源最丰富的天然产物之一。远古时代人们就已经有意识地将植物多酚用于鞣制皮革。1796 年，Seguin 首次将植物水浸提物中可使生皮转变为革的多酚类化合物合称为"植物单宁"。White 和 Bate-Smith 定义植物单宁为相对分子质量在 500～3000 范围内的具有鞣性的多元酚[40]。而"植物多酚"这一术语是由 Haslam 在 1981 年根据单宁的分子结构及分子量提出的，涵盖了所有单宁以及单宁的衍生物质[41]。一般来说，植物多酚分为两类：水解单宁（酸酯类多酚）和缩合单宁（黄烷醇类多酚或原花色素）。水解单宁和缩合单宁的典型结构如图

7-55和图 7-56 所示。水解单宁和缩合单宁的构成单元骨架完全不同，由此形成它们在化学性质、应用范围方面的显著差异，如水解类单宁在酸、碱、酶的作用下不稳定，易于水解；而缩合类单宁在酸、碱、酶的作用下不易水解，在强酸作用下缩合成不溶于水的物质[42]。植物多酚生理活性的研究是近年来多酚研究的热点之一，也是多酚化学中发展最快的一个方面。大量的研究表明植物多酚具有抗动脉硬化、防治冠心病与中风等心血管疾病及消炎、抗过敏、抗氧化作用和抗病毒作用[41]。

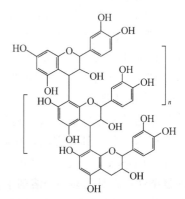

图 7-55　典型水解类单宁的结构　　　　图 7-56　典型缩合类植物单宁的结构

　　由于具有独特的功能活性，目前植物多酚已广泛应用于医学、食品、制革和日用化工及相关领域，并发挥着不可替代的作用。同时，随着天然产物开发利用的逐渐兴起，植物多酚类物质已成为天然产物和有机化学研究的热点，国内外科研工作者纷纷从各个领域和角度对植物多酚展开了广泛深入的研究工作。

　　由于多酚类物质是高极性的化合物，多属于有机天然芳香族化合物，在紫外光下有很好的吸收，很容易采用紫外检测器进行检测。应用 HSCCC 分离纯化小分子的多酚或单宁的单元构成成分，通常可以选用氯仿-甲醇-水和正己烷-乙酸乙酯-甲醇-水的溶剂系统，通过对诸元组成比例的适当调整即能实现满意的分离。对于聚合度高、分子量较大的多酚类物质，随着其羟基的增多，物质的极性显著增强，结构相似的衍生物也随之增多，分离的难度也会加大。分离这类化合物时，通常可以采用高极性的溶剂系统，如以丁醇-水为基础构成的两相溶剂系统，必要时可以通过调节系统的 pH 值来改善其分离效果。

　　下面，通过几个典型的实例来说明 HSCCC 在多酚分离中的应用。

7.3.2　丁香多酚

　　丁香为桃金娘科植物丁香（*Eugenia caryophyllata* Thunb.）的干燥花蕾。丁香的主要成分是挥发油，丁香酚（化学结构式如图 7-57 所示）占挥发油的 78％～98％。丁香挥发油具有抑菌、抗炎、镇痛、止泻、抗氧化、抑制肿瘤等作用。丁香酚具有良好的抗菌效果，对主要致龋菌（变形链球菌）细胞外葡聚糖的合成有很好的抑制作用，能够清除牙菌斑，清洁口腔，起到预防龋齿的作用。它还具有解热、抗氧化、抗肿瘤等活性。丁香酚还是一种天然香料，是具有矫味作用、防腐作用和抗氧化作用的药物辅料、食品添加剂和膳食补充剂。

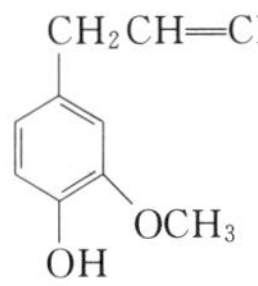

图 7-57　丁香酚的化学结构式

由于丁香酚极性较低，采用传统的硅胶柱色谱法分离费时费力，Geng 等[43]采用超临界 CO_2 萃取法快速萃取丁香挥发油，然后利用 HSCCC 分离纯化丁香酚。首先，采用分析型超临界 CO_2 萃取仪，优化出最佳的提取工艺参数，选定萃取压力为 30MPa、萃取温度 50℃、物料颗粒为 40～60 目。然后，用优选的条件进行超临界 CO_2 萃取装置的放大制备，得到丁香挥发油，以此作为 HSCCC 分离纯化丁香酚的原料样品。由于丁香酚极性较低，采用正己烷-乙酸乙酯-甲醇-水为基础的溶剂系统，设计了一系列诸元配比不同的溶剂系统，并测定了样品在这些溶剂系统中的 K 值（见表 7-9）。由表 7-9 可以看出，样品在系统 1∶1∶1∶1 中的 K 值为 3.96，说明丁香酚主要分配在溶剂系统的上相，需要很长时间才能将丁香酚洗脱出来，而在系统 1∶0.8∶1.5∶1，1∶1∶2∶1，1∶0.8∶1∶0.8，1∶0.5∶1∶0.5 中，它们的 K 值均适合丁香酚的分离。通过实际的分离试验得知采用系统 1∶0.5∶1∶0.5 最为合适。用这样的条件，一次进样 1.5g，能分离得到 804mg 纯度为 98.5％的丁香酚（HPLC 分析图如图 7-58 所示），HSCCC 分离的色谱图如图 7-59 所示。

表 7-9　丁香酚在不同溶剂系统中的 K 值

溶剂体系正己烷-乙酸乙酯-甲醇-水	K
1∶1∶1∶1	3.96
1∶0.8∶1.5∶1	1.26
1∶1∶2∶1	1.21
1∶0.8∶1∶0.8	1.17
1∶0.5∶1∶0.5	0.92

7.3.3　金银花多酚

金银花又名双花、银花，为忍冬科植物忍冬（*Lonicera japonica* Thunb.）的干燥花蕾或带初开的花，性寒、味甘，归肺、心、胃经，具有清热解毒、凉散风热之功效。它应用于临床已有千年历史，对治疗各种瘟疫痈肿病疗效确切，未见有毒副作用和耐药性。大量的药理研究证实了金银花具有广谱抗菌、抗病毒、抗肿瘤、增强免疫及解热抗炎、利胆、保肝、降脂、止血、抗溃疡等多种药理作用。金银花的化学成分主要含有机酸类、黄酮类、三萜皂苷类和挥发油等。其有机酸成分主要

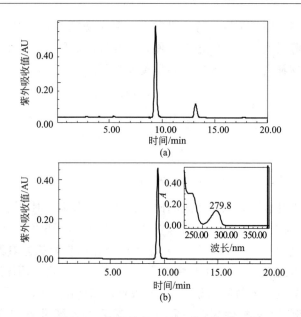

图 7-58　各样品的 HPLC 分析色谱图

HPLC 条件：a Shim-pack VP-ODS 柱（250mm×4.6mm, i.d.）；流动相：甲醇-水（70∶30）；流速：1mL/min；检测波长：280nm。（a）丁香超临界 CO_2 萃取物的液相色谱图；（b）经 HSCCCC 纯化后丁香酚的 HPLC 分析图及紫外光谱图

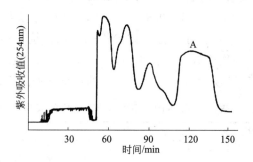

图 7-59　丁香粗提物的 HSCCC 分离图

HSCCC 溶剂系统：正己烷-乙酸乙酯-甲醇-水（1∶0.5∶1∶0.5）；流动相：下相；流速：2mL/min；转速：800r/min；检测波长：254nm；进样量：1.5g 样品溶于 15mL 两相溶剂；固定相保留率：55%；A—丁香酚

是绿原酸、异绿原酸、咖啡酸、3,5-二咖啡酰奎尼酸等。绿原酸类化合物是其主要的有效成分，这类化合物含有羧基和邻二酚羟基等极性基团，是一类高极性化合物，传统的分离方法很难将它们分离开来。Lu 等[44]采用 HSCCC 对绿原酸进行了分离纯化方法的研究。

　　由于绿原酸、异绿原酸、咖啡酸、3,5-二咖啡酰奎尼酸等成分结构相似，在 HPLC 上应用单一的溶剂体系很难将它们分开，而且绿原酸类成分在 C_{18} 分离柱上容易产生拖尾现象。为避免拖尾现象的产生，作者在采用柱色谱分离时，选择了合适的流动相：溶剂 1（水）-溶剂（2）（甲醇-乙酸-水）梯度洗脱，以获得金银花的提取物，其

HPLC 分离色谱图和绿原酸的化学结构式如图 7-60 所示，其中绿原酸的含量为 5.97％。

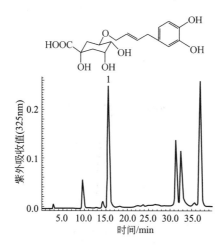

图 7-60　金银花粗提物的 HPLC 分析色谱图和绿原酸的化学结构式

HPLC 色谱柱：反相 Symmetry C$_{18}$ 柱（250mm×4.6mm，i.d.，5μm）；柱温：40℃；梯度洗脱：水（溶剂 A）和甲醇-醋酸-水（30：6：64，溶剂 B），40min 溶剂 B 由 10％增加到 100％；流速：1.0mL/min；检测波长：325nm；进样体积：20μL。1—绿原酸

　　绿原酸不溶于非极性的有机溶剂，微溶于乙酸乙酯，溶于乙醇、甲醇，易溶于水。根据这些特性，作者设计了一系列的溶剂系统，利用 HPLC 法测定了绿原酸在各个溶剂系统中的分配系数（见表 7-10）。在正丁醇-水、正丁醇-乙酸乙酯-水、氯仿-甲醇-水和乙酸乙酯-丙酮-水溶剂系统中绿原酸的 K 值太小，在 HSCCC 分离中绿原酸不易同其他成分分开，因此这些系统不宜选用。绿原酸在正丁醇-乙酸-水、正丁醇-乙醇-水和正丁醇-丙酮-水的系统中虽然有合适的 K 值，但是应用正丁醇-乙醇-水系统时，上下两相的分层时间长于 30s，样品分离需要很长的时间；当用正丁醇-丙酮-水系统时，固定相保留值太低（＜12％）；因此，这两个系统也不适合分离绿原酸。最后，确定正丁醇-乙酸-水（4：1：5）为最佳溶剂系统。采用此溶剂系统进行 HSCCC 分离，一次进样 300mg，得到 23.3mg 纯度为 73.3％的混合物；经过第 2 次的分离，最终得到 16.9mg 纯度为 94.8％的绿原酸，产率约为 90％。HSCCC 分离色谱图如图 7-61 所示。

表 7-10　绿原酸在不同溶剂系统中的分配系数

溶剂系统	分配系数	溶剂系统	分配系数
正丁醇-乙酸-水（4：1：5）	2.09	氯仿-甲醇-水（4：3：2）	0.030
正丁醇-水（1：1）	0.067	正丁醇-丙酮-水（4：1：5）	0.23
正丁醇-乙酸乙酯-水（4：1：5）	0.075	正丁醇-丙酮-水（8：3：12）	0.48
正丁醇-乙酸乙酯-水（3：2：5）	0.037	正丁醇-乙醇-水（4：1：4）	0.36
正丁醇-乙酸乙酯-水（1：1：2）	0.034	正丁醇-乙醇-水（8：3：12）	0.41
正丁醇-乙酸乙酯-水（2：3：5）	0.100	乙酸乙酯-丙酮-水（4：1：5）	0.089
正丁醇-乙酸乙酯-水（1：4：5）	0.060	乙酸乙酯-丙酮-水（4：2：5）	0.020
氯仿-甲醇-水（5：6：4）	0.019		

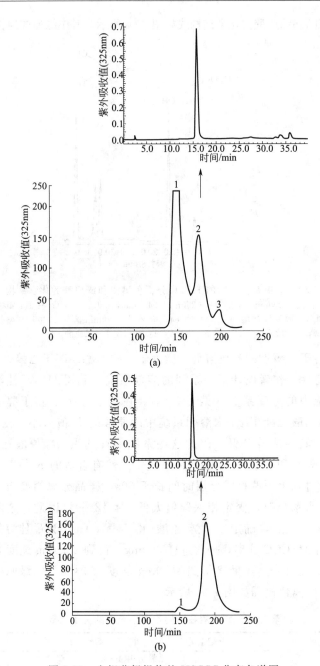

图 7-61　金银花粗提物的 HSCCC 分离色谱图

HSCCC 条件：色谱柱，柱容量为 342mL、内径为 1.6mm 的聚四氟乙烯多层螺旋管；转速，1000r/min；溶剂系统，正丁醇-乙酸乙酯-水（4∶1∶5）；流动相，上相；流速，1.5mL/min；检测波长，325nm；进样量，300mg；进样体积，10mL；固定相保留率，38.0％。HPLC 检测条件：色谱柱，反相 Symmetry C_{18} 柱（150mm×3.9mm i. d.，5μm）；柱温，40℃；梯度洗脱，水（溶剂 A）和甲醇-醋酸-水（30∶6∶64，溶剂 B），40min 溶剂 B 由 10％增加到 100％；流速，1.0mL/min；检测波长，325nm；进样体积，20μL。（a）第一次分离；（b）第二次分离。峰 2—绿原酸

7.3.4　石榴多酚

石榴（*Punica granatum*）是多年生落叶果树，灌木或小乔木，别名安石榴、若榴，属石榴科石榴属植物。石榴果实不仅营养丰富，而且具有较高的药用价值，石榴皮有涩肠、止血、驱虫、止痛的功效。石榴汁和石榴皮中均含有丰富抗氧化物，多酚是石榴中主要的抗氧化物，研究证明果皮中含有更多的抗氧化活性物质，从果皮中能够提取到高达 24.9% 的多酚类化合物，其中类黄酮占 6%，花色素占 1.1%。干燥的石榴皮中单宁的含量高达 10.4%～21.3%。目前，提取分离研究的主要目标是石榴皮总单宁，采用一般方法对其鞣化酸聚合物、特别是对安石榴苷异构体（结构式如图 7-62 所示）进行分离还很困难。Lu 等[45]报道了应用 HSCCC 从石榴皮提取物中分离纯化安石榴苷异构体的成功经验。作者应用 40% 的乙醇超声提取法得到石榴皮的醇提取物，分别用乙醚、乙酸乙酯萃取后收集水溶液，通过冷冻干燥得到用来分离制备安石榴苷的粗提物。

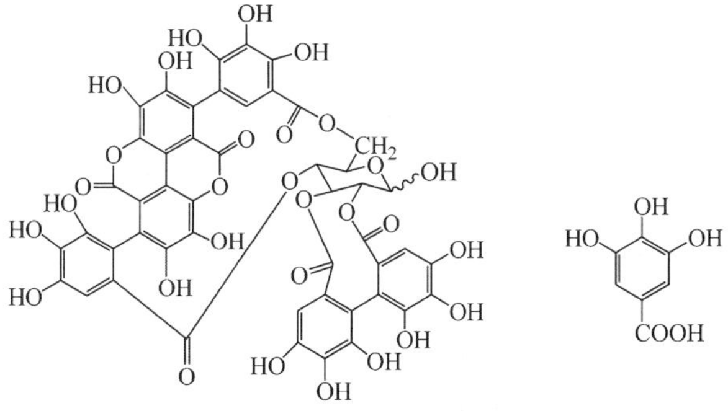

图 7-62　安石榴苷（a）和没食子酸（b）的分子结构

为了快速有效地分离制备安石榴苷异构体，设计了 6 个高极性的溶剂系统，并用 HPLC 测定样品在这些溶剂系统中的分配系数（见表 7-11）。从分配系数值来看，系统正丁醇-丙酮-水（7∶2∶11）最为适合，但是通过实际分离试验发现固定相保留率很低，不宜使用。当选择另一个溶剂系统丁醇-丙酮-水（100∶1∶100）时，其固定相保留率达到 20.8%，HSCCC 分离色谱图如图 7-63 所示，从 350mg

表 7-11　安石榴苷及异构体在不同的两相溶剂系统中 K 值

溶　剂　系　统	$K1$	$K2$
正丁醇-三氟乙酸-水(100∶1∶100)	0.29	0.32
正丁醇-三氟乙酸-水(50∶1∶50)	0.18	0.2
正丁醇-异丙醇-水(2∶1∶3)	0.32	0.36
正丁醇-丙酮-水(7∶2∶11)	0.6	0.5
乙酸乙酯-甲醇-水(10∶1∶10)	0.15	0.04
正丁醇-乙酸乙酯-水(4∶1∶5)	0.23	0.28

注：$K=c_U/c_L$=上相中安石榴苷的峰面积/下相中安石榴苷的峰面积；1—α 异构体；2—β 异构体。

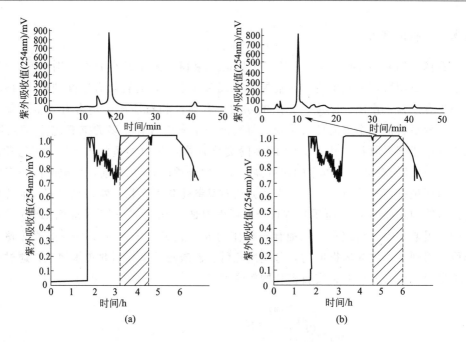

图 7-63　安石榴苷的 HSCCC 分离色谱图

HSCCC 条件：溶剂系统，正丁醇-三氟乙酸-水（100∶1∶100）；固定相，下相；流动相，上相；固定相保留率，20.8%；流速，2.0mL/min；转速，800r/min；进样量，350mg 样品，溶于 10mL 下相和 10mL 上相。HPLC 分析条件：色谱柱，反相 Diamodsil TM C$_{18}$柱（150mm×3.9mm i.d.，5μm）；柱温，30℃；流动相，甲醇（A）和 0.1%三氟乙酸水溶液（B）；梯度洗脱，平衡 10min 后洗脱液 A 在 0～50min 由 10%增加到 70%；流速，1.0mL/min；检测波长，254nm

粗提物中，分离得到 105mg 纯度为 92%的安石榴苷和 80mg 纯度为 75%的没食子酸。采用 UPLC-MS 分析了分离所得安石榴苷的 α 和 β 异构体，UPLC-MS 分析结果如图 7-64 所示。

7.3.5　菝葜多酚

菝葜（*Smiax china* L.）是被子植物门百合科菝葜属植物，为《中华人民共和国药典》2005 年版一部新收载药材。菝葜的根茎入药后俗称金刚藤，性甘酸、平，有祛风利湿、解毒散瘀之功效。药理实验显示菝葜具有抗肿瘤、抗氧化、抗炎、降低血糖、镇痛等多方面药理作用。所以从该药材中分离活性成分，引起人们极大的兴趣。Yang 等[46]报道了用 70%乙醇提取菝葜根，得到提取物，通过 D$_{101}$大孔吸附树脂进行梯度洗脱，得到水洗部分、30%乙醇洗脱部分、60%乙醇洗脱部分和95%乙醇洗脱部分。将 30%乙醇洗脱部分进行 HSCCC 分离得到了 5 种多酚类化合物，结构式如图 7-65 所示。

根据已有的分离酚酸的文献，作者设计了一系列的溶剂系统：乙酸乙酯-正丁醇-水（5∶1.8∶6）、乙酸乙酯-乙醇-水（5∶0.5∶6）、正己烷-乙酸乙酯-水（1∶9∶10）、正丁醇-乙酸-水（4∶1∶5）、正己烷-乙酸乙酯-甲醇-水（3∶7∶5∶5）等，并测定

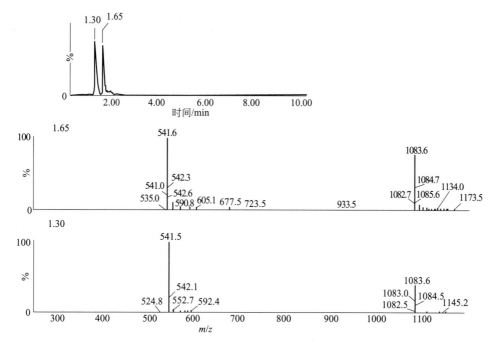

图 7-64　安石榴苷的 UPLC-ES/MS 图谱，（M－H）$m/z1083$

安石榴苷的检测条件　溶剂 A：0.2%甲酸，溶剂 B：甲醇；梯度洗脱：0min80%，3min50%，8min 5%，运行 10min，流速：0.3mL/min，进样体积：2μL；MS 参数：离子化模式，ES 阴离子；扫描范围：200～1200amu；扫描速率：1scan/s；锥面电压：30V，源温度：110℃

了样品在这些溶剂系统中的分配系数（见表 7-12）。从分配系数值来看，正己烷-乙酸乙酯-甲醇-水的系统最可能实现目标化合物的分离。根据 Ito 的优化原则，将溶剂调整为正己烷-乙酸乙酯-甲醇-水（3：5：3：5）并进行分离实验，结果发现，分离效果并不理想。将系统配比更改为 2：5：2：5，洗脱分离的时间太长，也不宜采用。最后，选用正己烷-乙酸乙酯-甲醇-水（1：2：1：2）的溶剂系统，分离结果比较理想，HSCCC 分离色谱图如图 7-66 所示。从 205mg 粗提物中，经过一次分离得到 26.7mg 没食子酸（峰Ⅰ）、16.5mg 原儿茶酸（峰Ⅱ）、21.8mg 咖啡酸（峰Ⅲ）、31.3mg 芥子酸（峰Ⅳ）和 24.1mg 反式香豆酸（峰Ⅴ），其纯度均高于 98%，HPLC 分析结果如图 7-67 所示。

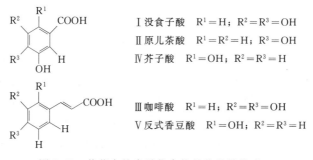

Ⅰ 没食子酸　$R^1=H$；$R^2=R^3=OH$

Ⅱ 原儿茶酸　$R^1=R^2=H$；$R^3=OH$

Ⅳ 芥子酸　$R^1=OH$；$R^2=R^3=H$

Ⅲ 咖啡酸　$R^1=H$；$R^2=R^3=OH$

Ⅴ 反式香豆酸　$R^1=OH$；$R^2=R^3=H$

图 7-65　菝葜中的多酚化合物的化学结构式

表 7-12　目标组分在不同溶剂系统中的 *K* 值

溶剂系统	*K*				
	Ⅰ	Ⅱ	Ⅲ	Ⅳ	Ⅴ
乙酸乙酯-正丁醇-水(5:1.8:6)	4.57	11.79	18.21	4.92	26.97
乙酸乙酯-乙醇-水(5:0.5:6)	1.74	6.73	15.54	4.34	39.09
正己烷-乙酸乙酯-水(1:9:10)	0.85	4.06	11.19	3.65	26.07
正丁醇-乙酸-水(4:1:5)	2.45	5.74	7.64	8.40	15.11
正己烷-乙酸乙酯-甲醇-水(3:7:5:5)	0.10	0.29	0.59	0.69	1.06
氯仿-甲醇-水(2:2:1)	5.56	2.76	1.92	1.55	0.82
正己烷-乙酸乙酯-甲醇-水(3:5:3:5)	0.05	0.25	0.58	0.78	1.73
正己烷-乙酸乙酯-甲醇-水(2:5:2:5)	0.23	0.93	1.72	2.10	7.18
正己烷-乙酸乙酯-甲醇-水(1:2:1:2)	0.11	0.45	0.83	1.65	3.50

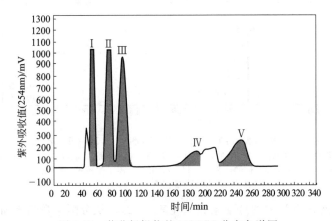

图 7-66　菝葜粗提物的 HSCCC 分离色谱图

HSCCC 条件：正己烷-乙酸乙酯-甲醇-水（1:2:1:2）；流动相：下相；流速：2mL/min；转速：900r/min；检测波长：254nm；进样量：250mg 粗样溶解于 10mL 上相中；固定相保留率：95%。Ⅰ—收集 50~70min 部分；Ⅱ—收集 66~81min 部分；Ⅲ—收集 82~107min 部分；Ⅳ—收集 142~196min 部分；Ⅴ—收集 220~268min 部分

7.3.6　紫锥菊多酚

紫锥菊（*Echinacea purpurea*）又称松果菊，是目前受到国际上普遍重视的一种免疫促进剂和免疫调节剂的资源。菊苣酸是紫锥菊中极为重要的免疫活性成分之一。近年来的药理研究表明，菊苣酸具有增强免疫功能和抗炎作用，并能抑制透明质酸酶，保护胶原蛋白免受可导致降解的自由基的影响，还具有抑制 HIV21 和 HIV21 整合酶的作用。因此，无论是在该类植物药中还是保健食品中，菊苣酸的含量均成为其制剂质量的重要指标。菊苣酸的结构式如图 7-68 所示。

Wang 等[47]利用 pH-区带精制逆流色谱法成功地分离制备了紫锥菊中的菊苣酸。作者首先取紫锥菊提取物 500g，加入 1.5L 50%乙醇，超声提取 30min，过滤，取残渣再以相同的方法提取 2 次，合并提取液，减压蒸馏，回收乙醇，得菊苣酸浓缩液 2.3L。然后，将上述 2.3L 样品粗提物加入装有 1100g AB-8 大孔吸附树脂的层析柱中，首先用水冲洗树脂柱至洗脱液无颜色，然后用 30%乙醇洗脱目标

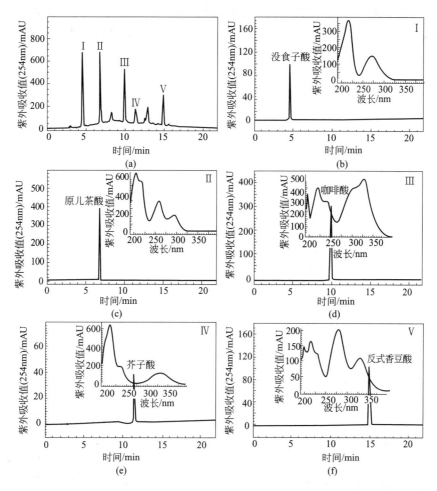

图 7-67　菠萝粗提物的 30％乙醇洗脱组分的 HSCCC HPLC 分析色谱图

HPLC 条件：色谱柱：Zobax SB C₁₈柱（250mm×4.6mm i.d.，5μm）；流动相：溶剂 A（0.1％甲酸）、溶剂 B（甲醇）梯度洗脱：0～8min，30％～40％甲醇；8～22min，40％～60％甲醇；检测波长：254nm；流速：1.0mL/min。（a）乙醇洗脱组分的 HPLC 图；（b）～（f）为 HSCCC 峰（Ⅰ～Ⅴ）色谱图

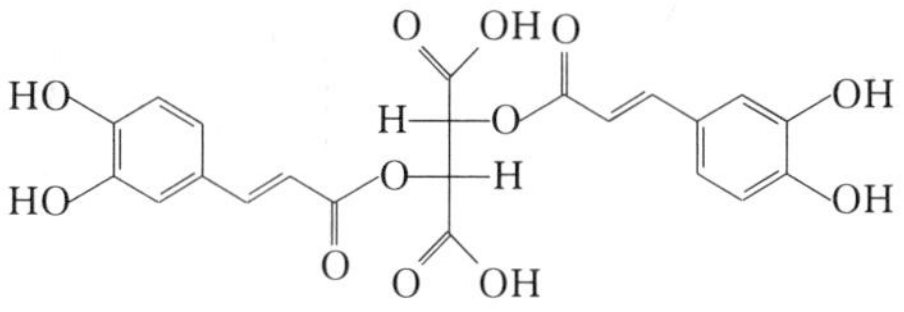

图 7-68　菊苣酸的结构式

化合物，收集 15 份洗脱液，每份体积 1L。用 HPLC 进行检测，将 3～13 份合并，脱水，蒸干，得 14.9g 样品粗提物，用于下一步的分离纯化。

　　作者选择叔丁基甲醚-乙腈-水（4∶1∶5）的溶剂系统，上层有机相加 10mmol/L 三氟乙酸作为固定相，下层水相加 10mmol/L 氨水作为流动相，pH-区带精制逆流色谱分离紫锥菊中菊苣酸的结果如图 7-69 所示。一次进样 3g，经过 2 次分离，得到目标化合物 563mg，经过 HPLC 分析检测得知纯度为 95.6%。

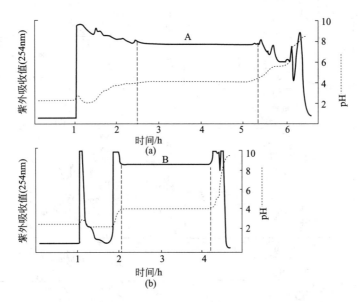

图 7-69　pH-区带精制逆流色谱法分离紫锥菊中菊苣酸的色谱图

pH-区带精制逆流色谱条件：溶剂系统为叔丁基甲醚∶乙腈∶水（4∶1∶5），上层有机相加 10mmol/L 三氟乙酸作为固定相，下层水相加 10mmol/L 氨水作为流动相；流速为 2mL/min；进样量 3g；转速 800r/min；检测波长为 254nm；固定相保留率为 49.1%。平台 A 的菊苣酸纯度为 87.8%；平台 B 的纯度为 95.6%

刘建华等[48]利用常规 HSCCC 也成功分离了紫锥菊中的菊苣酸。作者通过初步筛选发现样品在正己烷-乙酸乙酯-甲醇-水（1∶4∶2∶5.5）的溶剂系统中具有合适的 K 值，但是在实际试验中并不能使菊苣酸和其他杂质成分分开。随后，作者采用正己烷-乙酸乙酯-甲醇-0.5%乙酸（1∶4∶2∶5.5）的溶剂系统，一次进样量 200mg，得到了纯度为 96.8% 的菊苣酸 33.6mg。HSCCC 分离色谱图如图 7-70 所示。

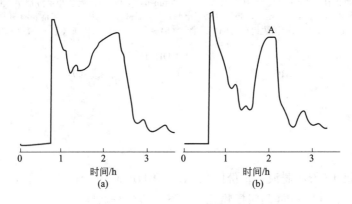

图 7-70　从紫锥菊中分离菊苣酸的 HSCCC 色谱图
（a）正己烷-乙酸乙酯-甲醇-水（1∶4∶2∶5.5）；（b）正己烷-乙酸乙酯-甲醇-0.5%乙酸（1∶4∶2∶5.5）；A—菊苣酸

7.3.7　茶叶多酚

茶属于山茶科，为常绿灌木或小乔木植物。茶树喜欢湿润的气候，在我国长江流域以南地区有广泛栽培。茶叶有强心、利尿的功效。研究表明，茶多酚具有延缓衰老、抑制心血管疾病、预防和抗癌、预防和治疗辐射伤害、抑制和抵抗病毒菌、降脂助消化等功能。茶叶中的主要多酚化合物的结构式如图 7-71 所示。

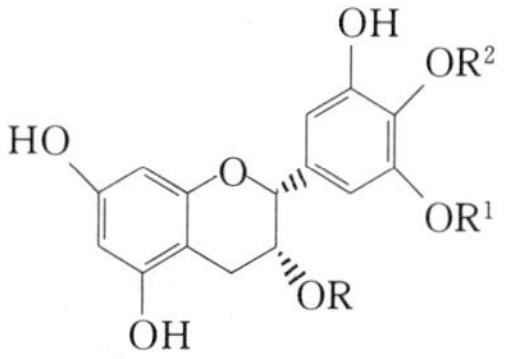

表没食子儿茶素没食子酸酯（EGCG）　R＝galloyl；R¹，R²＝OH
表儿茶素没食子酸酯（ECG）　R＝galloyl；R¹＝H，R²＝OH
表阿夫儿茶素没食子酸（EAG）　R＝galloyl；R¹，R²＝H

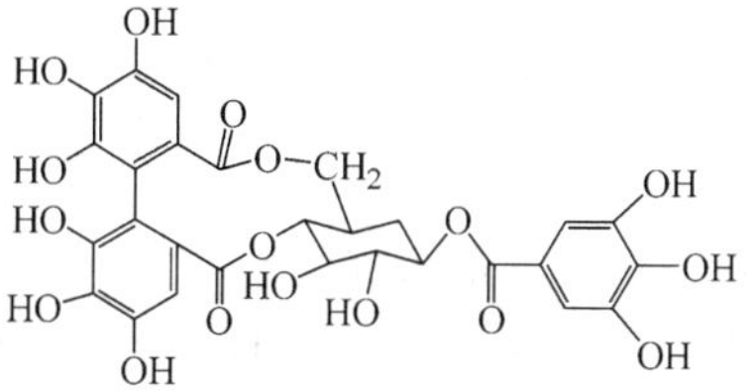

小木麻黄素

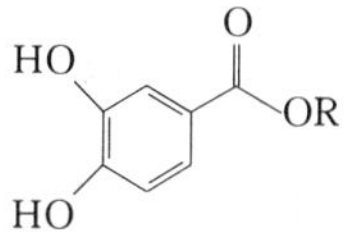

咖啡酸　R＝H
绿原酸　R＝5-奎宁酸

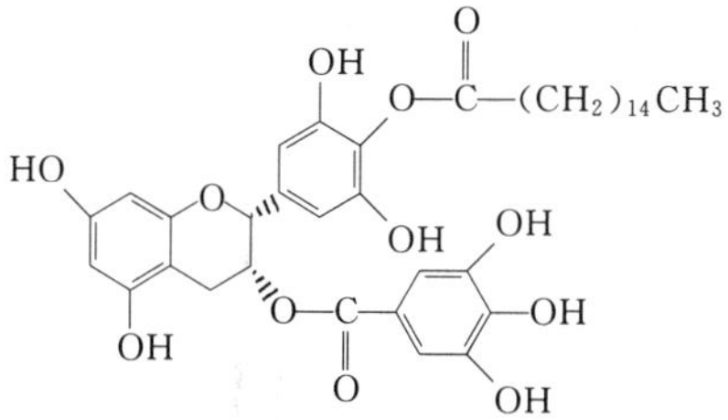

EGCG 长链酰基衍生物

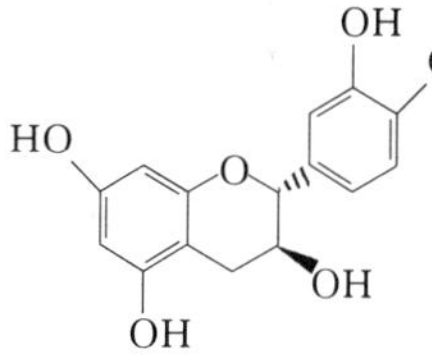

儿茶素

图 7-71　茶叶中主要的多酚类化合物的化学结构式

Degenhardt 等[49]应用 HSCCC 从绿茶和红茶中分离得到了多酚、儿茶素、原花色素和小木麻黄素等成分，并应用 HPLC-ESI-MS/MS 测定了结果物的纯度。

绿茶中的儿茶素的提取：采用 70% 的甲醇-水溶液搅拌提取 20min，提取液浓缩，用 300mL 乙酸乙酯萃取两次，合并有机相浓缩冻干。

绿茶中的原花色素的提取：采用 75% 的丙酮-水溶液在 50℃ 下提取 2h。加入 NaCl 促进其分层，收集有机相浓缩，过聚酰胺柱，先用 200mL 甲醇和 100mL 2% 醋酸的甲醇溶液进行洗脱，再用 70% 的丙酮-水溶液进行洗脱，收集该部分减压浓缩，冻干后得到原花色素粗提物。

儿茶素粗提物的 HSCCC 分离：选用正己烷-乙酸乙酯-甲醇-水（1.5：5：1.5：

5）的溶剂系统，上相作为固定相，下相作为流动相；流速为 2.8 mL/min；进样量为 400mg；HSCCC 分离色谱图如图 7-72 所示。共得到 EGCG（峰Ⅰ）45mg、ECG（峰Ⅱ）7mg、EAG（峰Ⅲ）4mg，并采用 HPLC-ESI-MS 对各分离结果物进行了鉴定。

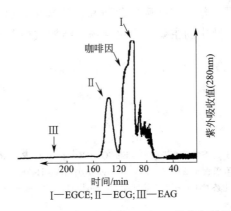

图 7-72　儿茶素粗提物的 HSCCC 分离色谱图

HSCCC 溶剂系统：正己烷-乙酸乙酯-甲醇-水（1.5∶5∶1.5∶5）；固定相：上相；流动相：下相；流速：2.9mL/min，检测波长：280nm

原花青素粗提物的 HSCCC 分离：原花青素粗提物经聚酰胺柱后，应用两相溶剂体系正己烷-乙酸乙酯-甲醇-水（1∶5∶1∶5）进行 HSCCC 分离，流动相：下相；检测波长：280nm，如图 7-73(a) 所示。EGCG-(4β→8)-ECG 的 HSCCC 分离图如图 7-73(b) 所示，溶剂体系：乙酸乙酯-乙醇-水（10∶1∶10）；流动相：上相；流动相：2.9mL/min。

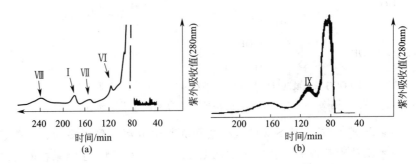

图 7-73　原花青素粗提物的 HSCCC 分离图

(a)：Ⅵ—ECG-(4β→8)-ECG；Ⅶ—EAG-(4β→8)-ECG；Ⅷ—混合物；Ⅰ—EGCG

(b)：EGCG-(4β→8)-ECG 的 HSCCC 分离图。Ⅸ—EGCG-(4β→8)-ECG

江和源等[50]应用 HSCCC 对红茶中的茶黄素进行了分离。作者采用正己烷-乙酸乙酯-甲醇-水（1∶3∶1∶6）的溶剂系统，提取物进样量为 250mg，6h 内可将 4 种主要的茶黄素（茶黄素、茶黄素-3-没食子酸酯、茶黄素-3'-没食子酸酯、茶黄素-3,3'-双没食子酸酯）有效地分成三个部分（TF：茶黄素；TFMG：茶黄素-3-没食子酸酯和茶黄素-3'-没食子酸酯；以及 TFDG：茶黄素-3,3'-双没食子酸酯），并对流动相流速、进样量和进样技术进行了优化。实验中，选定逆流色谱仪转速为 800r/min、上样量为 100mg，比较流速分别为 1.5mL/min、2.0mL/min、2.5mL/min 时对分离结果的影响，结果如图 7-74 所示。结果表明，选择不高于 2.0mL/min 的流速时均能达到良好的分离效果。

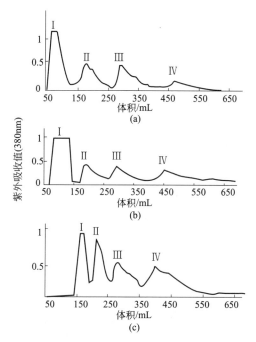

图 7-74　流速对茶黄素的分离效果的影响
（a）1.5mL/min；（b）2.0mL/min；（c）2.5mL/min
Ⅰ—未知物；Ⅱ—TF；Ⅲ—TFMG；Ⅳ—TFDG

Cao 等[51]应用 HSCCC 从土茶中成功分离纯化了表没食子儿茶素没食子酸酯（EGCG）和表儿茶素-3-O-没食子酸酯（ECG）。作者用超临界 CO_2 萃取法，以乙醇为夹带剂，收集乙醇溶液并浓缩，然后分别用氯仿、乙酸乙酯进行萃取，乙酸乙酯萃取物即为儿茶酚粗提物，得到浸膏 1.4g 作为进行 HSCCC 分离的样品。分别选用正己烷-乙酸乙酯-水（1∶20∶30）和（1∶3∶4）溶剂系统，用 HSCCC 从样品中分离得到 EGCG 和 ECG 两种茶多酚，其纯度均在 98% 以上，HSCCC 分离色谱图如图 7-75 所示。

7.3.8　花青素

花青素（anthocyanidin）是广泛存在于植物中的水溶性天然色素，水果、蔬菜、花卉等绚丽的颜色大都与之有关。花青素在自然状态下常与各种单糖形成糖苷，称为花青苷或花色苷（anthocyanin）。花青素作为一种天然食用色素，安全、无毒、资源丰富，而且具有独特的抗氧化性和预防心血管疾病的活性，在食品、医

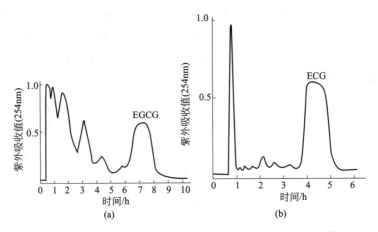

图 7-75　HSCCC 分离纯化茶多酚中的 EGCG 和 ECG 的色谱图

转速：800r/min；流动相：下相；流速：2mL/min；检测波长：254nm。

(a) 正己烷-乙酸乙酯-水 (1:20:30)；(b) 正己烷-乙酸乙酯-水 (1:3:4)

药及化妆品等领域有着很高的应用价值。

　　Torskangerpoll 等[52]用甲基叔丁基醚-正丁醇-乙腈-水 (2:2:1:5) 的溶剂系统，并以三氟乙酸调节其 pH 值，采用 HSCCC 分别从红洋葱和洛杉矶郁金香中分离得到 5 种花色苷，其结构式如图 7-76 所示。

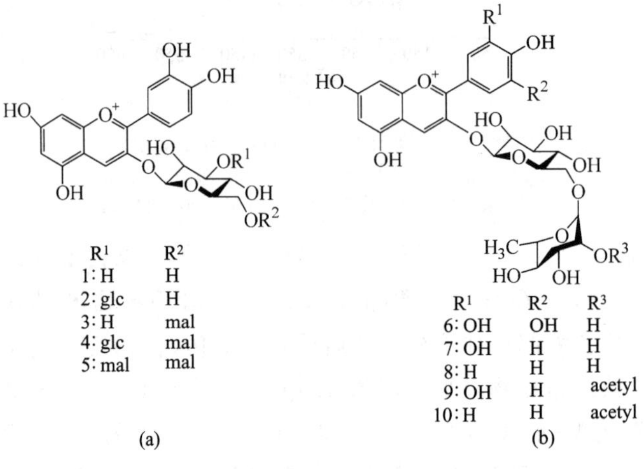

R¹	R²		R¹	R²	R³
1:H	H		6:OH	OH	H
2:glc	H		7:OH	H	H
3:H	mal		8:H	H	H
4:glc	mal		9:OH	H	acetyl
5:mal	mal		10:H	H	acetyl

(a)　　　　　　　　(b)

图 7-76　红洋葱 (a) 和郁金香 (b) 中花色苷的化学结构

glc—葡萄糖苷；mal—丙二酰葡萄糖苷；acetyl—乙酰基

　　Degenhardt 等[53]也应用同样的溶剂体系：甲基叔丁基醚-正丁醇-乙腈-水 (2:2:1:5) 从红甘蓝、黑葡萄干、洛神菜、玫瑰茄等植物中分离出花色苷。图 7-77(a) 和 (b) 所示分别是从黑葡萄干中分离得到的 4 种花色苷的结构及 HSCCC 分离色谱图。

　　采用 HSCCC 从洛神菜、玫瑰茄中分离花色苷的色谱图如图 7-78 和图 7-79 所示。图 7-80 所示是从红甘蓝中分离出来的 5 种花色苷的结构及 HSCCC 色谱图。

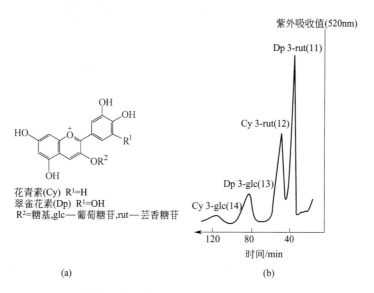

图 7-77　黑葡萄干中分离的 4 种花色苷的结构及 HSCCC 色谱图

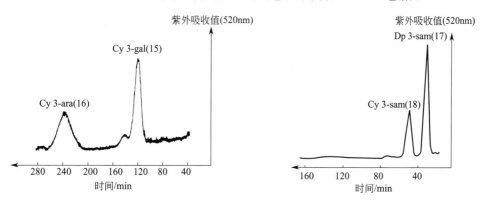

图 7-78　洛神菜中分离花色苷的 HSCCC 色谱图　　图 7-79　玫瑰茄中分离花色苷的 HSCCC 色谱图
ara—阿拉伯糖苷；gal—半乳糖苷

　　Michael 等[54]利用 HSCCC 分别从紫露草属植物的叶子、紫玉米、接骨木和黑莓中分离得到了多种花色苷类化合物，作者首先应用大孔吸附树脂 XAD-7 进行预纯化富集花色苷，然后选择合适的溶剂系统对花色苷粗提物进行进一步的 HSCCC 分离纯化，其结果分别如图 7-81～图 7-85 所示。

7.3.9　小结

　　① 由于多酚类物质多属于有机天然芳香族化合物，在紫外光下有很好的吸收，很容易采用 HSCCC 配置紫外检测器对分离结果进行检测。

　　② 对于小分子的多酚或单宁的单元构成成分，通常可以选用氯仿-甲醇-水和正己烷-乙酸乙酯-甲醇-水的溶剂系统，通过对诸元配比的适当调整，就能实现 HSCCC

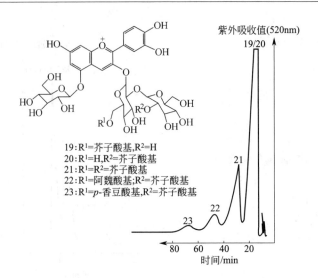

图 7-80 红甘蓝中分离出的 5 中花色苷的结构以及 HSCCC 色谱图

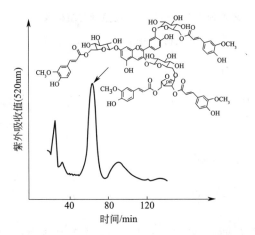

图 7-81 花色苷的化学结构和 HSCCC 从紫露草属叶子中分离花色苷的色谱图
HSCCC 溶剂系统：正丁醇-叔丁基甲基醚-乙腈-水（2：2：1：5，用 0.1％的三氟乙酸酸化）；流动相：下相；流速：5.0mL/min；检测波长：520nm

满意的分离。高极性的酚酸的分离需要采用以丁醇-水为基础构成的两相溶剂系统。

③ 对于聚合度高、分子量较大的多酚类物质，随着其羟基的增多，物质的极性显著增强，结构相似的衍生物也随之增多，分离的难度也会加大。分离这类化合物时可采用高极性的系统，如以丁醇-水为基础构成的两相溶剂系统，必要时可以通过调节系统的 pH 值来改善分离效果。

④ 多酚化合物在植物中分布非常广泛，成分也很复杂，多数化合物的极性较高，对于这类化合物的系统的分离纯化技术路线，通常是先采用大孔吸附树脂、聚酰胺等色谱法进行分段分离，获得不同极性段的馏分，然后再对各分段的馏分进行 HSCCC 的精细分离。对于极性非常高的多酚化合物，可将 HSCCC 同制备型的

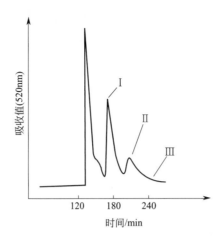

图 7-82　HSCCC 分离紫玉米提取物中花色苷的 HSCCC 色谱图

HSCCC 溶剂系统：正丁醇-叔丁基甲基醚-乙腈-水（2∶2∶1∶5，用 0.01％的三氟乙酸酸化）；流动相：下相；流速：5.0mL/min；检测波长：520nm。Ⅰ为高纯度的矢车菊-3-葡萄糖苷；Ⅱ和Ⅲ分别为富集的矢车菊-3-(6″-丙二酰葡萄糖苷) 和芍药-3-(6″-丙二酰葡萄糖苷)

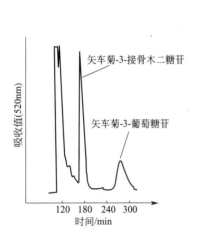

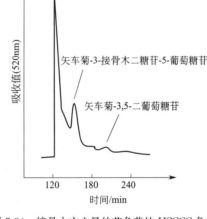

图 7-83　接骨木中主要花色苷的 HSCCC 色谱图

HSCCC 溶剂系统：正丁醇-叔丁基甲基醚-乙腈-水（3∶1∶1∶5，用 0.01％的三氟乙酸酸化）；流动相：下相；流速：5.0mL/min；检测波长：520nm

图 7-84　接骨木中少量的花色苷的 HSCCC 色谱图

HSCCC 溶剂系统：正丁醇-叔丁基甲基醚-乙腈-水（3∶1∶1∶5，用 0.01％的三氟乙酸酸化）；流动相：下相；流速：5.0mL/min；检测波长：520nm

HPLC 联合使用，以期快速有效地分离出目标化合物。

⑤ 花色苷类化合物极性高、水溶性强，应用 HSCCC 分离时，通常需要用大孔吸附树脂（如 XAD-7 树脂）对样品进行富集处理。在进行 HSCCC 分离时，需采用正丁醇-叔丁基甲基醚-乙腈-水（2∶2∶1∶5）、下相添加 0.1％三氟乙酸的溶剂系统，或者在此基础上进行诸元配比的适当调整，这样就能实现对多数花色苷的分离纯化。

⑥ 由于多酚类物质是高极性的化合物，直接采用某一种分离技术很难实现高

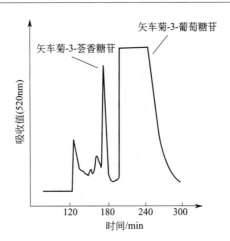

图 7-85　野生黑莓中矢车菊-3-芸香糖苷和矢车菊-3-葡萄糖苷的 HSCCC 色谱图

HSCCC 溶剂系统：正丁醇-叔丁基甲基醚-乙腈-水（2∶2∶1∶5，用 0.01% 的三氟乙酸酸化）；
流动相：下相；流速：5.0mL/min；进样量：800mg；检测波长：520nm

纯度的纯化，因此，必要时需取 HSCCC 的分离物，再经过反相 C_{18} 柱的制备级的色谱分离，将精细分离后的馏分经过冷冻干燥，从而得到高纯度的纯化样品。

7.4　木脂素类化合物的分离

7.4.1　概述

　　木脂素（lignins）是一类由两分子苯丙素衍生物聚合而成的天然化合物，主要存在于植物的木部和树脂中，多数呈游离态，少数与糖结合成苷，常见的木质素的骨架结构如图 7-86 所示。木脂素类化合物具有广泛的生物活性。如人们发现芝麻油有抗氧化活性；厚朴酚有肌肉松弛作用；牛蒡子苷可治疗风热感冒；食用整粒亚麻籽还可降低血清低密度脂蛋白（LDL）胆固醇的密度等。另外，木脂素类化合物

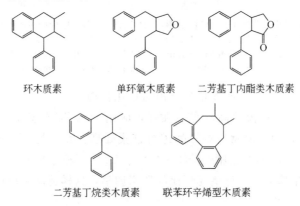

图 7-86　常见的木脂素类化合物结构

还具有拮抗血小板活化因子（PAF）、抗白血病、调节免疫、延缓衰老、治疗肾功能障碍等活性。

　　木脂素类化合物多为无色结晶，多呈游离型，脂溶性，能溶于苯、氯仿、乙酸乙酯、乙醚、乙醇等。有多个不对称因素，显光学活性，遇酸异构化。无共同特征反应，一些非特征性试剂可用于薄层色谱显色，如 5％磷钼酸乙醇液、30％硫酸乙醇液，有亚甲二氧基可用变色酸-浓硫酸显色[55]等。

　　游离的木脂素能溶于乙醚等低极性溶剂，可用低极性溶剂直接提取。木脂素苷类极性较大，可按苷类的提取方法进行提取，如用甲醇或乙醇提取。通常是将药材先用乙醇或丙酮提取，提取液浓缩成浸膏后，用石油醚、乙醚、乙酸乙酯、正丁醇等依次提取得到不同的极性部位。具内酯结构的木脂素也可利用其溶于碱液的性质，而与其他非皂化的亲脂性成分分离，但要注意木脂素的异构化，尤其不适用于有旋光活性的木脂素。

　　木脂素化合物的分离通常根据木脂素性质不同，采用不同的分离方法，如溶剂萃取法、分级沉淀法、重结晶等方法。进一步分离需要用色谱分离法，如硅胶柱色谱，可用石油醚-乙酸乙酯、石油醚-乙醚、苯-乙酸乙酯、氯仿-甲醇梯度洗脱。

　　HSCCC 分离木脂素化合物已有较多的报道，下面重点列举几个木脂素以及木脂素苷的 HSCCC 分离的实例。

7.4.2　厚朴木脂素

　　厚朴为木兰科植物厚朴（*Magnolia officinalis* Rehd. et Wils.）的干燥干皮。具有行气、燥湿、消积、平喘等功效，主要用于治疗湿滞伤中、脘痞吐泻、食积气滞、腹胀便秘、痰饮喘咳。其主要的活性成分为和厚朴酚与厚朴酚，现代研究表明，和厚朴酚在生物体系中具有很强的抗氧化活性，其抗氧化活性比维生素 E 高 1000 倍之多；还能够抑制血小板的凝结和改善局部缺血老鼠的脑梗死。在细胞培养过程中，和厚朴酚抑制人鳞状肺癌细胞 CH27、人纤维瘤 HT-1080、人白血病 HL-60 细胞系的生长并诱导其程序性死亡。和厚朴酚是 γ-氨基丁酸受体的激活剂，产生强烈的抗焦虑活性，提高自由活动的小鼠海马趾乙酰胆碱的释放，添加和厚朴酚后，促进了神经突的长出。

　　Wang 等[56]报道应用 HSCCC 从厚朴提取物中快速分离得到和厚朴酚与厚朴酚。由于目标化合物是中等极性化合物，所以，首先选择正己烷-乙酸乙酯-甲醇-水（1∶1∶1∶1）进行分配系数的测定（见表 7-13），和厚朴酚与厚朴酚在该溶剂系统的分配系数（K）太大，说明目标化合物主要分配在上相，在 HSCCC 分离中需要很长时间才能将目标化合物洗脱出来；所以以这个溶剂系统为基础进行调整，从表中可以看到，系统 6 和 7 的分配系数太小，目标化合物容易随着溶剂前沿而被洗脱出来；系统 3、4 和 5 能够将目标化合物分离开，但从实际的分离效果来看，系统 4 最为理想。如图 7-87 所示即为厚朴粗提物的制备 HSCCC 色谱图，一次进样 150mg，在 140min 内分离得到，和厚朴酚（峰 A）45mg 和厚朴酚（峰 B）80mg，其纯度分别为 99.2％和 98.2％，粗样和分离样品的 HPLC 分析如图 7-88 所示。

表 7-13 和厚朴酚与厚朴酚在不同溶剂系统的分配系数和分离因子

序号	溶剂系统 正己烷-乙酸乙酯-甲醇-水	和厚朴酚 K_1	分离因子(a)	厚朴酚 K_2
1	1:1:1:1	6.96	2.18	15.20
2	1:0.8:1:0.8	2.92	2.20	6.43
3	1:0.6:1:0.6	1.03	2.51	2.59
4	1:0.4:1:0.4	0.38	2.39	0.91
5	1:0.4:1.1:0.4	0.26	3.12	0.81
6	1:0.4:1.2:0.4	0.21	2.86	0.60
7	1:0.2:1:0.2	0.06	3.50	0.21

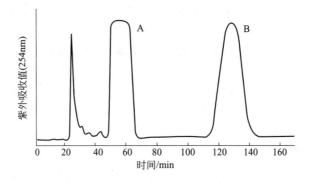

图 7-87 厚朴粗提物的制备 HSCCC 色谱图

HSCCC 色谱条件：正己烷-乙酸乙酯-甲醇-水（1:0.4:1:0.4）；固定相为上相，流动相为下相，流动相流速为 2.0mL/min，转速为 800r/min，进样量 150mg，固定相保留率为 80％，检测波长为 254nm。A—和厚朴酚；B—厚朴酚

从总样色谱图分析来看，被分离样品的杂质较少，从第二个峰后，没有其他杂峰出现，具备连续进样的条件。由于目标化合物在两相的溶解度较大，进一步增大了上样量，单次进样量为 500mg，而且如图 7-89 所示，进行连续进样，从而实现样品的快速大量制备[57]。

7.4.3 芝麻木脂素

芝麻是重要的油料作物，我国芝麻产量很高，占世界栽培面积的 13.5％。芝麻主要分为白芝麻、黑芝麻两种。黑芝麻多作为糕点辅料，中医上以黑芝麻入药，有滋补、养血、润肠等功效，适用于身体虚弱、便秘、头晕、眼花、耳鸣等症。芝麻籽中的主要功能成分是芝麻素（sesamin），含量为 0.5％左右，在生物体内呈现较强的抗氧化作用，具有多种生理活性功能。临床研究发现，它具有抗高血压及心血管疾病、保肝、抗氧化、降低胆固醇、抗癌等功效。芝麻素与芝麻林素的化学结

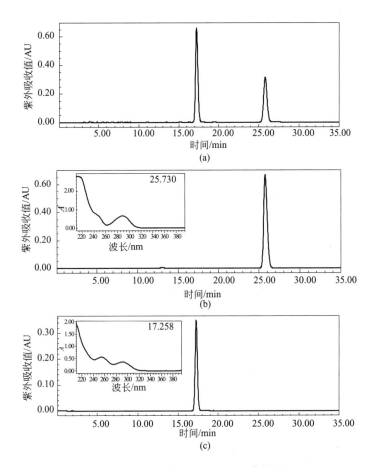

图 7-88　厚朴各样品的 HPLC 分析图

HPLC 条件：岛津 Shim pack VP-ODS 柱（4.6mm×250mm，5μm），检测波长 288nm，柱温：25℃，流速：1.0mL/min，进样量：10μL，流动相：乙腈-水（55∶45）。（a）粗提取物的液相色谱图；（b）纯化的厚朴酚液相色谱图及紫外光谱图；（c）纯化的和厚朴酚液相色谱图及紫外光谱图

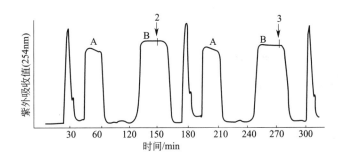

图 7-89　厚朴粗提物的制备 HSCCC 色谱图

每次进样量 500mg；A—和厚朴酚；B—厚朴酚；2—第二次进样，3—第三次进样

构式如图 7-90 所示。

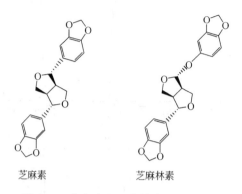

芝麻素　　　　　　　　　芝麻林素

图 7-90　芝麻素和芝麻林素的化学结构

Wang 等[58]利用 HSCCC 成功地从芝麻中分离得到了芝麻素和芝麻林素。作者首先取 500mL 芝麻油用两倍体积的 95％乙醇萃取，反复三次。合并乙醇液，减压浓缩至一定体积，冰箱中放置 24h，析出 10g 粗结晶，以此进行进一步的 HSCCC 分离。通过测定分配系数来优选溶剂系统，结果发现溶剂系统石油醚-乙酸乙酯-甲醇-水（1.0∶0.5∶1.2∶0.4）最合适，应用该系统进行 HSCCC 分离纯化，一次进样量为 220mg，HSCCC 分离图如图 7-91 所示，收集色谱峰Ⅰ和Ⅱ，峰Ⅰ为芝麻素（62mg），峰Ⅱ为芝麻林素（5mg），经 HPLC 分析其纯度分别为 99.93％和 99.18％。

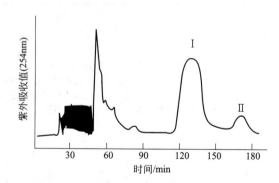

图 7-91　HSCCC 分离芝麻提取物的色谱分离图

HSCCC 溶剂系统：石油醚-乙酸乙酯-甲醇-水（1.0∶0.5∶1.2∶0.4），固定相为上相，流动相为下相；流动相流速为 2.0mL/min；转速为 800r/min；进样量：220mg，检测波长为 254nm；固定相保留率：56％。峰Ⅰ—芝麻素，峰Ⅱ—芝麻林素

7.4.4　五味子木脂素

五味子为木兰科植物五味子［*Schisandra chinensis*（Turcz1）Baill1］的干燥果实，具有收敛固涩、益气生津、补肾宁心等功效。五味子具有降酶保肝、保护中枢神经系统、抗艾滋病毒、抗肿瘤、抗衰老、抑制胆固醇生物合成等作用，临床主

要用于治疗慢性肝炎。五味子果实及种子中含有多种联苯环辛烯型木脂素成分，以及挥发油、三萜类、甾醇及游离脂肪酸类等成分。研究表明其主要的有效成分为木脂素类化合物。传统的分离方法是利用硅胶柱反复层析或薄层色谱分离。而利用制备液相色谱分离纯化五味子木脂素，成本又太高。Huang 等[59] 报道了利用 HSCCC 分离纯化去氧五味子素（deoxyschisandrin）和 γ-五味子素（γ-schisandrin），它们的化学结构式如图 7-92 所示。作者首先利用微波辅助萃取得粗提物，萃取条件为微波功率为 80W，90％的乙醇，料液 1∶12，萃取 5min，过滤后，将滤液减压蒸去乙醇，然后将乙醇提取物溶于水，用石油醚反复萃取，减压蒸干得粗提物，经过 HPLC 分析后（如图 7-93 所示），进一步用 HSCCC 进行分离。

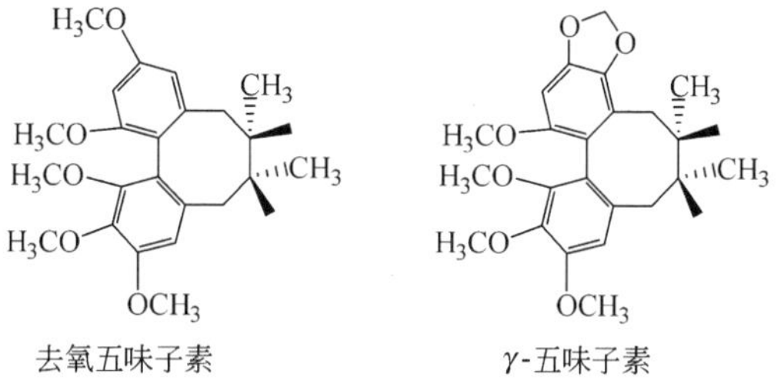

图 7-92　去氧五味子素与 γ-五味子素的化学结构式

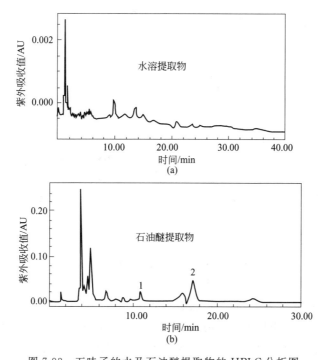

图 7-93　五味子的水及石油醚提取物的 HPLC 分析图

HPLC 条件：岛津 Shim pack VP-ODS 柱（4.6mm×250mm，5μm）；流动相：甲醇-水（75∶25）；流速：1.0mL/min；检测波长：254nm；柱温：35℃。峰 1—去氧五味子素；峰 2—γ-五味子素

通过分析目标化合物，可以看到这两种化合物的极性较低，所以作者选择极性较低的溶剂系统正己烷-甲醇-水体系（45∶30∶2，35∶30∶1，4∶3∶1，3∶2∶1，6∶5∶5）。HSCCC 分离实验显示溶剂比率为 4∶3∶1 和 3∶2∶1 的体系，乳化严重。溶剂系统 45∶30∶2 和 6∶5∶5，二者不能将目标化合物进行有效的分离，而 35∶30∶1 的溶剂系统，能够使二者分离。进一步通过增加体系中水的比率，优化得到一个最佳的分离体系即正己烷-甲醇-水（35∶30∶3）。HSCCC 色谱分离图如图 7-94 所示，HPLC 分析了 HSCCC 分离后各组分（如图 7-95 所示），结果显示从 100mg 石油醚粗提物经过一次分离得到 8mg 纯度为 98％的去氧五味子素和 12mg 纯度为 96％γ-五味子素。

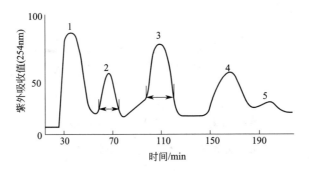

图 7-94　五味子的石油醚提取物的 HSCCC 分离图

HSCCC 条件：柱体积 119mL；溶剂系统：正己烷-甲醇-水（35∶30∶3）；下相为流动相；流速为 1.0mL/min；进样量：100mg；旋转速度：950r/min；检测波长：254nm；固定相保留率为 73％

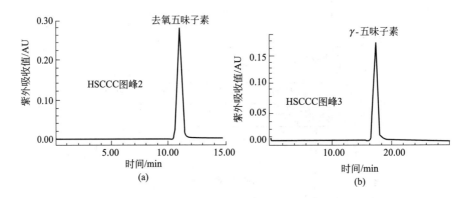

图 7-95　HSCCC 分离峰的 HPLC 分析图

HPLC 条件同图 7-93

Peng 等[60] 报道了利用正己烷-乙酸乙酯-甲醇-水（10∶9∶9∶10）系统，经过一步分离，从 400mg 五味子乙醇提取物中分离得到 107mg 五味子醇甲（schizandrin）和 36mg 五味子酯甲（gomisin A）（结构式如图 7-96 所示），图 7-97 所示为五味子乙醇提取物 HSCCC 分离图，其纯度分别为 99.5％和 99.1％（HPLC 分析如图 7-98 所示）。

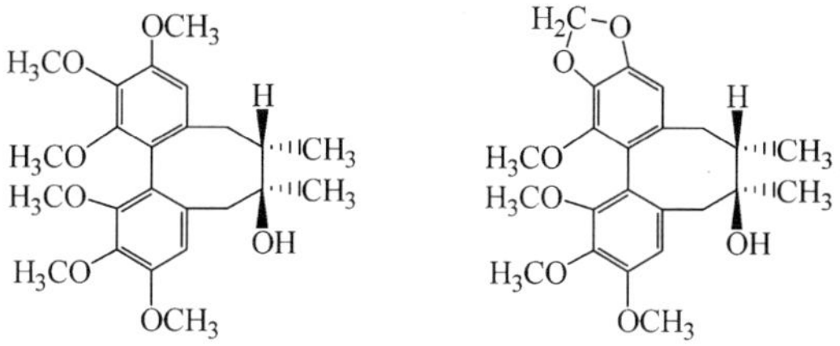

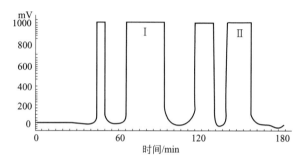

图 7-96　五味子醇甲和五味子酯甲的化学结构式

图 7-97　五味子粗提物经 D101 净化部分的 HSCCC 分离图

HSCCC 条件：柱体积 119mL；溶剂系统：正己烷-乙酸乙酯-甲醇-水（10∶9∶9∶10）；下相为流动相；流速：2.2mL/min；进样量为 400mg；旋转速度：800r/min；检测波长：254nm；固定相保留率为 65%。Ⅰ—五味子醇甲；Ⅱ—五味子酯甲

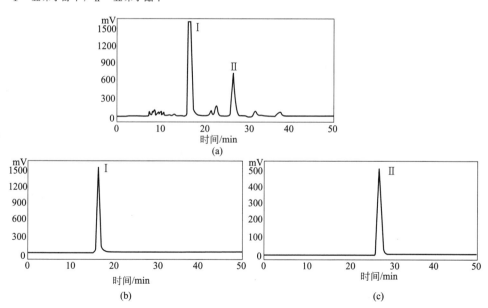

图 7-98　五味子的乙醇提取物经 D101 树脂纯化部分的 HPLC 分析图

HPLC 条件：Li Chrospher C_{18} 柱（6.0mm×150mm）；流动相：乙腈-水-乙酸（60∶40∶2），流速：1.0mL/min，紫外检测波长 254nm；柱温：25℃。(a) 粗提物；(b) 峰Ⅰ；(c) 峰Ⅱ；峰Ⅰ—五味子醇甲；峰Ⅱ—五味子酯甲

7.4.5　丹参木脂素

丹参为唇形科植物丹参（*Salvia miltiorrhiza* Bge.）的干燥根及根茎。丹参的主要活性成分有水溶性的丹酚酸类化合物及脂溶性的丹参酮类化合物。丹酚酸是一类既有咖啡酰缩酚酸结构又有新木脂素骨架的水溶性成分，现代药理研究表明，丹酚酸类化合物具有很强的抗氧化作用，可以清除体内的超氧阴离子和羟基自由基，抑制脂质过氧化反应，改善微循环。丹酚酸类化合物中丹酚酸 B 是主要代表性有效成分之一（结构式如图 7-99 所示），约占总酚酸的 70％，是丹参水溶性有效成分中含量最高、活性最强的一种。传统的丹酚酸类成分的分离，多采用柱色谱法，操作繁琐，且分离效率不高。由于丹酚酸 B 分子含有羧基，属于有机酸类化合物，适合应用 pH-区带精制逆流色谱法进行分离。

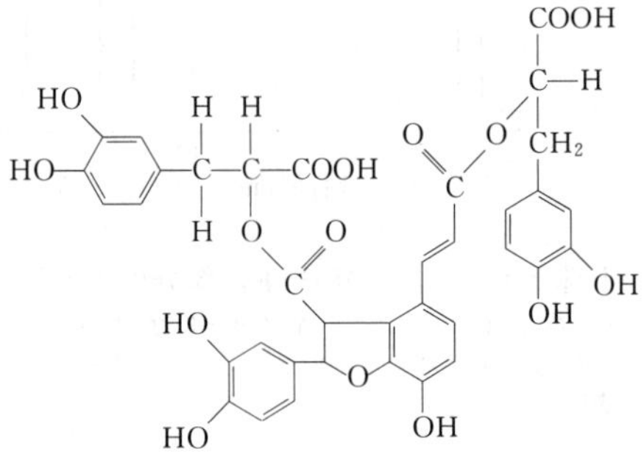

图 7-99　丹酚酸 B 的结构式

Wang 等[61]报道了应用 pH-区带精制逆流色谱分离制备丹参中的丹酚酸。作者首先取丹参饮片 2200g，粉碎后用 95％乙醇回流提取 4 次（每次 1 h），抽滤，滤液减压浓缩，得浓缩液。浓缩液加一倍量水，用 Na_2CO_3 调 pH 至 7.5，乙醚萃取。水相用盐酸调 pH 值至 3，用乙醚萃取，回收乙醚，得红色粉末状丹参粗提物 57.19g 用于 pH-区带精制逆流色谱分离。依据第 5 章 Ito 介绍的 pH-区带精制逆流色谱溶剂系统选择的方法，优选的溶剂系统为叔丁基甲醚-水（1∶1），上层有机相加三氟乙酸（浓度 10mmol/L）作为固定相，下层水相加氨水（浓度 10mmol/L）作为流动相。一次进样 2.0g，得纯度为 95.23％的丹酚酸 B 524.2mg 和少量的迷迭香酸，纯度为 93.70％，平台 B 成分未知，纯度为 86.98％，pH-区带精制逆流色谱分离图如图 7-100 所示。

7.4.6　牛蒡子木脂素

牛蒡（*Arctium lappa* L.）为菊科牛蒡属植物，其常用的药用部位为果实，称牛蒡子，具疏散风热、宣肺透疹、消肿解毒之功效。牛蒡子中含木脂素化合物，主要成分为牛蒡子苷（结构式如图 7-101 所示）等。药理研究表明，牛蒡子对多种致

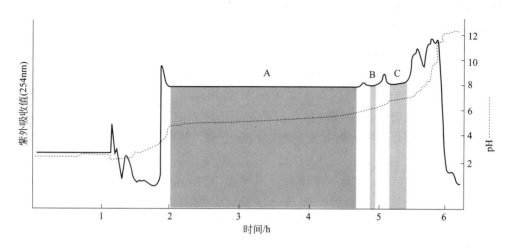

图 7-100　丹参提取物的 pH-区带精制逆流色谱分离的色谱图

pH—区带精制逆流色谱溶剂系统：叔丁基甲醚-水（1∶1）；上层有机相加 10mmol/L 三氟乙酸作为固定相，下层水相加 10mmol/L 氨水，作为流动相。A—丹酚酸 B；B—未知；C—迷迭香酸

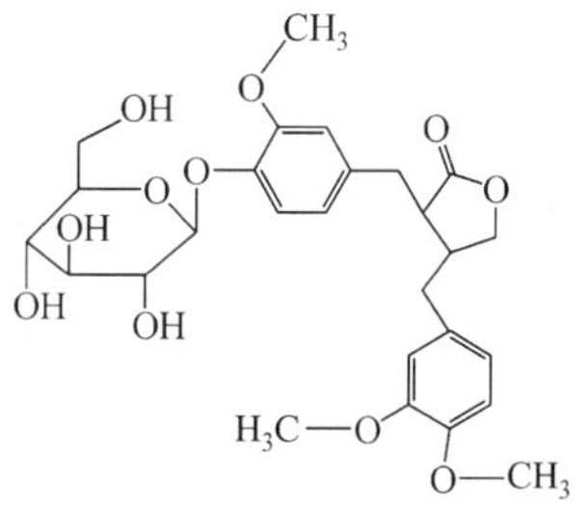

图 7-101　牛蒡子苷的化学结构式

病性真菌有不同程度的抑制作用，牛蒡子粗提物具抗肿瘤作用。牛蒡子苷具有抗肾病变作用、抗肿瘤作用和增强机体免疫功能作用。Wang 等[62]应用 HSC-CC 对牛蒡子苷的分离纯化条件进行了研究。作者首先根据牛蒡子苷为高极性化合物的特点，采用 70% 乙醇提取得到乙醇提取物后，依次用石油醚、乙酸乙酯、正丁醇萃取，得到不同部位，将正丁醇部分进一步经 AB-8 大孔吸附树脂柱分离，30% 乙醇洗脱部分含有牛蒡子苷，浓缩得灰白色粉末，用于 HSC-CC 分离。

表 7-14　牛蒡子苷在不同溶剂系统的分配系数

溶剂系统	K 值	溶剂系统	K 值
正己烷-乙酸乙酯-甲醇-水（1∶4∶2∶5）	0.10	乙酸乙酯-正丁醇-乙醇-水（5∶0.5∶1∶5）	1.50
正己烷-乙酸乙酯-甲醇-水（1∶4∶2∶4）	0.11	乙酸乙酯-正丁醇-乙醇-水（5∶0.2∶1∶5）	1.10
乙酸乙酯-乙醇-水（5∶1∶5）	0.54	乙酸乙酯-正丁醇-乙醇-水（5∶1∶1∶5）	2.99
乙酸乙酯-乙醇-水（5∶0.5∶5）	0.77	乙酸乙酯-正丁醇-水（5∶1.5∶5）	5.20

　　根据牛蒡子苷高极性的特点，作者设计了一系列溶剂系统，并利用 HPLC 法测定了牛蒡子苷在不同溶剂系统的分配系数（见表 7-14）。溶剂系统正己烷-乙酸乙酯-甲醇-水（1：4：2：5）和（1：4：2：4）的 K 值太小，说明牛蒡子苷主要分配在下相，因此，去掉正己烷，系统改为乙酸乙酯-乙醇-水（5：1：5），（5：0.5：5），虽然这两个系统的 K 值比较合适，但是样品的溶解度较差。根据目标化合物高极性的特点，添加正丁醇，随着正丁醇量增加，K 值不断增大，K 值太大分离时间过长，经过实际分离，最终发现溶剂系统乙酸乙酯-正丁醇-乙醇-水（5：0.5：1：5）最佳。牛蒡子提取物的 HSCCC 分离图如图 7-102 所示，在 5h 内完成一次分离，上样量 350mg，共分出 4 个峰，峰 D 为牛蒡子苷，减压浓缩，放置冰箱析出结晶，共得到 159mg 白色晶体，HPLC 分析如图 7-103 所示，其纯度达到 98.2％，牛蒡子苷的回收率可达到 91％。通过本实验可以看到，综合应用不同极性溶剂萃取和大孔吸附树脂，可以有效地富集目标化合物。进一步应用 HSCCC 可实现目标化合物的快速分离制备。

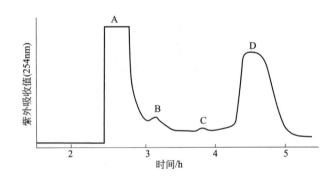

图 7-102　牛蒡子粗提物的制备 HSCCC 色谱图

HSCCC：溶剂系统：乙酸乙酯-正丁醇-乙醇-水（5：0.5：1：5），上相作为固定相，下相作为流动相；流速：2mL/min；进样量：350mg；固定相保留率：30％。D—牛蒡子苷

7.4.7　连翘木脂素

　　连翘［*Forsythia suspensa*（Thunb）Vah］为木犀科连翘属植物连翘的干燥果实。连翘为《中华人民共和国药典》一部收载的常用中药之一，具有清热解毒、消肿散结之功效，主治温热、丹毒、斑疹、疮疡肿毒、瘰疬等症。药理学研究证明连翘有显著的抑菌作用，其煎剂有镇吐作用和抗肝损伤的作用。连翘含有木脂素类，如连翘苷、连翘酯素、右旋松脂酚等；黄酮类化合物如芦丁等；苯乙醇苷类如连翘酯苷等化学成分，其中连翘苷的化学结构式如图 7-104 所示。

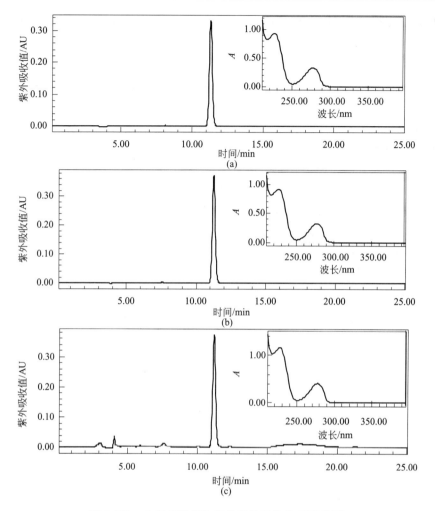

图 7-103　牛蒡子粗提物和分离后组分的 HPLC 图

HPLC 条件：岛津 Shim pack VP-ODS 柱（4.6mm×250mm，5μm）；紫外检测波长 280nm；柱温：25℃；流速：1.0mL/min；进样量：10μL；流动相：乙腈-水（30∶70）。（a）标准牛蒡子苷的 HPLC 图及紫外光谱图；（b）纯化后的牛蒡子苷的 HPLC 图及紫外光谱图；（c）粗样的 HPLC 图及紫外光谱图

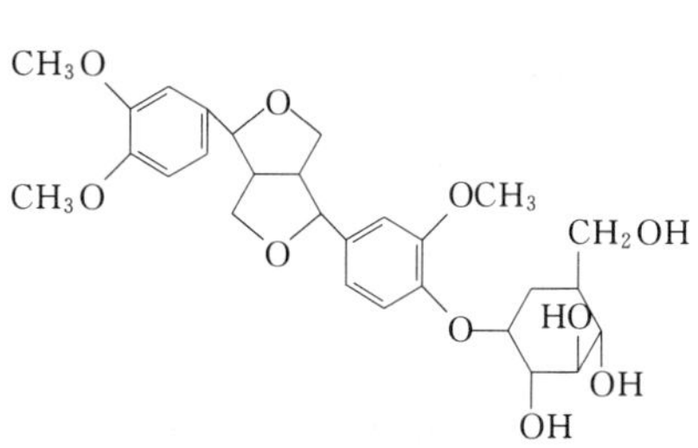

图 7-104　连翘苷的化学结构式

　　Li 等[63]应用 HSCCC 对连翘中的连翘苷进行了分离研究。通过 HPLC 测定，连翘苷在连翘粗提物中含量为 1.2%。作者应用 60%乙醇提取连翘药材粉末，减压

浓缩后得到粗提物供 HSCCC 分离，连翘粗提物的 HPLC 分析图如图 7-105 所示。HSCCC 溶剂体系的选择是采用 HPLC 测定分配系数（K）的方法，K 值测定结果见表 7-15，由表中可以看到溶剂系统正丁醇-乙酸乙酯-水（2∶3∶5）和正丁醇-乙酸乙酯-水（1∶4∶5）的 K 值太大，说明连翘苷主要分配于上相，将连翘苷洗脱出来需要很长的时间。换成低极性溶剂体系正己烷-乙醇-水（5∶1∶4），K 值太小，说明连翘苷主要分配在下相。通过向体系中逐步添加乙酸乙酯，提高溶剂系统的极性，当溶剂系统乙酸乙酯-正己烷-乙醇-水的体积比达到（1∶9∶1∶9）时，K 值为 0.799 适合分离。图 7-106 所示的是连翘苷分离的 HSCCC 图，连翘苷获得满意的分离，而且固定相保留率较高，达到 56%。一次分离 500mg 粗提物，可以分离得到 5.6mg 的纯度为 98.6% 连翘苷，回收率为 92%。

表 7-15　连翘苷在不同溶剂系统的分配系数

溶剂系统	K 值	溶剂系统	K 值
正丁醇-乙酸乙酯-水（2∶3∶5）	6.25	乙酸乙酯-正丁醇-乙醇-水（3∶7∶3∶7）	0.246
正丁醇-乙酸乙酯-水（1∶4∶5）	3.87	乙酸乙酯-正丁醇-乙醇-水（3∶7∶1∶9）	0.312
正己烷-乙醇-水（5∶1∶4）	0.011	乙酸乙酯-正丁醇-乙醇-水（1∶9∶1∶9）	0.799
乙酸乙酯-正丁醇-乙醇-水（5∶5∶3∶7）	0.099		

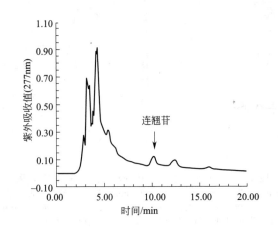

图 7-105　连翘粗提物的 HPLC 分析图
HPLC 条件：反相 Bondapak C_{18} 柱（3.9mm×300mm，5μm）；流动相为乙腈-水（25∶75），流速 1.0mL/min，检测波长 277nm

7.4.8　肉苁蓉木脂素

肉苁蓉［*Cistanche salsa*（C. A. Mey.）］为列当科（Orobanchaceae），属多年生高等寄生植物，又名大芸、苁蓉、金笋、地精，是我国名贵中药，具有补肾阳、益精血、润畅通便等功能，用于阳痿、不孕、腰膝酸软、筋骨无力、肠燥便秘。主要分布于内蒙古西部、宁夏、甘肃、新疆、青海等荒漠沙漠地区，被誉为"沙漠人参"。肉苁蓉属于寄生植物，在全世界约有 22 种，我国生长的肉苁蓉有管花肉苁

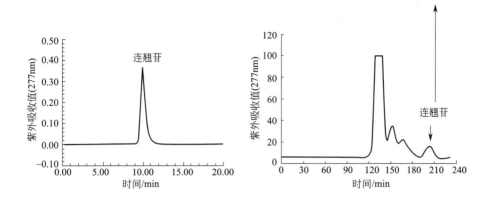

图 7-106　连翘粗提物的 HSCCC 分离图

HSCCC 条件：柱体积 325mL；溶剂系统为乙酸乙酯-正己烷-乙醇-水（1∶9∶1∶9）；下相为流动相；转速 1000r/min；流速为 1.0mL/min；进样量为 500mg；检测波长 277nm；固定相保留率 56%。HPLC 条件同图 7-105

蓉、盐生肉苁蓉、沙苁蓉、兰州肉苁蓉、迷肉苁蓉等 6 个种及一变种白花盐苁蓉。肉苁蓉中主要的生物活性成分是苯乙醇苷类化合物（主要成分的结构式如图 7-107 所示）、多糖、生物碱。苯乙醇苷具有抗菌、抗炎、抗病毒、抗肿瘤、抗氧化、免疫调节、增强记忆、助阳等作用。

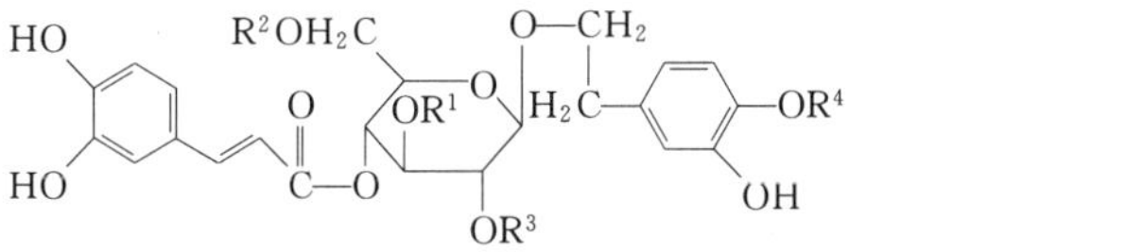

1　R^1 = rham, R^2 = glc, R^3 = H

2　R^1 = rham, R^2 = glc, R^3 = H, R^4 = CH_3

3　R^1 = rham, R^2 = H, R^3 = H

5　R^1 = rham, R^2 = H, R^3 = $COCH_3$

4　R^1 = rham

图 7-107　肉苁蓉中苯乙醇甙类化合物的化学结构式

1—松果菊苷；2—肉苁蓉苷 A；3—类叶升麻苷；4—毛蕊花糖苷；5—乙酰类叶升麻苷

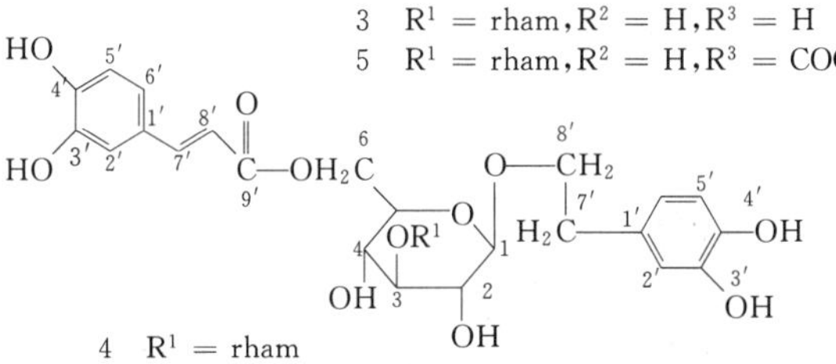

Li 等[64]报道了应用 HSCCC 从肉苁蓉中分离得到 4 个苯乙醇苷类化合物。首先利用 80%乙醇提取，得到乙醇提取物，分别用石油醚和正丁醇萃取，正丁醇萃取物用于 HSCCC 分离纯化。通过查阅资料[65,66]，乙酸乙酯-正丁醇-乙醇-水（4∶0.6∶0.6∶5）被用来分离肉苁蓉中类叶升麻苷（acteoside）和乙酰类叶升麻苷2′-Acetylacteoside，乙酸乙酯-水（1∶1）被用来从 *Plantago psylli-*

um 中分离类叶升麻苷 Acteoside 和 Isoacteoside。以这些溶剂系统为参考，作者
设计了 4 个体系，并测定了 5 个化合物的分配系数（见表 7-16），用乙酸乙酯-
正丁醇-乙醇-水（4∶0.6∶0.6∶5）来分离纯化肉苁蓉提取物，对于化合物 1
来说，其 K 值太低，对于化合物 3～5 来说，其 K 值太高。将溶剂系统调整为
乙酸乙酯-乙醇-水（5∶0.5∶4.5），化合物 3～5 能够获得一个理想的 K 值
（0.87，1.11 和 1.32），而且这三个化合物能获得理想的分离度，但是该溶剂
系统对于化合物 1 和 2 来说 K 值太小，而使其随着溶剂的前沿一起被洗脱出
来，进一步将系统调整为乙酸乙酯-正丁醇-乙醇-水（0.5∶0.5∶0.1∶1），化
合物 1 和 2 的 K 值变为 0.52 和 0.92，可以完全洗脱出来。图 7-108（a）所示是
应用乙酸乙酯-乙醇-水（5∶0.5∶4.5）体系一次分离 230mg 肉苁蓉提取物的
HSCCC 色谱图，化合物 3 和 4 被一起洗脱出来，将这部分样品合并冻干，进
一步用 HSCCC 分离［图 7-108（b）］，经过 2 次分离从 1412mg 的肉苁蓉正丁醇
萃取物中得到 14.6mg 化合物 3，30.1mg 化合物 4 和 25.2mg 化合物 5。如图
7-108（c）所示是从图（a）所示的部分 1 用乙酸乙酯-正丁醇-乙醇-水（0.5∶
0.5∶0.1∶1）进行 2 次分离，共得到 28.5mg 化合物 1 和 18.4mg 化合物 2，
经过 HPLC 分析，如图 7-109 所示，化合物 1～5 纯度均超过 92.5%，并进一
步应用 LC-ESI-MS 和 NMR 进行结构确证。

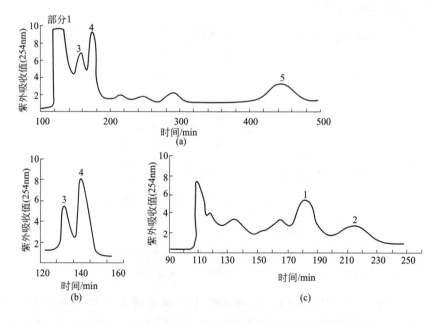

图 7-108　肉苁蓉正丁醇提取物的 HSCCC 分离图

（a）正丁醇提取物实验条件：柱体积 325mL；转速为 1050r/min；流速为 1.5mL/min；进样体积：
　　10mL，进样量为 250mg 溶解于 8mL 的乙酸乙酯-乙醇-水（5∶0.5∶4.5）的混合溶剂
（b）合并含有化合物 3 和 4 部分，溶剂系统条件同（a）
（c）部分 1 包含化合物 1 和 2 的分离，用乙酸乙酯-正丁醇-乙醇-水（0.5∶0.5∶0.1∶1）

表 7-16　化合物 1～5 在不同溶剂系统中的分配系数

溶剂系统分配系数	1	2	3	4	5
乙酸乙酯-正丁醇-乙醇-水(4∶0.6∶0.6∶5)	0.17	0.20	1.98	2.44	7.57
乙酸乙酯-水(1∶1)	0.22	0.21	0.26	0.25	1.35
乙酸乙酯-乙醇-水(5∶0.5∶4.5)	0.04	0.06	0.87	1.11	1.32
乙酸乙酯-正丁醇-乙醇-水(0.5∶0.5∶0.1∶1)	0.52	0.92			

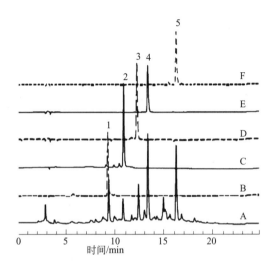

图 7-109　肉苁蓉正丁醇提取物（A）及 HSCCC 纯化的化合物（B～F）的 HPLC 分析图
HPLC 条件：Phenomenex C_{18}-ODS 柱（4.6mm×250mm，5μm），流动相：乙腈（A）和 2% 的乙酸（B）；梯度洗脱程序在 0～20min 内 90%B→60%B，在 20～22min60%B→0%B；22～25min 内 0%B→90%B，流速：1.0mL/min；进样体积：10μL；检测波长：320nm

7.4.9　小结

① 游离的木脂素极性较低，通常可采用低极性有机溶剂直接提取，分离时应用正己烷（石油醚）-乙酸乙酯-甲醇-水通过调整溶剂比例，大多数可以获得满意的分离。

② 对于极性较强的木脂素苷类化合物，通常用甲醇、丙酮或乙醇提取。提取液浓缩成浸膏后，用石油醚、乙醚、乙酸乙酯、正丁醇等依次提取得到不同的极性部位。多数情况下木脂素苷类化合物分布于正丁醇，进一步用 HSCCC 分离，基础的溶剂系统是正丁醇-水，通过添加乙醇、甲醇等调节系统极性，可以找到满意的溶剂系统。

③ 木脂素苷类化合物极性较强，即使用丁醇萃取获得的提取物成分也非常复杂，建议使用大孔吸附树脂进行富集与初步纯化，可以获得良好的效果。大孔吸附树脂与 HSCCC 技术结合是快速分离木脂素苷类化合物的一种有效的技术策略。

④ HSCCC 作为一种分离技术，有多种用途需要进一步开发，如可以用做连续制备（图 7-89 厚朴的连续分离），也可以作为一种粗分离的手段（如图 7-108 肉苁蓉的第一部分）。pH-区带精制 CCC 分离纯度相对低一些，也可将其作为一种前处理技术来应用，即先用 pH-区带精制 CCC 分离，得到组分再用 HSCCC 二次分离。

7.5 香豆素类化合物的分离

7.5.1 概述

香豆素（coumarins）是具有苯并 α-吡喃酮结构骨架的一类化合物。迄今，从自然界已发现 900 多种香豆素类化合物，其基本骨架结构如图 7-110 所示。

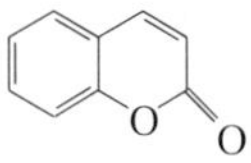

图 7-110 香豆素的基本骨架结构

其母核上常见的取代基有羟基、甲氧基、苯基、亚甲二氧基（—OCH$_2$O—）、异戊烯基、异戊烯氧基和单糖基等。根据其结构特征可将香豆素类分为简单香豆酸、呋喃香豆素、吡喃香豆素和其他香豆素[41]。

香豆素类化合物在植物界分布广泛，尤其在伞形科、芸香科、菊科、豆科和茄科等植物中分布更为普遍。此类化合物大多以游离态或糖苷等形式存在于植物的花、果实、叶、茎中。

香豆素类化合物具有光敏性质，有抗菌、抗病毒作用，有促进平滑肌松弛作用，并具有肝毒性等生理活性。例如，呋喃香豆素外涂或内服后经日光照射，可引起皮肤色素沉着，补骨脂内酯可用于治疗白斑病，8-甲氧基或 5-甲氧基的补骨脂内酯作用更强，呋喃香豆素类可作为光敏化农药；七叶内酯及其苷是中药秦皮治痢疾的有效成分，蛇床子总香豆素有类似性激素样作用和抗骨质疏松作用，蛇床子素（osthole）是此类化合物中的主要活性成分之一，能抑制乙型肝炎抗原（HBsAg）；滨蒿内酯（scoparon）具有松弛平滑肌、解痉、利胆的作用。

游离香豆素类化合物大多数是低极性和亲脂性的中性不饱和化合物，可用石油醚、乙醚、苯、氯仿、丙酮、乙酸乙酯等提取，也可用超临界 CO$_2$ 萃取法萃取。香豆素苷类化合物具有亲水性，通常选用甲醇、乙醇或水提取。

香豆素类化合物常用柱色谱法进行分离，通常采用硅胶作为吸附剂，洗脱剂可先用 TLC 筛选，常用系统为环己烷（石油醚）-乙酸乙酯、环己烷（石油醚）-丙酮、氯仿-丙酮等。香豆素苷类的分离可用反相硅胶（Rp-18，Rp-8 等）柱色谱，常用的洗脱系统为甲醇-水等。此外，葡聚糖凝胶 Sephadex LH-20 柱色谱等也可用于香豆素成分的分离。HPLC 也被用于分离香豆素成分，尤其是对极性很小的多酯基香豆素及极性较强的香豆素苷类分离效果较好。近年来，HSCCC 已被用于香豆素类化合物的分离，由于多数香豆素类化合物具有中等极性，因而非常适合于采用 HSCCC 进行制备级的分离。下面列举几个 HSCCC 分离香豆素化合物的实例供读者参考。

7.5.2　补骨脂香豆素

中药补骨脂（*Psoralea Corylifolia* L.）为豆科植物补骨脂的干燥成熟果实，具有补肾壮骨、升达脾胃、纳气止泻的功效，其中呋喃香豆素类化合物补骨脂素（psoralen）和异补骨脂素（isopsoralen）（化学结构式如图 7-111 所示）为其主要成分。补骨脂素和异补骨脂素能被光活化，从而被广泛用做诊断剂和光治疗剂。也可作为探针应用于核酸结构和功能研究。近期的研究发现，它们对治疗皮肤 T-细胞淋巴瘤及其他自免疫疾病具有较好的效果。

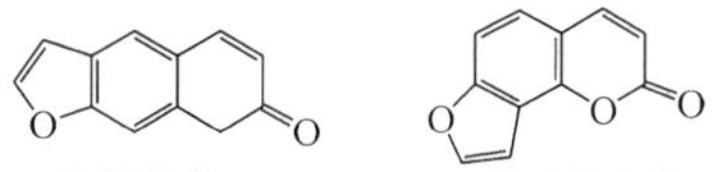

补骨脂素　　　　　　　异补骨脂素

图 7-111　补骨脂素和异补骨脂素的化学结构式

Wang 等[67]对补骨脂中主要成分补骨脂素和异补骨脂素的提取分离条件进行了研究。根据补骨脂素和异补骨脂素的化学性质，首先利用分析型超临界 CO_2 萃取仪通过正交实验确定最佳提取条件（即萃取压力 26MPa、萃取温度 60℃、物料的粒度为 40~60 目），然后进行放大得到提取物，供作进一步采用 HSCCC 分离纯化的试样。

作者选用了多个不同诸元配比的溶剂系统，并用 HPLC 测定了补骨脂素和异补骨脂素在其中的分配系数（K），如表 7-17 所示。

表 7-17　补骨脂素和异补骨脂素在所选溶剂系统中的分配系数和分离因子

溶剂系统	补骨脂素 K_1	分离因子(a)	异补骨脂素 K_2
氯仿-甲醇-水　4∶4∶2	0.10	1.2	0.12
正己烷-乙酸乙酯-甲醇-水			
1∶0.4∶1∶0.4	0.16	1.50	0.24
1∶0.5∶1∶0.5	0.65	0.98	0.64
1∶0.6∶1∶0.6	0.58	1.12	0.65
1∶0.7∶1∶0.8	0.98	1.51	1.48

样品在氯仿-甲醇-水（4∶4∶2）溶剂系统中的 K 值太小，因此该溶剂系统不适用于 HSCCC 分离。对于正己烷-乙酸乙酯-甲醇-水的系统，通过改变诸元的配比，发现在 1∶0.7∶1∶0.8 的系统中，目标化合物的 K 值及分离因子比较合适，适合于 HSCCC 的分离。图 7-112 所示为补骨脂超临界 CO_2 萃取物的 HSCCC 分离

色谱图，经过一次分离操作就能从 160mg 提取物中得到纯度为 99.2％的补骨脂素 39mg 和纯度为 99.0％异补骨脂素 40mg，并用 MS 和^{1}H NMR、^{13}C NMR 对补骨脂素和异补骨脂素的化学结构式进行了确证。

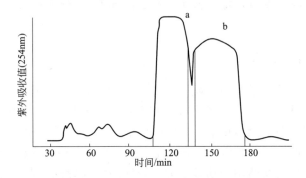

图 7-112　补骨脂超临界 CO_2 粗提物的 HSCCC 分离色谱图

HSCCC 条件：溶剂系统为正己烷-乙酸乙酯-甲醇-水（1∶0.7∶1∶0.8）；流动相：下相；流速：1.5mL/min；进样量：160mg 溶于 5mL 的上下两相；转速：800r/min；检测波长：254nm；固定相保留率：70.0％。a—补骨脂素；b—异补骨脂素

Liu 等[68]采用 HSCCC 法，选用正己烷-乙酸乙酯-甲醇-水（5∶5∶4.5∶5.5）的溶剂系统，也从补骨脂的提取物中分离得到补骨脂素和异补骨脂素，其 HSCCC 色谱图如图 7-113 所示。

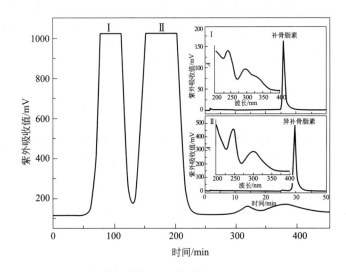

图 7-113　补骨脂粗提物的 HSCCC 分离
色谱图及分离物的 HPLC 分析

HSCCC 条件：溶剂系统为正己烷-乙酸乙酯-甲醇-水（5∶5∶4.5∶5.5）；流动相：下相；流速：2.0mL/min；进样量：100mg 溶于 5mL 的上相；转速：900r/min；检测波长：254nm；固定相保留率：60.0％。Ⅰ—补骨脂素；Ⅱ—异骨脂素

7.5.3　蛇床子香豆素

蛇床子为伞形科蛇床属植物蛇床［*Cnidium monnieri*（L.）Cuss.］的干燥成熟果实。外用燥湿杀虫止痒，内服温肾壮阳，祛风燥湿。用于治疗阳痿、宫冷、寒痹腰痛，外治滴虫性阴道炎，手、足癣感染等。据近代药理研究蛇床子有抗诱变，抗肿瘤，抗心律失常等作用。其主要的化学成分为花椒毒酚（xanthotoxol）、异茴芹素（isopimpinellin）、佛手苷内酯（bergapten）、欧芹属素乙（imperatorin）、蛇床子素（osthol）等化合物，它们的化学结构式如图 7-114 所示。Liu 等[69]报道了用 HSCCC 一次分离得到 6 个化合物的研究结果。其提取分离过程为：用 95％乙醇回流提取蛇床子得到乙醇提取物，然后用石油醚萃取得到粗提物供 HSCCC 分离用。

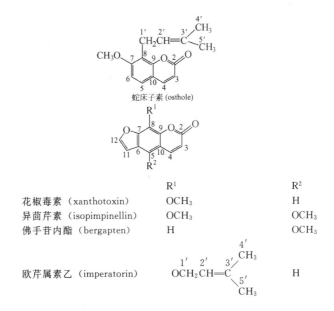

	R¹	R²
花椒毒素（xanthotoxin）	OCH₃	H
异茴芹素（isopimpinellin）	OCH₃	OCH₃
佛手苷内酯（bergapten）	H	OCH₃
欧芹属素乙（imperatorin）	OCH₂CH=C(CH₃)CH₃	H

图 7-114　蛇床子中香豆素类化合物的化学结构式

由于这些目标化合物的极性较低，作者选择了石油醚-乙酸乙酯-甲醇-水的溶剂系统，通过调整诸元的配比，达到改变溶剂系统极性的目的。表 7-18 给出不同目标化合物在不同配比的溶剂系统中的 *K* 值，可以看出，由于化合物的数量较多，选用一个溶剂系统很难获得完善的分离。因此，作者采用了梯度洗脱方式（如图 7-115 所示），这样就能保证 6 个化合物在一次分离过程中获得全部的分离。

李福伟等[70]也用 HSCCC 对蛇床子粗提物进行了分离研究，选用的溶剂系统是石油醚-乙酸乙酯-甲醇-水（1∶0.6∶1∶0.6），一次进样粗提物 1.31g，能够得到蛇床子素 159mg，经检定其纯度不低于 99％。其 HSCCC 分离图如图 7-116 所示。

表 7-18　目标成分在不同配比的溶剂系统中的 *K* 值

石油醚-乙酸乙酯-甲醇-水	*K*				
	花椒毒素	异茴芹灵	佛手苷内酯	欧芹属素乙	蛇床子素
5∶5∶5∶5	1.49	1.95	3.33	6.52	9.91
5∶5∶5.5∶4.5	0.72	0.86	1.57	2.78	4.51
5∶5∶6∶4	0.53	0.62	0.93	1.71	2.78
5∶5∶6.5∶3.5	0.49	0.55	0.79	1.30	2.19
5∶5∶7∶3	0.22	0.25	0.37	0.65	1.06

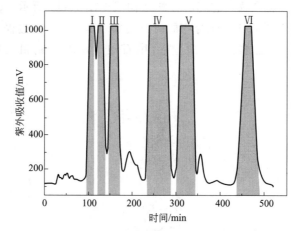

图 7-115　蛇床子粗提物的 HSCCC 分离色谱图

HSCCC：溶剂系统：石油醚-乙酸乙酯-甲醇-水；固定相：配比为 5∶5∶5∶5 的上相；流动相：梯度
洗脱，0~100min，5∶5∶5∶5 下相，100~250min，5∶5∶6∶4 下相，250min 后，5∶5∶6.5∶3.5
下相；流速：2.0mL/min；转速：800r/min；样品量：110mg；固定相保留率：60%；温度：25℃

Ⅰ—花椒毒素；Ⅱ—欧前胡素；Ⅲ—佛手苷内酯；Ⅳ—异虎耳草素；Ⅴ—蛇床子素

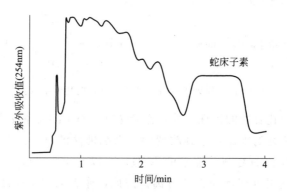

图 7-116　蛇床子粗提物的 HSCCC 分离图

7.5.4　羌活香豆素

中药羌活为伞形科植物羌活（*Notopteryium incisum* Ting ex H. T. Chang）
或宽叶羌活（*Notoprerygium forbesii* Boiss）的干燥根茎及根。羌活性温、味辛苦，入膀胱、肾经，具有散表寒、祛风湿、除湿止痛、通利关节的功用。羌活中主要含有挥发油、香豆素。非挥发性香豆素部分含有异欧前胡素、二氢欧山芹素、阿魏酸、羌活醇等。异欧前胡素和羌活醇是其主要的香豆素类成分，经常借以作为羌活产品的质量控制的指标，其化学结构式如图 7-117 所示。从结构式上看，该化合物属于中等极性香豆素化合物，在采用 HSCCC 进行分离时，可以考虑选用中等极性的溶剂系统如正己烷-乙酸乙酯-甲醇-水的系统。

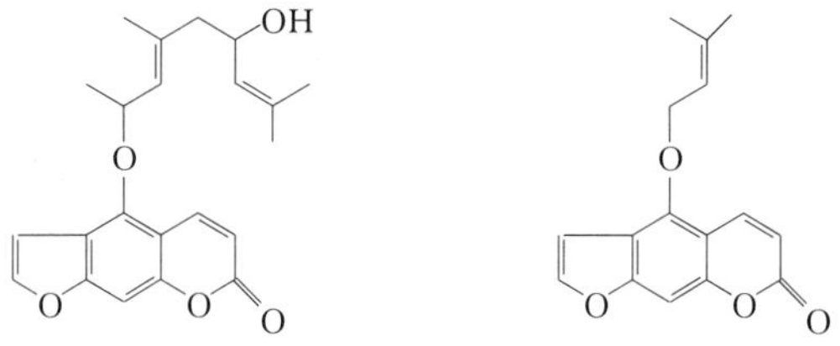

羌活醇（Notopterol）　　　　异欧前胡素（Isoimperatorin）

图 7-117　羌活醇和异欧前胡素的化学结构式

Yang 等[71]报道了应用 HSCCC 对羌活中的异欧前胡素、羌活醇进行分离的结果。首先应用 HPLC 法对羌活的乙酸乙酯粗提物进行分析，从图 7-118 所示的分析结果中可以看出其中含有异欧前胡素、羌活醇及其他的一些未知成分。为了快速地选择到合适的溶剂系统，直接用分析型 HSCCC 进行分离试验，先后选取了三个溶剂系统：即石油醚-乙酸乙酯-甲醇-水（1:1:1:1，5:5:4.8:5，5:5:5:4），分析其结果发现，1:1:1:1 系统只能部分地分离出羌活醇；5:5:4.8:5 系统能够将羌活醇分离出来；5:5:5:4 系统能够使异欧前胡素与其他未知成分分离出来，而羌活醇却不能与杂质完全分离；系统 5:5:4.8:5 和 5:5:5:4 的分析型 HSCCC 分离色谱图如图 7-119 所示。因此，作者将系统 5:5:4.8:5 和 5:5:5:4 联用，成功实现了 4 个化合物的分离，半制备 HSCCC 分离色谱图如图 7-120 所示。峰Ⅱ与峰Ⅳ经过 MS、^{1}H 和 ^{13}C NMR 鉴定，分别确定为羌活醇和异欧前胡素。其纯度经 HPLC 检测超过 98%。

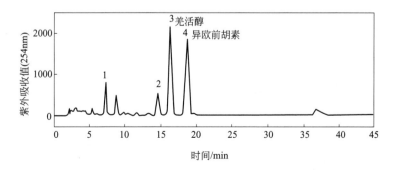

图 7-118　羌活的乙酸乙酯粗提物的 HPLC 分析色谱图

HPLC 条件：色谱柱为 Shimm-pack CLC-ODS（150mm×4.6mm，i.d.）；柱温：40℃；流动相：甲醇-乙腈-水（30:30:40）；流速：1.0mL/min。峰 1，峰 2—未知成分；峰 3—羌活醇；峰 4—异欧前胡素

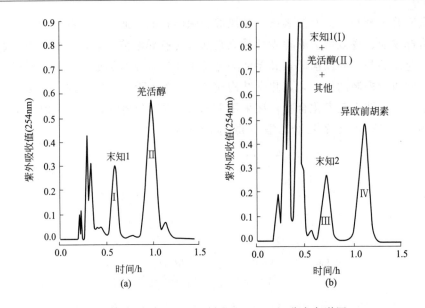

图 7-119 羌活粗提物的分析型 HSCCC 分离色谱图

(a) 石油醚-乙酸乙酯-甲醇-水（5：5：4.8：5）；(b) 石油醚-乙酸乙酯-甲醇-水（5：5：5：4）；流动相：下相；流速：1.0mL/min；转速：1500r/min；进样量：6～10mg 溶于 1mL 有机相；固定相保留率：55%

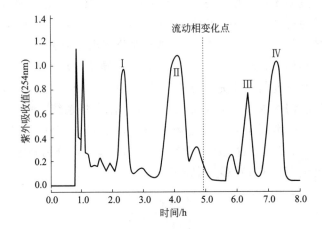

图 7-120 用两种溶剂分离羌活粗提物的半制备型 HSCCC 分离色谱图

HSCCC 条件：溶剂系统为石油醚-乙酸乙酯-甲醇-水（5：5：4.8：5）（系统 2），石油醚-乙酸乙酯-甲醇-水（5：5：5：4）（系统 3）；固定相：系统 2 上相有机相；流动相：590mL 系统 2 的下相和 360mL 系统 3 的下相；流速：2.0mL/min；转速：800r/min；进样量：200mg；固定相保留率：57%。Ⅰ—未知成分；Ⅱ—羌活醇；Ⅲ—未知成分；Ⅳ—异欧前胡素

7.5.5 秦皮香豆素

秦皮是木犀科白蜡树属植物白蜡树（*Fraxinus chinensis* Roxb）的干燥树皮，具有清热燥湿、收涩、明目等功效，用于热痢、泄泻、赤带白下、目赤肿痛、目生

翳膜等症。具有抗病原微生物、抗炎、抗过敏、抗肿瘤等生理活性。其主要的活性
成分包括白蜡树苷（fraxin）、七叶树苷（aesculin）、白蜡树内酯（fraxetin）和七
叶树内酯（aesculetin）（化学结构式如图 7-121 所示）。

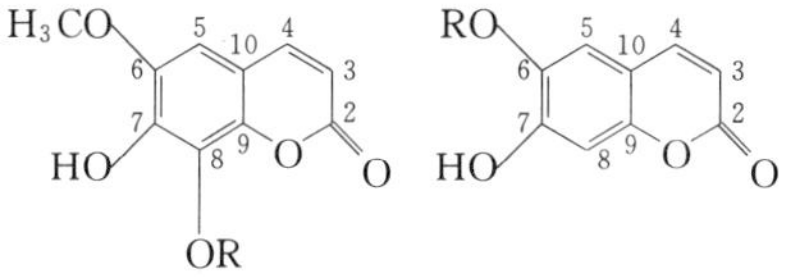

	R		R
白蜡树苷	glc	七叶树苷	glc
白蜡树内酯	H	七叶树内酯	H

图 7-121　秦皮中香豆素类化合物的化学结构式

Liu 等[72] 应用 HSCCC 对秦皮中的香豆素类成分进行了分离研究。作者考察了
不同的两相溶剂系统，通过 HPLC 来测定试样在各溶剂系统中的 K 值（见表
7-19）。在选择乙酸乙酯-水（5∶5）、乙酸乙酯-0.5％乙酸-水（5∶1∶5）时，由于
白蜡树苷、七叶树苷的分配系数太小，它们较难溶于上相有机相。进一步增大溶剂
系统中上相有机相的极性，将乙酸乙酯换成正丁醇，在正丁醇-水（5∶5）、正丁
醇-甲醇-水（5∶0.5∶5）、正丁醇-0.5％乙酸（5∶5）、正丁醇-甲醇-0.5％乙酸
（5∶1∶5）的溶剂系统中，虽然白蜡树苷和七叶树苷的 K 值合适，但是白蜡树内
酯和七叶树内酯的 K 值会过高，这就说明洗脱出这两个化合物需要很长的时间。
最后，将正丁醇-甲醇-0.5％乙酸的体积比调整到 5∶1.5∶5，这时目标化合物能够
获得良好的分离，其 HSCCC 分离色谱图如图 7-122 所示。经过一次 HSCCC 分离，
即能从 150mg 秦皮粗提物中得到 14.3mg 白蜡树苷、26.5mg 七叶树苷、5.8mg 白
蜡树内酯和 32.4mg 七叶树内酯，经 HPLC 测定其纯度分别为 97.6％，99.5％，
97.2％和 98.7％。

表 7-19　目标组分在不同溶剂系统中的 K 值

溶剂系统	K			
	白蜡树苷	七叶树苷	白蜡树内酯	七叶树内酯
乙酸乙酯-水（5∶5）	0.05	0.02	1.36	3.48
乙酸乙酯-0.5％乙酸-水（5∶1∶5）	0.06	0.09	1.47	8.87
正丁醇-水（5∶5）	0.51	1.47	6.54	10.39
正丁醇-甲醇-水（5∶0.5∶5）	0.49	1.25	2.48	7.70
正丁醇-甲醇-水（5∶1∶5）	相分离不理想			
正丁醇-0.5％乙酸（5∶5）	0.55	1.17	4.53	10.28
正丁醇-甲醇-0.5％乙酸（5∶1∶5）	0.72	1.20	3.35	5.26
正丁醇-甲醇-0.5％乙酸（5∶1.5∶5）	0.83	1.23	2.65	3.58

7.5.6　白芷香豆素

白芷（*Radix Angelicae* Dahuricae）为伞形科当归属植物白芷或杭白芷的干燥

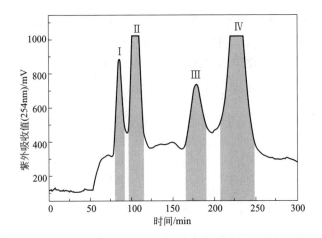

图 7-122　秦皮粗提物的 HSCC 分离色谱图

HSCCC 条件：溶剂系统为正丁醇-甲醇-0.5％乙酸（5∶1.5∶5）；固定相：上相；流速：1.5mL/min；
转速：900r/min；检测波长：254nm；进样量：150mg 粗提物溶于 5mL 上相；固定相保留率：30％

根，为常用的药食两用中药材，具有散风除湿、通窍镇痛、消肿排脓等功效。临床上常用来治疗感冒风寒、过敏性鼻炎、功能性头痛、白癜风、银屑病、皮肤瘙痒、烧烫伤、痤疮、白内障等疾病。现代研究表明，白芷主要活性成分是香豆素类和挥发油类成分，它们具有解痉平喘、抗菌消炎、降低血压等药理活性。其中，香豆素类化合物中含量较高的成分有欧前胡素、异欧前胡素和氧化前胡素等，它们的结构式如图 7-123 所示。

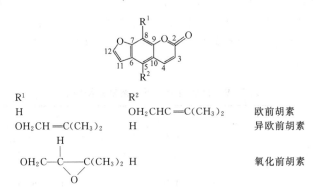

R^1	R^2	
H	$OH_2CHC=C(CH_3)_2$	欧前胡素
$OH_2CH=C(CH_3)_2$	H	异欧前胡素
$OH_2C \cdot C(CH_3)_2$ H		氧化前胡素

图 7-123　白芷中 3 种香豆素类化合物的化学结构式

Liu 等[73]应用 HSCCC 对白芷中的香豆素类成分进行了分离纯化。作者首先用 HPLC 对白芷的乙醚提取物进行了分析，其中主要含有三种成分，分析结果如图 7-124 所示。根据香豆素的性质和极性，作者选择正己烷-甲醇-水（5∶5∶5）溶剂系统的上相作为固定相，正己烷-甲醇-水（5∶5∶5，5∶7∶3）下相作为流动相，在 HSCCC 分离过程中进行梯度洗脱，具体的梯度如下：0～150min，正己烷-甲醇-水（5∶5∶5）的下相作为流动相；150～300min，正己烷-甲醇-水（5∶5∶5，5∶7∶3）

下相的比例由 0 变化到 100％，HSCCC 分离色谱图如图 7-125 所示。通过 HSCCC 的一次分离，能从 100mg 白芷粗提物中得到 29mg 欧前胡素、35mg 氧化前胡素、28mg 异欧前胡素，经 HPLC 测定，其纯度分别达到 99.2％、98.1％和 99.7％。

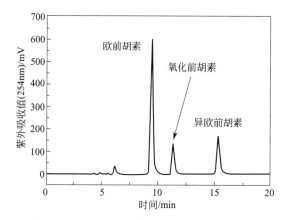

图 7-124　白芷粗提物的 HPLC 分析色谱图

HPLC 条件：色谱柱为 Spherigel ODS C₁₈ 柱 （250mm × 4.6mm, i.d., 5μm）；流动相：甲醇-水 （68∶32）；流速：1.0mL/min；检测波长：254nm

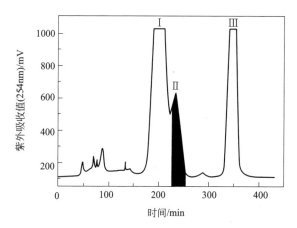

图 7-125　白芷粗提物的 HSCCC 分离色谱图

HSCCC 条件：溶剂系统为正己烷-甲醇-水 （5∶5∶5）的上相作为固定相，正己烷-甲醇-水 （5∶5∶5, 5∶7∶3）的下相作为流动相进行梯度洗脱；梯度：0～150min，正己烷-甲醇-水 （5∶5∶5）的下相作为流动相；150～300min，正己烷-甲醇-水 （5∶5∶5, 5∶7∶3）下相的比例由 0 变化到 100％；流速：2.0mL/min；转速：900r/min；检测波长：254nm；分离温度：20℃；进样量：100mg；固定相保留率：60％。Ⅰ—欧前胡素 （173～210min 收集）；Ⅱ—氧化前胡素 （228～255min 收集）；Ⅲ—异欧前胡素 （330～360min 收集）

Wei 等[74]采用多维逆流色谱 MDCCC （multidimensional counter-current chromatography）成功地分离纯化了中药白芷中的欧前胡素、氧化前胡素、异欧前胡素。MDCCC 是在北京市新技术应用研究所张天佑教授领导的实验室首先实现的。已经实际应用的是二维逆流色谱，也就是采用两台高速逆流色谱仪通过转向阀相互连接，在第 1 号逆流色谱仪 HSCCC1 分离洗脱的同时，用第 2 号逆流色谱仪 HSCCC2 并行截取 HSCCC1 分离洗脱前期分离不完善的组分，采用相同或不同的溶剂系统，适时完成不同极性部位组分的高效率、快速度的分离纯化。作者首先用乙酸乙酯超声提取白芷的 95％乙醇提取物浸膏，得 4.5g 粗提物。应用分析型 HSCCC 选择了一对适用于 MDCCC 的两相溶剂系统：正己烷-乙酸乙酯-甲醇-水（1∶1∶1∶1）和（5∶5∶4.5∶5.5）。MDCCC 分离的具体操作如下：当第 1 号高速逆流色谱仪 HSCCC1 工作，泵 1 开启，峰Ⅰ开始洗脱时，通过切换转向阀的位置从 A 到 B（如图 7-126 所示），将对应的流出物引入到第 2 号高速逆流色谱仪 HSCCC2 的分离柱通道中。当峰Ⅰ完全由 HSCCC1 引入到 HSCCC2 柱后（约 30min），再将转向阀切换回原先的位置 A。与此同时，由泵Ⅱ采用第二个溶剂系统正己烷-乙酸乙酯-甲醇-水（5∶5∶4.5∶5.5）重新分离洗脱被截留到 HSCCC2 分离柱的峰Ⅰ。此时，仍然保留在 HSCCC1 柱中剩下的组分（峰 2 和峰 3）由泵 1 以配比为 1∶1∶1∶1 的溶剂系统继续进行洗脱，MDCCC 分离色谱图如图 7-127 所示。采用 MDCCC 一次分离，能从 300mg 粗提物中得到 19.9mg 欧前胡素、8.6mg 氧化前胡素、10.4mg 异欧前胡素，经 HPLC 测定，其纯度都超过 98％。

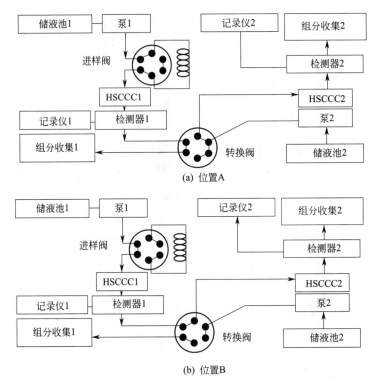

图 7-126 二维逆流色谱系统的结构示意图

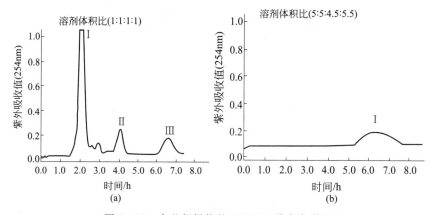

图 7-127　白芷粗提物的 MDCCC 分离色谱图

HSCCC 溶剂系统：正己烷-乙酸乙酯-甲醇-水（1∶1∶1∶1 和 5∶5∶4.5∶5.5）；固定相：上相有机相；流动相：下层水相；流速：2.0mL/min；转速：800r/min；进样量：300mg。（a）由 HSCCC1 得到的色谱图（峰Ⅰ、峰Ⅱ和峰Ⅲ）；（b）由 HSCCC2 得到的色谱图（峰Ⅰ进一步的纯化）

7.5.7　盘龙参香豆素

　　盘龙参，又名缓草，为兰科植物缓草的根或全草。民间用其根及全草入药。《天宝本草》记载盘龙参"添精壮阳，治头晕，腰痛酸软"。《贵州民间方药集》记载"补病后虚弱"。《湖南药物志》记载"止虚热口渴，肺痔咳血"。在华南某些地区民间还用于治疗消渴病（糖尿病）。可见，盘龙参在民间主要用于治疗虚症。目前已经在盘龙参中分离得到了甾醇类、阿魏酸酯、烷类及其他成分。

　　Peng 等[75]应用 HSCCC 对盘龙参的化学成分进行了分离，从中分离得到 5-羟基-7,4′-二甲氧基-黄酮，5-羟基-7,3′,4′-三甲氧基-黄酮，和 5-(γ,γ-二甲基烯丙基)-8-[2-(2,6-二羟苯基)-3-二甲基-2-丁烯酰基]-伞花内酯，经光谱确定（3）为新化合物，它们的化学结构式如图 7-128 所示。

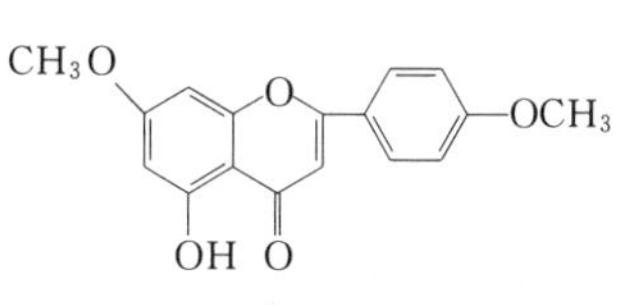

5-羟基-7,4′-二甲氧基-黄酮 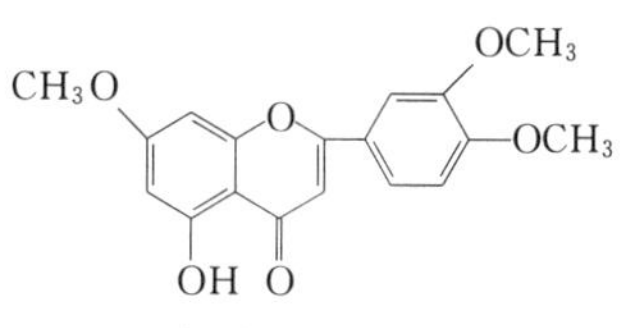　　　　5-羟基-7,3′,4′-三甲氧基-黄酮

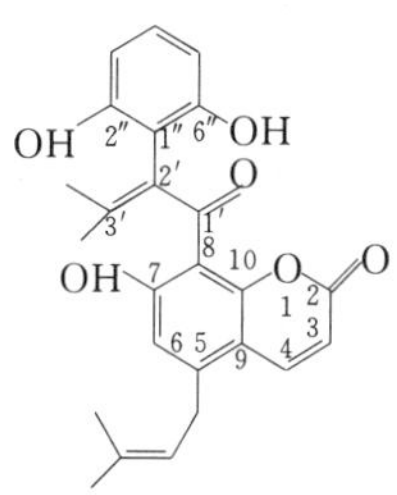

5-(γ,γ-二甲基烯丙基)-8-[2-(2,6-二羟苯基)-3-二甲基-2-丁烯酰基]-伞花内酯

图 7-128　盘龙参中分离出的 3 种化合物的化学结构式

　　作者取盘龙参的 95％乙醇提取物，上大孔吸附树脂柱吸附处理，用 80％的乙醇来对目标化合物进行洗脱，合并馏分后蒸干作为 HSCCC 分离的粗样。图 7-129 所示，是盘龙参的乙醇提取物和经大孔吸附树脂柱处理后的粗样的 HPLC 分析结果。

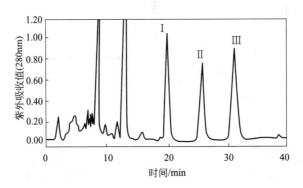

(a) 未经任何处理的盘龙参根的乙醇提取物

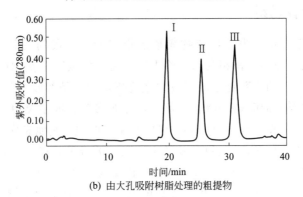

(b) 由大孔吸附树脂处理的粗提物

图 7-129　盘龙参粗提物的 HPLC 图

色谱条件：色谱柱为 Lichrospher C_{18}（200mm×4.6mm i.d.，5μm）；流动相：乙腈-水-醋酸（55：45：2）；流速：1.0mL/min；检测波长：254nm。Ⅰ—5-羟基-7,4'-二甲氧基-黄酮；Ⅱ—5-羟基-7,3',4'-三甲氧基-黄酮；Ⅲ—5-(γ,γ-二甲基烯丙基)-8-[2-(2,6-二羟苯基)-3-二甲基-2-丁烯酰基]-伞花内酯

　　制备了粗试样之后，选用正己烷-乙酸乙酯-乙醇-水（5：5：6：3）的两相溶剂系统进行 HSCCC 分离（如图 7-130 所示），经过一次分离能够得到 3 个组分，其纯度均在 97％以上，回收率超过 91％。如果采用反向液相色谱法 RPLC 进行分离，则需要多个分离步骤，其结果组分的纯度均超过 98.5％，但是回收率会低于 75％，本次试验中同样处理 400mg 的样品，HSCCC 仅需进样一次，需要 240min 和 480mL 溶剂；而 RPLC 要重复进样 40 次，共需要 1600min 和 6400mL 的溶剂。总起来看，处理 400mg 的样品，RPLC 分离时间比采用 HSCCC 进行分离的时间长约 6 倍，其溶剂用量比 HSCCC 的高约 12 倍。RPLC 分离色谱图如图 7-131 所示。

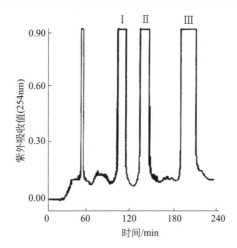

图 7-130　经过大孔吸附树脂柱处理的盘龙
参粗提物的 HSCCC 色谱图

HSCCC 条件：溶剂系统为正己烷-乙酸乙酯-乙醇-水（5∶5∶6∶3）；流动相：下相；流速：2.0mL/min；转速：800r/min；检测波长：254nm；柱温：35℃；固定相保留率：63%。Ⅰ—5-羟基-7,4′-二甲氧基-黄酮；Ⅱ—5-羟基-7,3′,4′-三甲氧基-黄酮；Ⅲ—5-(γ,γ-二甲基烯丙基)-8-[2-(2,6-二羟苯基)-3-二甲基-2-丁烯酰基]-伞花内酯

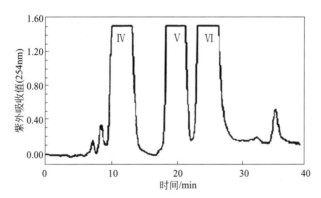

图 7-131　经过大孔吸附树脂柱处理的盘龙
参粗提物的 RPLC 分离色谱图

RPLC 色谱条件：流动相为乙腈-水-醋酸（60∶40∶2）；流速：4.0mL/min；检测波长：254nm；柱温：30℃；进样体积：500μL；样品浓度：20mg/mL。Ⅳ—5-羟基-7,4′-二甲氧基-黄酮；Ⅴ—5-羟基-7,3′,4′-三甲氧基-黄酮；Ⅵ—5-(γ,γ-二甲基烯丙基)-8-[2-(2,6-二羟苯基)-3-二甲基-2-丁烯酰基]-伞花内酯

7.5.8　小结

① 游离香豆素类化合物大多数是低极性和亲脂性的中等极性化合物，在采用 HSCCC 分离此类化合物时，正己烷（石油醚）-乙酸乙酯-甲醇-水的溶剂系统是首选的系统，通过适当调整溶剂系统中诸元的配比，就能够找到适合于多数化合物进

行 HSCCC 分离纯化的溶剂系统。典型的溶剂系统如正己烷（石油醚）-乙酸乙酯-甲醇-水（1∶1∶1∶1）。此外，氯仿-甲醇-水的溶剂系统也常被用于分离香豆素化合物，典型的系统如氯仿-甲醇-水（13∶7∶8）和（2∶1∶1）等。

② 香豆素成苷后极性增加，对于这类化合物的分离，通常选择正丁醇-水为主要组成的溶剂系统。在此基础上，针对不同的分离对象，适量加入甲醇、乙酸乙酯、乙酸等溶剂就能找到合适的溶剂系统。香豆素苷极性较强、成分复杂，需用高极性的溶剂提取，可用大孔吸附树脂、硅胶等柱色谱法进行前处理，以起到去除杂质和富集目标化合物的目的。

③ 由于游离香豆素类化合物大多数是低极性化合物，所以适合于采用超临界 CO_2 萃取法进行前处理，然后再用 HSCCC 进行分离纯化，这是一个有效的技术组合。

④ TLC 或 HPLC 都能用来作为选择合适的溶剂系统的技术手段。

7.6　醌类化合物的分离

7.6.1　概述

天然醌类化合物主要有苯醌、萘醌、菲醌和蒽醌四种类型，在中药中以蒽醌及其衍生物最为重要且数量也最多。蒽醌类化合物（anthraquinone）是具有如图7-132 所示基本母核结构的化合物的总称。这类化合物通常包括蒽醌衍生物及不同程度的还原产物，如氧化蒽酚、蒽酚及其互变异构体蒽酮以及二蒽酮等。

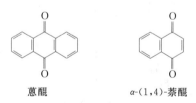

蒽醌　　　　　　　　　α-(1,4)-萘醌

图 7-132　蒽醌和萘醌的基本母核结构

醌类在植物中的分布非常广泛。如蓼科的大黄、何首乌（*Polygonam malti-flirum*）、虎杖（*Pmlygonnm cuspidatum*），茜草科的茜草（*Rabia cordifolia*），豆科的决明子（*Cassia tora*）、番泻叶（*Cassia senna*），鼠李科的鼠李（*Rhamnus dahurica*），百合科的芦荟（*Aloe vera*），唇形科的丹参（*Salvia mitiorrhiza*），紫草科的紫草（*Lithospermum erythrorhizon*）等，均含有醌类化合物。醌类在一些低等植物，如地衣类和菌类的代谢产物中也有存在。

醌类化合物具有重要的生物活性。如番泻叶中的番泻苷类化合物具有较强的致泻作用；大黄中游离的羟基蒽醌类化合物具有抗菌作用，尤其是对金黄色葡萄球菌具有较强的抑制作用；茜草中的茜草素类成分具有止血作用；紫草中的一些蒽醌类色素具有抗菌、抗病毒及止血作用；丹参中丹参醌类具有扩张冠状动脉的作用，能用于治疗冠心病、心肌梗死等症；还有一些醌类化合物具有驱绦虫、解痉、利尿、利胆、镇咳、平喘等作用。

　　由于蒽醌化合物的母核上一般都含有酚羟基，所以表现出呈一定的酸性，往往易溶于碱水，加酸酸化后又重新析出沉淀。根据其酚羟基的取代位置及数目的不同，其酸性强弱也有差异。通常 α 位羟基由于能与羰基形成较稳定的分子内氢键而使酸性减弱。所以，对于游离的蒽醌而言，当有羧基取代时，其酸性最强，能溶于 NaHCO₃；有 β 羟基取代时，其酸性次之，能溶于 Na₂CO₃。根据醌类化合物的性质，通常采用水蒸气蒸馏法、碱提酸沉法、有机溶剂提取法（苯、乙醚等）进行提取。由于中药中所含的醌类化合物常是多种性质相似的化合物组合，因此采用上述几种方法得到的提取物结晶往往是一种混合物，需要进行进一步的分离纯化。常用的分离方法是色谱法，而 HSCCC 作为一项新颖的液液分配色谱也正被应用到醌类化合物的分离工作中来。下面，列举几个 HSCCC 分离纯化醌类化合物的实例供读者参考。

7.6.2　紫草醌类化合物

　　紫草为草属紫草科植物紫草（硬紫草）（*Lithospermum erythorhizon* sieb. et zucc.）和新疆紫草（软紫草）［*Arnebia euchroma*（Royle）Johnst.］的根。有凉血活血、清热解毒、滑肠通便的作用。其主要化学成分中含乙酰紫草素（acetylshikonin）、β-羟基异戊酰紫草素（β-hydro-xyisovalerylshikonin）、紫草素（shikonin）、β,β'-二甲基丙烯酰紫草素（β,β'-dimethylacrylshikonin）等。它们具有抗肿瘤、抗炎和抗菌的活性，还有抗肝脏氧化损伤和抗受孕作用。此外，紫草素作为天然色素已广泛应用于医药、化妆品和印染工业中，其化学结构式如图 7-133 所示。紫草萘醌的分离纯化一般采用硅胶柱或凝胶色谱 sephadex LH-20 柱色谱法，但是这些传统的方法分离纯化紫草素相当费时费力。Lu 等[76]应用 HSCCC 快速分离纯化出紫草中的紫草素，首先利用 HPLC 测定了紫草素在十几种不同的溶剂系统中的分配系数，其结果见表 7-20。通过试验发现，选用正己烷-乙醇-水溶剂系统时，K 值较为合适，但是在进样浓度高时分离效果不好。而在选择正己烷-乙酸乙酯-甲醇-水的溶剂系统时，在几个不同诸元配比的条件下，均能实现紫草素的分离，而且紫草素在两相系统中的溶解性也较好。通过分离试验和结果比较，确定正己烷-乙酸乙酯-甲醇-水（16∶14∶14∶5）为最佳溶剂系统，这一条件下的 HSCCC 分离色谱图如图 7-134 所示。经过一次分离，能从 52mg 紫草粗提物中分离得到纯度为 98.9％的紫草素 19.6mg。

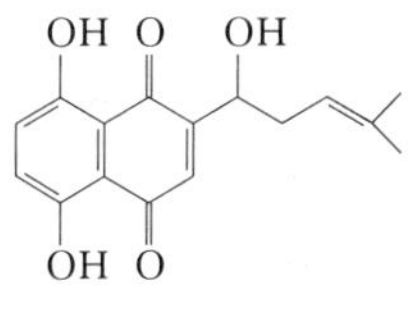

图 7-133　紫草素的化学结构式

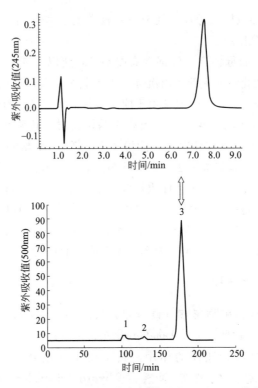

图 7-134　紫草粗提物的 HSCCC 分离色谱图及经 HSCCC 分离纯化后的
紫草素的 HPLC 分析色谱图

HSCCC 分离柱容积：342mL；溶剂系统：正己烷-乙酸乙酯-乙醇-水（16∶14∶14∶5）；流动相：下相；流速：2.0mL/min；进样量：52mg；进样体积：10mL；检测波长：500nm；转速：1000r/min；固定相保留率：34.5%。1—未知峰；2—未知峰；3—紫草素

表 7-20　紫草素在不同溶剂系统中的 K 值

溶剂系统	K 值	溶剂系统	K 值
正己烷-甲醇(1∶1)	0.13	正己烷-乙酸乙酯-乙醇-水(8∶7∶7∶3)	1.34
正己烷-乙醇-水(2∶1∶1)	1.20	正己烷-乙酸乙酯-乙醇-水(8∶7∶7∶4)	1.83
正己烷-乙醇-水(10∶7∶3)	0.26	正己烷-乙酸乙酯-乙醇-水(16∶14∶14∶5)	1.05
正己烷-乙醇-水(5∶3∶2)	0.49	正己烷-乙酸乙酯-乙醇-水(20∶14∶14∶5)	1.05
正己烷-二氯甲烷-乙腈(10∶3∶7)	0.08	正己烷-乙酸乙酯-乙醇-水(16∶14∶10∶5)	2.04
正己烷-乙酸乙酯-乙醇-水(8∶7∶7∶2)	0.92	正己烷-乙酸乙酯-乙醇-水(16∶10∶14∶5)	0.93

7.6.3　大黄蒽醌化合物

　　大黄为蓼科植物掌叶大黄（*Rheum palmatum* L）、唐古特大黄（*Rheum tanguticum* Maxim）或药用大黄（*Rheum officinale* Baill）的干燥根及根茎，其主要药效成分为 1,8-二羟基蒽醌类衍生物，包括大黄素（emodin）、大黄酚（chrysophanol）、大黄酸（rhein）、大黄素甲醚（physcion）、芦荟大黄素（aloe-emodin）等，其化学结构式如图 7-135 所示。这类化合物及其苷类具有泻下、抗菌、抗癌等

多种生理活性，临床应用非常广泛。对于大黄蒽醌类物质的分离纯化技术、含量测定方法和药理药效研究等工作一直非常活跃。

Liu 等[77]用乙醚-水的溶剂系统，采用 HSCCC 的连续式 pH 梯度洗脱方式从大黄的粗提物中分离出了大黄酸、大黄素、芦荟大黄素、大黄酚、大黄素甲醚等蒽醌类成分和肉桂酸（cinnamic acid）。其 HSCCC 分离色谱图如图 7-136 所示。经过 HSCCC 一次分离，能从 120.5mg 粗样品中得到大黄酸 18.8mg、大黄素 18.4mg、芦荟大黄素 14.2mg、大黄酚 10.1mg、大黄素甲醚 5.5 mg 及苯乙烯酸 19.0mg。经过 HPLC 检测，得知其纯度均高于 98％。

	R^1	R^2
大黄酸	H	COOH
大黄素	OH	CH_3
芦荟大黄素	H	CH_2OH
大黄酚	H	CH_3
大黄素甲醚	OCH_3	CH_3

图 7-135　大黄中主要蒽醌类化合物的化学结构式

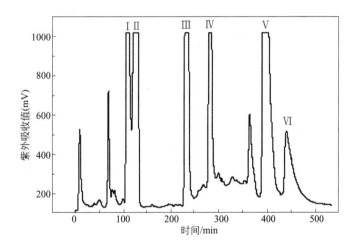

图 7-136　大黄粗提物的 HSCCC 梯度洗脱分离色谱图

HSCCC 固定相：乙醚；流动相：1％NaH_2PO_4-1％ NaOH 梯度洗脱（500min 内，由 100∶0～0∶100）；流速：2.0mL/min；转速：800r/min；样品量：120mg 粗提物；固定相保留率：40％；分离温度：25℃。
Ⅰ—大黄酸；Ⅱ—苯乙烯酸；Ⅲ—大黄素；Ⅳ—芦荟大黄素；Ⅴ—大黄酚；Ⅵ—大黄素甲醚

Yang 等[78]应用分析型和制备型的 HSCCC，采用 pH 梯度洗脱的方法，成功地分离得到大黄中的 4 种蒽醌类化合物，它们的纯度均在 98％以上。作者首先应用乙醇提取，提取液经减压浓缩后得到干粉，然后将干粉用 250mL 乙醇和 50mL25％的盐酸回流处理 4h。放凉后减压蒸馏除去乙醇，用 500mL 乙醚萃取 3次，取乙醚相减压浓缩得到大黄蒽醌提取物。用于 HSCCC 分离的两相溶剂系统由乙醚和去离子水按合适的比例组成。实验中以上相作为固定相，下相水相作为流动相。在梯度洗脱过程中，水相中加入 4.0％NaHCO_3 溶液、0.7％Na_2CO_3 溶液和

0.2%NaOH 溶液进行碱化。这 3 种不同 pH 值的流动相使得色谱柱中的 pH 值在轴线方向上逐渐增加，从而实现了多成分的成功分离。图 7-137 所示为分析型 HSCCC 分离大黄粗提物中蒽醌类化合物的色谱图。在分离过程中，尽管在第一个大峰中大黄酸和其他杂质没有完全分开，但是，其他成分都在 3h 内得到了很好的分离。

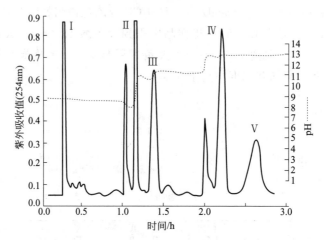

图 7-137　分析型 HSCCC 分离纯化大黄粗提物中蒽醌类化合物的色谱图

HSCCC 溶剂系统：乙酸乙酯-碱液；固定相：上相；流动相：35mL4.0%NaHCO₃ 溶液、55mL 0.7%Na₂CO₃ 溶液和 80mL0.2%NaOH 溶液；流速：1.0mL/min；转速：1500r/min；进样量：10mg；固定相保留：50%。Ⅰ—大黄酸＋未知物；Ⅱ—大黄素；Ⅲ—芦荟大黄素；Ⅳ—大黄酚；Ⅴ—大黄素甲醚

在分析型 HSCCC 上优化的两相溶剂系统及 pH 梯度洗脱方法能直接用于制备型 HSCCC，图 7-138 给出了用制备型 HSCCC 采用 pH 梯度洗脱方法制备分离 300mg 大黄粗提物的结果。可以看出，大黄酚、大黄素、大黄素甲醚、芦荟大黄素等均得到了很好的分离。

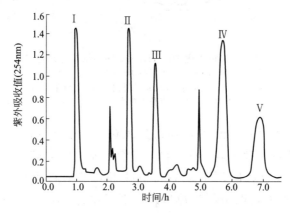

图 7-138　制备型 HSCCC 分离纯化大黄粗提物中蒽醌类化合物的 HSCCC 色谱图

HSCCC 溶剂系统：乙酸乙酯-碱液；固定相：上相；流动相：120mL4.0%NaHCO₃ 溶液、240mL 0.7%Na₂CO₃ 溶液和 480mL 0.2%NaOH 溶液；流速：2.0mL/min；转速：800r/min；进样量：300mg；固定相保留率：50%

Tong 等[79]利用 pH-区带精制逆流色谱法从大黄中分离得到了大黄酸、大黄素、芦荟大黄素和大黄酚 4 种高纯度的化合物。作者首先将中药大黄粉碎,然后用 20％H₂SO₄ 水溶液和氯仿以 1∶4 的比例回流提取 1h,然后将氯仿相合并后减压浓缩,随后分别用 5％NaHCO₃(水溶液Ⅰ)、5％Na₂CO₃(水溶液Ⅱ)和 5％NaOH(水溶液Ⅲ)萃取,再将各萃取液用 20％H₂SO₄ 水溶液酸化将 pH 调到 3,再分别用氯仿萃取,得到 3 种粗提物,分别为样品Ⅰ、样品Ⅱ、样品Ⅲ,这 3 种样品再分别用 pH-区带精制逆流色谱法进行进一步的分离纯化。

作者通过测定各样品在不同溶剂系统中的分配系数,比较选择合适的溶剂系统,最终成功地从大黄中分离得到了高纯度的大黄酸、大黄素、芦荟大黄素和大黄酚 4 种蒽醌类化合物。3 种样品的 pH-区带精制逆流色谱图分别如图 7-139～图 7-141 所示。

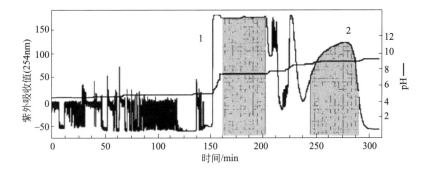

图 7-139   pH-区带精制逆流色谱从样品Ⅰ中分离大黄酸和大黄素的色谱图
pH-区带逆流色谱的条件:溶剂系统为甲基叔丁基醚-四氢呋喃-水(2∶2∶3)上相加 10mmol/L 三氟乙酸作为固定相,下相 10mmol/L 的氨水作为流动相;流速:2mL/min;转速:750r/min;温度:28℃;进样量:1.25g;样品制备:1.25g 样品Ⅰ溶于 40mL 固定相(含 10mmol/L 的三氟乙酸)和 20mL 水;固定相保留率:35.8％。阴影 1—大黄酸;阴影 2—大黄素

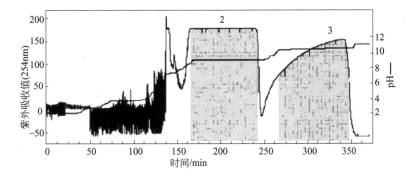

图 7-140   pH-区带逆流色谱从样品Ⅱ中分离大黄素和芦荟大黄素的色谱图
pH-区带逆流色谱的条件:溶剂系统为甲基叔丁基醚-四氢呋喃-水(2∶2∶3)上相加 10mmol/L 三氟乙酸作为固定相,下相加 15mmol/L 的 Na₂CO₃ 作为流动相;流速:2mL/min;转速:750r/min;温度:28℃;进样量:1.53g;样品制备:1.53g 样品Ⅱ溶于 30mL 固定相(含 10mmol/L 的三氟乙酸)和 10mL 水;固定相保留率:35.2％。阴影 2—大黄素;阴影 3—芦荟大黄素

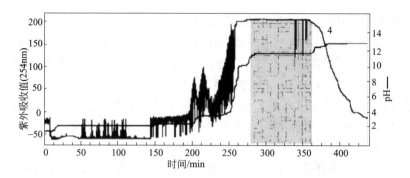

图 7-141　pH-区带逆流色谱从样品Ⅲ中分离大黄酚的色谱图

pH-区带精制逆流色谱的条件：溶剂系统为甲基叔丁基醚-四氢呋喃-水（2：2：3）上相加 10mmol/L 三氟乙酸作为固定相，下相加 15mmol/L 的 NaOH 作为流动相，流速：2mL/min；转速：750r/min；温度：28℃；进样量：1.41g；样品制备：1.41g 样品Ⅲ溶于 60mL 固定相（含 10mmol/L 的三氟乙酸）和 20mL 水；固定相保留率：22.9％。阴影 4—大黄酚

7.6.4　虎杖醌类化合物

　　虎杖为蓼科植物虎杖（*Polygonum cuspidatum* Sieb et Zucc）的干燥根茎和根。性味微苦、微寒，归肝、胆、肺经。主要功能有祛风利湿、散瘀止痛、止咳化痰。用于关节痹痛、湿热黄疸、经闭、咳嗽痰多、水火烫伤、跌打损伤、痈肿疮毒等症。其主要化学成分包括游离蒽醌及蒽醌苷类、白藜芦醇（resveratrol）及虎杖苷（piceid）等蒽醌类化合物，还有少量萘醌、鞣质以及黄酮类化合物。Yang 等[80]利用 HSCCC 从虎杖的水溶性提取物中分离得到蒽醌 A 和蒽醌 B。具体分离过程为：利用甲醇浸提虎杖药材粉末，回收甲醇得到甲醇粗提物，然后将甲醇粗提物用热水溶解后用乙醚萃取，再将其分为醚溶部分和水溶部分（含有蒽醌苷）。选用氯仿-甲醇-水（4：3：2）的溶剂系统，采用半制备和制备两种型号的逆流色谱仪，从水溶性部分得到两个蒽醌苷类成分蒽醌 A 和蒽醌 B，其 HSCCC 分离色谱图和化合物的化学结构式如图 7-142 所示，分离结果物的 HPLC 分析色谱图如图 7-143 所示。

7.6.5　丹参醌类化合物

　　丹参（*Salvia miltiorrhiza* Bunge）是我国传统医学中常用药物之一，具有活血化瘀等明显的功效。从丹参中提取的化学成分分为脂溶性和水溶性两类。研究发现丹参脂溶性成分具有对药物代谢的影响、对神经系统的保护作用、诱导细胞凋亡及对肿瘤的作用、心血管系统作用、抗菌作用及抗炎作用等，已发现并阐明了化学结构的丹参脂溶性化合物已达 40 余种。用传统的柱色谱法提纯丹参脂溶性成分时，存在样品预处理要求高、处理周期长，存在对样品的吸附、损失、污染和峰形拖尾等问题。Li 等[81]对丹参中的菲醌类成分进行了分离研究。作者利用正己烷-乙醇（1：1）溶液提取丹参，取提取液用水稀释为 1：2，再置于分液漏斗使两相分离，

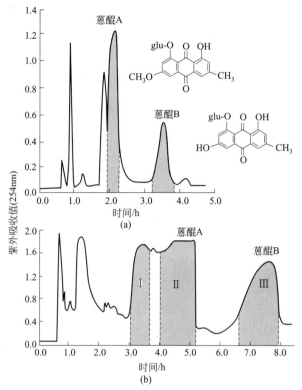

图 7-142　虎杖水溶性提取物的 HSCCC 分离色谱图

HSCCC 条件：分离柱体积为（a）230mL，（b）1000mL；溶剂系统：氯仿-甲醇-水（4∶3∶2），固定相：上相；流动相：下相；流速：2.0mL/min（a），5.0mL/min（b）；转速：800r/min（a），1030r/min（b）；进样量：200mg（a），5g（b）；固定相保留率：76％（a），75％（b）

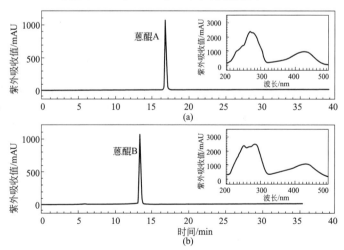

图 7-143　制备型 HSCCC 分离后所得成分的 HPLC 分析色谱图和 UV 吸收谱图

HPLC 条件：色谱柱为 Shim-pack VP ODS 柱（150mm×4.6mm，i.d.）；流动相：甲醇-1％ HAc，0.01min（40％甲醇）→4min（40％甲醇）→22min（85％甲醇）→40min（85％甲醇）；流速：1.0mL/min；柱温：40℃；检测波长：254nm

取有机相用 30％乙醇洗至水相无色，然后将有机相减压浓缩得到提取物。通过
HPLC 分析得知，丹参的粗提物中含有丹参酮Ⅰ、二氢丹参酮、隐丹参酮、丹参
酮ⅡA、亚甲基丹参酮及丹参新醌 B 等 8 个成分，其化学结构式如图 7-144 所示，
HPLC 分析结果如图 7-145 所示。

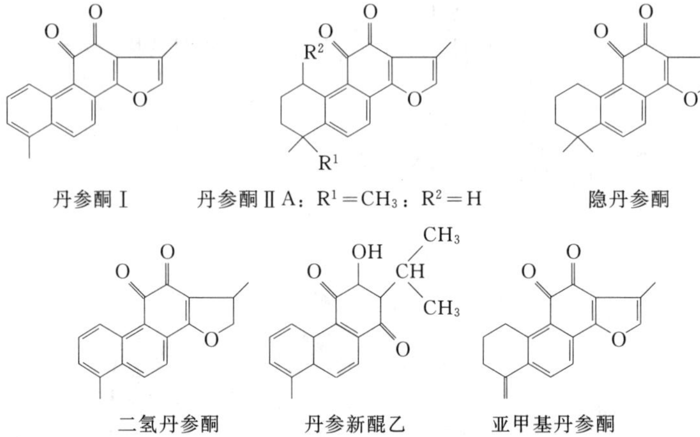

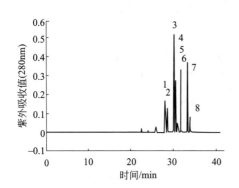

图 7-144　丹参中所含的醌类化合物的化学结构式

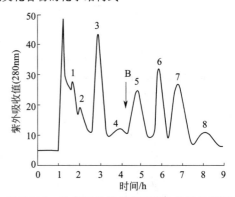

图 7-145　丹参粗提物的 HPLC 分析色谱图
HPLC 条件：色谱柱为反相 Ultrasphere C₁₈ 柱
（250mm×4.6mm，i.d.，5μm），流动相为溶剂 A
（0.075％三氟乙酸溶液）和溶剂 B（乙腈）梯度洗
脱；流速：1.0mL/min，检测波长：280nm。1—二
氢丹参酮；2—未知化合物；3—隐丹参酮；4—丹参
酮Ⅰ；5—未知化合物；6—亚甲基丹参酮；7—丹参
新醌 B；8—丹参酮ⅡA

图 7-146　丹参粗提物的 HSCCC 分离色谱图
HSCCC 条件：柱容量 325mL；溶剂体系 A：正己烷-
乙醇-水（10∶5.5∶4.5）；溶剂体系 B：正己烷-乙醇-
水（10∶7∶3）；固定相：溶剂 A 的上相；流动相：
0～260min 为溶剂体系 A 的下相，260～560min 为溶
剂体系 B 的下相；流速：2mL/min；转速：1000r/
min；检测波长：280nm；进样量：300mg；固定相
保留率：59％。1—二氢丹参酮；2—未知成分；3—
隐丹参酮；4—丹参酮Ⅰ；5—未知化合物；6—亚
甲基丹参酮；7—丹参新醌 B；8—丹参酮ⅡA

作者对用 HSCCC 分离丹参中的醌类成分的条件进行了考察，发现常用的两
相溶剂系统如正己烷-乙酸乙酯-甲醇-水（5∶5∶5∶5）和（7∶3∶7∶3）等均
不理想。经过试验比较发现，选用正己烷-乙醇-水（A，10∶5.5∶4.5）和正己
烷-乙醇-水（B，10∶7∶3）这两种溶剂系统进行梯度洗脱时，能够使丹参醌类

成分获得很好的分离，其 HSCCC 分离色谱图如图 7-146 所示。从 300mg 粗提物中，经过一次分离可获得 6 种菲醌类成分和 2 种未知成分，经过 HPLC 检测得知其纯度分别为 88.1%、89.2%、98.8%、93.5%、95.1%、97.6%、94.3%、96.8%。由此可见，当分离的样品比较复杂时，采用 HSCCC 的梯度洗脱方法是一个较好的选择。

　　Tian 等[82]利用分析型 HSCCC 对丹参酮的溶剂系统进行了筛选。他们首先选用正己烷-乙醇-水（4∶1.8∶2）的系统进行分离试验，结果显示化合物Ⅰ和Ⅱ能获得良好的分离 [如图 7-147(a) 所示]。进一步增加乙醇的比例，用正己烷-乙醇-水（4∶2.3∶2）的系统能将化合物Ⅳ洗脱出来，但是，化合物Ⅰ和Ⅱ两峰出现交叠。当采用正己烷-乙醇-水（4∶3∶2）的系统时，化合物Ⅳ能够被快速洗脱出来，但是化合物Ⅰ，Ⅱ和Ⅲ又分不开。在这种情况下，作者改用了梯度洗脱的方式，这样，4 个化合物就能够完全被分离开来，色谱图如图 7-147(d) 所示。将上述条件直接用于制备型 HSCCC，实现了丹参酮的制备级分离（如图 7-148 所示），分离得到的各个化合物的纯度均高于 95%。

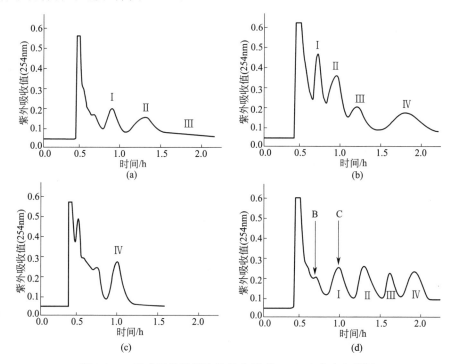

图 7-147　丹参石油醚提取物的分析型 HSCCC 分离色谱图

（a）溶剂系统 A：正己烷-乙醇-水（4∶1.8∶2）；（b）溶剂系统 B：正己烷-乙醇-水（4∶2.3∶2）；（c）溶剂系统 C：正己烷-乙醇-水（4∶3∶2）；（d）溶剂系统 D：系统 A，B，C 的梯度洗脱；固定相：溶剂系统 A 的上相；流动相：溶剂系统 A，B，C 的下相；流速：1mL/min；进样量：5mg；转速：1700r/min；检测波长：254nm；固定相保留率：51%

　　屈嫄等[83]应用 HSCCC 从丹参的乙醇粗提物中分离纯化脂溶性成分，研究确定了石油醚-乙酸乙酯-甲醇-水组成的溶剂系统，并优化了 HSCCC 的操作参数及操作方法。采用优化的系统石油醚-乙酸乙酯-甲醇-水（8∶6∶7∶3），快速有效地分离得到 5 个丹参酮类化合物，其 HSCCC 分离色谱图如图 7-149 所示。经 HPLC 分析，分离所得的丹参酮ⅡA、隐丹参酮、丹参酮Ⅰ、二氢丹参酮Ⅰ的纯度均高于 98%。

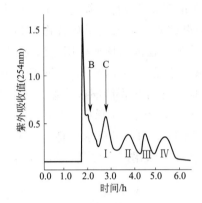

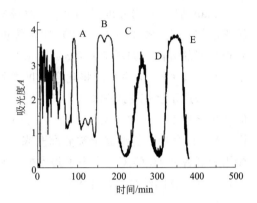

图 7-148　丹参石油醚提取物的制备型
HSCCC 分离色谱图

HSCCC 溶剂系统：同图 7-146；固定相：系统 A 的上相；流动相：溶剂系统 A，B，C 的下相；流速：2mL/min；进样量：50mg；转速：800r/min；检测波长：254nm；固定相保留率：55%。Ⅰ—隐丹参酮；Ⅱ—丹参酮Ⅰ；Ⅲ—未知物；Ⅳ—丹参酮ⅡA

图 7-149　丹参乙醇粗提物的
HSCCC 分离色谱图

HSCCC 溶剂系统：石油醚-乙酸乙酯-甲醇-水（8∶6∶7∶3）；进样量：150mg；转速：800r/min；流速：2mL/min，250min 后为 4mL/min；柱温：20℃
A—二氢丹参酮；B—隐丹参酮；C—丹参酮Ⅰ；
D—未知化合物；E—丹参酮ⅡA

7.6.6　芦荟蒽醌化合物

芦荟［*Aloe vera*（Linn.）］为百合科芦荟属多年生常绿草本植物，具有肉厚多汁的特点，主产于热带和亚热带地区。芦荟作为一种传统的中药，味苦性寒，入肝、胃、大肠，具有泻火、通经、杀虫、解毒等作用，已经被广泛地用于临床。芦荟中的主要活性成分的化学结构式如图 7-150 所示。

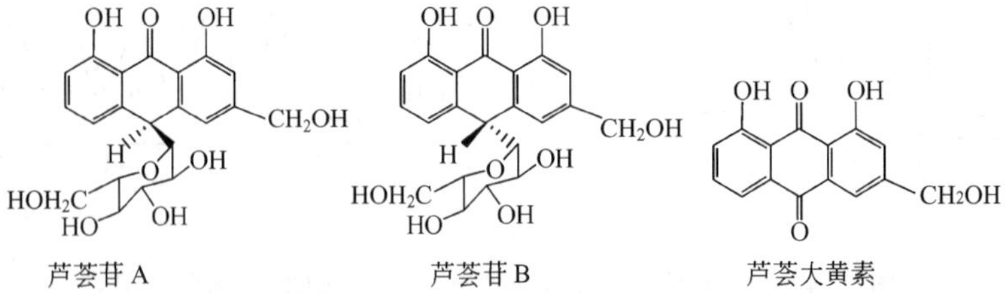

芦荟苷 A　　　　　芦荟苷 B　　　　　芦荟大黄素

图 7-150　芦荟苷 A、芦荟苷 B 和芦荟大黄素的化学结构式

王春燕等[84]应用 HSCCC 分离纯化了芦荟中的芦荟苷和芦荟大黄素，其纯度均在 95% 以上。作者首先将芦荟粉碎后置于索氏提取器中用丙酮回流提取 2h，将提取液浓缩干燥后得到粗样品。在进行 HSCCC 分离纯化时，采用氯仿-甲醇-水

（9：10.5：8）的溶剂系统，以上相作为固定相，下相作为流动相，其 HSCCC 分离色谱图如图 7-151 所示。实验中，连续进样 3 次，分别收集合并每次对应于吸收 1、6 的馏分。峰 1 所对应的收获物是 4mg 橙色针状结晶的芦荟大黄素，峰 6 所对应的收获物是 11mg 柠檬黄色结晶的芦荟苷，其纯度分别为 99.99％和 95.83％。

Cao 等[85]也采用 HSCCC 法对芦荟的提取进行了分离研究。作者首先取芦荟叶干粉用乙酸乙酯和水的混合物超声提取，收集有机相，再用乙酸乙酯萃取水相后合并所有有机相，蒸干后得到粗提物。然后，将粗提物用硅胶柱色谱进行分离。最后，采用 HSCCC 进行分离纯化，选用氯仿-甲醇-水的溶剂系统和梯度洗脱的方式。将收集到的馏分标记为 F1，F2 和 F3，分别蒸干。由于芦荟苷 A 和芦荟苷 B 均为中等极性的化合物，作者应用氯仿-甲醇-水（4：3：2）的系统就能将其初步分开，F1，F2 的 HSCCC 分离色谱图如图 7-151 所示。不过，应用该溶剂系统时，F1 中的芦荟苷 A 只能得到部分分离，F2 中的芦荟苷 A 和芦荟苷 B 几乎完全分离。F1 和 F2 中的 I 含有相同的成分，F2 中的 II 和 F3 有相同的成分。将 I 和 II 初步分离的结果如图 7-152 所示。在此基础上，作者进一步试验了正己烷-乙酸乙酯-甲醇-水不同诸元配比的溶剂系统，最终选择了乙酸乙酯-甲醇-水（5：1：5）的系统分离纯化了 I 部分，同时选用正丁醇-乙酸乙酯-水（1：3：4）的系统对 F2 中极性较大的芦荟苷 B 进行了分离，其结果如图 7-153 所示。最终，作者从 6g 芦荟粗提物中分离得到了 202mg 芦荟苷 A 和 140mg 芦荟苷 B，其纯度分别达到 98％和 96％。

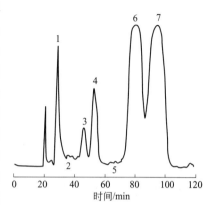

图 7-151　芦荟药材粗提物的
HSCCC 分离色谱图

HSCCC 溶剂系统：氯仿-甲醇-水（9：10：5：8）；固定相：上相；流动相：下相；流速：2.0mL/min；检测波长：354nm。1—芦荟大黄素；6—芦荟苷

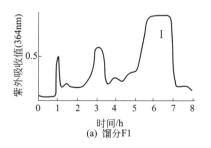

(a) 馏分F1

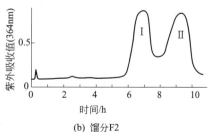

(b) 馏分F2

图 7-152　HSCCC 对芦荟提取物中芦荟苷的分离色谱图
溶剂系统：氯仿-甲醇-水（4：3：2）；流动相：下相；流速：2mL/min；
进样量：F1 为 210mg，F2 为 150mg

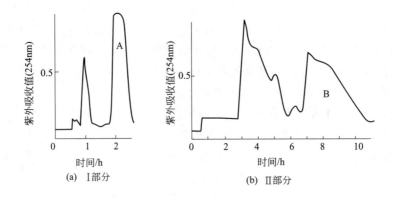

图 7-153 HSCCC 对芦荟提取物二次分离的色谱图

HSCCC 溶剂系统：(a) 乙酸乙酯-甲醇-水 (5∶1∶5)；(b) 正丁醇-乙酸乙酯-水 (1∶3∶4)。
流动相：下相；进样量：(a) 120mg，(b) 150mg。A—芦荟苷 A；B—芦荟苷 B

7.6.7 何首乌蒽醌化合物

植物中化学成分往往是非常复杂而且含量很少，在分离提取其化学成分时通常需要采用系统的有效的方法。也就是说，首先要用常规提取法获得不同极性的部位（不同极性段的物质），然后对每一极性部位进行反复的色谱分离，最后采用 HSCCC 来实现化合物的分离纯化。下面举出的例子，就是分离何首乌所含化学成分的包括 HSCCC 在内的系统方法。

何首乌为蓼科植物何首乌（*Polygonum multiflorum* Thunb）的干燥块根，具有养血滋阴、补肝肾、乌须发、强筋骨等功效。何首乌含有二苯乙烯苷类、蒽醌类、磷脂类、糖类、多种氨基酸、多种维生素及微量元素，具有降血脂、抗衰老、增强免疫功能等作用。Yao 等[86]采用 HSCCC 实现对何首乌化学成分的快速分离，其分离路线图如图 7-154 所示。

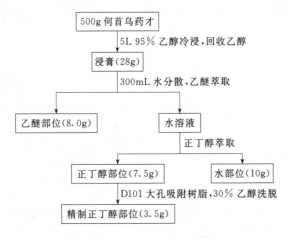

图 7-154 何首乌的提取和分离路线图

　　从图中可以看出，作者综合应用了溶剂萃取、大孔吸附树脂层析和 HSCCC 技术。通过溶剂萃取，将何首乌的成分分为低极性的醚萃取部分和高极性的水溶液部分，取醚萃取部分直接采用 HSCCC 分离得到三种单体。而水溶液部分的成分还很复杂，需要进一步用正丁醇萃取，分出正丁醇相和水相两部分。取正丁醇相上大孔吸附树脂柱进行处理，收集其中的 30％乙醇洗脱部分，采用 HSCCC 将其分离出 5 种化合物。取水相部分，直接通过 HSCCC 分离，得到一个纯的化合物。HSCCC 分离色谱图如图 7-155 所示。

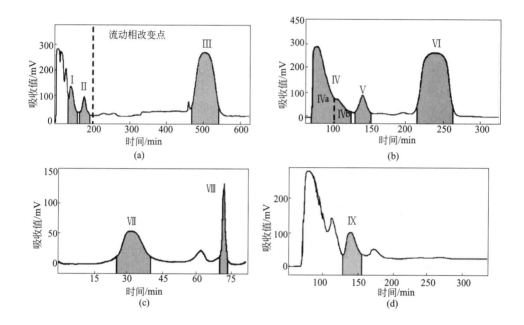

图 7-155　何首乌乙醚相（a）和正丁醇相（b，c）及其第二步分离（d）的 HSCCC 色谱图

(a) HSCCC 溶剂系统：正己烷-乙酸乙酯-甲醇-水（3∶7∶5∶5，9∶1∶5∶5）梯度洗脱；固定相：3∶7∶5∶5 系统的上相有机相；流动相：3∶7∶5∶5 和 9∶1∶5∶5 系统的下相梯度洗脱（0～200min，3∶7∶5∶5 系统的下相，200min 后，9∶1∶5∶5 系统的下相）；流速：2.0mL/min；转速：800r/min；检测波长：254nm；进样量：200mg 溶于 3∶7∶5∶5 系统的下相；固定相保留率：56％

(b) 和 (c) HSCCC 溶剂系统：乙酸乙酯-甲醇-水（50∶1∶50），450min 后仪器旋转方向反转；流动相：下相的水相 [0～450min (b)] 和上相的有机相 [450min 后 (c)]；流速：2.0mL/min [0～450min (b)] 和 1.5mL/min [450min 后 (c)]；转速：800r/min；检测波长：254nm；进样量：130mg 正丁醇过柱后的样品溶于 5mL 的下相；固定相保留率：46％

(d) HSCCC 溶剂系统：乙酸乙酯-正丁醇-水（20∶1∶20）；流动相：下相，流速：2.0mL/min；转速：800r/min；检测波长：254nm；样品来自图(b)的峰Ⅳ；固定相保留率：44％；温度：室温（25.0～27.5℃）

Ⅰ—大黄酸；Ⅱ—6-羟基-大黄酸；Ⅲ—大黄素；Ⅴ—2,3,5,4'-四羟基二苯乙烯-2-O-β-D-葡萄糖苷；Ⅶ—大黄素-8-O-葡萄糖苷；Ⅷ—没食子酸；Ⅸ—何首乌乙素

　　由此可见，将 HSCCC 技术应用于植物化学成分的由粗到精的系统分离，能使整个处理过程中提取物的用量节省，分离纯化的速度加快；有机溶剂的用量减少，分离制备工作的效率提高。

7.6.8 小结

① 多数醌类化合物属于中等极性的化合物，采用 HSCCC 分离技术时，可选用氯仿-甲醇-水和正己烷（石油醚）-乙酸乙酯-甲醇-水的溶剂系统，通过适当调整其中诸元的配比，找到满意的分离条件。一般来说，氯仿-甲醇-水系统可以从（4∶3∶2）的比例着手，而正己烷（石油醚）-乙酸乙酯-甲醇-水系统则可以从（1∶1∶1∶1）的比例开始进行尝试。

② 由于蒽醌化合物的母核上一般都含有酚羟基，所以表现出呈一定的酸性，因此能够采用 pH-区带精制逆流色谱进行分离，这时的溶剂系统的筛选，可参照第 5 章中介绍的 Ito 的方法进行。

③ 在利用 HSCCC 对药材进行植物化学成分分离和研究时，只采用一个溶剂系统是无法覆盖极性由低到高的复杂成分的分离需求的。应该采用同溶剂萃取、柱色谱等方法相结合的技术途径。首先利用不同极性的溶剂对样品进行依次由低到高的极性分段萃取，以获得不同极性段的物质，然后针对不同的极性段，分别选择不同的用于 HSCCC 分离的溶剂系统，进行诸段的精细分离。多种萃取、分离技术的综合、合理的应用，就能加快植物化学成分分离纯化和制备的速度和效率。

7.7 萜类化合物的分离

7.7.1 概述

萜类化合物又称萜烯类化合物，是一类由甲戊二羟酸（mevalonic acid，MVA）衍生而成的、基本碳架上多具有 2 个或 2 个以上的异戊二烯单位（C_5 单位）结构特征的化合物。具有（C_5H_8)$_2$ 分子的称为单萜；具有（C_5H_8)$_3$ 分子的称为倍半萜；具有（C_5H_8)$_4$ 分子的称为二萜；具有（C_5H_8)$_6$ 分子的称为三萜。单萜成分广泛分布于高等植物中，尤其在木兰科、樟科、芸香科、桃金娘科、龙脑科、松科、菊科等植物中分布较多。单萜类成分大多是植物挥发油中低沸点组分的主要组成部分，多具有香气，许多具有生物活性，常用作医药、食品、化妆品等工业产品的重要原料。倍半萜类成分分布较广，在木兰目、芸香目、山茱萸目及菊目植物中最为丰富。倍半萜类成分是植物挥发油中的高沸点成分的主要组成部分，其中所含的氧衍生物多具有较强的香味和生物活性。例如青蒿素，它是从民间治疗疟疾的草药黄花蒿（*Artemisia annua*）中分离出的抗疟有效成分，是我国据此发现的抗疟新药，具有速效、低毒的特点。二萜类成分可看成由 4 个异戊二烯连接而成，在植物中由焦磷酸香叶酯（GGPP）转化缩合而成，一些二萜的含氧衍生物如穿心莲内酯、丹参醌、雷公藤内酯等都已成为重要的药物原料。三萜是由 30 个碳原子组成的萜类化合物，大多数三萜化合物均可看作由 6 个异戊二烯单位连接而成。三萜广泛存在于植物界，在石竹科、五加科、豆科、远志科、桔梗科、玄参科、楝科等科植物中分布最为普遍，含量也较高，常见的中药如人参、三七、甘草、柴胡、黄芪中都含有大量的三萜及其与糖形成的三萜皂苷[41]。

单萜类成分存在于精油中，其提取方法一般有水蒸气蒸馏法、溶剂提取法、直接压榨法、吸附法和超临界萃取法等。倍半萜、二萜和大部分三萜化合物（不包括皂苷）都没有统一的提取方法，可采用有机溶剂分步提取法，先后用石油醚、氯仿、乙酸乙酯和甲醇浸泡粉碎的植物样品进行提取。石油醚主要是除去植物样品中脂肪和叶绿素，倍半萜、二萜和三萜化合物主要集中在氯仿、乙酸乙酯提取液中，萜类的配糖体主要集中在甲醇的提取液中。也可先用石油醚脱脂，然后用甲醇或乙醇提取。将提取液蒸干后得到浸膏，然后分散于水中，分别用氯仿、乙酸乙酯、正丁醇萃取。萜类化合物主要存在于氯仿和乙酸乙酯中，萜类配糖体主要存在于正丁醇中。

单萜化合物可根据其物理性质的不同采用传统的方法进行提取，提取出的精油可采用直接结晶法、真空分馏法、色谱分离法等方法进行分离。倍半萜、二萜和三萜化合物的传统分离方法主要是硅胶柱色谱法；根据被分离组分的极性的强弱，可选用石油醚、氯仿、乙酸乙酯、乙醚、丙酮、甲醇等溶剂所配成的不同的二元洗脱剂。氧化铝也常用作色谱的材料。以甲醇-水系统为洗脱剂的反相硅胶色谱法也常被用来分离萜类化合物。

在上述前处理的基础上，HSCCC 以其制备量大、回收率高的特点已被用于萜类化合物的分离纯化。由于多数萜类化合物的极性较弱，常用的 HSCCC 溶剂系统有正己烷-乙酸乙酯-甲醇-水、石油醚-乙醇-水，通过适当调整诸元的比例，就能找到较好的溶剂系统。下面，列举几个应用 HSCCC 分离萜类化合物的实例，供读者参考。

7.7.2　柿叶萜类化合物

柿叶为柿树科柿树属植物柿（*Diospyros kaki* L. f.）的干燥叶。柿叶味苦、性寒，具有下气平喘、生津止渴、清热解毒等作用。柿叶的化学成分主要有黄酮类化合物，三萜类化合物（乌苏醇、乌苏酸、齐墩果酸、白桦脂酸、19α-羟基乌苏酸、19α,24-二羟基乌苏酸和熊果苷等），香豆素等。现代药理学研究表明，柿叶具有血管扩张（软化血管）、降脂降压、抗氧化、止血、疗疮等多种功效。利用传统的色谱分离法分离柿叶中的化学成分，步骤繁琐、得率很低，特别是 Barbinervic acid 和其同分异构体 Rotungenic acid 的分离相当困难。Fan 等[87]报道了利用 HSCCC 从柿叶提取物中分离 4 种三萜类化合物的研究结果，它们的化学结构式如图 7-156 所示。作者采用 HPLC 测定目标化合物在不同溶剂系统中的分配系数 K 值的方法，来优选用于 HSCCC 分离的溶剂系统，目标化合物在各溶剂系统中的 K 值见表 7-21。经过分析比较，最终选定正己烷-乙酸乙酯-甲醇-水（3∶6∶4∶2）的溶剂系统，其 HSCCC 分离色谱图如图 7-157 所示，一次分离能得到 4 种五环萜酸类化合物。粗提物和各分离所得化合物的 HPLC 分析色谱图如图 7-158 所示。

表 7-21　目标化合物在正己烷-乙酸乙酯-甲醇-水系统中的分配系数

正己烷-乙酸乙酯-甲醇-水	成分 1	成分 2	成分 3	成分 4
1:1:1:1	0.84	1.96	8.26	37.04
3:7:4:2	0.81	1.20	1.91	3.06
3:6:5:2	0.19	0.63	0.76	1.99
3:6:4:2	0.42	0.76	1.39	2.90

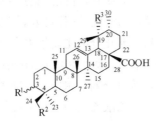

		R¹	R²	R³
1	Barbinervic acid	3α-OH	OH	OH
2	Rotungenic acid	3β-OH	OH	OH
3	24-Hydroxy ursolic acid	3β-OH	OH	H
4	Ursolic acid	3β-OH	H	H

图 7-156　从柿叶中分离得到的五环萜酸 1-4 的化学结构式

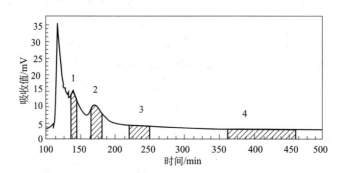

图 7-157　柿叶粗提物的 HSCCC 分离色谱图
HSCCC 溶剂系统：正己烷-乙酸乙酯-甲醇-水（3:6:4:2）；流动相：下相；流速：5mL/min；转速：450r/min；检测波长：213.9nm；柱温 20℃；进样量：750.0mg；固定相保留率：53.5%

7.7.3　雷公藤萜类化合物

雷公藤为卫矛科（Celastraceae）雷公藤属植物，学名 *Tripterygium wilfordii* Hook. *f.*，其根部提取物已被广泛地应用于临床，对多种自身免疫疾病有效，尤其是治疗类风湿性关节炎（RA）有显著疗效。目前，在抗生育、抗肿瘤等方面的研究也取得了较大的进展。雷公藤红素（tripterine）是我国传统中药雷公藤多苷的主要活性成分之一，属五环三萜类单体，具有明显的免疫抑制和抗炎作用。

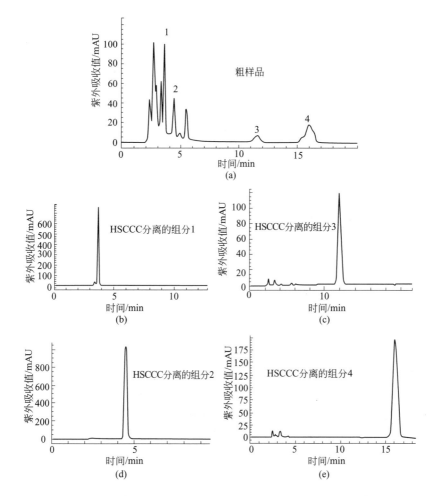

图 7-158　粗提物和 HSCCC 分离所得成分的 HPLC 分析色谱图

HPLC 条件：Agilent Zorbax SB-C$_{18}$色谱柱（250mm×4.6mm，i.d.，5μm），流动相：甲醇-0.1％H$_3$PO$_4$（88：12）；流速：1.0mL/min；紫外检测波长：210nm；柱温：30℃

　　Wu 等[88]利用 HSCCC 分离出雷公藤粗提物中的雷公藤红素，作者采用95％乙醇回流的方法提取雷公藤中的活性组分，然后回收乙醇得到雷公藤提取物浸膏，再依次用石油醚、乙酸乙酯、甲醇萃取，将石油醚萃取物用硅胶柱分离得到5 个组分，其中第二个组分即为雷公藤红素粗品，对粗品的 HPLC 检测结果和雷公藤红素的化学结构式如图 7-159 所示。然后，将得到的雷公藤红素粗品用 HSCCC 进一步分离纯化。为了得到良好的分离纯化结果，作者分别实验了石油醚-乙酸乙酯-四氯化碳-甲醇-水（1：1：8：6：1，0：2.5：15：10：2.5，2.5：0：15：10：2.5）等不同组成的溶剂系统，结果发现，选用石油醚-乙酸乙酯-四氯化碳-甲醇-水（1：1：8：6：1）的溶剂系统时分离效果最好，其结果如图7-160 所示。

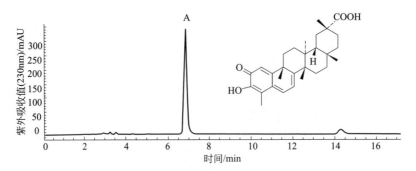

图 7-159　雷公藤红素粗品的 HPLC 检测结果及雷公藤红素的化学结构式

分析条件：色谱柱为 YMC-Pack ODS-A（150mm×4.6mm，i.d.，5μm）；流动相：乙腈-0.005mol/L 的磷酸溶液（85∶15）；流速：1mL/min；检测波长：230nm；柱温：25℃。A—雷公藤红素

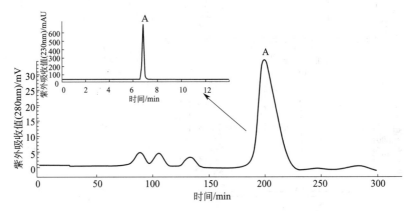

图 7-160　制备型 HSCCC 分离雷公藤红素的色谱图和
分离结果物的 HPLC 分析结果

HSCCC 溶剂系统：石油醚-乙酸乙酯-四氯化碳-甲醇-水（1∶1∶8∶6∶1）；流动相：下相；流速：4mL/min；进样量：1020mg；转速：400r/min；检测波长：280nm；柱温：35℃；固定相保留率：78.1%。HPLC 分析条件：色谱柱为 YMC-Pack ODS-A（150mm×4.6mm，i.d.，5μm）；柱温：25℃；流动相：乙腈-0.005mol/L 的磷酸溶液（85∶15）；流速：1mL/min；检测波长：230nm。A—雷公藤红素

7.7.4　甘草萜类化合物

甘草为豆科植物甘草（*Glycyrrhiza uralensis* Fisch.）、胀果甘草（*Glycyrrhiza inflata* Bat.）或光果甘草（*Glycyrrhiza glabra* L.）的干燥根及根茎。甘草性平、味甘，有解毒、祛痰、止痛、解痉以及抗癌等药理作用。主要的活性成分是三萜类化合物，如甘草酸、甘草次酸等，另含有黄酮类等成分。现代药理研究证明，甘草酸（glycyrrhizic acid）也称为甘草甜素（glycyrrhizin）是甘草中最重要的有效成分之一，具有抗炎、抗病毒和保肝解毒及增强免疫功能等作用。由于甘草酸有糖皮质激素样药理作用而无严重不良反应，在临床中被广泛用于治疗各种急慢性

肝炎、支气管炎和艾滋病。还具有抗癌防癌、干扰素诱生及细胞免疫调节等功能。

Jiang 等[89]利用 70％甲醇从甘草中得到甘草提取物，经浓缩后加入 3mol/L HCl 得到甘草甜素粗提物沉淀。然后利用 HSCCC 法，优选出乙酸乙酯-甲醇-水（5∶2∶5）的溶剂系统，一次进样 130mg 甘草甜素粗提物，分离得到了纯度为 96.8％的甘草甜素 42.2mg。此外，作者选用正丁醇-水的溶剂系统能将甘草甜素与其他化合物分开，但是，由于甘草甜素在其中的溶解度太小，因而不适于实际应用。作者通过对包含正丁醇、氯仿和乙酸乙酯等溶剂的一系列系统进行实验比较。从其结果看出，当采用氯仿-甲醇-水（5∶6∶4，5∶5∶3，4∶3∶2）或正丁醇-乙酸乙酯-水（4∶1∶5，3∶2∶5，2∶3∶5，1∶4∶5）的溶剂系统时，能将甘草甜素同其他化合物分离开来，但是，由于它在这些溶剂系统溶中的 K 值过大，导致出峰时间太长且色谱峰形太宽。当使用叔丁基甲醚-甲醇-水（10∶3∶10，5∶2∶5）的溶剂系统时，K 值又过小而使甘草甜素不易同其他化合物分开。当使用乙酸乙酯-甲醇-水（10∶3∶10，5∶2∶5）、乙酸乙酯-正丁醇-甲醇-水 1∶3∶1∶4 或叔丁基甲醚-正丁醇-甲醇-水（1∶3∶1∶4，2∶2∶1∶4）的溶剂系统时，K 值大小适当，甘草甜素能同其他化合物很好地分离开。最终，确定乙酸乙酯-甲醇-水（5∶2∶5）作为最优溶剂系统用于 HSCCC 分离纯化。甘草甜素在不同的溶剂系统中的分配系数 K 值列于表 7-22 中，HSCCC 分离甘草甜素的色谱图如图 7-161 所示。

表 7-22　甘草甜素在不同溶剂系统中的分配系数

溶剂系统	分配系数	溶剂系统	分配系数
乙酸乙酯-甲醇-水(10∶3∶10)	0.51	氯仿-甲醇-水(5∶5∶3)	3.30
乙酸乙酯-甲醇-水(5∶2∶5)	0.57	氯仿-甲醇-水(4∶3∶2)	5.40
乙酸乙酯-正丁醇-甲醇-水(1∶3∶1∶4)	0.58	正丁醇-水(1∶1)	1.56
叔丁基甲醚-甲醇-水(10∶3∶10)	0.22	正丁醇-乙酸乙酯-水(4∶1∶5)	2.00
叔丁基甲醚-甲醇-水(5∶2∶5)	0.34	正丁醇-乙酸乙酯-水(3∶2∶5)	3.2
叔丁基甲醚-正丁醇-甲醇-水(1∶3∶1∶4)	0.77	正丁醇-乙酸乙酯-水(2∶3∶5)	3.00
叔丁基甲醚-正丁醇-甲醇-水(2∶2∶1∶4)	0.72	正丁醇-乙酸乙酯-水(1∶4∶5)	2.80
氯仿-甲醇-水(5∶6∶4)	4.30		

7.7.5　穿心莲萜类化合物

穿心莲是爵床科植物穿心莲（*Andrographis paniculata* Nees）的干燥地上部分，具有清热解毒、凉血消肿的功效。临床上多用于上呼吸道感染、急性菌痢、胃肠炎、感冒发热等疾病的治疗。穿心莲中的有效成分主要是穿心莲内酯及其双萜化合物，例如新穿心莲内酯、脱氧穿心莲内酯和脱氧穿心莲内酯苷等。现代药理学研究表明，穿心莲内酯具有抗肝毒活性和抗病毒活性，新穿心莲内酯具有很强的抗疟、保肝活性，脱氧穿心莲内酯则具有潜在的降血压效果。Du 等[90]采用正己烷-

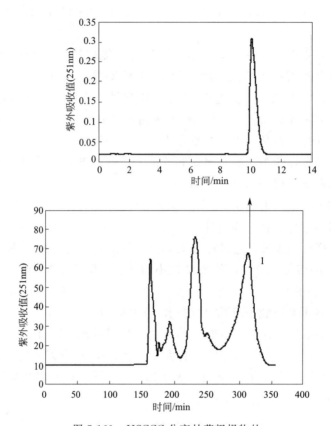

图 7-161　HSCCC 分离甘草粗提物的
色谱图和分离纯化后的甘草甜素的 HPLC 分析结果

HSCCC 溶剂系统：乙酸乙酯-甲醇-水（5∶2∶5）；流动相：下相；流速：1.5mL/
min；进样量：130mg；进样体积：10mL；转速：1000r/min；检测波长：251nm；
固定相保留率：18.1%。HPLC 条件：反相 Symmetry C_{18} 柱（150mm×3.9mm，
i.d.，5μm）；柱温：30℃；流动相：甲醇-水-醋酸（65∶34∶1）；流速：1.0mL/
min；检测波长：251nm；进样体积：20μL。1—甘草甜素

乙酸乙酯-甲醇-水（1∶4∶2.5∶2.5）的溶剂系统，对穿心莲的粗提物进行了
HSCCC 法的分离纯化，从穿心莲中分离得到穿心莲内酯及新穿心莲内酯，它们的
化学结构式如图 7-162 所示。图 7-163 所示是从穿心莲粗提物中分离穿心莲内酯的

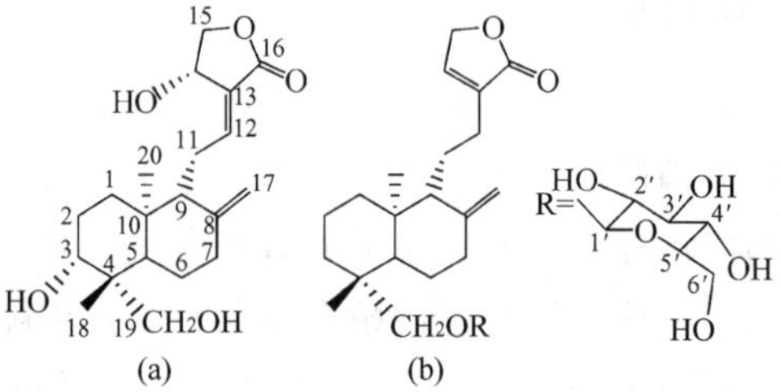

图 7-162　穿心莲内酯(a) 和新穿心莲内酯(b) 的化学结构式

HSCCC 色谱图。从中可以看出，其中的主要成分是穿心莲内酯和新穿心莲内酯，经过 HPLC 检测得知其纯度分别为 99.9％和 98.5％。低含量的酯也得到了很好的分离和富集。

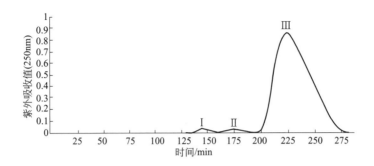

图 7-163　穿心莲粗提物的 HSCCC 分离色谱图

HSCCC 溶剂系统：正己烷-乙酸乙酯-甲醇-水（1：4：2.5：2.5）；流动相：下相；流速：1.5mL/min；转速：650r/min；检测波长：250nm。Ⅱ—新穿心莲内酯；Ⅲ—穿心莲内酯

7.7.6　甜瓜萜类化合物

葫芦科甜瓜属植物甜瓜，其主要成分为葫芦素。葫芦素类成分是一种高度氧化的四环三萜类化合物，至今已发现 40 多种。葫芦素具有多种生物活性，有保肝，抗炎，提高机体免疫功能，抗化学致癌和抗肿瘤作用。甜瓜的果实是治疗慢性肝炎的传统中草药，其中的主要活性成分是葫芦素 B（CuB）和葫芦素 E（CuE）。Du 等[91]选用正己烷-乙酸乙酯-甲醇-水（12：24：16：9）的溶剂系统，采用 HSCCC 对经过处理的甜瓜提取物进行分离，得到葫芦素 B 和葫芦素 E 这两个成分。甜瓜提取物中两种主要的葫芦素的 HPLC 分析色谱图及其分子结构式如图 7-164 所示，其中含有 61.4％的 CuB 和 35.1％的 CuE。图 7-165 所示则是采用连续进样方式分离制备 CuB 和 CuE 的 HSCCC 色谱图。

7.7.7　番茄萜类化合物

番茄红素（lycopene）是一种天然类胡萝卜素，它主要存在于番茄、西瓜、葡萄、胡萝卜等植物中，在番茄及其制品中含量较高，其化学结构式如图 7-166 所示。番茄红素在人体中主要分布在血清及机体组织中，具有很强的抗氧化活性和抗衰老的作用，对癌症预防有良好效果，也是一种良好的食品添加剂。因此，番茄红素在医药、保健和食品领域有着很好的应用前景。由于番茄红素没有维生素 A 的生理活性，其作用一直未被重视，但是，近年来的研究表明，番茄红素具有比其他胡萝卜素更为优越的性能，如清除单线态氧的能力是维生素 E 的 100 倍，是 β-胡萝卜素的 2 倍多。番茄红素能提高机体免疫力，抑制癌细胞增殖，减少 DNA 损伤，防止低密度脂蛋白氧化，降低血液中的胆固醇含量，因此能用以降低多种疾病的发生率。

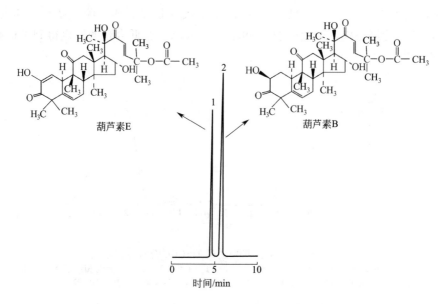

图 7-164　甜瓜提取物中两种主要葫芦素的 HPLC 分析色谱图

色谱柱：Shim-pack CLC-ODS C₁₈柱（150mm×6.0mm，i.d.）；流动相：甲醇-乙酸乙酯-水（3∶1∶1）；流速：1mL/min；检测波长：234nm

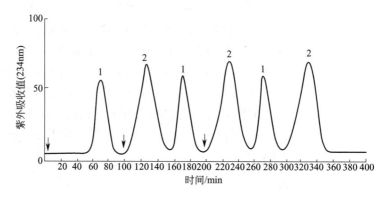

图 7-165　采用连续进样方式分离制备 CuB 和 CuE 的 HSCCC 色谱图

HSCCC 溶剂系统：正己烷-乙酸乙酯-甲醇-水（12∶24∶16∶9）；流动相：上相；流速：1.5mL/min；每次进样量：300mg；转速：800r/min；检测波长：234nm。1—葫芦素；2—葫芦素 E

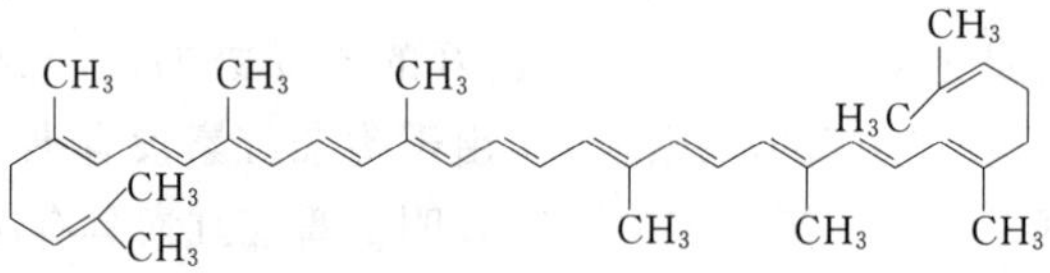

图 7-166　番茄红素的化学结构式

自然界中有许多植物含番茄红素，但以番茄中含量最高。Wei 等[92]应用

HSCCC 对番茄粗体物中的番茄红素进行了分离。番茄红素极性较弱，适合于采用非水两相溶剂系统，通过分析型 HSCCC 的实验比较，从不同溶剂组成和不同诸元配比的溶剂系统中优化出正己烷-二氯甲烷-乙腈（10∶3.5∶6.5）的适用系统。经过半制备型 HSCCC 的分离，从 100mg 粗提物中得到 8.3mg 番茄红素，其 HSCCC 色谱图如图 7-167 所示。经过 HPLC 分析，得知分离结果物的纯度达到 98%（如图 7-168 所示），此实例证明，采用 HSCCC 和非水两相溶剂系统能够有效地分离纯化番茄红素。

有关其他类胡萝卜素的分离，请参考第 8 章的相关部分。

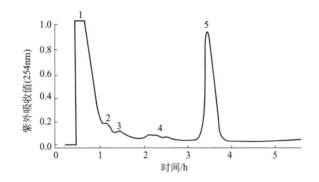

图 7-167　番茄红素粗提物的 HSCCC 分离色谱图

HSCCC 溶剂系统：正己烷-二氯甲烷-乙腈（10∶3.5∶6.5）；流动相：下相；流速：2.0mL/min；进样量：100mg；转速：800r/min；检测波长：254nm；固定相保留率：62.5%。峰 5—番茄红素

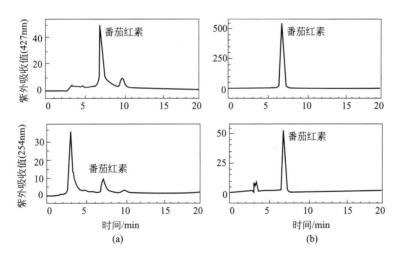

图 7-168　番茄红素粗提物（a）和 HSCCC 分离所得产物（b）的 HPLC 分析结果

色谱条件：Supelcosil ODS 柱（250mm×4.6mm, i. d.）；
流动相：甲醇-乙腈-氯仿（47∶47∶6）；流速：1.0mL/min

7.7.8　银杏叶萜类化合物

白果内酯是从银杏叶中提取到的萜类内酯的有效部位，是传统的银杏叶提取物的重要活性成分，对拮抗血小板活化因子作用较弱，但对神经系统有保护作用。近年研究表明，白果内酯在促进神经生长，防止脑、脊髓神经脱髓鞘以及营养神经、保护神经等方面有重要作用。但是，由于白果内酯在银杏叶中的含量很低，而且紫外光吸收反应很弱，因而其分离制备和在线检测都比较困难，其对照品尚不能通过化学合成得到，因此，分离纯化银杏萜类内酯的问题就成了对它深入研究开发的技术瓶颈。

佘佳红等[93]应用 HSCCC 分离和结合薄层色谱检测的方法，从银杏叶粗提物中分离得到了白果内酯单体。作者采用氯仿-甲醇-水（4∶3∶2）的溶剂系统，上相作固定相，下相作流动相，以 2.0mL/min 的流速，按从首端向尾端的洗脱方式，在 HSCCC 主机正转转速为 800r/min 的条件下，实现固定相保留率 78%。实验中每次进样 2.0mL，定时收集馏分，用 TLC 法对馏分进行鉴定。结果证明，一次 HSCCC 分离即能制得白果内酯单体。TLC 方法能用于银杏内酯的定性检测，检测结果如图 7-169 所示。该方法为从银杏叶粗提物中分离白果内酯提供了一条简便、快速的新途径。

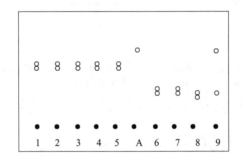

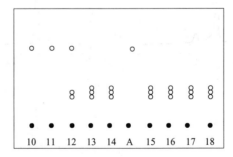

图 7-169　HSCCC 收集馏分的 TLC 色谱图
A—白果内酯对照品斑点；1~18—各时间段收集的馏分的 TLC 结果

7.7.9　冬凌草萜类化合物

冬凌草［*Rabdosia rubescens*（Hemsl.）Hara］，又名冰凌草，别名碎米亚、

雪花草，系唇形科（Labiatae）香茶菜属多年生草本植物，药用茎、叶，含有单萜、倍半萜、二萜、三萜、挥发油、多糖、黄酮等化学成分。广泛分布于我国黄河、长江流域，始由 1972 年从河南林县民间草药中发掘出来，以往历代本草中均无记载。该草药具有清热解毒，活血止血之功效。

Lu 等[94]应用二维 HSCCC 法，选用正己烷-乙酸乙酯-甲醇-水（1∶5∶1∶5）和（3∶5∶3∶5）的不同的二维溶剂系统，对冬凌草粗提物中的冬凌草甲素和冬凌草乙素（化学结构式如图 7-170 所示）进行了分离纯化，冬凌草粗提物的 HSCCC 分离图如图 7-171 所示。

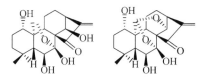

图 7-170　冬凌草甲素和冬凌草乙素的化学结构式

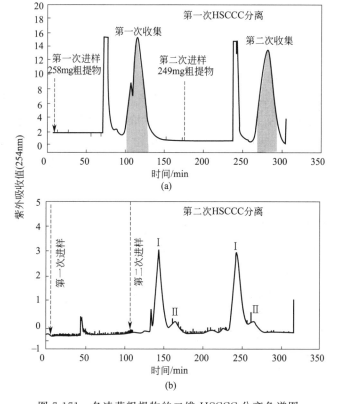

图 7-171　冬凌草粗提物的二维 HSCCC 分离色谱图

（a）溶剂系统：正己烷-乙酸乙酯-甲醇-水（1∶5∶1∶5）；流动相：下相；流速：2.0mL/min；转速：800r/min；检测波长：254nm；固定相保留率：40%；（b）溶剂体系：正己烷-乙酸乙酯-甲醇-水（3∶5∶3∶5）；流动相：下相；流速：4.0mL/min；转速：500r/min；检测波长：254nm；固定相保留率：63%

7.7.10　苹果皮萜类化合物

熊果酸（ursolic acid），又名乌苏酸、乌索酸、α-香树脂醇，是一种弱酸性五环三萜类化合物。在自然界分布很广，是多种天然产物的功能成分。熊果酸纯品为白色针状结晶（乙醇中结晶），味苦，其基本骨架是多氢蒎的五环母核，分子式为 $C_{30}H_{48}O_3$，结构式如图 7-172 所示，相对分子质量为：456.68，熔点 285～287℃，不溶于水和石油醚，易溶于二氧六环、吡啶、乙醇和甲醇。熊果酸资源广、毒性低，具有多种生物活性，尤其在抗癌、抗肿瘤、抗氧化、抗炎、保肝、降血脂方面的作用显著。近年来研究发现，熊果酸不仅对多种致癌、促癌物有抵抗作用，而且能抑制多种恶性肿瘤细胞的生长。同时，熊果酸及其衍生物还对病毒具有抑制活性。

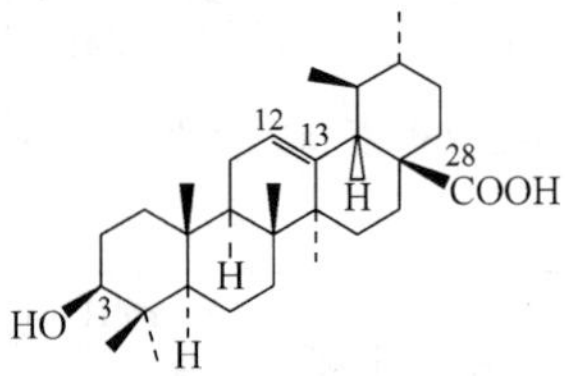

图 7-172　熊果酸的化学结构式

Frighetto 等[95]应用 HSCCC 法，采用正己烷-乙酸乙酯-甲醇-水（10∶5∶2.5∶1）的溶剂系统，成功地从苹果皮中分离得到了熊果酸单体。作者首先用氯仿、乙酸乙酯和乙醇对苹果皮进行提取，然后取所得粗提物直接用 HSCCC 进行分离。实验中，采用 TLC 法比较选择出合适的溶剂系统，对 HSCCC 分离后的组分进行 MS、IR 鉴定，并采用 TLC、GC-FID 标准样品比对法进行核对，确定了分离所得是单体物质熊果酸。

7.7.11　赤芍萜类化合物

赤芍为毛茛科植物芍药或川赤芍的干燥根，是中医临床常用药物。始载于《神农本草经》，本品味苦，性微寒，归肝经；用于清热凉血，散瘀止痛。研究证明赤芍具有抑制血小板和红细胞聚集、抗血栓、抗动脉粥样硬化、保护心脏和肝脏、抗肿瘤等药理作用。赤芍的主要有效成分有芍药苷、芍药内酯苷、羟基芍药苷、苯甲酰芍药苷等多种结构类似的单萜苷类化合物，总称为赤芍总苷。

Chen 等[96]利用 HSCCC 对芍药苷分离进行了分离研究。作者分别测定了芍药苷在氯仿-甲醇-水、正己烷-乙酸乙酯-乙醇-水、正丁醇-水、正丁醇-乙酸乙酯-水等溶剂系统中的分配系数（见表 7-23），发现样品在正己烷-乙酸乙酯-乙醇-水溶剂系统中的 K 值太小，而在氯仿-甲醇-水和正丁醇-水溶剂系统中的 K 值过大，如果采用则会使出峰时间太长且色谱峰太宽。改用正丁醇-乙酸乙酯-水组成的溶剂系统，通过调整诸元的配比，最终确定正丁醇-乙酸乙酯-水（1∶4∶5）的溶剂系统最适合于芍药苷的 HSCCC 分离。赤芍粗提物的 HPLC 分析结果和芍药苷的化学结构式如图 7-173 所示。赤芍粗提物的 HSCCC 分离色谱图如图 7-174 所示。从 160mg 含赤芍苷 22.0% 的赤芍粗提物中，分离得到纯度为 98.2% 的赤芍苷 33.2mg，赤芍苷回收率达到 94.3%。

表 7-23　芍药苷在不同的两相溶剂系统中的分配系数

溶剂系统	分配系数	溶剂系统	分配系数
氯仿-甲醇-水（5∶6∶4）	2.82	正丁醇-水（1∶1）	2.07
氯仿-甲醇-水（4∶3∶2）	6.43	正丁醇-乙酸乙酯-水（3∶2∶5）	2.02
正己烷-乙酸乙酯-乙醇-水（1∶1∶1∶1）	0.013	正丁醇-乙酸乙酯-水（1∶1∶2）	1.91
正己烷-乙酸乙酯-乙醇-水（5∶5∶4∶6）	0.014	正丁醇-乙酸乙酯-水（2∶3∶5）	1.32
正己烷-乙酸乙酯-乙醇-水（5∶5∶6∶4）	0.010	正丁醇-乙酸乙酯-水（1∶4∶5）	0.52

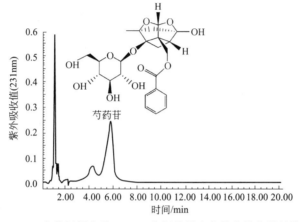

图 7-173　赤芍粗提物的 HPLC 分析结果和芍药苷的化学结构式

HPLC 分析条件：反相 C_{18} 柱（150mm×3.9mm，i. d.，5μm）；柱温：30℃；流动相：甲醇-四氢呋喃-水（16∶4∶80）；流速：1.0mL/min；检测波长：231nm；进样量：20μL

7.7.12　栀子苷萜类化合物

栀子是茜草科植物栀子（*Gardenia jasminoides* Elli）的成熟果实，性苦寒，无毒。民间常用于治疗热病虚烦不眠、黄疸、淋病、消渴、目赤、咽痛、吐血、衄血、血痢、尿血、热毒疮疡、扭伤肿痛。有保肝利胆、促进胰腺分泌、降压、防治动脉粥样硬化及抗血栓形成、解热镇痛、抗菌和抗炎及治疗软组织损伤的作用，对诱变剂诱变活性和对细胞免疫有抑制作用，且无致癌、致畸、致突变的毒性。以栀子苷为代表的环烯醚萜苷类是其主要有效成分，化学结构式如图 7-175 所示。

Zhou 等[97]采用 50% 乙醇提取法得到栀子粗提物，减压浓缩后上大孔树脂柱得到 20% 乙醇洗脱物，此粗提物的 HPLC 分析结果如图 7-176 所示。选用乙酸乙酯-正丁醇-水（2∶1.5∶3）的溶剂系统，经过 HSCCC 分离得到纯化后的栀子苷。从 1g 栀子粗提物中一次分离得到 389mg 栀子苷单体化合物。在研究过程中，作者分别测定了栀子粗提物在乙酸乙酯-正丁醇-水，正丁醇-水，氯仿-甲醇-

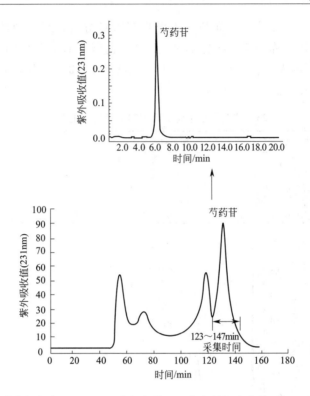

图 7-174　赤芍粗提物的 HSCCC 分离色谱图和分离所得成分的 HPLC 检测色谱图

HSCCC 溶剂系统：正丁醇-乙酸乙酯-水（1∶4∶5）；流动相：下相；流速：2.0mL/min；进样量：160mg；检测波长：273nm；转速：1000r/min；固定相保留率：52.9％。HPLC 条件：反相 C$_{18}$柱（150mm×3.9mm，i.d.，5μm）；柱温：30℃；流动相：甲醇-四氢呋喃-水（16∶4∶80）；流速：1.0mL/min；检测波长：231nm；进样量：20μm

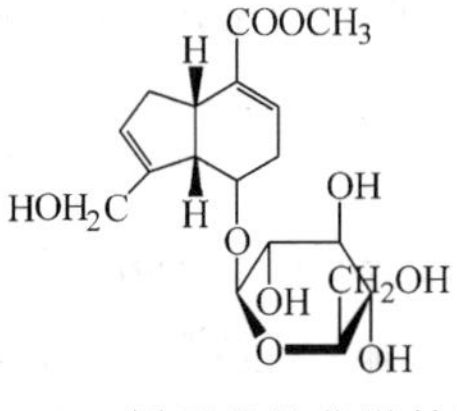

图 7-175　栀子苷的化学结构式

水，正丁醇-乙酸-水等溶剂系统中的分配系数 K（见表 7-24）。比较发现样品在乙酸乙酯-正丁醇-水（2∶1∶3，1∶4∶5，1∶2∶3，1∶1∶2），正丁醇-水（1∶1），正丁醇-乙酸-水（4∶1∶5）等溶剂系统中具有合适的 K 值。进一步采用分析型 HSCCC 进行试验研究，结果发现采用正丁醇-乙酸-水（4∶1∶5）时的固定相保留率太低，而采用乙酸乙酯-正丁醇-水（1∶4∶5，1∶2∶3，1∶1∶2）和正丁醇-水（1∶1）时的出峰时间又太长。比较后选出乙酸乙酯-正丁醇-水（2∶1∶3）的溶剂系统，用它时有较好的分离度和较短的出峰时间。但是，直接选用这一溶剂条件到制备型 HSCCC 的大量级分离时，由于样品进样量太大和在此溶剂系统中的溶解性不够，最终不得不将溶剂系统调整为乙酸乙酯-正丁醇-水（2∶1.5∶3），这种条件下的分离结果如图 7-177 所示。用 HPLC 对分离后的成分进行分析，得知其纯度达到 98％，HPLC 分析色谱图如图 7-178 所示。

表 7-24　栀子苷在不同的两相溶剂系统中的分配系数

溶剂系统	分配系数	溶剂系统	分配系数
乙酸乙酯-正丁醇-水(2∶1∶3)	0.44	乙酸乙酯-正丁醇-水(10∶1∶10)	0.08
乙酸乙酯-正丁醇-水(1∶4∶5)	1.04	正丁醇-水(1∶1)	0.94
乙酸乙酯-正丁醇-水(1∶1∶2)	0.70	氯仿-甲醇-水(4∶3∶2)	5.05
乙酸乙酯-正丁醇-水(1∶2∶3)	0.92	正丁醇-乙酸-水(4∶1∶5)	1.12

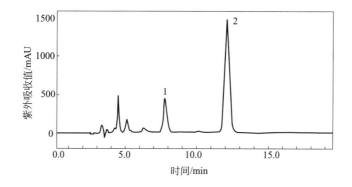

图 7-176　栀子粗提物的 HPLC 分析色谱图

HPLC 分析条件：反相 Diamonsil C_{18} 柱（4.6mm×200mm，i.d.，5μm）；流动相：甲醇-水-醋酸（30∶70∶1）；流速：0.9mL/min；检测波长：238nm；进样溶剂：流动相；进样体积：20μL。峰 2—栀子苷

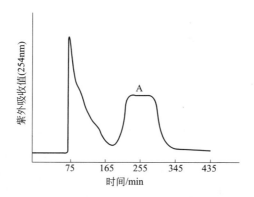

图 7-177　栀子粗提物的 HSCCC 分离色谱图

HSCCC 溶剂系统：乙酸乙酯-正丁醇-水（2∶1.5∶3）；流动相：下相；流速：5mL/min；进样量：1g；转速：550r/min；检测波长：254nm；固定相保留率：70％。A—栀子苷

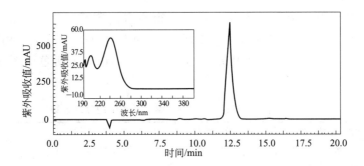

图 7-178   HSCCC 从栀子提取物中分离得到的栀子苷的 HPLC 分析结果和 UV 谱图
HPLC 分析条件：Diamonsil C$_{18}$柱（4.6mm×200mm，i.d.，5μm）；流动相：甲醇-水-醋酸（30：70：1）；流速：0.9mL/min；检测波长：238nm

7.7.13   小结

① 由于多数萜类化合物的极性较弱，在进行 HSCCC 分离纯化时，常用的溶剂系统有正己烷（石油醚）-乙酸乙酯-甲醇-水、氯仿-甲醇-水、正己烷-乙醇-水等，针对目标物质的理化特征，通过调整组成诸元的配比，通常都能选择到较好的实验条件。对于极性特别低的化合物，可采用正己烷-甲醇、正己烷-乙腈或正己烷-二氯甲烷-乙腈（10：3：7）等溶剂系统进行试验研究。

② 对于许多萜苷类化合物（环烯醚萜苷）通常极性较高，这时通常要采用以丁醇-水为主体的系统，通过添加乙酸乙酯、乙醇等来调节极性，往往能获得理想的结果。为了制备的目的，对这些化合物的 HSCCC 分离前，适当的前处理（富集）是必要的。

③ 许多萜类化合物在紫外光波段的吸收较差，可以采用 TLC 法对分步收集的馏分进行检测，也可采用蒸发光检测器进行在线监测。

7.8 皂苷类化合物的分离

7.8.1   概述

皂苷（saponins）是由三萜类化合物或甾类化合物衍生的寡糖苷，是一类相对分子量较大、结构比较复杂的苷类化合物。大多数的皂苷具有表面活性，能溶于水，其水溶液振摇时能产生大量持久的类似肥皂样的泡沫，故称之为皂苷。皂苷类成分具有多种生物活性，例如有祛痰、止咳、镇静、抗菌、抗癌、解热、抗疲劳、抗溃疡、抗肿瘤等功能。

皂苷广泛存在于植物界的单子叶植物和双子叶植物中，尤其在百合科、石竹科、五加科、豆科、远志科等植物中分布最普遍。植物中的皂苷类成分根据其酸碱性可分为酸性、中性、碱性三类；根据皂苷的结构骨架可以分为甾体皂苷和三萜皂苷两大类。现已知道的甾体皂苷有近百种。三萜皂苷在植物中的分布更为广泛，种类也更多，许多常用的中药如桔梗、柴胡、远志、人参、甘草等均含三萜皂苷。

皂苷类化合物大多为白色或乳白色有苦而辛辣味的无定形粉末，多数不易结晶，熔点较高，一般在熔融前分解，能溶于水，易溶于热水、烯醇、热甲醇、热乙醇，难溶于乙醚、苯、氯仿等亲脂性有机溶剂。

皂苷的提取常用乙醇或甲醇等有机溶剂，回收溶剂后得到提取物。将提取物用水溶解或混悬，然后加入亲脂性有机溶剂（如石油醚、乙醚、苯）脱脂，去除色素、油脂等亲脂性物质。随后再加入正丁醇对水溶液进行二次萃取，皂苷会转移到正丁醇溶液中，这样就得到了粗皂苷。

常用的皂苷的分离方法有经典的溶剂分离法、铅盐沉淀法、胆甾醇沉淀法、乙酰化法等，也有采用现代的色谱方法，如分配色谱法、制备液相色谱法等。由于皂苷类化合物容易乳化且在紫外光区少有较好的吸收，因而至今国内外学者对应用HSCCC分离皂苷类化合物的研究较少，但是，随着研究工作的开展和深入，HSCCC在皂苷类化合物的分离应用一定会逐渐扩展起来。下面，列举几个HSC-CC分离皂苷的实例供读者参考。

7.8.2 苦瓜皂苷

苦瓜（*Momordica charantia* L.）为葫芦科苦瓜属植物，广泛分布于热带、亚热带和温带地区，在我国民间常用作中药，同时也是一种常见的蔬菜。现代研究已证实苦瓜具有降血糖、抗菌、提高免疫力、抗生育、抗肿瘤、抗氧化等功效。目前，苦瓜活性成分的研究仍在进行之中，苦瓜多糖和苦瓜皂苷是苦瓜的两类主要的有效成分。对苦瓜皂苷的研究比较多，主要的提取方法有有机溶剂提取法、热水提取法、微波提取法等。经过上述方法提取得到的只是皂苷的粗提物，要想得到单体物质还需进行进一步的分离纯化。

Du等[98]利用HSCCC采用梯度洗脱方法对苦瓜粗提物进行分离纯化，得到了4种化合物，经过电喷雾电离质谱、核磁共振氢谱和碳谱对分离结果进行结构鉴定，确定4种化合物分别为goyaglycoside-e，苦瓜皂苷L（momordicoside L），goyaglycoside-a和苦瓜皂苷K（momordicoside K），其结构式如图7-179所示。

作者首先将冷冻干燥的苦瓜粉碎，用90%甲醇浸提后回收甲醇得到粗提物，然后上硅胶柱用氯仿-甲醇-水（15：4：1，15：6：1，15：8：1）的溶剂梯度洗脱，得到三萜皂苷的两种粗品1和2。然后采用叔丁基甲醚-正丁醇-甲醇-水的不同诸元配比的溶剂系统，进行HSCCC的分离实验，最后采用TCL法对分离结果进行检测。经过比较分析，确定选用叔丁基甲醚-正丁醇-甲醇-水（1：2：1：5，1：3：1：5）的溶剂系统，两种粗品的HSCCC分离色谱图分别如图7-180和图7-181所示，各化合物的HPLC-PAD-MS分析色谱图如图7-182所示。

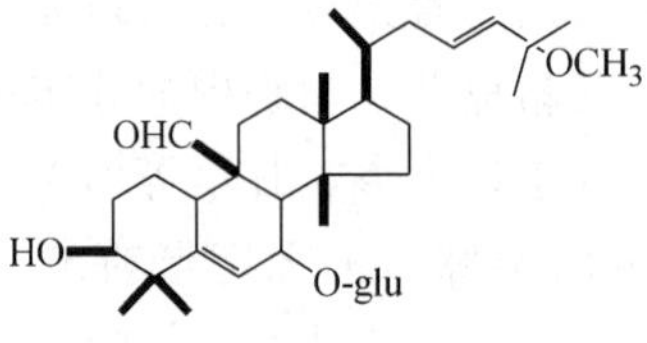

苦瓜皂苷 K

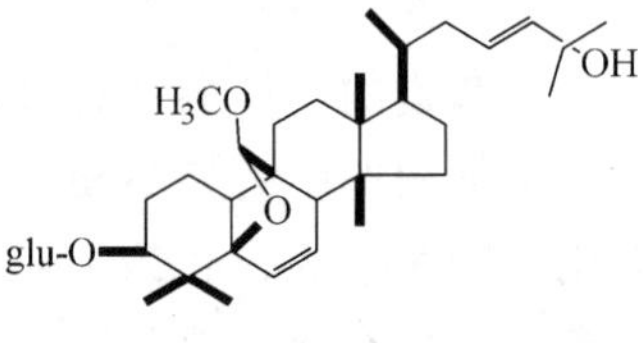

Goyaglycoside-a

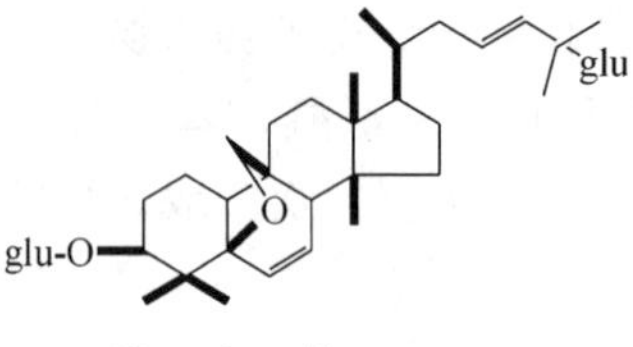

Goyaglycoside-e

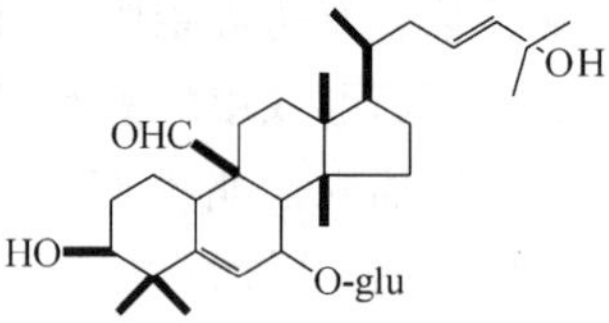

苦瓜皂苷 L

图 7-179 HSCCC 分离出的苦瓜中 4 种化合物的化学结构式

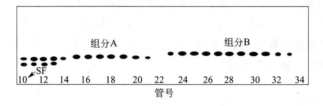

图 7-180 HSCCC 分离粗品 1 的 TLC 分析色谱图，TLC 板为 GF254

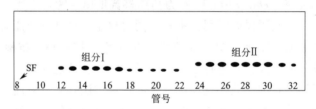

图 7-181 HSCCC 分离粗品 2 的 TLC 分析色谱图，TLC 板为 GF254

7.8.3 三七皂苷

三七（*Panax notoginseng*）又名田七、人参三七、盘龙七（四川）、金不换（江西），是五加科人参属植物，为多年生草本，入药常用其干燥根。三七味甘、微苦、性温，归肝、胃经。从 20 世纪 40 年代起，尤其是近 30 年，国内外科学家对三七的成分和药效进行了广泛深入的研究，大量研究报告揭示了三七在血液系统、心血管系统、免疫系统、代谢系统、神经系统，以及抗炎、抗衰老、抗肿瘤等方面的生理活性，为开发和利用三七提供了重要的理论依据。三七皂苷是三七含有的主要活性成分之一，是达玛烷系四环三萜化合物，其化学结构式如图 7-183 所示。三七中的总皂苷含量高达 12％，其中包含的单体化合物有人参皂苷 Rb_1、Rb_2、Rc、Rd、Re、Rf、Rg_1、Rg_2、Rh 共 9 种，以人参皂苷 Rb_1、Rg_1 为主，三七总皂苷水

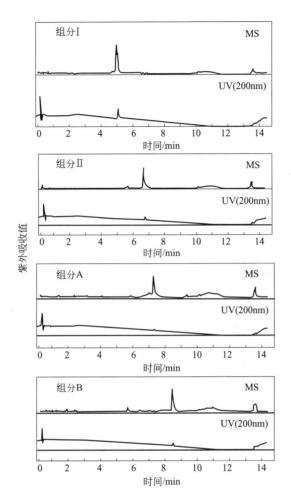

图 7-182　经 HSCCC 分离得到的 4 个化合物的 HPLC-PAD-MS 分析色谱图

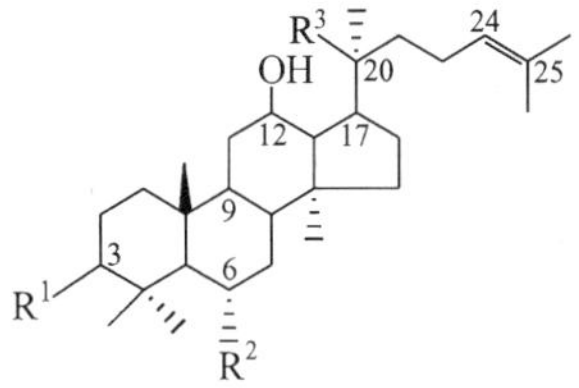

		R^1	R^2	R^3
人参皂苷	Rb₁	—O—glc²—¹glc	H	—O—glc⁶—¹glc
人参皂苷	Rd	—O—glc²—¹glc	H	—O—glc
人参皂苷	Re	OH	—O—glc²—¹rha	—O—glc
人参皂苷	Rg₁	OH	—O—glc	—O—glc
三七皂苷	R₁	OH	—O—glc²—¹xyl	—O—glc

glc—β-D-葡萄糖吡喃糖基；xyl—β-D-木糖吡喃糖基；rha—α-D-鼠李糖吡喃糖基

图 7-183　三七中所含的皂苷的化学结构式

解所得苷元为人参二醇和人参三醇，与人参皂苷所不同的是缺少齐墩果酸。此外，还含有止血成分三七氨酸，其含量远较人参多。

Cao 等[99]利用 HSCCC 分离三七粗提物中的皂苷成分，并采用蒸发光散射检测器对分离结果进行检测，经测定得知能分离出 5 种皂苷类化合物。作者首先将三七粉碎，采用超声波辅助提取法对原料进行甲醇溶剂提取，再用旋转蒸发器除去甲醇后，用石油醚和水的混合溶剂进行萃取，再向水相中加入正丁醇进行萃取，然后除去正丁醇，将样品溶于少量甲醇中，随后加入大量丙酮使沉淀，并用 HPLC 和 TCL 对其进行成分检测，检测分析色谱图如图 7-184 所示。由此得知，采用 HSCCC，能从皂苷类提取物中成功地分离得到 5 种单体皂苷成分。

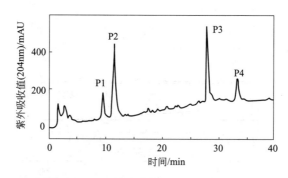

图 7-184　三七粗皂苷的 HPLC 分析色谱图

HPLC 分析色谱柱：Phenomenex LUNA C_{18} 柱（150mm×4.6mm, i. d., 5μm）；流动相：甲醇-水梯度洗脱，50%甲醇在 35min 内梯度变化到 70%甲醇，保持 13min 后返回；流速：1mL/min。P1—三七皂苷；P2—人参皂苷 Re＋人参皂苷 Rg_1；P3—人参皂苷 Rb_1；P4—人参皂苷 Rd

在选择用于 HSCCC 的溶剂系统时，首先根据样品的分配系数值进行比较选择，随后又采用分析型 HSCCC 进行试验比较。对氯仿-甲醇-正丙醇-水（5：6：1：4）、氯仿-甲醇-异丙醇-水（5：6：1：4）、氯仿-甲醇-正丙醇-水（5：6：1：4）、乙酸乙酯-正丁醇-水（1：1：2）等溶剂系统的分离实验效果进行了考察，综合考虑分离时间和分离效果等因素，最终选定了氯仿-甲醇-正丙醇-水（5：6：1：4）和乙酸乙酯-正丁醇-水（1：1：2）分别作为正相洗脱和反相洗脱时的溶剂系统，从而对 5 种三七皂苷成分成功实现了制备级分离，其分离结果如图 7-185 和图 7-186 所示。

7.8.4　人参皂苷

人参为五加科植物人参（*Panax ginseng* C. A. Mey.）的干燥根。系多年生草本植物，喜阴凉湿润的气候，多生长于海拔 500～1100m 山地缓坡或斜坡地的针阔叶混交林或杂木林中。集中生长于吉林长白山脉、辽宁、黑龙江、河北、山西、湖北等地。人参性甘、微苦、微温，能补气、生津、安神、益气。人参含有

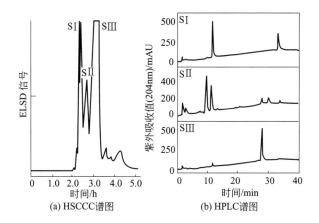

图 7-185　HSCCC 用正相洗脱溶剂系统对三七粗皂苷分离的色谱图及
各分离成分的 HPLC 分析色谱图

HSCCC 溶剂系统：氯仿-甲醇-正丁醇-水（5：6：1：4）；流动相：下相；进样量：200mg

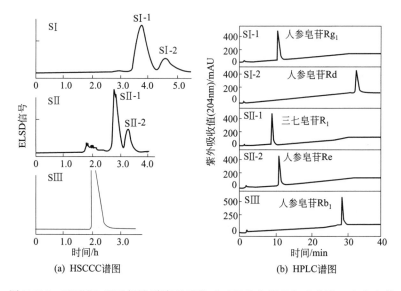

图 7-186　HSCCC 用反相洗脱溶剂系统对正相分离所得各成分进一步分离的
色谱图及各分离所得成分的 HPLC 分析色谱图

多种皂苷和多糖类成分，国内外学者对人参的化学成分和功能作用做了大量的研究工作。

Ha 等[100]用 HSCCC 对人参中的主要皂苷成分进行了 HSCCC 分离纯化的研究，分离得到了人参皂苷 Rg_5、人参皂苷 F_4、人参皂苷 Rk_1、人参皂苷 Rg_3，其化学结构式如图 7-187 所示。

作者首先用 70%的乙醇对原料超声提取两次，每次 3h，然后在 40℃温度条件

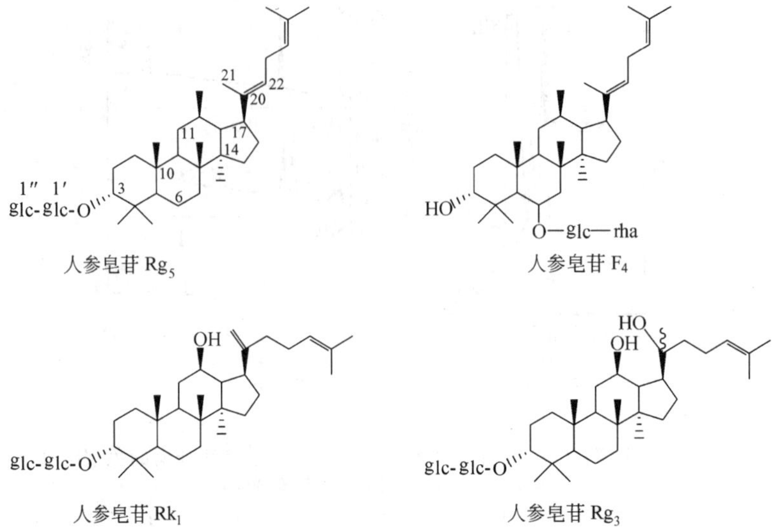

图 7-187　人参中主要皂苷成分的结构式

下减压浓缩干燥得到粗提物。选择二氯甲烷-甲醇-水-异丙醇（6∶6∶4∶1）的溶剂体系，应用 HSCCC 从人参提取物中分离得到了上述人参皂苷成分，HSCCC 色谱图如图 7-188 所示。

7.8.5　小结

① 由于多数皂苷化合物的极性较强，在应用 HSCCC 进行分离时，基本的溶剂系统由丁醇-水组成。通过选用乙酸乙酯、乙酸、乙醇等溶剂来调整基本溶剂系统的极性，以及适当地调整溶剂系统诸元的配比，就能找到较好的分离条件和获得较好的分离效果。

② 在制备分离高极性的皂苷类化合物时，通常需要综合应用多种提取分离技术（例如，大孔吸附树脂、硅胶、聚酰胺、反向 C_{18} 等柱色谱技术），尽量去除低极性成分，并将高极性的皂苷部分尽量富集。随后进行 HSCCC 分离纯化，实现整个提取分离过程的高效化。

③ 许多皂苷类化合物在紫外光区吸收较差，在采用 HSCCC 分离的技术系统时，需采用 TLC 对分离洗脱馏分进行检测，也可用蒸发光散射检测器进行在线检测。

④ 皂苷类化合物具有表面活性剂的特性，在应用 HSCCC 分离时容易产生乳化现象，从而导致分配分离过程无法正常进行。解决这一问题的办法是：适当降低仪器的转速、适当减低流动相的流速；或者称之为"建立一个较为缓和的动态条件"，用以抑制溶剂系统的乳化趋向，保证有效的分离进程。

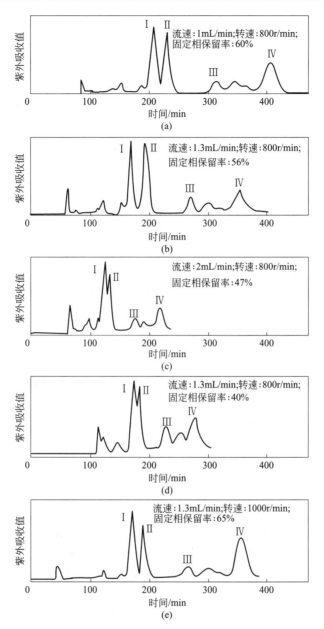

图 7-188　人参粗提物在不同流动相流速和不同转速条件下的 HSCCC 分离色谱图
HSCCC 溶剂系统：二氯甲烷-甲醇-水-异丙醇（6：6：4：1）；检测器：ELSD；进样量：350mg。
Ⅰ—人参皂苷 Rg₅；Ⅱ—人参皂苷 Rk₁；Ⅲ—人参皂苷 F₄；Ⅳ—人参皂苷 Rg₃

7.9　其他类化合物的分离

除了上述几类主要的天然活性成分外，HSCCC 在其他类别植物活性成分的分离中也有成功的应用。如 Wang 等[101]采用 HSCCC 从当归中分离出当归内酯，如 Shi 等[102]选用正己烷-乙酸乙酯-甲醇-水（1∶0.2∶1.1∶0.2）组成的溶剂系统从香附挥发油中分离得到香附酮。Han 等[103]采用三元溶剂系统正丁醇-乙酸乙酯-水（0.6∶4.4∶5）从太子参中分离纯化得到环肽等。一些非水系统在 HSCCC 分离中也得到了应用，如 Cao 等[104]用正庚烷-乙腈-冰乙酸-甲醇（4∶5∶1∶1）两相有机溶剂系统对葡萄籽油可皂化物中的几种脂肪酸进行了分离。下面就这几例子进行较详细的介绍。

7.9.1　当归内酯

当归［*Angelica sinensis*（Oliv.）Diels］是一种伞形科当归属多年生草本植物，是我国常用中药材之一，有补血活血、润肠和调经之功效。现多用于治疗贫血、妇科疾病、中风、高血压、冠心病、血栓闭塞性脉管炎、血栓性浅静脉炎等症。当归挥发油是当归药效的重要组成部分，而多种内酯类物质则是当归挥发油中的主要有效成分。当归内酯具有降低血液的黏稠度的作用和极强的抗氧化活性，其化学结构式如图 7-189 所示。正是基于当归内酯具有的功能作用，因此，当归内酯也就成了评价当归质量的主要指标成分。当归内酯在高温下极不稳定，传统的分离纯化方法如柱层析法等，需要经过很多步骤，且产品的回收率很低。高速逆流色谱作为一种典型的液-液分离方法，能够简化分离步骤和避免固态填料对样品组分的不可逆吸附。

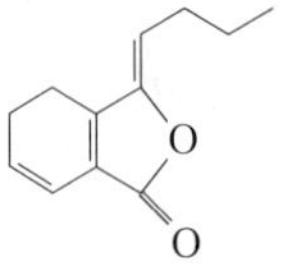

图 7-189　当归内酯的化学结构式

Wang 等[101]采用超临界萃取结合高速逆流色谱的方法，成功分离了当归中的当归内酯。作者首先运用超临界萃取法对当归原料进行萃取，得到粗提物。然后采用分析型逆流色谱仪进行溶剂系统的筛选，各种筛选结果谱图如图 7-190 所示。通过比较，最后选定石油醚-乙醇-水（10∶17∶10）的三元系统进行 HSCCC 制备分离。在制备型逆流色谱仪上，一次上样 200mg 粗提物，经过分离纯化能得到纯度为 98.8％的当归内酯 38mg。HSCCC 的分离色谱图和 HPLC 对当归内酯的纯度检测色谱图分别如图 7-191 和图 7-192 所示。

7.9.2　太子参环肽

作为一类重要的肽类化合物，环肽在生物医学、药学等领域都有着良好的应用前景，20 世纪 40 年代发现的抗菌类环肽 Gramicidin S 是人类历史上发现的第一个环肽。环肽在形成荷尔蒙、抗生素、离子载体系统、抗真菌素、癌抑制剂以及毒素

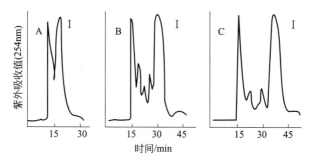

图 7-190　分析型 HSCCC 对当归粗提物进行分离的色谱图

HSCCC 溶剂系统：石油醚-乙醇-水 10∶17∶3（A），10∶17∶8（B），10∶17∶10（C）；固定相：上相，流动相：下相；流速：1.0mL/min；转速：1600r/min；进样量：20mg 溶于 1∶1 上相和下相的混合液；固定相保留率分别为 65%（A），60%（B），60%（C）。峰Ⅰ—当归内酯

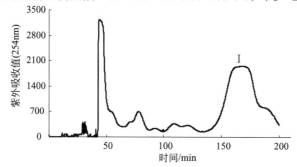

图 7-191　当归粗提物的制备型 HSCCC 分离色谱图

HSCCC 条件：柱体积 230mL；转速：800r/min；溶剂系统：石油醚-乙醇-水（10∶17∶10）；固定相：上相；流动相：下相；流速：2.0mL/min；检测波长：254nm；进样量：200mg；固定相保留率：63%

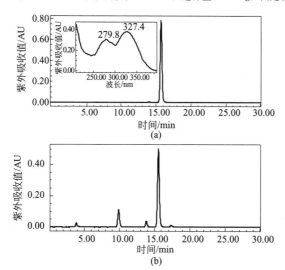

图 7-192　当归粗提物的 HPLC 分析色谱图（a）和
HSCCC 分离所得当归内酯的 HPLC-UV 色谱图（b）

实验条件：Shim-pack VP-ODS 柱（250mm×4.6mm，i.d.）；柱温：25℃；流动相为甲醇-水（70∶30）；流速：1.0mL/min；检测波长：327nm；进样量：10μL

等方面展现出丰富多样的生物活性。到 20 世纪中叶，这类化合物中的几个代表性物质已经被分离得到并阐明了结构，进而完成了全合成方法的研究。在过去的 40 年间，从植物、真菌、细菌及海洋生物有机体中分离得到的特殊结构的环肽数目有了大幅度增加。

Han 等[103]利用 HSCCC 技术从太子参中分离出环肽 Pseudostellarin B，作者首先用甲醇对太子参进行超声波辅助萃取，然后用旋转蒸发器对提取液进行浓缩，再用大孔树脂进行粗分离得到粗提物，最后采用正丁醇-乙酸乙酯-水（0.6 : 4.4 : 5）的三元溶剂系统，用紫外检测器在 213nm 进行检测，采用 HSCCC 分离出纯度达到 96% 的环肽 Pseudostellarin B。

HSCCC 分离纯化化合物时最关键的步骤是溶剂系统的选择，作者首先根据环肽的溶解性选用了 5 种不同的溶剂系统，测定了样品在不同溶剂系统中的分配系数，各分配系数 K 值列于表 7-25 中。然后，作者采用这 5 个系统用 HSCCC 进行了分离试验，根据得到的固定相的保留率和组分的分离度结果确定正丁醇-乙酸乙酯-水（0.6 : 4.4 : 5）的溶剂系统。HSCCC 分离色谱图和 HPLC 对粗提物和分离后的环肽 Pseudostellarin B 的分析检测谱图分别如图 7-193 和图 7-194 所示。

表 7-25　环肽 Pseudostellarin B 在不同的两相系统中的分配系数 K

溶 剂 系 统	K
正丁醇-乙酸乙酯-冰乙酸-水（0.5 : 4.5 : 0.5 : 6）	0.86
正丁醇-乙酸乙酯-甲醇-水（0.5 : 4.5 : 1 : 4）	0.72
正丁醇-乙酸乙酯-乙醇-水（0.5 : 4.5 : 0.2 : 4）	0.79
正丁醇-乙酸乙酯-乙醚-水（0.5 : 4.5 : 0.5 : 6）	0.64
正丁醇-乙酸乙酯-水（0.6 : 4.4 : 5）	1.12

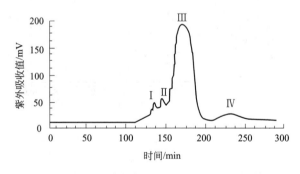

图 7-193　太子参粗提物的 HSCCC 分离色谱图

HSCCC 溶剂系统：正丁醇-乙酸乙酯-水（0.6 : 4.4 : 5）；固定相：上相；流动相：下相；流速：1.6mL/min；转速：800r/min；温度：25℃；进样量：60mg 粗提物溶于 8mL 上相；检测波长：213nm（组分Ⅲ为 160～175min 馏分收集物，经 HPLC 分析纯度在 96% 以上）

7.9.3　香附酮

香附为双子叶植物莎草科植物莎草（cyperusrotundu）的干燥根茎。性平、味辛微苦，有调经止痛、疏肝理气功能。香附含有的成分比较复杂，主要有挥发油类

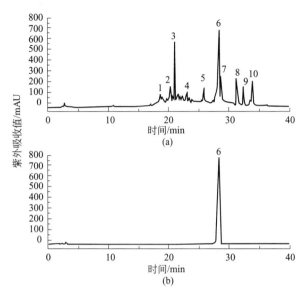

图 7-194　太子参粗提物和 HSCCC 分离结果峰Ⅲ的 HPLC 分析色谱图

色谱柱：SinoChrom ODS-BP C$_{18}$（4.6mm×200mm，5μm）；洗脱体系：乙腈和水梯度洗脱，流动相中乙腈的比例为 2%（0min）→10%（10min）→45%（30min）→55%（40min）；流速：1.0mL/min；检测波长：213nm（图 7-193 逆流色谱分离结果中的峰Ⅰ为 HPLC 谱图中的峰 1 和峰 2；峰Ⅱ为 HPLC 中的峰 4 和峰 5；峰Ⅲ为 HPLC 谱图中的峰 6；峰Ⅳ为 HPLC 谱图中的峰 9）

等成分，还有糖类、生物碱等类成分。香附挥发油中含有多种单萜、倍半萜及其氧化物。α-香附酮为桉烷型倍半萜，是香附的专属性成分，结构式如图 7-195 所示。现代药理学研究表明，香附挥发油具有抗炎退热的作用。α-香附酮对照品的制备对香附药材的开发利用具有重要的意义。

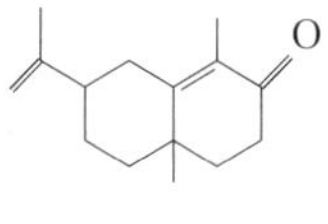

图 7-195　香附酮的化学结构式

　　Shi 等[102]运用超临界萃取结合 HSCCC 分离的方法成功地从香附中分离得到了 α-香附酮。作者取香附药材粉末 500g，用超临界 CO$_2$ 萃取法进行萃取，在压力 20MPa、温度 40℃的条件下，萃取得到香附挥发油 12.8g。根据香附酮的特性，作者设计了用于 HSCCC 分离的几个低极性的溶剂系统，并用 HPLC 法测定香附酮在不同溶剂系统中的分配系数，其结果见表 7-26。经过比较，选定正己烷-乙酸乙酯-甲醇-水（1∶0.2∶1.1∶0.2）的溶剂系统用于 HSCCC 分离。分离实验中，进样量为 900mg，流动相流速为 2mL/min，分离结果经 HPLC 分析得知，能获得 60mg 纯度为 98.8% 的 α-香附酮。HSCCC 色谱分离图和 HPLC 分析结果分别如图 7-196 和图 7-197 所示。

表 7-26   α-香附酮在不同溶剂系统中的分配系数 **K**

序号	溶剂系统	体积比	分配系数
1	正己烷-乙酸乙酯-甲醇-水	1∶1∶1∶1	26.11
2	正己烷-乙酸乙酯-甲醇-水	3∶2∶3∶2	23.03
3	正己烷-乙酸乙酯-甲醇-水	1∶2∶2∶1	4.91
4	石油醚(60~90℃)-乙醇-水	10∶17∶3	1.12
5	正己烷-乙酸乙酯-甲醇-水	1∶0.2∶1.1∶0.2	1.20

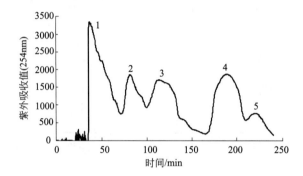

图 7-196   香附酮的 HSCCC 分离色谱图

HSCCC 溶剂系统：正丁醇-乙酸乙酯-甲醇-水（1∶0.2∶1.1∶0.2）；固定相：上相；流动相：下相；流速：2mL/min；进样量：900mg；转速：800r/min，检测波长：254nm；固定相保留率：66%。峰 4—香附酮

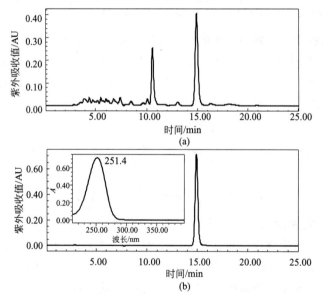

图 7-197   香附粗提物（a）和 HSCCC 分离所得
α-香附酮（b）的 HPLC 分析色谱图

7.9.4   葡萄籽脂肪酸

葡萄籽是葡萄酒厂的下脚料，经晒干后分离葡萄皮、葡萄梗后所得产物，葡萄

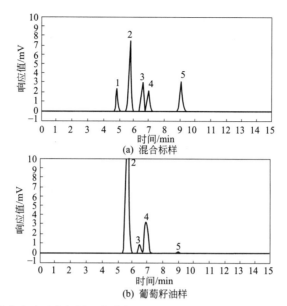

图 7-198　几种脂肪酸混合标样和葡萄籽油经过皂化后所得样品的 HPLC 分析色谱图

HPLC 条件：色谱柱为 Phenomenex Launa C_{18}（150mm×4.6mm，i.d.）；流动相为甲醇（含 1%的 HAc）-水（含 1%的 HAc）（95：5）；流速：1mL/min；检测器 ELSD。1—γ-亚麻酸；2—亚油酸；3—棕榈酸；4—油酸；5—硬脂酸

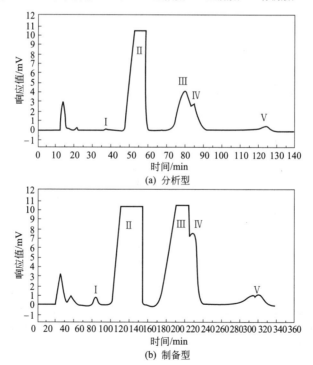

图 7-199　葡萄籽中游离脂肪酸的 HSCCC-ELSD 分离色谱图

HSCCC 分离柱体积：35mL（0.8mm，i.d.）(a)，230mL（1.6mm i.d.）(b)；溶剂系统：正庚醇-乙腈-冰乙酸-甲醇（4：5：1：1），流动相：下相；流速：1mL/min (a)，2mL/min (b)；转速：1800r/min (a)，800r/min (b)；检测器：ELSD。Ⅰ-γ-亚麻酸；Ⅱ—亚油酸；Ⅲ—油酸；Ⅳ—棕榈酸；Ⅴ—硬脂酸

籽油具有保健、美容之功效。葡萄籽中含有 $14\%\sim17\%$ 的油脂，其中含有大量的不饱和脂肪酸。在这些脂肪酸中亚油酸的含量高达 $72\%\sim76\%$，比红花油、葵花油以及玉米油中的含量要高很多。

Cao 等[104] 采用超临界萃取结合 HSCCC 分离的方法对葡萄籽中的油脂成分成功进行了分离。作者首先采用超临界萃取的方法对葡萄籽油进行了提取，并经过皂化以后，选用正庚烷-乙腈-冰乙酸-甲醇（4∶5∶1∶1）的两相有机溶剂系统，在 HSCCC 上对葡萄籽油可皂化物中的几种脂肪酸进行了分离。由于脂肪酸没有紫外吸收，作者采用了蒸发光散射检测器进行了在线监测。图 7-198 所示为几种脂肪酸混合物标样和葡萄籽油经过皂化后所得样品的 HPLC 分析图。从图中可以看出，亚油酸在其中占有很大的比例，γ-亚麻酸在此没有被检测出来。经过 HSCCC 制备分离的色谱图和对各馏分的 HPLC 分析结果如图 7-199 和图 7-200 所示，除了亚油酸、油酸、棕榈酸以及硬脂酸以外，有少量的 γ-亚麻酸被制备出来。此结果证明，采用 HSCCC 分离脂肪酸类化合物是一种很有效的方法，同时为其他不饱和脂肪酸的分离制备提供了一条新的技术途径。

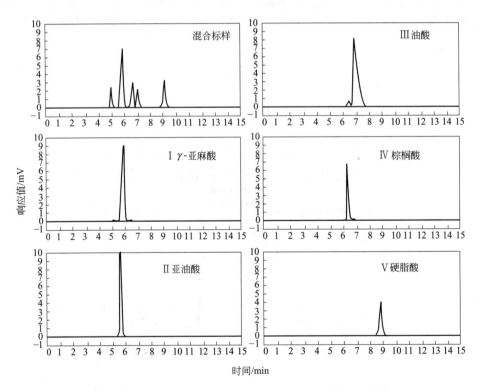

图 7-200　混合标样和葡萄籽油提取物经过 HSCCC 分离所得各游离
脂肪酸的 HPLC 分析色谱图
分析实验条件同图 7-198

参 考 文 献

[1]　Zhang TY. Abstracts of the Pittsburgh Conference on Analytical Chemistry and Applied Spectroscopy，1984，476.

[2]　Zhang TY. J Chromatogr，1984，315：287.

[3]　Zhang TY. J Liq Chromatogr，1988，11 (1)：233.

[4]　Zhang TY，et al. J Chromatogr，1988，435：159.

[5]　Zhang TY，et al. J Liq Chromatogr，1998，11 (8)：1661.

[6]　Zhang TY，et al. J Chromatogr，1988，442：455.

[7]　Zhang TY，et al. J Chromatogr，1988，445：199.

[8]　Zhang TY. HSCCC on Medicinal Herbs，High-Speed CCC，Vol 132. in：Chem. Anal：A Series of Monographs on Anal Chem and its Appli，New York：John Wiley&Sons，1996：Chapter 8.

[9]　Zhang TY. Separation of Compounds in Medicinal Herbs，Including Alkaloids：High-Speed Countercurrent Chromatography，Encyclopedia of Separation Science. London：Academic Press Ltd，2000.

[10]　Zhang TY，Cao XL，Han X. J Liq Chromatogr&Rel Tech，2003，26 (9&10)：1565.

[11]　Zhang TY. In：Countercurrent Chromatography-the Support-Free Liquid Stationary Phase. Berthod A，Ed. Elsevier：Amsterdam，2002：Chapter 8.

[12]　高荫榆，魏强，范青生，陈秀霞. 食品科学，2008，29 (2)：461.

[13]　李艳，肖凯军. 现代食品与药品杂志，2006，16 (4)：78.

[14]　洪波，赵宏峰，司云珊，徐雅娟. 吉林农业大学学报，2005，27 (5)：522.

[15]　Li FW，Lin YL，Wang X，Geng YL，Wang DJ. Sep Pur Tech，2009，64：304.

[16]　Wu S，C Sun，Cao X，Zhou H，Zhang H，Pan Y. J Chromatogr A，2004，1041：153.

[17]　Wang X，Liu JH，Geng YL，Dong H J，Zhang TY. J Sep Sci，2009，33：1.

[18]　Liu R，Chu X，Sun A，Kong L. J Chromatogr A，2005，1074 (1-2)：139.

[19]　OuYang X K，Jin M C，He C H. Sep Pur Tech，2007，56：319.

[20]　Yang F Q，Zhang T Y，Zhang R，Ito Y. J Chromatogr A，1998，829：137.

[21]　Tang Q，Yang C，Ye W，Liu J，Zhao S. J Chromatogr A，2007，1144：203.

[22]　Wang X，Geng Y L，Li F W，Shi X G，Liu J H. J Chromatogr A，2006，1115：267.

[23]　Wang X，Geng Y L，Wang D J，Shi X G，Liu J H. J Sep Sci，2008，31：3543.

[24]　Yang F，Ito Y. J Chromatogr A，2001，923：281.

[25]　Zhang L J，Wang X，Liu J H，Duan W J，Wang D J，Geng Y L. Chromatographia，2009，69：959.

[26]　Ling JY，Zhang GY，Cui ZJ，Zhang CK. J Chromatogr A，2007，1145 (1-2)：123.

[27]　Yang FQ，Quan J，Zhang TY，et al. J Chromatogr A，1998，822：316.

[28]　Wang X，Li FW，Zhang HX，Geng YL，Yuan JP，Jiang T. J Chromatogr A，2005，1090：188.

[29]　孙印石，刘政波，王建华，王迎，祝丽香，李来玲. 色谱，2009，27 (2)：244.

[30]　Wang X，Cheng CG，Sun QL，Li FW，Liu JH，Zheng CC. J Chromatogr A，2005，1075：127.

[31]　Cao XL，Tian Y，Zhang T，X Li，Y Ito. J Chromatogr A，1999，855 (2)：709.

[32]　Liu RM，Li AF，Sun AL，Cui JC，Kong LY. J Chromatogr A，2005，1064：53.

[33]　Ye HY，Chen LJ，Li YF，Peng AH，Fu AF，Song H，Tang MH，Luo HD，Luo YF，Xu YB，Shi JY，Wei YQ. J Chromatogr A，2008，1178：101.

[34]　Yang FQ，Ma Y，Ito Y. J Chromatogr A，2001，928：163.

[35]　Kapadia GJ，Oguntimwin B，Shukla YN. J Chromatogr A，1994，673：142.

[36]　Li HB，Chen F. J Chromatogr A，2005，1074 (1-2)：107.

[37]　Lu HT，Jiang Y，Chen F. J Chromatogr A，2003，1017 (1)：117.

[38]　Wu SJ，Sun AL，Liu RM. J Chromatogr A，2005，1066 (1-2)：243.

[39]　刘运荣，胡建华. 武汉工业学院学报. 2005，24 (4)：63.

[40]　冯丽，宋曙辉，赵霖，徐桂花. 中国食物与营养. 2007，10：63.

[41]　赵扬帆，郑宝东. 福建轻纺，2006，10 (11)：108.

[42]　姚新生. 天然药物化学. 北京：人民卫生出版社，1994：246.

[43]　Geng YL，Liu JH，Lv RM，Yuan JP，Lin YL，Wang X. Sep Purif Technol，2007，57：237.

[44]　Lu HT，Jiang Y，Chen F. J Chromatogr A，2004，1026：185.

[45]　Lu JJ，Wei Y，Yuan QP. J Chromatogr B，2007，857：175.

[46]　Yang CH，Tang QF，Liu JH，Zhang ZJ，Liu WY. Sep Purif Technol，2008，61：474.

[47] Wang X, Geng YL, Li FW, Gao QS, Shi XG. J Chromatogr A, 2006, 1103：166.

[48] 刘建华，赵善仓，王晓，耿岩玲，李福伟. 分析化学, 2008, 36：964.

[49] Degenhardt A, Engelhardt UH, Lakenbrink C. J Agric Food Chem, 2000, 48：3425.

[50] 江和源，程启坤，杜琪珍. 茶叶科学, 2000, 20 (1)：40.

[51] Cao XL, Tian Y, Zhang TY. J Chromatogr A, 2000, 898：75.

[52] Torskangerpoll K, Chou E, Anderson OM. J Liq Chromatogr&Rel Technol, 2001, 24 (11-12)：1791.

[53] Degenhardt A, Knpp H, Winterhalter P. J Agric Food Chem, 2000, 48：338.

[54] Schwarz M, Hillebrand S, Habben S, Degenhardt A, Winterhalter P. Biochem Eng J, 2003, 14：179.

[55] 匡海学主编. 中药化学. 北京：中国中医药出版社, 2004：114.

[56] Wang X, Wang Y, Geng Y, Li F, Zheng C. J Chromatogr A, 2004, 1036 (2)：171.

[57] 王晓，刘建华，程传格，郑成超. 应用高速逆流色谱分离纯化和厚朴酚与厚朴酚的方法. ZL 200410036087.4.

[58] Wang X, Lin YL, Geng YL, Li FW, Wang DJ. Cereal Chem, 2009, 86 (1)：23.

[59] Tianhui Huang, Pingniang Shen, Yongjia Shen. J Chromatogr A, 2005, 1066：239.

[60] Peng JY, Fan GR, Qu LP, Zhou X, Wu YT. J Chromatogr A, 2005, 1082：203.

[61] Wang X, Geng YL, Li FW, Liu JH. J Sep Sci, 2007, 30：3214.

[62] Wang X, Li FW, Sun QL, Yuan JP, Jiang T, Zheng CC. J Chromatogr A, 2005, 1063：247.

[63] Li HB, Chen F. J Chromatogr A, 2005, 1083：102.

[64] Li L, Tsao R, Yang R, Liu C. Food Chem, 2008, 108：702.

[65] Lei L, Yang, FQ, Zhang, TY, Tu PF, Wu LJ, Ito Y. J Chromatogr A, 2001, 912：181.

[66] Li B, Tsao L, Liu R, Liu ZQ, Yang SY, Young R, Zhu H, Deng Z, Xie M, Fu Z. J Chromatogr A, 2005, 1063：161.

[67] Wang X, Wang Y, Yuan J, Sun Q, Liu J, Zheng C. J Chromatogr A, 2004, 1055 (1-2)：135.

[68] Liu R, Li A, Sun A, Kong L. J Chromatogr A, 2004, 1057 (1-2)：225.

[69] Liu R, Feng L, Sun A, Kong L. J Chromatogr A, 2004, 1055 (1-2)：71.

[70] 李福伟，耿岩玲，王晓，林云良，李赛钰. 分析实验室, 2006, 25 (suppl)：41.

[71] Yang FQ, Zhang TY, Liu QH. J Chromatogr A, 2000, 883：67.

[72] Liu RM, Sun QH, Sun AL. J Chromatogr A, 2005, 1072 (2)：195.

[73] Liu RM, Li AF, Sun AL. J Chromatogr A, 2004, 1052 (1-2)：223.

[74] Wei Y, Ito Y. J Chromatogr A, 2006, 1115 (1-2)：112.

[75] Peng JY, Zhan LB, Dong FQ. Sep Pur Technol, 2008, 59 (3)：262.

[76] Lu HT, Jiang Y, Chen F. J Chromatogr A, 2004, 1023 (1)：159.

[77] Liu RM, Li AF, Sun AL. J Chromatogr A, 2004, 1052：217.

[78] Yang FQ, Zhang TY, Tian GL, et al. J Chromatogr A, 1999, 858 (1)：103.

[79] Tong S, Yan J. J Chromatogr A, 2007, 1176 (1-2)：163.

[80] Yang FQ, Zhang TY, Ito Y. J Chromatogr A, 2001, 919：443.

[81] Li HB, Chen F. J Chromatogr A, 2001, 925：109.

[82] Tian GL, Zhang YB, Zhang TY. J Chromatogr A, 2000, 904：107.

[83] 屈嫨，杨悦武，郭治昕等. 化学工业与工程, 2007, 24 (1)：48.

[84] 王春燕，蔡定国，柳正良等. 中国医药工业杂志, 2001, 32 (4)：145.

[85] Cao XL, Huang DF, Dong YM. J Liq Chrom & Rel Technol, 2007, 30：1657.

[86] Yao S, Li Y, Kong LY. J Chromatogr A, 2006, 1115：6.

[87] Fan JP, He CH. J Liq Rel Tech, 2006, 29：815.

[88] Wu SH, Sun CR, Wang KW, Pan YJ, J Chromatogr A, 2004, 1028：171.

[89] Jiang Y, Lu HT, Chen F. J Chromatogr A, 2004, 1033：183.

[90] Du QZ, Jerz G, Winterhalter P. J Chromatogr A, 2003, 984 (1)：147.

[91] Du QZ, Xiong XP, Ito Y. In：Modern Corntercurrent Chromatography. Conway W D, Petroski R J, ed. Washington D C：American chemical Society, 1995：107.

[92] Wei Y, Zhang TY, Xu GQ, et al. J Chromatogr A, 2001, 929：169.

[93] 佘佳红，柳正良，蔡定国. 中国新药杂志, 2000, 9 (6)：392.

[94] Lu YB, Sun CR, et al. J Chromatogr A, 2007, 1146：125.

[95] Frighetto R, Welendorf R, Nigro E, Frighetto N, Siani A. Food Chem, 2008, 106：767.

[96] Chen F, Li HB, Wong RN, Ji B, Jiang Y. J Chromatogr A, 2005, 1064：183.

［97］　Zhou TT，Fan GR，Hong ZY，Chai YF，Wu YT. J Chromatogr A，2005，1100：76.

［98］　Du QZ，Yuan J. J Liq Chromatogr & Rela Tech，2005，28：1717.

［99］　Cao XL，Tian Y，Zhang TY，Liu QH. J Liq Chromatogr & Rel Technol，2003，26：1579.

［100］　Ha YW，Lim SS，Hs IJ，et al. J Chromatogr A，2007，1151：37.

［101］　Wang X，Shi XG，Li FW. Phytochem Anal，2008，19：193.

［102］　Shi XG，Wang X，Wang DJ，Geng YL，Liu JH. Sep Sci Tech，2009，44：712.

［103］　Han C，Chen JH，Liu J. Talanta，2007，71：801.

［104］　Cao XL，Ito Y. J Chromatogr A，2003，1021：117.

第8章　HSCCC 在抗生素分离中的应用

8.1　概述

抗生素是微生物在代谢过程中的一种对其他微生物具有杀灭或抑制作用的次级代谢产物。自 20 世纪 20 年代青霉素问世以来，抗生素作为抗感染治疗的重要药物，在保障人类健康中发挥着重要的作用。现已发现 400 多种抗生素。常用抗生素类药物根据其结构大致可以分为以下几类：β-内酰胺类、大环内酯类、肽类、氨基糖苷类、蒽环类、四环素类等。人类认识抗生素的历史虽然不长，但它却在人类同疾病斗争中，特别是同各种严重的传染病的斗争中，起到了很大的作用。另外，抗生素在农牧业生产上也得到广泛的应用，可使粮棉、蔬菜、水果、家禽增产增收，并可减少因使用化学农药引起的环境污染。

由于绝大多数的抗生素都是由微生物产生的，通常含量低、成分复杂。目前抗生素的提取方法基本上可分为溶剂萃取法、吸附法、沉淀法和离子交换法等。常用的分离纯化方法有：结晶、重结晶、共沸蒸馏结晶法、柱色谱法、薄层色谱法、盐析法、分子筛法等。其中柱色谱法是近几十年来迅速发展起来的技术，优点是分离效率高、设备简单、操作方便，且不包含强烈的操作条件（如加热等），因而不易使物质变性，尤其适用于不稳定的大分子有机化合物。但是柱色谱的缺点就是存在不可逆吸附。

高速逆流色谱（HSCCC）是一种新颖的液液分离技术，不存在对样品组分的吸附、变性、失活、拖尾等现象，节省材料和减少溶剂消耗；它的分离效率高，且分离时间短；此外，有广泛的液液分配溶剂系统可供选择采用，系统更换方便、快捷；它的进样量大，在样品的提纯制备方面显示出很大的优势。多数抗生素分子量不是很大，而且具有一定的脂溶性，容易找到适合在逆流色谱上分离的两相溶剂体系。我国是世界上较早开展逆流色谱技术研究开发工作的国家，早在 1978 年，在卫生部药品生物制品检定所周海均教授、郑昌亮教授的建议下，张天佑教授在北京新技术应用研究所创立了该项新技术的研究工作，并且是以抗生素的分离作为起步的应用研究目标。1984 年在国际上发表的研究成果引起了国际学术界的高度关注。目前，逆流色谱技术已经成功用于许多抗生素的分离纯化，这些抗生素的结构类型有肽类、大环内酯类、四环素类、蒽环类、放线菌素类、多烯类、核苷类、糖类和头孢类等（表 8-1）。下面列举几个典型的应用逆流色谱分离纯化抗生素中的实例。

表 8-1　典型的逆流色谱在抗生素分离纯化中的应用

样　品	仪器	溶　剂　系　统	流动相	发表时间	参考文献
肽类					
短杆菌肽 A,B,C	DCCC	苯-氯仿-甲醇-水(15∶15∶23∶7)	下层	1974	[1]
	HSCCC	苯-氯仿-甲醇-水(15∶15∶23∶7)	下层	1982	[2]
短杆菌酪肽	DCCC	氯仿-甲醇-0.1mol/L 盐酸(19∶19∶12)	下层	1974	[1]
多黏菌素 E	CPC	正丁醇-2%二氯乙烷(5%氯化钠)(6∶7)	下层	1984	[3]
多黏菌素	分析 HSCCC	正丁醇-0.04mol/L 三氟乙酸(1%甘油)(1∶1)	下层	1991	[4]
杆菌肽	X-axisCCC	氯仿-95%乙酸乙酯-水(5∶4∶3)	下层	1989	[5]
	Foam CCC	氮气,水	下层	1989,1991	[6]
	HSCCC	氯仿-甲醇-水(5∶4∶3)	下层	1991	[7]
	HSCCC	氯仿-乙醇-甲醇-水(5∶3∶3∶4)	下层	1991	[7]
WAP-28294A	HSCCC	正丁醇-乙酸乙酯-0.005mol/L 三氟乙酸(1.25∶3.75∶5)	下层	2001	[8]
环孢菌素	HSCCC	石油醚-丙酮-水(3∶3∶2)	下层	2005	[9]
四环素类					
土霉素/氯霉素	CPC	正丁醇-0.01mol/L 盐酸(1∶1)	下层	1984	[3]
四环素/杂质	CPC	硝基甲烷-氯仿-吡啶-0.1mol/L EDTA(pH7)(20∶10∶3∶33)	下层	1984	[3]
四环素	DCCC	氯仿-甲醇-正丙醇-0.01mol/L 盐酸(9∶12∶1∶8)	下层	1984	[10]
大环内酯类					
Niph imycin	DCCC	氯仿-甲醇-水(35∶65∶40)	下层	1983	[11]
红霉素	CPC	甲基异丁酮-丙酮-0.2mol/L 磷酸盐/柠檬酸盐缓冲液(pH6.5)(20∶1∶21)	下层	1984	[3]
红霉素	HSCCC	正己烷-乙酸乙酯-甲醇-水(5∶5∶5∶5)	下层	2008	[12]
2-去甲基红霉素	HSCCC	正庚烷-苯-丙酮-异丙醇-0.01mol/L 柠檬酸盐缓冲液(pH6.3)(5∶10∶2∶3∶5)	上层	1988	[13]
尼达霉素	HSCCC	四氯化碳-甲醇-0.01mol/L 磷酸钾缓冲液(pH7)(2∶3∶2)	上层	1988	[13]
Tiacum icins	HSCCC	四氯化碳-氯仿-甲醇-水(7∶3∶7∶3)	上层	1988	[13]
Coloradocin	HSCCC	氯仿-甲醇-水(1∶1∶1)	上层	1987,1988	[13]
孢绿菌素	HSCCC	正丁醇-乙醚-水(10∶4∶12)	下层	1990	[14]
霉菌素	分析 HSCCC	正己烷-乙酸乙酯-甲醇-8%氨水(1∶1∶1∶1)	下层	1991	[15]
Dunaimycin	HSCCC	正己烷-乙酸乙酯-甲醇-水(8∶2∶10∶5,70∶30∶15∶6)	上层	1991	[16]
原始霉素	HSCCC	氯仿-乙酸乙酯-甲醇-水(3∶1∶3∶2,2.4∶1.6∶3∶2)	上层	1992	[17]
伊维菌素	HSCCC	正己烷-乙酸乙酯-甲醇-水(19∶1∶10∶10)	下层	1996	[18]
螺旋霉素	HSCCC	正己烷-乙酸乙酯-甲醇-水(3∶6∶5∶5)	上层	2000	[19]
蒽环类					
柔红霉素衍生物	HSCCC	氯仿-二氯甲烷-正己烷-甲醇-水	上层	1981	[20]
多柔比星/柔红霉素/代谢物	CPC	正丁醇-0.3mol/L 磷酸氢二钠	下层	1984	[20]
Benzanthrins A,B	HSCCC	四氯化碳-氯仿-甲醇-水(4∶1∶4∶1)	上层	1986	[21]
Altromycins	CCC	四氯化碳-甲醇-水,正己烷-乙酸乙酯-甲醇-水	下层	1990	[20]
链格孢毒素	HSCCC	正己烷-乙酸乙酯-甲醇-水(2∶5∶5∶6)	下层	2008	[22]
喹喔啉类					
棘霉素/醌霉素	CPC	丙酮-水-正庚烷-乙酸乙酯(3∶1∶1∶1)	下层	1978	[23]

续表

样　　品	仪器	溶 剂 系 统	流动相	发表时间	参考文献
三骨菌素 A/棘霉素	CPC	三氯乙烷-甲醇-水（7∶3∶1）	上层	1978	[23]
放线菌素类					
放线菌素混合物	HSCCC	乙醚-正己烷-甲醇-水（5∶1∶4∶5）	上层	1986	[24]
多烯类					
曲古霉素	CPC	氯仿-甲醇-硼酸盐缓冲液（4∶4∶3）	上层	1984	[3]
Globo ro seamycin	CPC	氯仿-甲醇-硼酸盐缓冲液（4∶4∶3）	上层	1984	[3]
制霉菌素	CPC	氯仿-甲醇-硼酸盐缓冲液（2∶4∶3）	下层	1984	[3]
呋罗托霉素	HSCCC	四氯化碳-氯仿-甲醇-水（5∶5∶6∶4）	上层	1985	[25]
克念菌素	HSCCC	氯仿-甲醇-水（4∶4∶3）	上层	1987	[26]
核苷类					
Herbicidins A，B	CCD	氯仿-甲醇-水	下层	1976	[20]
头孢类					
头孢菌素 C 及脱乙酰头孢菌素 C	HSCCC	PEG600 15%（质量分数）-硫酸铵 17.5%（质量分数）	下层	1995	[20]
其他					
Pentaleno lactone（内酯）	HSCCC	氯仿-甲醇-水（1∶1∶1）	上层	1985	[25]
Tirandamycin A，B	HSCCC	正己烷-乙酸乙酯-甲醇-水（70∶30∶15∶6）	上层	1985	[25]
Siderochelin A	HSCCC	氯仿-甲醇-水（7∶13∶8）	上层	1985	[25]
A 201E	HSCCC	四氯化碳-氯仿-甲醇-水（2∶5∶5∶5）	上层	1985	[25]
Bu2313B	HSCCC	正己烷-二氯甲烷-甲醇-水（5∶1∶1∶1）	下层	1985	[25]
SCH42282（含糖大环内酰胺）	HSCCC	氯仿-甲醇-水	上层	1998	[20]

8.2　高速逆流色谱分离抗生素的实例

8.2.1　链孢毒素

　　链格孢（*Alternaria species*）广泛分布于自然界，具有寄生、腐生和植物致病性，可在田间、运输及储藏过程中引起农作物霉变。由于该菌可在低温潮湿的环境下生长繁殖，因此是导致水果、蔬菜及冰箱储存食品腐败变质的主要微生物。链格孢可产生 70 多种有毒代谢产物链格孢毒素，人及动物摄入被链格孢毒素污染的食品及饲料后可导致急性或慢性中毒，且某些链格孢毒素还有致畸、致癌、致突变作用。

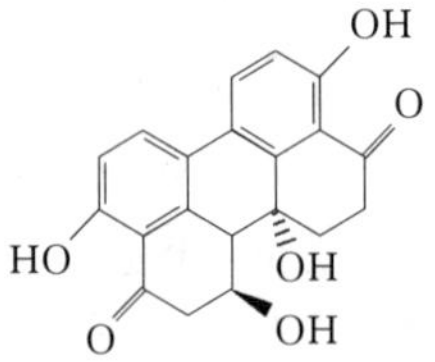

图 8-1　链孢毒素 I 的化学结构式

　　Hu 等[22]应用 HSCCC 从链格孢菌的发酵粗提物中分离纯化链格孢毒素 I（图

8-1)。为获得一个理想的溶剂系统，作者根据化合物的结构特点，设计了系列溶剂系统，并测定其 K 值，如表 8-2 所示，结果发现正己烷-乙酸乙酯-甲醇-水（4：5：5：6）和（2：5：5：6）的 K 值分别 0.62 和 0.91，适合链格孢毒素 I 分离，进一步考虑杂质峰的影响，发现 2：5：5：6 比较适合。图 8-2 所示为链格孢毒素粗提物 HSCCC 分离图，一次进样 600mg，得到链格孢毒素 I 纯度为 95.4%（图 8-3）。

表 8-2　链孢毒素 I 在不同两相溶剂系统的 K 值

溶 剂 系 统	K	溶 剂 系 统	K
正己烷-乙酸乙酯-甲醇-水（1：3：3：3）	0.39	正己烷-乙酸乙酯-甲醇-水（3：5：5：6）	0.32
正己烷-乙酸乙酯-甲醇-水（1：2：3：3）	2.72	正己烷-乙酸乙酯-甲醇-水（4：5：5：6）	0.62
正己烷-乙酸乙酯-甲醇-水（2：5：5：6）	0.91	二氯甲烷-甲醇-水（2：3：3）	0.11
正己烷-乙酸乙酯-甲醇-水（2：4：5：6）	1.27	二氯甲烷-甲醇-水（3：4：3）	0.28

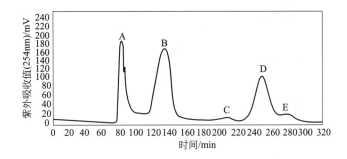

图 8-2　链格孢菌发酵提取物的 HSCCC 分离图

HSCCC 溶剂系统：正己烷-乙酸乙酯-甲醇-水（2：5：5：6），流动相：下相；转速 800r/min；流速：2mL/min；检测波长 254nm；进样量 600mg。D—链格孢毒素 I

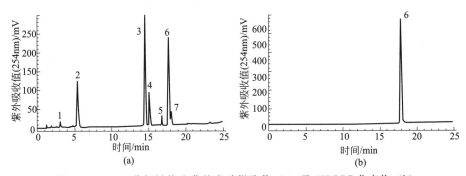

图 8-3　HPLC 分析链格孢菌的发酵提取物（a）及 HSCCC 分离物（b）

HPLC 色谱柱：Phenomenex Luna C$_{18}$ 柱（250mm×4.6mm，i.d.，5μm），甲醇和水梯度模式洗脱：0～20min，30%～70% 甲醇，20～25min，70%～100% 甲醇，流速：1.0mL/min；检测波长 254nm。6—链格孢毒素 I

8.2.2　环孢菌素

环孢菌素是由真菌产生的一组环状十一肽物质，由瑞士 Sandoz 公司于 1976 年首次报道，并从其产生菌多孔木霉（*Tolypocladium inflatum*）的发酵液中分离出 20 多个同系物。具有广泛的生物活性，如环孢菌素 A（CyA）已作为免疫抑制剂广泛应用于器官移植时的抗排斥反应，环孢菌素 H 是含 7 个跨膜区域的 G2 蛋白偶合受体——甲酰化多肽受体的强抑制剂，环孢菌素 D 的衍生物 PSC2833 可作为肿瘤多药耐药逆转剂，环孢菌素 C 的衍生物具有抗 HIV 作用等。因此，分离纯化环孢菌素各组分并研究其生物活性具有重要的意义。目前分离纯化环孢菌素的方法主要有凝胶色谱、硅胶色谱和高效液相色谱等。由于环孢菌素同系物在结构上往往只是个别氨基酸的差异甚至是氨基酸构型的差异，采用上述基于固-液色谱的分离方法很难将这些组分完全分离开来，因此探索环孢菌素新的分离技术具有很大的应用价值。

方东升等[9] 使用 TBE-300 高速逆流色谱仪以石油醚-丙酮-水（3：3：2）作为溶剂系统，用上相作为固定相，下相作为流动相进行分离纯化，分离得到 4 个部分，用高效液相色谱法测定单组分纯度。实验结果表明 200mg 环孢菌素粗品，经过一次高速逆流色谱分离（表 8-3），就可得到纯度为 98.5％以上的环孢菌素 A、B、C、D 单组分，回收率达 85％以上（表 8-4）。

表 8-3 收集到的四部分样品情况

部 位	收集时间/min	收集管数	收集体积/mL	R_f 值
第一部分	93～120	9	54	0.25
第二部分	162～195	11	66	0.36
第三部分	276～435	53	318	0.58
第四部分	—	—	330	0.70

表 8-4 HSCCC 分离后环孢菌素各组分纯度和收率

	HPLC 测定组分名称	重量/mg	纯度/％	收率/％
第一部分	环孢菌素 C	15.5	99.3	85.0
第二部分	环孢菌素 B	10.2	98.7	88.5
第三部分	环孢菌素 A	137.8	98.6	90.2
第四部分	环孢菌素 D	10.8	98.5	86.3

8.2.3 红霉素

红霉素为白色或类白色的结晶或粉末，无臭，味苦，微有引湿性。在甲醇、乙醇或丙酮中易溶，在水中极微溶解。由链霉菌（*Stretomyces erythreus*）所产生的一种碱性抗生素，属于大环内酯抗生素类。其游离碱供口服用，乳糖酸盐供注射用。此外，尚有其琥珀酸乙酯（琥乙红霉素）、丙酸酯的十二烷基硫酸盐（依托红霉素）供药用。红霉素为人们对抗病毒常用的抗生素，它抗菌谱较广，临床上主要应用于耐药青霉素金葡菌所致的多种严重感染，特别是对军团菌肺炎、支原体肺炎和非典型性肺炎等，红霉素是首选药。但是在商业生产上用 *Stretomyces erythreus*

发酵所产生的产物除了主要产物红霉素 A 以外，还有少量的红霉素 B、红霉素 C、红霉素 D、红霉素 E 和红霉素 F。它们的结构和化学性质非常相似，如图 8-4 所示。所以实现它们的大量制备型分离非常困难。

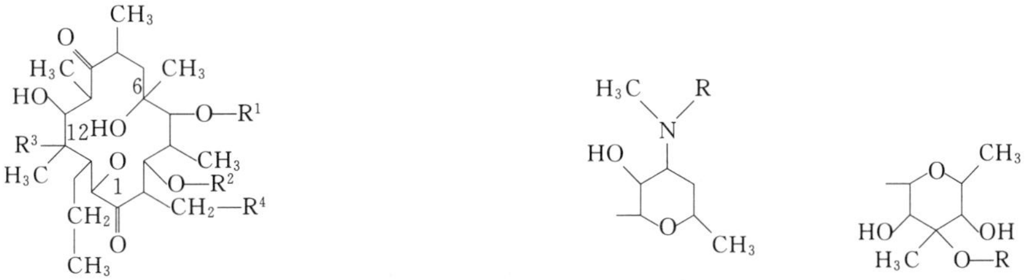

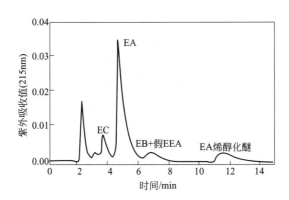

化合物	简写	R^1	R^2	R^3	R^4
红霉素 A	EA	DS	CD	—OH	—H
红霉素 B	EB	DS	CD	—H	—H
红霉素 C	EC	DS	MR	—OH	—H
红霉素 D	ED	DS	MR	—H	—H
红霉素 E	EE	DS	CD	—OH	—O—
红霉素 F	EF	DS	CD	—OH	—OH
N-去甲基 EA	dMeEA	dMeDS	CD	—OH	—H

R=Me　脱氧糖胺（DS）

R=H　N-去甲基 DS(dMeDS)

二脱氧甲基己糖（CD）

Mycairose（MR）

图 8-4　红霉素化合物的化学结构式

Booth 等[27]应用柱容量约为 100mL 的 J 型高速逆流色谱仪，通过对溶剂系统和分离条件的大量优化，最终选定正己烷-乙酸乙酯-甲醇-水（1.2∶2.0∶2.0∶1.0）作为溶剂系统，上相作为固定相，下相作为流动相，流速为 8mL/min，一次上样量为 600mg，可以得到纯度为 97% 的红霉素 A420mg。如图 8-5 和图 8-6 所示，分别为红霉素粗品的 HPLC 分析图和 HSCCC 大量制备分离红霉素 A 的 HSCCC 和 HPLC 分析图。

图 8-5　商用红霉素粗制品的 HPLC 分析图

陈琪等[12]采用柱体积为 200mL 的逆流色谱对红霉素 A 及红霉素 B 进行了分离研究，作者测定了三个溶剂体系 K 值（见表 8-5），可以看到三个体系均能够实

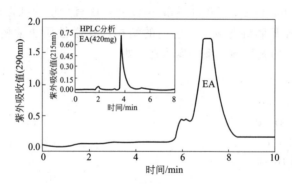

图 8-6　HSCCC 大量制备分离红霉素 A 的谱图
上样量 600mg；流速 8ml/mL

现对样品的分离。通过实际分离，结果见表 8-6，3 种溶剂系统均能分离得纯度较高的红霉素 A 和红霉素 B，其中溶剂系统 1 所得产品的纯度最高，分离时间最短，且固定相保留率较高，接近 60%。由表 8-5 可见，溶剂系统 1 的 α 值最大，α 越大表明相应的理论塔板数越高，即分离度越高，这与实验结果一致。综合考虑，溶剂系统 1，即正己烷-乙酸乙酯-甲醇-水（5∶5∶5∶5），对红霉素的分离效果最佳，从 200mg 粗样中，分离制取红霉素 A 和红霉素 B 分别为 41mg 和 38mg，纯度分别为 98.18% 和 99.05%（见图 8-7）。这一实例充分体现了 HSCCC 在抗生素分离纯化方面所具有的上样量大、回收率高的优点，为大环内酯类抗生素的分离提供了一个有效的手段。

表 8-5　化合物 1 和 2 的分配系数、分层时间和分离因子

溶剂系统	正己烷-乙酸乙酯-甲醇-水	T/s	K(1)	K(2)	α
1	5∶5∶5∶5	28.68	0.53	0.90	1.68
2	4∶7∶5∶5	29.95	1.24	1.87	1.51
3	5∶5∶4∶5	17.74	1.29	2.09	1.62

表 8-6　HSCCC 法分离红霉素的结果

溶剂系统	峰 I		峰 II		固定相保留率%	分离时间/min
	1 纯度/%	质量/mg	2 纯度/%	质量/mg		
1	98.18	41	99.05	38	58.9	200
2	89.68	42	94.95	46	46.3	270
3	96.03	30	93.40	43	63.2	350

8.2.4　螺旋霉素

螺旋霉素[19]（spiramycin）是一个 16 元环的大环内酯抗生素（见图 8-8），易溶于乙醇、丙醇、丙酮和甲醇，难溶于水。抗菌谱与红霉素相似，主要对革兰阳性

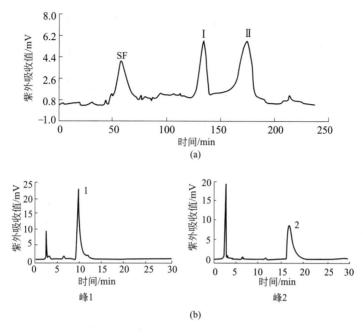

图 8-7　HSCCC 的图谱（a）和相应峰的 HPLC 图谱（b）

菌及一些革兰阴性菌、立克次体及大型病毒等有作用，广泛用于家畜如牛、猪和家禽等。它由 *Streptomyces ambofaciens* 产生，通常有螺旋霉素Ⅰ、螺旋酶霉素Ⅱ、螺旋霉素Ⅲ 3 种异构体共存。

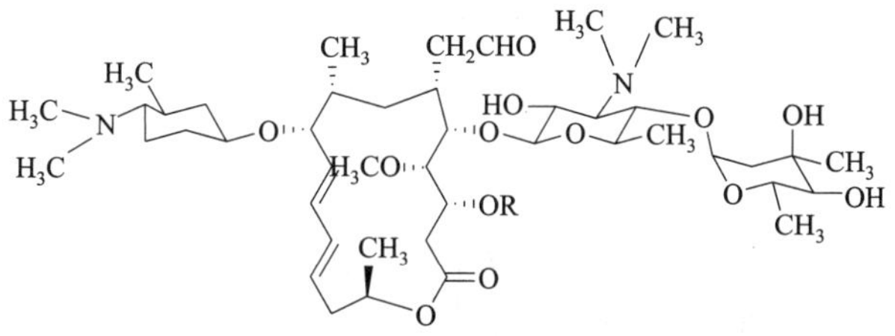

	R	M_W
螺旋霉素Ⅰ	—H	842
螺旋霉素Ⅱ	—H	884
螺旋霉素Ⅲ	—H	898

图 8-8　螺旋霉素的化学结构式

　　图 8-9 为一个螺旋霉素粗样的 HPLC 分析谱图。根据在 232nm 紫外峰面积计算，分别与峰 4、峰 5 和峰 6 相对应的螺旋霉素Ⅰ、螺旋霉素Ⅱ、螺旋霉素Ⅲ在粗样中的含量分别为 79.9%、10.5% 和 8.4%。作者根据化合物的特性，选择正己烷-乙酸乙酯-甲醇-水作为分离系统，并测定其分配系数，如表 8-7 所示。在正己烷-乙酸乙酯-甲醇-水（1∶1∶1∶1）的系统中，各成分的分配系数均较小，说明主要分

配在下相，通过改变正己烷和乙酸乙酯的比例来改变溶剂系统，结果发现正己烷-乙酸乙酯-甲醇-水（3∶6∶5∶5）条件下的分配系数和分离因子比较合适。

采用正己烷-乙酸乙酯-甲醇-水（3∶6∶5∶5）的溶剂系统，进行 HSCCC 分离，以上相为固定相，并采用 HPLC 和 FAB-MS 对分离流分进行分析鉴定。25mg 粗样经 HSCCC 分离，分别得到螺旋霉素Ⅰ13.4mg、螺旋霉素Ⅱ0.7mg、螺旋霉素Ⅲ1.7mg，其纯度分别为 98.2%、92.3% 和 97.4%。HSCCC 分离谱图如图 8-10 所示。其中 Fr-2、Fr-4、Fr-6 分别对应螺旋霉素Ⅰ、Ⅱ和Ⅲ。经过一步分离就得到了高纯度的抗生素单体，说明 HSCCC 是一种有效的分离螺旋霉素的方法。

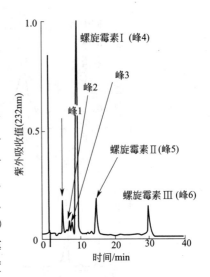

图 8-9　一个螺旋霉素粗样的 HPLC 分析图

表 8-7　螺旋霉素成分的分配系数及分离因子（α）

溶剂系统	峰　号						
正己烷-乙酸乙酯-甲醇-水	3		4		5		6
		(α)		(α)		(α)	
1∶1∶1∶1	0.097	(2.87)	0.280	(1.97)	0.550	(2.22)	1.22
3∶7∶5∶5	0.375	(2.43)	0.913	(1.22)	1.11	(2.07)	2.31
3∶6∶5∶5	0.405	(1.79)	0.725	(1.73)	1.26	(1.71)	2.15
2∶8∶5∶5	0.830	(1.16)	0.701	(3.19)	2.27	(1.29)	2.94

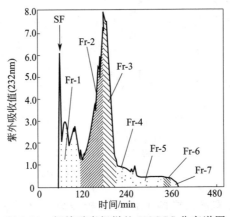

图 8-10　螺旋霉素粗样的 HSCCC 分离谱图

8.2.5　抗真菌抗生素

在生物活性研究的指导下，从真菌和细菌来源分离抗真菌天然产物具有很大的困难与挑战性。通常产物以一个族的复杂混合物的形式存在，在结构上仅由于羟基化、氧化或甲基化等的不同而产生稍微的差别。而且，由于产物的活性功能基团的存在，会引起 pH 值的不稳定以及色谱行为较差等问题，因此限制了色谱分离方法的选择。由于 HSCCC 的独特优点，可用于解决上述问题。

真菌寄生酸（mycoparastic acide）A 和真菌寄生酸 B 是从真菌上的寄生物 *Hypomyces polyporinus* 发酵液中提取出来的一种抗真菌剂。它们的化学结构如图 8-11 所示。由图可以看出真菌寄生酸 A 和真菌寄生酸 B 仅仅在桥环双键的环氧化方面有一些不同。

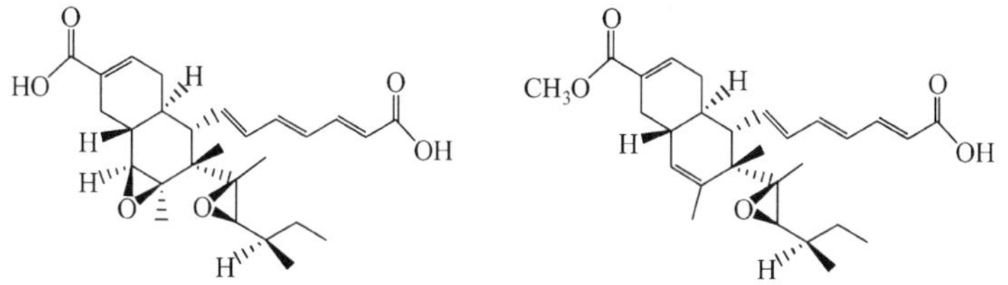

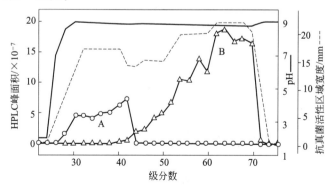

图 8-11　真菌寄生酸 A 和真菌寄生酸 B 的化学结构式

Harris 等[28]经过实验发现用固-液色谱不易分离，但是采用 pH-区带精制逆流色谱法就能从其真菌发酵液的丙酮提取物中直接分离这两种物质。所采用的溶剂系统为甲基叔丁基酮-乙腈-水（4∶1∶5），上相用 0.04％三氟乙酸（TFA）调节，下相用 10mmol/L 的 NH_4OH 调节。图 8-12 所示为从 1.6g 真菌发酵液粗提物中分离真菌寄生酸 A 和真菌寄生酸 B 的 pH-区带精致逆流色谱图。从图中可以看出有两个 pH 平台的存在。尽管两个平台之间的 pH 差异很小，都在 8.9 左右，但仍然可以看出它们分别对应于真菌寄生酸 A 和真菌寄生酸 B 的级分基本达到了完全分离。经过一次分离 1.6g 粗样，得到了真菌寄生酸 A 110mg 和真菌寄生酸 B 254mg，其纯度大约在 70％～80％。

图 8-12　pH-区带精制逆流色谱从 1.6g 真菌发酵液粗提物中
分离真菌寄生酸 A 和真菌寄生酸 B 的谱图
真菌寄生酸 A（—○—）和真菌寄生酸 B（—△—）为洗脱曲线

　　抗真菌抗生素 Arthrinoside 有三种相近的结构形式分别为 Arthrinoside A，Arthrinoside B 和 Arthrinoside C，它们的化学结构式如图 8-13 所示，由于它们化学结构非常相近，所以应用传统的分离方法对它们分离十分困难 [28]。Arthrinoside 含有羧酸基团，作者根据这一特点，利用 pH-区带精制逆流色谱对其进行了分离。所采用的溶剂体系由 0.1%TFA 的甲基异丁基酮与 10mmol/L NH_4OH 水溶液构成。图 8-14 所示的 pH-区带精制逆流色谱分离图是分离 Arthrinoside 发酵液的乙酸乙酯提取物所得到的。在图 8-14 明显看出有 3 个 pH 平台，它们分别对应 3 个不同的主要组分。经过实验从 1.6g 粗提物中，分离纯化分出 129mg Arthrinoside A，纯度＞90%，以及 27mg Arthrinoside B 和 78mg Arthrinoside C，这两个化合物的纯度在 70%～80% 之间。

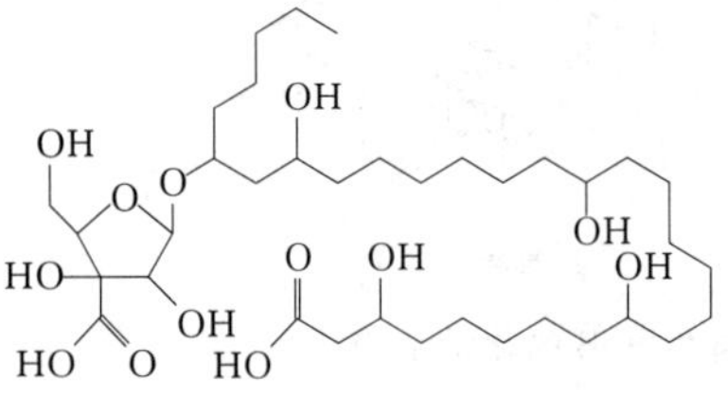

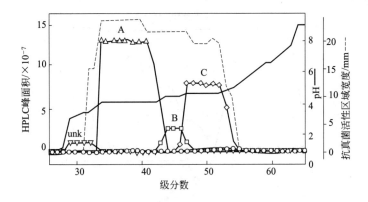

Arthrinoside A

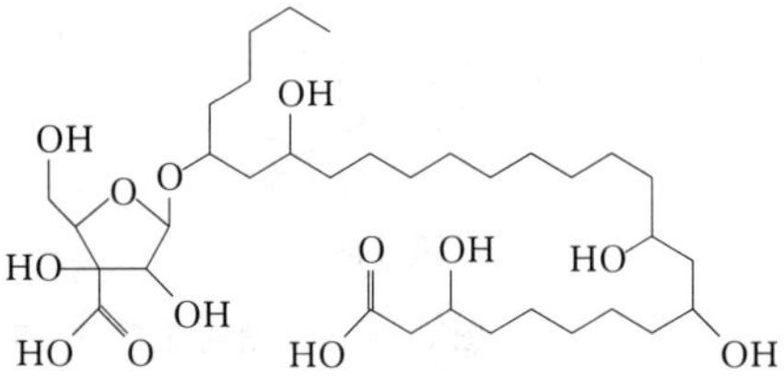

Arthrinoside B

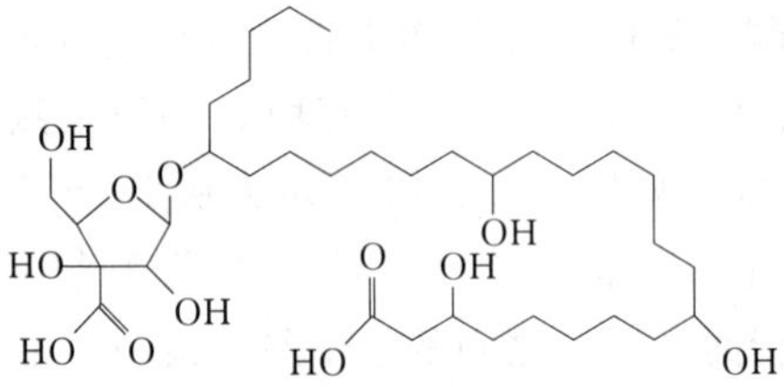

Arthrinoside C

图 8-13　各类 Arthrinoside 的化学结构式

图 8-14　pH-区带 CCC 从 1.6g 发酵液粗体物分离 Arthrinoside A～C 的谱图
　　—○— Arthrinoside A；　—□— Arthrinoside B；　—◇— Arthrinoside C

8.3　小结

　　① 由于绝大多数的抗生素都是由微生物产生的，在发酵液中的含量很低，通常需要通过分离去除其他的次生代谢产物和未完全利用的培养基成分，常用的方法有溶剂萃取法、吸附法、沉淀法和离子交换法等，以起到富集抗生素的作用。

　　② 由于抗生素类化合物通常是分子量较大的有机化合物，且很多化合物在固相分离时容易被不可逆吸附或失活，因此，作为液液分离的 HSCCC，在分离抗生素的方法中，具有很大的优势。通常可以应用正己烷（石油醚）-乙酸乙酯-甲醇-水体系来进行分离。HSCCC 不仅仅是一个分离技术，也可作为一种前处理技术，可以把抗生素粗样以较大的进样量粗分为几部分，然后再把每个部分进行细分离。

　　③ 选择溶剂系统时要考虑到样品的极性、溶解度、电荷状态和形成复合物的能力等，溶剂体系的沉降时间应小于 30s，以期得到满意的固定相保留率。通常可以采用 K 值测定的方法进行优选。

　　④ 由于抗生素类化合物种类繁多，可以根据待分离化合物结构特性来选择分离条件。如含有羧基的化合物，可选用 pH-区带精制逆流色谱分离。

　　⑤ 新抗生素研究开发中，从成分复杂的发酵液中分离提纯新抗生素是研发工作能否取得成效的瓶颈技术，抗生素的分离是 HSCCC 适合的应用领域。我国是世界上较早开展逆流色谱技术研究开发工作的国家，但是，目前在抗生素的分离纯化方面则开展的工作较少，与国外相比，有较大的差距。因此，在我国开展高速逆流色谱技术在抗生素分离纯化方面的工作有着广阔的发展空间和良好的应用前景。

参 考 文 献

[1]　Okamoto K, Yonezawa N, Izumiya N. J Chromatogr, 1974, 92：147.
[2]　Ito Y, Sandlin J L, Bowers WG, et al. J Chromatogr, 1982, 244：247.
[3]　Zhang TY, J Chromatogr, 1984, 315：287.
[4]　Oka H, Ikai Y, Kawamura N, et al. Anal Chem, 1991, 63：286.
[5]　Bhatnagar M, Oka H, Ito Y. Y J Chromatogr, 1989, 463：317.
[6]　Oka H, Harada K, Suzuki M, et al. J Chromatogr, 1989, 482：197.
[7]　Harada KI, Ikai Y, Yamazaki Y, et al. J Chromatogr, 1991, 538：201.
[8]　Harada K, Suzuki M, Kato A, et al. J Chromatogr A, 2001, 932：75.
[9]　方东升，谢阳，陈勇，陈晓明，郑卫. 中国抗生素杂志，2005, 30 (1)：48.
[10]　Hostettmann K, Appolonia C, Domon B, et al. J Liq Chromatogr, 1984, 7：231.
[11]　Bassi L, Josse B, Gassmann P. Helv Chim Acta, 1983, 66：92.
[12]　陈琪，朱家文，陈葵，王维娜，符晓晖. 中国医药工业杂志，2008, 39 (9)：683.
[13]　Chen R H, Hochlowski J E, McAlpin J. B, et al. J Liq Chromatogr, 1988, 11：191.
[14]　Harada K, Kimura I, Yoshikawa A, et al. J Liq Chromatogr, 1990, 13：2373.
[15]　Oka H, Ikai Y, Kawamura N, et al. Anal Chem, 1991, 63：2861.
[16]　Hochlowski J E, Mullally M M, Brill G M. J Antibiotics, 1991, 44：1318.
[17]　Drogue S, Rolet M C, Thiebaut D, et al. J Chromatogr, 1992, 593：363.
[18]　Oka H, Ikai Y, Kawamura J, et al. J Chromatogr A, 1996, 723：61.
[19]　Oka H, K Harada, M Suzuki, Y Ito. J Chromatogr A, 2000, 903 (1-2)：93.

[20]　郑卫. 中国抗生素杂志，2005，30（3）：180-186.
[21]　Rasmussen R R，Nuss M E，ScherrM H，et al. J Antibiotics，1986，39：151.
[22]　Hu D，Liu M，Xia X，Chen D，Zhao F. Chromatographia，2008，67：863.
[23]　Sutherland I A，Lee J S，Gauvreau D. J Anal Biochem，1978，89：213.
[24]　Martin DG，Peltonen RE，Nielsen JW. J Antibiotics，1986，39：721.
[25]　Brill G M，McAlpine J B，Hochlowski JE. J Liq Chromatogr，1985，8：2295.
[26]　Sutherland IA，Hevwood-Waddington D，Ito Y. J Chromatogr，1987，384：197.
[27]　Booth AJ，Lye GJ. J Liq Chromatogr & Rel Techno，2001，24：7841.
[28]　Harris GH，Dai P. Chromatogr & Rel Techno，2001，24：1775.

第9章　HSCCC 在海洋生物活性成分分离中的应用

9.1 概述

海洋占了地球表面 7/10 的面积，蕴藏着全球 8/10 的资源。海洋生物不仅是人类食物的重要来源，也是天然药物的宝库。海洋生物的种类多、资源量丰富，有软体动物 10 万余种、腔肠动物 111 万余种、海绵动物 1 万余种、棘皮动物 6 千余种、尾索动物 2 千余种[1]。由于海洋中的生物生存环境特殊，许多海洋生物具有陆地生物所没有的化学结构，为新药的开发和研究提供了丰富的资源[2,3]。美国国立肿瘤研究所每年筛选出 3 万个新的抗癌化合物，有 5% 来自海洋生物[4]。海洋生物活性物质主要包括生理活性物质、生物信息物质、海洋生物毒素及生物功能材料等，已发现的 3 万多种海洋活性化合物结构新颖并具多样性：有萜类、聚醚类、皂苷类、生物碱、杂环类、多糖、小分子多肽、核酸及蛋白质等，主要药理作用包括抗菌、抗肿瘤、抗艾滋病、抗病毒、防治心血管疾病，延缓衰老及免疫调节功能等。

我国海域辽阔、海洋资源丰富，是世界上最早研究和应用海洋药物的国家。早在公元前的《尔雅》内就有蟹、鱼、藻类药物的记载[5]。《黄帝内经》中就有以乌贼骨制作药丸的记载。《本草纲目》中也记载了 90 余种海洋药物[5]。近年来，开发海洋药物，"向海洋要药"的战略设想，已引起学术界、科技界、产业界和政府的高度重视，纷纷开展相关的研究，并取得了一批重大科研成果和创新药物。目前经研究分析，具有药用价值或药用的海洋生物已在 1000 种以上，包括海洋中的细菌、真菌、植物和动物的各个门类。

海洋天然产物的成分比较复杂，在生物体中的含量也较低，通常只有海洋生物体湿重的百万分之一甚至更少，而且，它们一般需要从十分复杂的混合物中分离出来。从海洋生物体极其复杂的粗提物中分离纯化极少量的目标物质，需要多种不同的分离方法相结合才能取得较好的效果。另外，在分离的初始阶段，对目标物及其相关成分的了解较少，为了保持目标物原有的结构和活性，最好采用较为温和的分离条件。

传统的提取法是溶剂提取，即根据被提取分离的化合物的溶解性质和极性等特征，通常选用的提取方法有水浸法、水煎法、水渗漉法、水蒸气蒸馏法和有机溶剂提取法等。无论选用水还是有机溶剂的浸提或抽提，都要把握的一个原则是选择合适的溶剂、合适的方法尽可能多的溶出所需成分，同时考虑所选用的溶剂对杂质的溶解度要小，更不能与提取的有机物产生化学反应。另外，溶剂的沸点也不宜太高，这样才有利于提取分离后溶剂的回收和样品的富集。最后，溶剂的价格及使用安全也是必须考虑的因素。常用的溶剂按它们的极性大小可排列如下：水＞甲酸＞甲醇＞乙醇＞丙酮＞乙酸乙酯＞氯仿＞乙醚＞石油醚等。

除了溶剂提取法之外，还有其他的一些新的提取方法如超临界流体萃取法、超声波辅助提取法、微波辅助提取法等。

目前，在海洋天然产物的分离方法中采用最多的是基于各种固体填料的固-液柱色谱分离法，它比溶剂提取法有更强的分离能力。但是，其缺点是对某些物质会产生不可逆吸附，并对某些成分产生催化分解。液液分配色谱技术是一种比较温和而简单的分离技术，它能使被分离物达到几乎完全的回收。但是，简单的二元系统往往对于一些化合物的分离能力有限，所以需要采用三元、四元的溶剂系统以提高其分离能力。

逆流色谱尤其是高速逆流色谱作为一种新颖的液液分离技术，正在越来越多地被天然产物领域的专家所使用。它既具有传统的液液分配方法的温和性，又具有现代柱色谱分离方法的高效性。它避免了固态柱色谱对被分离样品的诸多不良影响，同时表现出传统柱色谱法不可与之比拟的优越性。历史的记载表明，逆流色谱技术在美国国立健康研究院研发成功的初期，美国海军和海洋科学的研究部门就率先予以引用。因此可以期望，逆流色谱在海洋天然产物分离纯化中的应用将会越来越广泛。表 9-1 列出了 HSCCC 分离纯化一些海洋天然产物的应用实例。

表 9-1　逆流色谱在海洋天然产物样品分离中的应用

化合物	生物来源	溶　剂　系　统	流动相	发表时间	参考文献
大环内酯类					
苔藓虫素 1		正己烷-乙酸乙酯-甲醇-水(45：15：10：3)	上层		
苔藓虫素 2	苔藓虫 (Bugula neritina)	正己烷-乙酸乙酯-甲醇-水(40：25：12：5)	上层	1991	[6]
苔藓虫素 14		正己烷-乙酸乙酯-甲醇-水(3：7：5：5)	上层		
苔藓虫素 1 　苔藓虫素 2 　苔藓虫素 3 　苔藓虫素-26-酮类似物	苔藓虫 (Bugula neritina)	正己烷-乙酸乙酯-甲醇-水(14：6：10：7)	上层	1991	[7]
苔藓虫素 1 的 HPLC 前处理手段	苔藓虫 (Bugula neritina)	正己烷-异丙醇-20％甲醇水溶液(4：1：2)	下层	1991	[8]
聚醚类					
大田酸,鳍藻毒素,14,15-二羟基鳍藻毒素-1	海绵体 Phakellia sp	庚烷-乙腈-二氯甲烷(50：35：15)初步分离	下层	1995	[9]
		庚烷-乙酸乙酯-甲醇-水(4：7：4：3)进一步分离	上层		
雪卡毒素	海洋微生物	正己烷-乙酸乙酯-甲醇-水(3：7：7：5)	下层	1991	[10]
萜类和甾体化合物					
Weinber-sterol 二硫酸盐 A 　Weinber-sterol 二硫酸盐 B	Petrosia weinbergi	氯仿-异丙醇-甲醇-水(9：2：12：10)	上层	1991	[11]
Spongiadio Isospongiadiol Epispongiadiol	Spongia sp.	正己烷-乙酸乙酯-甲醇-水(4：7：4：3)	上层	1987	[12]

续表

化合物	生物来源	溶 剂 系 统	流动相	发表时间	参考文献
Puupehenone	*Strongylophora hartmani*	正己烷-二氯甲烷-乙腈（10：3：7）	上层	1987	[13]
角鲨烯	*Thraustochytrium*	正己烷-甲醇（2：1）	下层	2003	[14]
肽类 　膜海鞘素 D，膜海鞘素 E/膜海鞘素 Y，膜海鞘素 X	海鞘	苯-乙酸乙酯-甲醇-水（6：7：7：4）	下层	1991	[15]
膜海鞘素 A，去甲膜海鞘素	海鞘	正己烷-乙酸乙酯-甲醇-水（4：7：4：3）	上层	1990	[11]
Cyclo-（pro-leu），Cyclo-（pro-val），Cyclo-（pro-ala）	微球菌 *Micrococcus sp*	氯仿-甲醇-水（25：34：20）	下层	1988	[16]
Cyclo-（L-pro-L-phe），Cyclo-（L-pro-thiapro）	海洋微生物	氯仿-甲醇-水（25：34：20）	上层	1988	[17]
含氮的杂环化合物 　ClavepictinesA，Clavepictines B	*Turnica Clarelina picta*	正己烷-二氯甲烷-乙腈（10：3：7）	下层	1991	[18]
XestaminesA	*Xestospongia wiedenmayeri*	庚烷-二氯甲烷-乙腈（10：3：7）	上层	2000	[19]
XestaminesA，XestaminesB，XestaminesF，XestaminesG，XestaminesH	巴哈马海绵 *Calyx podatypa*	庚烷-二氯甲烷-乙腈（10：3：7）	上层	1991	[20]
1,1-二甲基-5,6-二羟基吲哚氯化物	深海海绵 *Dercitus sp.*	氯仿-甲醇-水（5：10：6）	下层	1988	[21]
Discodermindole	深海海绵 *Discodermia polydicus*	氯仿-甲醇-水（5：10：6）	上层	1991	[22]
1-乙酰-β-咔啉，1-甲基咔啉，3-羟基乙酰基吲哚，6-（吲哚-3-炔）-5-甲庚基-（3E,5E）-二烯-2 酮	*Tedania ignis*	氯仿-甲醇-水（25：34：20）	下层	1991	[23]
ManzamineB，ManzamineC	海绵 *Okinawan Haliclona*	庚烷-乙酸乙酯-甲醇-水（4：7：4：3）	上层	1987	[24]
Axinohydantion，Debromohymenialdisine，Hymenialdisine	海绵属 *Axinella*	正丁醇-磷酸缓冲溶液（0.01mol/L K₃PO₄ 和 0.01 mol/L K₂HPO₄）（1：1）	下层	1989	[25]
Crambescidins	海甘蓝 *Crambe crambe*	庚烷-乙酸乙酯-甲醇-水（4：7：4：3）	上层	1991	[26]
1,3-Dimethylisoguanine，theophylline	海绵 *Amphimedon viridis*	氯仿-甲醇-水		1997	[27]
类胡萝卜素 　虾青素	海绵 *Chlorococcum sp.*	正己烷-乙酸乙酯-乙醇-水（5：5：6：3）	下层	2001	[28]
叶黄素	微藻 *Chlorella vulgaris*	正己烷-乙醇-水（4：3：1）	下层	2001	[29]
玉米黄素	微藻 *Microcystis aeruginosa.*	正己烷-乙酸乙酯-乙醇-水（8：2：7：3）	下层	2005	[30]
斑蝥黄素	微藻 *Chlorella zofingiensis*	正己烷-乙醇-水（10：9：1）	下层	2006	[31]
叶绿素 　叶绿素 a	甲藻强壮前沟藻 *Amphidinium carterae Hulburt*	正己烷-乙酸乙酯-乙醇-水（5：5：5：1）	下层	2006	[32]
黄酮类化合物 　大豆黄素，染料木素	海洋碳样小单孢菌	氯仿-甲醇-水（4：3：2）	下层	2007	[33]

9.2 HSCCC 分离海洋生物活性成分的应用实例

9.2.1 叶绿素

甲藻强壮前沟藻（*Amphidinium carterae* Hulburt）是一种能产生溶血性毒素的有害赤潮藻种，主要分布于热带和温带海域。Long 等[32]报道应用 HSCCC 结合制备 HPLC 技术从甲藻强壮前沟藻中分离制备叶绿素 a。甲藻强壮前沟藻用氯仿-甲醇（3∶1）提取，得到提取物混悬于 50% 的甲醇溶液，用正己烷萃取得到萃取物，经硅胶柱色谱，用正己烷-乙酸乙酯梯度洗脱，得到含粗叶绿素的部分，再采用高速逆流色谱进行分离。由于叶绿素是低极性化合物，所以，选择低极性的逆流分配溶剂系统：正己烷-乙酸乙酯-甲醇-水（5∶5∶5∶1）。实验中，250mg 过硅胶柱后的粗提物，经过一次 HSCCC 分离（见图 9-1），能使叶绿素 a 的纯度提高到 83%（图 9-2）。此后，再经过制备 HPLC 纯化，结果物达到 99% 的纯度。

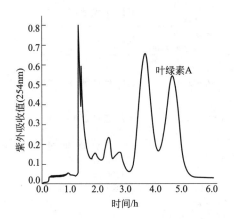

图 9-1　过硅胶柱后的叶绿素粗提物的 HSCCC 分离图
HSCCC 条件：溶剂系统为正己烷-乙酸乙酯-甲醇-水（5∶5∶5∶1），流动相为下相；
流速为 2mL/min；转速为 800r/min；固定相保留率为 25%；检测波长：254nm

9.2.2 虾青素

虾青素（astaxanthin）即 3,3′-二羟基-4,4′-二酮基-β,β'-胡萝卜素，为萜烯类不饱和化合物，化学分子式为 $C_{10}H_{52}O_4$，分子结构中有两个 β-紫罗兰酮环，11 个共轭双键。虾青素广泛存在于自然界，如大多数甲壳类动物和鲑科鱼类体内，植物的叶、花、果，以及火烈鸟的羽毛中等。虾青素具有多种生理功效，如在抗氧化性、抗肿瘤、预防癌症、增强免疫力、改善视力等方面都有一定的效果。

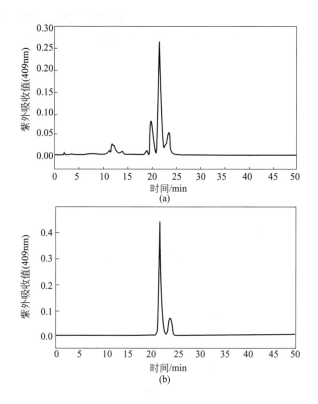

图 9-2　粗叶绿素提取物（a）及逆流色谱分离物（b）HPLC 分析图

HPLC 条件：Shimadu ODS 柱（250mm×4.6mm，i.d.）；流动相：乙腈-甲酸-水（87∶12∶1）；
流速 1.00mL/min；检测波长：409nm；柱温 30℃

表 9-2　虾青素在不同溶剂系统中的分配系数（*K*）值

溶 剂 系 统	*K* 值	溶 剂 系 统	*K* 值
正己烷-乙醇-水(10∶9∶1)	0.892	正己烷-乙酸乙酯-乙醇-水(5∶5∶7∶3)	1.455
正己烷-乙醇-水(10∶8.5∶1.5)	2.997	正己烷-乙酸乙酯-乙醇-水(5∶5∶6.5∶3.5)	2.313
正己烷-乙酸乙酯-乙醇-水(10∶8∶2)	20.375	正己烷-乙酸乙酯-乙醇-水(5∶5∶6.5∶3)	1.679
正己烷-乙酸乙酯-乙醇-水(5∶7∶7∶3)	1.652		

　　Li 等[28]首先将 100mg 冷冻干燥的海藻加入 250mL 浓度为 0.018mol/L 的
NaOH 溶液，在 22℃、氮气氛围下和黑暗条件静置 8h。接着加入 50mL 正己烷-乙
醇（1∶1）的溶液提取虾青素，然后用离心机分离 15min 后收集上层清液。重复
上述过程，直到碎片为无色。将收集的所有上层清液混合，用蒸馏水稀释至原来体
积的 2 倍，分层后用分液漏斗分离。用含水 30％的乙醇洗涤分离出有机相，直到
水相几乎为无色和 pH 为中性。在氮气保护下，蒸干有机相，得到虾青素粗提物。
粗提物的 HPLC 分析结果见图 9-3。作者考察了试样在不同溶剂系统中的 *K* 值
（见表 9-2），结果显示在正己烷-乙酸乙酯-乙醇-水 5∶7∶7∶3，5∶5∶7∶3，5∶
5∶6.5∶3.5，5∶5∶6.5∶3 的 *K* 值比较合适。经过若干次实际的分离实验，得知

正己烷-乙酸乙酯-乙醇-水（5：5：6.5：3）的溶剂系统最佳。图 9-4 所示是 HSC-CC 分离制备虾青素粗提物的色谱图。250mg 粗提物经过一次 HSCCC 分离，纯化后的虾青素达到 97％的纯度（见图 9-5）。

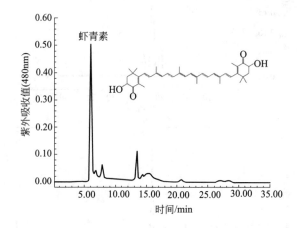

图 9-3　小球藻粗提物的 HPLC 图及虾青素的化学结构式

HPLC 色谱柱：Ultra-sphere C$_{18}$柱（250mm×4.6mm, i.d., 5μm）；流动相：溶剂 A 为二氯甲烷-甲醇-乙腈-水（5：85：5.5：4.5），溶剂 B 为二氯甲烷-甲醇-乙腈-水（22：28：45.5：4.5），梯度洗脱；流速：1.0mL/min；检测波长：480nm

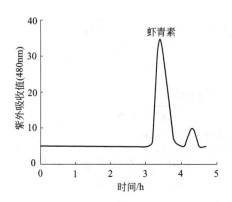

图 9-4　虾青素粗提物的 HSCCC 分离图

HSCCC 条件：溶剂系统为正己烷-乙酸乙酯-乙醇-水（5：5：6.5：3）；上相作为固定相；下相作为流动相；柱体积：325mL；流速：2.0mL/min；进样量：250mg；转速：1000r/min；固定相保留率：62％；检测波长：480nm

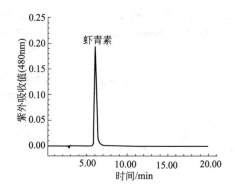

图 9-5　经 HSCCC 分离得到虾青素的 HPLC 图

9.2.3　叶黄素

叶黄素（lutein）又名"植物黄体素"，是一种广泛存在于玉米、蔬菜、花卉、水果与某些藻类生物中的天然色素。叶黄素属于类胡萝卜素，是四萜类的脂溶性色素。叶黄素在预防人体衰老、老年性黄斑区病变、白内障等方面具有很好的功效。在国际市场上，1g 叶黄素的价格与 1g 黄金相当，所以人们把它称为"植物黄金"，其化学结构式如图 9-6 所示。

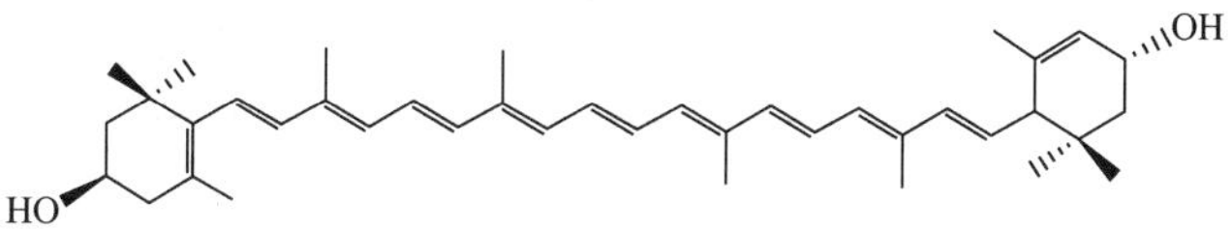

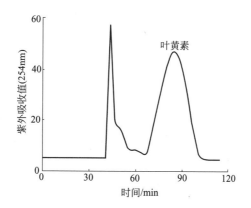

图 9-6　叶黄素的化学结构式

Li 等[29]应用 HSCCC 从小球藻（*Chlorella vulgaris*）中分离出叶黄素。作者把 250mL 含 10mol/L 的 KOH 及 2.5％抗坏血酸维生素 C 的溶液加入到 100g 冷冻干燥的藻类中，混合物在 60℃下温孵 10min，然后将此混合物冷却到室温。接着用二氯甲烷提取其中的叶黄素，直到粗提物的残渣几乎为无色为止，将所有的萃取液收集、干燥，得到绿藻的粗提物，HPLC 分析结果如图 9-8（a）所示。

图 9-7　小球藻粗提物的半制备型 HSCCC 图

HSCCC 条件：溶剂系统为正己烷-乙醇-水（4∶3∶1）；上相作为固定相；下相作为流动相；柱体积：230mL；流速：1.0mL/min；进样量：200mg；转速：800r/min；固定相保留率：58％；检测波长：254nm

作者设计了一系列的溶剂系统并测定了试样在系统中的 *K* 值，其结果见表 9-3。可以看到，在多数溶剂系统中的 *K* 值都小于 0.5，这说明虾青素主要分配在下相，如果用这些溶剂系统分离，目标化合物会很快被洗脱出来，很难实现纯化。在表 9-3 中的最下方的溶剂系统：正己烷-乙醇-水（4∶3∶1）中，叶黄素的 *K* 值为 0.538，是合适的分离条件。图 9-7 所示是采用该溶剂系统时的制备型 HSCCC 分离叶黄素的色谱图。经 HPLC 分析得知，叶黄素粗提物经过 1 次 HSCCC 分离，能获得纯度超过 98％的目标物，HPLC 分析结果如图 9-8（b）所示。

表 9-3 叶黄素在不同溶剂系统中的分配系数

溶 剂 系 统	K 值	溶 剂 系 统	K 值
四氯化碳-甲醇-水(5∶4∶1)	0.102	四氯化碳-乙醇-水(5∶3∶2)	0.105
四氯化碳-正己烷-甲醇-水(4∶1∶4∶1)	0.121	正己烷-乙醇-水(6∶5∶1)	0.264
四氯化碳-二氯甲烷-甲醇-水(4∶1∶4∶1)	0.138	正己烷-乙醇-水(6∶4∶1)	0.384
四氯化碳-乙醇-水(10∶7.5∶2.5)	0.140	正己烷-乙醇-水(6∶3∶1)	0.397
四氯化碳-乙醇-水(10∶7∶3)	0.128	正己烷-乙醇-水(4∶3∶1)	0.538

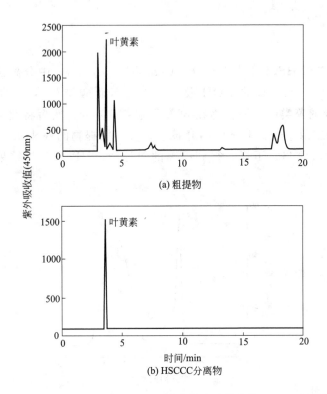

图 9-8 小球藻粗提物和 HSCCC 分离物中叶黄素的 HPLC 色谱图

HPLC 色谱柱：Ultra-sphere C$_{18}$柱（250mm×4.6mm, i.d., 5μm）；流动相：甲醇-二氯甲烷-乙腈-水（67.5∶22.5∶9.5∶0.5）；流速：1.0mL/min；检测波长：450nm

9.2.4 斑蝥黄质

斑蝥黄质，英文习惯命名为 Canthaxanthin，全反式斑蝥黄质的中文系统命名为全反式-4,4′-二酮基-β,β-胡萝卜素，其化学结构式见图 9-9。斑蝥黄质是一种含氧的类胡萝卜素，其分子结构的碳骨架由中央多聚烯链和位于两侧的芳香环组成，在每个芳香环上各有 1 个酮基。斑蝥黄质主要以全反式异构体形式广泛存在于自然界的海洋动物体、藻体及少数陆生植物体内，具有多种生物学功能，其中以抗氧化、防止心血管疾病、提高免疫力和抗癌作用比较突出。

Li 等[31]应用 HSCCC 从微藻（*Chlorella zofingiensis*）中分离出斑蝥黄质。

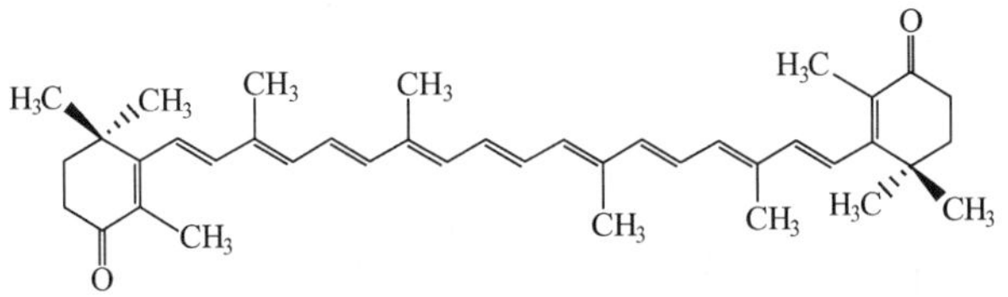

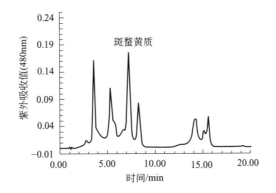

图 9-9　斑蝥黄质的化学结构式

把 15g 干燥的藻类加入 40mL 含 10mol/L 的 KOH 及 2.5％抗坏血酸维生素 C 的溶液，混合物在 60℃下温孵 10min，冷却至室温。接着用正己烷-乙醇（1∶1）提取其中的斑蝥黄质，水洗有机相至中性，减压浓缩得到绿藻的粗提物，HPLC 分析结果如图 9-10 所示。

表 9-4　斑蝥黄质在不同溶剂系统中的分配系数（K）

溶 剂 系 统	K 值	溶 剂 系 统	K 值
正己烷-乙酸乙酯-乙醇-水（5∶5∶5∶5）	3.069	正己烷-乙醇-水（10∶8∶2）	1.717
正己烷-乙酸乙酯-乙醇-水（5∶5∶6.5∶3）	2.127	正己烷-乙醇-水（10∶9∶1）	1.245
正己烷-乙酸乙酯-乙醇-水（8∶2∶7∶3）	1.454	正己烷-乙醇-水（10∶9.5∶0.5）	0.733
正己烷-乙醇-水（10∶7.5∶2.5）	2.919		

图 9-10　微藻 *Chlorella zofingiensis* 粗提物的 HPLC 分析图
色谱柱：Symmetry C_{18}柱（150mm×3.9mm，i. d.，5μm）；流动相：甲醇-二氯
甲烷-乙腈-水（5∶0.85∶5.5∶4.5）；流速：1mL/min；检测波长：480nm

　　因为目标化合物是低极性化合物，所以作者设计了正己烷-乙酸乙酯-乙醇-水和正己烷-乙醇-水的不同比例的溶剂系统，采用 HPLC 测定试样在各溶剂系统中的 K 值，其结果如表 9-4 所示。可以看出，试样在正己烷-乙酸乙酯-乙醇-水（8∶2∶7∶3）、正己烷-乙醇-水（10∶8∶2）和正己烷-乙醇-水（10∶9∶1）中的 K 值比较合适。通过实际的分离实验得知，采用溶剂体系正己烷-乙醇-水（10∶9∶1）时的分离效果最好，其色谱图如图 9-11 所示。一次上样 150mg 粗提物，能够分离获得 98.7％纯度的斑蝥黄质 3mg（见图 9-12），回收率为 92.3％。

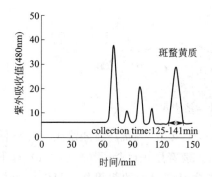

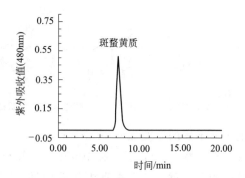

图 9-11　斑蝥黄质粗提物的 HSCCC 分离图
HSCCC 分离柱体积 332mL；溶剂系统为正己烷-
乙醇-水（10：9：1）；流动相为上相；转速
1000r/min；流速 2.0mL/min；检测波长 205nm；
进样量 150mg；固定相保留率 51％

图 9-12　经 HSCCC 纯化后得到的斑蝥黄质
组分的 HPLC 分析结果
实验条件同图 9-10

9.2.5　角鲨烯

　　角鲨烯是一种脂质不皂化物，最早是从鲨鱼的肝油中发现的，1914 年被命名为 Squalene，其化学名称为 2,6,10,15,19,23-六甲基-2,6,10,14,18,22-二十四碳六烯，属开链三萜，又称鱼肝油萜，其化学结构式如图 9-13 所示。它具有提高体内超氧化物歧化酶（SOD）活性、增强机体免疫能力、改善性功能、抗衰老、抗疲劳、抗肿瘤等多种生理功能，是一种无毒性的具有防病治病作用的海洋生物活性物质。角鲨烯在植物中分布很广，但含量不高，多低于植物油中不皂化物的 5％。只是在少数植物油中角鲨烯的含量稍高，例如，在橄榄油中的含量为 150～700mg/100g，在米糠油中的含量为 332mg/100g。

图 9-13　角鲨烯的化学结构图

　　Lu 等[14]用 120mL 甲醇-氯仿（2：1）混合溶剂，在 250mL 的烧瓶中，放入 8g 干燥微藻，在磁力搅拌器搅拌下提取目标成分。过滤后的滤液通过活性分子筛去除残留物的水分，过滤的残渣用甲醇-氯仿溶剂洗涤两次（每次 20mL 溶剂）。将收集到的所有提取液在氮气氛围下蒸干，获得一种油性物质。在 −20℃ 下向油状物质中加入 5mL 的甲醇-丙酮（7：3）溶剂。过滤后的滤液在氮气氛围下蒸干，就得到 1.4g 的角鲨烯粗提物（图 9-14）。采用无水相的正己烷-乙醇（2：1）溶剂系统，对微藻中的角鲨烯进行了 HSCCC 的成功分离纯化，分离物的纯度达到 96％。图 9-15所示为角鲨烯粗提物的 HSCCC 分离色谱图。

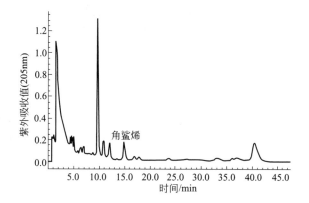

图 9-14　微藻粗提物的 HPLC 分析色谱图

HPLC 色谱柱：Symmetry C_{18} 柱（150mm×3.9 mm, i.d., 5μm）；流动相：100%乙腈；流速：1.5mL/min；检测波长：205nm

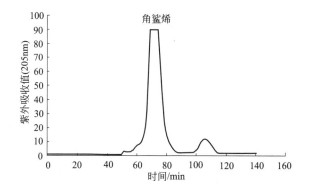

图 9-15　角鲨烯粗物的 HSCCC 分离色谱图

HSCCC 分离柱体积 332mL；溶剂系统：正己烷-乙醇（2:1）；流动相：上相；转速：1000r/min；流速：2.0mL/min；检测波长：205nm；进样量：20mL；固定相保留率：72.6%

9.2.6　苔藓虫素

苔藓虫素是经过苔藓虫（*Bugula neritina*）的分离而发现的抗肿瘤活性成分，属大环内酯类化合物。目前，已经发现的苔藓虫素有 19 种以上。其中苔藓虫素 1 已经进入临床 II 期的实验阶段。药理研究表明，该化合物有很好的抗肿瘤活性，虽然它没有抗微生物的作用，但能抑制 RNA 合成，显示对蛋白激酶有强的结合力，能够刺激蛋白磷酸化及激活完整的多核形白细胞，对 P388 白血病细胞的 IC_{50} 为 0.89μg/mL。

Petti 等[6] 从 1000kg 的苔藓虫（*Bugula neritina*）粗提物中分离得到苔藓虫素 1（37.5g）和苔藓虫素 2 的两个组分。采用 HSCCC 分离富含苔藓虫素 1 的组分，实验中采用正己烷-乙酸乙酯-甲醇-水（45:15:10:3）的溶剂系统，以上相作为流动相进行了分离，再经过快速硅胶柱色谱和重结晶，最终获得了 1.5g 苔藓虫素 1。母液用硅胶 HPLC 分离获得了 8.6mg 的苔藓虫素 15。对于另一个富含苔藓虫素 2（14.11g）的组分，采用相似的溶剂系统：正己烷-乙酸乙酯-甲醇-水（40：25：12：5），以上相作为流动相，进行了反复的 HSCCC 分离，从而获得纯化后的苔藓虫素 2。

对于另外一份 1000kg 苔藓虫的粗提物，也采用了与前述相似的分离步骤。但是，此时采用了正己烷-乙酸乙酯-甲醇-水（3：7：5：5）的溶剂系统，以上相作为流动相，进行 HSCCC 分离，然后采用 HPLC 进行纯化，最后获得 102mg 的苔藓虫素 14。苔藓虫素的化学结构式如图 9-16 所示。

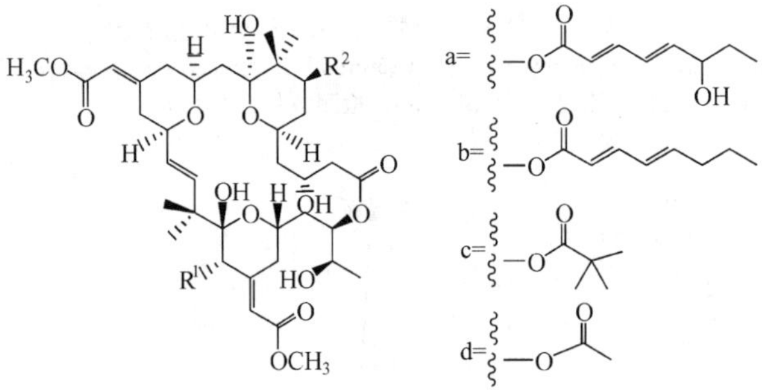

苔藓虫素 1　$R^1 = b$；$R^2 = d$
苔藓虫素 2　$R^1 = b$；$R^2 = OH$
苔藓虫素 14　$R^1 = OH$；$R^2 = c$
苔藓虫素 15　$R^1 = a$；$R^2 = d$

图 9-16　苔藓虫素的化学结构式

9.2.7　聚醚类毒素

海洋类生物毒素的化学结构十分特殊，且各类毒素的化学结构差异很大，其中，聚醚类毒素是近年来研究发现的最为突出一种海洋生物毒素。聚醚类毒素的化学结构独特、毒性强烈并具有广泛药理作用，目前已发现的聚醚类毒素按其化学特征可归纳为 3 类，即脂链聚醚毒素类、大环内酯聚醚毒素类和梯形稠聚醚毒素类。聚醚类化合物的结构特点是结构中含有多个以 6 元环为主的醚环，醚环间反式并合，形成并合后聚醚的同侧为顺式结构，氧原子同间排列，形成一个梯子状结构，又称"聚醚梯"，聚醚梯上有无规则取代的甲基等。这类化合物极性低，是脂溶性的毒素。

Sakai 等[24]报道了从一种新发现的海绵体 *Phakellia sp.* 中分离出了三种聚醚类化合物：大田酸（okadaic acid）和鳍藻毒素（dinophysistoxin），以及一种新的 14,15-二羟基鳍藻毒素-1（14,15-dihydrodinophysistoxon-1），化学结构式见图 9-17。在分离过程中，作者采用了活性追踪的方法，应用 HSCCC 与 Sephadex-LH 20 相结合的方法进行分离。HSCCC 分离时采用庚烷-乙酸乙酯-甲醇-水（4：7：4：3）的溶剂系统，以上相作为流动相，成功地实现大田酸与鳍藻毒素同化合物 14,15-二羟基鳍藻毒素-1 的分离。然后，再采用 Sephadex-LH20 把大田酸与鳍藻毒素进一步分离开来。

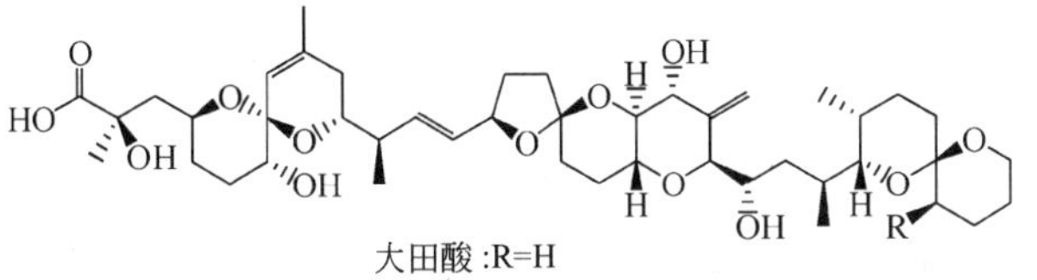

大田酸：R=H
鳍藻霉素：R=CH₃

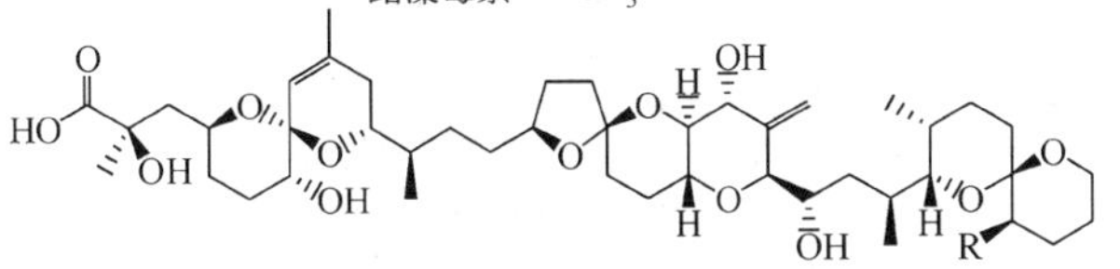

14,15-二羟基鳍藻毒素-1

图 9-17　三种聚醚类化合物的化学结构式

9.3　小结

① 海洋生物不仅是人类食物的重要来源，也是很重要的天然药源宝库，近年来海洋生物活性物质的研究已经引起人们极大的关注。但目前来看，海洋生物利用率仍然较低，海洋资源的开发前景相当广阔。

② 海洋天然产物的成分比较复杂，含量也较低。从海洋生物体极其复杂的粗提物中分离纯化极少量的目标物质需要多种不同的分离方法相结合才能取得较好的效果。在对目标物及其相关成分的了解较少，为了保持目标物原有的结构和活性，最好采用较为温和的分离条件。HSCCC 是一种新颖的液液分离技术，它既具有传统的液液分配方法的温和性，又具有现代柱色谱分离方法的高效性，非常适合于在海洋天然产物的分离纯化中的应用。但是，至今该技术在海洋天然产物领域的应用研究报道还相对较少，有必要进一步加强这方面的研究开发工作。

③ 海洋活性化合物的结构新颖、复杂并具多样性，我们根据已有的工作和资料，通过表 9-1 列举了 HSCCC 在海洋生物活性成分分离中的一些应用实例。从表中可以看出，在分离中最常用的是正己烷-乙酸乙酯-乙醇-水的溶剂系统，通过调整该系统中各个组分之间的配比，可以形成极性范围覆盖面很宽的系统群。其次是由正己烷（庚烷）-二氯甲烷-乙腈-水构成的溶剂系统，它常常被用来分离一些亲脂性的物质。此外便是由氯仿-甲醇-水构成的溶剂系统，其中的氯仿可以由二氯甲烷、四氯化碳、环己烷和庚烷等来替换，从而形成一系列的不同溶剂系统用于海洋生物活性成分的分离。在表 9-1 中列举的溶剂系统，可以作为读者应用 HSCCC 分离海洋生物活性成分时选择溶剂系统的基础和参照。

④ 海洋生物天然产物的成分复杂而且含量较低，在分离工作中，综合运用多

种前期提取技术，如溶剂萃取、吸附树脂、沉淀法、常规色谱分离等是很有必要的。而分离制备能力相当强的 HSCCC，不仅可作为一种分离纯化技术，也可作为试样的前处理技术。例如，可以将大量的粗提物直接进行 HSCCC 分离，获得富集的目标组分，为精细分离的步骤和手段提供优质的试样。

参 考 文 献

［1］ 曹爱英，吴成业. 福建水产，2007，4：66.
［2］ Blunt JW，Copp BR ，Munro MHG，et al. Nat Prod Rep，2005，22 (1)：15.
［3］ 叶波平，吴梧桐. 中国天然药物，2006，4 (1)：5.
［4］ 吴梧桐，王友同，吴文俊. 药物生物技术，2000，7 (3)：179.
［5］ 林文翰. 中国海洋药物研究的进展和展望（上）. 世界科学技术-中药现代化，2001，3 (6)：20.
［6］ Petti GR，Gao F，Sengupta D，et al. Tetrahedron，1991，113：3601.
［7］ Schaufelberger DE，Chmurny GN，Beutler JA，et al. J Org Chem，1991，56：2859.
［8］ Schaufelberger DE. J Chroamtogr，1991，538：45.
［9］ Sakai R，Rinchart KL. J Nat Prod，1995，58：773.
［10］ Scheuer PJ. University of Hawaii at Manoa. Personal Communication. 1991.
［11］ Sun HH，Cross SS，Gunasekera M，et al. Tetrahedron，1991，47：1185.
［12］ Kihmoto S，McConnell OJ，Wright A，et al. Chem Lett，1987，47：1185.
［13］ Kihmoto S，McConnell OJ，Wright A，et al. J Nat Prod，1987，50：336.
［14］ Lu HT，Jiang Y，Chen F. J Chromatogr A，2003，994：37.
［15］ Rinchart KL，Sakai R，Stroh HG. U. S. Patent 4948791.
［16］ Stierle AC，Cardellina JH，Singleton FL. Experentia，1988，44：1021.
［17］ Stierle AC，Cardellina JH，Strobel GA. Proc Natl Acad Sci USA，1988，85：8008.
［18］ Raub MF，Cardellina JH，Choudhary MI，et al. J Am Chem Soc，1991，32：4847.
［19］ Sakemi S，Totton L E，Sun H H. H Nat Prod，1990，53：995.
［20］ Stierle DB，Faulkner DJ. J Nat Prod，1991，54：1134.
［21］ Kohmoto S，MeCjiooell OJ，Wright A. Experentia，1988，44：85.
［22］ Sun H H，Sakemi S. J Org Chem，1991，54：1056.
［23］ Dillman RL，Cardellina JH. J Nat Prod，1991，54：1056.
［24］ Sakai R，Kohmoto S，Higa T，et al. Tetrahedron Lett，1987，28：5493.
［25］ Sxhaufelberger DE，Pettit GR. J Liq Chromatogr，1989，12：1909.
［26］ Jares-Erijman EA，Sakai R，Rinchart KL. J Org Chem，1991，56：5712.
［27］ Scott SM，Andy BW，Henry G. T-R，Chris MI. J Nat Prod，1997，60：727.
［28］ Li HB，Chen F. J Chromatogr A，2001，925：133.
［29］ Li HB，Chen F，Zhang TY，et al. J Chromatogr A，2001，905：151.
［30］ Chen F，Li HB，Wong R NS ，et al. J Chromatogr A，2005，1064：183.
［31］ Li HB，Fan KW，Chen F. J Sep Sci，2006，29：699.
［32］ Long LJ，Song Y，Wu J，et al. Anal Bioanal Chem，2006，386：2169.
［33］ 江红，程元荣，郑卫. 中国海洋药物杂志，2007，26 (1)：8.

第10章 逆流色谱在生物大分子分离中的应用

10.1 概述

21世纪是生物工程技术占主导地位的时代，而生化分离是生物工程技术转化为生产力的传统过程中必不可少的重要环节。由于生物工程技术特别是细胞工程、基因工程、蛋白质工程等技术产品的特殊性，要求分离技术既具有较高的分离效率又不影响产品的生物活性。传统的液液萃取分离技术成本低，易于操作，已广泛用于多组分物质的分离，但是由于缺乏相应的生化溶剂，难以分离的蛋白质、核酸等大分子生物活性物质；随着液相色谱技术的发展，特别是制备型色谱技术的应用，使大多数生物分子的批量分离成为可能，然而由于该技术本身也存在某些局限性，如有时会引起目标物的不可逆吸附，甚至变性等现象，在一定程度上限制了其在生化分离中的应用。双水相萃取（aqueous two-phase extraction，ATPE)[1,2]是两种水溶性不同的聚合物或者一种聚合物和无机盐的混合溶液，在一定的浓度下，体系就会自然分成互不相溶的两相。被分离物质进入双水相体系后由于表面性质、电荷间作用和各种作用力（如憎水键、氢键和离子键）等因素的影响，在两相间的分配系数 K 不同，导致其在上下相的浓度不同，达到分离目的。

ATPE作为一种新型的分离技术，对生物物质、天然产物、抗生素等的提取、纯化表现出以下优势：

① 含水量高（70%～90%），在接近生理环境的体系中进行萃取，不会引起生物活性物质失活或变性；

② 可以直接从含有菌体的发酵液和培养液中提取所需的蛋白质，还能不经过破碎直接提取细胞内酶，省略了破碎或过滤等步骤；

③ 分相时间短，自然分相时间一般为 5～15min；

④ 界面张力小（10^{-7}～10^{-4}mN/m），有助于两相之间的质量传递，界面与试管壁形成的接触角几乎是直角；

⑤ 不存在有机溶剂残留问题，高聚物一般是不挥发物质，对人体无害；

⑥ 大量杂质能同固体物质一起除去；

⑦ 易于工艺放大和连续操作，能与后续提纯工序直接相连接，无需进行特殊处理；

⑧ 操作条件温和，整个操作过程在常温常压下进行。

尽管双水相聚合物体系为生物大分子分离提供了一个理想的环境，并且可以实现连续的逆流分配操作。但是，两相之间的高黏度和低界面张力使相分离时间延长，也使得逆流分配操作时间变得很长。利用仪器的手段来缩短双水相萃取的时间，提高分离效率，成为科研工作者研究的目标。在第 4 章中我们讨论过正交轴逆流色谱仪（X-CPC），它能在一定的转速度下，产生一个相对于径向离心力更强大的横向力场，所以，能够大大提高聚合物双水相体系的固定相保留率。目前，已有较多的正交轴 CPC 和双水相聚合物体系成功应用于蛋白质、酶类、核酸和多糖的分离的报道。表 10-1 对这方面的一些应用的实例进行了总结。

表 10-1　双水相聚合物体系在蛋白质等生物大分子分离中的应用

样　品	CPC 仪器	溶 剂 体 系	流动相	参考文献
细胞色素 c 溶菌酶	水平 J 型	5％ PEG8000-5％PEG1000-10％ K_2HPO_4	下相	[3]
细胞色素 c 溶菌酶	水平 J 型	12.5％ PEG1000-12.5％K_2HPO_4	下相	[4]
细胞色素 c、肌红蛋白、卵白蛋白和血红蛋白	水平 J 型	12.5％ PEG1000-12.5％K_2HPO_4	下相	[5]
细胞色素 c、肌红蛋白、卵白蛋白和血红蛋白	XLL-正交轴型	12.5％ PEG1000-12.5％K_2HPO_4	下相	[5]
溶菌酶和牛血清蛋白	偏心柱 J 型	10.1％PEG3400-7.03％ K_2HPO_4-3.87％ K_2HPO_4	下相	[6]
高密度和低密度脂蛋白（HDL 和 LDL）	XLL-正交轴型	16.0％ PEG1000-12.5％K_2HPO_4	下相	[7]
重组酶:嘌呤核苷酸磷酸化酶、尿苷磷酸化酶	XLL-正交轴型	16.0％PEG1000-6.25％ K_2HPO_4-6.25％ K_2HPO_4	上相	[8]
碱性组蛋白	XLLL-正交轴型	4.4％ PEG8000-7.0％葡聚糖 T500-10mmol/L 磷酸钾缓冲剂(pH5.7)	下相	[9]
α-球蛋白、人血清白蛋白，γ-球蛋白	XLLL-正交轴型	4.4％ PEG8000-7.0％葡聚糖 T500-10mmol/L 磷酸钾缓冲剂(pH9.2)或(pH6.8)	上相	[9]
高密度、低密度和非常低脂蛋白（HDL, LDL, VLDL）	XLL-正交轴型	16.0％ PEG1000-12.5％K_2HPO_4	下相	[10,11]
卵白蛋白	正交轴型	12.5％ PEG1000-12.5％K_2HPO_4（pH9.2、7.0、5.8）	下相	[12]
胰蛋白酶原,碳脱水酶,酪氨酸抑制剂,乳清蛋白,α-胰凝乳蛋白酶原,α-球蛋白,牛血清白蛋白	正交轴型	12.5％ PEG1000-12.5％K_2HPO_4	下相	[13]
细胞色素 c,脱铁运铁蛋白	正交轴型	12.5％ PEG1000-24％柠檬酸钾	下相	[13]
葡萄球菌肠毒素 A	J 型	12.5％ PEG1000-12.5％K_2HPO_4	下相	[14]
鸡蛋白蛋白:卵清蛋白样基因,卵清蛋白,溶菌酶和卵黏蛋白	XL-正交轴型	16％ PEG1000-12.5％K_2HPO_4(pH8.0)	下相	[15]

续表

样　品	CPC 仪器	溶　剂　体　系	流动相	参考文献
细胞色素 c,溶菌酶,肌红蛋白	XL-正交轴型 (新型螺旋管柱组件)	12.5% PEG1000-12.5%K_2HPO_4	上相和下相	[16]
乳酸脱氢酶	XL-正交轴型	16% PEG1000-12.5%K_2HPO_4(pH9.2) 15%PEG1540-15%$(NH_4)_2SO_4$,上相加 10mmol/L 乙酸,下相加 100mmol/L 的 NaOH	下相	[17]
溶菌酶,肌红蛋白	J 型(新型螺旋圆盘柱)	12.5% PEG1000-12.5%K_2HPO_4	上相和下相	[18]
辣根过氧化物酶	J 型(盘绕柱)	10%PEG1540-14.8%磷酸钾(pH7), 及含量低于 7.0%的 NaCl	下相	[19]
乙醇脱氢酶	XL-正交轴型	16%PEG1000-12.5% K_2HPO_4-0.05% 普施安红染料(pH7.3); 4.4%PEG8000-7.0%葡聚糖-0.05% 普施安红染料(pH6.5)	上相和下相 下相	[20]
多糖	XL-正交轴型	12.5% PEG1000-8%K_2HPO_4- 8% K_2HPO_4(pH6.8)	上相和下相	[21]
细胞色素 c、溶菌酶和肌红蛋白	J 型	15.0 %（WPW）PEG1000-17.0 % (质量分数)磷酸钾盐体系(pH9.2)	下相	[22]
卵转铁蛋白、卵白蛋白、溶菌酶	J 型	16.0 %（WPW）PEG1000-17.0 % (质量分数)磷酸钾盐体系(pH9.2)	下相	[22]
卵白蛋白、溶菌酶、卵转铁蛋白	J 型	15.0 %（WPW）PEG1000-17.0 % (质量分数)磷酸钾盐体系(pH9.2)	下相	[23]
螺旋质粒 DNA、开环的质粒 DNA	J 型	12.5%（质量分数）PEG 600 和 18.5%（质量分数）K_2HPO_4	下相	[24]
组蛋白去乙酰化酶	J 型	7.0% PEG 3350-10% 葡聚糖 T40-10mmol/L 磷酸钾缓冲剂(pH9.0)	下相	[25]
羊肚菌糖蛋白	XL-正交轴型	12.5%PEG8000-25%磷酸氢二钾(1：1)	下相	[26]
枸杞糖肽	XL-正交轴型	12.5%PEG8000-30%磷酸氢二钾(1：1)	下相	[26]

10.2　双水相聚合物体系的构成与选择

　　双水相聚合物体系早在 20 世纪 60 年代就被广泛应用于酶、蛋白质和细胞等的分离，积累了一大批采用双水相聚合物体系进行蛋白质逆流分配的文献资料，为我们采用现代逆流色谱分离和纯化生物产品提供了大量可供选择的聚合物溶剂体系。表 10-2 列出了一些常用的双水相体系是聚乙二醇-葡聚糖体系和聚乙二醇-磷酸盐体系。物质在两相中的选择性分配是疏水键、氢键和离子键等相互作用的结果。影响蛋白质及细胞碎片等目标化合物在双水相体系中分配行为的主要参数有成相聚合物的种类、成相聚合物的分子质量和总浓度、无机盐的种类和浓度、pH 值、温度等因素，有时可以通过只改变溶剂的 pH 值而保持溶剂体系的构成就能获得理想的分配结果。

表 10-2　常见的双水相系统

类　　型	上相的组分	下相的组分
非离子型聚合物/非离子型聚合物	聚丙二醇	甲基聚丙二醇、聚乙二醇、聚乙烯醇、聚乙烯吡咯烷酮、羟丙基葡聚糖
	聚乙二醇	聚乙烯醇、聚乙烯吡咯烷酮、葡聚糖、聚蔗糖
	乙基羟乙基纤维素	葡聚糖
	甲基纤维素	葡聚糖、羟丙基葡聚糖
非离子型聚合物/无机盐	聚丙二醇 聚乙二醇	硫酸钾 硫酸镁、硫酸钾、硫酸铵、硫酸钠、甲酸钠、酒石酸钾钠
高分子电解质/高分子电解质	硫酸葡聚糖钠盐 羧甲基葡聚糖钠盐	羧甲基纤维素钠盐 羧甲基纤维素钠盐
非离子型聚合物/低分子量组分	葡聚糖 聚丙烯乙二醇 甲氧基聚乙二醇	丙醇 磷酸钾、葡萄糖 磷酸钾

10.3　制备分离应用举例

10.3.1　羊肚菌糖蛋白的分离

天然提取和生物发酵所得的大分子生物活性物质的研究开发工作已成为国内外科研、产业界的焦点。羊肚菌是一种中外著名的低温型大形体食药兼用菌，早在中国的《广菌谱》和《本草纲目》中就被人列为"菜部"，称之为羊肚菜。其肉质脆嫩香甜可口，是食用菌的珍品之一。现代医药学研究表明羊肚菌具有抗肿瘤、降血脂、升高白细胞水平和免疫调节方面的药物作用，以及能减轻放疗、化疗患者的恶心、头痛、少食欲等副作用。因此，对其有效成分如糖蛋白的分离纯化是非常有研究意义的。魏芸等[26]应用自行研制的正交轴逆流色谱仪对羊肚菌种的活性组分进行了分离。正交轴逆流色谱仪的螺旋管柱由内径 2.6mm 的聚四氟乙烯管绕制，柱容积 300mL。

羊肚菌糖蛋白粗提：液体深层发酵所得的羊肚菌营养液经超滤法去掉小分子量组分，脱脂、脱色，减压低温浓缩；再用超速离心法分离提纯。然后用乙醇沉淀法反复多次沉淀纯化，得到羊肚菌糖蛋白。

正交轴逆流色谱对羊肚菌糖蛋白的分离：作者首先用 12.5％PEG8000-25％磷酸氢二钾（1∶1）的体积比将此溶剂体系置于分液漏斗中，摇匀后静置令其分层。待平衡一段时间之后将上下相分开，取上相作为固定相，用下相作为流动相。

实验中，先将固定相注满仪器的螺旋管分离柱整个系统，并让仪器主机按 500r/min 的转速运转起来，然后以 1.0mL/min 的流速将流动相泵入柱内。待两相对流平衡建立后，从进样阀进样。根据接在主机出口处的紫外检测器的谱图（如图

10-1 所示）接收目标成分。

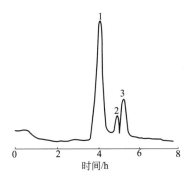

图 10-1　羊肚菌糖蛋白的正交轴逆流色谱图

经过上述分离实验，得到无色固体 3 种，其产量分别为 49.1mg、10.2mg、22.3mg。这 3 个羊肚菌糖蛋白组分命名为：糖蛋白 1，糖蛋白 2，糖蛋白 3，每两个糖蛋白之间的分离度分别是 2.0 和 6.0。

对分离出的 3 种糖蛋白进行检测分析，采用了自制的亚油酸甲酯型聚合物键合相。图 10-2 所示是这三种糖蛋白组分的高效液相色谱图，用二极管阵列检测器对各组分进行检测分析，在 280nm 处峰形对称无任何变形，可证明其组分的单一性。

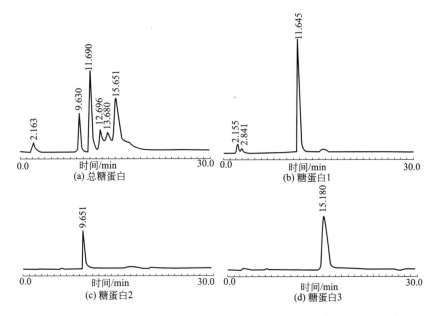

图 10-2　羊肚菌粗糖蛋白和三组分的高效液相色谱图

用高效液相色谱法测定三种糖蛋白的分子量，以标准聚乙二醇分子量对数对保留时间作图，查得糖蛋白 1、糖蛋白 2、糖蛋白 3 的相对分子质量分别是 65700、

22400 和 11300。

10.3.2　枸杞糖肽的分离

枸杞是中国传统的名贵中药材，具有滋补肝肾、益精明目、清热凉血、降血压等功效，是国内常用的药材和滋补品。药理及临床实验表明，枸杞中所含主要活性成分枸杞糖肽对抗衰老、提高免疫机能及抑制肿瘤均有疗效。但是，有关枸杞糖肽的药理和临床试验中都以其粗制品作为样品，尚少采用精制纯化的糖肽进行研究。魏芸等[26]采用逆流色谱法分离纯化枸杞糖肽，为枸杞的应用开发提供了新的方法和手段。

枸杞糖肽粗提：取 100g 枸杞子（河北产），烘干，置干燥器中干燥 24h，装于 100mL 的回流瓶中。依次用石油醚、乙醚、80％乙醇在磁力搅拌下回流 4h。残渣挥干溶剂后再用水回流抽提 4h，减压浓缩。加入活性炭脱色，过滤，滤液加入 95％乙醇静置过夜，过滤。残渣用乙醚、无水乙醇反复洗涤。最后真空干燥。

枸杞糖肽的分离纯化：用正交轴逆流色谱仪，采用 12.5％PEG8000-30％磷酸氢二钾（1∶1）的溶剂系统，以其上相作为固定相，下相为流动相，对枸杞糖肽提取样品进行分离。每次分离提取 100mg 样品溶于 1mL 下相中。仪器转速 500r/min，流动相流速 1.0mL/min，得到的分离结果如图 10-3 所示。

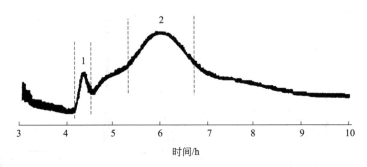

图 10-3　枸杞糖肽的逆流图谱

如图 10-3 中所标出的第 1 组分和第 2 组分可收集出来进行结构鉴定，分别为胃蛋白酶和溶菌酶。

10.3.3　嘌呤核苷酸磷酸化酶的分离

嘌呤核苷酸磷酸化酶（PNPase）能够催化嘌呤核糖核苷和 2-脱氧核糖核苷的可逆磷酸化作用。这种酶已经可以从细菌、人体红细胞、牛脾、鸡肝、兔肝以及大肠杆菌重组技术等多种来源分离纯化出来。从大肠杆菌得到的 PNPase 含有 6 个亚单位，其相对分子质量在 23000～24000 之间。从大肠杆菌和 S. typhimurium 中分离得到的 PNPase 是相同分子量的亚单位的六聚体。PNPase 的常用分离方法有磷酸钙凝胶洗脱、DEAE-纤维素色谱、ECTEOLA-纤维素色谱等。但是这些方法的分离过程都比较复杂和繁琐。正交轴 CPC 分离技术无论在分离效率和操作成本方面都显示了其独特的优势。

Lee 等[8]报道了应用 XLL-正交轴型 CPC 从大肠杆菌粗提物中分离 PNPase 的结果。所用溶剂体系为 16％PEG1000-6.25％KH$_2$PO$_4$-6.25％K$_2$HPO$_4$（pH6.8），上相为流动相，3mL 为一个收集级分。1.0mL PNPase 溶解在 10mL 的上述溶剂体系中，以 0.5mL/min 流速进行分离，逆流色谱分离色谱图如图 10-4（a）所示，溶剂前沿出现在第 46 级分，第 65～80 收集为纯化的 PNPase。图 10-4（b）所示为 PNPase 粗样及各分离级分的 SDS 凝胶电泳谱图，从中可以看出，从大肠杆菌提取物中得到的粗 PNPase 经过一次正交轴 CPC 分离就可以得到高度纯化。

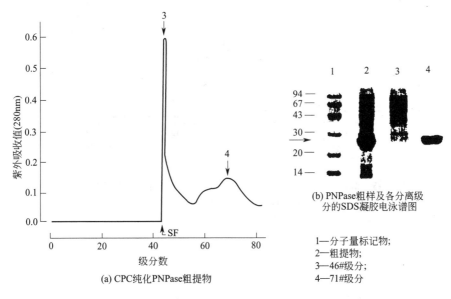

(a) CPC纯化PNPase粗提物

(b) PNPase粗样及各分离级分的SDS凝胶电泳谱图

1—分子量标记物;
2—粗提物;
3—46#级分;
4—71#级分

图 10-4　采用 XLL-正交轴型 CPC 从大肠杆菌粗提物中分离 PNPase
溶剂体系为 16％PEG1000-6.25％K$_2$HPO$_4$-6.25％KH$_2$PO$_4$（pH6.8），上相为流动相

10.3.4　卵白蛋白的分离

郐文波等[22]应用 HSCCC 双水相体系分离纯化了卵白蛋白中的蛋白质成分，作者所用的仪器型号为 TBE-300V 型高速逆流色谱仪。通过考察双水相体系的 pH 和 PEG 浓度对标准蛋白质分配系数的影响，如图 10-5 所示，结果发现在 pH 9.2 和 15％（WPW）PEG 浓度的 PEG1000-磷酸盐双水相体系中，三种蛋白质的分配系数差异较大，且分布合理，因而选择该体系进行双水相高速逆流色谱分离实验。如图 10-6 所示即为三种蛋白质混合物的 HSCCC 洗脱曲线。随后作者又考察了双水相体系的 pH 和 PEG 浓度对鸡蛋清中主要蛋白质成分的分配系数的影

响，结果如图 10-7 所示，实验结果表明鸡蛋清中主要的蛋白质组分包括卵转铁蛋白（约 78kD）、卵白蛋白（约 45kD）、溶菌酶（14kD）和黏蛋白等与上述三种标准蛋白质的变化趋势类似，与其他蛋白质组分的分配系数差异明显，应可实现有效分离。如图 10-8 和图 10-9 所示，分别为鸡蛋清蛋白质干粉的高速逆流色谱洗脱曲线和鸡蛋清样品的高速逆流色谱洗脱曲线，如图 10-10 所示为鸡蛋清样品高速逆流色谱洗脱峰的电泳结果。上述结果说明高速逆流双水相色谱法可有效地应用于分离纯化蛋白质样品，并且所用的高速逆流色谱设备具有较高的分辨率和稳定性，为生物大分子的高效和高收率分离开辟了一条新的途径。

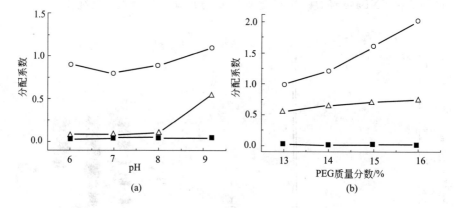

图 10-5 双水相 pH（a）和 PEG 浓度（b）对蛋白质分配系数的影响
○ 溶菌酶；△ 肌红蛋白；■ 细胞色素 c

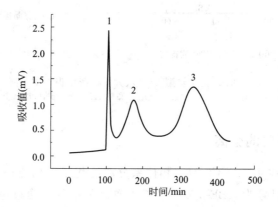

图 10-6 三种蛋白质混合物的高速逆流色谱洗脱曲线
逆流色谱柱：2.6mm 内径的聚四氟乙烯管，有效容积为 120mL；样品：1mg 细胞色素 c，8mg 肌红蛋白和 20mg 溶菌酶；分离用双水相体系：PEG1000-磷酸二氢钾-水（15：17：68，质量比）；固定相：双水相体系上相（富含 PEG）；流动相：双水相体系的下相（富含磷酸盐）；流速：0.8mL/min；主机转速：850r/min；固定相保留率：40%。
1—细胞色素 c；2—肌红蛋白；3—溶菌酶

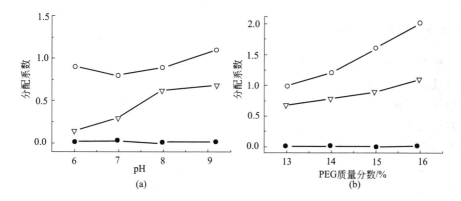

图 10-7　双水相 pH（a）和 PEG 浓度（b）对鸡蛋清中的主要蛋白质组分分配系数的影响
○ 溶菌酶；▽ 卵白蛋白；● 卵转铁蛋白

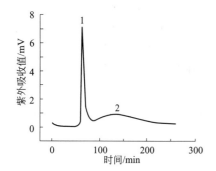

图 10-8　鸡蛋清蛋白质干粉的高速逆流
色谱洗脱曲线
1—含有卵铁蛋白的杂质峰；2—卵白蛋白

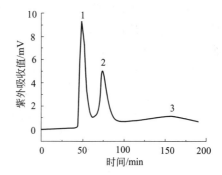

图 10-9　鸡蛋清样品的高速逆流色谱
1—含有卵铁蛋白的杂质峰；2—卵白蛋白；
3—另一形态的卵白蛋白

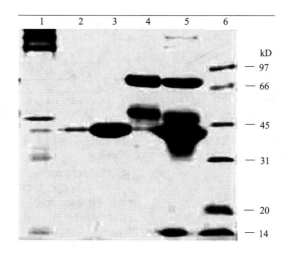

图 10-10　鸡蛋清样品高速逆流色谱洗脱峰的电泳结果
1—蛋白质分子标记物；2—蛋白样品；3—峰 1（图 10-9）；4—峰 2；5—峰 3；6—上层固定相

10.3.5　质粒 DNA 的分离

现在 DNA 制品用作疫苗和基因药物是很热门的研究，人们期待发展一种能规模化且经济的分离纯化这种治疗用 DNA 的工艺。宿主细胞内的大部分质粒 DNA 为超螺旋形式的，但是在工业生产工艺中化学试剂和剪切降解会使质粒 DNA 由超螺旋形式转化成开环或者直链形式，除去开环的质粒 DNA 能够有效增强药物的一致性和稳定性。现在已经有报道生产和制备高纯度的质粒 DNA 的生产工艺，但是此工艺很难进行放大，而且步骤繁琐、耗用大量的有机试剂。

Kendall 等[24] 报道了应用逆流色谱对质粒 DNA 进行制备性的分离。采用双水相体系 12.5％（质量分数）PEG 1000 和 18％（质量分数）K_2HPO_4 作为两相溶剂系统几乎对超螺旋（SC）和开环（OC）的质粒 DNA 实现了完全的分离。作者首先根据 PEG-K_2HPO_4 两相溶剂系统的相图（如图 10-11 所示）通过筛选选择了可能的溶剂系统，然后通过质粒 DNA 在双水相体系中质粒的分配系数和流体动力学特征，作者筛选出来合适的溶剂系统，结果见表 10-3，最终作者选择 12.5％（质量分数）PEG 600 和 18.5％（质量分数）K_2HPO_4 作为溶剂体系进行 HSCCC 分离实验，使超螺旋质粒 DNA 和开环的质粒 DNA 得到了很好的分离。HSCCC 图如图 10-12 所示。总样和逆流色谱分离的各组分的琼脂糖凝胶电泳分析结果如图 10-13 所示。

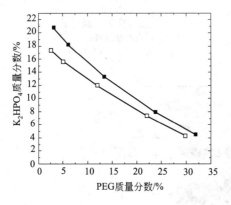

图 10-11　PEG600-K_2HPO_4（■）和
PEG1000-K_2HPO_4（□）两相系统的相图

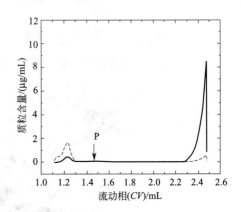

图 10-12　用 12.5％（质量分数）PEG 600
（固定相）和 18.5％（质量分数）K_2HPO_4
（流动相）在 600r/min 下以流速为 0.5mL/min
分离质粒 DNA 的逆流色谱图

虚线，开环质粒。实线，超螺旋质粒。P 点为开始泵出柱内液体的时刻。进样浓度：开环质粒的浓度为 270μg/mL，超螺旋质粒的浓度为 730μg/mL，dsDNA 的总浓度用 PicoGreen 检测。超螺旋质粒和开环质粒的比例通过扫描它们在琼脂糖凝胶上的面积进行测定

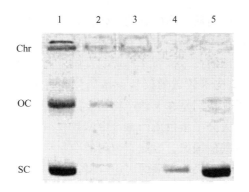

图 10-13　总样和逆流色谱分离的各组分的琼脂糖凝胶电泳分析
逆流色谱条件：两相溶剂系统，12.5%（质量分数）PEG 600（固定相）和 18.5%（质量分数）K₂HPO₄（流动相）；转速：600r/min，流动相流速：0.5mL/min。列 1：总样（原样的 0.02 倍稀释液）；列 2 和列 3：在 1.23 倍和 1.29 倍逆流色谱柱体积的收集组分；列 4 和列 5：在 2.45 倍和 2.48 倍柱体积时的收集液

表 10-3　在双水相体系中质粒的分配系数和流体动力学特征

两相溶剂系统	V_r (V_t/V_b)	T_S/s	K		转速 /(r/min)	固定相保留率/%
			SC 质粒	OC 质粒		
12.5% PEG 1000 18% K₂HPO₄	0.7	60	0.12	0.02	800	56.4
12.5% PEG 600 18.5% K₂HPO₄	0.6	50	0.34	0.01	800	50.0
					600	33.3

10.4　小结

① 逆流色谱是一种新近发展起来的分离技术[27]，它经过 20 多年的研发，已经成为当今在世界范围内引人注目的新技术、新手段，它将在天然产物、生物医药、生命科学和相关领域发挥重要的作用。近年发展的高速逆流色谱，采用极性范围极其广泛的有机溶剂-水两相系统，对天然产物成分、中小分子和较大的分子实现高纯度和半制备量的分离纯化，已经进入了实用和推广的阶段。

② 对于大分子蛋白质的分离来说，聚合物水相系统的应用是有效的方法。由于聚合物水相系统黏度高、界面张力弱、不容易分层等特性要求仪器的离心力场的作用具有特殊的模式。正交轴逆流色谱仪，充分利用三维离心力场，保证了聚合物水相系统在运动螺旋管柱内达到有效分配的分离条件，从而为大分子蛋白质的分离纯化提供了连续高效的新手段。特别是因为它不用任何固态的填料和载体，完全排除了大分子蛋白质因吸附于填料载体而造成的损耗和失活，使样品的分离过程始终在活性保护的环境中进行。所以，利用逆流色谱，采用聚合物水相系统分离纯化大分子蛋白质等活性物质，将是十分有应用推广价值的工作。逆流色谱尚在发展和渐

臻成熟的阶段，大分子蛋白质分离纯化的工作更在探索和初始的时期。本章介绍的内容，只能作为读者的参考资料，希望在此基础上，引起科技界和产业界的关注，让这一新兴的技术为中国的技术更新和产业的发展做出更大的贡献。

③ 我国在逆流色谱技术领域的仪器设备研制和分离纯化应用技术研究方面，保持着国际先进的水平，特别是在天然产物研发的方面具有中国特色和优势。就正交轴逆流色谱仪器分离大分子蛋白质而言，中国具有同此技术创始国美国相同的技术条件，优于世界上的其他国家。因此，中国的专家和技术人员应充分利用这一条件，争取获得创新的技术成果和丰硕的应用成果。

参 考 文 献

[1] Hatti KR. Molecular Biotechnol, 2001, 19 (3)：269.
[2] 吴敏. 中成药, 2006, 28 (10)：1505.
[3] Ito Y, Zhang TY. J Chromatogr, 1988, 121：437.
[4] Ito Y, Oka H. J Chromatogr, 1988, 393：457.
[5] Shibusawa Y, Ito Y. J Chromatogr, 1991, 695：550.
[6] Lei X, Hsu J T. J Liq Chromatogr, 1992, 15：2801.
[7] Shibusawa Y, Ito Y, Ikewake K, et al. J Chromatogr, 1992, 118：596.
[8] Lee Y W, Shibusawa Y, Chen TF, et al. J Liq Chromatogr, 1992, 15：2831.
[9] Shibusawa Y, Ito Y. J Liq Chromatogr, 1992, 15：2787.
[10] Shibusawa Y, Chiba T, Matsumoto U, et al. In：Modern Countercurrent Chromatography. Vol 593. Conway WD, Petroski RJ, ed. Washington DC：ACS Symposium Series, 1995：119.
[11] Shibusawa Y, Mugiyama M, Matsumoto U, et al. J Chromatogr B, 1995, 664：295.
[12] Shinomiya K, Inokchi N, Gnabre J N, et al. J Chromatogr A, 1996, 724：179.
[13] Shiinomya K, Kabasawa Y, Ito Y. J Liq Chromatogr Rel Technol, 1998, 21：1727.
[14] Rasooly A, Ito Y. J Liq Chromatogr Rel Technol, 1999, 22：1285.
[15] Shibusawa Y, Linu S, Shindo H, et al. J Liq Chromatogr Rel Technol, 2001, 24：2007.
[16] Shinomiya K, Kabassawa Y. Ito Y. J Liq Chromatogr Rel Technol, 2002, 25：2665.
[17] Shibusawa Y, Misu N, Shindo H, et al. J Chromatogr B, 2002, 776：183.
[18] Ito Y, Yang F, Fitze PE, et al. J Liq Chromatogr Rel Technol, 2003, 26：1355.
[19] Magri M, Cabrera RB, Miranda M V, et al. J Sep Sci, 2003, 26：1701.
[20] Shibusawa Y, Fujiwara T, Shindo H, et al. J Chromatogr B, 2004, 799：239.
[21] 巢志茂, 沢庸一, 神藤平三郎. 中国药学杂志, 1999, 34 (7)：444.
[22] 郅文波, 邓秋云, 宋江楠, 欧阳藩. 生物工程学报, 2005, 21 (1)：129.
[23] 郅文波, 邓秋云, 宋江楠等. 色谱, 2005, 23 (1)：12.
[24] Kendall D, Booth AJ, Levy MS, et al. Biotechnology Letters, 2001, 23：613.
[25] Shibusawa Y, Takeuchi N, Tsutsumi K, et al. J Chromatogr A, 2007, 1151：158.
[26] 魏芸, 张天佑, 张姝等. 色谱, 2001, 19 (2)：188.
[27] 李校堃, 袁辉主编. 药物蛋白质分离纯化技术. 北京：化学工业出版社, 2005.

第 11 章 HSCCC 在无机离子分离中的应用

11.1 概述

逆流色谱（counter-current chromatography，CCC）是 20 世纪 80 年代发展起来的一种连续高效的液液分配色谱分离技术。它利用两相互不相溶的溶剂系统在高速旋转的螺旋管内建立起一种特殊的单向性流体动力学平衡，被分离物各组分之间依据其在两相溶剂中分配系数的差异而实现分离。相对于传统的固-液柱色谱技术，逆流色谱技术不需要固态的支撑体而避免了分离过程中对样品的不可逆吸附、沾染、失活与变性等影响[1,2]，因此逆流色谱技术特别适合于天然产物活性成分的分离纯化。作为一种备受关注的新颖的分离纯化技术，逆流色谱具有适用范围广、操作灵活、高效、快速、制备量大与费用低等优点[1,2]，该技术目前已经广泛应用于有机化合物以及生物大分子的分离与纯化。

逆流色谱技术作为一种基于液液分配机理的色谱技术，其应用领域将是十分广阔的。由于相-相分配和萃取的原理方法已经应用于抗生素工业、同位素标定、精细化工、材料科学与选矿流程，所以逆流色谱也可以在这些领域获得相应的发展空间。目前逆流色谱已运用于无机离子的分离、化学试剂的分析与纯化，以及金属离子的浓缩等。由于无机物与有机物的色谱机理存在差异，分离无机化合物的技术条件仍存在诸多的限制，金属离子不能直接在有机相中溶解，所以在分离金属离子时通常需要在有机相中加入有机萃取剂，借以改善金属离子在有机相中的分配。本章以不同萃取剂为主线，简单地介绍了高速逆流色谱在金属离子分离中的应用，供读者借鉴与参考。

11.2 DHDECMP 逆流色谱体系

DHDECMP（dihexyl-*N*,*N*-diethylcarbamoyl methylenephosphate，二己基-*N*,*N*-二乙基甲酰胺基亚甲基膦酸酯）是一类双官能团中性有机磷萃取剂。已有研究表明 DHDECMP 具有以下用途：①可以在酸性条件下萃取三价镧系和锕系元素；②能够用于核燃料的后处理；③在硫氰酸铵介质中还具有一定的分离镧系和锕系元素的能力。

金玉仁等[3]用 DHDECMP 的环己烷溶液作为固定相，HNO_3 溶液作为流动相，在逆流色谱上成功实现了镧系金属离子 Ce^{3+}、Nd^{3+}、Sm^{3+}、Gd^{3+}、Tb^{3+}、Dy^{3+}、Er^{3+} 以及 Yb^{3+} 的相互分离（图 11-1），从而证明 DHDECMP 对所研究的稀土离子有一定的分离能力，且轻稀土离子的分离效果好于重稀土。Jin 等[4] 以 25%DHDECMP 的环己烷溶液为固定相，以 2.91mol/L HNO_3 为流动相，也对 La、Ce、Pr、Nd、Sm、Eu、Gd、Tb、Dy、Ho、Er、Tm、Yb 与 Lu 实现了部分分离（图 11-2）。

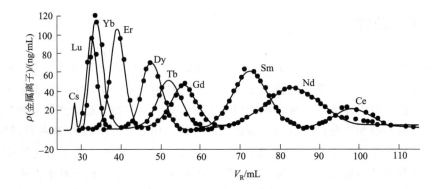

图 11-1　Ce^{3+}、Nd^{3+}、Sm^{3+}、Gd^{3+}、Tb^{3+}、Dy^{3+}、Er^{3+} 以及 Yb^{3+} 的逆流色谱分离
HSCCC 条件：固定相为 25% DHDECMP 的环己烷溶液，流动相为 3.35mol/L 的 HNO_3，
流速为 1mL/min，转速为 1200r/min

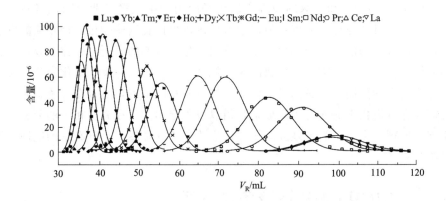

图 11-2　La、Ce、Pr、Nd、Sm、Eu、Gd、Tb、Dy、Ho、Er、Tm、Yb
与 Lu 的 HSCCC 分离图
HSCCC 条件：固定相为 25%DHDECMP，流动相为 2.91mol/L HNO_3，
流速 1mL/min，转速 1200r/min

11.3　DCPDTPI 的逆流色谱体系

DCPDTPI（dichlorophenyldithiophosphinic acid，二氯苯基二硫代膦酸）。邵芸

等[5]证明 DCPDTPI 可以优先萃取 Am^{3+} 和 Eu^{3+} 中的 Am^{3+}：当萃取剂浓度为 0.1mol/L 且 pH＝2.73 时，最大的分离因数为 8，从而证明 DCPDTPI 具有分离 Am^{3+} 和 Eu^{3+} 的能力。鉴于此，吴剑峰[6]等以 0.1mol/L NaClO$_4$ 为流动相，二氯苯基二硫代膦酸的二甲苯溶液为固定相，利用逆流色谱实现了 Am 和 Eu 的分离。当固定相中 DCPDTPI 为 0.05mol/L 时，Am 和 Eu 基本上得不到分离；当 DCPDTPI 浓度达到 0.1mol/L 时，Am 和 Eu 能得到部分分离；当 DCPDTPI 浓度升高到 0.15mol/L 时，可基本实现 Am^{3+} 与 Eu^{3+} 的相互分离，如图 11-3 所示。

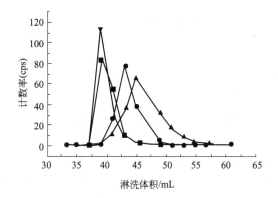

图 11-3　不同浓度的 DCPDTPI 分离 Am 和 Eu 逆流色谱图
HSCCC 条件：固定相为 DCPDTPI 的二甲苯溶液，流动相为 0.1mol/L NaClO$_4$ 水溶液，pH 3.3，转速为 1200r/min，流速为 0.5mL/min

11.4　TOPO 逆流色谱体系

TOPO（三辛基氧化膦）为有机氧化膦类萃取剂，最初是为钴、镍等重金属

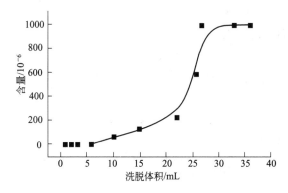

图 11-4　高速逆流色谱去除硝酸中铀的穿透曲线
HSCCC 条件：固定相为 0.01mol/L TOPO-正庚烷；流动相为 8mol/L 硝酸溶液；转速为 1200r/min；流速为 1.0mL/min

的分离而设计的，因此该类萃取剂主要用于重金属分离和提纯。Mhaske 等[7]研究了 TOPO 的甲苯溶液对铂族金属的萃取分离，进而探讨了从废汽车尾气净化催化剂浸出液中回收铂族金属的可能性。鉴于 TOPO 对铂族金属的萃取性能，吴剑峰等[8]研究了以 0.01mol/L TOPO 的正庚烷溶液作固定相，用高速逆流色谱除去市售的几种 HNO_3 和 HCl 中的铀，制备了铀含量极低的 HNO_3 和 HCl（图 11-4）。而 Surakitbanharn 等[9]也以 0.5mol/L 的 TOPO 的正庚烷溶液为固定相，以 0.1mol/L HCl 为流动相，利用 Sanki CPC 成功分离了 Pd、Pt、Ir 与 Rh 离子。

11.5 EHPA 逆流色谱体系

2-乙基己基磷酸酯（2-ethylhexylphosphonic acid mono-2-ethylhexyl ester，EHPA）。EHPA 可以用于含钒石墨尾矿的钒提取分离[10]，即通过焙烧-浸出的方法将白云母中的钒转变为水溶性或酸溶性的含钒离子团后，用有机萃取剂 EHPA 将浸取液中的钒离子转移至有机相中，从而实现钒与其他金属离子分离（其他金属离子大都不能进入有机相），而含钒的有机溶液再用 0.5mol/L 的 Na_2CO_3 溶液进行反萃取，钒因而从有机相转入水相中。鉴于此，Ma 等[11]以 0.15mol/L 的 EHPA-氯仿溶液为流动相，以 pH＝1.41 的 HCl 溶液为固定相，利用高速逆流色谱成功分离了 Sm、Gd、Tb、Dy、Er 与 Yb（图 11-5）。

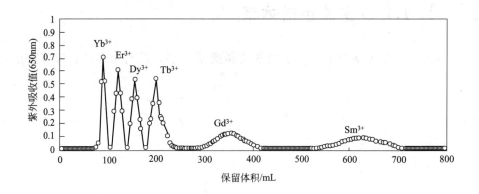

图 11-5 Sm、Gd、Tb、Dy、Er 与 Yb 的逆流色谱分离
HSCCC 条件：流动相为 0.15mol/L 的 EHPA-氯仿溶液，固定相为 pH＝1.41 的盐酸，转速为 500r/min，流速 1.0mL/min，收集组分为 5mL/瓶

Nakamura 等[12]利用 EHPA 将水中的稀土元素进行富集，然后利用不同 pH 的水溶液将稀土元素分段洗脱分离（图 11-6）。

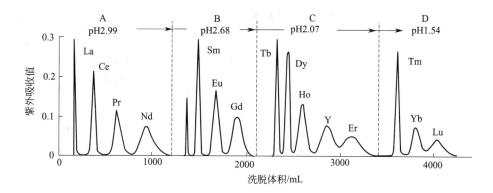

图 11-6　高速逆流色谱分离多种稀土元素

HSCCC 条件：固定相为 0.02mol/L 的 EHPA-甲苯溶液，流动相为（A）0.01mol/L（H，Na）HCOO；（B）0.1mol/L（H，Na）CHClCOO；（C）0.1mol/L（H，Na）CHClCOO；（D）0.1mol/L（H，Na）CHClCOO

11.6　DEHPA 逆流色谱体系

二-(2-乙基己基)磷酸［Di-(2-ethylhexyl)phosphoric acid，DEHPA］，DEHPA 在低酸度下以 $O{=}P{-}OH$ 为反应基团，萃取稀土离子主要以（OH）基的（H^+）与稀土离子进行阳离子交换来实现的。因此，DEHPA 的萃取能力主要决定于其酸性强弱。如谢海云等[13]实验表明当有机相组成中 DEHPA 为 30%，相比 1∶1，pH≈1 时，经三级萃取后铁几乎被完全萃取而铜和砷几乎不被萃取，从而实现了萃取分离铁的目的。鉴于 DEHPA 对不同金属离子的萃取能力表现出差异，以 DEHPA 为固定相，以酸溶液作流动相，通过逆流色谱可以实现不同金属离子的分离（参见表 11-1）。

表 11-1　DEHPA 逆流色谱洗脱体系分离金属离子

固　定　相	流　动　相	元　素	仪　　器	文　献
0.1mol/L DEHPA(甲苯)	0.03mol/L HCl	Eu,Sm	Sanki CPC	[14]
0.1mol/L DEHPA(氯仿)	0.1mol/L HCl	Er,Yb	Sanki CPC	[15]
30%DEHPA+15%CCl₄+55%	0.5mol/L HNO₃	Pr,Sm,Eu,Gd	Sanki CPC	[16]
0.1mol/L DEHPA(正庚烷)	0.05mol/L HCl	La,Ce,Pr	Sanki CPC	[17]
	0.06mol/L HCl	Nd,Pr		
	0.12mol/L HCl	Nd,Sm		
	0.15mol/L HCl	Eu,Sm		
0.5mol/L DEHPA(正己烷)	0.75mol/L HNO₃	Eu,Sm,Gd	腔室逆流色谱	[18]
0.2mol/L DEHPA(正庚烷)	0.007mol/L 柠檬酸	Ni,Co,Mg,Cu	岛津 HSCCC-1A	[19]
	0.059mol/L 柠檬酸	Cu,Cd,Mn		

11.7　B₂EHP 逆流色谱体系

二-(2-乙基己基）磷酸酯（bis-2-ethylhexyl phthalate，B₂EHP）是一种非常有效的萃取剂，广泛应用于稀土、碱土金属离子与钴镍等金属离子的萃取分离。大量文献都对 HDEHP 萃取稀土的性能进行了研究报道[20~23]。Maryutina 利用 B₂EHP 对矿石中的 Nd 与 Sm 进行了纯化与分离[24]。B₂EHP 逆流色谱体系对稀土、碱土金属等的分离如图 11-7 所示。

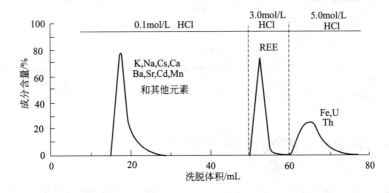

图 11-7　逆流色谱分离稀土、碱土金属等元素
HSCCC 条件：固定相为 0.5mol/L 二-(2-乙基己基）磷酸酯的癸烷溶液，流动相为盐酸
梯度溶液，流速=1.2mL/min

11.8　DMDBDDEMA 逆流色谱体系

N,N'-二甲基-N,N'-二丁基-十二烷基乙氧基丙二酰胺（N,N'-dimethyl-N,N'-dibutyldodecylethoxymalonamide，DMDBDDEMA）也可以用作萃取剂而广泛

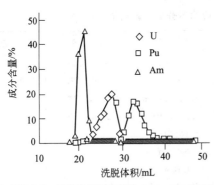

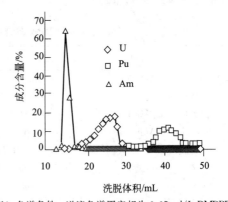

（a）色谱条件：逆流色谱固定相为 0.04mol/L DMDBD-DEMA 的十二烷溶液，流动相为 2mol/L 的 HNO₃ 溶液）

（b）色谱条件：逆流色谱固定相为 0.05mol/L DMDBD-DEMA 的十二烷溶液，流动相为 2mol/L 的 HNO₃ 溶液）

图 11-8　Am，U 与 Pu 的分离

应用于锕系和镧系元素的分离[25]，文献［26,27］都对 HDEHP 的萃取分离性能进行了研究报道。Litvina 等[28]利用 DMDBDDEMA 对矿石中的 Am，U 与 Pu 进行了分离（图 11-8）。

11.9　Tetraoctylethylenediamine 逆流色谱体系

四辛基乙二胺（tetraoctylethylenediamine）由于其中具有氨基也可以用于金属离子的提取分离。Fedotov 等[29]利用 Tetraoctylethylenediamine 对 Zr(Ⅳ)，Hf(Ⅳ)，Nb(Ⅴ) 与 Ta(Ⅴ) 进行了富集与除杂（图 11-9）。

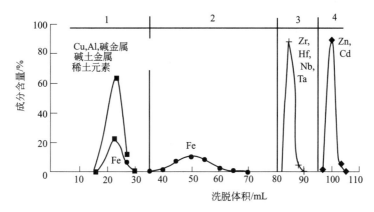

图 11-9　Zr(Ⅳ)，Hf(Ⅳ)，Nb(Ⅴ) 与 Ta(Ⅴ) 的富集与除杂

HSCCC 条件：固定相为 0.1mol/L Tetraoctylethylenediamine 的氯仿溶液，流动相为 (1) 0.1mol/L HCl+0.01mol/L $H_2C_2O_4$；(2) 0.1mol/L HCl+5％抗坏血酸；(3) 2.0mol/L HCl；(4) 1.0mol/L HNO_3

参　考　文　献

［1］　Berthod A，Ed. Countercurrent Chromatography-the Support-Free Liquid Stationary Phase. Elsevier：Amsterdam，2002.

［2］　Jiang Y，Lu HT，Chen F. J Chromatogr A，2004，1033：183.

［3］　金玉仁，章连众，韩世钧，张利兴，张佳媚，马峰 . 化学学报，2000，58：692.

［4］　Jin YR，Zhang LZ，Han SJ，Zhang LX，Zhang JM，Zhou GQ，Dong HB. J Chromatogr A，2000，888：137.

［5］　邵芸，许启初，周国庆，杨裕生 . 核化学与放射化学，2001，23 (3)：168.

［6］　吴剑峰，金玉仁，许启初，王世联，张利兴 . 分析化学，2006，34：1311.

［7］　Mhaske AA，Dhadke PM. Hydrometallurgy，2001，61 (2)：143.

［8］　吴剑峰，金玉仁，周国庆，张利兴 . 核技术，2006，29：214.

［9］　Surakitbanharn Y，Muralidharan S，Freiser H. Solvent Extraction Ion Exchange，1991，9：45.

［10］　余志伟，邢丽华 . 金属矿山，2008，386：142.

［11］　Ma ZM，Zhang LZ，Han SJ. J Chromatogr A，1997，766：282.

［12］　Nakamura S，Hashimoto H，Akiba K. J Chromatogr A，1997，789：381.

［13］　谢海云，刘中华，陈雯，阴树标 . 过程工程学报，2005，5 (5)：514.

［14］　Araki T，Okazawa T，Kubo Y，Ando H，Asia H. J Liq Chromatogr，1988，11：267.

［15］　Araki T，Okazawa T，Kubo Y，Ando H，Asia H. J Liq Chromatogr，1988，11：2473.

[16] Abe H, Usuda S, Tachimori S, J Liq Chromatogr, 1994, 17: 1821.

[17] Araki T, Okazawa T, Kubo Y, Ando H, Asia H. J Liq Chromatogr, 1988, 11: 2487.

[18] Takeuchi T, Kabasawa Y. J Chromatogr, 1991, 538: 125.

[19] Kitazume E, Sato N, Saito Y, Ito Y. Anal Chem, 1993, 65: 2225.

[20] Peppard DF, Mason GW. Journal of Inorganic and Nuclear Chemistry, 1957, 4 (526): 334.

[21] Peppard DF, Ferraro JR. Journal of Inorganic and Nuclear Chemistry, 1959, 10 (324): 275.

[22] Harada T, Smutz M. Journal of Inorganic and Nuclear Chemistry, 1970, 32 (2): 649.

[23] Dai LM, minh DV, Hai PV. Journal of Alloys and Compounds, 2000, 311 (1): 46.

[24] Maryutina TA, Fedotov PS, Ya B Spivakov. In Countercurrent Chromatography, Chromatographic Science Series, Marcel Dekker, New York, 1999, 82 (6): 171.

[25] Maryutina T, Litvina M, Malikov D, Spivakov B, Myasoedov B, Lecomte M, Hill C, Madic C. Radiochemistry, 2004, 46 (7): 596.

[26] Myasoedov BF, Maryutina TA, Litvina MN, Malikov DA, Kulyako Y M, Ya B. Spivakov, C。H, Adnet JM, Lecomte M, Madic C. Radiochimica Acta, 2005, 93: 9.

[27] Pukhovskaya VM, Maryutina TA, . Grebnera ON, Kuzmin NM, Spivakov BY. Spectro Chimca Acta Part B: Atomic Spectrosocpy, 1993, 48 (11): 1365.

[28] Litvina MN, Malikov DA, Maryutina TA, Kulyako YM, Myasoedov BF. Radiochemistry, 2007, 49 (2): 162.

[29] Spivakov BY, Maryutina TA, Fedotov PS, Ignatova S N, Katasonova O N, Dahmen J, Wennrich R. Journal of Analytical Chemistry, 2002, 57 (10): 928.

第 12 章 HSCCC 在生物医药产业中的应用及发展趋势

12.1 HSCCC 在天然药用成分及标准样品制备中的应用

分离纯化和制备出天然产物（包括药用植物）的生物活性成分，是进行其结构鉴定和药理药效学研究的基础工作。这些天然资源中的成分构成非常复杂，有些待研究开发的活性成分含量通常较低，色谱方法一直是分离纯化它们的主要手段，尤其是 HPLC 能达到很高的分离效率和分辨率，但是，其固态的固定相会对目标化合物造成不可逆吸附、失活、变性等不良影响。HSCCC 是一种液液分配色谱技术，不用固态载体，不存在对样品成分的吸附和降解等影响，样品成分的回收率在理论上可达到 100%，现在已经较广泛地应用于各类生物活性成分（包括黄酮、生物碱、木质素、醌类、香豆素、皂苷、萜类等成分）的分离纯化，在第 7 章中我们已经进行了介绍。HSCCC 具有分离结果纯净、制备量较大、重现性好、操作简便等优点，特别适合于高纯度的活性物质对照品和标准品的制备工作，能够保证对照品和标准品的可靠性、均匀性、稳定性、可复制性和可传递性等基本属性。

下面主要介绍一下高速逆流色谱技术在天然产物标准样品研制中的应用。标准样品的研制工作是根据国际标准化组织（ISO）及其下属的对照品国际合作组织（REMCO）的相关导则和我国国家标准 GB/T 15000 的特定程序进行的。遵循 ISO/REMCO 关于有证标准物质（certified reference material，CRM）的定义。这个程序可以确保每个特性值的溯源性，同时，每个被确认的特性值都附有规定置信区间的不确定度限值。逆流色谱对高纯度物质的制备规模满足国家对标样的批次制备量和检定程序的要求，制备技术的重现性和产物指标的一致性满足标准样品复制和标准物质传递的要求。

从 1999 年起，张天佑教授等就在国家质量技术监督局的计划管理下，在国家中医药管理局的立项与组织下，采用 HSCCC 作为主要的分离纯化和制备手段，制备出高纯度天然产物活性物质，为进一步按规范对物质进行定值工作准备了物质基础，相关研究成果已在国内外发表[1]。此后，基于这一技术方法的支持，陆续完成国家实物标准样品的研制项目数十项，其中的一部分列于表12-1 中。

表 12-1   已完成的部分天然产物国家实物标准样品（GSB）

序号	国家标准样品编号	国家标准样品名称	批准日期	有效期	研制单位
01	GSB C10004—98	银杏内酯 A	1998-08-21	1 年	上海市中药研究所
02	GSB C10005—98	银杏内酯 B	1998-08-21	1 年	
03	GSB C10006—98	白果内酯	1998-08-21	1 年	
04	GSB C10007—98	异鼠李素	1998-08-21	1 年	
05	GSB C10008—98	山柰素	1998-08-21	1 年	
06	GSB 11-1437—2001	槲皮素	2001-11-08	2 年	浙江瑞康生物技术有限公司
07	GSB 11-1438—2001	白藜芦醇	2001-11-08	2 年	
08	GSB 11-1439—2001	儿茶素 EGCG	2001-11-08	2 年	
09	GSB 11-1440—2001	儿茶素 ECG	2001-11-08	2 年	
10	GSB 11-1441—2001	儿茶素 GCG	2001-11-08	2 年	
11	GSB 11-1496—2002	葛根素	2002-09-26	1 年	
12	GSB 11-1497—2002	淫羊藿苷	2002-09-26	1 年	
13	GSB 11-1498—2002	甲氧基葛根素	2002-09-26	1 年	
14	GSB 11-1499—2002	二苯乙烯苷	2002-09-26	1 年	
15	GSB 11-1500—2002	白藜芦醇苷	2002-09-26	1 年	
16	GSB 11-1698—2004	银杏酚酸(GA13:0)	2004-11-08	1 年	湖北省出入境检验检疫局
17	GSB 11-1700—2004	槲皮素	2004-11-08	2 年	
18	GSB 11-1701—2004	山柰酚	2004-11-08	2 年	
19	GSB 11-1702—2004	异鼠李素	2004-11-08	2 年	
20	GSB 11-1902—2005	银杏内酯 A	2005-05-27	1 年	
21	GSB 11-1903—2005	银杏内酯 B	2005-05-27	1 年	
22	GSB 11-1904—2005	银杏内酯 C	2005-05-27	1 年	
23	GSB 11-1905—2005	白果内酯	2005-05-27	1 年	

在 2006～2008 年期间，王晓博士等研制了 13 项天然产物国家实物标准样品，其中 11 项采用了 HSCCC 技术。下面，就以这些国家标样的研制工作为实例进行介绍。标准样品的名称、化学结构式及其来源列于表 12-2 中。

天然产物标准样品研制的技术工作主要包括单体物质制备和物质定值的两个方面。单体物质的制备通常是从原料提取开始的，应根据目标化合物的理化特性来确定提取工艺，获得包含目标化合物的粗提物。进一步选用如大孔吸附树脂、硅胶、聚酰胺等对目标化合物进行富集。最后，用高速逆流色谱进行纯化和制备。根据检测器的吸收谱图，收集目标化合物的馏分，对经过减压干燥或冷冻干燥或者重结晶所得的样品进行 HPLC 纯度分析，同时采用紫外光谱、红外光谱、质谱、核磁共振谱等方法进行结构确证。采用熔点测定、元素分析等方法确保其高的纯度，还要进行有机溶剂残留、无机元素残留等方面检测合格后，最后将物质分装保存。11 种国家天然产物标准样品的 HSCCC 分离条件和 HPLC 分析条件列于表 12-3 中。

表 12-2　标准样品名称、化学结构式及其来源

	标准样品名称	分子结构	来源
木脂素	牛蒡子苷 arctiin		牛蒡子 *Arctium lappa* L.
	厚朴酚 magnolol		厚朴 *Magnolia* *officinalis* Rehd. Et Wils
	和厚朴酚 honokiol		
香豆素	补骨脂素 psoralen		补骨脂 *Psoralea.* *Corylifolia* L
	异补骨脂素 isopsoralen		
生物碱	白鲜碱 dictamnine		白鲜皮 *Dictamnus* *dasycarpus* Turcz
苷类	京尼平苷 geniposide		栀子 *Gardenia* *jasminoides* Ellis
	松果菊苷 echinacoside		肉苁蓉 *Cistanche* *deserticola* Ma

续表

标准样品名称	分子结构	来源
芒柄花素 formononetin		红车轴草 *Trifolium pratense. L*
鹰嘴豆芽素 A biochanin A		
异槲皮苷 isoquercitroside		罗布麻 *Apocynum venetum L*

（黄酮）

在完成单体物质的制备以后，根据 GB/T 15000 标准样品研制的系列导则的要求，还需要对上述分装好的样品进行定值。首先，通过随机取样多次测定纯度的方式，对制备样品的均匀性进行检验。还要将样品保存 6 个月、12 个月、24 个月等不同的期限，跟踪检测其纯度的变化，完成样品稳定性的检验。然后，需采用多种检测方法和多个实验室联合参比定值的方法，经过统计计算，对没有显著差异的定值结果进行平均得到最终的定值结果，同时给出相应的不确定度。研制结果表明，所得的 11 种天然产物标准样品的纯度都在 98％以上（见表 12-4）。天然产物国家标准样品应避光和在 4℃以下环境保存，其有效期是根据监测的结果来确定的。

表 12-3　11 种国家标准样品的 HSCCC 分离条件和 HPLC 分析条件

化合物	HSCCC 分离用的溶剂系统	HPLC 分析条件
牛蒡子苷	正丁醇-乙酸乙酯-乙醇-水（0.5∶5∶1∶5）	色谱柱：Waters C_{18} 柱（4.6mm×250mm，5μm）；流动相为甲醇-水（41∶59）；流速 1.0mL/min；柱温 25℃；检测波长 280nm
厚朴酚	正己烷-乙酸乙酯-甲醇-水（1∶0.4∶1∶0.4）	色谱柱：Waters C_{18} 柱（4.6mm×250mm，5μm）；流动相为甲醇-水（78∶22）；流速 1.0mL/min；柱温 25℃；检测波长 289nm
和厚朴酚	正己烷-乙酸乙酯-甲醇-水（1∶0.4∶1∶0.4）	色谱柱：Waters C_{18} 柱（4.6mm×250mm，5μm）；流动相为甲醇-水（78∶22）；流速 1.0mL/min；柱温 25℃；检测波长 289nm
补骨脂素	正己烷-乙酸乙酯-甲醇-水（1∶0.7∶1∶0.8）	色谱柱：Waters C_{18} 柱（4.6mm×250mm，5μm）；流动相为甲醇-水（55∶45）；流速 1.0mL/min；柱温 25℃；检测波长 248nm
异补骨脂素	正己烷-乙酸乙酯-甲醇-水（1∶0.7∶1∶0.8）	色谱柱：Waters C_{18} 柱（4.6mm×250mm，5μm）；流动相为甲醇-水（55∶45）；流速 1.0mL/min；柱温 25℃；检测波长 248nm

化合物	HSCCC 分离用的溶剂系统	HPLC 分析条件
白鲜碱	正己烷-乙酸乙酯-甲醇-水(1∶1∶1.2∶1)	色谱柱：Waters C_{18} 柱(4.6mm×250mm,5μm);流动相为甲醇-水(62∶38);流速 1.0mL/min;柱温 25℃;检测波长 236nm
京尼平苷	乙酸乙酯-正丁醇-水(2∶1.5∶3)	色谱柱：Waters C_{18} 柱(4.6mm×250mm,5μm);流动相为甲醇-0.5%醋酸水溶液(30∶70);流速 1.0mL/min;柱温 25℃;检测波长 240nm
松果菊苷	正丁醇-乙酸乙酯-乙醇-水(5∶5∶1∶10)	色谱柱：Waters C_{18} 柱(4.6mm×250mm,5μm);流动相为甲醇-0.5%醋酸水溶液(30∶70);流速 1.0mL/min;柱温 25℃;检测波长 326nm
芒柄花素	石油醚-乙酸乙酯-甲醇-水(1∶2∶1.5∶1.5)	色谱柱：Waters C_{18} 柱(4.6mm×250mm,5μm);流动相为甲醇-水(70∶30);流速 1.0mL/min;柱温 25℃;检测波长 245nm
鹰嘴豆芽素 A	石油醚-乙酸乙酯-甲醇-水(1∶2∶2∶1)	色谱柱：Waters C_{18} 柱(4.6mm×250mm,5μm);流动相为甲醇-水(70∶30);流速 1.0mL/min;柱温 25℃;检测波长 257nm
异槲皮苷	乙酸乙酯-乙醇-水-乙酸(4∶1∶5∶0.25)	色谱柱：Waters C_{18} 柱(4.6mm×250mm,5μm);流动相为甲醇-0.5%醋酸水溶液(50∶50);流速 1.0mL/min;柱温 25℃;检测波长 254nm

表 12-4　11 种国家实物标准样品的纯度定值结果　　　　　　　　　单位：%

化合物	牛蒡子苷	厚朴酚	和厚朴酚	补骨脂素	异补骨脂素	白鲜碱	京尼平苷	松果菊苷	芒柄花素	鹰嘴豆芽素 A	异槲皮苷
定值结果	99.81±0.30	99.73±0.17	99.91±0.22	99.82±0.27	99.84±0.26	99.90±0.20	99.70±0.19	99.72±0.21	99.73±0.19	99.67±0.19	99.63±0.21

12.2　HSCCC 在新药先导化合物的发现和筛选中的应用

　　天然产物为新药先导化合物的发现和筛选提供了丰富多样的物质源泉。为了最大限度地保留天然产物中可能存在含量有限的生物活性成分，必须采用温和、高效和回收率高的分离技术。因此，在以天然产物为来源的药物研究中，HSCCC 被认为是对原料或粗提物进行分离纯化的首选方法，借以实现在活性试验的指导下进行的活性成分跟踪和筛选。例如，从天然植物、微生物培养液以及海洋天然产物等内含复杂丰富的基质中进行活性成分筛选时，都有应用 HSCCC 的报道[2~4]。图 12-1 所示，是 Shi 等[4] 应用 HSCCC 与 DPPH 自由基清除活性在线检测系统，分析评价江南卷柏（*Selaginella moellendorffii*）中抗氧化成分的结果。图 12-1(a) 所示，是江南卷柏乙酸乙酯提取物中的 4 种抗氧化成分的 HPLC 分析色谱图；图 12-1(b) 所示，是 HSCCC 分离江南卷柏乙酸乙酯提取物的色谱图；图 12-1(c) 所示，是清除 DPPH 自由基活性的谱图。

　　图 12-2 所示，是 Alvi 等[2] 采用双向逆流色谱与二极管阵列检测器和生物试验联用方法，建立起的一套天然产物的生物活性成分的分离鉴定研究系统。利用紫外-可见光谱法（UV-Vis）对分离得到的生物活性组分进行初步的定性分析，并采用液质联用

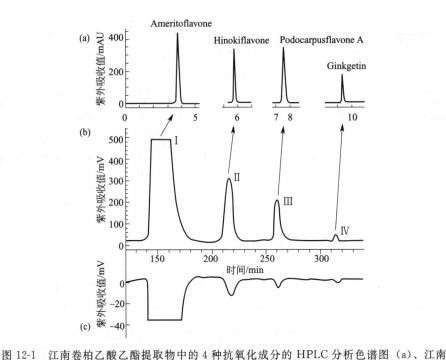

图 12-1　江南卷柏乙酸乙酯提取物中的 4 种抗氧化成分的 HPLC 分析色谱图（a）、江南卷柏乙酸乙酯提取物的 HSCCC 分离色谱图（b）和 DPPH 清除自由基活性谱图（c）

（LC-MS）和核磁共振法（NMR）对活性成分进行结构确认。利用这套系统将活性物质筛选和物质结构鉴定工作连接起来，加速新药先导化合物筛选的进程（图 12-2）。

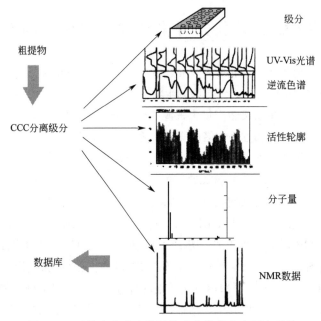

图 12-2　天然产物中生物活性成分分离鉴定研究系统

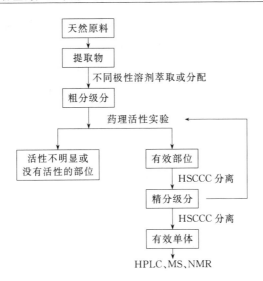

图 12-3　活性实验指导下的分离纯化技术流程

图 12-3 所示，是另外一种筛选模式[5]。先采用极性由弱到强的溶剂对粗提物进行萃取，或者在有机溶剂和水之间进行分配提取，得到粗分的组分，再根据活性试验的结果确定有效组分部位；然后用 HSCCC 对有效部位进行进一步的精细分离，得到精分的馏分，再根据活性实验结果来确定下一步的分离目标，直到获得和确定出具有生物活性的单体成分。

现代高通量活性筛选技术需要大量的样品供给，高通量分离技术就是适应这一需要而发展起来的。自动高效地制备高质量的和足够数量的样品是进行高通量筛选的前提，是有效地发现新的生物活性化合物的关键步骤之一。这些技术能够同时或连续地进行多个样品的快速分离纯化，采用梯度洗脱法能够把复杂样品（如天然植物提取物）分离成数十个含有不同成分组的部位或单体，或者通过不同的色谱分离方法的串联使用和自动化控制，把一个复杂样品分离成一系列高纯度单一化合物，从而使复杂样品的分离纯化速度得到极大提高，这些成分组或单体能够直接用于高通量活性筛选，指导活性成分的进一步分离纯化和结构确认[6]。目前，用于高通量筛选样品制备的手段主要有 RP-HPLC 和超临界流体色谱技术，Wagenaar 等[7]应用 HSCCC 技术，对建立高通量有机合成化合物库进行了初步的研究。由于HSCCC 同其他色谱分离技术相比具有许多独特的优点，作为高通量筛选前的分离制备手段将会有很大开发潜力。

12.3　高速逆流色谱指纹图谱

绝大多数中药材的主要活性成分是次生代谢物，对后天的生长环境依赖性很强，使得所含活性成分的种类和含量因地域、气候和采收期的不同而产生较大的差异，而药材的质量和活性成分的含量会直接影响成品的质量。因此，迫切需要建立中药材的质量控制标准。中药指纹图谱是近年来被广泛采用的质控方法。最常用的分析手段是色谱法和光（波）谱法[8]。由于光谱法和波谱法在选择性方面的限制，不能表达中药中各种不同化合物的含量分布的整体状况，因此，色谱指纹图谱就成了适用的方法。薄层色谱法（TLC）操作简便、成本低廉，但精确度较差；HPLC 法精确度高、重现性好、适用范围较广，但需要严格的样品预处理，很难表达易被固定相吸附的样品和高黏度的样品；气相色谱（GC）适用范围则非常有限。因此，HSCCC 可以作为构建中药指纹图谱方法的重要的技术补充。

HSCCC 技术对于建立中药的指纹谱具有良好的适应性，由于可选用的溶剂系统的诸元组成与配比是任意多的，因而，从理论上讲 HSCCC 可以适用于广阔的极性范围的样品成分的分离和表达。HSCCC 技术操作简便，容易掌握。该技术对样品的预处理要求低，一般的粗提取物即可直接进样。HSCCC 技术的回收率在理论上可高达 100%，同时具有很好的分辨率和很好的重现性。如果样品不具有较强的表面活性或太强的酸碱性，那么，多次进样的分离过程都是稳定一致的，色谱峰保留时间的相对标准偏差小于 2%。HSCCC 技术能采用梯度洗脱方式和反相洗脱方式的操作，在一定的条件下还能在一次分离操作过程中重复多次进样。因此，建立 HSCCC 的指纹图谱方法来表征中药的内涵具有较好的技术基础和应用价值。

已有一些用 HSCCC 技术建立中药指纹图谱的尝试，图 12-4 所示是分析型

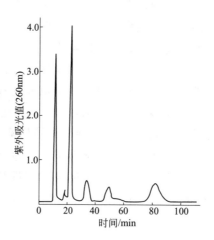

图 12-4　分析型 HSCCC 分离沙棘乙醇提取物的色谱图

HSCCC 分离沙棘乙醇提取物的色谱图[9]；图 12-5 是分析型 HSCCC 分离雪莲乙醇提取物的色谱图[10]；图 12-6 所示是对 3 个不同产地的丹参采用相同的样品处理方法和 HSCCC 分离方法得到的结果，3 个洗脱过程的运行时间相近，洗脱峰个数一

致，各洗脱峰保留时间的相对标准偏差 $RSD < 3\%$[9]。Wang 等[11]报道了应用分析型 HSCCC 研究 3 个不同产地的补骨脂的 HSCCC 指纹谱图（见图 12-7）。从上述结果可以看出，采用快速分析型的 HSCCC 建立中药指纹图谱是技术可行的。可以预期，随着 HSCCC 仪器设备小型化的发展，以及同质谱仪（MS）等多种结构分析鉴定手段的联用，HSCCC 技术在中药指纹图谱的建立和应用研究方面应有实际的意义。

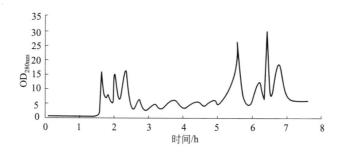

图 12-5　天山雪莲的高速逆流色谱洗脱图谱
溶剂系统：氯仿-甲醇-水（9∶12∶8）

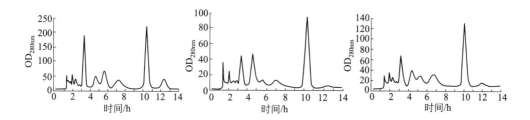

图 12-6　3 个产地丹参的高速逆流色谱洗脱图谱

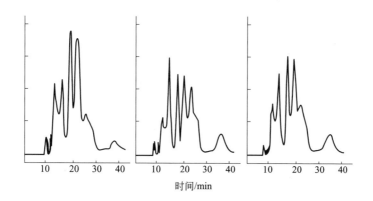

图 12-7　3 个不同产地的补骨脂提取物的 HSCCC 分离图
溶剂系统：正己烷-乙酸乙酯-甲醇-水（1∶0.7∶1∶0.8）；进样量：10mg
95%乙醇粗提物；固定相保留率：75%

12.4 逆流色谱的发展趋势

12.4.1 逆流色谱药物的工业化放大

从逆流色谱的基本原理和技术机制来看，是一种具有特色的制备色谱分离技术。然而，已见的 CCC 的文献报道大多是实验室规模的一定制备量的分离结果。工业化的制备分离是在中试车间或工艺放大的环境下进行的，是一种要经常重复的规范的生产操作过程，必须注重成本和效益的核算。逆流色谱是一种液液分配色谱技术，不用固态载体；在它的操作工艺的放大过程中，不会出现固-液色谱法从实验室规模向工业化规模放大的过程中遇到的很多问题和局限。CCC 的放大过程，能利用经典的色谱理论进行描述和模型化。英国 Brunel 大学的 Sutherland 教授领导的研究小组及其合作者在这方面做了一系列研究[12~14]，他们把实验研究方法和模型计算法结合起来，得到了一些有价值的研究结果，对现有的螺旋管逆流色谱的放大具有一定的指导意义。

Chen 等[15]应用英国 MAXI-Dynamic Extract 公司研制的制备型逆流色谱，对厚朴的粗提物进行分离研究。首先在分析型的逆流色谱上优化溶剂系统，然后在制备型逆流色谱上进行放大，进样量和流动相流速增加了 1000 倍，成功地分离出 43g 厚朴提取物，在 1h 内制备分离得到 16.9g 纯度为 98.6％的和厚朴酚和 19.4g 纯度为 99.9％的厚朴酚（见图 12-8）。由此可见，逆流色谱在高纯度产物的工业化分离生产方面很有开发潜力。但是，到目前为止，还没有相应的商业化的设备可供使用，从而限制了 CCC 在工业化方面的应用。

逆流色谱的放大和工业化还有许多问题需要研究解决[15,16]：

① 需要对现有的螺旋管逆流色谱的分离机制进行深入的研究，对放大过程中影响流体动力学平衡和色谱分离行为的关键参数有更多的研究和掌握；

② 按工程化的思维方法和技术路线，设计可达千克级制备量的工业化逆流色谱设备。

逆流色谱在工业化分离方面具有诱人的发展前景，我国对逆流色谱技术的研究已有近 30 年的历史，我国的科技工作者在仪器研制和技术应用方面做出了卓有成效的贡献。我们希望，中国的专家和技术人员充分利用这一条件，通力合作，争取获得创新的技术成果和丰硕的应用成果。

12.4.2 HSCCC 的微型化及同多种分析技术的联用[5]

HSCCC 的另一发展方向是微型化，例如，螺旋管柱容积小到 3～5mL，管内径小到 0.3～0.4mm，通过各种接口技术同多种不同的检测器和化合物结构分析设备相连接。除了采用传统的紫外检测器之外，还可采用蒸发光检测器（ELSD）等

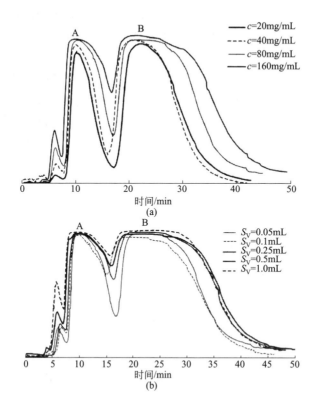

图 12-8　厚朴提取物的大制备量逆流色谱分离图

分离条件：柱体积为 18mL；溶剂系统为正己烷-乙酸乙酯-甲醇-水（1∶0.4∶1∶0.04）；
固定相，下相水相；流动相，有机上相；转速，1800r/min；检测波长，254nm；
温度，30℃。（a）样品浓度（c）为 20～160mg/mL；
（b）上样量（S_V）为 0.05～1.0mL。A—厚朴酚；B—和厚朴酚

检测设备；还能实现同质谱（MS）、傅里叶红外光谱和核磁共振谱等设备的联用。尤其是 HSCCC 同 MS 的联用，把 HSCCC 分离纯化技术的广谱性和灵活性同 MS 的高检测灵敏度和结构分析特性结合在一起，在天然产物活性成分的快速分离和鉴定、以及指纹图谱的建立方面显示了独特的优势。

12.4.3　HSCCC 在生物大分子分离中的应用

在大多数生物大分子和活性细胞的分离纯化工作中，由于有机溶剂会使样品产生不可逆的性质改变和结构破坏，因此不宜采用。双水相溶剂系统分离大分子蛋白是经典且有效的方法，它具有条件温和（含水量高达 70%～80%）、产物回收率高、容易放大、节省原材料、试剂能循环使用等优点，特别适合用于生物大分子、蛋白质、核酸和细胞粒子的提取和纯化。逆流色谱不用固态载体，将双水相溶剂系统用于逆流色谱分离，能为生命科学技术领域的分离纯化工作提供新的有效手段。但是，双水相溶剂系统的界面张力很低、黏度较高、两相密度差异较小、两相分层

时间较长，会给连续逆流分配带来困难。例如，两相溶剂在 HSCCC 较急剧的振荡条件下容易乳化、分配分离条件难以建立和媒质传递阻力较大等。因此，采用 HSCCC 和双水相系统分离纯化生物大分子的工作还处于实验室研究阶段，主要包括改造逆流色谱仪器设备、建立双水相系统的操作条件等工作。目前，在有限的实验室里采用的正交轴高速逆流色谱设备或非同步高速逆流色谱设备，还处于试验样机阶段。这些设备的结构复杂，需要采用较特殊的运动模式和机械传动机构，借以实现特殊的离心加速度场的作用。研究和开发有效分离生物大分子的逆流色谱仪器和建立科学的应用方法，仍是值得人们着力解决的问题。

12.4.4　逆流色谱技术应用领域的拓展[17]

在广泛应用高速逆流色谱于分离工作的基础上，利用其化学工程方面的传递原理，还能拓展为生物反应器之类的手段。高速逆流色谱使用简单的螺旋空心管，进料方式简单灵活，样品不需要严格的预处理，可处理带固体悬浮物的物料，这些优点在此工程体系作为反应器时会保留下来。因此，高速逆流反应器具有以下的技术优点。

① 相的混合和澄清是靠轴向托动力和径向周期变化的离心力协同产生的强烈振荡来实现的，调节同步行星式运动的速率，就能调控传质动力学的传递速度。

② 空心管系有 4 个进出口，能随意将两项组成逆流操作、顺流操作；能任意选择轻相或重相作为固定的液态相；因此，便于实现多种操作组合和一机多种用途。通过更换流动相的方法，既能实现系列物质的分离纯化又能实现特定物质的快速浓缩。

③ 选择合适的两相或三相的液态相组合，能实现固定化酶促反应的反应-分离的偶合。

④ 反应器是一组螺旋空心管，无内部构件，无机械搅拌，对酶和细胞无损伤，有利于保持样品的生物活性和浓度。

高速逆流反应器将以其连续、高效和适合反应-分离偶合等优点赢得广阔的应用领域和发展空间。

12.5　结束语

高速逆流色谱是一种新颖的液液分配色谱技术，它同各种常见的固-液色谱相比的最大特点是不用固态载体，它是一种高效、连续的制备分离技术。经过近 30 年的研究与发展，已经成为多种用途的新型高效的分离纯化与制备手段，在天然产物、生物医药、生命科学、农业食品、海洋生物、化工材料等广阔领域得到了有效的应用。尤其是在天然药物生物活性成分的分离制备方面，已经显现出明确的技术优势，积累了比较丰富的可供参考的技术数据和实用经验。作为一种新的色谱技术，尽管还有不少理论的和技术的问题需要研究解决，尽管还缺乏成熟的大规模分离制备仪器设备的支撑条件，但是，由于它具有其他色谱技术不可替代的优点，随着技术研究和应用研究的不断深入，HSCCC 必将在生物制药、生命科学、农业科学、环境科学等相关领域发挥越来越重要的作用。

参 考 文 献

［1］ Zhang TY. J Liq Chromatogr & Rel Technol，2003，26 (9&10)：1565.
［2］ Alvi KA. In：Culter SJ，Culter HG (eds.)，Bioactive Natural Products. Boca Raton FL：CRC Press，2000：185.
［3］ Fregeau NL，Rinehart KL. Isolation of marine natural products by high-speed countercurrent chromatography. In：Ito Y，Conway WD. eds. High-Speed Countercurrent Chromatography. New York：A Wiley Interscience Publication，1995：265.
［4］ Shi S，Zhou H，Zhang Y，Huang K. Chromatographia，2008，68：173.
［5］ 曹学丽编著. 高速逆流色谱分离技术及应用. 北京：化学工业出版社，2005.
［6］ 石建功，王素娟，莫顺燕等. 世界科学技术-中药现代化，2003，5 (4) ：48.
［7］ Wagenaar FL，Hochlowski JE，Pan JY，et al. J Chromatogr A，2009，1216 (19)：4154.
［8］ 周玉新，雷海明，徐永红等. 中药指纹图谱研究技术. 北京：化学工业出版社，2002.
［9］ 沈平嬢. 中成药，2001，23 (5)：313.
［10］ 顾铭，苏志国. 生物加工过程，2003，1 (2)：59.
［11］ Wang X，Liu JH，Zhang TY，et al. J Liq Chromatogr & Rel Technol，2007，30：2585.
［12］ Sutherland IA，Brown L，Forbes S. J Liq Chromatogr & Rel Technol，1998，21 (3)：279.
［13］ Sutherland IA，Du QZ，Wood P. J Liq Chromatogr & Rel Technol，2001，24：1169.
［14］ Sutherland IA，Hawes D，Heuvel R，et al. J Liq Chromatogr & Rel Technol，2003，26：1475.
［15］ Chen LJ，Zhang Q. J Chromatogr A，2007，1142：115.
［16］ 宋航. 药学色谱技术，北京：化学工业出版社，2007.
［17］ 欧阳藩，顾铭. 高速逆流色谱应用交流会，2007，南京.

附录　HSCCC 分离天然植物活性成分常用溶剂体系一览表

类型	来源	化合物	溶剂体系(体积比)
生物碱	蓖麻(*Ricinus communis*)	蓖麻碱(ricinine)	二氯甲烷-乙醇-水(93:35:72)
	东南野桐(*Mallotus lianus* Croiz)	N-isobutyl-2E, 4E, 12Z-octa-decatrienamide;tricosa-7,10,18-trienamide	正己烷-乙酸乙酯-甲醇-水(5:1:5:1)
	防己(*Stephania tetrandra*)	防己诺林碱(fangchinoline),粉防己碱(tetrandrine)	石油醚-乙酸乙酯-甲醇-水(5:5:1:9)上相含 10mmol/L 的三乙胺,下相含 5mmol/L 的盐酸
	高乌头(*Aconitum sinomontanum*)	高乌甲素(lappaconitine),毛茛花乌头碱(ranaconitine),去乙酰刺乌头碱(N-deacetyllappaconitine),去乙酰冉乌头碱(N-deacetylranaconitine)	氯仿-甲醇-0.2mol/L 盐酸(4:1.5:2)
	黄连(*Coptis chinensis* Franch)	掌叶防己碱(palmatine),小檗碱(berberine),表小檗碱(epiberberine),黄连碱(coptisine)	氯仿-甲醇-0.2mol/L 盐酸(4:1.5:2)
	黄花乌头(*Aconitum coreanum*)	关附碱 T(guanfu base T,GFT),关附碱 U(guanfu base U,GFU)	乙酸乙酯-正丁醇-甲醇-2% 醋酸(3.5:1.5:2:4.5)
		关附碱 P(guanfu base P),关附碱 G(guanfu base G),关附碱 F(guanfu base F),阿替新碱(atisine),关附碱 A(guanfu base A),关附碱 I(guanfu base I)	正己烷-乙酸乙酯-甲醇-0.2mol/L 盐酸(1:3.5:2:4.5)
	夹竹桃[*Picralima nitida* (Stapf) T. Durand & H. Durand]	indole alkaloids	叔丁基甲醚-乙腈-水(2:2:3)上相含 10mmol/L 的三乙胺,下相含 10mmol/L 的盐酸
	苦参(*Sophora flavescens* Ait.)	苦参碱(matrine),氧化槐果碱(oxysophocarpine),氧化苦参碱(oxymatrine)	氯仿-甲醇-2.3×10⁻² mol/L 磷酸二氢钠(27.5:20:12.5)
	辣椒(*Capsicum frutescens*)	二氢辣椒素(dihydrocapsaicin),辣椒碱(capsaicin),去氢辣椒碱(nordihydrocapsaicin)	四氯化碳-甲醇-水(4:3:2)
	雷公藤(*Tripterygium Wilfordii* Hook F.)	雷公藤春碱(wilfortrine),雷公藤定碱(wilfordine),雷公藤精碱(wilforgine),雷公藤灵碱(wilforine)	石油醚-乙酸乙酯-乙醇-水(6:4:5:8)
	莲(*Nelumbo nucifera* Gaertn)	莲心碱(liensinine),异莲心碱(isoliensinine),甲基莲心碱(neferine)	正己烷-乙酸乙酯-甲醇-水(5:5:2:8),上相含 10mmol/L 的三乙胺,下相含 5mmol/L 的盐酸

类型	来源	化合物	溶剂体系(体积比)
生物碱	骆驼蓬(*Peganum harmala*)	去氢骆驼蓬碱(harmine),骆驼蓬碱(harmaline)	叔丁基甲醚-四氢呋喃-水(2:2:3),上相含 10mmol/L 的三乙胺,下相含 5mmol/L 的盐酸
	三尖杉(*Cephaltaxus fortunine*)	桥氧三尖杉碱(drupacine),台湾三尖杉碱(wilsonine),三尖杉碱(cephalotaxine),乙酰三尖杉碱(acetylcephalotaxine)	乙酸乙酯-正己烷-水(3:1:4),加入 0.01%三氟乙酸(TFA)和 2%氨水做固定相,加入 0.2%氨水和 0.05%三氟乙酸做流动相
	沙乌尔翠雀花(*Delphinium shawurense*)	高飞燕草碱(elatine)	乙酸乙酯-氯仿-甲醇-水(3:0.1:2:3)
	吴茱萸[*Evodia rutaecarpa*(Juss.)Benth]	吴茱萸碱(evodiamine),吴茱萸次碱(rutaecarpine),吴茱萸新碱(evocarpine),1-methy-2-[(6Z,9Z)-6,9-pentadecadienyl-4-(1*H*)-quinolone,1-methyl-2-dodecyl-4-(1*H*)-quinolone	正己烷-乙酸乙酯-甲醇-水(5:5:7:5)
	喜树(*Camptotheca acuminata* Decne)	喜树碱	氯仿-正己烷-甲醇-水(6:4:6:4),氯仿-正己烷-甲醇-pH=8.0 的 NaOH 水溶液(8:2:6:4)
	新疆一枝蒿(*Artemisia rupestris* L.)	guaipyridine sesquiterpene alkaloid,guaipyridine	乙酸乙酯-甲醇-水(8:1:7)
	延胡索(*Corydalis yanhusuo*)	*dl*-四氢巴马丁(*dl*-tetrahydropalmatine)去氢延胡索素(dehydrocorydaline)、巴马亭(palmatine)、黄连碱(coptisine)、非洲防己胺(columbamine)	石油醚-乙酸乙酯-甲醇-水(15:30:21:20),四氯化碳-甲醇-0.2mol/L 盐酸(7:3:4)
	延胡索(*Corydalis Yanhusuo* W. T. Wang)	延胡索乙素(*dl*-tetrahydropalmatine)	正己烷-乙酸乙酯-甲醇-水(4:6:5:5)
	依南木(*Enantia chlorantha*)	药根碱(jatrorrhizine),非洲防己碱(columbamine),伪非洲防己碱(pseudocolumbamine)	二氯甲烷-甲醇-水(48:16:36)
黄酮类	白花败酱(*Patrinia villosa* Juss)	异牡荆素(isovitexin),异荭草素(isoorientin)	乙酸乙酯-正丁醇-水(2:1:3)
	白花败酱(*Patrinia villosa*)	orotinin, orotinin-5-methyl ether,licoagrochalcone B	正己烷-乙酸乙酯-甲醇-水(5:6:6:6)
	白花败酱(*Patrinia villosa* Juss)	bolusanthol B,5,7,2′,6′-四羟基 6,8-二(γ,γ-二甲丙烯基)黄酮[5,7,2′,6′-tetrahydroxy-6,8-di(γ,γ-dimethylallyl)flavanone],tetrapterol	正己烷-乙酸乙酯-甲醇-水(10:11:11:8)
	白花败酱(*Patrinia villosa* Juss.)	(2S)-5,7,2′,6′-tetrahydroxy-6,8-di(γ,γ-dimethylallyl)flavanone),(2S)-5,7,2′,6′-tetrahydroxy-6-lavandulylated flavanone,(2S)-5,7,2′,6′-tetrahydroxy-4′-lavandulylated flavanone,(2S)-5,2′,6′-trihydroxy-2″,2″-dimethylpyrano[5″,6″,6,7]flavanone,(2S,3″S)-5,2′,6′-trihydroxy-3″-γ,γ-dimethylallyl-2″,2″-dimethyl-3″,4″-dihydropyrano[5″,6″,6,7]flavanone),licoagrochalcone B	正己烷-乙酸乙酯-甲醇-水(10:13:13:10)

续表

类型	来源	化合物	溶剂体系(体积比)
黄酮类	陈皮(*Citrus reticulata* Blanco)	川陈皮素(nobiletin),3,5,6,7,8,3′,4′-六甲基黄酮(3,5,6,7,8,3′,4′-heptamethoxyflavone),橘皮素(tangeretin),5-羟基-6,7,8,3′,4′-五甲基黄酮(5-hydroxy-6,7,8,3′,4′-pentamethoxyflavone)	正己烷-乙酸乙酯-甲醇-水(1∶0.8∶1∶1)
	大豆(soybean)	大豆苷(daidzin),染料木苷(genistin),6″-*O*-丙二酰大豆苷(6″-*O*-malonyldaidzin),6″-*O*-丙二酰染料木苷(6″-*O*-malonylgenistin)	正己烷-乙酸乙酯-正丁醇-甲醇-醋酸-水(1∶2∶1∶1∶5∶1)
	大豆提取物(soybean extract)	大豆苷(daidzin),黄豆黄苷(glycitin),染料木苷(genistin),乙酰大豆苷(vacetyldaidzin),黄豆黄素(glycitein),乙酰染料木苷(acetylgenistin),大豆黄酮(daidzein)	氯仿-甲醇-水(4∶3∶2),氯仿-甲醇-正丁醇-水(4∶3∶0.5∶2),叔丁基甲醚-四氢呋喃-0.5%三氟乙酸(2∶2∶4)
	灯盏细辛[*Erigeron breviscapus*(vant.)Hand. Mazz.]	灯盏花乙素(scutellarin)	正己烷-乙酸乙酯-甲醇-醋酸-水(1∶6∶1.5∶1∶4),乙酸乙酯-正丁醇-乙腈-0.1%盐酸(5∶2∶5∶10)
	短瓣金莲花(*Trollius ledebouri* Reichb.)	荭草素(orientin),牡荆素(vitexin),槲皮素-3-*O*-新橘皮糖苷(quercetin-3-*O*-neohesperidoside)	乙酸乙酯-正丁醇-水(2∶1∶3)
	风轮菜[*Clinopodium chinensis*(Benth)O.Kuntze]	柚皮素-7-芸香糖苷(nairutin)	乙酸乙酯-正丁醇-水(5∶0.8∶5)
	葛根(*Pueraria lobata*)	3′-羟基葛根素(3′-hydroxypuerarin),葛根素(puerarin),3′-甲氧基葛根素(3′-methoxypuerarin),葛根素-木糖苷(puerarin-xyloside),大豆苷(daidzin)	乙酸乙酯-正丁醇-水(2∶1∶3)
	荷叶(*Nelumbo nucifera*)	槲皮素-3-*O*-桑布双糖苷(quercetin-3-*O*-sambubioside)	乙酸乙酯-正丁醇-水(4∶1∶5)
	黑穗醋栗(*Black Currant*)	杨梅黄酮(myricetin)、酚酸(phenolic acids)	正己烷-乙酸乙酯-甲醇-水(5∶15∶4∶7)
	红茶	茶黄素(theaflavins)	正己烷-乙酸乙酯-甲醇-水(1∶3∶1∶6),正己烷-乙酸乙酯-甲醇-水(1.25∶5∶1.25∶5)
	红花(*Carthamus tinctorius* L.)	红花黄色素 A(safflower A)红花黄色素 B(safflower B)	叔丁基甲醚-正丁醇-乙腈-0.5%三氟乙酸(2∶2∶1∶5)
	红花(*Carthamus tinctorium*)	(2*S*)-4′,5,6,7-四羟基黄酮苷(2*S*)-4′,5,6,7-tetrahydroflavavone 6-*O*-β-d-glucopyranoside	乙酸乙酯-甲醇-水(5∶1∶5)
	化橘红(*Exocarpium citri* Grandis)	柚皮苷(naringin)、野漆树苷(rhoifolin)	正己烷-丁醇-甲醇-0.5%醋酸(1∶3∶1∶4)

续表

类型	来源	化合物	溶剂体系(体积比)
黄酮类	黄芩（*Scutellaria baicalensis*）	黄芩苷（baicalin）	正丁醇-水（1∶1）
		黄芩苷（baicalin），次黄芩苷（wogonoside）	乙酸乙酯-甲醇-1%醋酸水溶液（5∶0.5∶5）
		黄芩素（baicalein），次黄芩素（wogonin），木蝴蝶素（oroxylin A）	正己烷-乙酸乙酯-正丁醇-水（1∶1∶8∶10）
	黄顶菊［*Flaveria bidentis*(L.)Kuntze］	黄酮醇糖苷（flavonol glycosides）	乙酸乙酯-甲醇-水（10∶0.4∶10）
	黄花蒿（*Artemisia annua* L.）	紫花牡荆素（casticin）	正己烷-乙酸乙酯-甲醇-水（7∶10∶7∶10）
	黄芪（*Astragalus membranaceus*）	异黄烷葡萄糖苷（isoflavan glycoside），紫檀葡萄糖苷（pterocarpan glycoside）	乙酸乙酯-乙醇-醋酸-水（4∶1∶0.25∶5）
	黄芪［*Astragalus membranaceus* Bge. var. *mongholicus*(Bge.)Hsiao］	毛蕊异黄酮-7-*O*-β-D-葡萄糖苷（calycosin-7-*O*-β-D-glycoside），芒柄花素-7-*O*-β-D-葡萄糖苷（formononetin-7-*O*-β-D-glycoside）	乙酸乙酯-乙醇-正丁醇-水（30∶10∶6∶50），乙酸乙酯-乙醇-水（5∶1∶5）
	黄芪（*Radix Astragali*）	毛蕊异黄酮（calycosin-7-*O*-β-D-glucoside），芒柄花苷（ononin），紫檀异黄酮［(6aR,11aR)-9,10-dimethoxypterocarpan-3-*O*-β-D-glucoside］	正己烷-乙酸乙酯-正丁醇-甲醇-水（0.5%三氟乙酸）（1∶2∶1∶1∶5），正己烷-乙酸乙酯-丁醇-甲醇-水（0.5%三氟乙酸）（2∶3∶1∶1∶5），氯仿-甲醇-水（4∶3∶2）
	火龙果（*Hylocereus polyrhizus*）	甜菜红苷（betanin），phyllocactin，hylocerenin	叔丁基甲醚-正丁醇-乙腈-全氟羧酸（2∶2∶1∶5）
	枳实（*Fructus aurantii*）	柚皮苷（naringin）	乙酸乙酯-正丁醇-水（2∶0.8∶3.2）
	结香（*Edgeworthia chrysantha*）	紫丁香苷（syringin），结香苷 C（edgeworoside C）	乙酸乙酯-乙醇-水（15∶1∶15）
	金钱草（*Lysimachia christinae* Hance）	山奈酚-3-*O*-β-D-芸香糖苷（kaempferol-3-*O*-β-D-glucopyranosyl)(2-1)-a-L-鼠李吡喃糖苷［(2-1)-a-L-rhamnopyranoside］，山奈酚-3-*O*-β-D-吡喃葡萄糖苷（kaempferol-3-*O*-β-D-glucopyranoside），山奈酚-3-*O*-α-D-吡喃葡萄糖苷（kaempferol-3-*O*-α-L-rhamnopyranoside）	乙酸乙酯-甲醇-水（50∶1∶50）
	金丝桃（*Hypericum perforatum* L.）	槲皮苷（quercitrin），槲皮黄酮（quercetin）	乙酸乙酯-甲醇-水（10∶1∶10）
	金丝桃（*Hypericum perforatum*）	金丝桃苷（hyperoside）	乙酸乙酯-乙醇-水（5∶1∶5）
	金线兰［*Anoectochilu roxburghii*(wall)Lindl］	槲皮素（quercetin）	正己烷-乙酸乙酯-甲醇-水（4∶6∶3∶3）
	苦参（*Sophora flavescens*）	sophoraflavanone G（SFG）、苦参新醇Ⅰ（kushenolⅠ）、苦参素（kurarinone）	正己烷-乙酸乙酯-甲醇-水（1∶1∶1∶1）
	莲花［*Nelumbo nucifera*(Lotus)］	异槲皮素苷（isoquercitrin），金丝桃苷（hyperoside），紫云英苷（astragalin）	正己烷-乙酸乙酯-甲醇-水（1∶5∶1∶5）

类型	来源	化合物	溶剂体系(体积比)
黄酮类	连翘(*Forsythia suspensa*)	连翘苷(phillyrin)	正己烷-乙酸乙酯-乙醇-水(1∶9∶1∶9)
	龙牙草(*Agrimonia pilosa* Ledeb)	金丝桃苷(hyperoside)、木犀草素葡萄糖苷(luteolin-Glucoside)	乙酸乙酯-甲醇-水(50∶1∶50)和(5∶1∶5)
	鹿药(*Smilacina japonica*)	5,7,3′,4′-四羟基-3-甲氧基-8-甲基黄酮,8-甲基木犀草素,3′-甲氧基木犀草素,木犀草素,槲皮素	氯仿-甲醇-水(4∶3∶2)
	罗布麻(*Apocynum hendersoii*)	异槲皮苷	乙酸乙酯-乙醇-水-乙酸(4∶1∶5∶0.25)
	麦冬(*Ophiopogon japonicus*)	高异黄酮(homoisoflavonoids)	正己烷-乙酸乙酯-甲醇-乙腈-水(1.8∶1.0∶1.0∶1.2∶1.0)
	棉花(*Flos Gossypii*)	银锻苷(tiliroside),槲皮素(quercetin),山奈酚(kaempferol)	正己烷-乙酸乙酯-甲醇-水(1∶2∶0.8∶0.9)
	棉花(*Flos Gossypii*)	槲皮素(quercetin)、槲皮素-3-*O*-β-D-葡萄糖苷(quercetin-3-*O*-β-D-glucoside)、槲皮素-7-*O*-β-D-葡萄糖苷 quercetin-7-*O*-β-D-glucoside)	氯仿-甲醇-异丙醇-水(5∶5∶1∶3)加0.4%磷酸
	面包果(*Artocarpus altilis*)	异戊烯黄酮(prenylflavonoids)	正己烷-乙酸乙酯-甲醇-水(5∶5∶7∶3和5∶5∶6.5∶3.5)
	牡丹花(*Paeonia suffruticosa*)	芹菜素-7-*O*-新橘皮糖苷(apigenin-7-*O*-neohesperidoside),木犀草苷(luteolin-7-*O*-glucoside),芹菜素-7-*O*-葡萄糖苷(apigenin-7-*O*-glucoside),山奈酚-7-*O*-葡萄糖苷(kaempferol-7-*O*-glucoside)	乙酸乙酯-乙醇-醋酸-水(4∶1∶0.25∶5)
	木蝴蝶(*Oroxylum indicum*)	黄酮类(flavonoids)	正己烷-乙酸乙酯-甲醇-0.2%甲酸(1∶1.2∶1∶1)
		黄芩素-7-*O*-葡萄糖苷(baicalein-7-*O*-glucoside),黄芩素-7-*O*-二葡萄糖苷(baicalein-7-*O*-diglucoside),柯因-7-*O*-二葡萄糖苷(chrysin-7-*O*-diglucoside),黄芩素(baicalein),柯因(chrysin)	氯仿-甲醇-水(8∶10∶5)
	欧洲越橘(*Vaccinium myrtillus*)	矢车菊-3-*O*-桑布双糖(cyanidin-3-*O*-sambubioside),飞燕草-3-*O*-桑布双糖苷(delphinidin-3-*O*-sambubioside)	叔丁基甲醚-正丁醇-乙腈-水-三氟乙酸(1∶4∶1∶5∶0.01)
	苹果(apple)	原花青素(polymerization)	乙酸乙酯-水(1∶1)
	苹果渣(apple pomace)	槲皮素-3-葡萄糖苷(quercetin-3-glucoside),槲皮素-3-木糖苷(quercetin-3-xyloside),根皮素(phloridzin),槲皮素-3-阿拉伯糖苷(quercetin-3-arabinoside),槲皮素-3-鼠李糖苷(quercetin-3-rhamnoside),绿原酸(chlorogenic acid)	正己烷-乙酸乙酯-1%醋酸(0.5∶9.5∶10)和(1∶9∶10)

类型	来源	化合物	溶剂体系(体积比)
黄酮类	蒲公英（*Taraxacum mongolicum*）	黄酮苷（isoetin-7-*O*-β-D-gluco-pyranosyl-2′-*O*-α-L-arabinopyranoside，isoetin-7-*O*-β-D-glucopyranosyl-2′-*O*-α-D-glucopyranos ide，isoetin-7-*O*-β-D-glucopyranosyl-2′-*O*-α-D-xyloypyr-anoside）	乙酸乙酯-正丁醇-水（2∶1∶3）
	蒲公英（*Taraxacum mongolicum*）	橙皮苷（hesperidin）	正己烷-正丁醇-水（1∶1∶2）
	葡萄籽（grape seed）	儿茶素（catechin），表儿茶素（epi-catechin），表儿茶素-3-*O*-没食子酸酯（epicatechin-3-*O*-gallate）	乙酸乙酯-异丙醇-水（40∶1∶40），（20∶1∶20），乙酸乙酯-正丁醇-水（14∶1∶15）
	青风藤（*Siparuna guianensis*）	free and glycosylated flavonoids	正己烷-乙酸乙酯-甲醇-水［0.6∶4.0∶0.05∶1.0(A)，0.6∶4.0∶0.7∶1.0(B)］
	驱虫斑鸠菊（*Vernonia anthelmintica* Willd）	2′,3,4,4′-四羟基查耳酮（2′,3,4,4′-tetrahydroxychalcone），5,6,7,4′-四羟基黄酮（5,6,7,4′-tetra-hydroxyflavone），紫铆素（butin）	氯仿-二氯甲烷-甲醇-水（2∶2∶3∶2），二氯甲烷-甲醇-乙腈-水（4∶1.1∶0.25∶2）
	沙棘（*Hippophae rham-noides* L.）	异鼠李素-3-*O*-葡萄糖苷（isorham-netin3-*O*-β-D-glucoside），异鼠李素-3-*O*-芸香糖苷（isorhamnetin-3-*O*-β-rutinoside），槲皮素-3-*O*-β-D-葡萄糖苷（quercetin3-*O*-β-D-glucoside），丁香亭-3-*O*-β-D-葡萄糖苷（syringet-in3-*O*-β-D-glucoside）	正己烷-正丁醇-水（1∶1∶2）
		丁香亭糖苷（syringetin3-*O*-β-D-glucoside），槲皮苷（quercetin3-*O*-β-D-glucoside），异鼠李亭糖苷（isorhamne-tin3-*O*-β-D-glucoside），原儿茶酸（pro-tocatechuic acid）	正己烷-正丁醇-水（1∶1∶2）
	沙生蜡菊［*Helichrysum arenarium*(L.)Moench]	柚皮素-7-*O*-β-D-葡萄糖苷（Nar-ingenin-7-*O*-β-d-glycoside），异槲皮苷（isoquercitrin），紫云英苷（astra-galin）	乙酸乙酯-水（1∶1）
	山楂（*Crataegus pinnat-ifida*）	牡荆素-4″-*O*-葡萄糖苷（4″-*O*-glucosylvitexin）、4‴-*O*-鼠李糖苷（4‴-*O*-rhamnosylrutin）	正丁醇-水（1∶1）.
	山油柑（*Acronychia pe-dunculata*）	1-［2′,4′-dihydroxy-3′,5′-di-(3″-methylbut-2″-enyl)-6′-methoxy］phe-nylethanone	正庚烷-乙酸乙酯-甲醇-水（4∶1∶4∶1）
	射干（*Belamcanda chinensis*）	异鼠李素（isorhamnetin）、野鸢尾黄素（irigenin）、高车前素（hispidu-lin）	正己烷-乙酸乙酯-甲醇-水（4∶5∶5∶5）
	水果中酚类成分（crude phenolic component extract of the fruit）	柚皮素（naringenin）、落新妇苷（astilbin）、儿茶素（catechin）	正己烷-正丁醇-甲醇-水（10∶16∶5∶20）和（1∶1∶1∶1）

续表

类型	来源	化合物	溶剂体系（体积比）
黄酮类	水杨苷（Salix alba）	柚皮素（naringenin）、圣草酚（eriodictyol）、5,7-dihydroxychromen-4-one	正己烷-乙酸乙酯-甲醇-水（2∶2∶2∶3）
	藤茶（Ampelopsis grossedentata）	三羟基黄酮-3-O-6″-鼠李糖（trihydroxyflavone-3-O-6″-rhamnose），二羟基黄酮-3-O-6″-鼠李糖（dihydroxyflavone-3-O-6″-rhamnose）	正己烷-乙酸乙酯-甲醇-水（1∶6∶1.5∶7.5）
	藤黄（Garcinia kola seeds）	3-8双黄酮（3-8linked biflavanoids），科拉黄酮（kolaflavanone），GB-1，GB-1a，GB-2	正己烷-乙酸乙酯-甲醇-水（1∶4∶2.5∶2.5）
	田基黄（Hypericum japonicum Thumb）	异槲皮苷（isoquercitrin）、槲皮苷（quercitrin）、槲皮素-7-O-鼠李糖苷（quercetin-7-O-rhamnoside）	乙酸乙酯-乙醇-水（5∶1∶5）（速度梯度洗脱从120min开始由1.0mL/min到2.0mL/min）.
	土茯苓（Smilax glabra）	落新妇苷（astilbin），异落新妇苷（isoastilbin）	正己烷-正丁醇-水（1∶1∶2）
	淫羊藿（Epimedium segittatum）	淫羊藿苷（icariin）	正己烷-正丁醇-甲醇-水（1∶4∶2∶6）
	淫羊藿（Epimedium koreamum Nakai）	淫羊藿苷（icariin）、淫羊藿次苷Ⅱ（icariside Ⅱ）	氯仿-甲醇-水（4∶3.5∶2）
	鹰嘴豆（Cicer arietinum L.）	芒柄花黄素（formononetin）、鹰嘴豆芽素（biochanin A）、芒柄花苷（ononin）、鹰嘴豆芽素A-7-O-β-D-吡喃葡萄糖苷（biochanin A-7-O-β-D-glucoside）	正己烷-乙酸乙酯-甲醇-水（5∶5∶5∶5）和乙酸乙酯-水（1∶1）
	玉米须（Stigma maydis）	异鼠李素（isorhamnetin）	正己烷-乙酸乙酯-甲醇-水（5∶5∶5∶5）和（5∶5∶6∶4）
	元宝槭（Acer truncatum Bunge）原果鸡血藤（Millettia pachycarpa Benth）	槲皮素-3-O-l-鼠李糖苷（quercetin-3-O-l-rhamnoside）灰叶素（tephrosin），4′,5′-二甲氧基-6,6-二吡喃异黄酮（4′,5′-dimethoxy-6,6-dimethylpyranoisoflavone），鱼藤素（deguelin），去氢鱼藤素（6a,12a-dehydrodeguelin）	乙酸乙酯-乙醇-水（5∶1∶5）正己烷-乙酸乙酯-甲醇-水（1∶0.8∶1∶0.6）
	胀果甘草（Glycyrrhiza inflata Bat.）	甘草查耳酮A（licochalcone A），胀果香豆素A（inflacoumarin A）	正己烷-氯仿-甲醇-水（5∶6∶3∶2），（1.5∶6∶3∶2）
	知母（Rhizoma Anemarrhenae）	新芒果苷（neomangiferin），芒果苷（mangiferin），	石油醚-乙酸乙酯-甲醇-水（1∶1∶1.2∶0.8）和（1∶1∶1.4∶0.6）
醌类	巴戟天（Morinda officinalis）	茜草素-1-甲醚（alizarin-1-methylether），1,2-二甲氧基-3-羟基蒽醌（1,2-dimethoxy-3-hydroxyanthraquinone），1-甲氧基-3-羟基蒽醌（1-hydroxy-3-hydroxymethylanthraquinone），甲基异茜草素-1-甲醚（rubiadin-1-methylether），三羟基蒽醌-2-甲醚（anthragallol-2-methylether）	正己烷-乙酸乙酯-甲醇-水（6∶4∶5∶5）

类型	来源	化合物	溶剂体系(体积比)
醌类	丹参(*Salvia miltiorrhiza*)	丹参酮ⅡA(tanshinoneⅡA)，丹参酮Ⅰ(tanshinoneⅠ)，二氢丹参酮Ⅰ(dihydrotanshinoneⅠ)，隐丹参酮(cryptotanshinone)	石油醚-乙酸乙酯-甲醇-水(2∶3∶2.5∶1.7)
		二氢丹参酮Ⅰ(dihydrotanshinoneⅠ)，隐丹参酮(cryptotanshinone)，次甲基丹参酮(methylenetanshiquinone)，丹参酮Ⅰ(tanshinoneⅠ)，丹参酮ⅡA(tanshinoneⅡA)，丹参新醌乙(danshenxinkun B)	正己烷-乙醇-水(10∶5.5∶4.5)，(10∶7∶3)
		隐丹参酮(cryptotanshinone)，丹参酮Ⅰ(tanshinoneⅠ)，丹参酮Ⅱ(tanshinoneⅡ)	正己烷-乙醇-水(10∶5.5∶4.5)，(10∶7∶3)
		丹参酮ⅡA(tanshinoneⅡA)，丹参酮Ⅰ(tanshinoneⅠ)，隐丹参酮(cryptotanshinone)	正己烷-乙醇-水(4∶1.8∶2)，(4∶2.3∶2)，(4∶3∶2)
	何首乌(*Polygonum multiflorum*)	大黄素(emodin)，大黄酚(chrysophanol)，大黄酸(rhein)，没食子酸(gallic acid)	正己烷-乙酸乙酯-甲醇-水(3∶7∶5∶5)
	虎杖(*Polygonum cuspidatum* Sieb. et Zucc)	白藜芦醇(resveratrol)，蒽苷A(anthraglycoside A)，蒽苷B(anthraglycoside B)	氯仿-甲醇-水(4∶3∶2)
		大黄素(emodin)，大黄素甲醚(physcion)，白藜芦醇苷(piceid)，蒽苷B(anthraglycoside B)，白藜芦醇(resveratrol)	石油醚-乙酸乙酯-甲醇-水(2∶5∶4∶6)，石油醚-乙酸乙酯-甲醇-水(1∶5∶5)，石油醚-乙酸乙酯-甲醇-水(3∶5∶4∶6)和(3∶5∶7∶3)
	决明子(*Cassia tora* L.)	橙黄决明素(aurantio-obtusin)，1-去甲基橙黄决明素(1-desmethyl-laurantio-obtusin)，黄决明素(chryso-obtusin)，决明素(obtusin)，1-去甲基黄决明素(1-desmethylchryso-obtusin)	正己烷-乙酸乙酯-甲醇-水(11∶9∶10∶10)
		1,2,6-trihydroxy-7,8-dimethoxy-3-methylanthraquinone，1,2,6,8-tetrahydroxy-7-methoxy-3-methyl-anthraquinone，2-hydroxy-1,6,7,8-teramethoxy-3-methylanthraquinone，6-dihydroxy-1,7,8-trimethoxy-3-methylanthraquinone，1,2-dihydroxy-6,7,8-trimethoxy-3-methylanthraquinone	正己烷-乙酸乙酯-甲醇-水(4∶1∶3∶2)
	芦荟(*Aloe vera* L.)	芦荟素A(aloins A)，芦荟素B(aloins B)	氯仿-甲醇-水(4∶2∶3)，乙酸乙酯-甲醇-水(5∶1∶5)，丁醇-乙酸乙酯-水(1∶3∶4)
	龙牙草(*Agrimonia pilosa* Ledeb)	苦杏仁苷(amygdalin)，axifolin-3-glucoside，金丝桃苷(hyperoside)	乙酸乙酯-正丁醇-水(5∶2∶5)

续表

类型	来源	化合物	溶剂体系(体积比)
醌类	茜草(*Rubia cordifolia*)	甲基蒽醌(tectoquinone),1-羟基-2-甲基蒽醌(1-hydroxy-2-methylanthraquinone),大叶茜草素(mollugin)	石油醚-乙醇-二乙醚-水(5∶4∶3∶1)
		大叶茜草素(mollugin)	石油醚-乙醇-二乙醚-水(5∶4∶3∶1)
	藏边大黄(*Rheum emodii Wall*)	大黄素甲醚(physcion),大黄酚(chrysophanol),大黄素(emodin),大黄苷(chrysophanol glycoside)	甲醇-水-甲酸(80∶19∶1)
	掌叶大黄(*Rheum palmatum* L.)	大黄酸(rhein),大黄素(emodin),芦荟大黄素(aloe-emodin),大黄酚(chrysophanol)	叔丁基甲醚-四氢呋喃-水(2∶2∶3)
	紫草(*Lithospermum erythrorhizon*)	紫草素(shikonin)	正己烷-乙酸乙酯-乙醇-水(16∶14∶14∶5)
	紫草(*Lithospermum erythrorhizon* Sieb. et Zucc)	β-羟基异戊酰紫草素(β-hydroxyisovalerylshikonin),乙酰紫草素(acetylshikonin),异丁酰紫草素(isobutyrylshikonin)	石油醚-乙酸乙酯-甲醇-水(5∶5∶8∶2)
苯丙素类	菝葜(*Smilax china* L.)	没食子酸(gallic acid),原儿茶酸(protocatechuic acid),咖啡酸(caffeic acid),龙胆酸(gentisic acid),邻羟基肉桂酸(trans-*o*-coumaric acid)	正己烷-乙酸乙酯-甲醇-水(1∶2∶1∶2)
	白花前胡(*Peucedanum praeruptorum* Dunn.)	前胡香豆素 D(qianhucoumarin D),右旋白花前胡香豆素(Pd-Ib),白花前胡香豆素 I(peucedanocoumarin I),白花前胡香豆素 II(peucedanocoumarin II),右旋白花前胡素 A[(+)-praeruptorin A],右旋白花前胡素 B[(+)-praeruptorin B],右旋白花前胡素 E[(+)-praeruptorin E]	石油醚-乙酸乙酯-甲醇-水(5∶5∶6∶4)
	白芷[*Angelica dahurica* (Fisch. ex Hoffm)Benth. et Hook]	欧前胡素(imperatorin),氧化前胡素(oxypeucedanin),异欧前胡素(isoimperatorin)	正己烷-乙酸乙酯-甲醇-水(5∶5∶5∶5)和(5∶5∶4∶6)
	白芷[*Angelica dahurica* (Fisch. ex Hoffm)Benth. et Hook. *F*]	欧前胡素(imperatorin),异欧前胡素(isoimperatorin),氧化前胡素(oxypeucedanine),	正己烷-甲醇-水(5∶5∶5)和(5∶7∶3)
		欧前胡内酯(imperatorin),氧化前胡内酯(oxypeucedanin),异欧前胡内酯(isoimperatorin)	正己烷-乙酸乙酯-甲醇-水(1∶1∶1∶1),(5∶5∶4.5∶5.5)
	白首乌(*Cynanchum bungei* Decne)	白首乌二苯酮(baishouwubenzophenone),4-羟基苯乙酮(4-hydroxyacetophenone),2,4-二羟基苯乙酮(2,4-dihydroxyacetophenone),2,5-二羟基苯乙酮(2,5-dihydroxyacetophenone)	石油醚-乙酸乙酯-甲醇-水(2∶5∶3∶3)和(2∶4∶3∶3)

续表

类型	来源	化合物	溶剂体系(体积比)
苯丙素类	补骨脂(*Psoralea coryli-folia*)	补骨脂素(psoralen)，异补骨脂素(isopsoralen)	正己烷-乙酸乙酯-甲醇-水(5∶5∶4.5∶5.5)
	补骨脂(*Psoralea coryli-folia* L.)	补骨脂素(psoralen)，异补骨脂素(isopsoralen)	正己烷-乙酸乙酯-甲醇-水(1∶0.7∶1∶0.8)
	草珊瑚[*Sarcandra glabra*(thunb.)]	异嗪皮啶(isofraxidin)	正己烷-乙酸乙酯-甲醇-水(1∶2∶1∶2)
	臭灵丹(*Laggera pterodonta*)	3,5-*O*-二咖啡酰奎宁酸(3,5-*O*-dicaffeoylquinic acid),3,4-*O*-二咖啡酰奎宁酸(3,4-*O*-dicaffeoylquinic acid),4,5-*O*-二咖啡酰奎宁酸(4,5-*O*-dicaffeoylquinic acid)	乙酸乙酯-正丁醇-水(3∶2∶5)
	丹参(*Salvia miltiorrhiza*)	丹酚酸 B(salvianolic acid B)	叔丁基甲醚-水(1∶1)
	丹参(*Salvia miltiorrhiza*)	丹酚酸 B(salvianolic acid B)	正己烷-乙酸乙酯-乙醇-水(3∶7∶1∶9)
	丹参(*Salvia miltiorrhiza* Bge.)	丹酚酸 A(salvianolic acid A),丹酚酸 B(salvianolic acid B)	正己烷-乙酸乙酯-甲醇-水(3∶6∶6∶10)
	丹参(*Salvia miltiorrhiza* Bunge)	欧芹酸(3,4-dihydroxyphenyl-lactic acid),丹酚酸 B(salvianolic acid B),原儿茶醛(protocatechual-dehyde)	正己烷-乙酸乙酯-甲醇-醋酸-水(1∶6∶1.5∶1.5∶8)
	当归(*Radix Angelicae sinensis*)	阿魏酸(ferulic acid)	正己烷-乙酸乙酯-甲醇-水(3∶7∶5∶5)
	丁香(*Eugenia caryophyllata*)	丁香酚(eugenol)	正己烷-乙酸乙酯-甲醇-水(1∶0.5∶1∶0.5)
	杜仲(*Eucommia ulmoides* Oliv)	松脂醇二葡萄糖苷 pinoresinol diglucoside(PDG),鹅掌楸苦素 liriodendrin(SDG)	正丁醇-醋酸-水(4∶1∶5)
	柑橘(*Citrus sinensis*)	花椒内酯(xanthyletin)	正己烷-乙醇-乙腈-水(10∶8∶1∶1)
	黄瑞香(*Edgeworthia chrysantha* Lindl)	伞形酮[7-hydroxycoumarin(umbelliferone)],瑞香亭[7-hydroxyl-6-methoxy-3,7'-dicoumaryleter(daphnoretin)]	正己烷-乙酸乙酯-甲醇-水(4∶6∶4∶6)
	黄瑞香(*Daphne giraldii* Nitsche)	woonenoside Ⅺ,瑞香素(daphnetin)	正己烷-乙酸乙酯-甲醇-水(2∶3∶0.5∶4)
	红茶(black tea)	茶黄素(theaflavin),茶黄素-3-没食子酸(theaflavins-3-gallate),茶黄素-3'-没食子酸(theaflavins-3'-gallate),茶黄素-3,3'-没食子酸(theaflavin-3,3'-digallate)	正己烷-乙酸乙酯-甲醇-水-醋酸(1∶5∶1∶5∶0.25)
	厚朴(*Magnoliae officinalis*)	和厚朴酚(honokiol),厚朴酚(magnolol)	石油醚-乙酸乙酯-甲醇-1%醋酸(5∶5∶7∶3)
	厚朴(*Magnoliae officinalis*)	和厚朴酚(honokiol),厚朴酚(magnolol)	正己烷-乙酸乙酯-甲醇-水(1∶0.4∶1∶0.4)
	胡椒(*Pimenta pseudocaryophyllus*)	蒌叶醇(chavibetol)	正丁醇-甲醇-水(12∶4∶4∶3)

类型	来源	化合物	溶剂体系(体积比)
苯丙素类	金银花(*Flos lonicerae*)	绿原酸(chlorogenic acid)	正丁醇-醋酸-水(4:1:5)
		3,5-二咖啡酰奎宁酸(3,5-dicaffeoylquinic acid),3,4-二咖啡酰奎宁酸(3,4-dicaffeoylquinic acid),3-咖啡酰奎宁酸(3-caffeoylquinic acid)	叔丁基甲醚-乙腈-水(2:2:3)
	绿咖啡豆(green coffee beans)	5-咖啡奎宁酸[5-caffeoylquinic acid(5-CQA)],5-阿魏酰奎尼酸[5-feruloylquinic acid(5-FQA)],3,5-二咖啡奎宁酸[3,5-dicaffeoylquinic acid(3,5-diCQA)]	氯仿-正丁醇-0.01mol/L pH2.5 磷酸盐缓冲液(84:16:100),氯仿-正丁醇-0.01mol/L pH2.5 磷酸盐缓冲液-5.0mol/L LiCl(82:18:100)
	绿茶(Chinese green tea)	表儿茶素没食子酸酯(epicatechin gallate),没食子儿茶素没食子酸酯(epigallocatechin gallate),表儿茶素(epicatechin),咖啡因(caffeine)	正己烷-乙酸乙酯-甲醇-水(2:8:2:8)和(1:9:1:9)
	酶水解物(enzymatic hydrolysate)	表没食子儿茶素[(—)-epigallocatechin]	正己烷-乙酸乙酯-水(1:13:20)
	牛蒡(*Arctium lappa*)	牛蒡子苷(arctiin)	乙酸乙酯-正丁醇-乙醇-水(5:0.5:1:5)
	欧车前草(*Plantago psyllium* L.)	苯丙素苷(acteoside),异苯丙素苷(isoacteoside)	乙酸乙酯-水(1:1)
	葡萄渣(grape pomace)	咖啡酸(caftaric acid),香豆酸(coutaric acid),阿魏酸(fertaric acid)	正己烷-乙酸乙酯-甲醇-水(3:7:3:7)和0.5%三氟乙酸(TFA)叔丁基甲醚-乙腈-正丁醇-水(2:2:1:5)和0.5%三氟乙酸(TFA)
	前胡(*Peucedanum praeruptorum* Dunn)	前胡香豆素 D(qianhucoumarin D),Pd-Ⅰb 白花前胡甲素[(+)-praeruptorin A],白花前胡乙素[(+)-praeruptorin B]	石油醚-乙酸乙酯-甲醇-水(5:5:5:5)和(5:5:6.5:3.5)
	羌活(*Notopterygium forbessi* Boiss)	羌活醇(notopterol),异欧前胡素(isoimperatorin)	石油醚-乙酸乙酯-甲醇-水(5:5:4.8:5),(5:5:5:4)
	秦皮(*Cortex fraxinus*)	秦皮苷(fraxin),秦皮甲素(aesculin),秦皮素(fraxetin),黄杞苷(aesculetin)	正丁醇-甲醇-0.5%醋酸(5:1.5:5)
	忍冬(*Lonicera japonica* Thumb.)	绿原酸(chlorogenic acid)	乙酸乙酯-正丁醇-水(2:1:3)
	忍冬藤(*Caulis lonicerae*)	咖啡酸(caffeic acid),绿原酸(chlorogenic acid),木犀草素(luteolin)	乙酸乙酯-乙醇-水(4:1:5)
	沙棘(Sea Buckthorn)	原儿茶酸(protocatechuic acid)	正己烷-正丁醇-水(1:1:2)
	山萝藦(*Stellera chamaejasme* L.)	西瑞香素(daphnoretin),7-甲氧基西瑞香素(7-methoxy-daphnoretin),1,5-二苯基-1-戊酮(1,5-diphenyl-1-pentanone)	正己烷-乙酸乙酯-甲醇-水(10:13:13:10)
	山茱萸(*Cornus officinalis* Sieb. et Zucc)	没食子酸(gallic acid)	乙酸乙酯-乙醇(正丁醇)-水(5:1.8:6),乙酸乙酯-乙醇-水(5:0.5:6)

类型	来源	化合物	溶剂体系（体积比）
苯丙素类	蛇床子［*Cnidium monnieri*（L.）Cusson］	蛇床子素（osthol），花椒毒酚（xanthotoxol）	正己烷-乙酸乙酯-甲醇-水（1∶1∶1∶1），（5∶5∶6∶4）
		佛手柑内酯（bergapten），欧前胡内酯（imperatorin）	正己烷-乙酸乙酯-乙醇-水（5∶5∶5∶5）
	石榴皮（pomegranate husk）	石榴皮鞣素（punicalin）	正丁醇-乙酸乙酯-水（4∶1∶5）
		没食子酸（gallic acid）	乙酸乙酯-甲醇-水（50∶1∶50）
	水飞蓟（*Silybum marianum*）	水飞蓟素（silybin），水飞蓟亭（silycristin），异水飞蓟素（sisosilybin）	水-甲醇-乙酸乙酯-正己烷（4∶3∶4∶1）
	丝瓜［*Luffa cylindrica*（L.）Roem］	对香豆酸（*p*-coumaric acid），1-*O*-feruloyl-*β*-D-glucose，1-*O*-*p*-coumaroyl-*β*-D-glucose，1-*O*-caffeoyl-*β*-D-glucose，1-*O*-(4-hydroxybenzoyl)-glucose	氯仿-甲醇-异丙醇-水（5∶6∶1∶4）
	无花果（*Ficus carica* L.）	补骨脂素（psoralen），佛手柑内酯（bergapten）	正己烷-乙酸乙酯-甲醇-水（1∶1∶1∶1）
	五味子［*Schisandra Chinensis*（Turcz）Baill］	五味子甲素（schisandrin），五味子酯甲（schisantherin）	正己烷-乙酸乙酯-甲醇-水（22∶8∶20∶20）
	徐长卿［*Cynanchum paniculatum*（Bge.）Kitag］	丹皮酚（paeonol）	石油醚-乙酸乙酯-甲醇-水（2∶6∶3∶4）
	岩蒿（*Artemisia rupestris* L.）	蒿酮酸（rupestonic acid）	正己烷-乙酸乙酯-甲醇-水（6∶4∶3.5∶6.5）
	野茶树（*Camellia sinensis*）	没食子儿茶素二没食子酸酯［（—）-epigallocatechin digallate］，表儿茶素二没食子酸酯［（—）-epicatechin digallate］，没食子儿茶素没食子酸酯［（—）-epigallocatechin gallate］，表儿茶素没食子酸酯［（—）-epicatechin gallate］，表枇杷素食子酸酯［（—）-epiafzelechin gallate］	正己烷-乙酸乙酯-甲醇-水（1∶5∶1∶5）
	茵陈（*Herba artemisiae scopariae*）	滨蒿内酯（scoparone）	正己烷-乙酸乙酯-甲醇-水（1∶1∶0.45∶1.55）
	元宝枫（*Acer truncatum* Bunge）	1,2,3,4,6-五-*O*-没食子酰吡喃葡萄糖（1,2,3,4,6-penta-*O*-galloyl-*β*-D-glucose）	正己烷-乙酸乙酯-甲醇-水（0.25∶5∶1∶5）
	紫花前胡［*Peucedanum decursivum*（Miq.）Maxim］	紫花前胡苷元（nodakenetin），Pd-C-Ⅳ，Pd-D-Ⅴ，欧前胡乙烯（ostruthin），紫花前胡次素（decursidin），紫花前胡素 C（decursitin C）	石油醚-乙酸乙酯-甲醇-水（5∶5∶7∶4）和（5∶5∶4∶5）
萜类	白柳（*Salix alba*）	水杨苷（salicin）	叔丁基甲醚-正丁醇-甲醇-水
	白术（*Rhizoma Atractylodis Macrocephalae*）	苍术酮（atractylon），苍术内酯Ⅲ（atractylenolideⅢ）	石油醚-乙酸乙酯-乙醇-水（4∶1∶4∶1）
	板蓝根（*Radix Isatidis*）	落叶松树脂醇吡喃糖苷（clemastanin B），板蓝根木脂素苷 A（indigoticoside A）	乙酸乙酯-正丁醇-水（2∶7∶9）

类型	来源	化合物	溶剂体系(体积比)
萜类	菠菜和甜玉米(spinach and sweet corn)	叶黄素(lutein),玉米黄素(zeaxanthin),紫黄素(violaxanthin),新黄素(neoxanthin),β-胡萝卜素(β-carotene),叶绿素 a(chlorophyll a),叶绿素 b(chlorophyll b)	正己烷-乙醇-水(6:5:1.3)
	菠菜叶(spinach leaves)	9′-顺-新黄素(9′-cis-neoxanthin)	正己烷-乙醇-水(5:5:4.5)
	川芎(Ligusticum chuanxiong)	川芎嗪(chuanxiongzine)	正己烷-乙酸乙酯-乙醇-水(5:5:3:7)
		藁苯内酯(Z-ligustilide),川芎内酯 A(senkyunolide A)	正己烷-乙酸乙酯-甲醇-水-乙腈(8:2:5:5:3)
	穿心莲(Andrographis paniculata)	穿心莲内酯(andrographolide),新穿心莲内酯(neoandrographolide)	水-甲醇-乙酸乙酯-正己烷(2.5:2.5:4:1)
	蝶猿尾木(Stachytarpheta cayennensis)	类苯丙醇(henylpropanoid),环烯醚萜苷类(iridoid glycosides)	乙酸乙酯-丁醇-水(1:X:1,经过四步:A—X=0.05,B—X=0.2,C—X=0.5 和 D—X=1.0)
	冬凌草(Rabdosia rubescens)	冬凌草甲素(oridonin),冬凌草乙素(ponicidin)	正己烷-乙酸乙酯-甲醇-水(1:5:1:5 和 3:5:3:5)
	番茄酱(tomato paste)	番茄红素(lycopene)	正己烷-二氯甲烷-乙腈(10:3.5:6.5)
	甘草(Glycyrrhiza uralensis Fisch)	甘草酸(glycyrrhizin)	乙酸乙酯-甲醇-水(5:2:5)
	甘草(Glycyrrhiza uralensis)	甘草素(liquiritigenin),异甘草素(isoliquiritigenin)	正己烷-乙酸乙酯-甲醇-乙腈-水(2:2:1:0.6:2)
	黑紫囊吾(Ligularia atroviolacea)	8β-H-eremophil-3,7(11)-dien-12,8α;15,6α-diolide;furanoeremophil-3-en-15,6α-olide	正己烷-乙酸乙酯-乙醇-水(4:1:4:1)
	红茶(black tea)	茶黄素[theaflavin(TF1)],茶黄素-3-没食子酸[theaflavin-3-gallate(TF2A)],茶黄素-3′-没食子酸[theaflavin-3′-gallate(TF2B)],茶黄素-3,3′-没食子酸[theaflavin-3,3′-digallate(TF3)]	正己烷-乙酸乙酯-甲醇-水(1:3:1:6)
	红景天(Rhodiola sachalinensis A. Bor)	红景天苷(salidroside)	正丁醇-乙酸乙酯-水(2:3:5)
	金钱松[Pseudolarix kaempferi Gordon(Pinaceae)]	土槿皮乙酸(pseudolaric acid B)	正己烷-乙酸乙酯-甲醇-水(5:5:5:5)
	金钱松的根皮(the root bark of Pseudolarix kaempferi)	土槿皮甲酸和乙酸(pseudolaric acids A and B)及其苷类成分	正己烷-乙酸乙酯-甲醇-水(5:5:5:5)和(1:9:4:6)
	荆条[Vitex negundo L. var. heterophylla(Franch.) Rehd.]	β-石竹烯(β-caryophyllene)	正己烷-氯仿-乙腈(6:2:5)或正己烷-二氯甲烷-乙腈(10:3:7)
	苦瓜(Momordica charantia)	goyaglycoside-e,momordicoside L,goyaglycoside-a,momordicoside K	叔丁基甲醚-正丁醇-甲醇-水(1:2:1:5)和(1:3:1:5)

续表

类型	来源	化合物	溶剂体系(体积比)
萜类	辣蓼铁线莲(*Clematis mandshurica* Rupr.)	三萜苷(triterpene saponins)	乙酸乙酯-正丁醇-乙醇-0.05%三氟乙酸(5:10:2:20)
	雷公藤(*Tripterygium wilfordii* Hook F.)	雷公藤乙素(tripdiolide)	正己烷-二氯甲烷-甲醇-水(3:22:17:8)和氯仿-甲醇-水(4:3:2)
		雷公藤内酯酮(triptonide),异雷酚新酯(isoneotriptophenolide),山海棠素(hypolide),雷酚内酯(triptophenolide),雷酚萜甲醚Ⅵ(triptonoterpene methyl etherⅥ)	正己烷-乙酸乙酯-甲醇-水(3:2:3:2)
	瘤果黑种草(*Nigella glandulifera* Freyn)	Salfredin B₁₁,5,7-dihydroxy-6-(3-methybut-2-enyl) isobenzofuran-1(3*H*)-one	正己烷-乙酸乙酯-甲醇-水(7:3:5:5)
	龙胆	龙胆苦苷	醋酸乙酯-正丁醇-水(2:1:3)
	驴驴蒿(*Artemisia Dalailamae* Kraschen)	乙酰蒲公英萜醇(taraxeryl-acetate),香豆素(coumarins)	氯仿-甲醇-水(2:2:1)
	绿球藻(*Chlorococcum sp.*)	虾青素(astaxanthin)	正己烷-乙酸乙酯-乙醇-水(5:5:6.5:3)
	满天星(*Gypsophila paniculata* L)	fucopyranoside,葡萄吡喃醛酸酯(glucopyranosyl ester),葡萄吡喃醛酸皂皮酸(glucuronopyranosyl quillaic acid),葡萄糖醛酸(glucuronopyranoside),瞿麦皂苷C(dianoside C)	正己烷-正丁醇-甲醇-0.02%三氟乙酸(1:9:1:9)
	曼地亚红豆杉枝叶	紫杉醇	正己烷-酯酸乙酯-甲醇-水(4:5:3.5:5)
	毛菊苣(*Cichorium glandulosum*)	山莴苣苦素(lactucopicrin),11β,13-二氢山莴苣素(11β,13-dihydrolactucin),山莴苣素(lactucin)	正己烷-乙酸乙酯-甲醇-水(1.5:5:2.75:5),乙酸乙酯-甲醇-水(20:1:20)
	南蛇藤根(*Celastrus orbiculatus* Thunb.)	雷公藤红素(celastrol)	石油醚-乙酸乙酯-四氯化碳-甲醇-水(1:1:8:6:1)
	农产品和农产品加工副产品(crops and agri-food processing by-products)	叶黄素(lutein),β-胡萝卜素(β-carotene),紫黄素(violaxanthin)	正己烷-乙醇-水(6:4.5:1.5)
	肉苁蓉[*Cistanches salsa* (C. A. Mey) G. Beck]	2'-乙酰基类叶升麻苷(2'-acetyl-lacteoside),苯乙醇苷类[phenylethanoid glycosides(PhGs) acteoside]	乙酸乙酯-正丁醇-水(4:0.6:0.6:5)
	铜绿微囊藻(*Microcystis aeruginosa*)	玉米黄素(zeaxanthin)	正己烷-乙酸乙酯-乙醇-水(8:2:7:3)
	万寿菊(marigold flower)	叶黄素(lutein)	正庚烷-氯仿-乙腈(10:3:7)
	微藻(*Thraustochytrium* ATCC 26185)	鲨烯(squalene)	正己烷-甲醇(2:1)
	温莪术(*Curcuma wenyujin*)	吉马酮(germacrone),莪术二酮(curdione)	石油醚-乙醇-乙醚-水(5:4:0.5:1)
	乌药(*Radix linderae*)	乌药内酯(linderalactone)乌药烯醇(lindenenol)	石油醚-乙酸乙酯-甲醇-水(5:5:6:4)

类型	来源	化合物	溶剂体系（体积比）
萜类	五味子（*Schisandra chinensis*）	五味子素（schizandrin），五味子醇甲（gomisin A）	正己烷-乙酸乙酯-甲醇-水（1∶0.9∶0.9∶1）
	五味子［*Schisandra chinensis*（Turcz.）Baill］	五味子甲素（deoxyschisandrin），γ-五味子乙素（γ-schisandrin）	正己烷-甲醇-水（35∶30∶3）
	香附子（*Cyperus rotundus*）	α-香附酮（α-cyperone）	正己烷-乙酸乙酯-甲醇-水（1∶0.2∶1.1∶0.2）
	小球藻（*Chlorella zofingiensis*）	斑蝥黄素（canthaxanthin）	正己烷-乙醇-水（10∶9∶1）
	小球藻（*Chlorella vulgaris*）	叶黄素（lutein）	正己烷-乙醇-水（4∶3∶1）
	亚麻（*Linum usitatissimum* L.）	亚麻木酚素（lignan secoisolariciresinol diglucoside）	叔丁基甲醚-正丁醇-乙腈-水（1∶3∶1∶5）
	云木香（*Aucklandia lappa Decne*）	木香烃内酯（costunolide），去氢木香内酯（dehydrocostuslactone）	石油醚-甲醇-水（5∶6.5∶3.5）
	云木香（*Aucklandia lappa Decne*）	木香烃内酯和去氢木香内酯	正己烷-乙酸乙酯-甲醇-水（2∶0.5∶2∶1）
	栀子（*Gardenia jasminoides* Ellis）	栀子苷（geniposide）	乙酸乙酯-正丁醇-水（2∶1.5∶3）
	紫杉醇类（taxol analogs）	紫杉醇（taxol Analogs）	正己烷-乙酸乙酯-乙醇-水（1∶1∶1∶1），（3∶3∶2∶3 或 4∶4∶3∶4）
皂苷类	穿龙薯蓣（*Dioscorea nipponica* Makino）	薯蓣皂苷（dioscin）	正己烷-乙酸乙酯-乙醇-水（2∶5∶2∶5）
	风轮菜［*Clinopodium chinensis*（Benth）O. Kuntze］	香风草苷（idymin），风轮菜皂苷A（clinopodisideA）	乙酸乙酯-乙醇-水（5∶1∶5）
	积雪草（*Centella asiatica*）	积雪草苷（asiaticoside），羟基积雪草苷（madecassoside）	氯仿-乙醇-2-丁醇-水（7∶6∶3∶4）
	人参（*Panax ginseng*）	人参皂苷 Rg₃，Rg₅，Rk₁，F₄（Ginsenosides Rg₃，Rg₅，Rk₁ and F₄）	二氯甲烷-乙醇-水-异丙醇（6∶6∶4∶1）
	三七（*Panax notoginseng*）	人参皂苷 Rb₁（ginsenoside-Rb₁），三七皂苷 R₁（notoginsenoside-R₁），人参皂苷 Re（ginsenoside-Re），人参皂苷 Rg₁（ginsenoside-Rg₁）	正己烷-正丁醇-水（3∶4∶7）
		人参皂苷-Rg₁（ginsenoside-Rg₁），人参皂苷-Rd（ginsenoside-Rd），三七皂苷-R₁（notoginsenoside-R₁），人参皂苷-Re（ginsenoside-Re），人参皂苷-Rb₁（ginsenoside-Rb₁）	氯仿-甲醇-正丁醇-水（5∶6∶1∶4）和乙酸乙酯-正丁醇-水（1∶1∶2）
	山药（*Rhizoma dioscoreae*）	薯蓣皂苷元（Diosgenin），亚油酸（linoleic acid），亚麻酸（linolenic acid）	正己烷-乙酸乙酯-乙醇-水，上相：（1∶1∶1.4∶0.6），下相：（1∶1∶1.2∶1.4∶0.6）
	丝瓜（*Luffa cyclindrica*）	皂苷（saponins）	氯仿-乙醇-水（13∶7∶8）
	西洋参（*Panax quinquefolium* L.）	人参皂苷（ginsenosides）	乙酸乙酯-正丁醇-水（1∶1∶2）

续表

类型	来源	化合物	溶剂体系(体积比)
其他化合物	虫草(*Cordyceps kyush-uensis*)	蛹虫草菌素(cordycepin),腺苷(adenosine)	乙酸乙酯-正丁醇-水(1∶4∶5)
	丹参(*Salvia miltiorrhi-za* Bunge)	紫丹参甲素(przewaquinone A)	四氯化碳-甲醇-水-正己烷(3∶3∶2∶1)
	莪术(*Curcuma phaeo-caulis*)	姜黄素	正己烷-乙醚-乙醇-水(5∶3∶3∶7),(3∶5∶6∶4)
	防风[*Saposhnikovia diva-ricata*(Turcz.)Schischk]	prim-*O*-glucosyl-cinmifugin,(4′-*O*-β-D-glucosyl-5-*O*-methylvisamminol)	氯仿-甲醇-水(10∶8∶4)
	何首乌(*Polygonum Mul-tiflorum*)	四羟基二苯乙烯苷(2,3,5,4′-tet-rahydroxy stilbene-2-*O*-D-glucoside)	乙酸乙酯-乙醇-水(10∶1∶10),(50∶1∶50)
	流苏石斛(*Dendrobium fimbriatum* Hook)	2-hydroxyethyl caffeate, den-hydroshizukanolide	正己烷-乙酸乙酯-甲醇-水(1∶1∶1∶1)和(3∶1∶3∶1)
	葡萄(*Vitis chunga-neniss*)	二苯乙烯低聚体(stilbene oli-gomers)	正己烷-乙酸乙酯-甲醇-水[从(2∶5∶2∶5)到(1∶2∶1∶2)梯度洗脱]
	葡萄籽油(grape seed oil)	亚油酸(linoleic acid)	庚烷-乙腈-醋酸-甲醇(4∶5∶1∶1)
	石榴(*Punica granatum* L.)	安石榴苷(punicalagin)	正丁醇-三氟乙酸-水(100∶1∶100)
	丝瓜[*Luffa cylindrica*(L.)Roem]	*p*-coumaric acid,1-*O*-feruloyl-β-D-glucose, 1-*O*-*p*-coumaroyl-β-D-glucose, 1-*O*-caffeoyl-β-D-glucose, 1-*O*-(4-hydroxybenzoyl)-glucose	氯仿-甲醇-异丙醇-水(5∶6∶1∶4)
	甜菊(*Stevia rebaudiana* Bertoni)	甜菊糖苷A,C(rebaudioside A, rebaudioside C)	正己烷-正丁醇-水(1.5∶3.5∶5)
	仙茅(*Curculigo or-chioides*)	仙茅苷B(curculigoside B)	乙酸乙酯-乙醇-水(5∶1∶5)
	玄参(*Scrophularia ningpoensis* Hemsley)	安格洛苷C(angoroside C)	正丁醇-醋酸-乙酸乙酯-水(8∶1∶1∶10)
	烟叶(*tobacco leaves*)	茄尼醇(solanesol)	石油醚-乙醇-甲醇(200∶1∶100)
	远志(*Polygala tenuifo-lia*)	3,6′-disinapoyl sucrose, tenuifoli-side A	氯仿-甲醇-水(3∶3.5∶2)和乙酸乙酯-正丁醇-水(4∶0.6∶0.6∶5)
	紫红糖霉(*Monascus pur-pureus*)	mevinolinic acid	正己烷-乙酸乙酯-甲醇-水(1∶1∶1∶1)